Le parfum de l'été

NORA ROBERTS

Le parfum de l'été

roman

Traduit de l'anglais (États-Unis) par
CHARLOTTE MEIRA
EMMANUELLE SANDER
ÉLISABETH MARZIN

HarperCollins

Titres originaux :
THE BEST MISTAKE
DUAL IMAGE
PARTNERS

HARPERCOLLINS FRANCE
83-85, boulevard Vincent-Auriol, 75646 PARIS CEDEX 13
Tél. : 01 42 16 63 63

www.harpercollins.fr

ISBN 979-1-0339-0229-4

UN HOMME À AIMER

1

Coop avait déjà frappé deux fois sans succès. Aucun bruit de l'autre côté de la porte. Il vérifia le papier serré au creux de sa main. C'était bien la bonne adresse. Et puis cette maison de style Tudor, dans cet élégant quartier bordé d'arbres soigneusement entretenus, correspondait exactement à ce qu'il recherchait. Il frappa de nouveau, un peu plus fort.

Une voiture était garée dans l'allée : un vieux break, qui aurait eu grand besoin d'être nettoyé et rafistolé. Coop leva la tête vers une fenêtre du deuxième étage. Quelqu'un écoutait de la musique, on pouvait entendre le rythme assourdi d'un morceau de rock.

Il hésita, se ravisa, regarda de nouveau autour de lui.

Cette demeure éloignée de la route lui plaisait vraiment. Le soleil du printemps nimbait les fleurs du jardin d'un halo de couleurs vibrantes. Sertis dans une pelouse d'un vert éclatant, plantes et arbustes gorgés de sève semblaient célébrer la saison renaissante. La nature gardait un aspect discrètement sauvage. En mouvement, songea Coop.

D'ordinaire, les fleurs le laissaient plutôt indifférent, mais il y avait indiscutablement une atmosphère unique dans ce lieu.

Son regard fut attiré par un tricycle rouge, dans l'allée principale. Il ressentit un vague malaise. Il n'appréciait pas particulièrement les enfants. Ce n'était pas qu'il ne les aimait pas, mais, pour lui, c'était vraiment l'inconnu. Les gamins avaient leur propre langage et leur propre culture que Coop ne comprenait pas. Sans compter qu'ils étaient minuscules et souvent poisseux.

Mais, quoi qu'il en soit, l'annonce immobilière vantait le calme et l'intimité de cette maison, située à une distance très raisonnable de Baltimore. C'était exactement ce qu'il lui fallait.

Il frappa encore, plusieurs coups insistants. Mais seul le son de la musique lui répondit. Il n'avait rien contre le rock, mais n'était pas homme à attendre derrière une porte si longtemps.

Il posa la main sur la poignée qui n'offrit aucune résistance. La maison n'était pas fermée à clé. Coop poussa la porte et entra. D'un geste machinal, il passa la main dans ses cheveux pour dégager la mèche brune qui tombait sur son front.

La première pièce était un salon assez désordonné. Pour un célibataire de trente-deux ans comme lui, qui avait vécu seul l'essentiel de sa vie, ce fouillis était incompréhensible. Pourtant, il n'était pas particulièrement maniaque ou difficile. Simplement, dans son esprit chaque chose avait une place : c'était tout de même le meilleur moyen de trouver ses affaires. De toute évidence, son bailleur potentiel n'était pas de cet avis !

Il y avait des jouets un peu partout, des piles de journaux et de magazines et une petite casquette aux couleurs de l'équipe de baseball de Baltimore.

Au moins, le gosse avait bon goût, songea Coop en poursuivant son exploration.

Il trouva un cabinet de toilette peint dans des couleurs vives et un petit salon converti en bureau. Dans la cuisine, l'évier était rempli de vaisselle, et des dessins aux couleurs vives — l'œuvre d'un enfant débordant d'imagination — recouvraient le réfrigérateur.

Tout cela ne ressemblait pas du tout à Coop. Ce n'était sans doute pas plus mal que personne ne lui eût ouvert la porte. Contrairement à ce qu'il avait cru, l'endroit n'était pas fait pour lui.

Il envisagea malgré tout de monter à l'étage. Tant qu'il y était, après tout, autant visiter la maison.

Mais il renonça à cette idée et retourna sur le perron pour jeter un œil au jardin. Ce fut à ce moment qu'il aperçut un escalier ajouré de bois qui menait à un balcon. C'était sans doute l'entrée privée dont parlait la petite annonce.

Il hésita un bref instant, puis grimpa les marches.

La porte vitrée était ouverte et la musique battait son plein. L'odeur plaisante de la peinture fraîche flottait dans l'air. Coop entra.

La pièce principale, très spacieuse, combinait cuisine et salon. Les appareils ménagers n'étaient pas tout neufs, mais rutilants. Le sol en pierre venait d'être nettoyé, la senteur d'un détergent à base d'essence de pin était perceptible. Finalement, tout espoir n'était pas perdu, songea Coop. Il avança dans l'appartement privé, découvrit une salle de bains, aussi propre que la cuisine, avec de beaux murs blancs, comme il les aimait. A côté du lavabo, il aperçut un livre de bricolage, ouvert au chapitre « plomberie ». Méfiant, Coop tourna le robinet et constata avec satisfaction que l'eau s'écoulait parfaitement.

D'un côté de l'entrée se trouvait une petite pièce qui aurait pu faire office de bureau, avec une très jolie vue sur le jardin. L'annonce parlait de deux chambres.

Guidé par la musique, il avança jusqu'à l'autre chambre, suffisamment spacieuse pour accueillir son lit king size. Le sol était recouvert de morceaux de tissu, mais on devinait çà et là les planches d'un parquet en chêne. Il y avait aussi des boîtes de peinture, et quantité de pinceaux et de rouleaux. Un ouvrier vêtu d'un baggy et pieds nus complétait le tableau. En dépit de sa casquette et de son habit trop grand, Coop n'eut aucun mal à comprendre qu'il s'agissait d'une femme : une silhouette élancée, juchée sur un escabeau. Le regard de Coop fut attiré par ses longs pieds fins, ses ongles vermillon et les taches de peinture qui maculaient sa peau. Elle chantait à tue-tête, en chœur avec la musique.

Coop frappa deux coups secs sur le chambranle de la porte.

— Excusez-moi !

La femme continuait de peindre, bougeant discrètement les hanches au rythme de la musique tout en levant le bras pour atteindre la bordure du plafond. Coop fit quelques pas, et tapa doucement sur son dos.

Elle poussa un cri, sursauta et se tourna tout en même temps.

En dépit de sa rapidité, Coop ne put éviter la gifle du pinceau sur sa joue. Il poussa un juron, s'écarta instinctivement puis plongea les bras en avant, pour attraper au vol la jeune femme qui perdait l'équilibre. L'espace d'un instant, il sentit son corps mince contre lui, aperçut son visage pâle et ses yeux noisette frangés de longs cils. Elle sentait bon le miel, un parfum doux, imperceptiblement sucré.

L'instant suivant, il trébuchait en arrière, avant de la poser à terre en grimaçant de douleur. En se débattant dans sa chute, elle lui avait donné un coup de genou à l'estomac. Il releva la tête et la vit armée d'une boîte de peinture retournée, qu'elle était visiblement près de lui lancer à la figure.

— Ah, mais vous êtes folle ! maugréa-t-il. Je vous préviens, si vous faites ça, je serai obligé de me défendre.

— Comment ? hurla-t-elle.

— Je vous dis de poser cette boîte. Je suis là pour la petite annonce !

— Je n'entends rien !

Son regard exprimait la panique absolue. Et elle semblait prête à tout.

— J'ai dit : la petite annonce !

Estimant qu'elle ne lancerait plus la boîte, il alla couper le son de la chaîne stéréo.

— Je suis là pour répondre à la petite annonce ! répéta-t-il d'une voix forte, alors que le silence venait enfin de s'installer.

— Mais quelle annonce ?

— Pour l'appartement.

Coop passa la main sur sa joue et regarda la trace de peinture blanche laissée sur ses doigts.

— Je ne comprends toujours pas.

Elle regarda attentivement l'homme qui se tenait devant elle. Il avait l'air fort, pensa-t-elle. Un peu comme un nageur, large d'épaules et longiligne. Ses yeux d'un vert limpide frappaient par leur dureté, et sa mise, un vieux jean et un T-shirt des *Orioles*, l'équipe de base-ball de Baltimore, ne lui donnait pas vraiment l'apparence de respectabilité qui aurait pu la rassurer.

Elle se sentait prête à prendre la fuite à toutes jambes s'il le fallait.

— La petite annonce ne sera pas publiée avant demain.

— Ah bon ?

Pas plus décontenancé que ça, il sortit un papier de sa poche et le lui présenta.

— C'est bien la bonne adresse, non ?

Elle restait sur ses gardes.

— Je vous répète que l'annonce ne paraît que demain. Alors je ne vois vraiment pas comment vous pouvez être au courant.

— Ce n'est pas très compliqué, je travaille pour le journal en question. Comme je cherche un appartement, j'ai demandé à la fille des petites annonces de regarder pour moi.

Il lut le petit papier.

Un appartement avec deux chambres, deuxième étage, entrée séparée, voisinage calme, situé à une distance idéale de Baltimore.

Elle fronçait encore les sourcils.

— Oui, c'est bien ça…

Conscient que son petit arrangement en interne n'était pas totalement déontologique, Coop voulut faire amende honorable.

— Ecoutez, cette fille s'est sans doute montrée un peu trop zélée. Je lui ai donné deux billets pour un match il y a dix jours et elle a dû penser que ce serait sympa de me filer le tuyau avec un peu d'avance.

Comme la jeune femme baissait doucement le bras, il tenta un sourire.

— J'ai d'abord frappé à la porte et, comme l'appartement était ouvert, je me suis permis d'entrer.

Il jugea préférable de ne pas parler de son petit tour dans la maison principale.

— L'annonce ne précisait pas l'adresse, rétorqua-t-elle, l'air toujours aussi méfiant.

— Je l'ai eue parce que je travaille au journal.

La jeune femme le dévisageait avec perplexité. Curieusement, son visage lui semblait vaguement familier. Et ce n'était pas n'importe quel visage ! Des pommettes parfaitement dessinées, un regard ardent et un teint diaphane, opalescent, que beaucoup de femmes lui auraient envié. Sa bouche était sensuelle, avec une lèvre inférieure délicatement pulpeuse.

Mais, pour l'heure, ce beau visage le scrutait sombrement.

— Vous avez donné votre adresse au journal pour la facturation de l'annonce, expliqua-t-il. Et comme aujourd'hui j'avais deux heures devant moi, j'ai eu envie de venir pour jeter un coup d'œil… Ecoutez, si vous préférez, je peux revenir demain. Mais comme je suis là, autant en profiter, non ? Je peux vous montrer ma carte de presse, si vous voulez.

Il la lui présenta aussitôt et constata avec plaisir qu'elle plissait les yeux pour l'étudier.

— Je suis éditorialiste pour la section sportive. J. Cooper McKinnon. « Tout pour le jeu », vous connaissez ?

— Ah…

Elle ne voyait pas du tout de quoi il s'agissait, mais acquiesça machinalement. La rubrique sportive des journaux n'était pas particulièrement sa tasse de thé. Mais le sourire de l'homme l'avait apaisée. Il n'avait plus l'air si terrifiant, à présent. Et puis la trace de peinture fraîche qu'elle lui avait laissée sur la joue ajoutait une petite touche comique à la scène.

— Dans ce cas, c'est d'accord. Seulement, je n'avais pas prévu de faire visiter l'appartement avant deux jours. Il n'est pas encore prêt, comme vous pouvez le constater. Je suis encore en train de peindre.

— J'avais remarqué…

Elle éclata de rire. Un rire profond et rauque qui rappelait la chaleur de sa voix.

— En effet. Je me présente, Zoe Fleming. Tenez, prenez cette serviette si vous voulez vous essuyer un peu.

— Merci. D'après l'annonce, l'appartement était immédiatement disponible.

— Je pensais avoir terminé pour demain, le jour où l'annonce devait paraître. Vous habitez dans le coin ?

— J'ai un appartement en ville, mais je cherche quelque chose d'un peu plus grand, avec un peu plus de caractère.

— Cet appartement est relativement grand. Il a été aménagé il y a huit ans environ. L'ancien propriétaire l'avait fait faire pour son fils. Mais, à sa mort, son fils a tout vendu et déménagé en Californie. Je crois qu'il voulait écrire des séries télé.

Coop se dirigea vers la fenêtre pour vérifier la vue.

Ses mouvements étaient fluides, songea Zoe, comme ceux d'un homme fort et sûr de lui. Lorsqu'elle était tombée dans ses bras, quelques minutes plus tôt, elle avait perçu la solidité de son corps dur et ferme. Il avait de bons réflexes. Après tout, ça ne serait peut-être pas plus mal d'avoir un homme dans les parages.

— Vous allez emménager seul, monsieur McKinnon ?

Elle pensa combien ce serait épatant s'il s'installait en famille — avec peut-être un enfant pour jouer avec Keenan.

— Oui, seul. Je peux m'installer dès ce week-end.

Coop sourit. Ce serait agréable de vivre ici, plutôt que dans une tour sans âme, avec des appartements tous conçus sur le même modèle.

Zoe n'avait pas imaginé que ce serait si facile de louer son appartement. C'était la première fois qu'elle était bailleresse. Mais comme elle avait déjà été locataire par le passé, elle connaissait un peu les ficelles du contrat.

— C'est parfait. Je vous demanderai deux mois d'avance.

— Bien entendu.

— Ah oui ! et quelques références, peut-être.

— Aucun problème, je vais vous donner le numéro de téléphone de la compagnie qui gère mon immeuble. Vous pouvez également appeler le journal. Est-ce que vous avez l'exemplaire du bail à signer ?

Elle ne l'avait pas encore et devait s'occuper de cela dans la soirée.

— Je l'aurai demain. Vous ne voulez pas visiter les autres pièces ? Avez-vous des questions particulières ?

— J'ai tout vu et ça me va très bien.

— Parfait. Dans ce cas, je suppose qu'il ne me reste plus qu'à faire annuler ma petite annonce.

Il y eut un bruit de cavalcade, comme un troupeau d'éléphants. Zoe s'arrêta net, tourna la tête vers la porte et s'accroupit pour intercepter le missile qui déboulait dans la pièce.

C'était un petit garçon blond, constata Coop, revêtu d'un pull rouge et d'un jean couvert de poussière. Il tenait à la main une boîte à goûter, décorée avec l'image d'une bataille spatiale, et une grande feuille de dessin.

— J'ai dessiné l'océan, annonça-t-il triomphalement. Et un million de personnes ont été dévorées par les requins.

— Quelle horreur ! s'exclama Zoe avec un air complice.

Elle prit le temps d'examiner le chef-d'œuvre.

— Ce sont vraiment de très gros requins.

Elle semblait identifier sans problème les formes indistinctes qui représentaient les requins de celles qui évoquaient des formes humaines. Coop se demanda comment elle pouvait accomplir cet exploit.

— Ce sont des requins monstres. Des requins monstres et mutants à la fois, tu vois. Ils ont des dents énormes.

— C'est ce que je vois, mon chéri. Keenan, dis bonjour à M. McKinnon, notre nouveau locataire.

Le petit garçon s'accrocha à la jambe de sa mère, l'air un peu intimidé soudain. Puis il leva la tête vers Coop, regarda attentivement son T-shirt et s'illumina.

— Oh ! c'est une équipe de base-ball, les *Orioles*. Je les connais et j'ai même une casquette. Je vais apprendre à jouer au base-ball. Maman va s'acheter un livre pour pouvoir m'apprendre !

Un livre ! Coop eut du mal à réprimer un ricanement. Comme si on pouvait apprendre à jouer au plus beau jeu inventé par l'être humain dans un livre ! Le père du gosse devait être un sacré rat de bibliothèque, ou un type coincé derrière son écran d'ordinateur à longueur de journée.

— Génial, répondit-il néanmoins.

Il ne comptait pas aller plus loin dans la conversation. Selon lui, c'était plus sage d'éviter de discuter avec quiconque ayant moins de seize ans. Ça ne menait à rien.

Mais le jeune garçon n'était manifestement pas du genre à garder sa langue dans sa poche.

— Si vous vivez ici, il va falloir payer un loyer, vous savez, déclara-t-il. Comme ça, nous, on pourra rembourser notre emprunt et ensuite aller à Disney World.

Quel curieux petit garçon ! songea Coop. En avance sur son âge, manifestement.

Zoe éclata de rire et passa la main dans les cheveux de l'enfant.

— C'est bon, mon grand. Je vais me débrouiller toute seule. Tu ferais bien de redescendre et d'aller ranger tes affaires.

— Est-ce que Beth viendra jouer avec moi ce soir ?

— Oui. Maintenant, file. Je te rejoins dans une minute.

— D'accord !

L'enfant se précipita vers la porte en courant. Zoe le rappela aussitôt.

— Keenan ?

Elle leva simplement un sourcil et le garçonnet se tourna vers Coop en souriant.

— Au revoir, m'sieur !

Il s'élança de nouveau, puis dévala l'escalier aussi bruyamment qu'il l'avait monté.

— On peut dire que cet enfant sait faire son entrée ! dit Zoe en se tournant vers Coop. Il tient ça de ma mère. Elle est actrice, à Broadway.

Comme il ne répondait rien, elle pencha légèrement la tête sur le côté.

— Hum, je vous sens prêt à changer d'avis. Un problème avec les enfants ?

— Non.

Coop doutait fort que ce petit garçon puisse le gêner. Il n'approcherait pas de chez lui et si d'aventure il le faisait, il le renverrait à ses pénates, tout simplement.

— Non, aucun problème. Il est… euh, mignon.

— Oui, il est très mignon. Oh ! je n'irai pas jusqu'à prétendre que c'est un ange, mais il ne vous dérangera pas. Et si jamais il vous ennuie, n'hésitez pas à me le dire.

— Entendu. Je reviendrai demain pour signer le bail, si ça vous convient.

— Tout à fait.

— Est-ce qu'une heure vous arrange en particulier ?

Zoe parut songeuse un bref instant.

— On est quel jour demain, déjà ?

— Vendredi.

Elle ferma les yeux pour réfléchir.

— Je crois que je travaille entre 10 heures et 14 heures… oui, c'est ça. Alors, n'importe quand à partir de 14 h 30.

— C'est parfait. Eh bien, ce fut un plaisir de faire votre connaissance, madame Fleming.

Ils échangèrent une poignée de main.

— C'est mademoiselle, corrigea-t-elle d'un air dégagé. Et puis, comme nous allons vivre ensemble, enfin, façon de parler, vous pouvez m'appeler Zoe.

2

Personne ne répondait à la porte. Une fois de plus.

Coop jeta un coup d'œil à sa montre. 15 h 15. Il n'était pas pointilleux, mais tout de même ! Dans son métier, il fallait faire preuve de ponctualité. Cette rigueur à l'égard des autres et de lui-même était constitutive de sa personnalité.

Le break n'était pas garé dans l'allée, cette fois-ci.

Coop fit le tour de la maison, en espérant le trouver. Rien. Il s'apprêtait à retourner près de l'escalier de l'appartement qu'il devait louer quand il entendit une voix qui l'appelait.

— Ohé, jeune homme ! Ohé ! Par ici !

Il tourna la tête du côté de la haie. C'était la voisine qui lui faisait signe de son propre jardin. Une femme déjà grand-mère sans doute, revêtue d'une robe à fleurs. Ses cheveux teints en roux auréolaient un visage rond et souriant.

— Attendez, j'arrive ! lança-t-elle joyeusement.

Elle trottina jusqu'au perron de la maison et se présenta à lui, légèrement essoufflée.

— Ouf... ! Je ne suis plus toute jeune. Je me présente, Mme Finkleman.

— Bonjour, madame.

— Vous devez être le jeune homme qui va emménager à l'étage ?

Mme Finkleman passa la main dans les boucles de ses cheveux, en un geste coquet et maladroit.

— Zoe ne m'avait pas dit que vous étiez si séduisant, reprit-elle d'un ton sucré. Célibataire ?

— Oui, répondit Coop avec prudence. J'avais rendez-vous avec Mlle Fleming. Je n'ai pas l'impression qu'elle soit chez elle.

— Ah ! que voulez-vous, ça, c'est Zoe, toujours en vadrouille !

Visiblement ravie de faire un brin de conversation avec Coop, Mme Finkleman s'adossa contre le mur.

— Elle a toujours mille projets sur le feu et ne manque pas d'énergie, la chérie. Elever un petit garçon toute seule, ça ne doit pas être facile, vous savez. Moi, je ne sais pas comment j'aurais fait si je n'avais pas eu mon Harry pour m'aider, quand les enfants étaient petits.

Cette brave femme avait réussi à piquer la curiosité de Coop. Ce n'était pas vraiment de l'indiscrétion, mais plutôt une déformation professionnelle. Après tout, il n'était pas reporter pour rien.

— Le père du petit ne l'aide pas du tout ?

Mme Finkleman eut un petit rire de dédain.

— Je ne l'ai jamais vu. D'après ce qu'on m'a raconté, il s'est évanoui dans la nature le jour où il a découvert que Zoe était enceinte. Pffftt… comme ça ! Il l'a laissée, la pauvre, alors qu'elle était presque une enfant elle-même. Je ne crois pas qu'il ait déjà vu le gosse. Ce pauvre petit chou !

— Il est mignon, répondit poliment Coop. Il a quel âge ? Cinq ? Six ans ?

— Tout juste quatre ! Il est incroyablement éveillé pour son âge. C'est comme ça, de nos jours. Les enfants grandissent plus vite. Le trésor est en maternelle, maintenant. Il ne devrait pas tarder à rentrer, d'ailleurs.

— Sa mère est allée le chercher à l'école ?

— Non, non ce n'est pas sa semaine pour conduire les enfants. C'est le tour d'Alice Miller : vous voyez la maison blanche avec les volets bleus plus bas dans la rue — eh bien, c'est elle. Elle a une fille et un garçon. Des amours eux aussi. La plus jeune, Steffie, a l'âge de Keenan. Et le grand, Brad, oh, il vous plairait… !

Conscient que l'aimable voisine était sur le point de lui raconter la vie de son quartier, Coop estima qu'il était temps de mettre un terme à la conversation.

— Est-ce que vous pourriez dire à Mlle Fleming que je suis passé ? Je pourrais peut-être vous laisser un numéro où me joindre et…

— Que je suis bête ! s'exclama alors Mme Finkleman. Je parle, je parle et j'allais presque oublier ce que je voulais vous dire. Zoe m'a appelée pour me demander de vous transmettre un message. Elle est bloquée chez le fleuriste. Elle travaille là-bas trois jours par semaine. Une belle boutique qui s'appelle « Des fleurs et des bouquets » — vous savez, à Ellicott, pas très loin d'ici ? C'est un bel endroit, mais les prix sont exorbitants. Moi, ça me sidère ! Franchement, faire payer si cher une tulipe…

— Elle est bloquée ? l'interrompit Coop.

— Oui, sa remplaçante a eu une panne de voiture, du coup Zoe sera en retard. Elle m'a dit que vous pouviez entrer dans la cuisine, elle a laissé le bail et les clés sur la table.

— Très bien, merci beaucoup, madame.

— Oh ! je vous en prie. Le voisinage est très agréable par ici et vous trouverez toujours quelqu'un pour vous donner un coup de main. Je ne sais plus si Zoe m'a dit quel était votre métier.

— Je suis reporter sportif pour le *Dispatch*.

— C'est vrai ? Ça alors ! Mon Harry est fou de sports. Impossible d'obtenir son attention lorsqu'il regarde un match à la télévision !

— Je le comprends !

Mme Finkleman éclata de rire et donna une tape dans le dos de Coop, qui aurait sans doute fait vaciller un homme moins athlétique que lui.

— Ah, vous les hommes ! Tous les mêmes, hein ! Dans ce cas, n'hésitez pas à vous inviter chez nous quand vous voulez. Harry sera ravi de parler sport avec vous. Quant à moi, ce n'est pas la peine d'essayer. Sauf si c'est du base-ball bien sûr.

Coop, qui était sur le point de battre en retraite, s'illumina.

— Vous aimez le base-ball ?

— Mon petit, je suis née à Baltimore, tout de même, répondit Mme Finkleman, comme si cela expliquait tout. Je pense que notre équipe a de bonnes chances pour le championnat cette année. Croyez-moi sur parole !

— Je suis d'accord avec vous, à condition qu'ils chauffent un peu leurs battes. Leur jeu de rotation est parfait et la défense est très serrée. Ce dont ils ont besoin avant tout, c'est…

Coop fut interrompu par un cri joyeux. C'était Keenan qui arrivait en courant, droit vers eux.

— Bonjour m'sieur, bonjour madame Finkleman ! Vous savez, Carly Myers est tombée dans la cour de récréation et elle a saigné.

Les grands yeux bruns de l'enfant brillaient d'excitation. Il poursuivit sans reprendre son souffle.

— Elle a saigné énormément et elle a pleuré et pleuré.

Pour appuyer son propos, il poussa un cri strident qui manqua crever les tympans de Coop.

— Et, après, l'infirmière lui a mis un pansement avec des étoiles dessus. La chance qu'elle a eue ! Elle est où, maman ?

Mme Finkleman lui donna un baiser claquant sur la joue.

— Elle travaille un peu plus tard ce soir, mon poussin. Elle m'a dit que tu pouvais venir chez moi en l'attendant.

— D'accord, mais, d'abord, il faut que j'aille ranger ma boîte à goûter.

— Que tu es chou, bien sûr ! Tu viendras après. Pourquoi est-ce que tu ne ferais pas entrer ce gentil monsieur dans la cuisine pour qu'il puisse attendre ta maman, lui aussi ?

Aussitôt, Keenan saisit la main de Coop pour lui montrer la direction. Une petite main toute collante, comme il fallait s'y attendre.

— On a des biscuits superbons à la maison, déclara l'enfant joyeusement. C'est nous qui les faisons nous-mêmes !

— Ah… génial !

— Ils sont vraiment, vraiment bons.

— Je n'en doute pas.

Lorsqu'ils furent dans la cuisine, le petit garçon montra du doigt une grande boîte en céramique posée en hauteur.

— Ils sont là, mais je suis trop petit pour les attraper.

— Très bien, je m'en occupe, répondit Coop, pressé de mettre un terme à l'excitation fébrile de Keenan.

Il prit la boîte, saisit une pleine poignée de biscuits et les déposa sur la table devant le petit garçon, qui n'en croyait pas ses yeux.

— Vous pouvez en prendre un, dit-il en mettant un biscuit entier dans sa bouche.

Coop haussa les épaules et goûta un gâteau. L'enfant avait raison, c'était un délice.

— Tu ne devais pas aller chez la voisine ?

Keenan dévora un autre gâteau, avant de se lever.

— Si, mais, d'abord, je dois laver ma Thermos, sinon, après, ça sent pas très bon.

— O.K., tu as raison. Je te laisse faire.

Keenan se mit face à l'évier et versa un peu de liquide vaisselle dans sa Thermos. Puis, voyant que Coop était plongé dans la lecture du bail et ne prêtait plus attention à lui, il ajouta du liquide vaisselle, puis encore et encore. Il ouvrit le robinet en grand et une mousse considérable se forma sous ses yeux ravis. Pour que le jeu soit plus amusant encore, il boucha l'évier et se mit à jouer avec les grosses bulles qui montaient jusqu'au robinet.

Coop était entièrement absorbé dans la lecture du bail, qui lui semblait très bien conçu. Zoe avait déjà signé les deux exemplaires. Il ne lui restait plus qu'à en faire autant.

Alors qu'il prenait les clés et se levait pour ranger son exemplaire dans sa poche, il vit l'enfant.

— Mon Dieu !

Keenan était trempé de la tête aux pieds. L'évier était totalement inondé.

— Mais qu'est-ce que tu fais ?

Le petit garçon tourna la tête et répondit en souriant :

— Ben rien !

— Mais enfin, regarde, tu as mis de l'eau partout ! s'exclama Coop en cherchant une serviette.

— Ah oui, c'est vrai ça, partout, partout, répondit Keenan en éclatant de rire.

Puis il donna une grande claque dans l'eau et un geyser d'eau et de mousse éclaboussa le carrelage. Coop n'en revenait pas.

— Mais voyons, ferme le robinet ! Tu ne devais pas aller chez Mme Finkleman… ? Oh ! non !

Il venait de recevoir un second jet mousseux sur le visage.

La porte de l'entrée claqua.

— Keenan ! s'écria Zoe. J'espère que tu n'es pas allé chercher des gâteaux dans la boîte.

Coop regarda les miettes sur la table et la flaque d'eau sous l'évier.

— Oh ! non…, marmonna-t-il.

— Oh ! non…, reprit l'enfant, en souriant.

Zoe entra dans la pièce.

— Coucou maman !

Zoe poussa un petit cri de surprise. Son fils dégoulinait sur le sol détrempé de la cuisine. Quant à son futur locataire, il venait manifestement d'être aspergé et semblait légèrement penaud. Ce qui lui donnait un air vraiment charmant.

— Keenan, tu joues encore avec l'eau ? dit-elle avec un calme qui surprit Coop.

Puis elle posa le bouquet d'iris qu'elle tenait dans les bras, et grimaça devant les miettes de biscuits qui jonchaient la table et le sol. L'enfant surprit son regard.

— Le monsieur voulait goûter nos gâteaux ! s'écria-t-il.

Zoe secoua la tête doucement.

— Oh, bien sûr ! Maintenant, va tout de suite dans la buanderie et retire tes habits.

— Oui, maman, pardon d'être tout mouillé…

Sur ces mots, Keenan sortit de la pièce en courant.

— Je suis navrée d'être en retard, déclara alors Zoe tout en retirant le bouchon de l'évier.

Puis elle ouvrit la porte d'un placard pour en sortir un vase.

Coop songea qu'il aurait sans doute dû lui raconter ce qui s'était passé durant les dix dernières minutes et se demanda s'il devait présenter des excuses. Comme il ne savait trop que faire, il se contenta de dire qu'il avait signé le bail.

— Ah ! très bien ! Dites, est-ce que vous pouvez remplir ce vase pour moi ? Je dois aller dire un mot à mon fils.

— Bien sûr.

Coop craignit qu'elle ne gronde l'enfant, mais les sons qui lui parvinrent bientôt de la buanderie semblaient plutôt joyeux. La mère et l'enfant riaient tous les deux aux éclats.

— Oh ! attention à vous, il y a de l'eau par terre, dit Zoe lorsqu'elle revint dans la cuisine.

— Ah oui… euh, tenez, voilà le vase.

— Merci. J'ai cru comprendre que vous aviez rencontré Mme Finkleman ?

— Les nouvelles vont vite…

— Ici ? Je ne vous le fais pas dire !

Elle arrangea les fleurs dans le vase et lui tendit une serviette pour qu'il puisse s'essuyer le visage. Il sentit à ce moment-là son parfum, une fragrance beaucoup plus troublante et délicate que celle des fleurs. Revêtue d'un baggy et d'un T-shirt avec un motif floral, à l'enseigne du magasin, elle dégageait une impression de fraîcheur et de jeunesse. Ses cheveux avaient une nuance qu'il n'aurait su définir, une teinte dorée, entre le brun et le blond. Elle les avait noués en queue-de-cheval, une coiffure qui mettait en valeur l'ovale parfait de son visage.

Comme elle le regardait curieusement, il s'aperçut qu'il était en train de la dévisager.

— Pardon… euh, je veux dire… je suis désolé pour ce capharnaüm.

— Vous avez joué avec l'eau, vous aussi ? le taquina-t-elle.

Impossible de ne pas répondre à un sourire aussi charmant.

Ce n'était pas si mal d'avoir une si jolie propriétaire, de partager cette maison avec elle, peut-être même un dîner de temps en temps, ou alors…

— Maman !

Keenan se tenait sur le pas de la porte, en slip.

— Je ne trouve pas mon pantalon.

— Dans le panier, à côté du lave-linge, répondit-elle sans lâcher Coop des yeux.

Il avait un peu vite oublié le petit garçon. Zoe n'était pas seule. Il refoula la pensée qui l'avait traversé quelques instants auparavant et montra les clés qu'il tenait à la main.

— J'ai quelques cartons dans la voiture, je vais commencer à m'installer cet après-midi.

— Très bien.

C'était idiot, mais Zoe sentait une pointe de déception la gagner. La lueur d'intérêt et de désir qu'elle avait lue dans ses yeux s'était éteinte à l'instant même où Keenan était entré dans la pièce.

— Vous avez besoin d'aide ?

— Non, merci, je vais me débrouiller. Je dois couvrir un match ce soir, alors je vais simplement commencer et je finirai demain.

Il se dirigea vers la porte et tourna la tête au moment de sortir.

— Merci beaucoup.

— Soyez le bienvenu à bord, monsieur McKinnon.

— Coop… Appelez-moi Coop.

Coop…, songea-t-elle en s'adossant contre le mur. C'était vraiment une bonne idée de louer l'appartement au-dessus de chez elle. Le revenu supplémentaire lui permettrait de vivre plus confortablement et peut-être de s'autoriser quelques extra. Comme ce voyage à Disney World dont Keenan mourait d'envie.

En achetant cette maison, elle avait pris un risque. Mais elle voulait que son fils grandisse dans un quartier agréable, avec un jardin, peut-être même un chien lorsqu'il serait plus grand. Le loyer de Coop allait vraiment la soulager.

Seulement, elle n'avait pas du tout imaginé jusqu'alors que ce nouveau voisin pouvait lui aussi représenter un risque, plus personnel. Ce serait sans doute étrange d'avoir un locataire célibataire et terriblement séduisant.

Elle se moqua d'elle-même. *Tu peux toujours rêver !* J. Cooper

McKinnon était comme tous les autres, un homme qui détalait en quatrième vitesse dès qu'il entendait le son des petits pieds de son fils.

Un objet tomba dans la buanderie et elle secoua la tête en souriant.

— Allez, viens, petit pirate. Il est temps de nettoyer le pont !

3

— C'est un appart vraiment sympa, Coop. Oui, vraiment sympa.

Ben Robbins, reporter au *Dispatch*, sirotait sa bière tout en balayant des yeux le logement de Coop.

— Pour ne rien te cacher, je n'étais pas totalement convaincu quand on a monté toutes tes affaires ici, l'autre jour, poursuivit-il, mais tu as l'œil. Pas mal du tout !

C'était beaucoup mieux que « pas mal du tout », et Coop le savait bien. L'ameublement était sobre, épuré. Il avait installé son imposant canapé en cuir au centre de la pièce, face à un grand écran de télévision qui lui permettrait de suivre les matchs. De chaque côté, deux lampes diffusaient une lumière douce et chaleureuse. Une table basse de bois brut, un peu marquée par les traces des innombrables pieds qui s'étaient posés dessus, et un fauteuil au volume accueillant complétaient le mobilier.

Dans un recoin de la pièce, il avait installé une batte de base-ball, parce que taper dans une balle de temps à autre l'aidait à réfléchir. Le lieu était en lui-même un hommage au sport et à l'esprit festif qui allait de pair avec lui. Un vieux flipper et un baby-foot ajoutaient au charme original du décor, tout comme la raquette de tennis, la crosse de hockey et les gants de boxe accrochés au mur.

Pour Coop, ce n'était pas totalement des jouets, mais plutôt des outils de travail.

Pour les fenêtres, il avait préféré les stores aux rideaux, plus pratiques pour faire la sieste s'il décidait un jour de s'en octroyer une.

Dans la chambre, il n'y avait guère qu'un lit, une table de chevet et un deuxième téléviseur. C'était un endroit pour dormir — ou, s'il avait de la chance, pour un autre type de sport.

Mais la pièce qu'il aimait le plus était le bureau. Il se voyait déjà passer des heures derrière son ordinateur pour analyser les matchs et rédiger ses articles. La table de travail était ancienne et les discrètes cicatrices du temps passé sur le bois lui étaient chères et familières. Grâce au téléphone, au fax et à internet, il serait en contact permanent avec le monde extérieur, et son lecteur DVD lui servirait à décrypter les mouvements les plus complexes et les plus controversés des matchs.

Avec les tableaux, les photos et les divers souvenirs d'exploits sportifs qui habillaient les murs, il était vraiment à la maison.

Sa maison.

— Tu sais, ton appart me fait penser à un bar, déclara Ben en étirant ses jambes courtes et velues. Ce genre d'endroits où les équipes se retrouvent après un bon match.

Pour Coop, c'était le plus beau compliment qu'on puisse lui faire.

— Merci, je dois dire que ça me plaît.

Ben acquiesça et leva sa chope pour porter un toast.

— Au terrain !

Il but plusieurs gorgées d'une traite et reprit :

— Ici, c'est le lieu rêvé pour un homme. Un endroit où tu peux te reposer, être toi-même. Tu sais, depuis que je me suis installé avec Sheila, je me retrouve avec plein de petits bibelots en porcelaine partout, et des sous-vêtements accrochés dans la salle de bains. Oh..., l'autre jour, elle est rentrée avec un nouveau couvre-lit, un truc à fleurs... rose ! C'est un peu comme dormir dans une prairie.

Il ponctua sa dernière remarque d'un éclat de rire.

— Ah, c'est toi qui l'as voulu, mon pote ! fit Coop en posant ses pieds sur la table basse.

— Je sais, je sais. Le pis, c'est que je suis fou d'elle ! Et, en plus, elle est fan de l'équipe d'Oakland.

Coop haussa les épaules.

— Il faut de tout pour faire un monde... Au fait, j'ai entendu dire que Ramirez va être transféré.

— Arrête !

— Si, ça fait toute une histoire en ce moment. Ils vont l'envoyer à Dunbar.

— C'est vraiment idiot, Ramirez est un excellent batteur dans son équipe actuelle.

Les deux hommes poursuivirent leur discussion d'experts et finirent leur bière dans une atmosphère de complicité virile.

— J'ai un match à couvrir ce soir, déclara Coop au bout d'un moment.

— Ah bon ? Je croyais que les *Orioles* jouaient à Chicago jusqu'à demain.

Coop alla chercher son magnétophone, un bloc et un crayon.

— C'est le cas, mais, ce soir, je vais voir le match de l'université. Ils ont un joueur très prometteur et je me suis dit que ça valait le coup d'aller jeter un œil et d'obtenir une interview.

Ben se leva.

— Quel boulot ! Aller voir des matchs, traîner dans les vestiaires.

— Oui, je sais, c'est difficile.

Coop posa le bras sur l'épaule de son ami.

— Et toi ? Ça avance, ton article sur la castration des animaux de compagnie ? demanda-t-il, moqueur.

— Laisse tomber, Coop !

— Ne fais pas cette tête ! Que veux-tu, pendant que certains vont visiter des fourrières, d'autres s'installent sur les gradins d'un stade. Ce sont les dures lois du métier.

Coop songea que c'était une journée idéale pour un match : le ciel était parfaitement dégagé. Il sentait déjà le doux parfum des cacahuètes grillées et des hot-dogs.

— Pendant que tu seras à ton match, moi je serai dans les bras d'une femme, figure-toi.

— Sous un couvre-lit rose fleuri !

— C'est vrai, mais elle prétend que les fleurs lui donnent l'impression d'être plus sexy. Et laisse-moi te dire qu'elle n'a pas tort… Oh ! non, vraiment, tu peux me croire…

Le visage de Ben changea d'expression d'un seul coup. L'air ébahi, il regardait fixement la porte d'entrée. Coop tourna les yeux à son tour et resta un moment sous le choc.

Zoe.

Elle portait la minijupe la plus courte qu'il eût jamais vue. Ses jambes interminables étaient fuselées dans un collant noir et ses chaussures à talons hauts lui donnaient une démarche divinement chaloupée. Son corsage blanc exposait son décolleté au regard. Autour du cou, elle avait noué un ruban de satin noir. Coop eut d'un seul coup l'impression que tout son corps s'embrasait.

Zoe avait lâché ses cheveux lisses, qui venaient caresser la ligne de ses épaules. Leur teinte incroyable lui évoqua curieusement la robe chatoyante d'une jeune biche.

Elle s'arrêta face à eux, sourit et dit quelque chose qu'il n'entendit pas. Son esprit avait cessé de fonctionner normalement à l'instant où il avait posé les yeux sur ses jambes.

— Euh… pardon… ?

— … si vous étiez bien installé.

— Ah… euh, comment ?

Il clignait des yeux comme un homme sorti d'un profond sommeil.

— Je disais que je venais m'assurer que vous étiez bien installé.

— Ah… oui ! Très bien, je vous remercie.

— Tant mieux. Keenan a attrapé un gros rhume, du coup je n'avais pas encore eu le temps de passer vous voir, mais je vous ai aperçu en train de monter des meubles, il y a deux jours.

Ben donna un discret coup de coude à Coop.

— Ah oui… excusez-moi, je ne vous ai pas encore présenté mon ami Ben. Il m'a donné un coup de main pour l'emménagement.

— Bonjour, Ben. Je suis Zoe.

— Bonjour, Zoe. Je suis Ben, répondit-il, avec l'air un peu stupide.

Zoe se mit à sourire. C'était sa tenue, elle le savait. Et même si elle détestait ça, elle ne pouvait pas s'empêcher d'être amusée par l'impact de trois bouts de chiffon sur les hommes.

— Vous êtes journaliste, vous aussi ? s'enquit-elle poliment.

— Oui.

— Dans le sport aussi ?

— Euh… non. En ce moment, j'écris un article sur la castration des animaux domestiques.

— Ah ?

Zoe se sentait désolée pour Ben, qui déglutissait péniblement, conscient d'avoir parlé trop vite.

— Eh bien, j'essaierai de le lire. En tout cas, je suis contente que l'installation se soit bien passée. Je vous laisse, je dois aller travailler.

— Vous partez ? Dans… euh… cette tenue ?

Zoe pinça les lèvres.

— Figurez-vous que je m'habille comme ça quand je fais du stop, mais, ce soir, je me suis dit que j'irais travailler avec cet ensemble. Au *Shadows*. Je suis serveuse. Ben, j'ai été ravie de faire votre connaissance.

Elle descendit l'escalier sans ajouter un mot. Ben et Coop la regardaient encore lorsqu'elle quitta l'allée en voiture.

— Ta propriétaire… c'était ta propriétaire, dit Ben en sifflant d'admiration.

— Je crois bien.

Zoe ne ressemblait pas du tout à ça lorsqu'il avait signé le bail. Belle, elle l'était déjà, vraiment belle même, mais d'une façon plus inoffensive. Elle n'avait pas l'air si, si… Les mots lui manquaient. C'était une mère de famille, enfin ! Elle n'était pas censée ressembler à ça.

— Elle a un enfant, dit Coop.

— Ah oui ? Quel genre ?

— Humain, il me semble.

— Fais pas l'idiot !

— Un garçon, répondit Coop d'une voix absente. De cette taille à peu près.

Il leva la main à un mètre du sol

— Elle a peut-être un gosse, mais elle a aussi des jambes. Et des jambes de cette taille !

Ben plaça sa propre main à hauteur de la gorge.

— Tu es un sacré veinard, Coop. Mon propriétaire a des bras de rugbyman et un tatouage en forme de lézard. La tienne est belle comme un mannequin.

— C'est une mère de famille.

— Ouais, peut-être, mais je ne serais pas contre le fait qu'elle me serve un verre de lait et des cookies ! Bon, il faut que je te laisse !

— Salut, Ben, et encore merci pour ton aide.

Après le départ de son ami, Coop rêvassa devant la porte de chez lui. Une mère de famille ne ressemblait pas à ça, normalement. Une mère de famille devait avoir l'air rassurant, dégager une impression de confort et de sécurité. Il soupira profondément pour chasser le nœud qui lui serrait la gorge.

Zoe n'était pas *sa* mère, pensa-t-il.

A minuit, Zoe ne sentait plus ses pieds. Son dos lui faisait mal. Quant à ses bras, ils étaient tout endoloris, comme si elle avait dû porter des caisses de bouteilles plutôt que des plateaux avec des verres.

Elle avait éconduit six hommes qui s'étaient essayés à la courtiser. Deux d'entre eux, qui avaient l'air sincères, l'avaient amusée. Un autre s'était montré suffisamment insultant pour qu'elle le congédie sans ménagement. Et les trois autres étaient insignifiants, elle avait simplement ignoré leurs discours de dragueurs à la petite semaine. Ceux-là, elle les connaissait bien. C'était une routine qui allait de pair avec son travail.

Le bar tenait son nom des jeux d'ombre et de lumière, savamment créés par des spots et des néons tamisés. Le décor s'inspirait des années cinquante et les serveuses étaient habillées en pin-up pour coller avec l'esprit du lieu.

Heureusement, les pourboires étaient généreux et la clientèle agréable, le plus souvent.

— Deux bouteilles de vin maison, un Black Russian, et un café allongé, annonça-t-elle au barman.

En attendant la commande, elle prit un petit moment pour détendre ses épaules fatiguées.

Pourvu que Beth n'ait pas eu trop de mal à coucher Keenan. Il avait été excité toute la journée, signe que son rhume était quasiment terminé. Le matin même, lorsqu'elle avait émis l'idée qu'il pourrait retourner à l'école, il avait geint en disant qu'il se sentait encore trop faible. Un vrai comédien !

Son fils ne tenait pas ça d'elle, qui n'avait jamais fait de caprice pour manquer un jour d'école. A présent qu'elle avait vingt-cinq ans, elle regrettait sincèrement de ne pas avoir poursuivi ses études. Si elle s'était inscrite à l'université, elle aurait pu développer ses talents et choisir une carrière. Mais, au lieu de cela, elle s'était arrêtée après avoir obtenu son diplôme de fin d'études secondaires. Elle aurait pu, pourtant, prétendre à quelque chose de plus intéressant que de servir des hommes qui louchaient sur son décolleté.

Elle ne cultivait pas de regrets. Ce n'était pas son genre. Elle avait fait ce qu'elle avait fait et en nourrissait une fierté légitime. Et sa plus grande fierté, c'était Keenan. D'ici deux ans, elle aurait mis suffisamment d'argent de côté pour rendre son uniforme au propriétaire du bar. Elle espérait être en mesure d'ouvrir son propre magasin de fleurs et de ne plus être obligée de confier Keenan à des baby-sitters trois soirs par semaine.

Il fallut servir les boissons et prendre une nouvelle commande. Dieu merci, sa pause l'attendait cinq minutes plus tard !

Lorsqu'elle aperçut Coop qui entrait, son premier réflexe fut de penser à Keenan. Mais cette inquiétude se dissipa aussitôt. Son locataire paraissait détendu et il cherchait une table des yeux. Leurs regards se croisèrent. Il sourit et se dirigea vers elle.

— Bonsoir, j'avais envie de prendre un verre.

— Vous êtes bien tombé, alors ! Vous préférez une table ou vous installer au bar ?

— Une table. Vous avez une minute à me consacrer ?

— Au quart, j'en aurai même quinze. Pourquoi ?

— J'aimerais vous parler.

— D'accord. Que puis-je vous servir ?

— Un café, noir.

— C'est parti. Asseyez-vous, je vous apporte ça tout de suite.

Coop dut faire un effort pour ne pas la dévorer des yeux, tandis qu'elle se dirigeait vers le bar. Il n'était pas venu dans cet endroit pour boire un café, mais parce qu'il voulait la voir, elle.

Reprends-toi, songea-t-il. Il était tout de même capable de ne pas se laisser tourner la tête par une paire de jambes. Non, il était simplement venu parce qu'il voulait lui poser quelques questions, comprendre un peu mieux la femme qui lui louait son appartement. Et poser des questions, c'était son métier, il savait y faire. Tout comme il était imbattable pour disséquer la stratégie d'un match et repérer les actions, bonnes ou mauvaises, qui menaient au résultat final. Défaite ou victoire.

— Nous avons eu beaucoup de monde ce soir, déclara Zoe en posant deux tasses sur la table.

Elle s'assit en face de Coop en poussant un soupir de soulagement.

— C'est la première fois que je me pose en quatre heures !

— Je croyais que vous travailliez chez un fleuriste ?

— Oh oui, trois jours par semaine, répondit-elle en se déchaussant légèrement. Parfois plus, lorsque c'est la fête des Mères, Noël ou Pâques. C'est une petite boutique, vous savez. Et Fred — le propriétaire — n'emploie que deux personnes à temps partiel. Pour lui, c'est plus intéressant.

— Ah oui ?

— Comme ça, il a moins de frais, les mutuelles, tout ça…

— Quelle arnaque !

— Il ne faut pas exagérer. C'est un bon boulot. J'aime le faire. Et puis, Fred et Martha — sa femme — m'ont énormément appris sur les fleurs.

Quelqu'un glissa une pièce dans le juke-box et les notes de la mélodie emplirent la salle. Coop se pencha au-dessus de la table pour se faire entendre. L'espace d'un instant, en contemplant les beaux yeux bruns de Zoe, il crut perdre le fil de la conversation.

— Dites-moi... je ne vous aurais pas déjà rencontrée quelque part ?

— Euh... comment ça ?

— Une impression... peu importe. Qu'est-ce que vous faites ici, Zoe ?

— Comment ça, ici ?

— Pourquoi ce travail ?

Elle baissa les yeux et ses longs cils vinrent caresser le haut de ses pommettes.

— Parce que je suis payée pour le faire.

— Ça ne vous ressemble pas de travailler dans un bar.

— Je vous demande pardon ?

Zoe hésitait. Devait-elle s'offusquer de la remarque de Coop ou s'en amuser, au contraire ? Elle choisit la deuxième solution.

— Pourquoi, vous avez une dent contre les serveuses ?

— Non, ce n'est pas cela, seulement, vous êtes une mère de famille.

— Sans blague !

Elle éclata de rire et posa le menton entre ses mains.

— Vous pensez qu'il serait plus convenable que je reste à la maison pour faire des gâteaux et tricoter des écharpes.

Coop se sentit un peu contrit. Ce n'était pas ce qu'il avait voulu dire, mais il devait reconnaître que cette vision correspondait davantage à la sienne.

— Non, ce n'est pas ça. Simplement, c'est cette tenue et la façon dont tous les hommes ici vous regardent.

— J'en suis consciente. Lorsqu'une femme s'habille ainsi, les hommes la regardent. Mais c'est tout ce qu'ils font : regarder. Si ça peut vous réconforter, je ne porte pas ce genre de tenue pour l'assemblée générale des propriétaires du quartier !

Coop se sentait de plus en plus ridicule à chaque instant.

— Ecoutez, Zoe, je sais que ça ne me regarde pas. J'ai juste l'habitude de poser des questions... et il me semblait que vous pouviez prétendre à mieux... Je veux dire, vous avez cet emploi chez le fleuriste et puis le loyer, aussi...

— Et j'ai aussi le remboursement de ma maison, un fils qui grandit très vite et qui a besoin de nouveaux vêtements et de nouvelles chaussures, les traites de ma voiture, les courses, le médecin...

— Le médecin ? Votre fils est malade ?

— Non, enfin, rien de grave. A l'âge de Keenan, les enfants ramènent souvent des microbes de l'école. Je l'emmène régulièrement chez le pédiatre, chez le dentiste. Ce n'est pas donné.

— Et vous ne pourriez pas bénéficier d'aides particulières ?

Zoe le fusilla du regard.

— Je suis tout à fait capable de gagner ma vie et de m'occuper seule de mon enfant.

— Ce n'est pas du tout ce que je voulais dire…

— Je n'ai peut-être pas de diplôme universitaire, mais je m'en sors plutôt bien et mon fils ne manque de rien.

Elle se leva.

— Nous nous débrouillons très bien et je n'ai pas besoin qu'un reporter trop curieux vienne m'expliquer comment doit se comporter une mère de famille. Le café est offert par la maison, espèce de crétin !

Elle quitta prestement la table, laissant Coop abasourdi par la violence de la charge. *Eh bien, tu t'en es sorti comme un chef, Coop*, songea-t-il. Avec ça, il risquait fort de trouver un mot accroché à sa porte l'invitant à déguerpir.

4

Zoe ne résilia pas le bail. Elle y avait pensé en rentrant chez elle. Les propos de Coop l'avaient profondément irritée. Mais elle s'était avisée que la satisfaction qu'elle retirerait de cette exclusion spectaculaire serait bien mince à côté du bénéfice d'avoir un locataire. Elle avait besoin du loyer que lui verserait Coop tous les mois. Et puis, malheureusement, elle avait déjà entendu ce genre de discours.

C'était même l'une des raisons pour lesquelles elle avait décidé de quitter New York. Lasse d'entendre sa famille et quelques amis lui expliquer comment elle devait mener sa vie ou élever son fils, elle avait élu domicile à Baltimore.

Ils avaient été trop nombreux à lui dire qu'elle était folle, trop jeune, qu'elle était en train de bousiller sa vie et ses chances de réussite.

Tendue, Zoe fit démarrer sa tondeuse à gazon et commença à arpenter le jardin. *Son* jardin.

Ils s'étaient tous trompés. Elle avait mis au monde son bébé, l'avait gardé et lui préparait un avenir digne de ce nom. Keenan et elle formaient une famille à eux deux et ils n'avaient pas besoin qu'on les prenne en pitié ou qu'on leur fasse la charité.

Elle s'occupait de tout, améliorait leur quotidien pas à pas. Et elle avait des projets solides.

Une petite tape sur son épaule la fit sursauter.

C'était Coop.

— Qu'est-ce qu'il y a ?

— Je voulais vous présenter mes excuses, cria-t-il pour couvrir le bruit.

Comme elle le toisait en silence, il tendit le bras et coupa le moteur.

— Je vous demande pardon, répéta-t-il. Je n'aurais pas dû vous dire tout ça, hier soir.

— Vraiment ?

— J'ai l'art de me mêler de ce qui ne me regarde pas, on dirait.

— En effet.

Zoe voulut tirer de nouveau sur le fil de la tondeuse et passer son chemin, mais Coop posa la main sur la sienne pour arrêter son mouvement.

Il avait de grandes mains, avec une paume large et énergique. Et pourtant leur contact était très doux. Difficile de résister à cette vague de chaleur qui montait en elle.

Cela faisait longtemps qu'elle n'avait pas senti une main d'homme sur elle. Cela faisait longtemps qu'elle n'en avait pas eu envie.

— Parfois, je m'égare, avec mes questions, poursuivit Coop.

Il regardait leurs mains posées l'une sur l'autre. Celle de Zoe était si petite sous la sienne, et si douce… Il essaya de sourire.

— Il est arrivé une ou deux fois que mes questions me vaillent même un poing dans la figure.

— Ça ne m'étonne pas !

Elle ne lui avait pas rendu son sourire, mais son expression s'était adoucie.

C'était le bruit de la tondeuse qui avait réveillé Coop, quelques minutes auparavant. En passant la tête par la fenêtre, et en voyant Zoe progresser sur l'herbe, revêtue d'un baggy, d'un T-shirt et d'un chapeau de paille, il s'était dit qu'il ferait mieux de se recoucher, mais n'avait pas pu résister à la tentation de descendre pour lui parler.

Histoire de faire la paix. Après tout, ils devaient apprendre à vivre ensemble tous les deux.

Enfin, façon de parler.

— Je ne voulais pas vous adresser de critiques. J'étais curieux à votre sujet et à celui de votre fils.

Il marqua une pause et ajouta :

— Et puis, peut-être que vous voir dans cette tenue hier soir a… disons, un peu égaré mes esprits, aussi.

Elle haussa les sourcils. Coop était direct, mais sa sincérité parlait en sa faveur.

— D'accord, ce n'est pas si grave.

Coop ne pensait pas qu'elle l'excuserait si vite. Il décida de pousser sa chance.

— Ecoutez, je dois couvrir un match cet après-midi. Ça vous dirait de m'accompagner ? Il fait un temps idéal pour le base-ball.

Zoe n'en doutait pas. C'était une matinée ensoleillée et douce, avec une légère brise. Sans compter qu'il y avait certainement pire que de passer l'après-midi avec un bel homme qui faisait de son mieux pour se faire pardonner sa maladresse.

— J'aurais bien aimé, répondit-elle, mais je travaille tout à l'heure. En revanche, Keenan serait ravi d'y aller.

Il eut l'air stupéfait, et elle se retint de rire.

— Keenan ? Vous voulez que je l'emmène avec moi ?

— Je pense que rien ne pourrait lui faire plus plaisir. Il adore le base-ball. Nous avons des petits voisins qui y jouent de temps en temps et qui le laissent courir après la balle. Mais il n'a jamais vu de vrai match. Seulement à la télévision.

Zoe sourit. Coop semblait réfléchir à toute allure, l'air un peu paniqué.

— Vous savez, je ne connais pas grand-chose aux enfants, moi…

— Mais vous êtes un spécialiste du base-ball. Ce serait formidable pour Keenan d'assister à un match, avec un expert à ses côtés. Vous partez dans combien de temps ?

— Euh… dans deux heures.

— Très bien, il sera prêt d'ici là. C'est vraiment adorable de votre part !

Comme il restait immobile, visiblement sonné, elle l'embrassa sur la joue. Puis elle mit de nouveau en route le moteur de sa tondeuse, comme si de rien n'était.

Coop n'en revenait pas. Comment allait-il se débrouiller avec un gamin à ses côtés tout l'après-midi ?

Sur place, il acheta du pop-corn, des hot-dogs et un gigantesque gobelet de jus de fruits. Coop s'était dit que c'était encore le meilleur moyen d'occuper l'enfant. Depuis leur arrivée au stade, Keenan ne cessait de s'émerveiller de tout ce qu'il voyait. Coop ne comptait même plus les « pourquoi » et les « comment ça se fait » qu'il avait entendus. Un peu nerveux à l'idée de la responsabilité qu'il avait endossée, bien malgré lui, il s'installa dans le carré réservé à la presse et posa son ordinateur portable.

— Regarde, Keenan, tu peux suivre le match derrière cette vitre, là. Et attention à ne déranger personne. Tous les gens qui sont ici travaillent, tu comprends ?

— D'accord !

Fou de joie, Keenan mordit dans son hot-dog à belles dents. Il y avait plein de monde dans cet endroit réservé aux journalistes. Beaucoup avaient de beaux ordinateurs, comme celui de Coop. Certains parlaient au téléphone. Quelques-uns lui avaient souri et tous avaient dit bonjour à Coop. Keenan savait que Coop était quelqu'un d'important. Comme sa mère le lui avait demandé, il restait près de lui et ne réclamait aucun cadeau. Pourtant, il avait aperçu de très jolies choses sur les stands, derrière les gradins. Sa mère lui avait donné cinq dollars en lui disant qu'il pouvait s'acheter un souvenir. Mais il y avait vraiment trop de trucs super et il ne savait pas quoi choisir. Et puis Coop avait marché si vite qu'il n'avait pas eu assez de temps pour regarder.

Mais ça n'était pas grave, parce qu'il allait voir un vrai match ! Les yeux grands ouverts, il contempla le terrain. C'était immense, beaucoup plus qu'il ne l'avait imaginé. Il avait reconnu l'endroit où le lanceur se tiendrait, mais c'était à peu près tout ce qu'il connaissait. Le stade était plein de monde, jamais il n'avait vu une foule pareille. Soudain, le grand tableau d'affichage s'illumina, avec des images et des lettres qu'il ne savait pas lire, et les joueurs entrèrent dans le stade. Une salve d'applaudissements explosa dans les gradins, puis le silence se fit.

L'hymne national retentit et, en reconnaissant les premières notes, Keenan se leva comme on le lui avait appris.

Coop jeta un œil à l'enfant qui se tenait debout, son hot-dog à la main et un sourire ravi accroché au visage. Il se souvint alors de la première fois qu'il était entré dans un stade, de sa main dans celle de son père, de ses yeux avides, de son cœur empli de joie, de ce premier match, de la joie d'être un petit garçon, tout simplement.

Quand les joueurs prirent leurs marques sur le terrain, Coop passa la main dans les cheveux de Keenan.

— C'est cool, hein ?

— C'est génial ! Ceux-là, c'est notre équipe, hein ?

— Oui, c'est notre équipe et nos joueurs vont botter les fesses du camp adverse, crois-moi.

Keenan gloussa et écrasa son visage sur la vitre pour mieux voir le premier lancer.

— Ils vont leur botter les fesses, répéta-t-il, radieux.

Contrairement à ce que Coop avait craint, Keenan fut très sage. Et les questions qu'il lui posait ne l'ennuyaient pas du tout. Au moins, le gamin était curieux et avait envie d'apprendre.

Durant la mi-temps, il grimpa sur ses épaules et essaya de déchiffrer les mots que Coop écrivait sur son ordinateur. Keenan tacha également sa manche avec la moutarde de son hot-dog, mais ce n'était pas un drame. Il ne l'avait pas fait exprès et cela faisait partie des aléas du match.

Et puis le petit garçon se tenait parfaitement. Son enthousiasme ne se transformait pas en fébrilité désagréable et bruyante. Il savait être joyeux sans se laisser aller à des débordements en tout genre. La plupart des enfants auraient réclamé à grands cris des bonbons ou des jouets, mais celui-ci était vraiment venu pour le jeu. C'était certainement le fruit d'une bonne nature et de l'excellente éducation que sa mère avait su lui donner.

— Est-ce qu'on est toujours en train de gagner ? demanda-t-il sans quitter le terrain des yeux.

— Oui !

Coop répondait avec plaisir aux demandes de Keenan, qui s'efforçait de comprendre les subtilités du jeu. Il lui expliqua de bon cœur la stratégie déployée par l'équipe pour vaincre la défense adverse. Et, en dépit de son jeune âge, l'enfant semblait tout à fait capable d'identifier les mouvements de ses joueurs préférés.

A un moment, Coop remarqua que Keenan se tortillait sur place, la main serrée sur son pantalon.

— Tout va bien, Keenan ?

— Euh, oui, oui…

— Attends, viens avec moi, je vais te montrer les toilettes.

Il le prit par la main, attendri à l'idée que le gamin refuse de perdre une seule minute de jeu. Pourvu que ce ne soit pas trop tard, songea Coop.

Lorsqu'ils franchirent de nouveau la porte du carré presse, le speaker annonça que leur équipe venait de marquer un nouveau point.

— C'est comme tu avais dit ! s'exclama Keenan. Tu es le plus intelligent !

Coop sentit un sourire s'épanouir sur son visage.

— Merci, petit. Disons plutôt que je suis un grand habitué du base-ball.

***

De retour à la maison, Keenan portait un nouveau T-shirt à l'effigie des *Orioles* et tenait dans son gant de base-ball une balle spécialement dédicacée à son intention.

En apercevant sa mère, il courut vers elle en poussant des cris de joie.

— Maman ! Maman ! Regarde ce que Coop m'a offert ! Nous sommes allés dans les vestiaires après le match, avec les vrais joueurs. Les *Orioles* ! Mais les vrais, hein ? Et ils ont écrit leur nom sur la balle juste pour moi. Pour que je la garde !

Zoe sourit.

— Montre-moi ça, mon poussin. Oh ! quelle chance tu as ! C'est vraiment un trésor, une balle dédicacée. Il y a très peu de petits garçons de ton âge qui possèdent un trophée pareil !

— Oh oui ! Et je la garderai toute ma vie. Et j'ai eu un T-shirt aussi ! Le même que les joueurs ! Et un gant à ma taille. Regarde, il me va !

Le bonheur de son fils émut Zoe.

— C'est merveilleux, Keenan. On dirait que tu es fin prêt pour commencer à jouer, toi aussi.

— Est-ce que je peux aller montrer tout ça à M. Finkleman ? Il va adorer !

— Bien sûr, vas-y !

— Oh ! il n'en reviendra pas.

Keenan se jeta dans les bras de Coop.

— Merci, merci de m'avoir emmené. C'était génial, tellement génial ! Est-ce qu'on pourra y retourner une autre fois, avec maman ?

— Euh, oui, je pense que ce sera possible, répondit Coop en passa la main dans les cheveux de Keeanan.

Il se sentait étrangement heureux et maladroit tout à la fois.

— Cool !

L'enfant s'élança dans le jardin pour aller montrer ses trésors à son vieil ami.

Zoe et Coop se retrouvèrent seuls.

— Merci infiniment. Keenan vient de passer une journée extraordinaire. Mais vous n'étiez pas obligé de lui acheter tout ça. C'était déjà adorable de l'emmener.

— Oh ! ce n'est pas grand-chose. Et puis il n'a rien demandé, répondit Coop en enfonçant les mains dans ses poches. Je crois qu'il était heureux de rencontrer les joueurs, qui ont tous voulu dédicacer sa balle.

— Et notre équipe a gagné, d'après ce que j'ai compris.

— Oui. J'ai dû envoyer mon papier au journal juste après le jeu, ce qui explique que nous sommes rentrés un peu tard.

— Oh ! ne vous inquiétez pas pour ça. Je viens tout juste de rentrer moi-même.

Dans un élan de reconnaissance, Zoe s'approcha de Coop et le serra un bref instant dans ses bras.

— Merci, vraiment. Vous avez offert une journée de rêve à mon fils. Une journée qu'il n'oubliera jamais. Et moi non plus.

— Ce n'est rien il est juste resté avec moi dans le carré réservé à la presse.

— Au contraire, c'est beaucoup ! D'autant que je vous ai un peu forcé la main, tout à l'heure…

Elle éclata de rire.

— Vous étiez assez transparent ce matin, si je puis me permettre. L'idée de traîner un enfant de quatre ans au match vous terrorisait. Mais vous vous en êtes magnifiquement sorti. D'ailleurs…

La sonnerie du téléphone interrompit Zoe. Tout en s'excusant, elle alla décrocher.

— Allô ! Oh ! bonjour Stan. Ce soir ? Non, normalement je ne dois pas travailler.

Tout en contenant un soupir, elle s'assit sur l'accoudoir d'un fauteuil.

— Il faut que je voie si c'est possible. Non, Stan, je ne peux pas te donner ma réponse tout de suite. Je dois d'abord trouver une baby-sitter. Dans une heure. Oui, je comprends bien que c'est urgent pour toi. Je te rappelle, d'accord ?

— Un problème ? s'enquit Coop.

— Oui, on dirait. Deux serveuses sont malades, ils vont manquer de personnel, ce soir. Stan voudrait que je vienne.

Zoe composa aussitôt un numéro de téléphone.

— Bonjour, madame Finkleman. Oui, oui… je sais, il a passé une journée de rêve. Oui… oui…

Zoe regarda discrètement Coop, tandis que sa voisine lui expliquait à quel point il était important pour un petit garçon d'avoir une présence masculine dans sa vie.

— Je suis sûre que vous avez raison... Dites-moi, je me demandais si vous étiez libre ce soir ? Oh ! c'est vrai... pardon, j'avais oublié. Non, ce n'est pas grave. Passez une bonne soirée.

Zoe raccrocha en soupirant.

— Ils jouent au poker avec des amis, ce soir. Voyons, Beth a un rendez-vous avec son petit ami. Peut-être Alice. Ah, non... elle m'a dit qu'elle recevait sa belle-famille ce soir. Comment je vais faire... ?

Elle regarda Coop, songeuse.

— Dites, ça ne vous a pas posé problème cet après-midi de garder le petit ?

— Non, répondit Coop lentement, conscient qu'un second piège était sur le point de se refermer sur lui. Il a été adorable...

— Alors voilà. Stan n'a pas besoin de moi avant 21 heures. Keenan va se coucher à 20 heures. Vous n'auriez rien à faire à part être ici, regarder la télévision ou ce que vous voulez.

— Vous voulez dire rester ici pendant que vous êtes au bar ?

Coop eut un mouvement de recul.

— Garder le petit... comme une baby-sitter ? Ecoutez...

— Je vous paierai.

— Ce n'est pas le problème, Zoe... Je ne veux pas de votre argent.

— C'est vraiment gentil.

Elle lui serra la main en souriant.

— Vous pouvez venir vers 20 h 30 ?

— Je n'ai jamais dit que...

— Vous pourrez vous servir de ce que vous voulez dans la cuisine. Si j'ai le temps, je vous ferai un brownie. Maintenant, je ferais mieux de rappeler Stan ; il doit se faire un sang d'encre. C'est le deuxième service que vous me rendez aujourd'hui... j'en suis consciente. Merci du fond du cœur !

— O.K., je viendrai tout à l'heure, répondit Coop.

Puis il sortit à toute vitesse, de crainte qu'elle ne trouve un troisième service à lui demander, et qu'une fois de plus il ne parvienne pas à le lui refuser.

5

De retour chez lui, Coop s'installa devant son ordinateur pour rédiger son éditorial hebdomadaire. Cette journée avec Keenan lui avait plu. C'était étrange, ce sentiment de partage immédiat avec un enfant si jeune, et Coop avait eu l'impression de transmettre un héritage important en l'emmenant à son premier match. Les liens tissés dans l'euphorie du base-ball ne s'oublient pas et il se sentait heureux d'avoir offert cette opportunité au petit garçon.

Lorsque ce fut l'heure, il descendit de chez lui pour rejoindre Zoe. Elle l'attendait devant la porte de la cuisine.

Elle sourit en le voyant. Jusqu'au dernier moment, elle s'était demandé s'il viendrait. Il fallait bien reconnaître qu'elle lui avait forcé la main et, si elle s'en était amusée au début, elle s'était sentie un peu coupable ensuite.

Mais il était là, juste à l'heure !

— Je suis désolée de vous faire ce coup-là, dit-elle en grimaçant. J'espère que vous ne vous êtes pas senti piégé.

Elle avait l'air si contrit qu'il ne put s'empêcher de sourire.

— Bien sûr que si ! Vous avez un certain talent pour tendre des pièges !

Elle haussa les épaules.

— Parfois, se montrer insistant est la seule façon de s'en sortir, reconnut-elle. Mais je me sens toujours gênée après. Je vous ai préparé un brownie.

— C'est bien ce qu'il me semblait. De là-haut, je pouvais sentir l'odeur du chocolat. C'est ce qui m'a aidé à descendre de mon antre.

Il ponctua sa remarque d'un clin d'œil.

Zoe était revêtue de sa tenue de serveuse, mais Coop ne la trouva pas aussi indécente que la première fois. Seulement, le nœud qu'elle portait autour du cou le rendait fou. Etrange comme un simple ruban de satin sur un cou gracile suffisait à stimuler outrageusement sa libido.

— Je me sens coupable chaque fois que je demande un service à quelqu'un, reprit-elle. Et, franchement, c'était déjà tellement gentil d'emmener Keenan à ce match, alors que…

— Alors que c'était vous que je voulais emmener ?

Elle haussa les épaules encore une fois, embarrassée. Il la regardait de nouveau de cette façon qui la troublait délicieusement. Il était sans doute préférable de définir rapidement les règles du jeu.

— Vous savez, je ne sors pas avec les hommes, je n'accepte pas les invitations… J'aurais dû vous le dire tout de suite.

— Jamais ?

— Non, c'est mieux ainsi. Les hommes se moquent pas mal de Keenan et font semblant de s'intéresser à lui pour mieux me convaincre de les suivre au lit.

Coop dut s'éclaircir la gorge et Zoe éclata de rire.

— Ce qu'ils n'ont pas compris, c'est que je vois très bien leur petit jeu. Vous voyez, Keenan et moi, on forme une équipe. En tant que reporter sportif, vous imaginez bien ce que ça peut vouloir dire.

— Bien sûr, c'est très clair.

— Bref… vous lui avez fait passer une journée mémorable et j'ai l'impression d'abuser de votre gentillesse pour ce soir.

Elle était sincère, songea Coop. Cela se lisait sur son visage, s'entendait au ton de sa voix dénuée d'artifice. Quant à lui, il n'était pas loin de ressentir une pointe de culpabilité. Car l'idée de coucher cette jeune femme dans son propre lit lui avait traversé la tête plus d'une fois.

— Ce n'est pas grand-chose, franchement. Il est endormi, c'est ça ?

— Oui, il s'est littéralement effondré, avec toute l'excitation de la journée…

— Très bien, dans ce cas, je mangerai votre brownie en regardant la télévision. O.K. ?

Le visage de Zoe s'illumina d'un sourire radieux.

— O.K. J'ai laissé le numéro de téléphone du bar sur la table basse, juste au cas où. Les Finkleman rentrent chez eux vers 23 heures. Ils pourront vous relayer, si vous voulez.

— Non, ça devrait aller, merci.

— C'est moi qui vous remercie, vraiment. Je termine mon service à 2 heures, à la fermeture, en fait.

— Ça vous fait une longue journée…

— Heureusement, demain, c'est mon jour de congé.

Elle attrapa son sac à main, balaya la pièce du regard comme pour vérifier une dernière fois que tout irait bien.

— Faites comme chez vous, promis ?

— Ne vous inquiétez pas, à tout à l'heure.

Il la regarda franchir le seuil de la porte, juchée sur ses talons vertigineux. Cette femme avait le visage d'une sirène, le corps d'une déesse et des jambes susceptibles de faire tourner la tête de tout homme normalement constitué ! Et pourtant elle avait clairement défini les règles. Pas question d'imaginer autre chose qu'une saine camaraderie.

Coop soupira et résolut de se servir une part du brownie qu'elle avait préparé pour lui.

L'orage éclata peu avant minuit. Coop avait pris Zoe au mot et s'était confortablement installé sur le canapé, les pieds posés sur la table basse. Il somnolait vaguement devant un vieux film de guerre, regrettant de ne pas avoir descendu une ou deux bières de chez lui. En ouvrant le réfrigérateur de Zoe, il n'avait trouvé que du lait, du jus de fruits et une bouteille de mixture verte non identifiée.

Il s'était un peu promené dans les pièces du rez-de-chaussée — c'était dans sa nature d'explorer les lieux où il se trouvait. Comme la première fois qu'il était entré dans cette maison, il s'était fait la réflexion que Zoe n'était pas vraiment maniaque. Mais le joyeux désordre qui régnait çà et là faisait de sa demeure un endroit confortable, douillet même. Coop ne savait pas si c'était voulu comme ça ou si ce charmant fouillis était lié au fait que Zoe avait un enfant à élever et deux jobs à mener de front.

Dans sa bibliothèque, il trouva principalement des livres sur les fleurs, les réparations de voiture, les impôts et d'autres ouvrages pratiques.

Il ne pouvait s'empêcher de penser que c'était du gâchis pour une femme aussi belle et intelligente de s'enfermer dans ses bouquins et dans deux boulots qui ne la mèneraient nulle part.

Mais après tout ce n'était pas son problème.

Le roulement du tonnerre s'harmonisait parfaitement avec la

scène d'artillerie sur l'écran du téléviseur. Ce baby-sitting n'était pas si terrible, finalement.

Ce fut à ce moment-là qu'il entendit des pleurs.

Les marines ne pleuraient pas comme ça, pensa-t-il confusément, et certainement pas en plein combat contre les nazis. Il bâilla, redressa la tête et aperçut Keenan.

Le petit garçon se tenait en bas de l'escalier. Il portait un pyjama Batman et tenait un gros chien en peluche dans ses bras. Des larmes coulaient abondamment sur ses joues.

— Maman ! s'écria-t-il d'une voix aiguë, pleine de terreur. Où est ma maman ?

— Elle est à son travail, répondit Coop en se levant d'un bond. Quelque chose ne va pas, bonhomme ?

Un éclair illumina la pièce, tandis que le tonnerre grondait de plus belle. L'enfant poussa un cri strident et se précipita dans les bras de Coop.

— J'ai peur ! Il y a des monstres dehors ! Ils vont venir me prendre.

— Oh… pas de panique, c'est juste un coup de tonnerre. Il y a un orage.

— Non, ce sont des monstres ! sanglota Keenan. Je veux ma maman.

Le pauvre petit tremblait. Suivant un instinct qu'il ne se connaissait pas, Coop l'assit sur ses genoux et le prit dans ses bras.

— On dirait que tu n'aimes pas trop les orages, hein ?

Keenan acquiesça tout en pleurant.

— Il ne faut pas en avoir peur. Dis-toi que ce sont des feux d'artifice. Tu sais, comme le jour de la fête nationale ou après un match victorieux. Peut-être qu'ils ont fait un superjeu dans le ciel. Ils font la fête maintenant.

— Des monstres, répéta l'enfant.

Mais il s'était suffisamment calmé pour relever la tête et regarder Coop.

— Des gros monstres noirs avec des dents très pointues.

Un nouveau coup de tonnerre retentit.

— Oh ! tu vois, ils veulent me manger.

Coop toucha les petits biceps de l'enfant et prit l'air expert.

— Nan, tu es trop fort pour eux.

— Ah bon ?

— Et comment ! Si un monstre te voyait, je peux te garantir

qu'il filerait en courant. Ils n'oseraient jamais s'attaquer à Coop et au Keen-man !

Keenan renifla bruyamment et passa la main sur ses yeux inondés de larmes.

— Tu crois vraiment ?

— Absolument. Allez, rentrez chez vous, les monstres !

— Je peux quand même rester avec toi ?

— Bien sûr, bonhomme. Essaie de te rendormir.

L'enfant se blottit contre lui et soupira de bien-être. Quelques instants plus tard, il s'était endormi.

Zoe était morte de fatigue lorsqu'elle rentra chez elle. Il n'était pas loin de 3 heures du matin et cela faisait quasiment vingt-quatre heures qu'elle était à pied d'œuvre. Elle ne rêvait que d'une chose : s'effondrer sur son lit pour dormir.

Elle les aperçut sur le canapé, dans la lumière grisée de l'écran. Ils étaient enlacés sur le canapé, son fils blotti dans les bras de Coop. Sa gorge se serra en les voyant, homme et enfant, profondément endormis. La main bronzée de Coop reposait sur les cheveux dorés de Keenan.

Elle posa son sac et ses clés sans les quitter du regard.

Comme son fils avait l'air petit, et en même temps si bien protégé !

Sans faire de bruit, elle ôta ses chaussures et avança vers eux sur la pointe des pieds. D'un geste naturel, elle passa la main sur les cheveux de Coop, puis souleva doucement son enfant lourd de sommeil.

Keenan s'étira et se lova contre elle.

— Maman…

— Oui, mon bébé, murmura-t-elle en l'embrassant.

L'odeur familière de son fils s'était mélangée à celle de Coop.

— Il y a des monstres qui sont venus, mais nous leur avons fait peur…

— Ça ne m'étonne pas, mon trésor.

— Coop a dit que le tonnerre, c'était juste un feu d'artifice. Et moi, j'aime les feux d'artifice.

— Je sais.

Elle le porta jusqu'à son lit, le borda tendrement et l'embrassa.

— Rendors-toi maintenant, mon chéri.

Mais Keenan avait déjà refermé les yeux. Elle le regarda un instant, puis retourna dans le salon.

Assis à présent, Coop se frottait les yeux. Zoe éteignit la télévision et prit place sur le bord du canapé.

— L'orage l'a réveillé ? demanda-t-elle à voix basse.

— Oui.

Sa voix était rauque. Il l'éclaircit.

— Il a eu peur.

— Il m'a dit que vous aviez chassé les monstres tous les deux.

— C'était ce qu'il y avait de mieux à faire.

Coop la regarda attentivement. Ses beaux yeux bruns étaient marqués par la fatigue, mais elle lui souriait avec douceur. Aussitôt, il se sentit tout à fait réveillé.

— Il va bien maintenant ?

— Très bien. Vous feriez un très bon père, vous savez.

Coop se leva aussitôt.

— Oh ! ça, c'est vous qui le dites, mais ce n'était rien.

— Pour moi, c'était beaucoup.

Zoe avait remarqué qu'elle l'avait embarrassé, mais elle ne comprenait pas pourquoi.

— Si vous voulez, reprit-elle, je vous préparerai un bon petit déjeuner, demain.

— Eh bien…

— Je vais vous préparer des pancakes pour vous remercier. Mme Finkleman m'a dit que vous achetiez beaucoup de pizzas et de nourriture chinoise. J'en déduis que vous ne devez pas cuisiner. Vous aimez les pancakes ?

— Qui n'aime pas ça ?

— Dans ce cas, faites-moi signe quand vous serez réveillé. Je vous en apporterai.

Comme elle l'avait fait au moment de le réveiller, elle lui passa la main dans les cheveux pour remettre en place une mèche qui cachait son regard.

— Merci de m'avoir aidée, murmura-t-elle.

Il fit un pas en arrière, prêt à partir, puis marmonna une parole incompréhensible et se retourna.

— Il y a encore une chose que je veux faire, d'accord ?

Sans lui laisser le temps de répondre, il prit son visage entre ses mains et s'empara de ses lèvres.

C'était un baiser rapide, délicat, mais il fit naître des étincelles dans le cœur de Zoe.

Comme elle demeurait immobile, Coop releva la tête pour la regarder. Elle aussi le regardait, avec des yeux brillants, plus sombres que d'ordinaire. Elle ouvrit la bouche, comme si elle voulait parler, mais il secoua la tête et l'embrassa de nouveau. Cette fois-ci, ce fut un baiser plus long, plus profond, qui arracha un gémissement à Zoe.

Elle se laissa chavirer contre lui, l'enlaça à son tour et caressa doucement ses cheveux. Ils étaient là, prisonniers volontaires l'un de l'autre, incapables de se détacher.

L'un d'eux trembla. Coop n'aurait su dire lequel. Cela n'avait pas d'importance. Seule comptait la saveur tiède et unique de ce baiser qui coulait dans sa bouche et dans son sang. C'était comme un rêve dont il ne voulait pas se réveiller, un de ceux qui font perdre jusqu'à la notion de la réalité.

La réalité, Zoe l'avait oubliée, elle aussi. Tout ce qu'elle savait, en cet instant magique, c'est qu'elle se trouvait dans des bras forts et volontaires et que ses désirs, si longtemps assoupis, reprenaient vie d'un seul coup, avec une intensité qui la laissait chancelante.

Caresse-moi. Elle se demanda si elle venait de prononcer ces mots à voix haute ou si elle les avait simplement pensés. Mais la main de Coop, sûre et ferme, descendit le long de son dos, allumant des feux délicieux sur chaque parcelle de peau qu'il touchait, à travers le tissu de son bustier.

— Coop…

Elle avait envie de lui, terriblement envie de le laisser continuer et de s'abandonner aux délices de cette étreinte. Mais elle n'était plus une jeune fille inconséquente comme autrefois. Elle se souvenait des brûlures de l'amour physique et du sentiment de solitude qu'elles laissaient après s'être éteintes.

— Coop… non.

Coop s'immobilisa, resta quelques instants contre sa bouche et releva la tête péniblement.

— C'est le moment où je dois te dire que je suis désolé ? demanda-t-il d'une voix rauque.

Elle secoua la tête.

— Non, ne sois pas désolé, je ne le suis pas, moi.

— Tant mieux. Car je ne le suis pas non plus. Je rêve de t'embrasser depuis ce jour où j'ai vu tes pieds.

— Pardon ?

— Tes pieds. Tu étais juchée sur une échelle en train de peindre. Tu ne portais pas de chaussures. Tes pieds sont incroyablement sexy.

— Ah bon ?

Elle s'esclaffa, nerveuse. Cet homme était incroyable. Comment parvenait-il à la faire rire juste après l'avoir troublée à lui en faire perdre la raison ?

— Merci !

— Je ferais mieux d'y aller, maintenant.

— Oui, il vaut mieux.

Cette fois-ci, au moment de partir, il se retourna pour lui dire :

— Autant que tu le saches, je n'ai pas l'intention de manigancer quoi que ce soit pour faire l'amour avec toi, mais c'est tout de même ce que je désire. Il me semblait préférable de te le dire.

— Merci de m'avoir prévenue…, répondit-elle d'une voix tremblante.

Lorsque la porte se fut refermée derrière lui, Zoe se laissa tomber sur le canapé.

Que devait-elle faire, à présent ?

6

Lorsque Coop parvint à s'arracher du lit, le lendemain matin, il était presque midi. Hagard, il se dirigea jusqu'à la salle de bains. Il fallut que l'eau coule longtemps sur son visage pour qu'il puisse enfin ouvrir les yeux. Il s'essuya rapidement, songea un bref instant à se raser, puis renonça à cette idée.

Il s'habilla avec un short de sport et un T-shirt et actionna la cafetière. Pendant que le café passait, il ouvrit la porte de chez lui et laissa la lumière généreuse du soleil achever de le réveiller.

Zoe et Keenan étaient dans le jardin. Ils riaient tous les deux. La mère essayait d'aider son fils à lancer des balles en mousse avec une batte en plastique. A ce que Coop pouvait voir, ce n'était pas un franc succès, mais le gamin avait l'air de beaucoup s'amuser. Il voulut rentrer avant que l'un d'eux ne l'aperçoive, mais ne put s'empêcher d'intervenir.

— Il ne réussira jamais à taper dans la balle de cette façon ! s'écria-t-il.

Aussitôt, deux paires d'yeux noisette se tournèrent dans sa direction.

— Bonjour, Coop ! Ohé ! Regarde, je joue au base-ball !

Tout excité par l'apparition d'un spectateur, Keenan se mit à faire tourner sa batte autour de lui et manqua frapper sa mère au menton.

— Hé, attention, champion ! dit-elle en riant. Bonjour, Coop. Tenté par un petit déjeuner ?

— Ah, ce n'est pas une mauvaise idée, ça.

Keenan essaya une nouvelle fois de renvoyer la balle et la maladresse de son mouvement fit grimacer Coop. Son swing ressemblait à celui d'une fille. Il fallait que quelqu'un montre à ce gosse comment on tient une batte. Il descendit prestement l'escalier.

— Tu secoues beaucoup trop ta batte, bonhomme.

Zoe fronça les sourcils.

— Pourtant, dans le livre que j'ai acheté, j'ai lu que…

— Un livre !

Il jura sans s'en rendre compte et Keenan l'imita aussitôt.

— Pardon, maman, murmura-t-il, tout penaud, comme elle le regardait avec sévérité.

— C'est ma faute, Zoe, désolé, ça m'a échappé. Mais franchement, les livres sont faits pour apprendre à lire et à compter, mais pas à jouer au base-ball !. Keenan, tu t'y prends comme une fille.

Coop se positionna derrière l'enfant pour l'aider à positionner ses mains sur la batte.

Zoe, qui avait été près de se ranger à l'avis de l'expert, tiqua sur la comparaison.

— Qu'est-ce que tu as dit ? Sous-entendrais-tu que les filles ne font pas de bonnes sportives ?

— Non, ce n'est pas ce que j'ai dit… Là, tu sens le mouvement des épaules ? Il y a plein d'athlètes féminines extraordinaires… Regarde bien la balle, Keenan.

Coop referma une main sur celle du petit garçon, tout en lançant la balle de l'autre. La batte la frappa d'un coup sec.

— Oh ! j'ai réussi à l'envoyer ! s'exclama l'enfant. Je l'ai frappée vraiment fort !

— Un vrai swing de champion, concéda Coop en souriant.

Puis il releva la tête vers Zoe.

— Je croyais que vous deviez préparer des pancakes ?

— Oui… mais, j'espère que tu ne pensais pas ce que tu disais au sujet des filles, et…

— Oh ! allez, n'en fais pas tout un plat. Moi je ne sais pas comment on fait les pancakes et toi tu ne connais rien au base-ball. Pourquoi est-ce qu'on ne ferait pas ce qu'on sait faire ?

Zoe prit la direction de la cuisine en marmonnant avec humeur.

— Comme si c'était un truc incroyable de frapper une stupide balle avec une stupide batte !

— En tout cas, tu ne sais pas ! lança Coop qui l'avait entendue.

Elle s'arrêta net, piquée au vif.

— Bien sûr que je sais le faire !

— C'est ça… Allez, Keenan, on essaie encore une fois.

— Non, cette fois-ci c'est à mon tour, coupa Zoe qui vint prendre la batte des mains de son fils.

— Oh ! maman, tu vas essayer de frapper la balle ? C'est vrai ?

— Et comment que je vais la frapper, cette balle !

Zoe tendit la main pour que Coop lui donne la balle. Elle la lança, fit un swing et envoya la balle jusqu'à la haie qui bordait la maison. Keenan poussa un cri victorieux et s'élança pour aller la rechercher.

Coop la regardait, avec un air mi-appréciateur mi-moqueur.

— C'est pas mal, pour une fille. Mais quand on lance soi-même la balle, ce n'est pas très compliqué.

— Ohé ! Coop, je t'envoie la balle !

Keenan dut s'y reprendre à trois fois, se rapprochant chaque fois davantage pour essayer d'envoyer la balle pas trop loin de Coop.

— Si j'ai bien compris, tu ne penses pas que je serais capable de rattraper la balle si tu me l'envoyais.

— Tu veux essayer ?

— Et comment !

— Très bien, mais, dans ce cas, il faut que tu tournes un peu plus les épaules, comme ça… Non, Zoe, là tu tiens la batte comme si tu voulais enfoncer un clou avec un marteau. O.K., là c'est parfait !

Coop recula et envoya la balle. Ce n'était pas très violent, mais Zoe serra les dents pour se concentrer. Son honneur et l'image de la femme qu'elle voulait donner à son fils étaient en jeu. Lorsque la batte heurta la balle, elle fut la première surprise. Coop la rattrapa une seconde avant qu'elle ne heurte son nez.

— Et voilà !

Zoe rendit la batte à Coop sous le regard admiratif de son fils et se frotta les mains.

— Bien, je vais aller m'occuper des pancakes, à présent.

— Oh ! elle l'a frappée vraiment fort, dit Keenan, médusé.

— C'est vrai, répondit Coop en la regardant s'éloigner. Ta mère n'est pas n'importe qui, mon bonhomme.

— Est-ce que tu veux bien m'envoyer la balle, à moi aussi ? Dis, Coop, tu veux bien ?

— Bien sûr, tu es prêt ?

— Oui, prêt !

Tout en finissant de disposer les pancakes sur un plat, Zoe les regardait par la fenêtre. Son fils lançait la balle encore une fois. Celle-ci n'allait pas très loin, mais Coop faisait semblant de plonger pour la rattraper.

— Ah, mais tu me donnes vraiment du fil à retordre, Keenan ! s'écria-t-il.

Le petit garçon se jeta dans ses bras. Touché par sa spontanéité, Coop s'amusa à le retourner la tête en bas, ce qui provoqua des rires en cascade.

Passer du temps avec Keenan devint bientôt une habitude pour Coop. Ce n'était jamais vraiment organisé, mais ils jouaient souvent dans le jardin et, parfois, il lui proposait de monter chez lui pour s'amuser avec le panier de basket-ball.

Ce n'était pas qu'il s'attachait à l'enfant, se disait-il souvent. Mais quand il avait du temps libre et que le petit voulait le voir, pourquoi se serait-il refusé le plaisir de passer un bon moment avec lui ? Il n'y avait aucun mal à cela. Et puis ce n'était pas désagréable de lire l'admiration dans ses grands yeux innocents. Le gosse le considérait manifestement comme un héros.

Et quand il venait lui rendre visite en compagnie de sa mère, c'était encore mieux !

Seulement, depuis l'épisode de l'orage et du baiser, Coop avait davantage croisé Keenan que Zoe. Cette dernière se montrait relativement amicale, mais prudente. Il avait du moins l'impression qu'elle faisait de son mieux pour ne jamais se retrouver en tête à tête avec lui.

C'était un mystère qu'il devait élucider.

Il referma l'écran de son ordinateur et ramassa quelques petites voitures que Keenan avait oubliées lors de sa dernière visite. Telle qu'il connaissait Zoe, les jouets feraient une meilleure entrée en matière qu'un bouquet de roses.

Il descendit de chez lui et alla frapper à la porte de la cuisine.

Zoe, qui était dans la buanderie, referma le couvercle de la machine à laver.

— Qui est-ce ?

— Coop ! Je te dérange ?

Elle hésita, appuya sur le bouton de démarrage et cria :

— Non, non, entre ! J'arrive dans un instant.

Puis elle attrapa le panier de linge propre à trier. Ce n'était pas une tâche urgente, mais elle le prit avec elle dans la cuisine, un peu dans un réflexe de défense.

Mon Dieu, ce qu'il était séduisant ! songea-t-elle en voyant Coop. Cela faisait un certain temps qu'elle s'efforçait de ne pas s'attarder sur cette idée. Il était si viril, avec son corps athlétique, ses muscles longs, ses cheveux bruns un peu décoiffés et ses yeux d'un vert limpide et perçant. Comme elle aurait aimé que son cœur se tienne tranquille lorsqu'il lui adressait un de ces petits sourires charmeurs dont il avait le secret!

— Bonjour, Coop.

Elle posa le panier de linge sur la table de la cuisine et commença aussitôt à trier les chaussettes, pour s'occuper les mains.

— Bonjour, Zoe.

La cuisine était en désordre, comme d'habitude, observa silencieusement Coop. Cette femme avait vraiment besoin de quelqu'un pour l'aider à organiser. Mais Dieu! qu'elle sentait bon !

— Keenan a oublié ses petites voitures chez moi, dit-il en les posant sur la table. Je me suis dit qu'elles lui manquaient peut-être.

— Merci, c'est gentil.

— Il est où, d'ailleurs ?

— A l'école.

— Ah oui, c'est vrai. Tu viens de rentrer de la boutique ?

— Oui… les affaires marchent assez bien, en ce moment. Nous avons deux mariages prévus. En fait, je pourrais travailler à plein temps pendant trois semaines si je le voulais, mais ça ne colle pas trop avec l'emploi du temps de Keenan.

— Comment ça, tu pourrais travailler à plein temps ?

— Eh bien, c'est la saison des mariages. Les arrangements floraux demandent beaucoup de temps et de mains. C'est pour ça que Fred m'a demandé si je pouvais travailler à plein temps pendant quelques jours.

— C'est plutôt une bonne chose, non ?

— Oui, mais Keenan est à l'école maternelle et il sort à 15 heures tous les jours. Et puis, la semaine prochaine, c'est mon tour d'aller chercher les enfants à l'école — on fait un roulement avec d'autres parents. Et je lui ai promis que je l'emmènerai à la piscine avec ses amis vendredi prochain. Il attend ça avec impatience.

— Ah oui, c'est vrai, il m'en a parlé.

Au moins vingt fois, songea Coop.

— Je n'ai pas envie de le décevoir.

— Dans ce cas, je pourrais l'accompagner.

— Toi ?

Coop n'en revenait pas d'avoir fait une pareille proposition. Il eut un haussement d'épaules.

— Oui, moi. Ce n'est pas si compliqué. Et il peut rester avec moi quand il rentre de l'école.

Zoe le regardait, sidérée.

— Mais, et ton travail ?

— J'écris la plupart de mes articles chez moi et Keenan pourrait m'accompagner quand j'irai au journal ou quand j'aurai une interview. Cela l'amusera peut-être.

— C'est sûr, mais…

Elle ne comprenait décidément rien à cet homme.

— Mais pourquoi tu ferais une chose pareille ?

Coop se sentait bien en peine de répondre à cette question. Il botta en touche.

— Et pourquoi pas ? Il n'est pas si pénible que ça !

— Peut-être, mais il y a aussi mon tour de ramassage scolaire !

— J'ai le permis de conduire et ça ne doit pas être très compliqué d'emmener et de raccompagner un groupe d'enfants à l'école.

— Il faut le dire vite, fit-elle avec une grimace. Et la séance de piscine que je lui ai promise ?

— J'étais capitaine de l'équipe de natation à la fac.

Elle parut intriguée.

— Ah bon, je croyais que toi, c'était le base-ball.

— Oui, bien sûr. J'étais capitaine de l'équipe de base-ball aussi, et je n'étais pas mauvais au basket-ball non plus.

Soudain, Coop se rendit compte que ses propos pouvaient paraître un peu vantards, comme ceux d'un adolescent qui essaie d'impressionner les filles. Un peu honteux, il fronça les sourcils et s'appliqua à faire glisser une petite voiture sur la table de la cuisine.

— Keenan m'a dit que tu faisais très bien les bruits de moteur.

— Ah oui, c'est un autre de mes talents.

Il semblait embarrassé, constata Zoe, attendrie.

— Ecoute, je suis très touchée par ta proposition, mais mieux vaut qu'on avise au jour le jour, d'accord ? Si tu t'aperçois que c'est trop pour toi…

A ces mots, son regard se durcit.

— Je crois que je suis tout de même capable de gérer un gosse de quatre ans et quelques-uns de ses copains !

— Très bien, mais si tu te rends compte finalement que tu n'as plus envie de le faire, tu me le dis, ça ne posera pas de problème et je comprendrai.

— C'est entendu. Quand est-ce que je commence ?

— Demain, ce serait génial.

— Alors demain.

Une bonne chose de faite, se dit Coop. Maintenant, il fallait passer à une tout autre affaire qui lui tenait à cœur.

— Et si on dînait ensemble ?

Les yeux de Zoe s'agrandirent de surprise.

— Euh… oui, si tu veux. J'ai prévu du poulet pour ce soir, je le ferai sans doute rôtir.

— Ce n'est pas tout à fait ce que j'avais en tête.

Il fit un pas en avant. Elle recula instinctivement.

— Je voulais parler d'un dîner tous les deux, au restaurant.

— Ah… eh bien, je dois travailler, ce soir.

— Demain soir, alors.

— Tu sais, je ne sors pas beaucoup…

— J'avais remarqué. Qu'est-ce qui te fait peur, Zoe ?

— Toi.

Irritée contre elle-même, elle leva une main dans un geste de découragement. Il la saisit au vol et la plaqua contre sa poitrine.

— Je… je ne veux pas sortir avec quelqu'un, commencer quoi que ce soit. J'ai… de très bonnes raisons pour cela.

— Il faudra que tu m'en parles un de ces jours, murmura Coop en lui effleurant la joue des doigts.

— J'espère que tu ne vas pas m'embrasser encore ? répondit-elle d'une voix étranglée.

— Bien sûr que si.

Il posa aussitôt ses lèvres sur les siennes et garda les yeux ouverts, tandis qu'il taquinait de sa langue la lèvre inférieure de Zoe, la mordillant délicatement pour exciter son désir.

— Tu as une bouche incroyable.

La vision de Zoe se brouilla. Son cœur battait à tout rompre. Les sensations qui s'éveillaient en elle étaient si délicieuses que, pour rien au monde, elle n'aurait voulu que ce moment cesse. Sa volonté cédait sous l'afflux du désir qui s'emparait d'elle. Cela faisait trop longtemps qu'elle n'avait pas éprouvé le plaisir de se sentir femme dans les bras d'un homme. Dans ses bras, elle se sentait fondre comme neige au soleil.

Il n'avait pas imaginé que ce baiser aiguiserait à ce point ses sens, jusqu'au point où la volupté devenait presque une douleur, une urgence absolue. Au début, il avait simplement voulu l'embrasser, mais déjà ses mains commençaient à l'explorer, à la serrer.

— Coop… il faut que je réfléchisse.

— Tu penseras plus tard, dit-il en pressant sa bouche contre sa gorge.

C'était merveilleux de sentir ce tourbillon sensuel l'emporter, mais elle savait très bien jusqu'où ça risquait de la mener.

— Coop, nous ne devons pas…

— Mais si, laisse-moi te montrer.

— J'ai le vertige, il faut que tu t'arrêtes, je t'en prie. Oh ! tu n'imagines même pas ce que tu es en train de me faire.

— Je n'ai même pas commencé. Viens là-haut, viens là-haut avec moi, Zoe. J'ai envie de serrer ton corps contre le mien, j'ai envie de me sentir en toi.

— Moi aussi…

Elle tremblait, le désir montait en elle comme un feu dévastateur.

— Coop, il faut que je réfléchisse. Je n'ai pas fait cela depuis cinq ans, tu sais…

Il releva doucement la tête pour la regarder. Ses yeux étaient voilés par le désir et sa bouche, gonflée par les baisers qu'il lui avait donnés.

— Personne ?

— Non… Avant même la naissance de Keenan, j'ai eu l'impression que tout désir physique s'était éteint en moi — et là, c'est comme si tu venais de rallumer la flamme. Je ne sais pas comment gérer ça.

— Et le père du petit ? Tu l'aimes toujours ?

— Non.

L'idée était presque risible, à la vérité.

— Non, ça n'a rien à voir avec lui… Enfin si, un peu, mais… Il faut que je m'asseye. Je savais que ça arriverait. Je l'ai su la première fois que je t'ai vu. Il n'y a personne dans ma vie, parce que je ne voulais pas. Parce que Keenan était tout ce qui comptait pour moi. J'ai des projets aussi…

Elle prononça ces derniers mots avec un dépit qui surprit Coop. Son ton était presque accusateur.

— J'ai des projets. Je voudrais faire des études, je voudrais ouvrir mon propre magasin de fleurs un jour.

Sa voix montait en puissance. Coop ne comprenait pas ce qui était en train de se passer.

— Zoe…

Mais elle ne le laissa pas l'interrompre.

— Et tout se passait très bien. J'ai réussi à acheter la maison. Je voulais que Keenan grandisse dans une maison, avec un jardin, de gentils voisins. Tout le monde m'a dit que j'étais folle, que je n'y arriverais jamais, que je m'en voudrais un jour d'avoir tout sacrifié pour élever seule un enfant. Mais ça, je ne le regretterai jamais. Mon fils est la plus belle chose qui me soit arrivée. Et je m'en suis bien sortie : Keenan est intelligent, drôle… merveilleux. Nous menons une existence heureuse et je sais que je peux encore l'améliorer. Je n'ai jamais eu besoin de personne. Et maintenant, mon Dieu, je suis amoureuse de toi !

Coop se figea instantanément.

— Quoi ?

— Quelle horreur ! Mais quelle horreur !

Elle pleurait à présent et prit une petite chaussette dans le panier à linge pour s'essuyer les yeux.

— Ce n'est peut-être rien, reprit-elle. Une histoire d'hormones ou je ne sais quoi. Mais quand je t'ai vu l'autre jour, endormi sur le canapé, avec Keenan dans les bras… C'était tellement adorable. Et puis tu m'as embrassée et, là, tout a pris des proportions folles. Comme lorsque tu apprenais à Keenan à lancer cette stupide balle, dans le jardin. Ou que tu mangeais mes pancakes en me regardant. J'arrive à peine à respirer quand tu me regardes.

Coop était sous le choc. Il comprenait à peine ce que Zoe était en train de lui dire.

— Attends… je n'ai pas tout suivi.

— Bien sûr, je parle à tort et à travers. C'est ma faute. Tu as été si gentil avec Keenan et honnête avec moi. Crois-moi, je sais que je suis responsable de mes émotions.

Comme il la regardait, avec l'air apeuré de quelqu'un qui est menacé par une bête féroce, elle ajouta en souriant :

— Je suis désolée, Coop. Je n'aurais pas dû m'épancher ainsi devant toi. J'ignorais même à quel point mes sentiments étaient confus.

Il prit une profonde inspiration.

— Ecoute, Zoe, j'aime beaucoup ton fils et tu m'attires énormément, mais…

— Tu n'es pas obligé de m'expliquer quoi que ce soit. C'est très clair. Je n'attends rien de toi et je suis vraiment désolée si je t'ai mis mal à l'aise. Mais je me sens mieux, maintenant.

Curieusement, c'était la vérité.

— Quand nous ferons l'amour, ce sera en connaissance de cause, conclut-elle.

— Quand nous… ?

— Nous savons tous les deux ce qui va se passer, reprit-elle calmement. Nous en avons tous les deux envie et c'est mieux de le reconnaître et de l'assumer plutôt que de supporter cette tension entre nous. Keenan a envie de passer la nuit chez un petit copain bientôt. Je peux arranger ça.

Elle ne put s'empêcher de rire en voyant l'expression de surprise de Coop.

— Je suis navrée, mais c'est un peu compliqué d'être totalement spontanée avec un enfant de quatre ans dans les parages. J'espère que ça ne te dérange pas si l'on prévoit assez tôt la nuit que nous passerons ensemble.

— Non, pas du tout… Enfin… Bon sang, Zoe !

— Si tu préfères renoncer ou que tu veux un peu de temps pour réfléchir, ce n'est pas un problème.

Il la regarda intensément et sentit le désir l'assaillir de plus belle. Le désir et quelque chose d'autre, de totalement différent. Et de totalement nouveau.

— Non, j'ai envie de toi. Quand tu veux.

— Pourquoi pas lundi soir ?

— J'ai un match, ce soir-là.

Coop n'en revenait pas d'être là, en train de prendre date pour faire l'amour, comme s'il s'agissait d'un rendez-vous chez le dentiste.

— D'accord… alors mercredi ?

— Ça me va. Est-ce que tu veux que nous allions dîner quelque part avant ?

— Non, ce n'est pas la peine. Je n'ai pas besoin de fleurs ou de chandelles. Je monterai chez toi dès que Keenan sera chez son ami.

— D'accord… Je crois que je ferais mieux de rentrer travailler, maintenant.

— Est-ce que tu es toujours d'accord pour garder Keenan, demain ?

— Bien sûr. Tu n'auras qu'à lui dire de venir frapper à ma porte.

— Merci mille fois. A bientôt.

Elle l'écouta remonter les marches de son escalier. C'était certainement une erreur, songea-t-elle en pliant machinalement son linge. Mais elle en avait fait d'autres. La vie est trop fade si l'on passe son temps à éviter le danger.

7

— Et il envoie la balle et marque !

Coop imita le bruit d'une foule en délire, alors que Keenan venait d'envoyer le ballon dans le panier.

— Je peux le refaire encore ! Je peux, dis ?

Perché sur les épaules de Coop, Keenan balançait d'excitation ses petits pieds chaussés de pantoufles.

— Le public en redemande, bonhomme ! Allez, prends le ballon. Et attention, cette fois-ci, c'est la balle de match ! Compris ?

— Compris !

— Un frisson traverse la foule, tandis que Fleming s'approche de la zone de tir. Ce soir, il joue le match de sa vie ; tout repose dans cette action qu'il s'apprête à exécuter. Il regarde le panier. Est-ce que tu regardes le panier, Keenan ?

— Je ne le quitte pas des yeux, répondit l'enfant en plissant le front.

— Il vise et… lance !

Keena rassembla tous ses efforts et, de son perchoir, envoya le ballon dans le panier.

— Ouais ! La foule en délire pousse des cris d'ovation ! Fle-ming ! Fle-ming !

Coop se mit à faire le tour du canapé avec l'enfant sur ses épaules.

— Salue ton public, Keenan ! Ils sont tous venus pour toi !

Puis, sans crier gare, il fit basculer l'enfant sur le canapé et ils chahutèrent tous les deux en riant.

C'était une manière plaisante d'occuper une journée pluvieuse, se disait Coop. Et ça lui permettait de ne pas trop penser à la nuit à venir.

On était mercredi.

— O.K., Keenan. C'est la pause ! Je dois finir mon article, maintenant.

— Est-ce qu'on va retourner au journal ? J'aime bien aller là-bas ! C'est cool.

— Non, pas aujourd'hui. Je le faxerai lorsque j'aurai terminé. Tu peux regarder un dessin animé en attendant.

— D'accord. Est-ce que je peux prendre une boisson ?

— Bien sûr. Il y a du jus de fruits que ta mère m'a donné pour toi. Tu es bien sage, hein ?

— Oui.

Comme Coop entrait dans son bureau, Keenan descendit du canapé. Il adorait rester avec Coop après l'école. Ils s'amusaient tellement, tous les deux ! Coop ne lui demandait jamais s'il s'était bien lavé les mains et ne lui disait pas que les biscuits risquaient de lui couper l'appétit.

Plus que tout, Keenan aimait lorsque Coop le prenait dans ses bras, le soulevait de terre. Ce n'était pas pareil quand c'était sa mère qui le faisait. Bien sûr, il aimait quand sa maman lui faisait un câlin, surtout à la sortie du bain ou lorsqu'il avait fait un cauchemar. Mais, avec Coop, c'était différent. Et Keenan savait très bien pourquoi : Coop était un papa, pas une maman.

Il aimait bien penser que Coop était son papa et il se disait que, s'il était bien sage, Coop ne partirait pas.

Après une ou deux tentatives infructueuses, Keenan parvint à ouvrir le réfrigérateur ; il était si fier que Coop ait accroché ses dessins sur la porte. Il examina l'intérieur et repéra la bouteille de jus de fruits que sa mère avait achetée pour lui. Il vit également les bouteilles vertes que Coop aimait bien.

B-I-E-R-E, épela-t-il à voix basse. Il se souvint avoir demandé un jour à Coop s'il pouvait goûter, mais c'était pour les grands. Il avait simplement eu le droit de sentir le contenu de la bouteille, ce qui ne lui avait pas du tout donné envie de grandir ! Ce jour-là, il y avait une nouvelle bouteille à l'intérieur de la porte. Keenan essaya de déchiffrer : C-H-A-R-D-O… Il renonça, il y avait trop de lettres, cette fois-ci.

Il prit la bouteille de jus de fruits et la posa sur le sol de la cuisine. Puis il tira une chaise devant le placard pour attraper un verre. Un jour, il serait aussi grand que Coop et n'aurait plus besoin de chaise. Il grimpa dessus et se mit sur la pointe des pieds.

Le fracas d'une chute et le cri immédiat de Keenan firent bondir

Coop de sa chaise. Il se cogna le genou contre le bureau et fit voler toutes ses feuilles en sortant de la pièce en courant.

Keenan pleurait. Une chaise était renversée, du jus d'orange coulait abondamment sur le carrelage de la cuisine et la porte du réfrigérateur était restée ouverte. Coop prit le petit garçon dans ses bras et l'installa sur la table de la cuisine.

— Tu t'es fait mal ? Qu'est-ce qui s'est passé ?

Keenan sanglotait sans pouvoir répondre. Coop examina attentivement ses jambes et son dos, terrorisé à l'idée de découvrir des plaies ouvertes ou une fracture.

— Je suis tombé ! finit par dire Keenan en passant les bras autour du cou de Coop.

— Ce n'est rien, ce n'est rien. Est-ce que tu t'es cogné la tête ?

— Noonnn. Je suis tombé sur les fesses.

— Bon, je ne pense pas que ce soit très grave.

— J'ai besoin d'un bisou magique !

— Un bisou magique ?

— Oui, c'est un bisou quand on s'est fait mal.

— Ah… d'accord.

Coop se pencha et déposa un baiser sur le front de Keenan.

— Ça va aller comme ça ?

— Oui… je crois que ça va mieux. Je suis désolé d'avoir renversé tout le jus…

— Ça n'a aucune importance.

Sans même s'en rendre compte, Coop caressait doucement les cheveux de l'enfant pour l'apaiser. Quelque chose se soulevait en lui, ou craquait, il n'aurait su dire quoi.

— Tu n'es pas fâché après moi ? Tu ne vas pas t'en aller ?

— Mais non !

Une violente émotion noua la gorge de Coop, qui comprenait de moins en moins ce qui lui arrivait.

— Je t'aime, dit Keenan avec cette déconcertante facilité de l'enfance.

Coop ferma les yeux en se demandant comment il était possible qu'un homme de son âge puisse être aussi attaché à un petit garçon de quatre ans.

*
* *

Et voilà, elle y était. Zoe se tenait en bas de l'escalier qui menait jusqu'à l'appartement de Coop. Tout ce qu'elle avait à faire était de monter, d'ouvrir la porte et d'avoir une liaison avec lui. Son ventre était noué.

Comme elle était sotte de se sentir si nerveuse !

Bravement, elle gravit les marches. Après tout, elle était une jeune femme normale, avec des besoins normaux. Et si d'aventure elle se sentait emportée par ses émotions, elle les gérerait comme elle pourrait. C'est plus difficile d'être blessée lorsque l'on n'attend rien.

Plus jeune, elle avait eu des attentes, mais celles-ci avaient été cruellement déçues. On ne l'y reprendrait plus.

Ce qui allait se passer entre Coop et elle était la conséquence logique d'une attirance physique entre deux célibataires en bonne santé. Mais comme c'était difficile de monter cet escalier !

Tous les détails pratiques étaient réglés. Son fils dormait chez un de ses amis et elle avait pensé à prendre sa pilule. Ce n'était plus le genre d'oubli qu'elle risquait de commettre.

Allez, sans regret, se dit-elle au moment de frapper à la porte.

Coop ouvrit si vite qu'elle manqua sursauter. Ils se regardèrent en silence un instant.

Elle portait une robe légère, avec des fines bretelles rouges qui soulignaient la douceur de sa peau de pêche. Ses cheveux flottaient librement sur ses épaules et ses yeux brillaient d'attente et d'inquiétude. Coop en perdit momentanément l'usage de la parole. Puis il parvint à se reprendre en voyant qu'elle tenait son téléphone portable à la main.

— Bonsoir, dit-il, tu attends un coup de fil ?

— Comment ? Oh ! non…

Elle se mit à rire, consciente de son ridicule.

— Non, seulement, je préfère rester joignable lorsque Keenan n'est pas à la maison.

— Il dort chez son copain, c'est ça ?

— Oui.

Il la laissa entrer et elle posa le téléphone sur le bar de la cuisine.

— Il était ravi et…

Elle s'arrêta net en sentant que la semelle de sa sandale accrochait sur le carrelage.

Coop leva les yeux au ciel.

— Aïe, je n'ai pas dû nettoyer cet endroit tout à l'heure. Nous avons eu un petit incident avec une bouteille de jus d'orange.

— Ah bon ?

— Le petit est tombé d'une chaise, rien de grave, rassure-toi. Enfin, je crois que j'ai pris dix ans en une fraction de seconde. Ce n'était pas grand-chose, mais la bouteille de jus d'orange s'est renversée.

Comme Zoe se contentait de sourire, il se dirigea vers le réfrigérateur. Pourquoi avait-il le sentiment de parler à tort et à travers ?

— Est-ce que tu veux un verre de vin ?

— Volontiers.

Zoe se rendit compte que Coop était aussi nerveux qu'elle, et cela l'attendrit. A son tour, elle essaya de meubler la conversation.

— Keenan adore passer du temps avec toi. Maintenant, je suis obligée de lire les pages sportives du journal pour suivre ses conversations !

— Il apprend vite.

— Mais moi aussi, dit-elle en acceptant le verre qu'il lui tendait. Tu peux m'interroger sur les derniers résultats des RBI et des ERA !

— C'est pas vrai ? Il t'arrive de regarder des matchs aussi ?

— Parfois, mais je regarde aussi « 1 rue Sésame » : j'aime bien m'intéresser aux goûts de Keenan.

Coop attrapa une mèche de ses cheveux pour jouer doucement avec. Il devenait de plus en plus difficile de parler.

— Il aime aussi les dinosaures, d'après ce que j'ai compris, fit observer Coop.

— Oui, je lui ai pris au moins six livres sur le sujet à la bibliothèque…

Les doigts de Coop s'aventuraient à présent sur la ligne de ses épaules.

— Et je l'ai emmené au musée d'Histoire naturelle…

Elle posa son verre sur le bar et se laissa tomber dans ses bras.

Il l'embrassa avec fougue, comme si cela faisait des jours qu'il attendait cet instant. Zoe se sentit aussitôt fondre de désir. La tension accumulée ces derniers jours, l'impatience, l'attente, tout cela explosait en elle.

— Je n'étais pas sûr que tu viendrais, dit-il dans un souffle.

— Moi non plus. Je…

— Je n'arrive pas à penser à autre chose qu'à toi.

Il la souleva dans ses bras.

— Je pensais que nous irions plus doucement.

— N'attendons plus…, murmura-t-elle comme il l'emmenait jusqu'à sa chambre.

Zoe eut le temps d'apercevoir une pièce ordonnée, avec un parfait équilibre de couleurs claires et foncées. Puis elle se laissa tomber sur le lit, pleine d'ardeur et de hâte. Elle voulait qu'il la touche comme une femme, elle voulait se sentir femme dans ses bras. Les mains qu'il posait sur son corps pour la dénuder la rendaient incandescente. Chaque parcelle de sa peau attendait ses baisers, pulsant sous le feu d'un désir grandissant.

Il n'y avait plus de peur, plus de retenue.

Coop sentait qu'il perdait tout contrôle dans les bras de cette femme incroyable. Zoe était la perfection incarnée, le rêve de tout homme. Belle et nue, avec un corps si fin qu'il peinait à croire qu'elle avait un jour porté un enfant. Dans la douce lumière tamisée du jour déclinant, son visage pur était bouleversant de beauté. Quand il la touchait, il voyait le reflet de son propre désir dans ses yeux perdus.

Ils roulaient l'un contre l'autre, animés par une faim sans pareille. Leurs mains et leurs bouches se cherchaient, s'enlaçaient, s'exploraient. Leurs caresses sensuelles et avides leur arrachaient des soupirs de volupté. Au-dessus, au-dessous, ils s'agrippaient avec passion et frénésie. Quand il sentit que Zoe n'attendait plus que cela, quand il se sentit trop dur pour supporter l'attente, il la pénétra profondément.

La sensation fut si intense que Zoe eut l'impression qu'une lance brûlante venait d'entrer en elle. C'était si merveilleux qu'ils restèrent un instant immobiles, retardant le moment du plaisir pour mieux le savourer.

Puis ils ne furent qu'un seul et même mouvement, qui allait crescendo. Une course sauvage qui les emmena jusqu'au bout du voyage, dans une explosion de plaisir et de cris.

Ce n'était pas exactement comme ça que Coop avait imaginé les choses.

Ils étaient allongés sur le lit. Zoe était recroquevillée contre lui. La lumière avait presque disparu, et des ombres douces flottaient dans la pièce.

Coop s'était dit qu'ils respecteraient certaines étapes avant de faire l'amour, qu'ils iraient plus doucement, pour apprivoiser le corps de l'autre.

Mais quand il l'avait vue, avec ses grands yeux brillants, avec son sourire impatient et gêné, il avait songé qu'il n'avait jamais autant désiré une femme de sa vie.

Il déposa un baiser tendre sur la tempe de Zoe.

— Comment te sens-tu ? murmura-t-il.

— Mieux que bien, répondit-elle en lui caressant doucement l'épaule.

— J'espère que je n'ai pas trop précipité les choses.

— Non, c'était parfait.

Il laissa glisser un doigt sur son bras, appréciant la douceur et la fermeté de sa peau. Il avait encore envie d'elle. Déjà ! *Contrôle-toi*, s'ordonna-t-il.

— Est-ce que tu vas rester un peu ?

Elle riva son regard au sien.

— Oui.

— Je vais chercher la bouteille de vin, si tu veux.

— C'est une bonne idée.

Elle soupira de bien-être lorsqu'il sortit du lit. Elle avait oublié comment ça se passait après. Et même avant. Et même pendant. Mais cela n'avait pas d'importance. Tout s'était merveilleusement bien passé jusqu'alors.

Ce qui la surprenait encore, c'était tout ce qu'elle avait réussi à oublier pendant toutes ces années. La force du désir, le bonheur de se sentir pleinement exister dans les bras d'un homme. Mais, durant tout ce temps, elle n'avait jamais éprouvé d'amour pour quiconque.

Elle se redressa et ramassa les draps pour se couvrir. Au même moment, Coop entrait dans la chambre, un plateau à la main.

En la voyant dans son lit, Coop ressentit une étrange brûlure, qui touchait à la fois ses sens et son cœur. En silence, il remplit deux verres et s'assit à côté d'elle.

— Pourquoi est-ce que tu n'as pas eu d'aventures ces dernières années ?

Il s'en voulut aussitôt d'avoir posé cette question.

— Pardon, ça ne me regarde pas.

— Oh, ne t'inquiète pas.

Parce que je ne suis tombée amoureuse de personne avant toi, songea-t-elle. Mais ce n'était pas du tout ce qu'il voulait entendre et elle le savait très bien.

— Tu as envie d'en savoir plus sur le père de Keenan ?

— Ça ne me regarde pas. Je suis désolé d'être si indiscret, parfois. C'est une déformation professionnelle.

— C'était il y a très longtemps — dans une autre vie. Ça ne me dérange pas de t'en parler. J'ai grandi à New York. Je t'ai peut-être dit que ma mère était actrice. Je suis née de son second mariage. Elle s'est mariée cinq fois. Enfin… jusqu'ici.

— Cinq fois ?

Zoe fit tourner le vin dans son verre et le porta à ses lèvres.

— Clarice tombe amoureuse et change de mari comme d'autres changent de coiffure. Elle est restée avec mon père quatre ans, avant qu'ils ne divorcent à l'amiable. Ma mère s'est toujours séparée sans histoire. Je n'ai pas vu beaucoup mon père, parce qu'il a emménagé à Hollywood après la rupture. Il fait des publicités et du doublage, principalement. Quand j'étais au lycée, je pense qu'elle en était déjà à son quatrième époux. Mon beau-père travaillait pour une agence de mannequins qui s'appelle *Towers Modeling*. C'est assez connu.

— Oui, j'en ai déjà entendu parler.

— Il m'a fait entrer dans cette agence et j'ai commencé à faire des photos. Et puis j'ai continué.

— Je comprends maintenant, l'interrompit Coop. C'est pour ça que j'avais l'impression de t'avoir déjà vue quelque part.

Elle haussa les épaules.

— Il y a cinq ou six ans, c'était difficile de ne pas me voir. J'ai fait vingt couvertures en un mois, l'année où je suis sortie du lycée.

— C'est ça, et une couverture du magazine *In sports*, pour la collection de maillots de bain.

Zoe sourit.

— Tu as une bonne mémoire, c'était il y a six ans !

Coop se souvint des longues jambes recouvertes de sable et de son visage souriant et sensuel.

— C'était une sacrée photo !

— Et pourtant la séance de shooting avait été effroyable. Enfin bref, je gagnais beaucoup d'argent, j'avais du succès, j'étais invitée à plein de fêtes. C'est à l'une d'elles que j'ai rencontré Roberto.

— Roberto…

Coop ne put s'empêcher de faire une grimace en entendant ce prénom.

— Roberto Lorenzi. Un joueur de tennis. Tu as peut-être entendu parler de lui ?

— Lorenzi ? Bien sûr… Il a gagné Roland-Garros il y a trois ans, il me semble. Mais je sais qu'il a plutôt mauvaise réputation. Fan de courses automobiles, grand séducteur… Il n'a pas gagné grand-chose ces deux dernières années. Il y a eu quelques articles accablants sur lui le printemps dernier, parce qu'il avait bousculé un journaliste.

Il s'interrompit pour boire une gorgée de vin.

— Lorenzi ? C'est le père de Keenan ? Mais c'est un…

— Un casanova ? suggéra Zoe. Un sale égoïste, trop gâté par la vie ? Je le sais… maintenant. Mais, à l'époque, je me suis laissé prendre à son petit manège. Ce que je voyais, c'était un beau et charmant jeune homme, qui m'envoyait des roses et m'emmenait à Monte-Carlo. J'étais totalement étourdie par ses attentions, par ses discours. Il me disait qu'il m'aimait, qu'il me vénérait et qu'il ne pouvait pas vivre sans moi. Je l'ai cru et nous sommes devenus amants. Je pensais qu'il serait l'homme de ma vie, l'unique. Quand j'ai découvert que j'étais enceinte, je n'avais pas encore compris que Roberto s'était déjà lassé de moi. Lorsque je lui ai appris ma grossesse, il s'est mis en colère. Puis il s'est calmé, est devenu « raisonnable ». Il pensait que je souhaitais me faire avorter et m'a proposé de payer tous les frais.

— Quel grand seigneur…

— Il pensait de façon assez logique, en un sens, répondit calmement Zoe. Je démarrais une carrière de mannequin prometteuse et je ne pouvais demander aux agences d'attendre la fin de ma grossesse pour me faire de nouveau travailler. Un enfant, et c'était la fin de tout pour moi. Roberto, de son côté, n'avait pas la moindre intention de m'épouser et supposait que je connaissais les règles du jeu. Et, d'ailleurs, je les ai vite comprises. Seulement, quand je suis allée chez le médecin et qu'il m'a confirmé ma grossesse, quelque chose a changé en moi. Après l'incrédulité, la panique et même la colère, je me suis sentie étrangement bien. Je voulais garder ce bébé. Alors, j'ai laissé tomber le mannequinat et j'ai quitté New York. Après ça, j'ai lu à peu près tout ce que je pouvais sur la maternité et les enfants.

— Juste comme ça ?

— Non, ça n'a pas été si simple. Il y a eu des scènes terribles, on a voulu me présenter ce choix comme le plus insensé que je pouvais faire. Mais j'avais pris ma décision. Roberto et moi nous sommes séparés en assez mauvais termes, mais en tombant d'accord pour qu'il reste en dehors de ma vie comme je resterai en dehors de la sienne.

— Et qu'as-tu dit à Keenan ?

— Ce n'est pas évident. Je me sens parfois coupable à ce sujet. Jusqu'à présent, je lui ai dit que son père avait été obligé de partir et qu'il ne reviendrait pas. Comme c'est un enfant heureux, il ne pose pas de questions. Pour le moment…

— Et toi ? Est-ce que tu es heureuse ?

— Oui, répondit-elle en souriant. Je le suis. Toute ma vie, j'ai rêvé d'avoir une maison, une famille, quelque chose de solide et de durable. Tout ça, je ne l'avais pas connu avant d'avoir Keenan. Il a changé ma vie.

— Et tu n'as jamais eu envie de poser de nouveau pour les photographes ?

— Oh non, pas la moindre envie.

Coop passa la main sur la nuque de Zoe pour étudier son expression.

— Tu as un si beau visage.

En cet instant précis, il n'était pas mécontent de l'avoir pour lui seul.

8

Le covoiturage avait certainement été inventé par quelqu'un doté d'un curieux sens de l'humour. Ayant vécu l'essentiel de sa vie dans des villes où les transports publics ou un jogging matinal permettaient d'aller au travail, Coop n'avait jamais fait l'expérience de la version adulte de ce mode de déplacement.

Mais il avait entendu des histoires à ce sujet. Les disputes, les mesquineries, les voitures bondées, le café renversé sur les genoux du voisin.

Cela faisait à présent une semaine qu'il se chargeait d'emmener Keenan et ses amis à l'école et il était certain que la version enfantine du covoiturage était bien pire encore.

— Il m'a encore pincé, monsieur McKinnon. C'est Brad, il m'a pincé !

— Arrête de le pincer, Brad !

— Mais Carly me regarde tout le temps. Je lui ai dit d'arrêter de me regarder !

— Carly, arrête de regarder Brad, s'il te plaît.

— Je crois que je vais vomir, monsieur McKinnon. Je vais vomir maintenant !

— Mais non, tu ne vas pas vomir.

Le petit Matthew Finney faisait des bruits inquiétants et les autres poussaient des cris, de crainte qu'il ne vomisse sur eux. Coop serra les dents et continua de conduire. Matt annonçait qu'il allait vomir deux fois par jour, sauf quand il était à l'avant de la voiture. Mais Coop avait décidé que chaque enfant s'installerait à côté de lui selon un ordre préétabli.

Keenan, qui avait attendu toute la semaine son tour, se tourna vers l'arrière pour faire des grimaces à Matt.

— Keenan, retourne-toi ! ordonna Coop. Et vous autres derrière, tenez-vous bien. Bon, premier arrêt, tu descends, Matt !

Quinze minutes plus tard, les sièges arrière étaient enfin vides. Coop se gara dans l'allée et posa sa tête sur le volant quelques instants. Quelle migraine !

— J'ai besoin de boire un verre, dit-il.

— Il y a de la citronnade à la maison, si tu veux, proposa Keenan.

— Génial.

Coop sortit de la voiture et aida l'enfant à détacher sa ceinture de sécurité.

— Est-ce qu'on pourra retourner à la piscine ?

L'idée d'accompagner de nouveau un groupe de gamins surexcités à la piscine municipale, dans un futur plus ou moins proche, était une perspective totalement terrifiante.

— Eh bien, tu demanderas peut-être à ta maman de t'y accompagner, la prochaine fois.

Coop jeta un coup d'œil à la banquette arrière et crut défaillir. Plus tôt dans la semaine, il avait commis la même erreur et découvert des bouts de chewing-gum sur le tapis, des miettes de gâteau partout et une mystérieuse substance verte étalée sur les sièges.

— Ohé !

C'était Mme Finkleman, qui leur faisait de grands signes de l'autre côté de la haie. Elle franchit la barrière et s'approcha, tout sourires. Avec sa robe à fleurs et ses sandales bleu électrique, elle ne passait pas inaperçue.

— Alors, c'était comment cette séance de natation, mon trésor ? demanda-t-elle à Keenan.

— Nous avons fait la course et Brad a mis la tête sous l'eau à Carly, alors que Coop lui avait défendu de le faire. Et même que Carly a pleuré. Oh ! et puis je peux retenir ma respiration sous l'eau pendant douze secondes !

— Incroyable ! s'exclama joyeusement la voisine. Si tu continues comme ça, tu finiras aux jeux Olympiques.

Elle jeta un regard amusé à Coop.

— Vous avez l'air un peu fatigué, vous. Keenan, pourquoi est-ce que tu n'irais pas raconter tout ça à mon mari ? Il a fait un gâteau hier et il en reste pour toi.

— Super !

Keenan tira la main de Coop.

— Tu en veux ? Tu viens avec moi ?

— Je passerai. Vas-y vite !

Mme Finkleman gloussa, tandis que le petit garçon s'élançait joyeusement vers sa maison.

— Quel petit ange ! On va s'occuper de lui pendant deux heures. J'ai comme l'impression qu'un peu de calme vous ferait du bien.

— Je me demande comment font les parents !

— Ah, c'est plus facile quand vous suivez leur développement. Lorsque vous avez passé des nuits à consoler un nourrisson qui a mal au ventre, il n'y a plus grand-chose qui puisse vous faire peur.

Mme Finkleman soupira.

— Sauf peut-être les exposés de sciences à préparer au dernier moment et les premières leçons de conduite. Mais, pour Keenan, Zoe n'en est pas encore là. Et puis franchement, Coop, vous vous en sortez à merveille avec le petit. Avec Harry, on se disait justement que ce serait tellement bien pour elle et pour Keenan d'avoir un homme dans leur vie. Ce n'est pas que Zoe ne se débrouille pas très bien toute seule. Je sais qu'elle élève parfaitement ce petit bout de chou, qu'elle arrive à conjuguer deux boulots et à tenir sa maison. Mais moi, ça me fait chaud au cœur de vous voir jouer avec le petit bonhomme ou de voir le visage de Zoe s'éclairer quand vous êtes dans les parages. Vous formez une jolie petite famille, tous les trois. Mais bon, je bavarde, je bavarde, alors que vous auriez grand besoin de faire une bonne sieste. On s'occupera bien de Keenan.

— Mais je ne suis pas… Et il n'est pas…

Coop n'eut pas le temps de protester. L'indiscrète voisine avait déjà tourné les talons.

Une famille ? Il se sentait glacé à cette idée. Ils ne formaient pas une famille, enfin ! Non, se dit-il en gravissant les marches de son escalier, il n'avait jamais pensé à la situation en ces termes.

Il aimait beaucoup Keenan, bien sûr. Et il était fou de sa mère, aucun doute là-dessus. Mais ça ne faisait pas d'eux une famille pour autant. Et surtout cet état de fait était simplement transitoire. Certes, il avait consacré beaucoup de son temps au gosse, lui avait appris un certain nombre de choses, avait joué avec lui au base-ball, mais tout cela ne faisait pas de lui un père de famille.

Aussitôt arrivé chez lui, il se servit une bière et la but à grandes gorgées.

C'était vrai qu'il aimait les moments qu'il passait avec Keenan, sans parler de ceux qu'il passait avec sa mère. Il devait même reconnaître que plus tôt dans la journée, à la piscine, lorsqu'une mère de famille avait pris Keenan pour son fils et l'avait complimenté, ça lui avait curieusement fait plaisir. Mais ce n'était pas une raison pour penser leur relation en termes de famille.

Il était célibataire. Et il aimait cela. Ce statut lui permettait d'aller et venir selon son bon vouloir, de prévoir des parties de poker qui duraient toute la nuit ou de regarder des matchs aussi souvent qu'il le souhaitait.

Il aimait travailler au calme, c'était la raison pour laquelle il rédigeait ses articles chez lui plutôt que dans l'agitation des bureaux du journal. C'était la meilleure façon d'éviter que les gens farfouillent dans ses affaires ou lui imposent un emploi du temps.

La vie de famille — telle qu'il l'avait vécue dans son enfance — était pleine de contraintes et de sorties obligatoires.

Il était hors de question pour lui de changer son mode de vie pour s'accorder à un rythme familial !

A présent, il comprenait qu'il avait commis une erreur en consacrant autant de temps à Zoe et au petit. Il ne s'était jamais forcé à faire quoi que ce soit, mais n'avait pas pensé aux conséquences de ses actes. Tous les trois s'étaient rapprochés, peut-être un peu trop, et sa sollicitude à leur égard pouvait prêter à malentendu. Et c'était d'autant plus dangereux que Zoe lui avait dit qu'elle l'aimait. Elle ne l'avait fait qu'une seule fois, se rappela-t-il, et il espérait que c'était juste un truc de femme. Pas de vraies paroles sérieuses.

En tout cas, s'il ne prenait pas ses distances, Zoe et Keenan risquaient de compter un peu trop sur lui. Il frémit à l'idée que lui aussi était en danger : il s'attachait à eux.

Il était temps de rétablir des rôles clairs. Et le sien était avant tout celui du locataire.

Keenan s'élança vers sa mère à la minute où elle sortit de la voiture.

— Maman ! Coucou ! Tu sais, j'ai pu retenir ma respiration sous l'eau pendant douze secondes !

Zoe l'attrapa au vol et le fit tourner dans ses bras.

— Quel champion ! Bonjour, madame Finkleman.

— Bonjour, Zoe. Ça fait une bonne heure qu'on s'amuse tous les deux. J'ai envoyé Coop faire une sieste lorsqu'ils sont rentrés de la piscine. Il avait l'air épuisé !

— Merci beaucoup.

— Et Mme Finkleman m'a même donné du gâteau ! Il était trop bon.

— J'espère que tu l'as remerciée.

— Oui, et tu sais, Matt a failli vomir dans la voiture de Coop, parce que c'était mon tour de monter à l'avant. C'était vraiment génial aujourd'hui et Coop m'a montré comment on nage sans bouée. Il a dit que j'étais un vrai champion.

— Et il a raison. Tu es un vrai champion.

Zoe s'installa dans un fauteuil, avec son fils sur les genoux. La perspective de préparer le dîner puis de revêtir son uniforme pour enchaîner six heures de service au bar ne la réjouissait guère.

— Allez, fais-moi un petit câlin et, ensuite, tu viendras avec moi dans la cuisine pendant que je préparerai le dîner. Tu dois avoir encore des tas de choses à me raconter.

Une demi-heure plus tard, Zoe était en train d'égoutter des pâtes, tandis que Keenan dessinait à même le sol. Elle entendit les pas de Coop dans l'escalier. Instantanément, son cœur se mit à battre plus vite. Cette réaction la fit sourire. Et dire qu'elle s'était crue immunisée contre les hommes pendant des années !

Elle laissa les pâtes dans l'égouttoir et alla lui ouvrir la porte.

— Bonsoir ! fit-elle.

— Bonsoir, comment ça va ?

Un peu nerveux, Coop jouait avec son trousseau de clés. Zoe paraissait radieuse et, en dépit de la fatigue qui se lisait dans ses yeux, elle lui adressa un sourire lumineux.

— J'allais justement t'envoyer Keenan pour savoir si tu voulais dîner avec nous. Je me disais que ça te ferait peut-être du bien après cette journée éprouvante à la piscine.

Elle ouvrit un peu plus la porte et avança, comme pour l'embrasser. Son sourire se fana lorsqu'il fit un léger mouvement en arrière pour l'éviter.

— J'ai simplement préparé du poulet et des pâtes.

Cela sentait délicieusement bon dans la cuisine, mais ce n'était pas le moment de penser à cela. La scène qui s'offrait à ses yeux l'effrayait : une jolie cuisine avec un pot de fleurs sur le rebord de la fenêtre, un fumet délicieux, un bel enfant allongé sur le sol et une femme magnifique prête à lui faire à manger et à l'embrasser.

C'était le piège absolu.

— C'est gentil, mais j'étais sur le point de sortir.

— D'accord, mais je croyais que tu avais encore deux heures devant toi avant le début du match.

Surpris, il arqua un sourcil interrogateur avant qu'elle ne sourie et s'exclame :

— Je suppose que je fais un peu plus attention à la programmation des matchs, à présent. Ce soir, c'est Baltimore contre Toronto !

— C'est vrai.

Seigneur ! quand une femme commence à s'intéresser à ce que vous faites, c'est vraiment le signe que la cage se referme progressivement !

— Mais j'ai des choses à faire, ce soir.

— Je peux venir avec toi ? s'écria Keenan en se précipitant sur lui. Je voudrais bien le voir, ce match ! C'est tellement bien quand je peux y aller avec toi !

Coop s'était rarement senti aussi mal à l'aise. Mais il devait s'endurcir.

— Non, j'ai trop de choses à faire, ce soir, dit-il avec un soupçon de sévérité dans la voix. Tu sais, ce n'est pas seulement un jeu, c'est aussi mon métier.

La lèvre du petit garçon se mit à trembler.

— Mais tu disais que je portais chance !

— Keenan, viens ici, dit doucement Zoe en posant la main sur l'épaule de son fils.

Sans quitter Coop des yeux, elle le ramena à la raison.

— Tu sais bien que Beth va venir te garder, ce soir, et que tu pourras regarder ton dessin animé préféré.

— Mais je voudrais tellement…

— Maintenant, va te laver les mains pour le dîner.

— Mais…

— Allez, mon chéri, dépêche-toi.

L'expression défaite de Keenan aurait attendri le cœur d'un ogre, mais Coop tenait bon. Il prit la direction de la porte, bien décidé à décamper le plus vite possible.

— Tu sais, je ne peux pas l'emmener partout, dit-il.

— C'est normal. Il est très fatigué ce soir. De toute façon, je ne l'aurais pas laissé partir.

Zoe hésita un peu, mais ne put s'empêcher de demander :

— Tout va bien ?

— Tout va très bien !

Coop ignorait pourquoi il avait presque crié, comme il ignorait pourquoi son cœur semblait peser dix tonnes, à présent.

— J'ai ma propre vie, tu sais. Et je n'ai pas besoin d'un enfant pour grimper sur mon dos... ni que tu me prépares à dîner. Et puis je ne suis pas obligé de me justifier non plus.

Le regard de Zoe devint soudain très froid, étonnamment calme.

— Bien sûr que non. Je te suis reconnaissante de m'avoir autant aidée ces dernières semaines. Tiens-moi au courant si je peux faire quoi que ce soit pour te rendre service.

— Ecoute, Zoe...

— Excuse-moi, mais je dois servir le dîner maintenant, sinon je risque d'être en retard. Passe une bonne soirée.

Elle referma fermement la porte derrière lui.

Sans même regarder en arrière et tout en s'affairant à son four, Zoe sut exactement combien de temps il resta planté derrière la porte et à quel moment il partit.

C'était à prévoir, songea-t-elle. Ce revirement était typique, et même compréhensible. Peut-être qu'il avait fallu plusieurs semaines à Coop pour comprendre qu'elle n'était pas seule, qu'elle était la mère de Keenan et qu'à eux deux ils formaient une famille, avec ses joies, ses difficultés et ses habitudes.

Il se retirait du jeu.

Peut-être qu'il n'en était pas tout à fait conscient encore, mais il avait commencé à battre en retraite.

Ses yeux la piquaient et sa poitrine se soulevait malgré elle. Bravement, elle refoula les larmes qu'elle sentait monter en elle. Plus tard, lorsqu'elle serait seule, elle s'offrirait le luxe de les laisser couler. Mais, pour le moment, elle devait consoler son petit garçon.

Lorsqu'il revint de la salle de bains, elle s'accroupit pour lui parler les yeux dans les yeux.

— Tu as passé un bon moment avec Coop, aujourd'hui ?

Keenan hocha la tête en reniflant.

— Et il t'a fait découvrir beaucoup de choses très amusantes !

— Je sais...

— Alors tu ferais mieux d'être heureux d'avoir pu profiter de tout cela, plutôt que de pleurer parce que tu voudrais plus encore.

Elle se releva en se souhaitant la force d'appliquer à elle-même le conseil qu'elle venait de donner à son enfant.

9

— Dis donc, je trouve que tu passes beaucoup de temps au journal, en ce moment.

Ben s'assit sur le bureau de Coop et commença à jouer avec un stylo. Aux quatre coins de *l'open space* sonnaient téléphones et fax. Le martèlement des doigts sur les claviers conférait à ce lieu une atmosphère studieuse et énergique. C'était une ruche qui s'activait de toutes parts.

— Et alors ? répondit Coop sans lever les yeux de l'écran de son ordinateur.

Il était en train de rédiger sa page hebdomadaire sur les résultats sportifs.

— Je croyais que tu préférais bosser dans ton nouvel appart qui a une si jolie… vue ! Tu n'étais pas si souvent ici quand tu habitais dans le centre de Baltimore.

— J'avais besoin de changer de cadre.

Coop marmonnait et gardait les sourcils froncés de celui qui ne veut pas être dérangé.

— Je vois…

Ben ramassa une balle de base-ball qui traînait sur le bureau de Coop et s'amusa à l'envoyer et à la rattraper.

— Des soucis au paradis ?

— Mais qu'est-ce que tu racontes, Ben ? Je te signale que j'ai un papier à écrire, au cas où tu ne l'aurais pas encore remarqué.

Ben ne tint pas compte de sa remarque.

— Ecoute, j'ai l'impression que, ces dernières semaines, tu restais tout le temps fourré auprès de ta charmante propriétaire.

— Laisse tomber, Ben. Je travaille.

— Moi je dis que, lorsqu'un type se balade partout avec un gamin de quatre ans, c'est qu'il vise plutôt la mère.

Coop le fusilla du regard.

— J'aime bien ce gosse, c'est tout ! Et je n'ai pas besoin de ce genre de ruses pour séduire une femme. Le petit est sympa. Il n'y a rien à dire de plus.

— Hé, du calme ! Je n'ai rien contre les loupiots. Il se pourrait même que je décide d'en avoir, un de ces jours. Ce que je voulais dire, c'est que, lorsqu'une femme a déjà un enfant, l'homme qui s'intéresse à elle doit un peu jouer le papa, s'il veut avoir une chance.

— Je te répète que je n'ai pas besoin de ça pour séduire une femme.

— Oh ! ça va… Je remarque simplement que, le week-end dernier, tu n'as pas voulu jouer, parce que tu emmenais la petite famille à l'aquarium. Et je suis certain que ça ne t'a pas trop mal réussi.

— Ce n'est pas ce que tu crois, Ben…

— Hé, je ne t'aurais pas embêté comme ça si j'avais su que c'était sérieux entre elle et toi.

— Je n'ai pas dit que c'était sérieux entre elle et moi…

— C'est ce que je viens de dire…, mais bon, peu importe.

Las, Coop s'adossa à son fauteuil. Ben et lui avaient tenu un compte serré de leurs conquêtes féminines pendant cinq ans, toujours avec une chaleureuse complicité. Il n'avait aucune raison de réagir de la sorte.

— Désolé, Ben. J'ai beaucoup de choses dans la tête en ce moment.

— Ne t'inquiète pas. Tu as besoin de te distraire. Ça te dirait, une partie de poker, ce soir ?

— Et comment !

— Génial. Perdre un peu d'argent devrait te remettre sur les rails !

Coop était loin d'en être sûr, mais son ami avait raison. Depuis quelques jours, il ne savait plus du tout où il en était ; il dormait très peu, mangeait encore moins et se sentait terriblement nerveux.

Tout cela parce qu'il évitait autant que possible d'affronter le problème. Il fermait les yeux, alors qu'il était l'heure de les ouvrir. S'il voulait retrouver sa vie, il était grand temps de faire face.

Il éteignit son ordinateur.

Ce que Zoe appréciait le plus dans ses après-midi de congé, c'était la solitude qui les accompagnait. Pas de clients à qui parler, pas de commandes à recevoir. Ces moments rares où elle n'était ni vendeuse, si serveuse, ni même maman, étaient précieux. Elle s'y ressourçait. Elle était simplement Zoe.

Assise sur la terrasse de sa maison, elle essayait de comprendre le mode d'emploi du nouveau barbecue qu'elle venait d'acheter. Elle voulait faire la surprise de cuire des hamburgers dessus à Keenan.

Elle savourait la tranquillité de ce moment. Enfin, la tranquillité selon elle — avec de la musique qui résonnait dans la cuisine. Bientôt, Keenan se précipiterait dans ses bras pour lui raconter les aventures de sa journée d'école.

L'appartement de Coop était vide. Elle le savait et s'efforçait de ne pas y penser. Tout comme elle s'efforçait de ne pas penser au fait que, depuis quelques jours, il était plus souvent absent que présent.

Comme elle avait été naïve de le croire différent des autres ! Il l'avait voulue, l'avait eue et s'était désintéressé d'elle. C'était classique. Et comme elle aussi avait eu envie de lui, ils étaient quittes.

Son cœur souffrait, mais cela finirait par passer. Elle avait déjà vécu cela, il suffisait d'attendre. Keenan et elle s'en sortiraient très bien tous les deux, comme toujours.

Son tournevis lui glissa des mains et égratigna son genou dans sa chute. Elle poussa un juron.

— Mais qu'est-ce que tu fais ?

C'était Coop.

Les joues en feu, elle leva la tête vers lui.

— Je suis en train de préparer un gâteau, ça se voit, non ? lança-t-elle

— Tu ne peux pas assembler les pièces du barbecue, si tu les étales toutes n'importe comment par terre !

Il se baissa et commença machinalement à rassembler les différents éléments et outils par catégories. Zoe repoussa sa main avec le manche de son tournevis.

— Merci, mais je n'ai pas besoin que tu assembles ce barbecue à ma place. Je ne suis pas une pauvre femme désespérée, qui a besoin qu'un homme s'occupe du bricolage à sa place. Je me débrouillais très bien toute seule avant que tu t'installes ici.

Abasourdi, il remit les mains dans ses poches.

— Très bien, je te laisse faire, alors.

— Oui, j'aime bien faire les choses par moi-même.

Elle était calme et terriblement froide.

— Parfait, et quand le barbecue se cassera la figure, tu n'auras à t'en prendre qu'à toi-même.

— C'est exactement ça.

Elle chassa d'un souffle une mèche qui dansait devant ses yeux.

— Je sais reconnaître mes erreurs. Mais tu n'as tout de même pas l'intention de rester à me regarder faire ?

— Je voudrais parler avec toi.

— Très bien, parle, je t'écoute.

Coop avait déjà prévu tout son discours. Après tout, il était journaliste.

— Eh bien, je me suis rendu compte que mon attitude, je veux dire le fait de passer beaucoup de temps avec toi et le petit…

— Il s'appelle Keenan, marmonna Zoe.

— Je sais très bien comment il s'appelle. Je disais donc que le fait de passer autant de temps auprès de vous a pu donner de fausses impressions.

— Ah oui ?

— Keenan est un gamin génial, il te ressemble beaucoup, je trouve, et j'ai vraiment passé des moments inoubliables avec lui.

Zoe s'en voulut de se laisser attendrir. Elle devait rester dure, mais Coop s'était sincèrement attaché à son fils. Cela rendait les choses encore plus difficiles.

— Il aime passer du temps avec toi et je crois que ça lui a fait beaucoup de bien.

— Oui, peut-être, en un sens… Mais, d'un autre côté, je commence à penser que, pour lui et pour toi, cela a pu créer une forme de malentendu. Ce que je veux dire, c'est que jouer à la balle avec Keenan ou l'emmener à un match, c'est vraiment chouette. Seulement, je ne voudrais pas qu'il imagine que cette situation va durer.

Zoe sentit son cœur se serrer, mais elle parvint à garder un visage parfaitement composé.

— Je comprends. En fait, tu as peur qu'il commence à te considérer comme une figure paternelle.

— Oui, quelque chose comme ça.

— C'est normal. Mais rassure-toi, il passe aussi beaucoup de temps avec M. Finkleman et avec Billy Bowers, qui habite plus bas dans la rue.

— Ce n'est pas pareil du tout. M. Finkleman a l'âge d'être son grand-père et Billy Bowers a à peine dix-huit ans !

Coop se rendit compte qu'une pointe de jalousie venait de le saisir.

— Il ne se passe pas exactement la même chose avec eux…, ajouta-t-il.

— C'est-à-dire ?

— Je veux parler de notre relation… je ne sais pas si c'est le bon mot. « Relation », c'est un peu fort. Bon sang, on a seulement fait l'amour une seule fois !

— J'avais remarqué, merci.

— Pardon, je me suis mal exprimé. Ça doit te donner l'impression que ça ne représentait rien pour moi. Et, vraiment, c'est tout le contraire, Zoe.

Il le pensait, le pensait si fort.

— Mais…

— Mais tu as peur de te retrouver embrigadé dans notre famille et de te réveiller un matin avec une femme, des traites à payer et un petit garçon qui réclame ton attention.

— Oui. Non. Quelque chose comme ça…

Il était en train de se tirer une balle dans le pied et ne savait même plus pourquoi il le fallait.

— Je voulais juste clarifier la situation.

— Elle est parfaitement claire. Il ne faut pas te tracasser comme ça. J'ai passé une petite annonce dans le journal pour trouver un locataire, pas un père pour mon fils ni un mari pour moi. J'ai couché avec toi parce que j'en avais envie, et non parce que j'imaginais que tu me conduirais à l'autel.

— Ce n'est pas ce que je voulais dire, Zoe.

Frustré de ne pas parvenir à exprimer clairement ses pensées, il passa nerveusement la main dans ses cheveux. Il avait soigneusement préparé son explication et rien ne se passait comme prévu.

— J'avais envie de toi… J'ai toujours envie de toi. Mais je sais qu'on t'a laissée cruellement tomber dans le passé et je ne veux pas te faire souffrir. Pas plus que je ne veux faire de mal à Keenan. Je ne voudrais pas que vous imaginiez que je pourrais être l'homme qui comblerait ce vide dans votre vie.

La colère revint, plus forte encore. Outrée, elle se leva brusquement.

— Nous n'avons pas de vide à combler ! Keenan et moi formons une vraie famille, comme n'importe quelle autre. Et ce n'est pas parce qu'il n'y a pas de papa ici que nous ne formons pas un foyer. Compris ?

— Mais ce n'est pas…

— Je vais te dire, moi, ce que tu penses. Tu fais la connaissance d'une femme et de son petit garçon et tu imagines illico qu'ils n'attendent qu'un homme grand et fort pour les combler. C'est idiot ! Parce que, si j'avais besoin d'un homme, j'en aurais un. Si je pensais que Keenan avait besoin d'un père pour être heureux, je lui en trouverais un ! Alors si tu crois que tu es en tête d'une liste fictive de candidats, laisse-moi te dire que tu te trompes lourdement. Je suis peut-être amoureuse de toi, mais ça n'est pas assez. Il n'est pas simplement question de moi, ni de toi. Dans mon esprit, c'est Keenan qui passe en premier. Alors quand je voudrai d'un père pour lui, si un jour j'en veux un, ce sera quelqu'un de patient, un homme prêt à quelques concessions pour vivre harmonieusement avec mon fils. Donc, détends-toi, Coop, ça te met d'office hors jeu.

— Je ne suis pas venu pour me disputer avec toi.

— Tant mieux, parce que je n'ai plus rien à ajouter.

Il l'attrapa par le bras, sans lui laisser la possibilité de partir.

— Moi si ! J'essaie d'être honnête avec toi. Je me fais du souci pour toi et pour Keenan. Simplement, j'ai peur que les choses deviennent difficiles à gérer.

— Difficiles à gérer pour qui, au juste ? Pour toi ? Si c'est le cas, alors non, tu n'as aucun souci à te faire. Après tout, tu sais parfaitement contenir tes émotions ! Cesse donc de t'inquièter pour Keenan et moi, on s'en sort très bien tous les deux, crois-moi.

Elle libéra son bras d'un coup sec, puis ramassa la notice du barbecue qu'elle se mit à relire sans le regarder.

Coop ne comprenait plus rien, et surtout pas pourquoi il avait la curieuse impression d'être rejeté.

— Bon, si tout est clair…

— Tout est très clair.

— Si tu veux, j'ai un peu de temps-là, alors je peux t'aider à monter ce barbecue.

— Je te remercie, mais je vais me débrouiller. Je compte m'en servir un peu plus tard pour faire griller des hamburgers. Tu peux te joindre à nous, sauf si tu as peur que cela ne t'*engage* trop vis-à-vis de nous.

Elle venait de marquer un point.

— C'est gentil, mais j'ai déjà quelque chose de prévu. Peut-être que je pourrai passer vous voir.

— Très bien. Tu sais où nous trouver.

Lors de cette soirée chez ses amis, Coop but trop et s'enivra sans même s'en rendre compte. En sortant du taxi, il s'avança péniblement jusqu'à la maison. Il savait déjà qu'il se haïrait le lendemain. Mais, pour l'heure, il avait quelque chose à faire.

Il gravit les marches du perron et s'adossa contre la porte d'entrée. Il leva le poing qu'il fit retomber lourdement sur le bois pour frapper. Il recommença plusieurs fois. Zoe avait l'air de croire que tout était fini entre eux, mais ce n'était pas le cas. Oh ! non, elle se méprenait lourdement.

— Zoe, je sais que tu es là !

Un rai de lumière apparut sous la porte.

— S'il te plaît, ouvre-moi !

— Coop ?

Dans l'entrée, Zoe nouait à la hâte la ceinture de son peignoir. Cela faisait à peine vingt minutes qu'elle était rentrée du bar et moins de cinq qu'elle s'était couchée.

— Il est plus de 2 heures du matin, qu'est-ce que tu veux ?

— Je veux te parler, laisse-moi entrer.

— On discutera demain matin.

— Mais tu viens de dire que c'était déjà le matin…

Il se remit à frapper et Zoe ouvrit la porte d'un geste furieux.

— Arrête de faire du bruit, tu vas réveiller Keenan…

Au même moment, Coop trébucha contre elle.

— Mais qu'est-ce qui se passe ? Tu t'es fait mal ?

Elle reconnut alors l'odeur de la bière.

— D'accord, tu es soûl.

— Presque.

Il voulut se redresser, mais sentit le parfum irrésistible de Zoe.

— Tu sens si bon…

— Totalement soûl, dit-elle en soupirant. Va t'asseoir, je vais te préparer du café.

— Je ne veux pas de café, ça ne fait pas dessoûler, ça réveille, c'est tout. Et je suis parfaitement réveillé.

Il se redressa et comprit qu'il ne tenait pas aussi bien debout qu'il l'avait espéré.

— Mais je vais peut-être m'asseoir.

Ce qu'il fit lourdement sur le canapé du salon.

— Je déteste être ivre, ça ne m'était pas arrivé depuis que j'ai arrêté de jouer dans les championnats juniors. Je t'avais dit que j'avais joué dans les championnats juniors ?

— Je ne crois pas.

— C'était juste après le lycée. Pendant deux ans. J'ai cru que je passerais chez les seniors, mais ça ne s'est pas fait, alors je suis allé à la fac et, maintenant, j'écris sur les sportifs qui ont réussi.

— Je suis désolée pour toi.

— Oh ! non, il ne faut surtout pas. J'aime écrire. J'ai toujours aimé ça. Et puis j'adore assister aux matchs, suivre les équipes, leurs stratégies. Si j'avais été un joueur professionnel, je serais quasiment à la retraite aujourd'hui — j'ai trente-deux ans. C'est vieux pour un joueur !

Il la regarda intensément et sourit.

— Tu es la plus belle femme que j'aie jamais vue. Tu sais, c'est incroyable ce que ton fils te ressemble. En le regardant, c'est toi aussi que je vois. En fait, je te vois tout le temps. J'essaie de me concentrer sur autre chose et hop, c'est ton visage qui apparaît. Qu'est-ce que tu comprends de ça, toi ?

— Je ne sais pas.

Zoe aurait voulu se fâcher, mais c'était inutile. Il était beaucoup trop ivre pour cela.

— Je vais t'aider à monter chez toi, tu as besoin de te reposer, dit-elle calmement.

— Je veux encore faire l'amour avec toi, j'ai envie de te sentir, j'ai envie de tes caresses.

Zoe en mourait d'envie elle aussi. Mais il s'était clairement expliqué plus tôt dans la journée.

— Tu disais que tu voulais me parler ?

— Tu n'imagines pas ce que c'est de toucher ta peau… C'est indescriptible, tu es si douce et si chaude. J'ai commencé à penser à ta peau quand je jouais au poker. C'est là que j'ai commencé à trop boire. Et pourtant j'ai gagné. Je leur ai pris deux cent cinquante dollars

— Bravo.

— Mais je n'arrêtais pas de penser à toi. Tu sais, tu as une petite fossette, là.

Il leva la main jusqu'à son visage.

— Voilà, je pensais constamment à cette fossette, à tes jambes magnifiques, à tes grands yeux… Et je me disais combien j'aimais te regarder avec le petit. Parfois, je vous regarde de chez moi, et vous ne le savez pas… Tu ne le savais pas, hein ?

— Non, je l'ignorais.

— Tu vois… J'aime la façon dont tu lui ébouriffes souvent les cheveux. Ça me bouleverse.

Il balança lentement la tête de côté.

— Keenan m'aime beaucoup, tu sais. Il me l'a dit. Et toi aussi, tu me l'as dit.

— Je sais.

Zoe soupira et lui défit doucement ses lacets.

— Et je pensais tout ce que j'ai dit tout à l'heure. Ma vie est très bien comme elle est.

— Je sais.

— D'accord.

Elle lui retira ses chaussures et lui souleva les jambes pour l'allonger sur le canapé.

— Alors, si tu voulais bien arrêter… d'être tout le temps dans ma tête… parce que ça ne changera rien…

— Je tâcherai de m'en souvenir.

Coop dormait déjà lorsqu'elle se pencha au-dessus de lui pour l'embrasser.

10

La gueule de bois. Coop était conscient que ce serait épouvantable. Ce n'était même pas la peine d'ouvrir les yeux ni de bouger. Sa tête cognait déjà furieusement, comme si une fanfare militaire y avait élu domicile.

Il ne savait plus trop comment il était parvenu à rentrer et à se mettre au lit, mais l'impression de brouillard qui subsistait après la soirée de la veille n'était guère agréable. Il espérait que ce vague sentiment de malaise n'était imputable qu'à l'alcool.

Doucement, prudemment, il ouvrit les yeux et se redressa. En voyant le petit visage qui lui souriait d'un air candide, il eut le réflexe de laisser brutalement retomber sa tête. Aussitôt, il gémit de douleur.

— Bonjour, Coop ! s'exclama Keenan avec entrain. Tu as dormi ici, cette nuit.

— Je ne sais pas, répondit Coop en se tenant la tête entre les mains. Dis-moi, où est ta mère ?

— Maman prépare mon déjeuner, je vais bientôt partir à l'école. Elle m'a dit que je pouvais aller te voir, à condition de ne pas te réveiller. Je ne t'ai pas réveillé, dis ? Je n'ai pas fait de bruit du tout.

— Non.

Coop était totalement paniqué à l'idée de se savoir chez Zoe, surtout dans cet état !

— Est-ce que tu es malade ? Tu as de la fièvre ?

Keenan posa sa petite main sur le front douloureux de Coop.

— Ne t'inquiète pas, maman va te soigner. On se sent toujours mieux après.

— Merci, mon grand. Il est quelle heure ?

— La grande aiguille est sur le 10 et la petite sur le 8. Si tu veux, tu peux dormir dans mon lit jusqu'à ce que tu te sentes mieux. Et tu peux jouer avec mes jouets, tu sais.

— Merci.

Au prix d'un effort terrible, Coop parvint à s'asseoir à peu près dignement sur le canapé.

— Keenan, tu veux être un bon copain et aller demander à ta mère de l'aspirine pour moi ?

— Oui, tout de suite !

L'enfant s'élança aussitôt, et le claquement de ses chaussons sur le parquet fit frémir Coop. Le son ne devait pas être très fort, pourtant.

— Mal à la tête ? s'enquit Zoe qui venait d'apparaître devant lui.

Coop écarquilla les yeux. Elle portait encore le peignoir qu'il lui avait vu la veille. Des souvenirs se formaient dans sa tête. Assez nombreux, d'un seul coup…

— Si tu as prévu de me hurler dessus, est-ce que tu peux juste attendre un tout petit peu ?

En guise de réponse, elle lui tendit un verre, qui contenait de l'aspirine et un liquide rougeâtre.

— Qu'est-ce que c'est ?

— Un remède de Star, le propriétaire du bar où je travaille. Il paraît que ça fait des merveilles pour la gueule de bois.

— Ah, merci.

Il y eut un bruit assourdissant dans le couloir — du moins parut-il effroyable à Coop — et Keenan surgit dans la pièce.

— Au revoir, maman, bonne journée !

Il l'embrassa bruyamment et se tourna vers Coop.

— Bonne journée, Coop ! Il faut guérir vite, d'accord ?

Lorsqu'il fut sorti, Coop avala d'une traite le remède de Joe.

— Tu veux boire un café ? prendre un petit déjeuner ?

Zoe se retenait pour ne pas sourire.

— Tu n'as pas l'intention de me hurler dessus ?

— Pourquoi ? Pour avoir frappé comme un dingue à la porte, ivre, en plein milieu de la nuit ? Ou parce que tu t'es quasiment évanoui sur mon canapé ?

Elle marqua une pause pour que le message soit bien reçu.

— Non, je ne vais pas me mettre en colère. J'ai l'impression que tu souffres suffisamment comme ça.

— Ah, ça oui, crois-moi.

Il se leva pour la suivre jusque dans la cuisine.

— Et je ne souffre pas seulement physiquement. J'ai l'impression d'être le dernier des idiots.

— Hier, tu l'étais totalement, je te le confirme.

Elle lui servit une tasse de café.

— Le troisième mari de ma mère avait un petit faible pour le bourbon. Et il prétendait que les œufs sont le remède imparable pour ce genre de douleur. Tu les aimes comment ?

— Brouillés, ce serait merveilleux.

Il s'assit maladroitement à table.

— Je suis vraiment désolé, Zoe.

Elle lui tournait le dos, s'affairait à sortir une casserole.

— Pourquoi ?

— Pour avoir été un imbécile hier après-midi, et pire encore hier soir.

— Eh bien, je suppose que ce n'était ni la première ni la dernière fois que ça t'arrivait.

— Dis-moi, tu n'as pas dit à Keenan que j'étais…

— Ivre et à côté de la plaque ?

Un petit sourire au coin des lèvres, elle tourna la tête.

— Non, je lui ai simplement dit que tu ne te sentais pas bien et que tu étais allé dormir sur le canapé. Ce qui n'était pas si loin de la vérité, en fait.

— Merci. Je ne voudrais pas qu'il pense… Ce n'est pas dans mes habitudes, normalement.

— C'est ce que tu m'as dit hier soir.

Elle fit frire du bacon et ajouta les œufs.

Il la regardait faire, sortant peu à peu de la confusion dans laquelle il se trouvait. C'était inattendu qu'elle ne lui adresse pas les reproches les plus amers sur sa conduite inqualifiable de la veille. Il la revoyait encore, l'après-midi précédent, avec ses beaux yeux incendiés de colère et de fierté. Il se souvenait aussi du soir où elle l'avait retrouvé endormi sur le canapé, avec Keenan blotti dans ses bras. Elle était si belle, si protectrice lorsqu'elle avait pris le petit garçon dans ses bras pour le porter tendrement jusqu'à son lit.

Une multitude d'images se présentaient à son esprit, mais, si toutes le saisissaient avec une force incroyable, aucune ne pouvait rivaliser avec celle qu'il avait sous les yeux en cet instant. Zoe, près de la cuisinière, les cheveux inondés par la lumière du matin, son peignoir léger enserrant délicatement ses hanches… Et cette odeur délicieuse de petit déjeuner.

Comment avait-il pu croire un seul instant que ce n'était pas cela qu'il désirait du plus profond de son être ? Que devait-il faire, à présent que ses yeux s'étaient dessillés ?

— Je pense que manger t'aidera à te sentir mieux, dit-elle en plaçant une assiette appétissante devant lui. Maintenant, je dois aller me préparer pour le travail.

— Est-ce que tu peux… Est-ce que tu as une minute ?

— Oui. Je ne dois pas y être avant 10 heures.

Elle se servit une nouvelle tasse de café.

— Mange, ça va refroidir !

Coop avala une bouchée. Ses pensées se bousculaient follement dans sa tête.

— C'est délicieux, merci beaucoup.

— Est-ce que tu veux autre chose ?

— Oui.

Il termina rapidement son plat, en espérant que les œufs lui donneraient tout le courage dont il avait besoin. Puis il reposa doucement sa fourchette.

— Oui, je te veux, toi.

Zoe eut un petit sourire.

— Je doute que tu sois vraiment en état pour ce genre de choses. Quant à moi, je dois aller travailler, alors…

— Non, je ne parlais pas de ça. Enfin, si… mais non.

Il s'arrêta, reprit son souffle.

— Je voudrais que tu m'épouses.

— Pardon ?

— Je pense qu'on devrait se marier, que c'est une bonne idée.

Il prit conscience que tout ce qu'il était sur le point de dire avait déjà pris forme dans son esprit depuis longtemps.

— Tu pourras arrêter ton travail de nuit au bar et recommencer des études, si tu le souhaites. Ou même ouvrir un magasin de fleurs. Ce que tu veux… Je crois que c'est ce que nous devrions faire.

Comme sa main commençait à trembler, Zoe reposa doucement sa tasse.

— Ah oui ? C'est ce que tu crois. Ecoute, c'est vraiment très généreux de ta part, Coop, mais je ne suis pas obligée de me marier pour faire toutes ces choses. Alors merci, mais ça ira.

Il la dévisagea sans comprendre.

— Non ? Tu dis non ? Mais tu m'aimes ! Tu me l'as dit deux fois.

— On peut même monter jusqu'à trois fois. C'est vrai, je t'aime.

Mais je ne t'épouserai pas. Maintenant, il faut vraiment que j'aille me préparer.

— Attends une seconde.

La gueule de bois disparue comme par enchantement, il se leva d'un coup.

— Mais à quel jeu tu joues ? Tu m'aimes, ton fils m'adore ; sexuellement, ça se passe merveilleusement entre nous et… et je suis même capable d'accompagner une flopée de gamins à l'école !

— Tu es vraiment idiot, complètement à côté de la plaque. Alors quoi ? Comme je n'ai pas longtemps résisté avant de coucher avec toi, tu te dis que tu peux tout décider ! Que tu peux avoir ce que tu veux quand tu le veux ? Eh bien, laisse-moi te dire que tu te trompes.

Zoe quitta la pièce en trombe, laissant Coop abasourdi. Il n'avait pas vu le coup partir.

Mais le jeu n'était pas encore terminé.

La colère de Zoe ne s'était pas apaisée au cours de la journée. Elle écumait encore de rage en rentrant à la maison. De tous les hommes arrogants, orgueilleux et présomptueux qu'elle avait connus, Coop était le champion. Médaille d'or ! Dire qu'il avait eu l'audace de déclarer que ce serait « une bonne idée » de l'épouser avant de lui énumérer tous les avantages d'une telle union !

Mais pour qui se prenait-il ? Pour le gros lot d'un concours, peut-être ?

Un jour, il lui faisait comprendre qu'elle ne devait surtout pas se faire d'idées à son sujet et semblait lui prêter l'intention de le piéger dans une relation dont il ne voulait pas ; le jour suivant, il la prenait subitement en pitié et lui offrait un mariage pour la sortir de sa misère.

Pas une seule fois, il n'avait évoqué ce qu'elle pourrait lui offrir, ce qu'il ressentait, ce qu'il désirait. Pas plus qu'il n'avait parlé de sa capacité à endosser une responsabilité paternelle auprès de son fils.

Elle ouvrit d'un coup sec la porte d'entrée et la referma tout aussi brusquement. Sa demande en mariage grotesque, Coop pouvait s'asseoir dessus !

— Maman ! Coucou, maman !

Keenan se précipita pour l'accueillir, la prit par la main et la conduisit dans le salon.

— Allez, viens, on a une surprise pour toi !

— Quelle surprise, Keeanan ? Et qu'est-ce que tu fais ici ? Tu devrais être chez les Finkleman.

— Coop est là.

Il tirait plus fort sur sa main.

— On a une surprise pour toi, je te dis. Et un secret, aussi. Allez, il faut que tu viennes, tout de suite !

— Bon, d'accord, je viens, je viens…

Il y avait des fleurs partout. Dans des vases, des paniers, des petites coupelles, sur les tables, sur le rebord des fenêtres… C'était étourdissant. Les notes d'une sonate classique flottaient dans l'air et semblaient s'unir aux accords délicats des roses. La table avait été dégagée de tout ce qui l'encombrait d'ordinaire. Ne restaient qu'un seau à champagne et deux flûtes.

— Surprise ! s'écria joyeusement Keenan. On a tout préparé avec Coop pour que ce soit très beau et que tu aimes ça ! Et Mme Finkleman a dit qu'on pouvait même utiliser ses assiettes et ses verres ! Et M. Finkleman a préparé son poulet spécial, parce que c'est un plat *résistibible.*

— Irrésistible, corrigea doucement Coop sans quitter des yeux Zoe.

— Tu trouves ça beau, maman ? Hein, maman, dis !

— Oui, c'est magnifique, murmura Zoe en se penchant pour embrasser son fils. Merci.

— Bon, maintenant, je dois aller chez les Finkleman pour que vous puissiez avoir une soirée romantique.

Coop eut un petit sursaut de surprise, mais ne put s'empêcher de rire.

— Allez, viens, bonhomme, je vais t'accompagner chez les Finkleman.

— Quelle soirée romantique ? demanda Zoe.

— Je t'expliquerai dans quelques minutes, répondit Coop en entraînant Keenan avec lui.

Lorsqu'ils furent sortis, le petit garçon le regarda avec les yeux brillants d'exaltation.

— Est-ce que tu vas lui dire le secret où on va tous se marier ?

— C'est bien mon intention.

— Et tu vivras avec nous et tu pourras être mon papa, et ce sera super ?

— Ce sera génial, mon grand. Merveilleux, même…

Coop s'interrompit et embrassa l'enfant.

— Je t'aime, Keenan.

— Moi aussi.

Ils s'étreignirent quelques instants, puis Mme Finkleman fit son apparition derrière la haie.

— Coucou, les garçons !

Elle adressa un clin d'œil exagéré à Coop en levant le pouce en l'air, en signe de victoire. Puis elle attira Keenan contre elle.

— Bonne soirée…

De retour chez Zoe, Coop la trouva exactement à l'endroit où il l'avait laissée. Il ne savait pas trop si c'était bon ou mauvais signe.

— Alors, prête pour un peu de champagne ?

— Coop, c'est vraiment adorable, mais…

— J'espère que les fleurs te plaisent.

— Oui, elles sont superbes, mais…

Un peu nerveux, il fit sauter le bouchon de la bouteille.

— Je ne pouvais pas les choisir dans la boutique où tu travailles, ça aurait gâché la surprise. Keenan m'a beaucoup aidé pour tout préparer.

Il lui tendit une flûte et déposa un baiser timide sur sa joue.

— Coop…

Zoe dut attendre que s'apaise la frénésie de son cœur.

— Je sais que ça a dû être très compliqué d'organiser tout cela.

— J'aurais dû le faire bien avant, mais je ne savais même pas que j'en avais envie.

— Oh ! mon Dieu…

Elle se retourna, luttant très fort pour garder un semblant de contrôle sur ses émotions.

— C'est moi qui t'ai donné une fausse impression cette fois-ci, je crois. Je n'ai pas besoin de tout cela… d'une soirée romantique, des fleurs, des bougies…

— Bien sûr que si. Et moi aussi, j'en ai besoin quand je suis avec toi.

— Tu essaies de me séduire ? demanda-t-elle, incrédule. C'est nouveau ?

— Tu me connais, Zoe. Cela fait plus d'un mois que nous vivons ensemble, pour ainsi dire. Et c'est en partageant le quotidien, la vie telle qu'elle est, que l'on apprend à connaître et à comprendre les gens. Beaucoup plus vite que de toute autre façon. Tu sais l'homme que je suis… et tu as craqué pour moi, pas vrai ?

Il avait dit cette dernière phrase avec une pointe d'humour et de timidité qui bouleversa Zoe.

— Qu'est-ce que tu es pénible avec ça ! dit-elle sans conviction. Je t'ai déjà dit que mes sentiments étaient mon affaire. Et ça reste vrai. Un dîner aux chandelles ne changera rien à cela.

Coop était en mauvaise posture, mais il ne pouvait pas abandonner. Il ne le voulait pas, surtout.

— J'ai envie de t'offrir une belle soirée. Est-ce qu'il y a quelque chose de mal à cela ? Je voudrais faire un peu mieux qu'une demande en mariage devant des œufs brouillés…

— Coop…

— Laisse-moi finir, je t'en prie. Essaie d'être un peu tolérante, c'est la première fois que je fais ça. Je sais que tu n'as pas besoin de moi. En tout cas, pas pour prendre en main ta vie et celle de Keenan. Pas pour tondre la pelouse ou monter ce stupide barbecue. Ce n'était pas de ça que je voulais parler ce matin, mais plutôt de ce dont j'ai envie, moi.

Zoe le regarda avec méfiance.

— Il me semble que tu as été très clair à ce sujet. Tu ne veux ni liens, ni chaînes, appelle-ça comme tu veux. Le problème c'est qu'avec moi il y a des liens.

— J'ai été clair…, répéta-t-il, songeur. Non, je ne peux pas avoir été clair sur mes sentiments, parce que je n'en savais rien… et que je ne voulais surtout rien en savoir. J'avais peur. Voilà. J'avais peur, parce que j'ai besoin de toi. Parce que j'ai besoin de voir ton visage, d'entendre ta voix, de sentir tes cheveux… J'ai envie de t'aider à tondre la pelouse et à monter le barbecue. Et j'ai envie que tu aies besoin de moi.

Zoe ferma les yeux.

— Comme j'aime t'entendre dire ça…

— Alors dis-moi oui.

Il s'approcha d'elle et posa une main sur son épaule jusqu'à ce qu'elle ouvre les yeux.

— C'est ma dernière tentative, Zoe. Je veux me marier avec toi.

— Je…

Oui, elle voulait tellement dire oui…

— Mais il n'y a pas que moi, Coop.

— Et tu crois que je ne veux pas de Keenan ? Mais ouvre les yeux, je suis fou de ce gosse. Je veux vous épouser tous les deux et puis avoir un autre enfant, ou peut-être deux, pour commencer à monter une équipe. On en a déjà un peu parlé avec Keenan…

— Comment ?

— Non, rassure-toi, j'ai simplement tâté le terrain avec lui, histoire de savoir ce qu'il pourrait penser de tout cela.

Comme elle le regardait, l'air stupéfait, il se sentit gauche et glissa les mains dans ses poches.

— En fait, ça ne m'aurait pas paru tout à fait juste de ne pas le faire participer, puisqu'il deviendrait mon fils, si tu disais oui.

— Ton fils…

C'était comme un rêve pour Zoe, l'accomplissement de ses désirs les plus fous. Et elle ne parvenait qu'à répéter ce qu'il lui disait, totalement médusée.

— Tu m'as dit que vous formiez une équipe tous les deux. Et moi, j'aimerais bien en faire partie. Je crois qu'il est assez favorable à cette idée. Alors, si je peux me permettre, c'est deux contre un.

— Je vois…

— Je n'y connais peut-être pas grand-chose en matière d'enfants, mais je l'aime de tout mon cœur, c'est un bon début.

Elle le regarda intensément et sentit soudain son cœur fondre d'amour.

— C'est vrai que c'est un bon début.

— Je t'aime, Zoe. C'est la première fois de ma vie que je dis ça à une femme — sauf à ma mère. Je t'aime, alors dis oui. Ça nous ferait vraiment plaisir, à Keenan et à moi.

— J'ai comme l'impression d'être en minorité.

Doucement, tendrement, elle caressa la joue de Coop.

— Est-ce que ça veut dire oui ?

— Oui !

Il la serra de toutes ses forces dans ses bras et elle se mit à rire aux éclats, heureuse comme elle n'avait jamais pensé l'être.

— Oui, monsieur le nouveau papa !

— J'aime que tu m'appelles comme ça.

Et il plaqua ses lèvres sur les siennes, dans un baiser langoureux, chargé des promesses de l'instant et des lendemains lumineux qui les attendaient.

UNE PASSION INTERDITE

1

Amanda pénétra dans la maison, son sac de courses à la main. Elle rayonnait de bonheur. Dehors, sous un soleil printanier, les oiseaux chantaient. Son alliance en or brillait à son doigt. Mariée depuis à peine trois mois, elle était impatiente de faire une surprise à Cameron : elle allait lui préparer un petit dîner en tête à tête. Son emploi du temps chargé à l'hôpital et à la clinique l'empêchait souvent de cuisiner, mais en tant que jeune mariée, elle aimait préparer de bons petits plats. Cet après-midi, après avoir appris l'annulation inespérée de deux rendez-vous, Amanda avait décidé de confectionner un long et délicieux dîner qu'elle voulait mémorable. Un dîner en harmonie avec des bougies et du vin.

Elle entra dans la cuisine en fredonnant, chose rare chez une femme peu encline à faire étalage de ses émotions. Avec un sourire satisfait, elle sortit de son sac l'un des bordeaux préférés de son mari. Puis elle étudia attentivement l'étiquette en se remémorant avec bonheur la première fois qu'ils avaient partagé une bouteille. Cameron s'était montré si romantique, si attentionné à son égard, tout ce dont elle avait terriblement besoin à cette époque de sa vie.

Un rapide coup d'œil à sa montre l'informa qu'il lui restait quatre longues heures avant le retour de son mari. C'était plus qu'il lui en fallait pour préparer un repas sophistiqué, allumer des bougies et mettre les petits plats dans les grands.

Mais avant, elle devait monter dans sa chambre pour se changer et se débarrasser de ses vêtements de travail. A l'étage l'attendait une robe de soirée de soie bleue chatoyante et légère. Ce soir, elle ne serait plus une psychiatre, mais une femme très amoureuse.

La maison d'une propreté impeccable était décorée avec goût. Ces qualités étaient toutes naturelles chez Amanda. Tout en se dirigeant vers les escaliers, elle contempla un vase en cristal de

Baccarat. Si seulement elle avait pensé à acheter des fleurs fraîches ! Peut-être devrait-elle appeler le fleuriste et commander un énorme bouquet ? songea-t-elle en laissant glisser sa main sur la rampe cirée de l'escalier. Elle, d'habitude si sérieuse et pragmatique, se sentait d'humeur rêveuse. D'une main insouciante, elle poussa la porte de la chambre à coucher.

Son sourire se figea sous le choc. Blanche comme un linge, elle écarquilla les yeux où passa bientôt une lueur intense de douleur.

— Cameron, articula-t-elle d'une voix étranglée.

Le couple allongé dans le lit dans une étreinte passionnée se sépara brusquement. Les cheveux en bataille, l'homme d'une beauté lisse la contempla, l'air incrédule. La femme, féline et sensuelle, incroyablement belle, sourit très légèrement. On pouvait presque l'entendre ronronner.

— Vikki, bredouilla Amanda en lançant à sa sœur un regard affligé par le chagrin.

— Tu rentres tôt.

La note cynique dans la voix de sa sœur n'échappa pas à Amanda. Cameron s'écarta légèrement de sa belle-sœur.

— Amanda, je…

En une seconde, le visage d'Amanda se crispa de colère. Sans quitter des yeux le couple dans le lit, elle mit la main dans sa poche et en sortit un revolver, petit mais dangereux. Les deux amants la dévisagèrent en silence, ébahis de stupeur. Froidement, Amanda visa et tira. Un nuage de confettis explosa devant ses yeux.

— Ariel !

Le Dr Amanda Lane Jamison, de son vrai nom Ariel Kirkwood, se tourna vers le réalisateur excédé. Autour d'eux, le couple dans le lit et l'équipe sur le plateau de télévision avaient bien du mal à réprimer leur fou rire.

— Désolé, Neal, s'excusa Ariel. Je n'ai pas pu m'en empêcher. Amanda est toujours une victime, expliqua-t-elle en prenant des airs dramatiques et espiègles. Imagine seulement l'effet sur l'audience si elle perdait une seule fois son sang-froid… si elle tuait quelqu'un.

— Ecoute, Ariel…

— Ou si elle blessait quelqu'un gravement, si tu préfères, poursuivit-elle sans laisser au réalisateur le temps de protester. Et qui, déclara-t-elle en désignant le lit, le mérite plus que son falot de mari et son intrigante de sœur ?

Sous les sifflements et les applaudissements de l'équipe, Ariel s'inclina puis tendit à contrecœur son revolver au réalisateur.

— Toujours aussi farfelue ! soupira-t-il.

— Merci pour le compliment, Neal.

— Cette fois, on tourne pour de vrai, la prévint-il en s'efforçant de ne pas sourire. Voyons si l'on peut boucler cette scène avant le déjeuner.

D'un pas docile, Ariel monta au premier étage du plateau et attendit patiemment qu'on retouche sa coiffure et son maquillage. Amanda était toujours parfaite. Organisée, méticuleuse, calme — tout ce qu'Ariel n'était pas dans la réalité. Depuis plus de cinq ans, elle incarnait ce personnage dans un feuilleton quotidien intitulé *Nos vies, nos amours*.

Au cours de ces cinq années, Amanda avait obtenu son diplôme universitaire avec les honneurs et s'était spécialisée en psychiatrie, avant de devenir une thérapeute respectée. Son récent mariage avec Cameron Jamison paraissait idyllique. Evidemment, l'homme n'était qu'un faible et un opportuniste qui ne l'avait épousée que pour son argent et sa position sociale tout en ayant des vues sur sa sœur, ainsi que sur la moitié de la population féminine de Trader's Bend, la ville fictive du feuilleton.

Amanda était sur le point de découvrir la vérité. Le scénario avançait vers cette révélation depuis six semaines, et les courriers des téléspectateurs affluaient en nombre. Ariel et toute l'équipe pensaient qu'il était temps qu'Amanda sache quel sale type elle avait épousé.

Ariel aimait bien Amanda. Elle avait du respect pour son intégrité et son assurance. Derrière les caméras, Ariel devenait Amanda. Même si, dans sa propre vie, elle préférait les parcs d'attractions aux ballets de danse classique, elle avait compris toutes les facettes de la femme qu'elle interprétait à l'écran.

Lorsque cette scène serait diffusée, les téléspectateurs ne verraient qu'une jeune femme coquette et mince, avec de longs cheveux blonds tirés en arrière et rassemblés en un élégant chignon. Ariel possédait un magnifique visage au teint de porcelaine et irradiait derrière sa beauté froide tout un univers de sensualité refoulée. Elle avait de la classe et du style.

Ses yeux bleus comme un lac et ses pommettes hautes rehaussaient l'élégance raffinée de ses traits. Sa bouche parfaitement ourlée avait un pli plutôt sévère, mais ses sourcils délicatement dessinés, légèrement plus foncés que sa chevelure d'un blond délicat, accentuaient la courbure de ses cils longs et épais. Une beauté sans défauts, un calme olympien. Telle était Amanda.

En attendant le signal, Ariel se demanda vaguement si elle avait bien éteint la cafetière avant de partir de chez elle le matin.

Ils tournèrent de nouveau la scène de bout en bout avant de la refaire quand on découvrit que le maillot de bain sans bretelles de Vikki apparaissait dans un plan. Puis vinrent les prises sur les réactions des personnages. La caméra fit un gros plan sur le visage blême d'Amanda sous le choc et resta braquée sur elle de longues secondes.

— Pause-déjeuner !

Sur le plateau, la réaction fut immédiate. Les deux amants bondirent chacun d'un côté du lit. En maillot de bain, J. T. Brown, le mari d'Ariel à l'écran, la prit par les épaules et l'embrassa durement sur la bouche.

— Ecoute, ma chérie, dit-il en incarnant son personnage, je t'expliquerai tout ça plus tard. Fais-moi confiance. Je dois appeler mon agent.

— Poule mouillée ! lança Ariel avec un sourire qui ne cadrait pas du tout avec le personnage d'Amanda.

Puis elle passa un bras sous celui de Stella Powell, sa sœur à l'écran.

— Enfile quelque chose sur ton maillot, Stella. Hors de question pour moi aujourd'hui d'avaler la nourriture du studio.

Stella rejeta en arrière sa longue chevelure cuivrée.

— C'est toi qui invites ?

— Toujours à vivre aux crochets de ta sœur, marmonna Ariel. D'accord, c'est moi qui paie, mais dépêche-toi, je meurs de faim.

Ariel quitta le plateau et en traversa deux autres, le cinquième étage du Doctors Hospital et le salon des Lane, la famille au centre des intrigues de Trader's Bend, pour atteindre sa loge. Elle fut tentée de se débarrasser de son costume et de lâcher ses cheveux, mais elle ne ferait que perdre plus de temps après le déjeuner. Elle se contenta de saisir son sac, une énorme besace incongrue qui jurait avec le tailleur élégant d'Amanda. Ariel rêvait déjà d'une grosse part de baklava dégoulinante de miel.

— Dépêche-toi, Stella, dit-elle en passant la tête dans la loge adjacente, tandis que son amie enfilait un jean confortable. Mon estomac crie famine.

— Comme toujours, commenta sa collègue de travail en passant un gros pull. Où allons-nous ?

— Chez le traiteur grec, au coin de la rue.

Bille en tête, Ariel prit la direction du hall de son pas long et souple, tandis que Stella accélérait le sien pour la rattraper. Ariel n'était pas une femme pressée ; elle était simplement curieuse de savoir ce que la vie allait lui réserver.

— Et mon régime ? protesta Stella.

— Prends une salade, suggéra Ariel d'un ton impitoyable.

Puis elle se tourna vers sa collègue pour la détailler de la tête aux pieds.

— Tu sais, si tu ne portais pas toujours des tenues légères devant la caméra, tu ne serais pas obligée de t'affamer.

Stella lui sourit tandis qu'elles atteignaient la porte d'entrée du studio.

— Tu es jalouse !

— C'est vrai. Je suis toujours habillée de façon élégante et soignée, mais c'est toi qui as le rôle le plus amusant.

Une fois à l'extérieur, Ariel inspira profondément l'air de New York. Elle aimait cette ville. Elle avait toujours vécu sur l'île longue et étroite de Manhattan et, aujourd'hui encore, l'ambiance, les odeurs, le bruit étaient pour elle une aventure.

L'air, frais pour cette mi-avril, était annonciateur de pluie, et l'humidité était saturée de l'odeur des pots d'échappement. Les rues et les trottoirs étaient noirs de monde : tout le monde se pressait, avait des affaires importantes à traiter. Soudain, un piéton frappa du poing en jurant le capot d'un taxi qui avait pris un virage un peu trop serré. Une femme aux cheveux orange hérissés, chaussée de cuissardes en cuir noir, les bouscula. L'affiche d'une toute nouvelle pièce présentée à Broadway était griffonnée de commentaires peu flatteurs.

Ariel aperçut un marchand ambulant qui vendait des jonquilles. Elle en acheta deux bouquets et en tendit un à Stella.

— Tu ne laisses jamais passer une occasion, n'est-ce pas ? marmonna son amie avant d'enfouir son visage dans les boutons jaunes.

— Imagine plutôt tout ce que j'ai raté, riposta Ariel. En plus, c'est le printemps.

Stella frissonna en contemplant le ciel grisâtre.

— Oui, tu as raison.

— Allons manger, proposa Ariel en l'entraînant avec elle. Tu es toujours de mauvaise humeur quand tu sautes des repas.

Le restaurant bondé était saturé d'odeurs d'épices, de miel, de bière et d'huile. Cédant à l'appel des sens, Ariel huma avec bonheur tous ces arômes avant de se faufiler jusqu'au comptoir. Elle avait la faculté étrange de se frayer un passage parmi la foule sans jamais avoir à jouer des coudes ou écraser des orteils. En avançant, elle ouvrit grand ses oreilles et ses yeux. Elle ne voulait rien rater : arômes, voix, explosion de couleurs. Elle scruta la vitrine derrière laquelle étaient exposés les plats.

— Je voudrais du cottage-cheese, une tranche d'ananas et un café noir, annonça Stella en soupirant.

Ariel lui décocha un rapide coup d'œil compatissant.

— Une salade grecque, une pita à l'agneau et un morceau de baklava. Et un café avec du lait et du sucre.

— Tu es écœurante, se plaignit son amie. Tu ne prends jamais un gramme.

— Je sais, convint Ariel en se dirigeant vers la caisse. C'est juste une question de volonté et de bonne hygiène de vie.

Ignorant le grognement de Stella, elle paya la note avant de se faufiler parmi les clients du restaurant en direction d'une table vide. Elle arriva en même temps qu'un homme à la stature imposante. Son plateau à la main, Ariel se contenta de lui décocher un sourire éblouissant. Aussitôt, l'homme carra les épaules et rentra le ventre avant de tourner les talons.

— Merci, dit Stella avant de tourner grossièrement et ostensiblement le dos à l'homme.

Elle savait très bien qu'Ariel était capable de l'inviter à se joindre à elles, les privant ainsi de toute conversation privée. Elle était d'ailleurs convaincue que la jeune femme avait besoin d'un ange gardien pour la protéger.

Car Ariel faisait tout ce qu'une femme seule ne devait pas faire. Elle parlait aux inconnus, se promenait seule le soir et ouvrait la porte de chez elle sans attacher la chaîne de sécurité. Elle n'était ni audacieuse ni imprudente, mais partait simplement du principe que les gens étaient animés de bons sentiments. Et d'une certaine manière, en vingt-cinq ans d'existence, elle n'avait jamais été déçue. Stella admirait son amie tout en s'inquiétant pour elle.

— L'idée du revolver est l'une des meilleures trouvailles de la saison, reconnut Stella en remuant machinalement son cottage-cheese. J'ai bien cru que Neal allait se mettre à hurler.

— Il a besoin de se détendre, répondit Ariel la bouche pleine. Il est sur les nerfs depuis qu'il a rompu avec cette danseuse. Et toi ? Tu vois toujours Cliff?

— Oui, répondit Stella en haussant les épaules. Je ne sais pas pourquoi : cette histoire ne mène à rien.

— Tu voudrais qu'elle te mène où ? riposta Ariel. Si tu as un projet en tête, fonce.

Stella eut un petit rire avant d'entamer son plat.

— Rares sont les personnes qui foncent dans la vie tête baissée comme toi, Ariel. Je m'étonne d'ailleurs que tu n'aies jamais eu de relation sérieuse.

— C'est très simple, expliqua Ariel en plantant sa fourchette dans la salade. Je n'ai jamais rencontré personne qui me fasse frémir. Mais dès que cela arrivera, je m'engagerai.

— Comme ça ?

— Et pourquoi pas ? La vie n'est pas aussi compliquée que ce que l'on dit.

Ariel ajouta une pincée de poivre à sa viande.

— Tu aimes Cliff? ajouta-t-elle.

Stella fronça les sourcils, non à cause de la question d'Ariel, elle était habituée à sa franchise, mais à cause de la réponse qu'elle s'apprêtait à lui faire.

— Je n'en sais rien. Peut-être.

— Alors, tu ne l'aimes pas, conclut simplement Ariel. L'amour est une émotion absolue. Tu es sûre que tu ne veux pas un morceau d'agneau ?

Stella ignora son offre.

— Si tu n'as jamais été amoureuse, comment peux-tu le savoir ?

— Je ne suis jamais allée en Turquie, mais je suis certaine que ce pays existe.

Stella saisit sa tasse de café en riant.

— C'est bon, Ariel ! Tu as toujours réponse à tout. Parle-moi de ce scénario.

— Oh ! si tu savais ! soupira-t-elle en posant sa fourchette, le buste penché en avant et les coudes sur la table. C'est le meilleur scénario que j'aie jamais lu. Je veux ce rôle. Et je vais le décrocher, ajouta-t-elle avec une conviction qui n'avait rien à voir avec de l'assurance.

Pour elle, tout était très clair.

— Je te promets que j'attends depuis longtemps un personnage comme celui de Rae, poursuivit-elle en posant le menton sur ses mains nouées. C'est une femme sans cœur. Elle est dotée d'une personnalité complexe, elle est égoïste, froide et anxieuse. Un rôle comme celui-là…

Ariel laissa sa phrase en suspens quelques instants.

— Et l'histoire, ajouta-t-elle en soupirant longuement, passant d'une idée à l'autre. Elle est presque aussi froide et sans cœur que l'héroïne, mais elle te touche.

— Booth DeWitt, commenta Stella, l'air songeur. On dit qu'il s'est inspiré de son ex-femme pour créer le personnage de Rae.

— Mais il ne s'en vante pas. Si ce qu'il raconte est vrai, elle lui a fait vivre un enfer. Quoi qu'il en soit, reprit Ariel en continuant son repas, c'est le meilleur scénario que l'on m'ait donné. Je passe une audition pour le rôle dans quelques jours.

— Un téléfilm, dit Stella d'un air songeur. Un film de qualité avec un scénario de Booth DeWitt et Marshell pour la réalisation. Notre producteur va être à tes pieds si tu décroches ce rôle. Et quelle publicité ! L'audience de la série va monter en flèche.

— Notre producteur a commencé à faire de la politique : il place ses pions.

Un pli soucieux barrait le front d'Ariel lorsqu'elle entama sa part de baklava.

— Il m'a fait parvenir une invitation pour une soirée chez Marshell ce soir. DeWitt est censé être là. D'après ce que j'ai compris, c'est lui qui a le dernier mot concernant le casting.

— En effet, il a la réputation de vouloir tout contrôler, reconnut Stella. Mais pourquoi cet air inquiet ?

— La politique, c'est comme la pluie au mois d'avril : tu sais qu'elle va arriver, mais elle n'en reste pas moins ennuyeuse.

Comme pour tout ce qu'elle considérait comme inévitable, Ariel chassa rapidement cette idée de son esprit. Au final, et d'après ce qu'elle savait du caractère implacable de Booth DeWitt, elle ne décrocherait ce rôle que grâce à son talent. Mais Ariel débordait de confiance en elle, et elle en avait toujours eu bien besoin.

Contrairement à Amanda, le personnage qu'elle incarnait dans la série télévisée, Ariel n'avait pas bénéficié d'une grande sécurité financière. Chez elle, il y avait toujours eu beaucoup plus d'amour que d'argent. Elle n'en avait jamais souffert et savait ce qu'étaient les fins de mois difficiles. Elle avait seize ans lorsque sa mère était morte. Son père avait alors traversé une forme de dépression qui avait duré presque un an. Il ne lui était jamais venu à l'esprit que sa fille était trop jeune pour prendre en charge un foyer et l'éducation de son petit frère et de sa petite sœur. Mais il n'y avait personne d'autre pour le faire. Elle avait donc travaillé au rayon parfumerie d'un grand magasin pour payer ses études à l'université tout en s'occupant de la maison et en profitant de tout ce qui se présentait à elle.

Ces années avaient été difficiles, mais elles lui avaient peut-être apporté le surplus d'énergie et le dynamisme qu'elle avait aujourd'hui. Et la conviction profonde de pouvoir relever tous les défis.

— Amanda.

Elle leva les yeux vers une petite femme entre deux âges qui tenait un petit sac en papier sentant fortement l'ail. Ariel avait l'habitude qu'on l'appelle par le prénom de son personnage presque aussi souvent que par le sien. Le sourire aux lèvres, elle leva la main en guise de salut.

— Bonjour.

— Je m'appelle Dorra Wineberger, et je voulais vous dire que vous étiez aussi belle qu'à l'écran.

— Merci, Dorra. Vous aimez la série ?

— Je ne rate aucun épisode, confia-t-elle en s'approchant plus près d'Ariel, un large sourire aux lèvres. Vous êtes merveilleuse, ma chérie, si gentille, si patiente. Mais il est de mon devoir de vous dire que ce Cameron… n'est pas bien pour vous. La meilleure chose à faire serait de le jeter dehors avant qu'il mette la main sur votre argent. Il a déjà mis en gage vos boucles d'oreilles en diamants. Et cette femme…

Les lèvres pincées, Dorra lança un regard noir vers Stella.

— Pourquoi vous embêter encore avec elle, après tous les ennuis qu'elle vous a causés… Sans elle, Griff et vous seriez mariés, comme vous devriez l'être.

Elle regarda Stella d'un air offensé.

— Je sais que vous avez des vues sur le mari de votre sœur, Vikki.

Stella se retint de rire, puis jouant son rôle, elle rejeta la tête en arrière et plissa les yeux.

— Les hommes s'intéressent à moi, déclara-t-elle d'une voix traînante. Où est le mal ?

Dorra prit un air indigné et se tourna vers Ariel.

— Revenez vers Griff, conseilla-t-elle gentiment. Il vous aime, il vous a toujours aimée.

Ariel lui serra à son tour la main.

— Merci de vous inquiéter pour moi.

Stella et elle, d'un air pensif, regardèrent la femme s'éloigner.

— Tout le monde aime le Dr Amanda, constata Vikki avec un sourire contrit. Elle est pratiquement sacrée aux yeux des téléspectateurs.

— Et tout le monde adore pouvoir détester Vikki.

Ariel finit son café en gloussant.

— Tu es si abjecte.

— Oui, je sais, répliqua son amie avec un soupir satisfait.

Puis elle mâchouilla lentement son ananas en lançant un regard envieux vers l'assiette d'Ariel.

— Je suis toujours frappée de constater que les gens en arrivent à me confondre avec Vikki.

— Cela veut juste dire que tu fais bien ton travail, expliqua Ariel. Si tu entres chez les gens tous les jours sans susciter en eux la moindre émotion, mieux vaut changer de métier. Se lancer dans la physique nucléaire ou le bobsleigh. En parlant de travail, ajouta-t-elle en regardant sa montre.

— Je sais… Dis-moi, tu ne finis pas ton assiette ?

Avant de se lever, Ariel lui tendit son baklava en riant.

Il était plus de 21 heures lorsque Ariel descendit d'un taxi devant l'immeuble de P. B. Marshell dans Madison Avenue. Elle n'avait pas l'impression d'être en retard. Elle n'avait jamais raté une réplique ou un rendez-vous de sa vie, mais dès que les événements n'avaient plus de lien direct avec son travail, elle se plaisait à vivre sans horaires.

Après un généreux pourboire au chauffeur, elle fourra la monnaie dans son sac sans se donner la peine de la compter, puis traversa sous la bruine les quelques mètres qui la séparaient du hall d'entrée. L'odeur lui rappela celui d'une chambre mortuaire. Il y avait trop de fleurs, trop de cire. Après avoir donné son nom au gardien, elle se glissa dans l'ascenseur et poussa le bouton qui conduisait au loft. Elle n'était pas le moins du monde nerveuse à l'idée de pénétrer dans l'antre de P. B. Marshell : une fête était une fête ! Elle espérait simplement que l'on servirait du champagne. Elle brûlait d'envie d'en boire une coupe. Lorsque les portes s'ouvrirent, un homme très raide au visage fermé vêtu d'un costume sombre lui demanda son nom. Ariel remarqua son léger accent anglais. Lorsqu'elle lui sourit, il accepta la main qu'elle lui tendait sans même s'en apercevoir. Puis elle passa devant le majordome, lui laissant une impression de vitalité et de sensualité qui le plongea pendant plusieurs minutes dans un état de confusion. Ariel alla se chercher une coupe de champagne et s'avança vers son agent dès qu'elle l'aperçut.

Booth avait remarqué l'arrivée d'Ariel. L'espace d'un instant, il avait cru voir son ex-femme. Le même teint, la même ossature du visage. Puis cette impression s'était évanouie pour laisser place à une jeune femme dont les cheveux retombaient en boucles souples sur les épaules. De fines gouttes de pluie y étaient encore accrochées. Et son visage était fascinant. Sa ressemblance avec la Reine des glaces disparut dès qu'elle se mit à rire. Il ne resta plus que son énergie et sa grâce.

Etrange, songea Booth en portant le même intérêt à la jeune femme qu'au verre qu'il tenait dans la main. Il laissa pourtant son regard glisser sur son corps, qui paraissait mince sous son pantalon à pinces et son chemisier ample. Là encore, elle aurait dû chercher à exploiter ses atouts au lieu de les cacher. Son expérience des femmes lui avait appris qu'elles avaient toutes tendance à accentuer leurs charmes et à masquer leurs défauts. Pour Booth, cet état de fait relevait de leur malhonnêteté innée.

Il décocha à Ariel un dernier coup d'œil, tandis qu'elle se hissait sur la pointe des pieds pour embrasser le producteur d'une pièce de théâtre à Broadway qui faisait actuellement fureur. Comme il détestait ces longues pseudo-fêtes bondées !

— … si nous recrutons l'actrice qui tiendra le rôle principal.

Booth se tourna de nouveau vers P. B. Marshell et leva son verre.

— Mmm ?

Trop habitué aux absences de Booth pour se sentir offensé, Marshell fit l'effort de répéter sa phrase.

— Si nous recrutons l'actrice qui tiendra le rôle principal, nous pouvons mettre le film en production et prévoir un lancement à l'automne. C'est le moment idéal pour l'audience. Et c'est pratiquement la seule chose qui nous empêche de commencer dès maintenant.

— Je me fiche de l'audience, rétorqua Booth sèchement.

— Toi, peut-être, mais pas la chaîne.

— Pat, nous recruterons Rae lorsque nous l'aurons trouvée.

Marshell vida son whisky d'un air soucieux. Avec ses cent kilos, il lui fallait plusieurs verres pour ressentir l'effet de l'alcool.

— Tu as déjà refusé trois grands noms.

— J'ai refusé trois actrices qui ne convenaient pas, rectifia Booth.

Il sirota son verre en connaisseur, à la manière d'un homme qui entretenait une relation prudente avec l'alcool.

— Dès que je la verrai, je la reconnaîtrai, ajouta-t-il en souriant froidement. Qui est mieux placé que moi pour le faire ?

Un rire franc et spontané contraint Marshell à tourner la tête vers l'autre bout de la pièce. Il plissa les yeux un court instant, l'air concentré.

— C'est Ariel Kirkwood, confia-t-il à Booth avec un geste de la main dans sa direction. Les responsables de la chaîne aimeraient la mettre sur ton chemin.

— Une actrice…

Booth étudia Ariel plus attentivement. Jamais il n'aurait cru avoir affaire à une actrice. Son entrée dans la pièce avait retenu son attention justement parce qu'elle n'avait rien d'une entrée. La jeune femme avait une authenticité et un naturel qui étaient rares dans cette profession. Depuis le moment où elle était arrivée, elle aurait déjà pu se débrouiller pour leur être présentée. Et pourtant, elle semblait heureuse de boire du champagne à l'autre bout de la pièce en flirtant avec un acteur à l'avenir prometteur.

Elle semblait à l'aise, détendue, ne paraissait pas prendre la pose, même si elle aurait fait merveille sur une photo. Elle ne semblait pas vouloir séduire l'acteur. Le contraste entre son physique de reine des glaces et son insouciance piqua sa curiosité.

— Présentez-la-moi, déclara simplement Booth en se dirigeant vers elle.

Ariel devait admettre que Marshell ne manquait pas de goût. L'appartement était élégamment décoré dans des tons or et crème. La moquette était épaisse et les murs laqués. Elle reconnut également la lithographie signée accrochée derrière elle. Amanda aurait compris et apprécié une pièce comme celle-ci. Mais Ariel était heureuse d'être simplement de passage. Jamais elle n'aurait vécu dans un endroit pareil. Elle rit aux éclats lorsque Tony lui rappela les cours d'improvisation qu'ils avaient pris ensemble quelques années plus tôt.

— Tu as commencé à t'exprimer dans un langage ordurier pour

t'assurer que tout le monde était bien réveillé, déclara-t-elle en tirant sur la petite barbe qu'il portait pour son nouveau rôle.

— Et ça a marché. Dis-moi, quelle cause défends-tu cette semaine, Ariel ?

Elle lui lança un regard interrogateur tout en prenant une gorgée de champagne.

— Je n'ai pas de cause hebdomadaire.

— Bimensuelle alors. Les amis des phoques, le sauvetage des mangoustes... Allez, dis-moi ce qui t'occupe en ce moment !

Ariel secoua ses boucles blondes.

— Il y a bien quelque chose qui me prend beaucoup de temps, mais je ne peux pas vraiment en parler.

Au ton de sa voix, le sourire de Tony s'évanouit.

— C'est important.

— Vital, même.

— Tony ! s'écria Marshell en donnant une tape amicale dans le dos du jeune acteur. Je suis heureux que tu aies pu venir.

Tony se redressa aussitôt.

— C'est gentil d'avoir organisé cette soirée un soir de relâche au théâtre, monsieur Marshell. Vous connaissez Ariel Kirkwood ?

Il posa une main sur l'épaule de son amie.

— Nous revenons de loin, elle et moi.

— J'ai entendu de très bonnes choses à votre sujet, répondit Marshell en tendant la main à Ariel.

— Merci.

Ariel prolongea la poignée de main suffisamment longtemps pour se faire une impression de l'homme. Il paraissait avoir réussi, et son embonpoint laissait deviner qu'il aimait bien manger. Il pouvait se montrer aimable quand il le voulait. Et relativement rusé. D'emblée, l'homme lui fit bonne impression.

— Vous faites de très bons films, monsieur Marshell.

— Merci.

Il fit une pause, s'attendant certainement à ce qu'elle en profite pour mettre en avant ses propres qualités. Mais Ariel en resta là, et Marshell préféra se tourner vers Booth.

— Booth DeWitt, Ariel Kirkwood et Tony Lazarus, déclara-t-il.

— J'ai vu votre pièce, confia Booth à Tony. Vous connaissez très bien votre rôle.

Puis il s'intéressa à Ariel.

— Mademoiselle Kirkwood.

Il avait des yeux déconcertants, songea-t-elle. Si clairs, si directs, sur un visage si distant. Il paraissait réservé et intelligent, et son expression semblait teintée d'amertume. Apparemment, il ne semblait pas trop s'intéresser à la mode. Ses cheveux épais et sombres étaient un peu plus longs que ce qui se portait en ce moment. Mais sa façon de les coiffer lui allait bien. Il avait un visage mince qui semblait appartenir à un autre siècle. Un visage d'intellectuel, avec une bouche au pli sévère.

Il parlait d'une voix grave et profonde, mais son élocution hachée témoignait de son impatience. Il avait le regard d'un homme habitué à observer ses semblables, et qui ne tolérait ni les ingérences ni les familiarités. Ariel n'était pas certaine de l'apprécier, même si elle admirait son travail.

— Monsieur DeWitt.

Elle lui serra la main et ressentit sa force, mais elle s'y attendait. Sa vigueur irradiait de son corps, long et élancé, mais aussi de son visage. L'homme resta distant, comme elle l'avait prévu.

— J'ai beaucoup aimé *The Final Bell*. C'est le film que j'ai le plus apprécié l'année dernière.

L'homme éluda sa remarque en la dévisageant. La jeune femme avait une sensualité à fleur de peau, légère et libre.

— Je ne pense pas connaître votre travail, répliqua-t-il.

— Ariel joue le rôle du Dr Amanda Lane Jamison dans *Nos vies, nos amours*, expliqua Tony.

Un feuilleton télé, il ne manquait plus que ça ! songea Booth. Le mépris qui s'afficha sur son visage n'échappa pas à Ariel. Elle aurait espéré une autre réaction de sa part.

— Avez-vous une objection morale contre les divertissements, monsieur DeWitt ? demanda-t-elle sur un ton léger en sirotant son champagne. Ou êtes-vous simplement un artiste snob ?

Elle avait posé cette question sans se départir de son superbe sourire, ce qui enleva toute agressivité à ses propos.

Debout à côté d'elle, Tony se racla la gorge d'un air gêné.

— Excusez-moi une minute, dit-il avant de les quitter.

Marshell marmonna dans sa barbe qu'il allait chercher des glaçons.

Une fois seuls, Booth continua de dévisager Ariel. Elle se moquait de lui. Il ignorait depuis combien de temps quelqu'un avait eu le courage ou l'occasion de le faire. Il hésitait encore entre la contrariété ou la curiosité. En attendant, le sentiment de profond ennui qui l'habitait depuis une heure avait disparu.

— Je n'ai aucune objection morale contre les feuilletons télévisés, mademoiselle Kirkwood.

— Très bien, répliqua-t-elle avant de plonger les lèvres dans le liquide pétillant.

La rangée de saphirs autour de son doigt capta la lumière et sembla se refléter dans ses yeux.

— Vous êtes donc un snob, conclut-elle. Je suppose que c'est votre droit. Dans ce cas, nous pouvons parler d'autre chose. Que pensez-vous de la politique étrangère de notre gouvernement ?

— Elle est ambiguë, murmura-t-il. Quel genre de personnage jouez-vous ?

— Je joue une personne remarquable, dit-elle.

Une lueur espiègle brillait toujours dans son regard.

— Et que pensez-vous du programme spatial ?

— Je me sens plus concerné par la planète sur laquelle j'habite. Depuis combien de temps jouez-vous dans cette série ?

— Cinq ans.

Ariel sourit à une personne à l'autre bout de la pièce et lui adressa un salut de la main.

De nouveau, Booth l'étudia attentivement, et pour la première fois depuis son arrivée dans cette soirée, il sourit. Son visage devint soudain plus séduisant, mais l'homme n'en parut pas plus accessible pour autant.

— Vous ne souhaitez pas parler de votre travail, n'est-ce pas ? fit remarquer Booth.

— Pas particulièrement, répliqua Ariel en lui retournant un sourire franc.

Booth sentit un léger frémissement, une émotion ténue qu'il croyait endormie depuis longtemps.

— Pas avec quelqu'un qui considère mon travail comme quantité négligeable, ajouta-t-elle. Dans une minute, vous allez me demander si je n'ai jamais envisagé de faire quelque chose de plus sérieux, et je vais devenir grossière. Mais d'après mon agent, je suis censée vous charmer.

La gentillesse qui se dégageait d'elle ne lui échappa pas, mais Booth préféra l'ignorer.

— C'est ce que vous faites ?

— Je ne suis pas au travail, riposta Ariel. De plus…

Elle prit le temps de vider sa coupe.

— … vous n'êtes pas du genre à vous laisser faire.

— Vous êtes très perspicace, admit Booth. Etes-vous une bonne actrice ?

— Oui. Inutile de faire quelque chose si ce n'est pas pour le faire bien. Que pensez-vous du sport ? demanda-t-elle en jouant avec son verre vide. Croyez-vous que les Yankees aient une chance de gagner, cette année ?

— Peut-être, à condition qu'ils renforcent leur champ intérieur.

Décidément, cette jeune femme n'était pas ordinaire, songea-t-il. N'importe quelle autre actrice en lice pour un premier rôle l'aurait abreuvé de compliments et lui aurait dressé la liste de tous les rôles qu'elle avait tenus devant une caméra.

— Ariel…

Avisant un serveur, Booth saisit au vol une coupe de champagne frais et la lui tendit.

— Ce prénom vous va bien. C'est un choix avisé.

Elle ressentit une soudaine attirance pour cet homme, fugace mais vive, qui semblait avoir été provoquée par sa façon de prononcer son prénom.

— Je passerai le compliment à ma mère.

— Ce n'est pas un nom de scène ?

— Non. Ma mère lisait *La Tempête* avant d'accoucher. Elle était très superstitieuse. J'aurais pu m'appeler Prospero si j'avais été un garçon.

Puis elle plongea les lèvres dans sa coupe en haussant légèrement les épaules.

— Booth, reprit-elle après avoir décidé que les politesses avaient assez duré. Allons droit au but : nous savons tous les deux que je vais auditionner pour le rôle de Rae dans quelques jours, n'est-ce pas ? Sachez que je suis bien décidée à le décrocher.

Booth acquiesça d'un signe de tête. La jeune femme avait beau être rafraîchissante par sa franchise, il n'en attendait pas tant.

— Dans ce cas, je serai assez franc pour vous dire que vous n'êtes pas le genre d'actrice que je recherche.

Sans se démonter, Ariel lui lança un regard surpris.

— Ah bon ? Et pourquoi cela ?

— Pour une raison très simple : vous êtes trop jeune.

Ariel partit d'un rire léger comme une brise, qui paraissait jaillir naturellement. Booth ne s'y fia pas non plus.

— Je ne peux que vous répondre que je peux paraître plus âgée.

— Peut-être. Mais Rae est une femme dure. Dure comme la pierre.

Il leva à son tour son verre, son regard fixé sur elle.

— Vous avez trop de faiblesses en vous. On le voit dans votre visage.

— Parce que vous me voyez, moi. Je n'ai encore jamais joué mon propre personnage devant une caméra.

L'idée plana plusieurs secondes dans son esprit.

— Mais je pense que cela ne me dérangerait pas, conclut-elle.

— Les actrices sont-elles jamais elles-mêmes ?

Elle planta son regard dans le sien et s'aperçut qu'il la regardait de nouveau avec cette intensité glaciale que la plupart des gens auraient trouvée agaçante.

Mais ce regard devait faire partie du personnage, songea-t-elle tandis que l'attirance qu'elle avait ressentie pour lui revenait en force.

— Vous n'aimez pas beaucoup cette race de femmes, n'est-ce pas ?

— Non.

Pour une raison qu'il ignorait, Booth se sentit obligé de la tester. Il souleva entre ses doigts une mèche de cheveux. Ils étaient étonnamment doux.

— Vous êtes une très belle femme, murmura-t-il.

Ariel inclina la tête sur le côté sans cesser de scruter son visage. Son regard n'avait rien perdu de sa franchise. Le compliment aurait pu la toucher si elle n'avait senti qu'il était calculé. Pourtant, elle ne put s'empêcher d'être déçue.

— Et ?

Booth afficha un air surpris.

— Et ?

— Une réplique conduit généralement à une autre. En tant qu'écrivain, je suis certaine que vous en avez plusieurs en réserve.

Il lui caressa la joue. Elle ressentit à la fois la force de ses doigts et la désinvolture de son geste.

— Laquelle voulez-vous ?

— La plus sincère, répondit-elle posément. Mais comme vous n'êtes pas prêt à me la livrer, pourquoi ne pas passer à autre chose ? Dans votre film, votre personnage, Phil, est borné, froid et grossier. Je pense que vous vous êtes très bien dépeint.

Quel dommage qu'il ait une si piètre opinion des femmes, ou des personnes en général, songea-t-elle en levant vers lui une dernière fois son verre.

— Bonne soirée, Booth, lança-t-elle avant de tourner les talons.

Booth resta plusieurs secondes à la regarder avant d'éclater de rire. A cet instant précis, il ne lui vint pas à l'esprit que c'était la première fois qu'il riait de si bon cœur depuis presque deux ans. Il ne lui vint pas non plus à l'esprit qu'il riait de lui-même.

Non, décidément, cette femme n'était pas la Rae qu'il cherchait, songea-t-il, mais elle était douée. Très, très douée. Il n'était pas près d'oublier Ariel Kirkwood.

2

Debout devant l'immense baie vitrée du bureau de Marshell, Booth regardait grouiller New York. A cette hauteur, il se sentait en retrait, mais l'effervescence et l'énergie que dégageaient les rues et les trottoirs montaient jusqu'à lui. Il était heureux d'en être éloigné, car tout lien supposait une implication personnelle.

Aucune des actrices qu'ils avaient auditionnées ces deux dernières semaines ne lui avait donné satisfaction. Il savait exactement ce qu'il voulait pour le rôle de Rae — d'ailleurs, il était le mieux placé pour le savoir.

Il avait commencé à écrire le scénario sur une impulsion, et l'écriture avait été pour lui une sorte de thérapie, songea-t-il, le sourire aux lèvres. Cet exercice lui avait coûté moins cher qu'un psychiatre et s'était avéré beaucoup plus satisfaisant. Au début, il croyait qu'il se contenterait de terminer le manuscrit, d'expulser tout ce qui était nécessaire avant de l'enterrer dans un tiroir. C'était avant de comprendre qu'il s'agissait du meilleur travail qu'il ait jamais produit. La colère était sans doute la dixième Muse. Mais Booth était d'abord et avant tout un écrivain. En dépit de la douleur ressentie en exposant ses émotions les plus intimes, il n'avait pu se résoudre à ranger son meilleur travail dans un tiroir. Et puisqu'il était prêt à faire ce film, il voulait que ce soit une réussite.

Au début, il pensait qu'il aurait du mal à recruter l'acteur qui jouerait le rôle de Phil, ce personnage si proche de lui. Pourtant, la tâche avait été étonnamment simple. Car l'histoire était centrée non autour de Phil, mais de Rae, miroir dévastateur et extrêmement fidèle de son ex-femme, Elizabeth Hunter. Une actrice superbe, une célébrité, mais aussi une femme incapable d'éprouver la moindre émotion véritable.

Leur mariage avait commencé dans un tourbillon et s'était

terminé en désastre. Booth assumait sa part de responsabilité, même s'il s'en voulait surtout de sa crédulité. Il avait cru en l'image que son ex-femme donnait d'elle-même. Il était tombé profondément amoureux de la perfection de son visage et de son corps. Il aurait pu lui pardonner ses défauts et ses faiblesses, qu'il n'avait pas tardé à découvrir. Mais jamais, au grand jamais, il n'aurait pu lui pardonner de l'avoir utilisé. Aujourd'hui encore, il ignorait s'il en voulait à Liz de l'avoir manipulé, ou s'il s'en voulait de l'avoir laissée faire.

Leurs cinq années tumultueuses de mariage lui avaient donné suffisamment de matière pour écrire une histoire dure qui s'apprêtait à devenir une très bonne fiction pour la télévision. Mais il en avait surtout gardé une immense méfiance à l'égard des femmes, et des actrices en particulier. Deux ans plus tôt, une fois leur rupture consommée, il s'était juré de ne plus jamais s'impliquer avec une femme capable de jouer aussi bien la comédie. L'honnêteté, si tant est que cette qualité existe chez les femmes, était tout ce à quoi il aspirait. Dès qu'il se sentirait prêt pour une nouvelle relation.

Sans comprendre pourquoi, ses pensées se tournèrent alors vers Ariel. La jeune femme hantait son esprit, certainement à cause de sa ressemblance physique avec Liz. Mais il n'en était pas certain. Leurs manières étaient différentes, tout comme leur élocution et leur style vestimentaire. Mais le plus grand contraste résidait dans leur personnalité. Ariel n'avait rien fait pour le charmer ou attirer son attention. Pourtant, elle avait fait les deux. Son angle d'attaque était peut-être différent, tout simplement.

Booth avait surtout apprécié son absence d'artifices, même s'il n'y croyait pas vraiment. Son rire enjoué, ses attitudes, ses regards innocents… Il y avait longtemps qu'une femme ne lui avait pas trotté ainsi dans la tête.

Dommage qu'elle ne soit pas faite pour ce rôle, songea-t-il. Elle aurait pu le distraire. Son intuition lui disait d'ailleurs qu'Ariel Kirkwood ne serait rien sans cette faculté à divertir.

— Je pencherais plutôt pour cette Julie Newman.

Chuck Tyler, le réalisateur, lança sur le bureau de Marshell une photo 8 × 10 sur papier glacé.

— Beaucoup de présence devant la caméra et sa première audition était très bonne.

Le cliché à la main, Marshell se balança sur son profond fauteuil en cuir. Le soleil dans son dos tapait à la fois sur le cliché et sur les bagues en or qui ornaient ses deux mains.

— Elle a également joué dans un nombre impressionnant de films.

— Non.

Sans se donner la peine de se retourner, Booth resta debout à observer la circulation. Pour une raison étrange, il s'imaginait à cet instant sur son bateau, dans le détroit de Long Island en train de prendre la mer.

— Elle manque d'élégance et elle affiche une trop grande vulnérabilité.

— Elle sait jouer, Booth, indiqua Marshell d'une voix teintée d'une impatience qui commençait à devenir coutumière.

— Ce n'est pas elle, insista Booth.

D'un geste automatique, Marshell plongea la main dans sa poche à la recherche des cigares qu'il avait cessé de fumer un mois plus tôt. Puis il jura doucement dans sa barbe.

— Nous commençons à manquer de temps et de solutions.

Booth haussa les épaules. Oui, il aurait aimé être en mer à cet instant, torse nu, avec le soleil dans le dos et la mer d'un bleu à vous brûler les yeux. Il aurait aimé être seul.

Lorsque le téléphone sonna sur le bureau, Marshell soupira avant de s'avancer pour répondre.

— Mlle Kirkwood est arrivée pour l'audition, monsieur Marshell.

Marshell ouvrit le dossier que l'agent d'Ariel lui avait envoyé en grognant, puis le passa à Chuck.

— Faites-la entrer, annonça-t-il.

— Kirkwood, dit Chuck d'un air songeur.

L'œil soucieux, il contempla la photo sur laquelle figurait Ariel.

— Kirkwood... J'y suis. Je l'ai vue l'été dernier dans une pièce à Broadway intitulée *Un tramway nommé Désir.*

Vaguement intéressé, Booth lui lança un regard par-dessus l'épaule.

— Dans le rôle de Stella ?

— De Blanche, corrigea Chuck en parcourant la liste de ses rôles.

— Blanche DuBois ?

Booth émit un petit rire avant de se tourner complètement vers les deux hommes.

— Elle est quinze à vingt ans trop jeune pour ce rôle, ajouta-t-il.

Chuck se contenta de lever les yeux vers lui.

— Elle jouait très bien, répondit-il simplement. Vraiment très bien. Et d'après ce que je sais, elle est très bonne dans ce feuilleton télévisé. Inutile de vous dire combien de stars sont d'abord passées par là.

— En effet, c'est inutile, répliqua Booth en s'asseyant négligemment sur l'accoudoir d'un fauteuil. Mais si elle est collée au même rôle depuis cinq ans, soit elle n'est pas assez douée pour un film ou une pièce de grande envergure, soit elle manque complètement d'ambition. Comme il s'agit d'une actrice, je pencherais plutôt pour la première solution.

— Continue à cultiver ton cynisme, rétorqua Marshell sèchement. C'est bon pour toi.

Booth lui décocha un sourire fugace. En entrant dans la pièce, Ariel en fut le témoin un court instant. Cette vision la convainquit de revoir l'opinion qu'elle s'était faite de lui lors de cette soirée. Qui sait, cet homme avait peut-être certaines qualités ? songea-t-elle. Quoi qu'il en soit, elle était prête à le croire.

— Mademoiselle Kirkwood.

Marshell souleva son corps imposant du fauteuil et lui tendit la main.

— Monsieur Marshell, je suis heureuse de vous revoir.

Ariel balaya rapidement la pièce du regard, et s'attarda brièvement sur Booth, qui était resté assis sur l'accoudoir du fauteuil.

— Votre bureau est aussi impressionnant que votre appartement, déclara-t-elle.

Booth attendit qu'on la présente à Chuck. La jeune femme était vêtue simplement, remarqua-t-il. Mais l'impression était trompeuse si l'on considérait tous les foulards de couleurs vives qui ceignaient la taille de sa modeste robe bleue. Il y avait du violet, du vert émeraude et du rose vif. Une combinaison audacieuse et remarquablement efficace. Ariel avait de nouveau lâché ses cheveux, ce qui lui donnait un air de jeunesse et de liberté qui ne cadrait pas du tout avec le personnage qu'elle s'apprêtait à incarner. Booth prit distraitement une cigarette et l'alluma.

— Booth, dit-elle en le saluant d'un signe de tête.

Puis elle lui adressa un sourire nonchalant tandis que son regard s'attardait sur la cigarette de l'homme.

— Elles vous tueront, vous savez ?

Booth prit une bouffée et exhala d'un air désinvolte un long nuage de fumée.

— Oui, elles finiront par le faire.

Ariel portait le même parfum discrètement sensuel qu'il avait remarqué à la fête. Pourquoi lui allait-il si bien tout en formant un étrange contraste avec sa personnalité ? La jeune femme le fascinait. Sans qu'elle ait pour cela à se donner le moindre mal.

— Je vais vous donner la réplique, poursuivit-il en prenant une copie du script. Nous allons jouer la scène de confrontation du troisième acte. Vous la connaissez ?

L'homme ne se départait jamais de son professionnalisme, remarqua Ariel, étonnée. Lui arrivait-il de se détendre ? Ou de décider de le faire ? Il était rare qu'elle se sente stressée, mais elle sentait la tension qui habitait Booth. Pourquoi était-il si nerveux ? De son côté, le trac qu'elle aurait pu ressentir se résumait à un minuscule nœud confiné au creux de son estomac. Elle avait beau en avoir conscience, elle savait qu'il l'aiderait à donner le meilleur d'elle-même pendant l'audition.

— Oui, je la connais, répondit-elle en acceptant une autre copie du script.

Booth tira une dernière fois sur sa cigarette avant de l'écraser.

— Vous voulez un préambule ?

— Non.

A présent, les mains d'Ariel étaient moites. Parfait. Elle avait suffisamment d'expérience pour mettre sa nervosité et ses émotions au profit de son jeu. Elle inspira calmement et profondément, puis parcourut le script jusqu'à la scène voulue. Celle-ci n'était pas simple. Elle plongeait directement au cœur du personnage, égoïste, ambitieux, et froidement sexy de l'héroïne. Ariel prit une minute pour la relire.

Pendant tout ce temps, Booth ne la quitta pas des yeux. La jeune femme ressemblait plus à une ingénue candide qu'à une femme de tête froide et calculatrice. Il était presque déçu qu'il n'y ait pas de rôle pour elle dans le film. Puis Ariel leva la tête vers lui et le contempla avec un sourire froid et sans vie qui le laissa muet de stupeur.

— Je t'ai toujours pris pour un idiot, Phil, mais un idiot qui a réussi et avec lequel on s'ennuie peu.

Le ton, les attitudes et même l'expression de son visage étaient si justes qu'il fut incapable de répondre. L'espace d'un instant, Ariel se confondit complètement avec le personnage et la femme qu'il avait créés. Il sentit alors son estomac se nouer. Il n'éprouvait aucune attirance pour elle, pas même de l'admiration, juste de la colère. Une colère totalement inattendue et honteusement réelle. Booth n'avait pas besoin de lire le script pour se rappeler la réplique.

— Tu es si transparente, Rae. Je suis étonné que tu réussisses à berner les autres au point de gagner leur confiance.

Ariel émit un rire magnifique qui fit frissonner les trois hommes.

— Mais je gagne ma vie en décevant les gens. Tout le monde a besoin d'illusions, même toi. Et c'est ce que je t'ai donné.

D'un geste lascif, Ariel passa la main dans ses cheveux. Les longues boucles dorées brillèrent sous le soleil du matin. Le geste et les manières étaient si caractéristiques de Liz Hunter.

— J'ai réussi à m'extirper de ce trou dans le Missouri où j'ai eu la malchance de naître, continua-t-elle, et je me suis hissée au sommet. Il est vrai que tu m'as beaucoup aidée.

Ariel s'avança vers lui, un sourire glacial sur les lèvres, et lui effleura la joue de sa main.

— Et tu as été indemnisé. Très bien indemnisé.

Phil la saisit par le poignet, d'un geste vif, et Ariel fut surprise par la charge émotionnelle de son geste.

— Tôt ou tard, tu finiras par tomber, la menaça-t-il.

Elle le toisa avant de s'adresser à lui d'une voix dangereusement calme.

— Je ne tombe jamais, mon chéri.

Lentement, Booth se leva. L'expression de son visage aurait fait trembler n'importe quelle femme, la mettant instantanément sur la défensive. Mais Ariel se contenta de le défier avec la même expression froide et amusée, et il dut faire des efforts pour garder son calme.

— Très bien, Ariel Kirkwood, déclara Booth en posant le script.

Ariel lui décocha un sourire lumineux. Instinctivement, elle sut qu'elle avait gagné. Elle soupira doucement : elle pouvait presque sentir le personnage de Rae quitter peu à peu son corps.

— Merci. C'est un rôle formidable, ajouta-t-elle, beaucoup plus détendue. Vraiment formidable.

— Vous vous êtes bien documentée sur le personnage, murmura Marshell depuis son bureau.

Il connaissait bien Elizabeth Hunter, et les cinq minutes d'audition d'Ariel l'avaient impressionné, tout en lui laissant une légère impression de malaise. Mais il connaissait aussi Booth et savait exactement ce que l'auteur du personnage de Rae pouvait ressentir à cet instant.

— Seriez-vous disponible pour une deuxième audition ? demanda Marshell.

— Bien entendu.

— Je vous ai vue à l'œuvre dans le rôle de Blanche DuBois, mademoiselle Kirkwood, intervint Chuck. Vous m'avez impressionné, comme maintenant.

Ariel lui sourit franchement tout en étant consciente du regard de Booth fixé sur elle. S'il était bouleversé, cela signifiait que son audition s'était encore mieux passée que prévu.

— C'est mon plus grand défi professionnel jusqu'à ce jour.

Elle aurait aimé sortir, respirer l'air frais et savourer sa victoire quasi assurée.

— Je vous remercie, ajouta-t-elle en regardant de nouveau les trois hommes. J'espère avoir bientôt de vos nouvelles.

Elle se dirigea vers l'ascenseur. Elle était trop terrifiée à l'idée d'avoir raison comme à celle d'avoir tort. Jusqu'à cet instant, elle n'avait pas réalisé à quel point elle désirait ce rôle, et ce qu'il pouvait signifier pour elle.

Elle ne manquait pas d'ambition : elle avait choisi de devenir actrice par amour du métier. Et aussi par défi.

Décrocher le rôle de Rae pourrait satisfaire tous ses désirs. Le temps de monter dans l'ascenseur, ses mains étaient redevenues sèches, mais son cœur battait à tout rompre. Elle n'entendit pas Booth approcher.

— J'aimerais vous parler, déclara-t-il en pénétrant dans la cabine après elle.

Puis il poussa le bouton qui conduisait au rez-de-chaussée.

— D'accord.

Ariel poussa un long soupir et s'adossa au mur de la cabine.

— Je suis heureuse que tout soit terminé ! Je meurs de faim. Rien ne m'ouvre plus l'appétit qu'une audition.

Booth tenta de faire le lien entre la femme pleine de vie qui lui souriait avec chaleur et celle qui venait de lui donner la réplique. Il en fut incapable. Ariel jouait mieux la comédie que ce qu'il imaginait. Elle n'en était que plus dangereuse.

— Votre audition était excellente.

Elle le regarda avec curiosité.

— Pourquoi ai-je le sentiment que vous venez de m'insulter ?

Les portes de l'ascenseur s'ouvrirent. Booth resta immobile quelques instants avant de hocher la tête.

— Je vous ai déjà dit que vous étiez très perspicace ?

Les fins talons d'Ariel cliquetèrent sur le carrelage, tandis qu'elle traversait le hall aux côtés de Booth. Il remarqua que plusieurs têtes se retournaient sur son passage, aussi bien des hommes que des femmes. Mais Ariel semblait soit ne pas les voir, soit ne pas y prêter attention.

— Pourquoi jouez-vous dans une série télé ?

Elle lui lança un regard de biais.

— Parce que le rôle est intéressant et que le scénario est bien écrit. Ça, c'est la première raison. La deuxième est que cette série m'offre un travail stable. Lorsque les acteurs sont en attente d'un rôle, ils travaillent comme serveurs, laveurs de voitures, vendeurs d'électroménager, et sombrent généralement dans la déprime. Si les trois premières solutions ne me dérangent pas trop, la dernière me fait horreur. Avez-vous déjà regardé un épisode de la série ?

— Non.

— Dans ce cas, vous ne pouvez pas prendre cet air méprisant.

Une fois dehors, elle s'arrêta près d'un marchand ambulant de bretzels chauds et huma leur délicieuse odeur.

— Vous en voulez un ?

— Non, répondit de nouveau Booth en enfonçant les mains dans les poches.

Debout au milieu de la foule qui envahissait les trottoirs à côté du stand de bretzels, il se dégageait d'elle une sensualité à fleur de peau. Booth ne la quittait pas des yeux tandis qu'elle mordait avec appétit dans le petit pain chaud.

— Je pourrais ne manger que ça, expliqua-t-elle la bouche pleine, une lueur amusée dans le regard. Avoir une alimentation équilibrée, c'est très bien, mais si contraignant. Parfois, j'aime ne plus y penser pendant de longues périodes. Marchons un peu, voulez-vous ? J'ai besoin de faire quelques pas pour me détendre. Et vous, que faites-vous ?

— Comment cela ?

— Pour vous détendre.

— J'écris, répondit Booth en emboîtant le pas long et chaloupé d'Ariel au milieu des piétons qui se pressaient autour d'eux.

— Et lorsque vous n'êtes pas tendu, vous écrivez aussi ? ajouta

Ariel en mordant de nouveau dans son bretzel. Avez-vous toujours été aussi sérieux ?

— C'est un travail stable, riposta-t-il.

Elle éclata de rire.

— Vous êtes très vif. Je ne pensais pas que je pourrais vous apprécier, mais vous avez un excellent sens de l'humour.

Elle s'arrêta près d'un autre marchand ambulant et acheta un bouquet de violettes, dont elle huma le parfum en fermant les yeux.

— Merveilleux, murmura-t-elle. J'ai toujours pensé que le printemps était la plus belle saison avant l'été. Ensuite, je me laisse aller au charme de la chaleur avant l'automne. Puis l'automne devient la meilleure saison avant l'hiver.

Sans cesser de rire, elle leva les yeux du bouquet pour plonger son regard dans celui de Booth.

— J'ai aussi tendance à trop parler lorsque je suis tendue, conclut-elle.

Elle baissa le bouquet, et Booth profita de cet instant pour lui saisir le poignet. Pas avec la même violence que pendant l'audition, mais avec la même intensité.

— Qui diable êtes-vous ? demanda-t-il.

Le sourire d'Ariel s'évanouit, mais elle ne chercha pas à se dégager.

— Ariel Kirkwood. Sur scène ou devant la caméra, je peux être bien d'autres personnages, mais dès que le rideau tombe, je redeviens moi-même. C'est tout. Pourquoi chercher les complications ?

— Je n'ai pas besoin de les chercher : elles sont toujours là.

— Etrange. Je n'en vois jamais aucune.

Elle le dévisagea quelques secondes de son regard franc et de son beau visage lisse. Booth se sentit frémir, mais préféra chasser ces émotions dérangeantes.

— Accompagnez-moi, proposa-t-elle.

Avant qu'il puisse protester, elle lui prit d'office la main.

— Où donc ?

Rejetant la tête en arrière, elle pointa du doigt l'Empire State Building et son imposante architecture.

— Là-haut.

En riant, elle l'entraîna avec elle à l'intérieur du gratte-ciel.

— Tout en haut, ajouta-t-elle.

Booth lança des regards inquiets autour de lui tandis qu'elle achetait les billets pour monter à la plate-forme d'observation.

— Pourquoi y tenez-vous tellement ?

— Faut-il toujours trouver une raison à tout ? répondit-elle en coinçant le bouquet de violettes dans les foulards enroulés autour de sa taille. Puis elle glissa un bras sous le sien.

— J'adore ces endroits : Ellis Island, le ferry de Staten Island, Central Park. Pourquoi habiter à New York si l'on n'en profite pas ? Quand avez-vous visité ces endroits pour la dernière fois ?

Serrés dans l'ascenseur parmi les autres visiteurs, il sentait l'épaule d'Ariel collée à son bras.

— Je devais avoir dix ans.

Malgré la densité des corps et la diversité des odeurs, il pouvait sentir son parfum, doux et puissant.

— Oh ! Vous avez grandi, plaisanta Ariel. Quel dommage !

Bouche bée, il l'observa quelques instants. Il avait l'impression qu'elle riait toujours, de lui, ou de quelque plaisanterie dont elle était la seule à connaître la teneur. Etait-elle vraiment aussi décontractée vis-à-vis d'elle-même et de la vie en général ? Avec tout le monde ?

— N'avons-nous pas tous grandi ? demanda-t-il alors.

— Bien sûr que non. Nous avons pris de l'âge, mais le reste n'est qu'une question de choix personnel.

Ils suivirent le groupe vers un autre ascenseur qui conduisait au sommet du gratte-ciel.

Booth était un homme qu'elle était capable d'apprécier, songea-t-elle, debout derrière lui. Il avait une âme noble et austère, associée à un humour pince-sans-rire, presque involontaire. Pourtant, elle devait aussi penser à son rôle dans le film. Elle devait veiller à ne pas mêler sentiments et vie professionnelle. Mais elle n'était pas inquiète : elle avait toujours su séparer la femme qu'elle était de l'actrice.

Pour l'instant, l'audition était du passé, et elle avait l'après-midi devant elle. Elle était d'humeur joyeuse et elle était accompagnée d'un homme fascinant. Que demander de plus en cette magnifique journée ?

La boutique de souvenirs grouillait de touristes de tous les pays qui parlaient toutes les langues. Ariel décida qu'elle achèterait une babiole avant de partir. Booth regardait autour de lui, les yeux légèrement plissés. C'était un observateur, songea-t-elle en inclinant légèrement la tête. Tout comme elle, mais à un degré différent. Mais pendant que Booth disséquait, analysait et classait, elle se contentait de profiter du spectacle.

— Venez, allons dehors, suggéra-t-elle en prenant de nouveau sa main. La vue est magnifique.

Elle poussa la lourde porte et accueillit la première bourrasque en riant.

Tenant fermement la main de Booth, elle s'élança vers la balustrade et se délecta de la vue imprenable.

A cette hauteur, la ville ressemblait à un plateau de jeu miniature. Mais pour Ariel, New York était toujours si réelle et présente, même à cette distance. Elle éprouvait toujours pour la ville la même fascination. En haut de l'Empire State Building, elle avait toujours le sentiment de pouvoir accomplir tout ce qu'elle voulait.

— J'adore les hauteurs, déclara-t-elle en se penchant le plus possible.

Elle sentit les bourrasques d'avril l'envelopper.

— Les hauteurs qui donnent le vertige, précisa-t-elle. Et le vent. Si je pouvais, je viendrais ici tous les jours. Je ne m'en lasse pas.

En temps normal, Booth aurait plutôt fui cette proximité, mais il laissa sa main dans la sienne. Ariel avait une peau douce et fine ; ses joues étaient rouges sous l'effet du froid tandis que ses cheveux volaient librement au vent. Ses yeux avaient une telle vivacité ! Cette fois, il eut plus de mal à ignorer l'attirance qu'elle exerçait sur lui. Il se détourna d'elle et regarda en bas.

— Pourquoi ne pas monter en haut du Rockefeller Center ? demanda-t-il en embrassant du regard l'île où il vivait.

Elle secoua la tête.

— Ce n'est pas la même chose. Il n'y a rien de comparable à cet endroit. Tout comme il n'y a qu'une seule tour Eiffel, qu'un seul Grand Canyon, qu'un seul mont des Oliviers.

Elle se tourna vers lui sans prendre la peine de balayer les mèches de cheveux qui barraient son visage.

— Tous ces lieux sont uniques, spectaculaires. Qu'est-ce que vous aimez, Booth ?

Une famille arriva en riant. La mère devait tenir sa jupe pour éviter qu'elle s'envole, et le père portait leur bébé dans ses bras. Booth les regarda s'arrêter près d'eux, puis s'absorba de nouveau dans la vue.

— Comment cela ?

— Si vous aviez pu occuper votre journée à votre guise, qu'auriez-vous fait ?

— Je serai parti en mer, répondit-il aussitôt en se rappelant combien, dans le bureau de Marshell, il avait désiré être sur son bateau. Je serais allé faire de la voile dans le détroit de Long Island.

Une lueur d'intérêt illumina le regard d'Ariel, comme semblait le faire chacune de ses émotions ou de ses pensées.

— Vous possédez un bateau ?

— Oui. Mais je n'ai pas beaucoup de temps à lui consacrer.

Il ne prenait surtout pas le temps de le faire, rectifia-t-elle pour elle-même.

— C'est un passe-temps solitaire. C'est très admirable.

Elle s'adossa contre le mur pour mieux observer les gens qui se pressaient sur la plate-forme. Le vent plaqua le tissu de sa robe contre son corps, révélant la minceur et l'élégance de ses courbes.

— Je n'aime pas beaucoup la solitude, murmura-t-elle. J'ai besoin de gens, de contacts, de contrastes. Je n'éprouve pas forcément le désir de les connaître tous, mais juste de savoir qu'ils sont là.

— Est-ce pour cette raison que vous avez choisi ce métier ?

A présent, Booth et elle se faisaient face, très près l'un de l'autre, comme deux amis. Booth trouvait leur proximité étrange, mais il n'eut pas envie de prendre ses distances.

— Pour avoir un public, ajouta-t-il.

Elle prit un air songeur, avant de lui sourire avec désinvolture.

— Vous êtes un homme très cynique.

— C'est la deuxième fois qu'on me le dit aujourd'hui.

— Ça ne fait rien. C'est sans doute très utile pour votre travail d'écriture. Pour répondre à votre question, oui, je joue pour un public. Mais je pense que je joue d'abord pour moi.

Elle offrit son visage au vent.

— C'est un métier merveilleux, déclara-t-elle. Comment peut-on être autant de personnes différentes ? Une princesse, un clochard, une victime, un perdant ? Vous écrivez pour qu'on lise vos livres, mais n'écrivez-vous pas aussi pour vous exprimer ?

— Si.

Booth ressentit une sensation étrange, presque familière — ses muscles lui paraissaient plus détendus, ses pensées plus fluides. Il lui fallut quelques instants pour comprendre qu'il se détendait, et quelques secondes de plus pour faire machine arrière. A force de relâchement, il risquait de se brûler les ailes. De ça, il était certain.

— L'ego des écrivains est donc presque aussi grand que celui des acteurs.

Elle eut un bruit de gorge qui ressemblait à un soupir.

— Elle vous en a fait baver, n'est-ce pas ?

Les yeux de Booth devinrent glacials, tout comme sa voix.

— Cela ne vous regarde pas.

— Vous avez tort.

Le sentant battre en retraite, elle éprouva une pointe de déception, mais décida de poursuivre.

— Si je dois jouer Rae, cela me regarde. Booth...

Elle posa la main sur son bras, désireuse de le comprendre assez pour briser le mur de réserve et d'amertume qu'il avait érigé autour de lui.

— Si vous aviez voulu garder pour vous cet aspect de votre vie, vous n'auriez pas écrit ce scénario.

— C'est une simple histoire, répondit-il d'une voix monocorde. Je ne me suis pas exposé.

— La plupart du temps, non, convint-elle. J'ai toujours senti une certaine distance dans votre travail, qui est d'ailleurs toujours excellent. Pour une personne ayant connu un tel succès, vous avez gardé profil bas, même lorsque vous avez épousé Liz Hunter. Mais vous avez laissé transpirer certaines choses dans ce scénario, et maintenant, il est trop tard pour reculer.

— J'ai juste écrit une histoire à propos de deux personnes mal assorties qui se sont utilisées mutuellement. L'homme est un peu idéaliste et juste assez naïf pour se laisser berner par un visage d'ange. A la fin de l'histoire, il apprend que les apparences ne signifient pas grand-chose et que la confiance et la loyauté ne sont que des illusions. La femme est froide, ambitieuse et intelligente, mais elle ne se satisfait pas de ses propres talents. C'est un vampire au sens propre du terme, et elle vide le héros de son sang. Il y a peut-être des similitudes entre cette histoire et la réalité, mais ma vie reste ma vie.

— Défense d'entrer, commenta Ariel en tournant son regard vers la ville. Très bien, le décor est planté.

Puis elle se laissa bercer par le bruit du vent et les voix qui l'entouraient. Un touriste empestait l'eau de Cologne bon marché. Un sachet de chips vide rasa le sol en béton.

— Je ne suis pas une femme d'affaires avisée, déclara-t-elle. Je n'ai pas l'intention de m'excuser pour mon style de vie ou ma personnalité, mais je ferai de mon mieux pour que nos conversations restent strictement professionnelles.

Prenant une profonde inspiration, elle se tourna de nouveau vers lui. Ses yeux avaient perdu de leur chaleur, ce qu'il se surprit à regretter.

— Je suis une bonne actrice, une excellente artiste. Dès que j'ai eu ce script entre les mains, j'ai immédiatement su que je pouvais jouer le rôle de Rae. Et je suis suffisamment aguerrie pour savoir que mon audition s'est bien passée.

— Oui, vous êtes loin d'être stupide.

Malgré ses regrets, Booth se sentait plus à l'aise avec ce type de conversation. Surtout, il comprenait mieux les motivations d'Ariel : celles d'une actrice à la recherche d'un grand rôle.

— Jusqu'à cet après-midi, je n'étais pas certain que vous étiez la personne que je recherchais. Personne avant vous n'a jamais touché d'aussi près l'essence même du personnage.

En percevant la sécheresse de son ton, elle sentit sa gorge se nouer et les battements de son cœur s'accélérer.

— Et donc ? bredouilla-t-elle.

— Je voudrais que vous reveniez passer une audition avec Jack Rohrer. C'est l'acteur qui a été retenu pour le rôle de Phil. Si l'alchimie fonctionne, le rôle est à vous.

Prenant une profonde inspiration, elle s'appuya contre l'épaisse paroi vitrée et tenta de prendre la nouvelle avec calme. Certes, elle avait déclaré que leur relation serait uniquement professionnelle. Mais elle n'avait aucune raison de le faire, comprit-elle en sentant monter une bouffée de joie. C'était inutile. Avec un cri de bonheur, elle noua ses bras autour du cou de Booth. Il fallait qu'elle le touche, qu'elle partage avec lui son bonheur.

Ariel Kirkwood, la petite rêveuse de la 185e Rue, allait être à l'affiche d'un film écrit par DeWitt, avec P. B. Marshell à la réalisation et Jack Rohrer comme partenaire. La vie allait-elle un jour cesser de la surprendre ? Non, souhaita-t-elle de toutes ses forces, accrochée au cou de Booth.

Par réflexe, il avait placé les mains autour de sa taille, et les y laissa, tandis que son rire réchauffait son oreille. Etrangement, ce contact lui rappela deux choses : l'infini bonheur de sa jeune nièce le jour où il lui avait offert une très jolie maison de poupée pour Noël, et la première fois où, devenu homme, il avait tenu une femme dans ses bras. Il retrouva la même douceur, ainsi que la force et l'abandon que seul le corps d'une femme pouvait dégager. Il en éprouva un plaisir innocent, presque enfantin.

Il aurait pu la prendre à son tour dans ses bras. Il aurait aimé le faire, juste pour éprouver sa souplesse et sa douceur, sans qu'aucune ombre ne vienne gâcher le tableau. Son corps s'emboîtait si bien avec le sien : la courbe de sa joue, l'alignement de leurs membres. Tellement bien qu'il resta parfaitement immobile et se retint de la serrer contre lui.

Tout à son plaisir et à son excitation, Ariel s'enivra du parfum de Booth. Il sentait bon le savon. Son corps était massif. Il n'y avait rien de désinvolte ou de décontracté en lui. Seules l'intensité et l'intelligence dominaient. Sa force l'attirait, de même que sa réserve. Même à contrecœur, il aurait été là pour lui tendre la main si jamais elle trébuchait. C'était un homme qui exigeait que l'on suive son rythme, et qui attendait qu'on lui donne la place qu'il voulait quand il le voulait. C'était un homme à éviter, surtout pour une femme encline à se laisser guider par ses émotions et ses sens. Elle désira presque douloureusement sentir ses bras l'enlacer, même si elle savait que c'était peine perdue.

Elle s'écarta légèrement, mais leurs visages étaient suffisamment proches pour qu'elle sache ce qu'elle ressentirait si cette bouche sévère s'approchait de la sienne. Elle avait le souffle court et ses yeux ne cachaient rien de l'attirance qu'elle ressentait pour lui ni de la surprise qui en découlait.

— Je suis navrée, dit-elle d'une voix calme. Je suis naturellement démonstrative. Or, j'ai le sentiment que vous n'appréciez pas ce genre de démonstration.

Avait-il jamais eu autant envie d'embrasser une femme ? Il pouvait presque goûter sa bouche, à quelques centimètres à peine de la sienne. Il pouvait presque en sentir la texture contre ses lèvres. Il s'exprima pourtant d'une voix indifférente, et son regard demeura distant.

— Je pense qu'il y a des moments et des lieux pour le faire.

Elle souffla longuement. Après tout, elle s'était exposée à recevoir cet affront.

— Vous êtes un homme dur, Booth DeWitt, murmura-t-elle.

— Je suis réaliste, Ariel.

Il sortit une cigarette et protégea la flamme du briquet d'une main, qui, à sa grande surprise, tremblait légèrement.

— Que c'est dur !

Elle s'efforça de se détendre. Elle ne comprenait pas que l'on puisse être indifférent aux gens ou aux événements. Tout ce que l'on voyait, touchait, entendait, déclenchait forcément des émotions.

— En même temps, vous ne pouvez plus être autrement, conclut-elle.

Un peu plus à l'aise, elle lui sourit.

— Je pense que je vais apprécier de travailler avec vous, Booth, même si ça ne va pas être une partie de plaisir. Je vais mettre en valeur votre script le mieux possible, et nous en sortirons tous les deux gagnants.

Il acquiesça dans un nuage de fumée.

— Je n'attends des autres que le meilleur d'eux-mêmes.

— Parfait, vous ne serez pas déçu.

C'était dans la nature d'Ariel de toucher les gens, d'ajouter une note personnelle. Mais un affront, c'était assez pour la journée, décida-t-elle.

— Formidable.

Elle le dévisagea en riant.

— Vous êtes séduisant, Booth. J'ignore pourquoi, parce que je pense que vous n'êtes pas quelqu'un de bon.

Il exhala un nouveau nuage de fumée en la regardant avec nonchalance.

— En effet, dit-il en abondant dans son sens.

— Nous nous apporterons donc mutuellement ce qui sera nécessaire sur le plan professionnel.

Incapable de contrôler ses impulsions, elle déposa un baiser sur sa joue avant de lui mettre d'office le bouquet de violettes dans les mains et de tourner les talons. Booth resta seul au sommet de la ville, livré aux bourrasques du vent.

3

Pendant toute sa vie professionnelle, Booth avait fréquenté les plateaux de cinéma. Il avait vu de tout : des salles de réception du XVIIIe siècle, des chambres à coucher contemporaines, des bars, des restaurants et des grands magasins ; des vaisseaux spatiaux et des cabanes de bois. Avec quelques accessoires, des toiles de fond et beaucoup d'imagination, on pouvait créer n'importe quoi.

Mais pour l'essentiel, les plateaux de cinéma se résumaient tous à des techniciens, des lumières, des caméras, des perches et des kilomètres de câbles. C'était l'industrie de l'illusion et de l'image. En dépit de son aspect glamour, c'était aussi un métier, fastidieux et astreignant. Les journées de travail étaient longues, et les éclairages transformaient les studios en fournaise.

Booth ne s'était jamais contenté de rester seul face à sa machine à écrire. Dès son premier scénario, il avait insisté pour être impliqué dans la réalisation du film. Il était sensible aux aspects pratique et réaliste et savait évaluer la créativité d'un bon angle de caméra et d'un bon éclairage. Mais il était également capable de regarder le plateau et les acteurs en faisant abstraction de tout le matériel. D'avoir un regard extérieur, proche de celui du spectateur. Il faisait alors appel au rêveur en lui, dont il avait toujours su garder le contrôle.

Booth ignorait ce qui l'avait poussé à se rendre sur le plateau de *Nos vies, nos amours*. Le script sur lequel il travaillait était au point mort, et il désirait revoir Ariel. Le parfum des violettes l'avait poursuivi bien longtemps alors qu'il essayait de travailler. Il avait bien essayé de jeter les fleurs, mais n'avait pu s'y résoudre. Une partie de lui, enfouie au fond de son être, avait besoin de ces petites choses, même s'il répugnait à l'admettre.

Il était venu rendre visite à Ariel sous le prétexte d'observer sa façon de travailler avant de lui confier le rôle de Rae.

Ariel était assise devant une table de cuisine, ses pieds nus posés sur une chaise. Pendant ce temps, Jack Sapiro, qui tenait le rôle de Griff Martin, l'homme qu'elle avait aimé lorsqu'elle était à l'université, faisait une partie de solitaire. De l'autre côté de la scène, les parents d'Ariel à l'écran parlaient de leurs enfants. Dès qu'ils auraient fini, Jack et elle tourneraient leur scène.

— Le six noir sous le sept rouge, marmonna-t-elle.

Sa remarque lui valut un regard furieux de la part de Jack.

— Comme son nom l'indique, le solitaire est un jeu qui se joue seul, lui rappela-t-il.

— C'est un jeu antisocial.

— Tu penses que les casques sont antisociaux ?

— Oui, répondit-elle en déplaçant elle-même la carte.

— Pourquoi n'appelles-tu pas le comité de sauvegarde des mammifères terrestres à trois pattes ? Ils ont certainement besoin de toi à leur prochain déjeuner.

Ce n'était pas le moment de lui demander de faire un don pour l'association des chatons abandonnés dont elle faisait partie.

— Ne sois pas si méprisant, dit-elle d'une voix douce. Je te rappelle que tu es censé être fou de moi.

— Lorsque tu m'as quitté pour Cameron, j'aurais dû me faire soigner.

— C'est ta faute. Tu as oublié de m'expliquer ce que tu faisais seul dans cette chambre d'hôtel avec Vikki.

Jack grogna en retournant une autre carte.

— Tu aurais dû me faire confiance. Un homme doit préserver sa fierté.

— Oui mais, aujourd'hui, je suis empêtrée dans un mariage désastreux et je suis peut-être enceinte.

Jack leva les yeux vers elle et lui sourit.

— C'est très bon pour l'audience. Tu l'as regardée cette semaine ? Nous avons encore gagné un point.

Ariel posa les coudes sur la table.

— Attends un peu qu'Amanda et Griff recommencent à se faire les yeux doux.

Elle posa un dix noir sous le valet de carreau.

— Il va y avoir des étincelles, ils vont se consumer l'un pour l'autre.

Jack posa violemment la main sur la sienne.

— Tu es une sacrée allumeuse.

Incapable de se retenir, il lui lança un regard provocateur.

— Je ne t'ai pas embrassée depuis plus de six mois, ajouta-t-il.

— Lorsque l'occasion se présentera, applique-toi. Amanda n'est pas une femme facile à convaincre.

Ariel se leva et, d'un pas nonchalant, s'éloigna pour les dernières retouches de maquillage.

Le plateau avait déjà été préparé pour la rencontre courte mais intense entre Amanda et Griff, les deux anciens amants. La maquilleuse avait ajouté des cernes sombres mais légers au maquillage d'Ariel pour donner l'impression qu'elle avait mal dormi. Sous les fards, son teint était un peu pâle.

Lorsque les caméras commencèrent à filmer, Amanda se trouvait dans son bureau et consultait les dossiers de ses patients. Elle paraissait très calme et sereine. Soudain, elle ferma brusquement le tiroir de son bureau et se mit à arpenter la pièce. Au montage, on verrait un flash-back de la scène où elle découvrait son mari dans les bras de sa sœur. Amanda saisit ensuite une tasse en porcelaine sur son bureau et la lança violemment contre le mur. Surprise par son propre geste, une main devant la bouche, elle regarda fixement la tasse brisée. En entendant frapper à la porte, elle serra les poings. La crispation de ses traits témoignait des efforts qu'elle devait faire pour se contrôler. D'un pas maîtrisé, elle contourna le bureau et retourna s'asseoir.

— Entrez.

La caméra se tourna vers Jack, *alias* le Dr Griff Martin, rustre d'apparence comme de caractère, le premier et seul amour d'Amanda avant son mariage avec Cameron. Ariel savait que le réalisateur changerait la scène au montage et insérerait un plan centré sur le visage de Jack pour saisir sa réaction. Aussi, alors que l'on filmait l'entrée de Jack, elle fit la grimace et lui tira la langue. Le personnage de Jack lui lança alors un regard éperdu, censé faire fondre le cœur des femmes.

— Amanda, aurais-tu une minute à me consacrer?

Lorsque la caméra se braqua de nouveau sur elle, le visage d'Ariel affichait de nouveau une expression calme, troublée seulement par une pointe de nervosité.

— Bien sûr, Griff.

Elle croisa les mains sur le bureau, seul signe de son anxiété.

— J'ai un cas de maltraitance conjugale, lança-t-il sur le ton haché, presque revêche, de son personnage.

Amanda, ainsi que plusieurs millions de téléspectatrices, avaient craqué pour son irrésistible style de brute au cœur tendre.

— J'ai besoin de ton aide, ajouta-t-il.

Ils continuèrent de filmer la scène, posant les jalons d'un scénario qui, au fil des semaines à venir, allait les pousser de nouveau l'un vers l'autre dans une tension grandissante. Lorsque la caméra passa brièvement dans le dos de Jack, ce dernier croisa le regard d'Ariel et lui montra les dents. Ariel s'avança vers lui et lui écrasa volontairement le pied. Aucun des deux acteurs ne perdit le rythme de la scène.

— Tu as l'air fatigué.

Jack leva la main vers l'épaule d'Amanda avant de retenir son geste. Son regard témoignait de sa frustration.

— Tout va bien ? demanda-t-il d'une voix inquiète.

Amanda tourna vers lui des yeux mélancoliques. Ses lèvres tremblèrent. Lentement, elle revint vers l'armoire qui renfermait ses dossiers.

— Tout va bien. J'ai beaucoup de travail en ce moment. Et j'ai une consultation dans cinq minutes.

— Alors, je m'en vais.

Griff se dirigea vers la porte, puis s'immobilisa. La main sur la poignée, il la regarda fixement.

— Mandy…

Amanda garda le dos tourné. La caméra fit un gros plan sur son visage. Elle avait les yeux fermés et semblait lutter pour se contrôler.

— Je verrai ta patiente demain, Griff, dit-elle d'une voix légèrement tremblante.

Jack garda le silence.

— D'accord, finit-il par dire.

Lorsqu'elle entendit la porte se fermer, Amanda pressa les deux mains sur son visage.

— Coupez !

— Tu vas me le payer, lança Jack en ouvrant la porte du décor. Je suis sûr que tu m'as brisé les orteils.

Ariel le regarda en cillant.

— Arrête un peu de pleurnicher !

— Très bien, les enfants, lâcha le réalisateur d'une voix douce. Passons aux gros plans.

Ariel retourna s'asseoir docilement derrière le bureau. C'est alors qu'elle aperçut Booth. Un mélange de surprise et de plaisir éclaira son visage. Il la contemplait les sourcils froncés, les bras croisés sur un pull noir décontracté. Il ne lui retourna pas son sourire, mais elle n'en attendait pas tant. Booth DeWitt n'était pas du genre à sourire souvent ou facilement. Ce qui poussait Ariel à le titiller encore plus.

Ces derniers temps, elle avait souvent pensé à lui, beaucoup trop souvent. Pourtant, son esprit était déjà bien sollicité par des affaires personnelles et professionnelles. Néanmoins, elle se surprenait à songer à Booth DeWitt et se demandait ce que l'homme pouvait bien cacher derrière son air distant. Elle avait eu l'occasion de percevoir qu'il pouvait être différent, chaleureux et accessible, ce qui suffisait à lui donner envie d'en savoir davantage.

Sans compter qu'il y avait entre eux cette curieuse attirance. Elle se demandait si elle la ressentirait de nouveau.

A la fin de la prise, il lui restait une heure avant de jouer la scène de la confrontation entre Vikki et Amanda dans le salon des Lane.

— Jerry, j'ai trouvé un chaton pour ta fille, lança-t-elle à l'un des techniciens en se levant. Il est un peu tigré, je peux te l'apporter vendredi.

— Tu es encore allée à la SPA, commenta Jack en soupirant.

Sans tenir compte de sa remarque, Ariel enjamba des câbles pour rejoindre Booth.

— Bonjour, vous désirez un café ? proposa-t-elle à l'écrivain, sans lui demander la raison de sa présence.

— Volontiers.

— J'ai une cafetière dans ma loge. Celui qu'ils servent à la cafétéria ressemble à du poison.

Elle l'escorta jusqu'à sa loge, dont la porte était ouverte, comme toujours, et se dirigea directement vers la machine à café.

— Vous allez devoir vous contenter de lait en poudre, déclara-t-elle.

— Du café noir me convient très bien.

La pièce était en désordre, jonchée de vêtements, de magazines et de tracts. La coiffeuse disparaissait sous les pots et les flacons, et tout autour du miroir étaient accrochées des photos des acteurs de la série. Il régnait dans l'air une odeur de fleurs fraîches, de maquillage et de poussière.

Au mur, un calendrier indiquait février, alors que le mois d'avril était déjà bien entamé. Un réveil électrique débranché marquait 7 h 05. Booth compta trois paires et demie de chaussures au sol.

Au milieu de ce désordre, Ariel se tenait debout dans un tailleur de soie sauvage couleur abricot, ses longs cheveux dorés rassemblés en un élégant chignon. Son parfum était celui d'une femme au réveil, doux, aux effluves de plaisir anticipé. Pendant que le café commençait à couler, elle se tourna vers lui.

— Je suis heureuse de vous revoir.

La phrase était prononcée avec une telle simplicité que Booth faillit croire en sa sincérité. Prudemment, il se maintint à bonne distance de l'actrice.

— Le tournage était intéressant. Vous êtes très douée, Ariel. Vous avez su tirer tout ce qu'il fallait de cette scène.

Une fois encore, ses propos ressemblaient plus à une critique qu'à un compliment.

— C'est très important dans un feuilleton. On travaille par petites touches. Certains téléspectateurs regardent la série plusieurs fois par semaine et d'autres par hasard. Dans tous les cas, on espère capter leur attention.

— Votre personnage, assura-t-il en détaillant son tailleur, séduit par sa discrétion. On dirait qu'il s'agit d'une femme qui s'investit dans sa carrière mais qui traverse une crise personnelle. Et elle semble avoir un lien particulier envers ce jeune médecin.

— Bien résumé, répondit-elle le sourire aux lèvres avant de saisir deux tasses dépareillées. Vous voulez des M & M's ? J'en garde toujours dans mon tiroir.

— Non. Vous faites toujours le pitre sur le plateau lorsque vous n'êtes pas filmée ?

Ariel versa du lait en poudre dans son café, ajouta une généreuse cuillerée de sucre, puis tendit à Booth sa tasse.

— C'est un peu un jeu entre Jack et moi, d'essayer de décontenancer l'autre au point de lui faire oublier son texte. Cela nous rend plus attentifs et apaise les tensions.

A la va-vite, elle retira d'une chaise des magazines empilés qu'elle posa à terre.

— Asseyez-vous, lui dit-elle.

— Combien de pages de dialogue devez-vous apprendre chaque semaine ?

— Un certain nombre, éluda-t-elle en dégustant son café. Nous traitons environ quatre-vingt-cinq pages de script par jour pour une heure de diffusion. Certains jours, mon personnage apparaît à vingt ou trente reprises. Le plus souvent, je tourne trois jours par semaine — nous ne faisons pas beaucoup de prises.

Ouvrant le tiroir de sa coiffeuse, elle saisit une pleine poignée de bonbons qu'elle commença à manger un par un.

— On m'a dit que c'était ce qui s'approchait le plus du direct, conclut-elle.

Sans la quitter du regard, Booth but une gorgée de café.

— Vous semblez vraiment aimer votre travail.

— Oui, je suis très à l'aise avec le personnage d'Amanda. C'est pourquoi il me tient à cœur de faire autre chose. Je n'aimerais pas m'enliser dans une ornière.

Booth balaya la pièce du regard.

— Je ne vous imagine pas dans une ornière.

Ariel s'assit sur le bord de sa coiffeuse en riant.

— Beau compliment. Ils sont si rares dans votre bouche.

Quelque chose dans l'expression froide et distante de l'écrivain la fit sourire.

— Voulez-vous dîner avec moi ? demanda-t-elle de but en blanc.

L'espace d'un instant et pour la première fois, une expression de surprise passa dans le visage de Booth.

— C'est un peu tôt pour dîner, répondit-il d'une voix douce.

— J'aime quand vous prenez cette voix. Avec vous, les conversations ne sont jamais ennuyeuses. Si vous êtes libre ce soir, je peux venir vous chercher à 19 heures.

Elle l'invitait à sortir avec elle, songea-t-il, simplement, avec douceur. L'invitation était plutôt amicale. Elle ne cherchait pas à flirter avec lui. Comme souvent depuis qu'il avait fait sa connaissance, il se demanda quelles étaient ses motivations.

— Va pour 19 heures.

Plongeant la main dans la poche, il sortit son agenda numérique.

— Voici mon adresse, ajouta-t-il.

Ariel se saisit de l'appareil et émit un petit sifflement admiratif.

— Vous devez avoir une très belle vue sur Central Park.

Puis elle leva les yeux vers lui et lui sourit comme à son habitude, comme si elle riait d'une plaisanterie qu'elle était la seule à comprendre.

— J'adore les belles vues, expliqua-t-elle.

— J'ai cru comprendre.

Booth s'avança vers elle pour poser sa tasse et s'approcha assez près pour que leurs jambes se frôlent. Elle ne recula pas et se contenta de poser sur lui de grands yeux curieux. Il y avait quelque chose dans son visage, songea-t-elle. Une chose que toutes les femmes savaient identifier et auraient aussitôt envie de fuir… Fascinée, elle s'absorba dans la contemplation de ses traits, rythmée par les battements de son pouls qui s'était considérablement accéléré.

— Je vous laisse retourner travailler, déclara-t-il.

Il recula sensiblement, et le contact fut rompu. Ariel, quant à elle, resta parfaitement immobile.

— Je suis heureuse que vous soyez venu, dit-elle sans savoir si elle était encore sincère.

Quand il fut parti, elle s'assit devant son miroir et, pour la première fois de sa vie, elle se demanda si elle n'avait pas vu trop grand.

Le soleil couchant formait un grand disque rouge dans le ciel. Ariel préféra descendre du taxi à deux rues de l'appartement de Booth. Elle avait besoin de temps pour réfléchir à l'appel qu'elle venait de recevoir à propos de Scott, le fils de son frère.

Pauvre petit garçon ! Si vulnérable, si mûr pour son âge. Combien de temps devrait-il encore attendre que le tribunal décide de son sort ? Elle voulait tellement en obtenir la garde qu'elle refusait de croire qu'il pouvait en être autrement. L'enfant, qui était devenu orphelin si brutalement, était malheureux chez ses grands-parents maternels, qui ne voulaient pas vraiment de lui.

Il y avait un monde entre l'amour et le devoir, songea-t-elle. Dès que tout serait arrangé, elle serait en mesure de lui offrir une enfance heureuse.

Elle refusait d'envisager la moindre complication, qui l'amènerait à douter de l'issue du procès, ce qu'elle ne pourrait pas le supporter. Avec l'aide de ses avocats, elle avait fait toutes les démarches possibles.

Comme elle ne voulait pas que la presse s'en mêle, elle avait tout fait pour garder le secret, ce qui n'était guère dans ses habitudes. En dépit de sa nature enjouée, elle se faisait du souci, mais elle se répétait sans relâche que Scott vivrait avec elle avant la fin de l'été.

Il était un peu plus de 19 heures lorsqu'elle monta dans l'ascenseur de l'immeuble cossu de Booth dans Park Avenue. Bien décidée de profiter de la soirée, elle avait chassé de son esprit la légère nervosité que l'homme lui avait inspirée.

Elle aimait les hommes, et les différences qui les opposaient aux femmes. D'ailleurs, elle avait beaucoup d'amis hommes, et elle veillait bien à ce qu'ils restent des amis. Elle se montrait extrêmement prudente à l'égard des relations amoureuses. Les relations physiques lui avaient toujours inspiré de la méfiance ; elle leur préférait les émotions.

Elle était romantique et le revendiquait. Elle n'avait jamais douté que le grand amour existe, qui plus est pour chacun sur Terre. Elle était persuadée que, lorsqu'elle rencontrerait la bonne personne, elle le saurait. Peu lui importait que ce soit demain ou dans vingt ans, du moment qu'elle la trouvait un jour. En attendant, elle menait une vie bien remplie, entre son travail, ses amis et les causes qu'elle défendait. Ariel Kirkwood ignorait l'ennui.

En se dirigeant vers l'appartement de Booth, elle détailla en connaisseuse le hall feutré aux murs élégamment lambrissés. Mais lorsqu'elle leva la main vers la sonnette, elle ressentit de nouveau cette étrange anxiété.

A l'intérieur, debout près d'une large baie vitrée qui surplombait Central Park, Booth pensait à Ariel, comme il l'avait fait presque toute la journée.

Par deux fois, il avait failli l'appeler pour annuler le dîner sous prétexte qu'il avait du travail. Sous prétexte qu'il n'avait ni le temps ni l'envie de perdre sa soirée avec une actrice qu'il connaissait à peine. Hanté par le souvenir de son regard chaleureux et son sourire, il ne l'avait pas fait.

Pourtant, il savait que toutes les attitudes de la jeune femme étaient calculées. Liz en avait toute une panoplie, et jusqu'à preuve du contraire, Ariel était une actrice aussi douée que Liz Hunter. Pourtant, il n'avait pu se résoudre à annuler leur dîner.

Lorsque la sonnette retentit, Booth lança un regard vers la porte. Après tout, ce n'était qu'une soirée ! A peine quelques heures pendant lesquelles il aurait tout le loisir d'observer la jeune femme pressentie pour tenir le rôle principal d'un film d'envergure. Aucun doute qu'elle y fasse allusion avant la fin de la soirée. Booth se dirigea vers la porte en haussant les épaules. Ainsi allaient les affaires…

Lorsqu'il ouvrit la porte et qu'il croisa son sourire, il comprit aussi qu'il la désirait avec une intensité qu'il n'avait pas ressentie depuis des années.

— Bonsoir, vous êtes très beau, déclara-t-elle.

Le combat qu'il se livrait le rendit encore plus distant.

— Entrez.

Ariel passa le pas de la porte et examina la pièce. Tout était très propre, méticuleusement rangé, d'un style élégant. Les meubles de Thomas Chippendale et George Hepplewhite s'harmonisaient à merveille. Les couleurs étaient douces pour les yeux. La disposition du mobilier donnait une impression d'équilibre. L'air ne sentait ni la poussière ni la cire. Ariel avait l'impression d'un lieu perpétuellement propre où l'on ne vivait pas. Elle n'était pas convaincue que cette ambiance cadrait vraiment avec le visage sévère, presque d'un autre âge, de Booth, ni avec sa façon de vivre. Tout était trop formel pour lui.

Mais malgré l'absence de chaleur de son hôte, elle appréciait la beauté du lieu. Elle s'avança vers la baie vitrée pour admirer la vue.

Dès qu'elle était entrée, il avait eu l'impression que son appartement prenait vie. D'ordinaire, il préférait ce qui était calme et posé. Pourtant, pour la première fois, il ressentait l'envie de faire entrer chez lui un peu de chaleur.

— J'avais raison, déclara Ariel en enfonçant profondément les mains dans les poches de sa longue jupe. La vue est merveilleuse. Où travaillez-vous ?

— Mon bureau se trouve dans une autre pièce.

— Je pense que j'aurais installé le mien ici.

En riant, elle se tourna vers lui, et il eut l'impression de voir les couleurs de sa jupe vibrer.

— Mais cela m'aurait empêché de travailler, ajouta-t-elle.

Les yeux de Booth étaient très sombres, d'un calme olympien. Son visage si peu expressif donnait l'impression que l'homme était ailleurs.

— Vous regardez tout le monde de cette façon ? demanda-t-elle.

— Je suppose. Vous voulez boire quelque chose ?

— Oui, un vermouth, si vous en avez.

Elle s'avança vers une vitrine pour observer sa collection de cristal de Waterford. Aucune personne dépourvue de chaleur ne pouvait s'entourer d'objets aussi beaux, capables de capter la lumière et de briller de mille feux. Où cachait-il son enthousiasme ? L'avait-il enfoui si profondément qu'il l'avait oublié ? Ou bien était-il simplement endormi ?

Il s'avança vers elle et lui tendit un verre.

— Vous aimez le cristal ? demanda-t-il.

— J'aime les belles choses.

Quelle femme ne les aimait pas ? songea-t-il, amer. Une zibeline de Russie, un diamant en poire. Oui, les femmes aimaient les belles choses, surtout lorsque quelqu'un d'autre les leur offrait. Il avait déjà donné.

— J'ai regardé votre feuilleton aujourd'hui, commença-t-il.

Il avait décidé de lui lancer une perche et de voir ce qu'elle allait en faire.

— Vous incarnez très bien cette psychiatre compétente, conclut-il.

— J'apprécie Amanda, répondit-elle en prenant une gorgée de vermouth. C'est une femme très stable, un peu vulnérable et passionnée. J'aime le travail qui consiste à montrer avec subtilité les différents aspects de sa personnalité. Que pensez-vous de la série ?

— C'est un imbroglio d'intrigues. J'étais surpris que l'histoire ne parle pas plus de maladies mortelles et de tromperies.

— Vous n'y êtes pas du tout, répondit-elle en lui souriant par-dessus son verre. Bien sûr, tous les feuilletons comportent certains de ces éléments, mais aujourd'hui, ils se sont diversifiés. Meurtre, politique, problèmes de société, et même science-fiction. Pour faire monter l'Audimat, nous tournons aussi en extérieur.

Elle porta de nouveau son verre à ses lèvres. Cette fois, il vit une opale bleue et laiteuse briller à son doigt.

— L'année dernière, nous sommes allés tourner en Grèce et à Venise. Je n'ai jamais autant mangé de ma vie. Griff et Amanda avaient un rendez-vous galant à Venise qui a mal tourné. Vous avez dû remarquer Stella, l'actrice qui joue le rôle de ma sœur, Vikki.

— Ah, la mante religieuse ! acquiesça Booth. Je connais bien ce genre de femme.

— Oui, c'est tout à fait ça. Vikki complote, manigance ; elle est vicieuse et méchante. Stella s'amuse beaucoup avec son personnage. Vikki a des dizaines d'aventures, elle a brisé trois mariages, détruit la carrière d'un sénateur. Le mois dernier, elle a mis en gage la broche en émeraude de notre mère pour payer ses dettes de jeu.

Elle poussa un long soupir.

— C'est elle qui s'amuse le plus.

Il lui sourit en lui lançant un regard appuyé.

— Vous parlez de Stella ou de Vikki ?

— Les deux. Je me demandais si j'en serais capable.

— Capable de quoi ?

— Vous faire sourire. Cela ne vous arrive pas souvent, vous savez ?

— Vraiment ?

— Non.

De nouveau, elle sentit un frisson intense parcourir tout son corps. Cédant à son impulsion, elle baissa une fraction de seconde les yeux vers les lèvres de Booth, se délectant de la sensation que cette vision lui procura.

— J'imagine que vous êtes trop occupé à disséquer les gens et à trier les informations que vous en tirez.

Il vida son verre avant de le poser.

— C'est ce que je fais ?

— Toujours. C'est normal, je suppose, pour votre travail, mais j'ai décidé de tirer quelque chose de vous avant la fin de la soirée.

Il ne la quittait pas des yeux, et bien que son sourire ait presque disparu, il restait latent. Cette expression lui allait bien, songea-t-elle. De nouveau, elle ressentit une très forte attirance pour lui. L'air soucieux, elle s'approcha de lui. Elle ne pouvait pas s'en empêcher.

— Vous n'êtes pas curieux ? demanda-t-elle d'une voix calme.

Puis, n'obtenant pas de réponse, elle poursuivit :

— En réalité, je ne suis pas certaine de pouvoir passer le reste de la soirée à me demander l'effet que ça ferait.

Elle posa une main sur l'épaule de Booth et se pencha en avant juste assez pour que leurs lèvres se touchent. Il n'y avait aucune pression, aucune exigence, ni d'un côté ni de l'autre. Et pourtant, ce contact attisa tous ses sens, et sa tête se mit à lui tourner légèrement. Les lèvres collées aux siennes étaient plus chaudes que ce qu'elle imaginait, leur saveur plus puissante. Leurs corps ne se touchaient pas, et leur baiser resta superficiel. Elle sentit son corps s'abandonner puis, à sa grande stupéfaction, ses genoux se mirent à trembler.

Elle recula lentement, les yeux agrandis sous l'effet de la surprise.

En goûtant ses lèvres, Booth aussi sentit un désir intense se propager dans tout son corps. Mais il savait dissimuler ses émotions. Il la voulait, pas uniquement pour jouer le rôle de Rae : il la voulait dans son lit. D'ailleurs, elle ne tarderait pas à s'offrir à lui pour décrocher le rôle. Il était beaucoup plus jeune lorsque Liz l'avait attiré dans son lit dans ce but. Mais aujourd'hui, toutes ces ruses n'avaient plus de secrets pour lui. Pourquoi, dès lors, avait-il l'impression curieuse qu'Ariel ne jouait pas ?

— Eh bien..., soupira Ariel en s'efforçant de remettre de l'ordre dans ses pensées.

Si seulement elle avait cinq minutes devant elle pour réfléchir à tout ça ! Elle avait toujours espéré tomber amoureuse d'un battement de cils, mais elle n'était pas assez idéaliste pour croire que ce sentiment serait réciproque. Elle allait devoir avancer avec prudence et calculer soigneusement son prochain mouvement.

— Maintenant que nous nous sommes débarrassés de cette pression, déclara-t-elle en posant son verre, pourquoi ne pas sortir dîner ?

Il la retint par le bras. Si elle voulait jouer à ce petit jeu, ce serait ici et maintenant.

— Que voulez-vous ? demanda-t-il d'une voix dépourvue de la chaleur qu'elle avait perçue dans son baiser.

Elle le regarda droit dans les yeux, mais ne vit rien d'autre que le reflet d'elle-même. Il n'était pas raisonnable d'aimer un homme comme lui, songea-t-elle. Même s'il était le genre d'homme qu'elle avait toujours espéré rencontrer le moment venu.

— Aller dîner, répondit-elle.

— Je vous ai donné l'occasion de me parler du rôle, mais vous ne l'avez pas fait. Pourquoi ?

— Ça fait partie du travail. Nous ne sommes pas ici pour ça.

Il eut un petit rire.

— Ce métier ne nous laisse jamais de répit, rétorqua-t-il. Vous voulez jouer Rae.

— Oui, sinon je n'aurais pas passé d'audition pour ce rôle. Et dès que j'aurai passé la deuxième, je l'aurai.

Elle se sentait terriblement frustrée de ne pas réussir à percer à jour cet homme.

— Booth, pourquoi ne me dites-vous pas ce que vous cherchez ? Ce serait beaucoup plus simple pour tous les deux.

Il inclina la tête vers elle et l'attira plus près de lui.

— A quel point voulez-vous ce rôle ?

Les sous-entendus contenus dans cette question lui firent l'effet d'un coup de poing. Elle ne fut pas choquée, seulement blessée. Elle blêmit.

— Je veux donner le meilleur de moi-même. J'en suis capable.

Puis elle se dégagea brutalement avant de se diriger vers la porte.

— Ariel…

Il ne voulait pas la retenir, mais en croisant son regard, il se sentit ridicule. Comme elle ne semblait pas vouloir s'arrêter, il traversa la pièce pour la rejoindre.

— Ariel !

Il la saisit par le bras pour l'obliger à se retourner vers lui.

La douleur sur son visage était si vive, si réelle qu'il ne pouvait pas ne pas y croire. Un besoin impérieux, presque douloureux, de la prendre dans ses bras s'empara de lui.

— Je m'excuse.

Elle le regarda fixement. Si seulement elle avait pu l'envoyer au diable !

— J'accepte vos excuses, car j'imagine que vous ne vous excusez pas facilement. Elle vous a taillé en morceaux, n'est-ce pas ?

Il laissa retomber sa main le long de son corps.

— Je ne parle jamais de ma vie privée.

— C'est sans doute ça, le problème. Détestez-vous les femmes en général, ou simplement les actrices ?

Une lueur de colère traversa son regard.

— Ne me poussez pas à bout.

— Je doute que quelqu'un en soit capable.

Même si la colère de Booth était un signe encourageant, elle ne se sentait pas en mesure de l'analyser pour l'instant, pas plus que ses propres sentiments.

— Quel dommage ! lança-t-elle en se tournant de nouveau vers la porte. Lorsque ce qui est figé en vous se réveillera, je suis certaine que je découvrirai un homme remarquable. En attendant, je veillerai à me tenir loin de vous.

Elle ouvrit la porte, puis le regarda une dernière fois.

— Concernant le rôle, Booth, merci de prendre contact avec mon agent.

Puis, doucement, elle referma le battant derrière elle.

4

— Non, Scott, si tu manges plus de barbe à papa, tes dents risquent de tomber. Et ensuite…

Ariel serra très fort son neveu dans ses bras.

— … tu ne pourras plus manger que des bananes écrasées et des épinards hachés.

— Je peux avoir du pop-corn, alors ? réclama-t-il avec un large sourire.

— Tu n'es jamais rassasié, répondit-elle en enfouissant son nez dans le cou du petit garçon, submergée par l'amour qu'elle éprouvait pour lui.

Le dimanche était un jour précieux. Pas seulement à cause du soleil et de la douceur des températures printanières ni parce qu'elle avait encore de nombreuses heures de liberté devant elle, mais parce qu'elle pouvait passer son après-midi avec la personne la plus importante de sa vie.

L'enfant avait même hérité de son père son odeur, constata-t-elle en se demandant si une telle chose était possible. Elle contempla le visage du petit garçon serré contre elle, ses petites jambes robustes nouées autour de sa taille.

Elle avait l'impression de se regarder dans un miroir. Ariel et son frère, Jeremy, n'avaient que dix mois d'écart. On les prenait souvent pour des jumeaux. Scott avait des cheveux blonds et bouclés et des yeux bleu azur ; en cet instant, il était poisseux de barbe à papa. Elle déposa des baisers sonores sur ses joues sucrées.

— Mmm, murmura-t-elle en l'embrassant de nouveau tandis qu'il gloussait de plaisir.

— Et tes dents à toi ?

Elle l'installa plus confortablement sur ses genoux.

— Ça ne compte pas dans ce cas.

Scott lui fit un sourire en coin qui, dans dix ans, briserait bien des cœurs.

— Pourquoi ?

— C'est scientifique, expliqua-t-elle. Peut-être que le sucre s'évapore une fois qu'il est exposé à l'air libre et qu'il colle à la peau.

— Tu inventes, dit-il en hochant vigoureusement la tête.

Luttant pour ne pas sourire, elle rejeta sa longue natte en arrière.

— Qui, moi ?

— Tu es la meilleure pour raconter des histoires.

— C'est mon travail, répondit-elle d'un air mystérieux. Allons voir les ours.

— J'espère qu'ils sont gros, lança-t-il en se dandinant sur place. Très gros.

— J'ai entendu dire qu'ils étaient énormes. Même assez grands pour escalader le grillage de leur enclos.

— Vraiment ? demanda-t-il, le regard brillant.

Elle pouvait presque lire le scénario qui se formait dans sa petite tête d'enfant : la fuite des ours, la panique et les cris de la foule, son acte d'héroïsme au moment où il parvenait à remettre les énormes ours derrière les barreaux. Et puis, enfin, son humilité devant les gardiens du zoo reconnaissants.

— Allons-y ! s'écria-t-il.

Elle se laissa entraîner par Scott, qui se faufilait d'un pas vif parmi la foule de visiteurs venus passer la journée au zoo du Bronx. Voilà ce qu'elle pouvait lui offrir, songea-t-elle. Du divertissement, tout ce que l'enfance avait de plus précieux. Cette époque était si courte ! L'âge adulte, avec ses obligations, ses responsabilités, ses soucis et ses contraintes de temps, durait si longtemps. Elle voulait offrir à l'enfant de la liberté, lui montrer quelles étaient les limites que l'on pouvait franchir et celles que l'on devait respecter. Mais, par-dessus tout, elle voulait lui donner de l'amour.

Elle l'aimait et voulait vivre avec lui, pas seulement pour la mémoire de son frère, mais pour lui, pour son caractère unique et l'étrange équilibre qu'il lui apportait. Elle avait beau mener une vie effrénée et se laisser porter par l'impulsion du moment, elle avait toujours eu besoin de stabilité : s'occuper de quelqu'un, l'élever et partager une partie des émotions qu'elle vivait. Il n'y avait rien de tel qu'un enfant, avec son innocence, sa spontanéité, pour donner et recevoir de l'amour. Même en cet instant, tandis qu'il courait en riant, le doigt pointé vers les animaux qu'ils croisaient, Scott la nourrissait de sa présence.

Si elle avait constaté qu'il était heureux de vivre avec ses grands-parents, elle l'aurait accepté. Mais elle savait que le vieux couple étouffait la personnalité singulière du petit garçon.

Ils n'étaient pas méchants, songea-t-elle, mais simplement bornés. Un enfant avait besoin d'être élevé dans le respect de certaines règles. Mais les adultes avaient aussi un devoir solennel à l'égard d'un enfant. Elle comprenait ce qu'impliquait ce devoir, mais ce devoir n'était pas tout. Les grands-parents de Scott étaient prêts à faire de lui une personne responsable, polie et cultivée. Mais ils oublieraient à quel point cette tâche pouvait être merveilleuse.

La situation aurait sans doute été plus simple si les grands-parents de Scott n'avaient pas désapprouvé si vivement Jeremy, ou si Scott n'avait pas été conçu hors mariage, dans un acte juvénile de défi et de passion. Le mariage de Jeremy et la naissance de Scott n'avaient pas apaisé leurs relations tendues, pas plus que l'accident soudain et tragique qui avait emporté son frère et sa jeune belle-sœur.

Les grands-parents de Scott ne pourraient jamais regarder leur petit-fils sans penser que leur fille s'était mariée contre leur volonté et qu'elle était morte. Quant à Ariel, elle ne voyait en lui que ce que la vie avait de mieux à offrir.

Scott avait besoin d'elle, se répéta-t-elle en ébouriffant les cheveux du petit garçon qui contemplait d'un air émerveillé un ours s'avancer d'un pas lourd. Son cœur se serrait en songeant à la vie qu'il aurait s'il restait avec ses grands-parents, et elle ne pouvait s'y résoudre. Quand elle l'avait vu, la première fois, derrière une vitre d'hôpital, elle s'était sentie pleine d'amour pour ce petit être vulnérable. Elle pensa alors à Booth.

Lui aussi avait besoin d'elle, songea-t-elle, un sourire énigmatique aux lèvres. Sauf qu'il ne le savait pas. Un homme comme lui avait besoin de la légèreté et de la joie que l'amour apportait à la vie. Et elle était prête à le lui donner.

La pensée la surprit. Appuyée contre la balustrade, elle se demanda pourquoi : en réalité, il n'y avait aucune raison valable. Pourtant, elle demeurait convaincue d'être dans le vrai. Elle croyait en son intuition, en ses émotions, beaucoup plus qu'en sa raison. Elle aimait avec ferveur, de manière irraisonnée, corps et âme. Pour elle, il ne pouvait pas en être autrement.

Si elle faisait cet aveu à Booth maintenant, il la prendrait certainement pour une menteuse ou pour folle. Elle n'aurait pu l'en blâmer. Il n'allait pas être facile de gagner la confiance d'un homme aussi méfiant et cynique que Booth DeWitt. Le sourire aux lèvres, elle chipa à Scott un pop-corn. Les défis ne donnaient-ils pas du piquant à la vie ? Que Booth l'ait compris ou non, elle était sur le point d'en apporter à la sienne.

— Pourquoi est-ce que tu ris, Ariel ?

Elle sourit à Scott avant de le prendre dans ses bras. L'enfant gloussa, comme il le faisait toujours quand elle lui témoignait son affection.

— Parce que je suis heureuse. Pas toi ? C'est une très belle journée.

— Je suis toujours heureux avec toi, confia-t-il en nouant les bras autour de son cou. Je peux rester avec toi et vivre tout le temps dans ta maison ?

Elle enfouit son visage dans le creux de son épaule. Elle ne pouvait pas lui avouer à quel point elle se battait dur pour l'avoir avec elle.

— Nous avons toute la journée pour nous, répondit-elle. Toute la journée.

L'enfant dans ses bras sentait bon le savon et le shampoing, le pop-corn, l'air frais et la transpiration. Aujourd'hui, c'était ce qu'elle avait de mieux à lui proposer, songea-t-elle en reposant son neveu au sol.

— Allons voir les serpents ! lança-t-elle d'une voix enjouée. J'adore les regarder glisser.

Booth ne comprenait pas pourquoi Ariel hantait encore son esprit. Il aurait dû être capable de la reléguer dans un coin de son esprit pendant qu'il travaillait ! Pourtant, la jeune femme accaparait toutes ses pensées.

Il aurait pu s'en accommoder s'il avait pu ranger la jeune femme dans la case qu'il lui destinait : l'actrice qu'il allait certainement embaucher pour jouer le rôle de Rae. Il aurait pu expliquer cette obsession si elle était restée purement professionnelle. Mais l'image d'Ariel en haut de l'Empire State Building lui revenait sans cesse, avec ses cheveux soulevés par le vent, le regard brillant et émerveillé par la vue. Cette femme n'avait rien en commun avec le personnage de Rae.

Il la revoyait dans son appartement, pleine de vie et de fraîcheur, débordante d'énergie et d'intégrité. Il se souvenait de la douleur dans son regard lorsqu'il s'était montré volontairement cruel. Il se rappelait aussi sa propre culpabilité, sentiment qu'il s'était pourtant juré de ne plus jamais ressentir. Il connaissait à peine la jeune actrice, mais elle suscitait en lui des émotions qu'il s'était promis de ne plus jamais vivre. Il était assez perspicace pour comprendre que cette femme était capable de l'entraîner encore plus loin, raison pour laquelle il avait décidé de se protéger et de maintenir entre eux une distance strictement professionnelle.

Mais en regardant Ariel s'entretenir avec Jack Rohrer avant l'audition, il était incapable de s'en tenir à ses résolutions. Etait-ce dû à sa beauté, à laquelle il avait toujours été sensible ? Ou uniquement à sa capacité à susciter et à retenir l'attention ?

Sa nature d'écrivain le poussait à s'intéresser à tout ce qui sortait de l'ordinaire. Quand il la regardait, il se sentait submergé par un sentiment d'absolue stabilité, en dépit de l'allure juvénile et bohème de la jeune femme. Il lui avait déjà demandé qui elle était, mais sa réponse ne l'avait nullement satisfait. Peut-être devrait-il s'employer à le découvrir par lui-même.

— Ils vont bien ensemble, murmura Marshell.

Booth eut un petit grognement, entre acquiescement ou l'indifférence. A ceci près qu'il ne quittait pas des yeux Ariel. Si sa première audition ne l'avait pas marqué à ce point, il aurait juré avoir fait une erreur en la pressentant pour le rôle. Le sourire de la jeune actrice était trop franc, ses gestes trop fluides. Elle dégageait trop de chaleur. Confus, il comprit qu'elle le rendait nerveux.

En outre, il ne pouvait plus se mentir à lui-même : il ressentait du désir pour elle. Un désir intense, violent et presque urgent. Il avait suffi d'un seul regard pour le provoquer. Evidemment, Ariel était une femme désirable. Mais ce n'était pas ce sentiment ni même son intérêt pour elle qui l'inquiétait le plus. Il avait la sensation insidieuse que quelque chose lui échappait.

Prenant une cigarette, il observa Ariel derrière un nuage de fumée bleue, se demandant combien de visages différents elle était capable d'afficher, et avec quelle facilité. Il s'assit sur le bord du bureau de Marshell.

— Commençons.

En entendant l'ordre bref de Booth, prononcé d'une voix calme, Ariel tourna la tête et croisa son regard. Il lui paraissait différent aujourd'hui, constata-t-elle, sans comprendre pourquoi. Il l'observait toujours de façon sérieuse et insistante, presque menaçante. La distance entre eux était toujours présente : Ariel était suffisamment sensible pour percevoir le mur qu'il avait érigé entre lui et le reste du monde. Mais il y avait autre chose…

Elle lui sourit. Voyant qu'il ne répondait pas, elle prit une copie du script. Elle était prête pour la meilleure audition de sa carrière. Pour elle et, curieusement, pour lui aussi.

— Très bien, lâcha-t-il. J'aimerais que vous commenciez au début de la scène où le couple revient d'une soirée.

Il tapota d'un air absent sa cigarette au-dessus d'un cendrier gravé de lettres d'or. Derrière lui, Marshell suçait une pastille à la menthe pour les maux d'estomac.

— Vous voulez la relire d'abord ?

Elle leva les yeux du script.

— Ce ne sera pas nécessaire, répondit-elle avant de se tourner vers Jack.

Pour la deuxième fois, Booth fut le témoin de sa transformation. Même ses yeux paraissaient plus pâles, plus glacials lorsqu'elle incarnait Rae. Il sentait même cette vieille attirance sexuelle mêlée à la répulsion intellectuelle que son ex-femme lui avait toujours inspirée. Tandis que sa cigarette se consumait entre ses doigts, il écouta le mépris de Rae et la colère de Phil, et des souvenirs lui revinrent à la mémoire.

Un vampire. Voilà de quoi il avait traité, à juste titre, son ex-femme. Elle était attirante, elle avait du sang-froid et elle était sans cœur. Ariel se glissa dans la peau du personnage comme s'il s'agissait d'une seconde nature. Booth aurait dû l'admirer pour ce travail remarquable, et même se réjouir d'avoir enfin trouvé l'actrice adéquate. Mais son numéro de caméléon ne fit que le contrarier.

Entre les deux acteurs, l'alchimie fonctionnait bien. Ariel et Jack se donnaient la réplique, tandis que les étincelles de colère et de désir fusaient. Sans savoir pourquoi, Booth était persuadé que donner le rôle à Ariel constituait à la fois un bon choix professionnel et une sérieuse erreur personnelle. Le moment venu, il allait devoir la gérer.

— Vous pouvez vous arrêter.

Dès que Booth eut interrompu la scène, Ariel rejeta la tête en arrière et eut un petit rire nerveux. Son soulagement était immense. Avec un rôle aussi dur et froid que celui-ci, elle comprit qu'elle allait toujours osciller entre ces deux extrêmes.

— C'est incroyable à quel point cette femme est haineuse et centrée sur elle-même, déclara-t-elle.

Les yeux brillants et les joues rouges, elle se tourna vers Booth.

— Vous avez beau la mépriser, elle continue de vous attirer. Même en voyant le couteau qu'elle va vous planter dans le dos, il est difficile de reculer.

— Oui.

Le visionnage de la scène l'avait bouleversé plus que ce à quoi il s'était attendu. Il se leva, les mains dans les poches.

— Je vous veux pour jouer ce rôle. Nous allons contacter votre agent pour négocier votre contrat.

Elle poussa un soupir et sourit.

— Je vous ai ébloui, dit-elle sur un ton ironique. Mais le plus important est le rôle. Vous ne le regretterez pas. Monsieur Marshell, Jack, ce sera un plaisir de travailler avec vous.

— Ariel…

Marshell se leva, et elle accepta la main qu'il lui tendit. Cela faisait longtemps qu'il n'avait pas été aussi remué par une scène.

— Sauf si je me trompe, et cela ne m'arrive jamais, ce rôle va propulser votre carrière.

Elle lui décocha un sourire lumineux. Elle se sentait pousser des ailes.

— Je ne vais pas m'en plaindre. Merci pour tout.

Soudain, Booth la prit par le coude avant qu'elle s'en aille, et avant qu'il comprenne lui-même son besoin de la toucher. Il ressentait le besoin de décharger sa colère sur quelque chose ou quelqu'un, mais il se raisonna à temps.

— Je vous raccompagne, lâcha-t-il.

Sentant la tension dans ses doigts, Ariel résista à l'envie de lui prendre la main dans un geste de réconfort. Mais Booth n'était pas un homme à apprécier ce type de démonstrations.

— D'accord, répondit-elle simplement.

Ils prirent le même chemin que la semaine précédente, mais en silence. Elle sentait qu'il en avait besoin. Lorsqu'ils atteignirent la porte principale, elle attendit qu'il prenne la parole.

— Vous êtes libre ? demanda-t-il.

Elle se contenta de le regarder, l'air un peu confus.

— Pour un dîner un peu anticipé, expliqua-t-il. Je vous dois un repas.

— D'accord.

L'invitation, telle qu'il la lui avait présentée, lui plaisait. Elle ne chercha pas à cacher son plaisir.

— Techniquement, votre appartement se trouve à l'opposé d'ici. Pourquoi vouloir dîner avec moi ?

La vue de ses yeux brillants de malice et de sa bouche généreuse fit naître en lui des émotions contradictoires. Avancer vers elle avant de la perdre. Reculer avant qu'il soit trop tard.

— Je ne sais pas vraiment.

— Ça me va.

Prenant la main de Booth dans la sienne, elle héla un taxi.

— Vous aimez les travers de porc grillés ?

— Oui.

Elle rit dans son dos en le poussant à l'intérieur du taxi.

— C'est un excellent début.

Elle donna au chauffeur une adresse à Greenwich Village avant de s'adosser contre le siège.

— La prochaine étape consiste à avoir une conversation qui ne fasse absolument pas allusion au travail. Nous arriverons peut-être à rester plus d'une heure en compagnie l'un de l'autre.

— D'accord, approuva Booth.

Il avait pris la décision d'apprendre à connaître la jeune femme, et il comptait bien s'y tenir.

— Mais je vous propose aussi de ne pas parler de politique, ajouta-t-il.

— Marché conclu.

— Depuis combien de temps vivez-vous à New York ?

— J'y suis née, répondit-elle en croisant les jambes, le sourire aux lèvres. Pas vous. J'ai lu quelque part que vous venez d'une famille très influente de Philadelphie.

Elle ne détourna même pas les yeux lorsque le taxi fit une embardée.

— Vous plaisez-vous à New York ? demanda-t-elle.

Il n'y avait jamais vraiment réfléchi, mais maintenant que la question lui était posée, la réponse lui vint facilement.

— Oui. J'ai besoin d'exigence, de mouvement, pendant de longues périodes.

— Puis vous avez besoin de partir, conclut-elle. Et d'être seul sur votre bateau.

Sa perspicacité aurait dû le mettre mal à l'aise, mais il n'en fut rien.

— Exactement. Naviguer m'aide à me détendre, et j'aime me détendre seul.

— Je peins, lui confia-t-elle. Des tableaux épouvantables.

Elle roula de grands yeux en riant.

— Mais ça m'aide à apaiser mes tensions. Je menace toujours les gens de mon entourage de leur offrir un authentique Kirkwood pour Noël, mais je n'ai jamais le cœur de le faire.

— J'aimerais en voir un, murmura-t-il.

— Le problème, c'est que je déverse sur la toile toutes mes humeurs. Nous sommes arrivés.

Elle descendit du véhicule et resta debout au bord du trottoir. Booth aperçut autour d'eux de minuscules vitrines.

— Où allons-nous ? demanda-t-il.

— Au marché.

Avec sa désinvolture habituelle, elle passa le bras sous le sien.

— Je n'ai pas de travers de porc chez moi, précisa-t-elle.

Il lui lança un regard surpris.

— Chez vous ?

— Le plus souvent, je préfère cuisiner plutôt que manger dehors. Et ce soir, je suis trop tendue pour supporter un dîner au restaurant. Je dois m'occuper.

— Tendue ?

Il lui lança un regard en coin, l'air incrédule. Ses cheveux étaient sombres sous les rayons du soleil couchant et dansaient pêle-mêle autour de son visage à chacun de leurs pas. Le contraste avec son apparence sévère était saisissant.

— J'aurais plutôt dit que vous paraissiez remarquablement calme.

— Vous vous trompez. Mais je n'exploserai vraiment que lorsque mon agent m'appellera pour me dire que le contrat est gravé dans la pierre. Ne vous inquiétez pas, je suis une bonne cuisinière.

Si un homme avait jugé Ariel à son visage lisse et à son teint de porcelaine, jamais il n'aurait cru qu'elle était capable de tenir le manche d'une poêle. Mais Booth savait que les apparences étaient trompeuses. Peut-être aurait-il des surprises avec elle une fois qu'il aurait gratté la surface. Malgré toutes ses bonnes résolutions de prudence, il lui sourit.

— Juste bonne ?

Une lueur reconnaissante passa dans le regard d'Ariel.

— Je déteste me vanter mais, en réalité, je suis une excellente cuisinière.

Elle l'entraîna dans un petit marché fréquenté par de nombreux chalands où régnait une forte odeur d'ail et de poivre. Ils commencèrent à faire méthodiquement leurs achats pour le dîner.

— Comment sont les avocats aujourd'hui, monsieur Stanislowski ? demanda-t-elle.

— On ne peut pas faire mieux.

L'épicier observa Booth du coin de l'œil.

— Je ne vous vends que ce que j'ai de meilleur, Ariel.

— Il m'en faudrait deux alors, mais je vous laisse les choisir.

Puis elle avisa une belle romaine.

— Comment Monica s'en est-elle sortie avec son examen d'histoire ? demanda-t-elle.

— Elle a obtenu 92 %.

L'homme gonfla un peu le torse sous son tablier, mais continua de lorgner vers l'homme sombre et inquiétant qui l'accompagnait.

— Formidable ! J'ai aussi besoin d'un beau travers de porc.

Pendant que l'homme le sélectionnait, Ariel se concentra sur les champignons, consciente du regard curieux de l'épicier, qui brûlait de savoir qui était Booth.

— Vous savez, monsieur Stanislowski, Monica aimerait beaucoup avoir un chaton.

L'homme avait commencé à peser la viande. Il prit un air exaspéré.

— Ariel…

— Elle a certainement l'âge de s'en occuper, ajouta-t-elle en testant la fermeté d'une tomate. Cela lui ferait de la compagnie, et une responsabilité. Sans compter qu'elle a obtenu un 92 % à son test.

Levant la tête vers l'homme, elle lui décocha un sourire irrésistible. L'épicier rougit en se balançant d'un pied sur l'autre.

— Peut-être que si vous m'en apportiez un, nous pourrions y réfléchir.

— Je n'y manquerai pas.

Sans cesser de sourire, elle sortit son portefeuille.

— Combien vous dois-je ?

— Bien joué, murmura Booth tandis qu'ils quittaient le marché. Et c'est la deuxième fois que je vous vois essayer de caser un chaton. Votre chatte a eu une portée ?

limpide, comme le vent qui le fouettait lorsqu'il naviguait, symbole de liberté. Il attira Ariel plus près.

Il pouvait sentir sa chaleur et son parfum. Son odeur le hantait chaque fois qu'il pensait à elle. Il se rappelait aussi sa saveur. Attirante, généreuse et, là encore, chaude. Et maintenant, il y avait le contact de son corps mince, souple et plus chaud encore. Comme une promesse. Il prit conscience alors à quel point tout cela lui avait manqué. Peut-être avait-il simplement besoin d'elle.

Cette pensée le prit par surprise et le fit reculer, alors qu'il aurait aimé plus que tout se rassasier de ce qu'elle semblait disposée à lui offrir.

Lorsque le contact fut rompu, elle ouvrit lentement les paupières. Puis elle regarda Booth droit dans les yeux, sans ciller. Cette fois, elle aperçut autre chose qu'un reflet d'elle-même. Elle y lut du désir et de la prudence, ainsi qu'une autre émotion ténue qui la bouleversa.

— J'avais envie que vous le fassiez, murmura-t-elle.

Il s'efforça de garder son sang-froid, de faire abstraction de ses sens qu'elle avait affolés.

— Je n'ai rien à vous donner.

Meurtrie, elle accusa le coup. Mais il n'y avait pas d'amour sans douleur.

— Je crois que vous vous trompez. Mais là encore, j'ai tendance à précipiter les choses. Pas vous.

Prenant une profonde inspiration, elle recula d'un pas.

— Pourquoi ne pas vous charger d'allumer le barbecue pendant que je prépare la salade ?

Sans attendre sa réponse, elle tourna les talons et se dirigea vers la cuisine.

Surtout, rester calme ! se morigéna-t-elle. Face à Booth et aux sentiments qu'il suscitait en elle, c'était une absolue nécessité. L'écrivain n'était pas du genre à accepter d'emblée les flots d'émotions, ni les exigences qui les accompagnaient. Si elle voulait l'accueillir dans sa vie, elle allait devoir avancer sur la pointe des pieds, au rythme de Booth.

Cet homme était presque aussi dur et froid qu'il paraissait, songea-t-elle le sourire aux lèvres, en commençant à laver les légumes. Mais son rire et son regard espiègle révélaient le contraire. Et puis jamais elle n'aurait pu tomber amoureuse d'un homme qui n'aurait pas eu le sens de l'humour. Elle aimait faire ressortir en lui ces traits de caractère. Plus ils passeraient de temps ensemble, plus sa tâche en serait facilitée. En était-il seulement conscient ? se demanda-t-elle en découpant des tranches d'avocat tout en fredonnant.

Booth prit le temps de l'observer depuis la fenêtre. Il voyait le sourire sur ses lèvres, ainsi que son regard brillant. Elle maniait le couteau de cuisine avec l'assurance d'une personne rompue aux tâches domestiques. D'un geste nonchalant, elle rejeta ses cheveux en arrière.

Pourquoi une scène aussi simple l'attirait-elle autant ? Il lui suffisait de regarder Ariel debout devant l'évier, les mains pleines et le robinet ouvert, pour se détendre. Qu'y avait-il en elle qui le poussait à l'approcher physiquement, alors que son esprit lui ordonnait de fuir ? En cet instant, il avait envie de se précipiter vers elle pour la prendre dans ses bras et enfouir son visage dans son cou. Il était en train de devenir fou.

Ariel était consciente de sa présence. Ses sens étaient plus réceptifs et aiguisés en présence de Booth. Le dos toujours tourné, elle continua de préparer la salade.

— Vous avez eu du mal à allumer les braises ?

— Non.

— Parfait, le barbecue ne mettra pas longtemps à chauffer. Vous avez faim ?

— Un peu.

Il traversa la pièce et vint la rejoindre. Il ne voulait pas la toucher, juste s'approcher un peu.

Le sourire aux lèvres, elle saisit une tranche d'avocat et la tendit vers lui. Booth croqua une petite bouchée en la contemplant d'un air méfiant.

— Je n'ai jamais un peu faim, affirma-t-elle en finissant elle-même l'avocat. Je suis toujours affamée.

Même s'il s'était interdit de la toucher, il ne put s'empêcher de caresser sa joue du dos de la main.

— Votre peau, murmura-t-il. Elle est magnifique. On dirait de la porcelaine. Elle est aussi douce que du satin.

Son regard glissa sur son visage avant de se focaliser sur ses lèvres.

— Je n'aurais jamais dû vous toucher.

Elle sentait son cœur battre la chamade. Booth se montrait tendre avec elle. C'était si inattendu qu'elle se sentit bouleversée.

— Pourquoi ?

— Une chose conduit à une autre.

Il laissa glisser ses doigts le long de ses cheveux.

— Vous attendez quelque chose de moi, mais je n'ai plus rien à vous offrir, murmura-t-il.

Elle sentit ses lèvres trembler. Avant ce jour, elle se souciait peu de ne pas contrôler ses émotions.

— C'est vrai, j'attends quelque chose de vous. Mais pour l'heure, je ne désire que votre compagnie le temps d'un dîner. Ce devrait être assez simple.

Elle se tourna de nouveau vers l'évier, mais il l'arrêta.

— Rien de ce qui nous arrive n'est simple. Si je continue à vous voir comme maintenant, je vais vouloir coucher avec vous.

Comme il aurait été simple, si simple de se jeter dans ses bras ! Mais il n'était pas prêt à ces élans de générosité, et elle ne pourrait pas survivre au vide qu'il ne manquerait pas de laisser.

— Booth, je suis une grande fille. Si je couche un jour avec vous, c'est que je l'aurais choisi.

Il acquiesça.

— Sans doute. Mais quant à moi, je veux être sûr de pouvoir choisir.

Puis il tourna les talons et la laissa seule dans la pièce.

Elle inspira profondément. Booth allait devoir apprendre à vivre sans sa mauvaise humeur et ses tensions. Les bras chargés des côtelettes de porc, elle revint dans le salon.

— Détendez-vous, DeWitt ! ordonna-t-elle.

Elle aperçut la surprise dans son visage quand elle se dirigea vers le gril.

— Dans chacun de mes épisodes, expliqua-t-elle, je dois gérer les mélodrames et la misère. Je ne les laisse pas empiéter sur ma vie privée. Servez-vous un autre verre, asseyez-vous et détendez-vous.

Elle disposa les côtelettes sur la grille, les assaisonna, puis se dirigea vers la chaîne hi-fi. En musique de fond, elle opta pour du jazz mélodieux, aux accents de blues.

Lorsqu'elle se retourna, Booth était toujours debout et ne la quittait pas des yeux.

— Je le pense vraiment, ajouta-t-elle. J'ai une politique très stricte concernant les inquiétudes et les problèmes. Que vous pensiez à eux ou non, ils finissent par arriver. Alors, pourquoi gâcher son temps ?

— Est-ce aussi simple que cela pour vous ?

— Pas toujours. Parfois, je dois faire des efforts.

Il sortit une cigarette d'un air songeur.

— Nous ne pouvons pas être bien ensemble, dit-il après l'avoir allumée. Je ne veux personne dans ma vie.

— Personne ? s'étonna-t-elle. Vous êtes trop intelligent pour croire que l'on peut vivre sans personne. N'avez-vous pas besoin d'amitié, de compagnie, d'amour ?

Soufflant un nuage de fumée, il tenta d'ignorer le pincement douloureux provoqué par la question. Il venait de passer plus de deux ans à se convaincre qu'il se sentait très bien seul. Pourquoi comprenait-il soudain l'aberration de son raisonnement ?

— Ces relations exigent toutes quelque chose en retour que je ne suis plus capable de donner.

— Que vous ne *voulez* plus donner, corrigea-t-elle.

Elle le contemplait d'un air à la fois songeur et sérieux.

— On peut dire que vous vous exprimez avec franchise. Plus je vous fréquente, et plus je comprends que vous ne mentez à personne d'autre qu'à vous-même.

— Vous ne m'avez pas fréquenté assez longtemps pour savoir qui ou ce que je suis, répondit-il en écrasant sa cigarette.

Puis il fourra les mains dans les poches.

— Et mieux vaut ne pas vous engager dans cette voie.

— Cette mise en garde est dirigée contre moi ou contre vous ? riposta-t-elle, exaspérée en voyant qu'il gardait le silence. Vous l'avez laissée vous transformer en victime, murmura-t-elle enfin. Vous me surprenez.

Les yeux verts de Booth prirent soudain une teinte glaciale.

— N'ouvrez pas des portes si vous ne savez pas où elles mènent, Ariel.

— C'est trop facile.

Elle préférait la colère qui s'était emparée de lui à présent. Elle s'avança et posa les mains sur ses avant-bras.

— La vie n'est pas drôle si l'on ne prend pas de risques. Pour ma part, je ne peux me passer d'un peu de divertissement. Ecoutez, j'aime être avec vous. Cela ne vous suffit pas ?

— Je n'en suis pas certain.

De nouveau, ce contact simple réveilla en lui cet étrange désir.

— Je ne suis pas certain que ce soit une bonne chose pour nous deux.

— Rendez-vous un service, lui suggéra-t-elle. N'y pensez plus pendant quelques jours, et voyez ce qui arrive.

Puis elle se hissa sur la pointe des pieds et effleura ses lèvres dans un geste à la fois amical et intime.

— Pourquoi ne pas vous servir un autre verre ? ajouta-t-elle. Je dois aller surveiller les côtelettes : elles sont en train de brûler.

5

— Non, Griff, je ne veux pas parler de mon mariage.

Amanda saisit un arrosoir bleu de Delft et entreprit d'arroser méticuleusement les plantes posées sur le bord de la fenêtre de son bureau. Le soleil, simulé par l'éclairage étouffant du studio, filtrait à travers la vitre.

— Amanda, tu sais bien qu'il est impossible de garder un secret dans une petite ville. Il est de notoriété publique que Cameron et toi ne vivez plus ensemble.

Sous sa veste de tailleur cintrée, elle se raidit.

— Notoriété publique ou non, ce sont mes affaires.

Lui tournant le dos, Amanda se pencha sur la fleur d'un saintpaulia.

— Tu perds du poids, tes yeux sont cernés. Mandy, je ne peux pas supporter de te voir comme ça !

Elle laissa passer une seconde avant de se tourner lentement vers Griff.

— Je vais bien. Je suis capable de gérer ce qui se passe.

Griff ricana.

— Qui le sait mieux que moi ?

Une brève lueur illumina le regard d'Amanda, mais sa voix resta froide et catégorique.

— Je suis occupée, Griff.

— Laisse-moi t'aider, reprit-il soudain avec passion. J'ai toujours voulu le faire.

— M'aider ? s'étonna-t-elle en posant l'arrosoir.

Sa voix était glaciale.

— Je n'ai pas besoin d'aide, assura-t-elle. Crois-tu que je puisse me confier à toi, te faire confiance après ce que tu m'as fait ?

La lumière fit scintiller les petits saphirs accrochés à ses oreilles.

Ariel vint se placer à l'endroit qui lui était réservé pour la suite de la scène.

— Contrairement à Cameron, je t'ai laissé détruire ma vie. Je ne ferai pas deux fois la même erreur.

Furieux, Griff saisit son bras.

— Tu ne m'as jamais demandé ce que Vikki faisait dans ma chambre. Ni lorsque tu nous as trouvés ensemble, ni dans les longs mois qui ont suivi. Tu t'en es vite remise, Mandy, avant de finir la bague au doigt mariée à un autre homme.

— Il est toujours mon mari, répondit-elle calmement. Je te conseille donc de me laisser tranquille.

— Tu crois que je vais m'arrêter là, maintenant que je sais que tu ne l'aimes pas ?

La passion, la rage et le désir irradiaient de ses yeux, de sa voix et de son corps.

— Il suffit de te regarder pour le savoir, ajouta-t-il sans lui laisser le temps de nier. Je lis en toi comme personne d'autre. Il va falloir t'y faire.

Il enfouit les mains dans ses cheveux, dérangeant sa coiffure.

— Et à ça aussi.

L'attirant à lui, Griff écrasa ses lèvres sous les siennes. Amanda faillit se dégager. Presque. Le temps d'un battement de cœur, elle demeura immobile. Elle leva les mains vers ses épaules pour le repousser, mais s'y accrocha. Un gémissement étouffé s'échappa de sa bouche, tandis qu'elle se laissait emporter par la passion. Un court instant, ils restèrent dans les bras l'un de l'autre comme autrefois. Puis, sans la lâcher, il recula. Le désir et la colère semblaient crépiter entre eux.

— Cette fois, je ne te laisserai pas partir, dit-il. Je t'attendrai, mais je ne le ferai pas longtemps. C'est à toi de venir vers moi, Mandy. C'est là qu'est ta place.

Puis Griff la lâcha et sortit en trombe du bureau. Amanda porta une main tremblante à ses lèvres en contemplant la porte close.

— Coupez !

Ariel contourna le mur factice de son bureau.

— Tu as fait exprès de manger des oignons, se plaignit-elle.

Jack tira sur ses longs cheveux ébouriffés.

— Rien que pour toi, ma chérie.

— Tu es un porc.

— J'adore les petits noms dont tu m'affubles.

Puis, dans un geste mélodramatique, il la prit dans ses bras et la fit basculer exagérément en arrière.

— Laisse-moi t'entraîner dans mon lit et te montrer vraiment ce qu'est la passion.

— Pas avant que tu aies mangé un paquet entier de pastilles à la menthe, mon vieux.

Elle le repoussa fermement et se libéra de l'étreinte de Jack avant de se tourner vers le réalisateur. Les éclairages avaient déjà été éteints.

— C'est tout pour aujourd'hui, Neal ? J'ai un rendez-vous à l'autre bout de la ville.

— Tu peux partir. Rendez-vous lundi matin, 7 heures.

Une fois dans sa loge, elle troqua la tenue élégante d'Amanda contre un pantalon moulant en coton et une chemise d'homme souple et cintrée. Après avoir enfilé des chaussures à talon plat, elle quitta le studio. A l'extérieur, un petit groupe de fans attendait dans l'espoir de voir sortir une figure connue. Ils s'agglutinèrent autour d'Amanda, leur carnet d'autographes à la main, tout en commentant la série et en posant des questions.

— Vous allez revenir avec Griff ?

Ariel se tourna vers une adolescente au regard brillant qui la regardait en souriant.

— Je n'en sais rien… C'est horriblement dur de lui résister.

— Il est génial ! Ses yeux sont incroyablement verts !

La jeune fille mâchouillait son chewing-gum la bouche ouverte et soupira.

— Je pense que j'en mourrai s'il me regardait comme il vous regarde.

Ariel songea aussitôt à d'autres yeux verts et faillit soupirer à son tour.

— Attendons de voir comment les choses évoluent, d'accord ? Je suis heureuse que vous appréciiez la série.

Puis elle s'extirpa de la foule de curieux et héla un taxi. A peine eut-elle donné l'adresse qu'elle s'effondra sur la banquette.

Elle ignorait pourquoi elle était si fatiguée. Peut-être était-ce l'idée de son rendez-vous qui la rendait si nerveuse. Ces derniers temps, elle ne dormait pas très bien, mais elle avait déjà traversé des périodes d'insomnie alors qu'elle n'était pas stressée.

Booth. Si seulement il était le seul à occuper son esprit, elle aurait pu le gérer. Du moins l'espérait-elle. Mais il y avait Scott.

L'idée d'être confrontée à ses grands-parents ne l'effrayait pas, mais elle se sentait inquiète. Elle leur avait déjà parlé, et rien ne permettait de croire que cet entretien serait différent des autres.

Elle se souvenait encore du sourire de Scott et de son visage radieux au zoo. Cette chose à la fois si simple et vitale pour elle. La façon dont il s'était accroché à son cou lui brisait le cœur. Si seulement il y avait une autre solution…

Elle ferma les yeux en soupirant. Même son optimisme inné ne lui permettait pas d'imaginer d'autres options. Les grands-parents de Scott et elle s'affrontaient dans une demande de garde douloureuse et compliquée, au milieu de laquelle Scott se retrouvait coincé.

Qu'est-ce qui était préférable pour lui ? Qu'est-ce qui était juste ? Elle aurait aimé avoir un confident, quelqu'un pour la conseiller et la réconforter. Mais pour la première fois de sa vie, elle n'avait personne. Plus cette affaire resterait privée, et moins Scott risquait d'en souffrir. Aujourd'hui, elle ne pouvait que suivre son intuition, et espérer.

Elle paya machinalement le taxi et pénétra dans l'élégant immeuble en acier qui accueillait les bureaux de son avocat. Le temps d'atteindre le trentième étage, elle avait retrouvé son assurance. Peut-être était-ce la dernière fois qu'elle aurait l'occasion de s'entretenir avec les grands-parents de Scott de manière informelle. Il fallait qu'elle fasse de son mieux pour que ce rendez-vous soit productif.

La peur qui lui rongeait l'estomac n'était pas très différente du tract qu'elle ressentait avant d'entrer en scène. Habituée à cette sensation, elle pénétra dans les bureaux de Bigby, Liebowitz et Feirson.

— Bonjour, mademoiselle Kirkwood.

La réceptionniste sourit à Ariel en détaillant sa tenue et son élégance avec une moue d'envie.

— Monsieur Bigby vous attend, l'informa-t-elle.

— Bonjour, Marlene. Comment va votre chiot ?

— Oh ! il est tellement intelligent ! Mon mari n'arrive pas à croire qu'il puisse apprendre autant de choses. Je tenais à vous remercier de nous l'avoir trouvé.

— Je suis heureuse qu'il ait trouvé un bon foyer.

Nerveuse, elle se tordit les mains, ce qui était plutôt rare chez elle. Elle s'efforça de les garder le long du corps pendant que la réceptionniste annonçait par téléphone son arrivée.

— Mlle Kirkwood est là, monsieur Bigby. Bien, monsieur.

La jeune femme raccrocha et se leva.

— Si vous avez un peu de temps avant de repartir, mademoiselle Kirkwood, ma sœur aimerait beaucoup avoir un autographe. Elle ne rate aucun de vos épisodes.

— Avec plaisir.

De nouveau, elle sentit la pression monter. Mais elle y céderait plus tard, lorsqu'elle pourrait se le permettre. Pour l'heure, elle décida d'afficher le calme olympien d'Amanda.

— Ariel !

L'homme mince et barbu assis derrière l'immense bureau se leva en l'apercevant. Il régnait dans la pièce une vague odeur de menthe et de cire.

— Pile à l'heure.

— Toujours prête au signal, rétorqua Ariel en avançant sur l'épaisse moquette, les deux mains tendues.

— Vous avez l'air en forme, Charlie, ajouta-t-elle.

— Beaucoup mieux depuis que vous m'avez conseillé d'arrêter de fumer. Cela fait six mois, dit-il, très fier de lui. Trois jours et…

Il consulta sa montre.

— … quatre heures et demie.

Elle lui serra chaleureusement la main.

— Continuez de compter, alors.

— Il nous reste un quart d'heure avant l'arrivée des Anderson. Vous voulez un café ?

— Oh oui !

Elle s'effondra dans un large fauteuil en cuir beige.

Bigby pressa le bouton de l'Interphone.

— Pouvez-vous apporter du café, Marlene ?

Il posa le combiné et croisa les mains sur la table.

— Vous tenez le coup ? demanda-t-il.

— Je suis une épave, Charlie, confia-t-elle en étendant les jambes devant elle pour se détendre. Vous êtes pratiquement la seule personne à qui je puisse parler de cette affaire. Je n'ai pas l'habitude des secrets.

— Si tout se passe bien, tout sera très vite réglé.

— Quelles sont nos chances ? demanda-t-elle en le regardant droit dans les yeux.

— Assez bonnes.

Elle soupira doucement.

— Cela ne me suffit pas.

Marlene frappa doucement à la porte et entra les bras chargés d'un plateau avec du café.

— Du lait et du sucre, mademoiselle Kirkwood ?

— Oui, s'il vous plaît.

Elle accepta la tasse puis se leva et commença à faire les cent pas. Si elle arrivait à transformer son stress en énergie, peut-être n'exploserait-elle pas.

— Scott a besoin de moi, Charlie.

Et vous de lui, songea l'avocat en la regardant.

— Ariel, vous êtes un membre responsable de votre communauté, vous avez une bonne réputation. Vous avez un emploi stable, d'excellents revenus, même si on pourrait vous opposer une certaine précarité. Vous avez encouragé votre frère dans ses études et êtes impliquée dans toutes les causes humanitaires qui existent.

L'homme fut heureux de la voir sourire.

— Vous êtes jeune, mais vous n'êtes pas une enfant, reprit-il. Les Anderson ont tous les deux plus de soixante ans. Cela devrait peser dans la balance, sans compter que les émotions sont dans votre camp.

— Seigneur, je déteste raisonner de cette façon, murmura-t-elle. On parle de camps en cas de conflit ou de guerre. On ne peut pas faire la guerre autour d'un enfant, Charlie.

— Aussi difficile que cela puisse paraître, il va falloir que vous envisagiez les choses sous un angle pratique.

Elle acquiesça avant d'avaler une gorgée de café d'un air absent.

— Mais je suis célibataire, objecta-t-elle, et je suis une actrice.

— Il y a le pour et le contre. Cette réunion de la dernière chance est votre idée, ajouta-t-il. Je n'aime pas vous voir tourneboulée de cette façon.

— Je dois essayer une dernière fois de trouver un terrain d'entente avant d'entamer une procédure plus officielle. L'idée que Scott puisse avoir à témoigner…

— Il ne s'agit que d'un petit entretien avec le juge, Ariel. L'expérience n'est pas traumatisante, je vous le promets.

— Pas pour vous, peut-être pas pour lui, mais pour moi…

Elle se tourna brusquement vers l'avocat, le regard fiévreux.

— Je jure, Charlie, que j'abandonnerai immédiatement ma requête si j'avais la certitude qu'il était heureux avec eux. Mais lorsqu'il me regarde…

Elle s'interrompit, les deux mains serrées autour de sa tasse. Elle inspira pour mieux se concentrer.

— Je sais que j'y mets beaucoup d'émotion, mais je procède toujours ainsi pour faire la part des choses. D'un point de vue pratique, je peux dire que Scott est bien nourri, bien logé et bien éduqué. Mais qu'en est-il de l'amour ?

Son regard se perdit au loin.

— J'en reviens toujours à la même chose. Est-ce dans l'intérêt de mon neveu que je fasse tout ça pour lui, Charlie ? J'ai besoin d'être sûre.

L'avocat caressait lentement le stylet en or posé sur la table. Il était difficile de répondre à sa question. En matière de loi, on ne cherchait pas ce qui était le mieux, mais ce qui était juste. Les deux n'allaient pas forcément de pair.

— Ariel, vous connaissez cet enfant. Au risque de ne pas vous paraître très professionnel, je pense que vous devez faire ce que vous dicte votre cœur.

Elle se tourna de nouveau vers lui, le sourire aux lèvres.

— Votre réponse est parfaite. J'ai toujours agi de cette façon.

Elle hésita quelques instants, puis se lança. Puisqu'elle était venue demander conseil, autant aller jusqu'au bout.

— Charlie, si je vous disais que je suis tombée amoureuse d'un homme qui évite comme la peste toute relation et qui considère les actrices comme les êtres les moins dignes de confiance de la Terre, que diriez-vous ?

— Je dirai que cela vous ressemble beaucoup. Combien de temps vous faudra-t-il pour le faire changer d'avis ?

Elle éclata de rire.

— Vous avez toujours le mot juste.

— Asseyez-vous et buvez tranquillement votre café, Ariel. Vous dites bien que si les choses doivent arriver, elles finissent toujours par le faire.

— Quand vous ai-je dit quelque chose d'aussi trivial ? demanda-t-elle en cédant à son invitation. Très bien, Charlie, dit-elle en soupirant longuement. Voulez-vous me dire à quoi je dois m'attendre et ce que je ne dois pas dire ?

— D'accord, même si cela ne sert à rien.

L'homme joua avec le bord du dossier posé sur son bureau.

— Vous allez rencontrer Basil Ford, l'avocat des Anderson. Il est très méticuleux et très conservateur. J'ai déjà eu affaire à lui.

— Avez-vous gagné ?

Bigby lui sourit en s'adossant à son fauteuil.

— Je dirai que nous sommes à égalité. Comme cet entretien est une réunion informelle et volontaire, Ford et moi n'aurons pas grand-chose à faire. Mais je veillerai à ce qu'il ne vous pose pas de question à laquelle vous n'êtes pas tenue de répondre.

Bigby posa méticuleusement la tasse en porcelaine sur la soucoupe.

— Sinon, vous pouvez dire ce que vous voulez, mais n'en dites pas trop. Par-dessus tout, ne perdez pas votre sang-froid. Si vous avez envie de crier, attendez qu'ils soient partis.

— Vous me connaissez très bien, dit-elle dans un souffle. D'accord, je vais m'efforcer de rester calme et lucide.

Lorsque le téléphone posé sur le bureau sonna, elle serra les poings.

— Très bien, Marlene, faites-les entrer. Et nous allons avoir besoin de plus de café.

L'avocat regarda Ariel, conscient de la tension dans son regard. Serait-elle assez forte ?

— Ce n'est qu'une simple discussion, lui rappela-t-il. Je doute que nous prenions aujourd'hui la moindre décision.

Elle acquiesça et s'efforça de paraître sereine.

Lorsque la porte s'ouvrit, Bigby accueillit les arrivants d'un air jovial.

— Basil, je suis heureux de vous voir ! s'écria-t-il en serrant la main de l'homme grand et un peu dégarni vêtu d'un costume gris. Monsieur Anderson, madame Anderson, prenez place je vous prie. On va bientôt vous apporter un café. Basil Ford, je vous présente Ariel Kirkwood.

Ariel faillit pouffer en assistant à ce rituel de présentations.

— Bonjour, monsieur Ford.

La poigne de l'homme était vigoureuse et son regard redoutable.

— Mademoiselle Kirkwood.

Puis il s'assit lentement en posant à côté de lui sa serviette.

— Monsieur Anderson, madame Anderson, dit Ariel.

La femme se contenta de hocher la tête et l'homme lui serra brièvement la main. Ils avaient l'air de gens charmants, solides. Mais aussi rigides. Ils se tenaient tous les deux très droits, vestige de leur passage dans l'armée. Anderson avait pris sa retraite avec le grade de colonel dix ans plus tôt, et sa femme avait occupé dans sa jeunesse un poste d'infirmière dans l'armée.

Ils s'étaient rencontrés pendant la guerre, avaient servi ensemble, puis s'étaient mariés. Ils partageaient un certain nombre de valeurs, mais aussi d'avis, ce qui expliquait peut-être pourquoi ils avaient autant de mal à envisager d'autres points de vue que le leur.

Les Anderson prirent place sur un petit canapé. Ils étaient vêtus de manière très conventionnelle, elle avec son chignon et lui avec ses cheveux coupés au cordeau. Ils ne cachaient pas leur désapprobation. Par expérience, Ariel savait qu'elle ne pourrait jamais les toucher sur le plan émotionnel.

Pendant que l'on servait le café, Bigby engagea la conversation. Les Anderson répondirent poliment et ignorèrent Ariel autant que possible. De son côté, elle s'efforça de ne poser aucune question directe. Les hostilités arriveraient bien assez tôt.

Lorsque Bigby vint reprendre sa place sur son siège et qu'il croisa les mains sur le bureau, elle saisit le signal.

— Je pense que nous sommes d'accord pour dire qu'il existe un point qui nous préoccupe tous, annonça-t-il : le bien-être de Scott.

— C'est pour cette raison que nous sommes ici, répondit Ford du tac au tac.

Bigby regarda brièvement son collègue avant de se concentrer sur les Anderson.

— Puisque nous sommes d'accord, une réunion informelle comme celle-ci, où nous pouvons échanger nos points de vue et nos solutions, devrait être profitable à tous.

— Naturellement, répliqua Ford, la principale préoccupation de mes clients est le bien-être de leur petit-fils.

L'avocat s'était exprimé avec une belle voix d'orateur avant de prendre une gorgée de café.

— Nous avons bien compris la demande de Mlle Kirkwood, bien sûr. Concernant la garde de Scott, les droits et les compétences de M. et Mme Anderson ne sauraient être remis en cause.

— Pas plus que ceux de Mlle Kirkwood, contrecarra doucement Bigby. Il n'est pas question de droits et de compétences aujourd'hui, mais de l'enfant lui-même. Je tiens à ce que les choses soient claires : nous ne remettons pas en cause vos bonnes intentions ou votre capacité à élever cet enfant.

L'avocat s'adressa de nouveau aux Anderson, court-circuitant avec art son collègue.

— La question est : qu'est-ce qui est le mieux pour Scott en tant que personne ?

— Mon petit-fils, commença Anderson de sa voix grave et rauque, fait partie de notre famille. Il est bien nourri, bien habillé et bien éduqué. L'éducation que nous lui donnons lui apprendra l'ordre et la discipline. Nous l'enverrons dans les meilleures écoles.

— Et que faites-vous de l'amour ? explosa alors Ariel. Ce que l'argent ne peut pas acheter…

Se penchant en avant, elle regarda fixement la grand-mère de Scott.

— Saurez-vous l'aimer ? demanda-t-elle.

— C'est une question abstraite, mademoiselle Kirkwood, intervint rapidement Ford. Si nous pouvions…

— Non, elle ne l'est pas, l'interrompit Ariel en lui lançant un regard de biais avant de se tourner de nouveau vers les Anderson. Il n'y a rien de plus solide que l'amour. Rien que l'on puisse donner ou retirer avec autant de facilité. Prendrez-vous Scott dans vos bras la nuit s'il a peur du noir ? Comprenez-vous à quel point il est important de le laisser croire qu'il vous protège ? Serez-vous toujours à son écoute, attentifs à ses besoins ?

— Il ne sera pas dorloté, si c'est ce que vous voulez dire, lâcha Anderson en posant sa tasse. Les valeurs d'un enfant s'acquièrent très tôt. Ces fantaisies, que vous encouragez, ne sont pas saines. Je n'ai pas l'intention de laisser vivre mon petit-fils dans un monde de rêves.

— Un monde de rêves !

Ariel soutint son regard et y lut une opiniâtre résistance.

— Monsieur Anderson, Scott a une imagination débordante. Il est plein de vie, de visions.

— De visions, répéta Anderson, les lèvres pincées. Les visions ne l'aideront à rien d'autre qu'à rechercher ce qui n'existe pas, à espérer ce qu'il ne peut pas avoir. Cet enfant a besoin d'un ancrage solide dans la réalité. Dans ce qui est. Vous gagnez votre vie en jouant la comédie, mademoiselle Kirkwood. Mon petit-fils ne vivra pas dans un conte de fées.

— Une journée compte vingt-quatre heures, monsieur Anderson. Ne sommes-nous pas suffisamment confrontés à la réalité pour nous réserver un peu de temps pour rêver ? Tous les enfants ont besoin de croire en leurs désirs, particulièrement Scott qui a déjà tant perdu. S'il vous plaît…

Elle se tourna de nouveau vers la femme assise très droite sur le canapé.

— Vous savez ce que souffrir veut dire. Scott a perdu les deux personnes qui symbolisaient pour lui l'amour, la sécurité et la normalité. Toutes ces choses doivent lui être rendues.

— Par vous ? s'étonna très calmement Mme Anderson.

Son regard était encore empreint de douleur.

— C'est à moi d'élever le fils de ma fille, ajouta-t-elle.

— Mademoiselle Kirkwood, l'interrompit gentiment Ford en croisant les jambes. Pour évoquer des questions plus terre à terre, je sais que vous tenez un rôle central dans un… soap-opera. Il s'agit d'un emploi stable qui vous offre des revenus réguliers. Mais soyons réalistes : les choses peuvent changer. Comment ferez-vous pour subvenir aux besoins d'un enfant le jour où vous n'aurez plus de revenus ?

— Cela ne se produira pas.

Bigby la mit en garde d'un simple regard. Ariel dut faire un effort pour garder son sang-froid.

— Je suis sous contrat, expliqua-t-elle. Je viens également d'être engagée pour jouer dans un film de P. B. Marshell.

Une lueur vacilla dans le regard de Ford, et Ariel remercia sa bonne étoile de lui avoir permis de décrocher ce rôle.

— Très impressionnant, rétorqua l'avocat. Cependant, je suis certain que vous serez la première à reconnaître que votre profession est connue pour ses hauts et ses bas.

— Puisque nous parlons de stabilité financière, monsieur Ford, je peux vous garantir que je suis capable de donner à Scott tout ce dont il peut avoir besoin sur le plan matériel. Si ma carrière devait décliner, il me suffirait d'exercer un autre métier. J'ai de l'expérience dans la vente et la restauration.

Un léger sourire apparut sur les lèvres d'Ariel tandis qu'elle se rappelait l'époque où elle vendait du parfum et du maquillage dans un grand magasin, et où elle travaillait comme serveuse. Oui, on pouvait dire qu'elle avait de l'expérience…

— Mais je refuse de croire que cette discussion autour d'un enfant puisse se résumer à un simple relevé bancaire.

Elle s'était exprimée d'une voix calme, empreinte d'une pointe de mépris.

— Nous sommes tous d'accord pour dire que le bien-être matériel de l'enfant est de première importance, assura Bigby.

Le ton subtil de sa voix sonnait comme une mise en garde à l'égard d'Ariel.

— Il est clair que M. et Mme Anderson, à l'instar de ma cliente, sont capables de nourrir, loger et éduquer Scott.

— Il y a aussi la question de la situation de famille, contra Ford en se grattant l'aile du nez. En tant que femme célibataire, et active, dites-moi, mademoiselle Kirkwood, combien de temps pouvez-vous consacrer à Scott ?

— Tout le temps dont il a besoin, répondit-elle simplement. Je sais où sont mes priorités, monsieur Ford.

— Peut-être. Mais il se peut que vous n'y ayez pas complètement réfléchi. Comme vous n'avez jamais élevé d'enfant, vous pouvez ne pas être consciente du temps que cela demande. Vous avez une vie sociale, mademoiselle Kirkwood.

Si ses mots et son ton étaient doux, le message était clair. A un autre moment et en d'autres lieux, elle aurait pu s'en amuser.

— Pas aussi active que ce que disent les journaux, monsieur Ford.

— Vous êtes également une femme jeune et séduisante. Je crois qu'il est censé de prévoir qu'un jour ou l'autre, vous allez vous marier. Avez-vous songé à ce que penserait votre futur mari à l'idée d'élever l'enfant d'un autre ?

— Non, dit-elle en croisant nerveusement les doigts. Le jour où j'aimerais assez un homme pour l'épouser, il devra accepter Scott comme faisant partie de moi-même, de ma vie. Sinon, je ne pourrais pas l'aimer.

— Mais si vous avez à faire un choix…

— Basil.

Bigby leva la main mais, malgré son sourire, son regard était sévère.

— Nous ne pouvons pas nous perdre en conjectures. Personne n'espère régler aujourd'hui la question de la garde de Scott. Nous voulons simplement nous faire une idée claire du ressenti de chaque partie. Et de ce que nos clients veulent pour Scott.

— Nous voulons son bien-être, répondit Anderson d'une voix laconique.

— Son bonheur, murmura Ariel. J'ose espérer qu'il s'agit de la même chose.

— Vous n'êtes pas différente de votre frère, lâcha Anderson d'une voix basse et cinglante comme un fouet. Le bonheur, il l'a brandi sous le nez de notre fille jusqu'à ce qu'elle perde le sens des responsabilités, de son éducation et de ses valeurs. Elle est tombée enceinte à dix-huit ans, s'est mariée à un étudiant sans le sou qui passait plus de temps à faire voler son cerf-volant qu'à s'assurer un métier décent.

Ariel sentit ses lèvres trembler sous l'effet de la douleur. Non, il ne fallait pas qu'elle gaspille sa salive à défendre son frère. Il n'avait pas besoin d'être défendu.

— Ils s'aimaient, dit-elle simplement.

— Ils s'aimaient ! s'écria Anderson, le visage rouge de colère.

C'était la première fois qu'il manifestait publiquement une émotion.

— Pensez-vous réellement que cela suffise ?

— Oui. Ils étaient heureux ensemble. Ils ont eu un magnifique enfant ensemble. Ils ont partagé des rêves ensemble.

Elle luttait pour retenir ses larmes.

— Certaines personnes n'ont pas cette chance, conclut-elle.

— Barbara serait encore en vie si elle était restée loin de lui.

En regardant la vieille dame, Ariel perçut d'autres sentiments que la douleur. Ses mains trapues et noueuses tremblaient légèrement, sa voix s'était brisée. Il y avait en elle un mélange de chagrin et de fureur qu'Ariel reconnut et comprit.

— Jeremy est mort, lui aussi, madame Anderson, répondit-elle calmement. Mais Scott est là.

— Il a tué ma fille, rétorqua la femme.

Ses yeux brillaient comme des braises au milieu de son visage soudain blanc comme neige.

— Non ! s'écria Ariel, choquée d'entendre ces mots, accablée à son tour par le chagrin. Madame Anderson, Jeremy adorait Barbara. Jamais il ne lui aurait fait du mal.

— Il l'a emmenée dans cet avion. Barbara n'avait rien à faire dans ces petits engins. Sans lui, elle ne serait pas montée.

— Madame Anderson, je sais ce que vous ressentez…

La femme bondit à ces mots, le souffle court.

— Ne me dites pas que vous savez ce que je ressens. Elle était ma seule fille. Mon seul enfant.

Puis elle se leva en lançant à Ariel un regard glacial et vibrant de larmes.

— Je ne parlerai avec vous ni de Barbara, ni de son fils, conclut-elle en traversant le bureau à petits pas mesurés dont le bruit était étouffé par l'épaisse moquette.

— Et je ne vous laisserai pas faire de la peine à ma femme.

M. Anderson se leva à son tour, le dos droit et le regard inflexible.

— Depuis le début, les Kirkwood ne nous ont apporté que des malheurs, ajouta-t-il.

Malgré ses genoux qui tremblaient, Ariel se redressa pour lui faire face.

— Scott est un Kirkwood, monsieur Anderson.

Sans un mot, l'ancien colonel tourna les talons et sortit de la pièce.

— Il est compréhensible que mes clients se laissent emporter par leurs émotions.

La voix de Ford était si calme qu'Ariel l'entendit à peine. Elle acquiesça imperceptiblement et se dirigea vers la fenêtre.

Elle n'entendit pas un mot de la conversation que les deux avocats tinrent à voix basse derrière elle. Elle préféra se concentrer sur le flot de voitures qui s'agitaient sans bruit depuis le trentième étage. Elle aurait préféré être en bas, au milieu de l'agitation et de la foule.

Dire qu'elle croyait s'être résignée au décès de son frère ! De nouveau, elle se sentit envahie d'une vaine colère. Elle avait envie de la crier, mais le seul mot qui lui venait à l'esprit était : pourquoi ?

— Ariel.

Bigby posa la main sur son épaule et l'appela de nouveau. Elle tourna la tête. Ford et ses clients étaient partis.

— Venez vous asseoir.

— Non, je vais bien, le rassura-t-elle.

— Non, vous n'allez pas bien.

Elle appuya le front sur la vitre.

— Laissez-moi une petite minute. Dites-moi, Charlie, pourquoi je refuse de voir la dureté ou la laideur des choses avant qu'elles arrivent ? Même quand elles se produisent, je n'arrive pas à les comprendre.

— Parce que vous recherchez ce qu'il y a de meilleur chez l'homme. C'est une belle qualité.

— Ou un mécanisme de défense, murmura-t-elle.

— Cessez de vous faire du mal, Ariel.

Bigby s'était exprimé d'une voix plus tranchante que voulue, mais il eut le plaisir de voir les épaules de la jeune femme se redresser.

— Une autre de vos qualités est de provoquer les émotions. Ne le faites pas avec les Anderson.

Poussant un long soupir, elle continua de regarder la rue en contrebas.

— Ils sont blessants. Nous aurions dû trouver un moyen de partager notre douleur plutôt que de nous accabler. Mais je ne peux rien faire pour eux, murmura-t-elle en fermant brièvement les yeux. Charlie, Scott n'est pas comme eux. Il est tout pour moi. Je ne les ai pas entendus une seule fois prononcer son prénom. C'était comme s'il refusait de lui donner une identité, peut-être parce qu'il ressemble trop à Jeremy.

Elle s'appuya sur la vitre un court instant.

— Je ne veux que ce qui est bon pour Scott, même si ça ne l'est pas pour moi.

— Nous allons aller au tribunal, Ariel, et cela risque d'être très dur pour vous.

— Vous me l'avez déjà expliqué. Ça m'est égal.

— Je ne peux vous donner aucune garantie de résultat.

Elle humecta ses lèvres sèches avant de se tourner vers l'avocat.

— Je le comprends aussi. Je dois me persuader que quoi qu'il arrive, ce sera ce qui convient le mieux à Scott. Si je perds, c'est que je devais perdre.

— Au risque de ne pas me montrer très professionnel, dit-il en effleurant ses cheveux, avez-vous pensé à vous ?

Elle prit en coupe le visage de l'homme et déposa un baiser sur sa joue.

— Je suis une survivante, Charlie, beaucoup plus forte que ce que vous croyez. Concentrons-nous sur Scott.

Mais plusieurs choses inquiétaient Bigby. Ariel était toujours pâle, et ses yeux un peu trop brillants.

— Laissez-moi vous inviter à boire un verre.

Ariel passa les doigts sur sa barbe.

— Je vais bien, dit-elle fermement. Et vous avez du travail.

Tournant les talons, elle saisit son sac à main. Tout ce qu'elle voulait, c'était respirer le grand air et s'éclaircir les idées.

— J'ai besoin de marcher un peu, dit-elle presque pour elle-même. Dès que j'aurai réfléchi à tout ça, je me sentirai mieux.

Arrivée à la porte, elle fit une pause et regarda derrière elle. Bigby était toujours près de la fenêtre, l'air soucieux et inquiet.

— Pouvez-vous me dire si nous avons une chance de gagner ?

— Oui, nous avons une chance. J'aimerais pouvoir être plus affirmatif.

— Cela me suffit, répondit Ariel en ouvrant la porte. Il le faudra bien.

6

Tout ce que Booth avait écrit ce jour-là était bon pour la poubelle. C'était ce que toute personne sensée aurait fait d'un travail aussi mauvais. Il contempla d'un air maussade la feuille de papier à moitié noircie qui semblait le narguer, ainsi que la pile de feuillets empilés à côté de la machine à écrire. Peut-être que demain, avec un peu de recul, il arriverait à en sauver quelque chose.

A quand remontait son dernier blocage ? Il ne s'en souvenait même plus. Il avait l'impression de graver des mots dans du granit. Il avançait lentement, de façon laborieuse, et le produit fini n'était jamais parfaitement clair et précis. Malgré la sueur qui perlait à son front, ses muscles et ses yeux douloureux de fatigue, il n'avançait pas. Il consacrait dix heures par jour à son scénario, mais la moitié du temps, son esprit était ailleurs. Cela ne lui ressemblait pas, et il se sentait frustré.

Ariel… C'était elle la responsable.

Qu'allait-il faire ? se demanda-t-il de nouveau. Il se passa la main sur son visage d'un geste las. Pourtant, sa lassitude était davantage le fruit de son absence de production que de son manque d'énergie. Jamais une femme n'avait paralysé son esprit aussi longtemps, pas même Liz à l'apogée de leur désastreux mariage. Mais cette femme… Avec un grognement contrarié, il poussa sur le côté la machine à écrire. Cette femme enfreignait toutes les règles. *Ses* règles, celles qu'il s'était forgées pour sa survie personnelle.

Le pire était qu'il voulait simplement être avec elle. Simplement pour voir son sourire, l'entendre rire et l'écouter parler de choses absurdes.

Il avait plus de difficulté à contrôler son désir qui l'assaillait sans relâche. Avec son imagination d'écrivain, il n'avait aucune peine à imaginer la chaleur de la peau d'Ariel sous ses mains, la façon dont sa bouche était prête à prendre et à donner. Il pouvait aussi se projeter mentalement sur la façon dont elle pouvait bouleverser sa vie.

Ils s'apprêtaient à travailler ensemble, et il devait tout faire pour l'éviter. Mais il savait déjà que faire l'amour avec elle était inévitable, si inévitable qu'il devrait en anticiper les conséquences. Plongé dans le calme de son bureau, il ne pensait à rien d'autre qu'à la faire sienne. Ensuite, il faudrait en payer le prix… Qui était mieux placé que lui pour le savoir ?

Les yeux fixés sur la pile de feuilles, il songea qu'il avait d'ores et déjà commencé à payer. Il n'arrivait pas à se concentrer, et son travail en souffrait. Son rythme, habituellement fluide, était inégal. Ce qu'il écrivait était dépourvu de l'éclat inhérent à son style.

Trop souvent, il se surprenait à regarder dans le vide, mais son esprit n'était pas occupé par ses personnages. Trop souvent, il se réveillait avant l'aube après une nuit agitée. Mais ce n'était pas son intrigue qui le tenait en éveil.

C'était Ariel.

Il pensait trop à elle, beaucoup trop pour y trouver du réconfort, lui qui aimait tant son propre confort. Son travail avait toujours été de la première importance pour lui. Et il fallait qu'il le reste. Pourtant, il avait laissé une personne interférer dans ses habitudes, s'introduire dans son esprit.

Il hocha pensivement la tête en allumant une cigarette. Non, il n'avait pas autorisé Ariel à s'introduire dans ses pensées : elle les avait envahies.

La fumée lui brûla la gorge. Il fumait trop, se dit-il en prenant une nouvelle bouffée. Ses jours et ses nuits étaient trop longs. Il tirait trop sur la corde et, parfois, il se demandait pourquoi.

Ce n'était pas par ambition. La gloire ne l'avait jamais intéressé, et l'argent n'avait jamais été sa principale motivation. Le succès, peut-être, dans la mesure où il avait toujours recherché et insisté sur la qualité des projets associés à son nom. Non, c'était plus une question d'obsession : voilà à quoi se résumait sa motivation d'écrivain depuis qu'il avait pris sa plume pour la première fois.

Et lorsqu'un homme avait une obsession, il pouvait facilement en avoir deux. Son regard se perdit sur sa page à moitié vide tandis qu'il pensait à Ariel.

La sonnette de l'entrée retentit deux fois avant qu'il se décide à se lever pour aller répondre. S'il avait été en plein travail, il l'aurait complètement ignorée. Les interruptions, songea-t-il en laissant derrière lui son bureau jonché de papiers, avaient parfois du bon.

— Salut !

Les mains dans les poches, Ariel se tenait devant lui, le sourire aux lèvres.

— Je sais que j'aurais dû appeler d'abord. Je passais près de chez vous et je me suis dit que vous n'étiez peut-être pas trop absorbé par l'écriture d'une scène fabuleuse.

Trêve de bavardages ! se dit-elle en serrant nerveusement ses mains l'une contre l'autre.

— Cela fait des heures que je n'ai pas écrit de scène fabuleuse.

Il l'observa quelques secondes. Il était suffisamment perspicace pour deviner que, derrière son sourire et sa voix enjoués, elle avait des soucis. Une semaine, voire quelques jours plus tôt, il aurait trouvé une excuse et l'aurait renvoyée.

— Entrez.

— Je vois que je suis arrivée au bon moment, dit-elle en lui emboîtant le pas. Dans le cas contraire, j'aurais eu droit à quelques grognements de votre part. Vous n'étiez pas occupé à travailler ?

— Non, je venais de finir.

Elle semblait prête à exploser, constata-t-il. Sa désinvolture ne parvenait pas à masquer un trop-plein d'émotions. Il les voyait dans son regard, dans ses mouvements. Elle gardait les mains enfoncées dans les poches. Etait-elle tendue ? C'était si inhabituel chez elle. Il avait envie de la toucher, de l'apaiser. Mais il n'avait pas besoin des problèmes des autres.

— Vous voulez boire quelque chose ? proposa-t-il.

— Non, enfin… oui, rectifia-t-elle.

Un peu d'alcool l'aiderait peut-être mieux à se calmer que ses deux heures de marche.

— N'importe quoi fera l'affaire, ajouta-t-elle. Quelle belle journée !

Elle s'avança vers la fenêtre. Soudain, elle se revit dans le bureau de Bigby et préféra tourner le dos à la vue.

— Il fait chaud, ajouta-t-elle. Il y a des fleurs partout. Vous n'êtes pas sorti aujourd'hui ?

— Non.

Il lui tendit un verre de vermouth sans l'inviter à s'asseoir. Etant donné sa nervosité, elle aurait été incapable de tenir en place.

— Vous ne devriez pas manquer une journée pareille. Les jours parfaits sont plutôt rares.

Elle plongea les lèvres dans son verre et attendit que ses muscles se relâchent.

— J'avais l'intention d'aller me promener dans le parc avant de venir vous voir.

Elle garda la tête baissée, et il l'observa en silence avant de demander :

— Pourquoi êtes-vous venue ?

Lentement, elle leva les yeux vers lui.

— J'avais besoin d'être avec quelqu'un, et il se trouve que j'ai pensé à vous. Cela ne vous dérange pas ?

Non… Mais il aurait préféré qu'il en soit autrement.

— Pas du tout, répondit-il platement.

Sans réfléchir, il fit un pas vers elle, physiquement et émotionnellement.

— Vous voulez me parler de ce qui vous préoccupe ?

— Oui, dit-elle en soupirant, mais je ne peux pas.

Elle lui tourna le dos et posa son verre. Elle n'arrivait pas à garder son calme. Comment avait-elle pu croire qu'elle en serait capable ?

— Booth, d'habitude, j'arrive à gérer seule mes problèmes. Mais lorsque c'est impossible, j'ai besoin de quelqu'un.

Sans pouvoir s'en empêcher, il se mit à lui caresser les cheveux. Il leva son visage vers le sien, et sans réfléchir, la prit dans ses bras.

Un immense soulagement la saisit tandis qu'elle nouait les bras derrière son cou. Booth était fort, assez pour accepter et comprendre ses moments de faiblesse. Elle avait besoin de son soutien, sans question ni exigence. Son torse était dur et ferme. Il caressait doucement son dos, en silence. Pour la première fois depuis des heures, elle sentit qu'elle s'apaisait. La gentillesse de Booth lui redonnait espoir : ce seul sentiment lui suffisait pour survivre.

Qu'est-ce qui pouvait bien la troubler à ce point ? songea-t-il. A la façon dont elle s'agrippait à ses épaules, il pouvait percevoir son état de panique. Peut-être avait-elle des soucis professionnels. A moins que ce soit plus personnel ? Quoi qu'il en soit, cela n'avait aucun rapport avec lui. Et pourtant… En tenant son corps chaud et vulnérable dans ses bras, il avait le sentiment que tout avait un rapport avec lui.

Il devait à tout prix faire machine arrière. Il huma le parfum de ses cheveux et les embrassa. Baisser la garde n'était pas le meilleur moyen de préserver sa sécurité. Ses lèvres descendirent le long de sa tempe.

— Je voudrais vous aider.

Les mots jaillirent malgré lui.

Les bras d'Ariel l'enlacèrent plus fort. Pour elle, cette phrase signifiait plus, infiniment plus que s'il lui avait dit qu'il l'aimait. Sans le savoir, il venait de lui donner tout ce dont elle avait besoin.

— Vous l'avez déjà fait, répondit-elle en renversant la tête en arrière. Vous le faites encore.

Puis elle leva la main et effleura de ses longs doigts son visage, sa peau couverte d'une barbe naissante et rugueuse. L'amour était quelque chose qui vibrait trop fort en elle pour qu'elle puisse l'ignorer. Elle avait besoin de le partager, non par des mots, mais par des gestes.

Doucement, lentement, elle s'approcha plus près et effleura ses lèvres. A travers ses paupières mi-closes, elle croisa son regard intense.

Le premier, il pencha la tête, sans augmenter la pression de ses lèvres. Il joua avec désinvolture avec sa bouche, aspirant sa lèvre inférieure, traçant le contour de ses lèvres du bout de la langue jusqu'à ce que les frémissements au creux de son ventre envahissent sa poitrine. Il voulait s'imprégner d'elle en tant que femme, en tant que personne. Il voulait découvrir son corps et comprendre les subtilités de son esprit. En sentant qu'elle s'abandonnait, elle se demanda pourquoi il n'entendait pas les cris d'amour qu'elle lui lançait.

Jamais il n'avait jamais tenu dans ses bras une femme capable de tels sentiments et qui ne demandait rien en retour. Lui aussi aurait aimé s'abandonner à elle, mais il savait aussi qu'il ne le pouvait pas. Il n'était pas stupide au point de prendre les mêmes risques une deuxième fois.

Néanmoins, la compassion entraînait la compassion et, faute de mieux, il se sentait capable de soulager Ariel quelques heures de ce qui lui torturait l'esprit. Il caressa ses longs bras.

— Est-ce vraiment une si belle journée ? demanda-t-il.

Elle lui sourit. Ses doigts effleuraient toujours son visage, ses lèvres à quelques millimètres des siennes.

— C'est une journée formidable.

— Allons faire un tour.

Il lui prit la main et l'entraîna vers la porte.

— Merci.

Elle posa la tête sur son épaule. Il n'était pas habitué à ces simples marques d'affection. Le geste lui réchauffa le cœur, et l'invita aussi à la prudence.

— Merci de quoi ?

— De ne pas poser de questions.

Elle s'engouffra dans l'ascenseur, s'adossa contre le mur et soupira.

— Je ne me mêle jamais des affaires des autres, répondit-il.

— Vraiment ? demanda-t-elle, surprise.

— Je n'y arrive pas. Je suis une incorrigible indiscrète, comme la plupart des gens. Les secrets des autres nous passionnent. Et vous êtes pareil ; seulement, vous êtes plus subtile que la plupart des gens.

Il haussa les épaules d'un air indifférent, tandis que l'ascenseur atteignait le rez-de-chaussée.

— Ce n'est pas personnel.

Elle éclata de rire. Puis, passant la lanière de son sac sur son épaule, elle avança comme à son habitude d'un pas rapide.

— Oh, que oui, ça l'est.

Il s'arrêta un instant et croisa son regard pétillant d'humour.

— Oui, reconnut-il. Ça l'est. Mais en tant qu'écrivain, je sais observer, disséquer, et voler aux gens leurs pensées et leurs sentiments sans pour autant m'impliquer au point de leur donner des conseils, les réconforter ou même compatir.

— Vous êtes trop dur avec vous-même, Booth, murmura-t-elle. Beaucoup trop dur.

Il lui lança un regard perplexe. Parmi tous les reproches qu'il s'était faits, celui-ci n'en faisait pas partie.

— Je suis réaliste.

— Dans un sens, oui. Mais vous êtes aussi un rêveur. Tous les écrivains le sont, tout comme les acteurs sont eux-mêmes des enfants. Cela n'a rien à voir avec l'intelligence, le pragmatisme ou l'habileté. Cela fait partie de notre travail.

Elle sortit sur le trottoir, heureuse de sentir la chaleur du soleil.

— J'aime être une enfant, tout comme vous aimez être un rêveur. Simplement, vous ne voulez pas l'admettre.

Il aurait dû se sentir contrarié, mais il eut envie de rire. Aussi loin que remontaient ses souvenirs, personne d'autre qu'Ariel ne l'avait jamais compris. Il ne s'en était jamais plaint.

— Vous êtes convaincue que vous me connaissez très bien.

— Non, mais j'ai un peu creusé la question, et je commence à voir ce qui se cache sous les apparences.

Elle le regarda avec insolence.

— Il est très dur de vous percer à jour, ajouta-t-elle.

— Alors qu'on lit en vous comme dans un livre ouvert.

D'un geste inattendu, il prit son visage en coupe et l'examina attentivement. Il la tenait fermement, comme pour prévenir toute résistance.

— Du moins, c'est ce qu'on dirait.

Mais comment pouvait-il en être certain ? Comment pouvait-on être vraiment sûr de l'autre ?

Elle avait l'habitude d'être observée.

— Il n'y a pas grand-chose en moi qui ne se voie pas.

— C'est sans doute ce qui fait de vous une bonne actrice, dit-il d'un air songeur. Vous vous imprégnez facilement d'un personnage. Mais quand êtes-vous réellement vous-même ?

Décidément, Booth était encore loin de lui faire confiance, comprit-elle lorsqu'il la lâcha.

— Je ne peux pas vous répondre. Peut-être aurez-vous la réponse quand le film sera terminé.

Il acquiesça doucement. La réponse lui convenait : c'était sans doute la meilleure qu'elle pouvait lui offrir.

— Oui. Venez, je vais vous payer une glace. Vous voulez quel parfum ?

— Tout sauf de la vanille, répondit-elle avec enthousiasme. Ce n'est pas un parfum qui convient à une journée aussi belle que celle-ci.

Elle avait raison. C'était une journée magnifique. L'herbe était verte, les fleurs vives et leur parfum puissant. Tout le parc embaumait. Des odeurs de cacahuètes et de pigeons. Des joggeurs en short, des bandeaux de couleur dans les cheveux, les dépassèrent à grandes foulées, le dos dégoulinant de sueur.

Le printemps laisserait bientôt la place à un été précoce. Les arbres étaient pleins de bourgeons, les feuilles avaient abandonné les teintes pâles des dernières semaines pour se parer de couleurs plus hardies. L'ombre s'étendait langoureusement au pied des arbres comme une invitation à se prélasser, tandis que le soleil inondait les allées et les bancs.

Il savait qu'elle choisirait le soleil. En marchant à son côté, il se demanda pourquoi il ne l'avait pas cherché lui-même depuis longtemps. Occupée à lécher sa glace nappée de chocolat et d'éclats de noisette, elle pensait à Scott. Son appréhension avait disparu. Il suffisait qu'elle s'appuie sur quelqu'un, qu'elle puise en lui sa force pour reprendre espoir. De nouveau, ses pensées étaient claires, et sa tension avait disparu. Riant de bonheur, elle se jeta dans ses bras et l'embrassa avec fougue.

— Les glaces me font toujours cet effet, lança-t-elle avant de se laisser tomber sur une balançoire. Et le soleil aussi.

Puis, se penchant en arrière, elle lança ses pieds en avant pour prendre de l'élan. La pointe de ses cheveux frôla le sol. Ils étaient clairs, délicieusement pâles sous les rayons obliques du soleil. Son visage dégagé était éblouissant de beauté. Sa peau était fraîche et colorée lorsqu'elle s'élança de nouveau.

— Vous semblez être experte, déclara-t-il en s'appuyant contre le cadre de la balançoire.

— Absolument. Vous voulez me rejoindre ?

— Je me contenterai de vous regarder.

— C'est ce que vous faites le mieux.

Elle lança de nouveau ses jambes pour prendre plus de hauteur, heureuse des sensations que lui procurait le mouvement.

— Depuis quand n'êtes-vous pas monté sur une balançoire ?

Un souvenir lui revint à l'esprit : il avait cinq ou six ans. Il revoyait l'uniforme strict et le visage rêche de sa nourrice. Elle le poussait sur la balançoire tandis qu'il lui criait de le balancer plus fort. A cet instant, il avait cru que la vie se résumait à ce mouvement de balancier. Il se surprit à apprécier la façon dont Ariel lui avait avoué aimer être une enfant.

— Au moins un siècle, murmura-t-il.

— C'est trop long.

Frottant les pieds au sol, elle ralentit la balançoire.

— Montez avec moi.

Ecartant une mèche de cheveux de son visage, elle sourit devant son air surpris.

— Vous pouvez vous mettre debout avec moi sur la balançoire, un pied de chaque côté. Elle est assez solide, vous savez… à condition que vous le soyez aussi.

Elle s'était exprimée avec une pointe de défi, et il se renfrogna.

— Vous mettez en pratique vos talents de psychiatre ?

— Et cela fonctionne ? demanda-t-elle avec un large sourire.

De nouveau, elle se moquait de lui. Loin d'être dupe, il saisit la perche qu'elle lui tendait.

— Apparemment, répondit-il en montant derrière elle et en s'agrippant aux chaînes. Jusqu'où vous voulez monter ?

Elle renversa la tête en arrière.

— Aussi haut que vous pouvez !

— Interdiction de crier grâce, prévint-il en s'élançant en avant.

— Aucun risque, DeWitt !

Il balança son corps avec souplesse à mesure qu'ils prenaient de la hauteur. A chaque mouvement, elle percevait tantôt le ciel bleu, parsemé de nuages à travers les feuillages, tantôt le sol brun et vert. Appuyant la tête contre la cuisse ferme et musclée de Booth, elle se laissa envahir par les sensations.

Elle sentait l'odeur de l'herbe humide qui se mêlait à celle de la terre sèche. Le rire des enfants, le roucoulement des pigeons, le bruit de la circulation, elle discernait distinctement chaque son.

L'air avait un parfum de printemps, doux et léger. L'image d'une pastèque lui traversa l'esprit tandis que la brise fouettait son visage. Mais, par-dessus tout, c'était la présence de Booth qui affolait ses sens. C'était lui qu'elle sentait fermement collé à son dos, c'était son souffle qui se détachait de tous les autres bruits. Il dégageait une odeur de sel, de savon et de tabac. Il lui suffisait de tourner la tête pour distinguer ses mains robustes enroulées autour de la chaîne de la balançoire. Elle ferma les yeux pour mieux s'en imprégner. Elle avait l'impression étrange de rentrer chez elle. Heureuse, elle laissa glisser ses mains le long de la chaîne et effleura les doigts de Booth. Le contact chaud de sa peau lui suffisait.

Il avait oublié à quel point il était agréable de faire quelque chose sans raison. En chemin, il avait aussi oublié la pureté de ce plaisir. A présent, il se contentait de le ressentir, sans s'embarrasser des justifications intellectuelles qui l'entravaient si souvent. Comme il avait compris que liberté rimait avec vulnérabilité, il se montrait très prudent. En de rares occasions, lorsqu'il était complètement seul, loin des responsabilités et du travail, il permettait à son cœur et à son esprit de dériver. Mais en cet instant, tout arrivait si spontanément qu'il s'en rendait à peine compte. Acceptant de se détendre, il prit le parti de s'amuser.

— Plus haut ! s'écria Ariel à bout de souffle en se penchant en arrière. Beaucoup plus haut !

— Si je vais plus haut, vous risquez de tomber face contre terre.

— Pas moi. Je retombe toujours sur mes pieds. Plus haut, Booth !

Lorsqu'elle leva vers lui son visage radieux, il se perdit en elle. Il la trouva belle, mais pas de cette beauté froide et distante qu'il avait vue à l'écran. Il n'y avait rien de Rae, rien d'Amanda dans ses traits. Seulement Ariel. Pour la première fois depuis très longtemps, il vit briller une lueur d'espoir. Et il fut pris de panique.

— Plus haut ! cria-t-elle sans lui donner le temps de comprendre ce qui se passait en lui.

Son rire et son enthousiasme étaient contagieux. Ils continuèrent de se balancer jusqu'à ce que leurs bras leur fassent mal. Lorsque la balançoire commença à ralentir, elle bondit lestement au sol et le laissa se balancer seul sur le siège.

— C'était merveilleux, dit Ariel en riant et en tournoyant sur elle-même, les bras déployés. Maintenant, je suis affamée, absolument affamée.

— Vous venez tout juste de manger une glace.

Booth bondit à son tour de la balançoire, à bout de souffle et le cœur battant.

— Ce n'est pas suffisant, répondit Ariel en se tournant vers lui.

Elle croisa les mains derrière sa nuque.

— J'ai envie d'un hot-dog, avec tout ce qui va avec.

— Un hot-dog…

L'idée lui semblait si naturelle qu'il se pencha vers elle pour l'embrasser. Ses lèvres étaient chaudes.

— Vous savez ce qu'ils mettent dedans ?

— Non, et je n'ai pas envie de le savoir. J'ai envie d'y mettre tout ce qu'il y a de plus mauvais pour la santé mais que je trouve délicieux.

Il laissa glisser les mains le long de ses courbes affolantes.

— C'est vous qui êtes délicieuse.

Le sourire d'Ariel changea, se fit plus doux.

— Vous ne m'avez jamais rien dit d'aussi gentil. Embrassez-moi encore, pendant que j'ai encore l'impression de voler.

Il la serra contre son corps tandis que ses lèvres goûtaient les siennes. Il se demanda fugacement pourquoi un baiser aussi doux l'ébranlait autant qu'un baiser passionné, même si l'effet était différent. Il désirait Ariel. Pas seulement son corps, mais son énergie, sa verve et sa joie de vivre.

Lorsqu'il s'écarta, il la vit battre des cils. Ses lèvres s'incurvèrent. Puis il se souvint de sa panique lorsqu'elle s'était présentée chez lui.

Si ses émotions étaient aussi vibrantes qu'elles paraissaient, elles ne se limitaient certainement pas seulement à la joie ou à la vivacité.

— Un hot-dog, répéta-t-il en se demandant combien il pouvait apprendre d'elle et combien de temps il lui faudrait pour le faire. C'est votre estomac après tout, mais je suis prêt à vous en offrir un.

— Je savais que vous étiez bon joueur, Booth.

Elle passa un bras autour de sa taille et partit d'un bon pas.

— Mais il m'en faudra deux, ajouta-t-elle.

— Vous avez des tendances masochistes dans votre famille ?

— Non, nous sommes juste gloutons. Parlez-moi des vôtres.

— Je n'ai pas de tendances masochistes.

— De votre famille, précisa-t-elle en pouffant. Ils doivent être très fiers de vous.

Il lui lança un regard surpris et sourit doucement.

— Ce n'est qu'une question de point de vue. J'étais censé suivre la tradition familiale et faire du droit. Entre vingt et trente ans, je n'étais qu'une brebis galeuse.

— Vraiment ?

Elle sembla lui prêter un intérêt nouveau.

— J'ai du mal à y croire, ajouta-t-elle. J'ai toujours eu un faible pour les brebis galeuses.

— J'aurais pu écrire un livre sur le sujet, déclara-t-il, amer. Mais on peut dire que j'ai été réintégré dans le giron familial ces dernières années.

— Le Pulitzer y a fortement contribué.

— Et l'Oscar ne m'a pas fait de mal non plus, reconnut-il en percevant pour la première fois l'humour de la situation. Toutefois, pour les DeWitt de Philadelphie, le Pulitzer a eu plus de poids.

Sentant l'odeur des hot-dogs, elle l'entraîna vers un vendeur ambulant.

— Vous pourrez ajouter un Emmy Award à la liste de vos trophées, l'année prochaine.

Il sortit son portefeuille tandis qu'elle humait les effluves de saucisse et de pain chaud.

— Vous êtes très sûre de vous.

— C'est la meilleure attitude. Vous en voulez un ?

L'odeur était trop bonne pour qu'il puisse résister. A quand remontait son dernier hot-dog ?

— Je crois que je vais me laisser tenter.

Elle lui décocha un large sourire et, de la main, indiqua au vendeur de préparer un autre hot-dog. Lorsqu'il lui tendit le sandwich, elle commença à sélectionner d'un air gourmand les assaisonnements.

— Vous savez, Booth… *La Rébellion* est un livre majestueux, avec des personnages très attachants, mais il n'est pas aussi passionnant que votre *Mardi brumeux*.

Il la regarda mordre de bon cœur dans son sandwich.

— Je ne cherche pas toujours à divertir lorsque j'écris.

— Non, j'imagine.

Elle mâcha consciencieusement sa bouchée et accepta le soda qu'il lui tendit.

— Je vous parle uniquement de mes préférences. C'est pour cette raison que je fais mon métier. J'aime me divertir et j'en ai besoin.

Il ajouta une fine ligne de moutarde sur son hot-dog.

— C'est pourquoi vous vous contentez de votre petit feuilleton.

Elle lui lança un regard de biais.

— Ne soyez pas désagréable. Il s'agit plutôt d'un divertissement de qualité. Mais si j'étais plus douée pour jongler et faire du monocycle, c'est ce que je ferais.

Après la première bouchée, il s'aperçut que son hot-dog était ce qu'il avait avalé de meilleur depuis une semaine, peut-être même des mois.

— Vous avez énormément de talent.

Il ne remarqua pas le regard surpris qu'elle lui lança en entendant le compliment.

— J'ai du mal à comprendre pourquoi vous ne jouez pas dans des films ou des pièces de plus grande envergure. Travailler pour une série, même hebdomadaire, est un travail ennuyeux et éreintant. Incarner un personnage central dans une série diffusée cinq jours par semaine doit être épuisant et frustrant.

— C'est exactement pour ces raisons que j'y participe, répondit-elle en léchant goulûment une goutte de moutarde sur son pouce. J'ai grandi ici, à Manhattan. Son rythme, c'est mon sang. Savez-vous pourquoi Los Angeles et New York sont situées chacune à un bout du continent ?

— Un hasard géographique.

— C'est le destin, corrigea Ariel. Dans ces deux villes, l'industrie du cinéma tient une grande importance, mais leur rythme ne pourrait être plus opposé. Je deviendrais folle en Californie. Je déteste la paresse. J'aime tourner cette série, car tous les jours, c'est un nouveau défi qui renforce mon énergie. Mais…

Elle termina son hot-dog en soupirant.

— Jouer la même pièce soir après soir est trop facile, trop confortable.

Booth but une gorgée de Coca-Cola, une saveur qu'il avait presque oubliée.

— Cela fait cinq ans que vous jouez le même personnage, objecta-t-il.

— Ce n'est pas la même chose. Les séries sont pleines de surprises. On ne sait jamais quelle orientation les scénaristes vont donner à l'histoire pour améliorer l'audience, ni quelle nouveauté ils vont introduire.

Elle suivit de l'œil une dame entre deux âges qui promenait son caniche.

— En ce moment même, reprit-elle, Amanda est confrontée à l'effondrement de son mariage, à une trahison, à la possibilité d'un avortement et à celle de renouer avec un amour de jeunesse. Elle n'a pas de quoi s'ennuyer. Et même si c'est top-secret, je peux vous dire qu'elle collabore avec la police pour dresser le profil psychologique de l'Eventreur de Trader's Bend.

— Le quoi ?

— On l'appelle comme ça en mémoire de Jack l'Eventreur, précisa-t-elle. Griff, son premier amour, est le suspect numéro un.

— Cela ne vous ennuie pas que tous ces mélodrames se déroulent dans une petite ville, autour de cinq ou six familles interconnectées ?

Ariel s'arrêta pour le regarder.

— Vous connaissez l'œuvre du poète Coleridge ?

— Passablement.

— « La suspension consentie de l'incrédulité », répondit Ariel en froissant sa serviette avant de la jeter dans une poubelle. Voilà ce qu'il faut pour s'en sortir, dans ce monde. Si vous pensez que quelque chose peut arriver, ça peut arriver. En tant qu'écrivain, vous devriez le savoir.

— Peut-être. Mais j'ai toujours préféré la réalité.

— Pourquoi pas, si ça fonctionne pour vous.

Son haussement d'épaules indiquait qu'elle était prête à toutes les concessions.

— Mais parfois, ajouta-t-elle, il est plus simple de croire aux coïncidences, à la magie ou simplement à la chance. La réalité sans détours est une voie très dure.

— Je m'en suis écarté quelquefois, murmura-t-il.

Soudain, l'idée qu'Ariel Kirkwood l'avait déjà fait sortir des sentiers qu'il empruntait depuis des années lui traversa l'esprit. Où donc les mèneraient les chemins sinueux d'Ariel ? Perdu dans ses pensées, il remarqua à peine qu'ils étaient arrivés devant son immeuble. Son travail l'attendait, ainsi que son intimité et sa solitude. Mais il ne voulait rien de tout cela.

— Montez avec moi.

Sa demande était simple, sa signification claire. Et le désir d'Ariel était grand. Secouant la tête, elle repoussa une mèche de cheveux sur le front de Booth.

— Non, il ne vaut mieux pas.

Il saisit sa main avant qu'elle la retire.

— Pourquoi ? J'ai envie de vous, et vous avez envie de moi.

Si seulement tout était aussi simple, songea-t-elle. Chaque fois qu'elle voyait Booth, son désir de l'aimer grandissait. Mais son intuition lui disait que cette relation risquait d'être compliquée pour chacun d'eux. Booth était trop méfiant, et elle, trop vulnérable.

— Oui, j'ai envie de vous, répondit-elle en remarquant la lueur différente dans ses yeux.

Elle comprit alors qu'elle aurait plus de mal à partir qu'à le suivre.

— Mais si je monte avec vous, ajouta-t-elle, nous allons faire l'amour. Et aucun de nous n'est prêt pour ça, Booth.

— Si vous jouez à attiser mon désir, sachez que ce n'est pas nécessaire.

Debout devant lui, elle dégagea sa main.

— J'aime les jeux, dit-elle calmement. Et j'y joue très bien. Mais pas à ceux-ci.

Il sortit une cigarette et l'alluma d'un coup sec avec son briquet.

— Je n'ai aucune patience pour les mises en scène et les dîners aux chandelles, Ariel.

Il aperçut alors la lueur espiègle dans son regard ; il aurait pu la maudire pour cela.

— Vous avez de la chance, je m'en passe volontiers.

Puis, posant les mains sur ses épaules, elle se pencha vers lui et l'embrassa doucement.

— Je vous laisse penser à moi, déclara-t-elle avant de tourner rapidement les talons.

En la regardant s'éloigner, il sut qu'il ne pourrait rien faire d'autre.

7

Le travail s'annonçait dur, les journées longues et les nuits courtes. Son corps et son esprit étaient constamment sollicités. Ariel savait qu'elle aimerait chaque minute de ce qu'elle allait vivre.

Les producteurs de la série coopéraient pleinement avec Marshell : la stratégie de la chaîne allait dans leur sens. Le mot, le grand mot, était toujours l'audience. Mais il incombait à Ariel de jongler avec les deux projets et d'apprendre les centaines de pages de script et d'incarner tour à tour Amanda et Rae.

En d'autres circonstances, les scénaristes auraient limité les épisodes mettant en scène son personnage dans la série *Nos vies, nos amours*. Mais c'était impossible : entre Amanda et Griff, la tension était à son comble, et l'Eventreur rôdait dans la ville. Son rôle était primordial dans de nombreuses scènes. Ariel devait donc les tourner dans un délai très court. Elle disposait de trois semaines consécutives pour se concentrer exclusivement sur le film. Si le planning n'était pas respecté, il lui faudrait diviser son temps et son énergie entre Amanda et Rae.

L'idée de se lever à 5 heures du matin pour travailler dix-huit heures d'affilée ne l'enchantait guère. Mais ce rythme, aussi impitoyable fût-il, était presque naturel pour elle. Il lui permettait aussi d'oublier le procès avec les grands-parents de Scott, fixé pour le mois à venir.

Et puis il y avait Booth. L'idée même de travailler avec lui l'excitait. Ce contact quotidien s'annonçait stimulant. La compétition professionnelle et leur coopération l'aideraient à garder un esprit alerte. Les étapes de préproduction lui avaient permis de vérifier que Booth était aussi intimement impliqué dans le film que n'importe quel membre de l'équipe et que son autorité était indéniable.

Au cours des réunions parfois hystériques, il restait calme et s'exprimait peu. Mais lorsqu'il prenait la parole, personne n'osait le contredire. Ce n'était pas une question d'arrogance ou de pouvoir, comme Ariel avait pu le constater. Simplement, Booth DeWitt s'abstenait de commentaires, sauf quand il savait qu'il avait raison.

Peut-être deviendraient-ils plus proches à mesure que le film avancerait, songea Ariel. Des émotions, voilà ce qu'elle voulait lui offrir et ce qu'elle attendait de lui. Le temps était certes un élément primordial dans leur relation. Tout comme la confiance, qui semblait leur faire défaut le plus.

Parfois, elle avait le sentiment que Booth la regardait avec trop d'impartialité et l'éloignait d'elle avec trop de facilité.

Elle était dans une impasse. Mieux elle interprétait le rôle de Rae, plus Booth s'éloignait d'elle. Elle le comprenait, sans pouvoir toutefois rien y changer.

Le décor du plateau était élégant, l'éclairage tamisé et séducteur. Assis autour d'un petit guéridon de style rococo, Rae et Phil partageaient une bisque de homard et du champagne. Ariel portait une robe de soie bleu marine moulante. Des diamants et des saphirs scintillaient à son cou et à ses oreilles. La présence d'un vigile armé dans le studio était la preuve vivante que l'on n'utilisait pas de copies dans une production signée Marshell.

Ce dîner tardif et intime se déroulait en réalité à 8 heures du matin en présence de l'équipe de techniciens au grand complet. Prenant une gorgée de soda tiède dans une flûte, Ariel eut un rire grave et se pencha vers Jack.

Elle savait ce qu'elle devait exprimer dans cette scène : de la sensualité brute sous une fine couche de sophistication. Elle devait le faire passer à travers ses gestes, ses regards, ses sourires, sans recourir au dialogue. Il s'agissait de jouer un rôle dans un rôle. Rae était son personnage, mais Rae n'apparaissait jamais sans masque. Ce soir, elle incarnait une féminité douce et chaleureuse qui n'était qu'une façade. C'était le travail d'Ariel de restituer cette impression et de montrer l'habileté de Rae à jouer ce rôle. Si l'actrice jouée par Ariel n'était pas assez intelligente, l'effet sur le personnage de Phil ne serait pas efficace. La relation entre elles deux était vitale, elles se nourrissaient l'une de l'autre, et ce faisant, toute l'histoire reposait sur elles.

Rae voulait Phil, mais le spectateur devait comprendre qu'elle le désirait autant physiquement que pour les relations professionnelles qu'il pouvait lui apporter. Pour le conquérir, il fallait qu'elle se fasse désirer. L'ambition et l'habileté conjuguées à la beauté formaient une combinaison fatale. Rae possédait tout cela et savait s'en servir. C'était le travail d'Ariel de montrer la dualité de sa nature, mais avec subtilité.

La scène devait se terminer dans la chambre à coucher, mais cette partie du film serait tournée ultérieurement. Pour l'heure, la tension et la séduction avaient atteint un tel paroxysme que Phil comme les spectateurs étaient complètement sous le charme.

— Coupez !

Chuck se massa le cou et resta silencieux. Les acteurs comme les techniciens qui avaient remarqué le geste du directeur restèrent sur le qui-vive. La scène ne lui plaisait pas, et il en cherchait la raison. Anxieuse, Ariel décida de ne pas se laisser happer par la tension. Elle avait pourtant besoin d'un certain stress pour incarner Rae. Le soda et la nourriture devant elle firent gargouiller de manière embarrassante son estomac. Ils en étaient déjà à la quatrième prise. D'un œil distrait, elle regarda un assistant remplir son verre et remplacer son assiette.

— C'est dégoûtant, n'est-ce pas ?

Ariel leva la tête et vit Jack Rohrer qui lui adressait une grimace. Elle relégua le personnage de Rae dans un coin de son esprit et lui sourit.

— Je n'ai jamais eu autant envie d'un café et d'un bagel de toute ma vie.

— S'il te plaît, ne me parle pas de vraie nourriture.

— Plus féline, lança Chuck brusquement en se tournant vers Ariel. C'est comme cela que je vois Rae : un chat noir au poil lisse et brillant avec des griffes manucurées.

Ariel sourit à cette évocation. Oui, c'était bien Rae.

— Lorsque tu réponds : « Un soir ne sera pas suffisant, je deviens gourmande en te regardant », tu dois pratiquement ronronner.

Elle acquiesça. Oui, Rae devait ronronner cette réplique tout en calculant avec soin sa portée. Ariel avait en tête l'image d'un chat séducteur et malin.

Juste avant le signal de la prochaine prise, elle croisa le regard de Booth. Debout derrière la caméra, il la regardait d'un air sévère. Ses mains avaient beau être enfoncées avec désinvolture dans ses poches, son expression avait beau être calme et posée, elle sentait le mur de tensions qui l'entourait. Incapable de le briser, elle préféra s'en servir pour se remettre dans son personnage.

A mesure que la scène se déroulait, elle oublia le goût tiède du soda, les caméras et les techniciens. Elle concentra toute son attention sur l'homme en face d'elle, qui n'était plus un acteur mais sa prochaine victime. Elle lui sourit en l'entendant parler, un sourire que Booth ne connaissait que trop bien. Aussi séducteur qu'une dentelle noire, aussi froid que de la glace. Aucun homme sur Terre ne pouvait être immunisé contre lui.

Lorsqu'elle arriva à la réplique soulignée par le réalisateur, elle fit une courte pause, puis plongea le doigt dans le verre de Jack avant de s'en humecter les lèvres, puis celles de son partenaire. Ce geste improvisé ô combien sensuel fit grimper en flèche la température sur le plateau. Même si Booth approuvait mentalement le geste et l'intuition d'Ariel, il sentit une boule se former au creux de son ventre.

Elle connaissait bien son personnage, songea-t-il, presque aussi bien que lui-même. Si bien qu'il avait du mal à distinguer les deux femmes dans son esprit. Qui était véritablement l'objet de l'attirance qui le torturait ? La jalousie qui l'avait tenaillé en voyant Ariel dans les bras d'un autre homme, pour qui la ressentait-il ? Dans son scénario, la réalité et la fiction étaient très étroitement liées, et il avait choisi une actrice suffisamment douée pour brouiller les pistes. Maintenant, il se sentait pris au piège. La femme qu'il désirait était-elle l'ombre ou la lumière ?

— Coupez ! Coupez et enregistrez ! C'était fantastique !

Affichant un sourire radieux, Chuck s'approcha d'Ariel et de Jack et les embrassa.

— Nous avons de la chance que la mémoire de la caméra n'ait pas été pleine pour cette scène.

Jack sourit à son tour.

— Tu es vraiment très douée, dit-il en posant une main sur l'épaule d'Ariel. Tellement douée que je vais devoir boire une grande tasse de café et appeler ma femme.

— Dix minutes de pause, annonça Chuck. Préparez-vous pour les scènes d'action. Tu veux un verre, Booth ?

— Oui, merci.

Sans quitter Ariel des yeux, il se dirigea vers eux. Elle n'avait plus rien de félin à présent. Elle semblait plutôt inquiète. Tandis que la boule dans son estomac se dissipait, il dut résister à l'envie de lui caresser la joue. La première sensation était pourtant la plus familière.

— On dirait que vous avez besoin d'un café, vous aussi, dit-il.

— En effet.

De nouveau, Ariel dut faire un effort pour se débarrasser de la personnalité de Rae. Elle rêvait de se détendre complètement, mais elle devait maintenir une certaine tension.

— Vous m'invitez ?

Avec un hochement de tête, il l'entraîna vers une table qui avait été dressée avec du café, des beignets et des biscuits. L'estomac d'Ariel se révolta à l'idée d'absorber de la nourriture, mais elle saisit avec plaisir la tasse en polystyrène que lui tendait Booth.

— Cet emploi du temps est difficile, lâcha-t-il.

Elle haussa les épaules en laissant le café lui enlever l'arrière-goût de soda.

— Pas plus que celui de la série, et même plus léger sous certains aspects. Mais cette scène était difficile.

— Pourquoi ?

L'odeur du café était réelle et solide. Elle arrivait presque à lui faire oublier l'horrible nourriture qu'elle avait été contrainte d'absorber ces deux dernières heures.

— Parce que Phil est intelligent et prudent. Ce n'est pas un homme que l'on peut séduire ou flouer facilement. Rae doit faire les deux, et elle est pressée. Mais vous le savez bien.

— Oui, répondit-il en saisissant son poignet avant qu'elle porte de nouveau sa tasse à ses lèvres. Vous paraissez fatiguée.

— Seulement entre les prises, répondit-elle en souriant, touchée par sa sollicitude. Ne vous inquiétez pas pour moi, Booth. J'ai l'habitude du stress.

— Il y a autre chose.

Elle songea soudain à Scott. Dès l'instant où elle entrait dans le studio, elle ne devait rien montrer de ses soucis personnels, se rappela-t-elle.

— Vous êtes perspicace, murmura-t-elle. C'est la principale qualité d'un écrivain.

— Vous vous défilez.

Non, elle ne devait pas y penser, pas maintenant, sous peine de ne plus pouvoir se contrôler.

— J'ai quelques problèmes à régler, mais ils n'auront aucune incidence sur mon travail.

Il saisit fermement son menton.

— Rien n'a d'incidence sur votre travail, n'est-ce pas ?

Pour la première fois, elle sentit affleurer la colère.

— Ne me confondez pas avec mon personnage, Booth, ni avec une autre femme.

Elle repoussa sa main d'un geste brusque, puis tourna les talons pour revenir vers le plateau.

Booth lui sut gré de cette manifestation de colère ; il lui était plus facile de croire en des émotions négatives. Adossé contre le mur, il prit une décision. Il allait coucher avec elle, et ce, dès ce soir. Ainsi, il libérerait son corps et son esprit de la tension qui l'habitait. Ensuite, ils géreraient les conséquences, chacun à leur manière.

Pour Ariel, la colère présentait un avantage. Rae était une femme constamment prête à exploser. Elle n'en était que plus insatisfaite, et s'en servait pour nourrir son ambition. Plutôt que de s'en débarrasser — ce qu'elle n'était pas certaine de pouvoir faire —, Ariel s'en servait pour ajouter de la profondeur à son personnage, déjà très complexe. Tant qu'elle collerait à la personnalité exigeante et lunatique de Rae, elle ne sentirait pas ses propres inquiétudes et frustrations.

Même au beau milieu d'une scène, ses sens étaient suffisamment aiguisés pour savoir exactement où se trouvait Booth, et ce qui retenait son attention. Elle gérerait cela plus tard. Car plus il lui mettait la pression, mentalement et émotionnellement, plus elle était déterminée à donner le meilleur d'elle-même.

Vers 18 heures, à la fin du tournage, Ariel s'aperçut qu'incarner le personnage de Rae l'avait exténuée. Son corps était endolori par les heures passées debout sous les éclairages. Son esprit vacillait à force de ressasser les répliques. Elle n'en pouvait plus de retenir et de libérer ses émotions. Au bout d'une semaine de tournage, elle avait l'impression d'avoir couru un marathon.

Personne ne lui avait dit que la tâche serait facile, se rappela-t-elle en entrant dans sa loge pour se changer et passer des vêtements de ville. Mais même si cela avait été le cas, quelle importance… Son principal problème était de vouloir mettre en lien sa performance dans le film avec le succès de sa relation avec Booth. Si elle réussissait d'un côté, alors elle réussirait aussi de l'autre.

Ariel retira vivement ses vêtements de scène et se débarrassa du personnage de Rae avec la même impatience. Ce raisonnement était biaisé, songea-t-elle. Car Rae n'était qu'un rôle, même s'il collait de près à la réalité. Tandis que Booth appartenait à la vraie vie, *sa* vie à elle. Et qu'importe qu'elle ait fait le choix de prendre des risques ou de relever un défi : elle ne pouvait pas se permettre de le perdre de vue.

Elle appliqua une généreuse couche de crème sur son visage afin de retirer son maquillage et laisser sa peau respirer. Puis elle s'assit et allongea les jambes sur la coiffeuse. Le court kimono qu'elle avait passé couvrait à peine ses cuisses. Prenant le temps de se détendre, elle défit son élégant chignon et laissa ses cheveux tomber librement sur ses épaules. Puis, avec un soupir de satisfaction, elle renversa la tête en arrière, ferma les yeux et sombra dans un demi-sommeil.

Booth la trouva dans cette position.

La pièce était toujours aussi encombrée. Ariel donnait l'impression de flotter sur une île de quiétude. L'air était imprégné d'odeurs de poudre, de crèmes, et du même pot-pourri au lilas que dans son appartement. Les lumières autour du miroir diffusaient une lueur éblouissante. La respiration d'Ariel était douce et régulière.

En fermant la porte derrière lui, il laissa son regard glisser sur les jambes minces et nues d'Ariel. Le kimono négligemment noué s'écartait de manière suggestive presque jusqu'à la taille. Ses cheveux s'étalaient en désordre sur le dossier du fauteuil, et la courbe de son cou et de ses épaules formait un contraste élégant.

Sans les fards nécessaires devant la caméra, son visage était un peu pâle..., fragile. Booth devina de légers cernes sous ses yeux.

En la voyant dans cette position, il ressentit un désir si violent qu'il en était douloureux. Sans même réfléchir à ce qu'il faisait, il verrouilla la porte puis s'assit sur l'accoudoir d'un fauteuil, alluma une cigarette et attendit.

Ariel s'éveilla lentement. Elle avait l'habitude de s'endormir vite et de se réveiller progressivement. Avant même d'être sortie de son demi-sommeil, elle sut qu'elle avait récupéré. Sa sieste n'avait pas duré plus de dix minutes. Si elle avait été plus longue, elle se serait réveillée vaseuse ; plus courte, elle aurait été tendue. Avec un soupir de contentement, elle s'étira. Elle sentit alors qu'elle n'était pas seule. Intriguée, elle tourna la tête et aperçut Booth.

— Salut !

Il ne vit aucune trace de colère dans son regard, pas plus que de froideur ou de rancœur dans sa voix. Même son inquiétude semblait avoir disparu.

— Vous n'avez pas dormi longtemps.

Sa cigarette s'était presque consumée jusqu'au filtre sans qu'il s'en aperçoive. Il l'écrasa dans un cendrier.

— Même si je ne connais personne qui puisse dormir dans cette position, ajouta-t-il.

— Pour une sieste de dix minutes, je peux dormir partout, répondit-elle en bandant tous ses muscles avant de se détendre. J'avais besoin de recharger les batteries.

— Un bon repas vous fera du bien.

Elle posa la main sur son estomac.

— Oui, vous avez raison.

— Vous avez à peine touché à votre plat au déjeuner.

Il n'était pas surprenant qu'il l'ait remarqué. Mais qu'il le souligne l'était plus.

— En temps normal, je me serais gavée. Mais manger de la bisque de homard au petit matin m'a coupé l'appétit. Je préfère de loin les bagels. Ou un bol de céréales.

— A quoi ?

— Au chocolat et aux vitamines.

A contrecœur, elle posa les pieds au sol. L'échancrure de son décolleté s'accentua et elle rabattit les pans de son peignoir d'un air absent.

— Nous en avons terminé pour la journée, n'est-ce pas ? Il n'y a pas de problème ?

— Nous avons terminé, acquiesça-t-il. Mais il y a un problème.

Elle laissa en suspens la brosse à cheveux qu'elle tenait dans la main.

— Quel genre de problème ?

— Personnel.

Il se leva et lui prit la brosse des mains.

— Tous les jours de la semaine, expliqua-t-il, je vous ai regardée, je vous ai écoutée, je vous ai sentie. Et tous les jours, je vous ai désirée.

Il passa lentement la brosse dans ses cheveux, en une longue et douce caresse. Dans le miroir éclairé, leurs regards se croisèrent. Comme Ariel ne bougeait pas, il passa de nouveau la brosse puis épousa la courbe de son épaule de sa main libre.

— Vous m'avez demandé de penser à vous. C'est ce que j'ai fait, continua-t-il.

Elle était à fleur de peau. Ses émotions étaient toujours à fleur de peau. Et elle n'y pouvait rien.

— Tous les jours de la semaine, déclara-t-elle d'une voix déjà rauque, vous m'avez regardée et écoutée être quelqu'un d'autre. Peut-être désirez-vous une autre personne.

Sans la quitter des yeux, il approcha sa bouche de son oreille.

— Mais je ne regarde personne d'autre à présent.

Elle sentit son cœur bondir dans sa poitrine.

— Demain…

— Au diable, demain!

Il reposa la brosse et obligea Ariel à se lever.

— Et hier aussi.

Son regard était si intense, si ardent qu'elle sentit sa bouche s'assécher. Dire qu'elle avait essayé d'imaginer son visage en proie aux émotions. Il lui montrait à présent son désir, et elle était sur le point d'y succomber.

Si seulement elle ne l'aimait pas… Mais elle l'aimait. Elle oublia toute prudence, tandis que ses lèvres partaient à la rencontre de celles de Booth. Il y avait un temps pour réfléchir et un autre pour ressentir. Il y avait un temps pour se refuser et un autre pour s'abandonner librement. Il y avait un temps pour la raison et un autre pour l'amour.

Elle mit dans ce baiser tout ce qu'elle possédait, tout ce qu'elle ressentait, qu'elle pensait et qu'elle espérait. Son corps répondit à l'appel de son cœur lorsqu'elle enlaça Booth, s'offrant à lui sans conditions. Le sol trembla et l'air se figea. Elle écarta les lèvres et sa langue caressa la sienne au rythme des battements désordonnés de son cœur.

Ariel avait un corps tonique mais doux; sentir le sexe dur de Booth contre elle exacerba sa féminité. Elle s'abandonna au plaisir qui coulait dans ses veines comme du vin chaud. Lorsqu'il la serra plus fort, elle se sentit fondre encore plus, comme dans un rêve. Pourtant, tout était bien réel.

Booth n'avait jamais rencontré de femme comme elle, si libre, avec des émotions si tumultueuses et puissantes. Il s'attendait à de la passion mais… ce qu'il découvrait était infiniment plus violent, et la palette de ses sentiments était si intense, douce…, irrésistible.

Lorsqu'il avait observé Ariel sur le plateau, il avait voulu la faire sienne. Lorsqu'il était entré dans la loge et qu'il l'avait trouvé endormie, son désir l'avait submergé. A présent, envahi d'émotions sur lesquelles il ne parvenait pas à mettre de mots, il avait besoin d'elle comme jamais dans sa vie. Malgré lui.

Mais il était trop tard… Trop tard pour elle, trop tard pour lui. Les mains dans ses cheveux, ses pensées étaient diluées dans un kaléidoscope de sensations.

La crème qu'Ariel avait utilisée dégageait une légère odeur de citron, mais ses cheveux avaient ce parfum sensuel qu'il connaissait bien. Le tissu du kimono bruissa lorsque ses mains l'écartèrent pour partir à la rencontre de sa peau. Son corps était plus doux que dans un rêve, et si mince qu'il eut peur de lui faire mal. Puis elle se cambra et se pressa contre sa main, et ce fut sa force qui l'excita. Avec un bruit de gorge qui ressemblait plus à une capitulation qu'à un triomphe, il enfouit son visage contre sa poitrine.

Comme dans un rêve éveillé, elle ressentait le besoin urgent de sentir la peau de Booth contre la sienne. Lentement, d'un geste fluide, elle fit glisser son pull vers ses épaules, jusqu'à ce que plus aucun obstacle ne vienne entraver l'exploration de son corps, que rien n'empêche sa peau sensible d'aller à la rencontre de celle de Booth.

Elle n'opposa aucune résistance lorsqu'il l'entraîna avec lui sur le canapé encombré d'objets de toutes sortes. Les mains derrière sa nuque, elle attira de nouveau sa bouche contre la sienne. Le goût du désir aiguisa ses sens et fit naître de nouvelles étincelles.

Elle n'était plus aussi passive à présent, plus aussi malléable, tandis qu'elle se cambrait voluptueusement sous lui. L'agression soudaine de ses lèvres fut bien accueillie. Leur baiser se prolongea, plus profond. Leurs mains entamèrent un ballet sophistiqué.

Sous sa paume, il sentait les battements frénétiques du cœur d'Ariel. Lorsqu'il posa ses lèvres sur sa poitrine, il la sentit frémir longuement. Le désir insensé de l'absorber tout entière s'empara de lui. Du bout des lèvres, il entreprit de goûter les saveurs de son corps. A certains endroits, il était chaud, à d'autres, doux et humide, mais partout, il s'agissait d'Ariel.

Les lumières étincelaient dans la pièce, reflétées par le miroir de la loge. Il se lança dans une exploration approfondie et intense du corps d'Ariel. La courbe de son épaule le fascinait. La peau à l'intérieur de son poignet était si délicate qu'il pouvait presque entendre le sang circuler dans ses veines. Partout où ses mains se posaient, il sentait battre son pouls. Elle était si généreuse. Et cela suffisait à lui faire perdre la tête.

Plus il la touchait et la goûtait, plus elle faisait de même. S'il devenait exigeant, elle répondait de la même manière, se pliant à son rythme. Ou peut-être était-ce le contraire ? Elle le caressait de ses longs doigts élégants, et il comprit ce que voulait dire être au bord de la folie, aux portes du paradis.

Elle ne voulait rien de lui qu'il ne puisse lui donner, qu'il s'agisse des caresses pleines de tendresse qui la bouleversaient ou des étincelles de désir qui la tourmentaient. Le seul contact de ses cheveux contre sa peau suffisait à l'exciter. Leurs corps étaient humides à force de lutter pour se contrôler, de lutter pour faire durer le plaisir. Elle savait que le plaisir seul était superficiel ; mais combiné à l'amour, il était tout.

Au même instant, ils surent tous deux qu'ils ne pouvaient plus attendre. Ils ôtèrent avec impatience les dernières barrières de vêtements. Elle s'offrit alors à lui, et la folie et le paradis ne firent plus qu'un.

Elle aurait pu soulever des montagnes. Son corps vibrait de sensations qui l'emplissaient de joie. Dans les bras de Booth, elle sentait vibrer chaque fibre de son corps. Les paupières fermées, elle pouvait compter les battements de cœur de son amant sous sa paume. Dans l'univers intime et liquide où ils étaient plongés, Booth n'était ni calme ni détaché. Elle ouvrit les yeux et lui sourit. Leurs mains étaient enlacées. En était-il conscient ? Booth la désirait, elle, et seulement elle.

Il éprouvait une immense satisfaction. Rassasié, épuisé, il était allongé sur Ariel, conscient uniquement de sa chaleur et de la minceur de son corps. Il n'avait jamais rien expérimenté de tel. Ce relâchement total, cette absence totale de tension. Il n'avait pas l'énergie d'analyser ses sentiments. C'était mieux ainsi. Avec un grognement de pur plaisir, il enfouit son visage dans le cou d'Ariel qui rit doucement.

— Tu trouves ça drôle ? murmura-t-il.

Elle laissa glisser ses mains le long du dos de son amant avant de les poser sur sa taille.

— Non, je me sens bien. Très bien même. Et toi aussi.

Il se hissa sur un coude pour mieux la regarder. Une lueur espiègle dansait dans ses yeux. Du bout des doigts, il dessina une ligne sous sa mâchoire, là où sa peau était si merveilleusement sensible.

— Je ne sais toujours pas ce que je vais faire de toi.

Elle repoussa une mèche du front de Booth et la regarda tomber de nouveau.

— Dois-tu toujours tout intellectualiser ?

De ses doigts, il effleura le visage de la jeune femme, à la manière d'un aveugle cherchant à deviner les traits d'une personne.

— Oui, toujours.

Elle réprima un soupir et préféra lui sourire. Puis elle saisit son visage en coupe et l'embrassa franchement.

— Je mets au défi ton intellect.

Sa réponse le fit rire, et elle en profita pour rouler sur lui et inverser la position. Puis elle se pencha en avant et enfouit son nez dans le cou de son amant. Il sentit des papiers se froisser dans son dos au milieu d'un amas de vêtements.

— Sur quoi suis-je couché ?

— Oh ! diverses choses !

Il tira une poignée de dépliants de dessous sa hanche gauche.

— On t'a déjà dit que tu étais un peu désordonnée ?

— C'est arrivé.

Il jeta un coup d'œil absent au tract sur le martyre des bébés phoques avant de le laisser tomber par terre. Puis il extirpa un autre bout de papier de sous son épaule droite. Il s'agissait d'un centre d'urgence pour femmes battues. Sa curiosité en éveil, il se contorsionna un peu et découvrit une brochure de la SPA.

— Ariel, tu peux me dire ce que signifie tout ça ?

Elle mordit une dernière fois son épaule, puis y posa la joue. Booth tenait dans la main plusieurs dépliants froissés.

— C'est en quelque sorte un hobby.

— Un hobby ! s'écria-t-il en la prenant par le menton. Mais lequel ?

— Tous.

— Tous ?

Il lorgna de nouveau les tracts en se demandant combien étaient encore coincés sous son corps.

— Tu veux dire que tu es activement impliquée dans tous ces organismes ?

— Oui, plus ou moins.

— Ariel, personne n'aurait le temps de le faire.

— C'est une fausse excuse. Le temps, on le trouve. Ces bébés phoques, tu sais ce que l'on fait d'eux, et comment ?

— Oui mais…

— Et ces femmes qui ont été maltraitées ? Lorsqu'elles arrivent dans ces refuges, elles n'ont plus d'amour-propre, plus de soutien émotionnel ou financier. Il y a aussi…

— Attends une minute.

Il laissa les papiers glisser au sol afin de pouvoir la prendre par les épaules. Elles étaient si frêles, songea-t-il soudain. Ariel dégageait une telle force qu'il en oubliait à quel point son corps était délicat.

— Je comprends tout cela, assura-t-il, mais comment peux-tu t'investir dans toutes ces causes tout en vivant ta vie et en pensant à ta carrière ?

— Il y a vingt-quatre heures dans une journée, répondit-elle en souriant. Je n'aime pas en gaspiller une minute.

Voyant qu'elle était parfaitement sérieuse, il secoua la tête en signe de désespoir.

— Tu es une femme remarquable.

— Non.

Elle se pencha vers lui et déposa un baiser sur son menton légèrement creusé par une fossette.

— J'ai juste beaucoup d'énergie, expliqua-t-elle.

— Tu pourrais penser à ta carrière, souligna-t-il. Dans six mois, tu figureras en tête du box-office. Ton succès ne pourra pas être remis en cause.

— Peut-être. Mais ce n'est pas ça qui me rendra heureuse.

— Pourquoi ?

Les voilà revenus à leur point de départ, songea-t-elle en soupirant. Les doutes, la méfiance. Elle s'assit, ramassa son kimono et l'enfila en silence. La chaleur qu'ils avaient partagée s'était transformée en glacier à une vitesse stupéfiante.

— Parce que j'ai besoin de plus.

Insatisfait de sa réponse, Booth lui prit le bras.

— Plus de quoi ?

— Plus de tout ! s'écria-t-elle avec une virulence qui le laissa pantois. J'ai besoin de savoir que je fais de mon mieux, dans tous les domaines de ma vie. Tu penses vraiment que je suis si limitée ?

L'éclat qui brûlait dans le regard de Booth l'intrigua.

— Ma remarque souligne plutôt ton absence de limites.

— Professionnellement parlant, répliqua-t-elle. Mais je suis avant tout une personne. J'ai besoin de savoir que j'ai touché, que j'ai aidé quelqu'un.

Elle passa une main nerveuse dans ses cheveux.

— J'ai besoin de savoir que je me soucie des autres. Le succès n'est pas une simple petite statue dorée que l'on pose sur une étagère, Booth.

D'un geste brusque, elle ouvrit la porte de son armoire et sortit ses vêtements.

Lorsque Booth se leva à son tour, les papiers sur lesquels il était couché bruissèrent.

— Tu es en colère, dit-il.

— Oui, oui et oui !

Le dos toujours tourné, elle fouilla dans un tiroir à la recherche de sous-vêtements. Dans le miroir, Booth apercevait son visage crispé.

— Pourquoi ?

— C'est ta question préférée, rétorqua-t-elle en lançant le kimono au sol avant d'enfiler un T-shirt à manches courtes.

— Je vais te donner une réponse, mais je ne suis pas certaine que tu l'apprécies. Tu m'assimiles toujours à elle.

Au moment où ses paroles le frappèrent de plein fouet, Booth commençait également à s'habiller.

— Même après ce qui vient de se passer entre nous, tu persistes à me comparer à elle.

— Tu as peut-être raison.

Elle le contempla quelques instants avant d'enfiler son jean.

— Ça fait mal de l'entendre.

Il resta immobile tandis que ces mots le transperçaient de part en part. Il ne s'attendait pas à une réponse aussi simple, aussi sincère. Il n'avait pas prévu non plus sa propre réaction.

— Je suis désolé, murmura-t-il.

Puis, s'approchant d'elle, il posa une main sur son bras et attendit qu'elle lève les yeux vers lui. Il y lut sa douleur : c'était la deuxième fois qu'il en était responsable.

— Je n'ai jamais été un homme particulièrement bon, Ariel.

— Non, reconnut-elle. Mais j'ai du mal à croire qu'une personne aussi intelligente que toi puisse être aussi bornée.

Il attendit que sa propre colère se déchaîne et, voyant qu'elle n'arrivait pas, il regarda Ariel d'un air navré.

— Peut-être est-il plus simple de dire que tu ne faisais pas partie de mes projets.

— Je pense que c'est assez clair.

Elle entreprit de brosser méthodiquement ses cheveux. La douleur et la colère menaçaient de prendre le pas sur sa sérénité. Jamais il ne lui vint à l'esprit que la fierté pouvait les réconcilier.

— Je t'ai déjà dit que j'avais tendance à me lancer tête baissée dans tout ce que j'entreprenais. Je comprends aussi que tout le monde n'avance pas au même rythme. Mais un jour où l'autre, tu verras que je ne suis pas le personnage que tu as créé, ni même la femme dont tu t'es inspiré.

— Ariel.

Elle se raidit lorsqu'il la saisit par les épaules.

— Ariel, lâcha-t-il en inclinant le front vers le sommet de sa tête.

Pourquoi désirait-il autant ce dont il s'était volontairement coupé ?

— Je sais que je vais te blesser de nouveau, dit-il d'une voix calme. Je suis voué à te faire du mal si je continue à te voir.

Elle soupira puis se détendit. Pourquoi lutter contre l'inévitable ?

— Oui, je sais.

— Et le sachant, sachant ce que tu peux faire à ma propre vie, je n'ai pas envie d'arrêter de te voir.

Elle couvrit la main de Booth de la sienne.

— Mais tu ne sais pas pourquoi.

— Non, je ne sais pas pourquoi.

Elle se blottit contre lui et le serra contre elle. Ils restèrent enlacés quelques instants, la tête d'Ariel sur son épaule, les mains de Booth autour de sa taille.

— Invite-moi à dîner, demanda-t-elle avant de lever la tête vers lui en souriant. Je meurs de faim. J'ai envie d'être avec toi. Voilà deux choses bien concrètes. Il nous suffira de prendre le reste comme il vient.

Booth avait eu raison de croire qu'elle était remarquable. Il pressa ses lèvres contre son front.

— D'accord. Qu'est-ce qui te ferait plaisir ?

— Une pizza avec des champignons, répondit-elle aussitôt. Et une bouteille de chianti bon marché.

— Une pizza…

— Une énorme pizza, avec des champignons.

Il la serra contre lui en riant doucement. Il n'était plus certain de pouvoir la laisser partir.

— Ça me paraît un bon début.

8

A 7 heures du matin, installée dans un fauteuil de maquillage sous une grande cape blanche, Ariel répétait son texte. Un homme de petite taille, maniéré et un peu dégarni, commença à déposer du fard à joues sur son visage. D'une oreille distraite, elle écoutait l'activité bourdonnante qui régnait sur le plateau. Une personne réclama à grands cris du gel. Une autre laissa tomber un câble qui heurta le sol avec un bruit sourd. Imperturbable, Ariel poursuivait sa lecture.

La scène qui l'attendait était difficile, avec un passage qui ressemblait dangereusement à un soliloque. Si elle ne trouvait pas le bon rythme, si le ton de sa voix n'était pas parfait, toute l'atmosphère serait gâchée.

Malheureusement, son état d'esprit ne l'aidait pas à se concentrer.

Elle venait de passer un autre dimanche merveilleux en compagnie de Scott qui s'était terminé dans les larmes au moment du départ. Elle savait depuis longtemps qu'elle avait des hauts et des bas émotionnels ; elle s'y était résignée. Pourtant, elle ne parvenait pas à chasser son abattement ni cet empoisonnant sentiment de culpabilité.

Lorsqu'elle avait raccompagné Scott à Larchmont, chez les Anderson, l'enfant s'était accroché à elle. De grosses larmes roulaient silencieusement sur ses joues. C'était la première fois depuis la mort de ses parents qu'il faisait une scène à la fin de leur week-end. Les Anderson avaient accueilli d'un air sombre le chagrin de leur petit-fils, les lèvres serrées d'impatience et le regard accusateur.

Après avoir consolé l'enfant, Ariel s'était demandé sur le chemin du retour si ce n'était pas elle qui, inconsciemment, avait provoqué la scène. A force de trop vouloir le petit garçon, l'encourageait-elle à aller vers elle ? Elle le gâtait peut-être trop, en reportant sur lui l'amour qu'elle avait éprouvé pour son frère et la peine occasionnée par son décès.

Elle avait passé une nuit agitée, l'esprit torturé par ces questions. Le lendemain, elle n'avait toujours pas trouvé de réponses. Dans quelques semaines, elle allait devoir vivre avec la décision d'un juge qui ne voyait en Scott qu'un mineur et non un petit garçon débordant d'imagination. Un juge, même expérimenté, même juste, était-il capable de percer le cœur d'un enfant ? Encore une question qui risquait de l'empêcher de dormir.

Pour l'heure, elle devait mettre ses problèmes personnels de côté. Son rôle dans le film était plus qu'un travail : c'était une responsabilité. Les acteurs comme les techniciens attendaient qu'elle fasse de son mieux. Son nom dans le contrat garantissait qu'elle donnerait le meilleur d'elle-même. De plus, songea-t-elle en massant ses tempes douloureuses, ce n'était pas en s'inquiétant qu'elle aiderait Scott.

— Si tu n'arrêtes pas de gigoter, ma chérie, tu vas gâcher tout mon travail.

Elle sourit au maquilleur en s'adossant à son siège.

— Désolée, Harry. Suis-je belle ?

— Presque exquise.

L'homme fit la moue en touchant ses sourcils. Leur courbe naturelle, songea-t-il avec l'œil admirateur d'un professionnel, ne nécessitait presque aucune intervention.

— Pour cette scène, il faut que tu aies un teint de porcelaine. Encore un peu ici…

Elle resta sagement assise tandis qu'il appliquait plus de couleur sur ses lèvres.

— Et arrête de froncer les sourcils, ajouta-t-il. Tu gâches mon travail.

Surprise, elle croisa son regard. A défaut de contrôler ses pensées, elle pensait maîtriser ses expressions. Quelle idiote ! songea-t-elle, avant de se rappeler qu'elle devait laisser ses problèmes à la porte du studio. C'était la règle numéro un du métier.

— Promis, le rassura-t-elle. Je ne veux pas être accusée de détruire une œuvre d'art.

— Tu ne changeras jamais, entendit-elle soudain. Tu potasses toujours jusqu'au dernier moment.

— Stella !

Ariel décocha à son amie le premier vrai sourire de la journée.

— Que fais-tu ici ? ajouta-t-elle.

— J'ai pris une journée de congé.

Stella se laissa tomber sur le siège à côté d'elle.

— J'ai donné ton nom et usé de mes charmes pour entrer, expliqua-t-elle en cillant. Cela ne t'ennuie pas si j'assiste au tournage ce matin ?

— Bien sûr que non. Quelles sont les nouvelles, à Trader's Bend ?

— L'excitation, l'amour, et encore l'excitation.

Avec un sourire espiègle, Stella rejeta sa lourde masse de cheveux en arrière.

— Maintenant que Cameron essaie de faire chanter Vikki à propos de ses dettes de jeu, que l'Eventreur vient de revendiquer sa troisième victime et que la relation entre Amanda et Griff commence à frémir, les courriers et les appels téléphoniques ne tarissent plus. La rumeur dit que le magazine *Tube* veut consacrer une double page à la série. C'est une consécration.

Ariel lui lança un regard interrogateur.

— Nous ferions la une du magazine ?

— C'est en tout cas ce que dit le téléphone arabe. Tu sais, je suis allée au marché aujourd'hui. Arrivée au rayon frais, une dame nommée Ethel Bitterman m'a fait une leçon de morale sur ma réputation et sur la loyauté au sein de la famille.

Ariel retira sa cape de protection en riant et révéla une robe bain de soleil couleur framboise. Voilà ce dont elle avait besoin, comprit-elle. Ce sens de la camaraderie et de la famille.

— Tu m'as manqué, Stella.

— Toi aussi. Mais dis-moi…

Le regard de son amie glissa sur la robe qui, bien que discrète et féminine, était un appel au sexe.

— Comment te sens-tu dans le rôle d'une mauvaise fille, pour une fois ?

Le regard d'Ariel s'éclaira.

— C'est merveilleux, mais c'est dur. C'est le rôle le plus difficile de ma carrière.

Stella lui sourit en passant ses ongles sur sa manche.

— Tu as toujours dit que c'était moi qui m'amusais le plus.

— J'avais sans doute raison, riposta Ariel. Mais c'était aussi vite dit. Je ne me rappelle pas avoir travaillé aussi dur pour composer un personnage.

Stella la dévisagea attentivement.

— Pourquoi ?

— Parce que Rae joue toujours un rôle. C'est comme essayer d'endosser une demi-douzaine de personnalités pour en faire une seule personne.

— Et cela te dévore, conclut Stella.

— On peut dire ça. Un jour, je me sens complètement épuisée et, le lendemain, totalement électrisée…

Ariel posa son script. Si elle ne connaissait pas maintenant son texte, elle n'y parviendrait jamais.

— Dans tous les cas, si jamais j'ai le choix, après ce film, j'aimerais jouer dans une comédie drôle et déjantée.

— Et que penses-tu de Jack Rohrer ? demanda Stella en extirpant de son sac un bonbon sans sucre au citron. Tu aimes travailler avec lui ?

— Je l'aime bien. Mais avec lui, ce n'est pas une partie de plaisir. Il est perfectionniste, comme tout le reste de l'équipe d'ailleurs.

— Et l'illustre Booth DeWitt ?

— Il a l'œil sur tout, murmura Ariel.

— Y compris sur toi.

Stella concentra son attention sur son amie.

— Du moins, c'est ce qu'il a fait ces dix dernières minutes.

Ariel n'avait pas besoin de tourner la tête : elle le savait déjà. Elle pouvait presque se le représenter mentalement, debout à l'écart des accessoiristes et des éclairagistes qui s'affairaient sur le plateau. Il se tenait en retrait pour ne pas déranger, mais tout le monde ressentait sa présence. Et celle-ci suffisait à maintenir la pression et à rester alerte.

Elle savait aussi qu'il l'observait avec un mélange de méfiance et d'acceptation. Mais son rêve le plus cher était que ces deux sentiments se muent en confiance. Et la confiance en amour.

Booth vit Ariel rire avec Stella. Il remarqua le mouvement animé de ses mains et la légère inclinaison de sa tête, signe de son profond intérêt pour la conversation. Ariel s'impliquait toujours pleinement. Les soucis qui la troublaient quelques minutes auparavant semblaient oubliés. Mais qu'est-ce qui la tourmentait tant et pourquoi ? Elle, si encline à tout partager, pourquoi ne parlait-elle pas de ce qui la préoccupait ?

Il aurait dû lui être reconnaissant de le tenir à l'écart de ses problèmes, songea-t-il en allumant une cigarette. Pourquoi se sentirait-il concerné, après tout ? Il savait très bien que la façon la plus efficace d'être vulnérable était de partager les problèmes de l'autre.

A côté de lui, un machiniste vaporisait une élégante composition de fleurs fraîches. Le chef éclairagiste demanda une dernière vérification de la luminosité. Un micro à perche fut mis en place. Booth se demanda ce qu'Ariel avait fait de son week-end.

Il avait voulu le passer avec elle, mais elle lui avait dit qu'elle était occupée, et il n'avait pas insisté. Si jamais il l'enfermait, il risquait de perdre lui-aussi sa liberté. C'était un piège dans lequel il ne voulait pas tomber. Mais il se rappelait encore la sensation de paix qui l'avait gagnée lorsqu'il était resté couché près d'elle dans sa loge, une fois leur passion assouvie.

Ce n'est pas qu'elle ait, à proprement parler, le don de l'apaiser : elle dégageait trop d'énergie. Mais elle avait le pouvoir de calmer les tensions de son esprit.

Il voulait lui parler de nouveau, la toucher, faire encore l'amour avec elle. Et il voulait échapper à ses propres désirs.

— Tout le monde en place ! cria l'assistant-réalisateur en traversant le plateau, vérifiant au passage que rien ne traînait.

Booth s'appuya contre le mur, les pouces nonchalamment enfoncés dans les poches. Il ne s'asseyait jamais.

Ils s'apprêtaient à tourner une longue scène, ce matin. Les autres parties seraient filmées plus tard sur les pelouses d'une propriété de Long Island. L'élégante réception en plein air qu'ils filmeraient sur place était la première grande fête que donnait Rae depuis son mariage avec Phil. Ensuite, à l'abri des murs et en privé, viendrait leur première grande dispute.

Rae donnait l'impression d'être en sucre filé. Mais ses paroles étaient aussi toxiques que du venin. Et pendant que la fureur et le poison suintaient de son être, pas un de ses cheveux n'avait bougé. La couleur délicate de ses joues ne changeait pas. Le travail d'Ariel consistait à ce que son personnage garde son sang-froid tout en prononçant des paroles virulentes.

Tout reposait sur le regard. Les gestes de Rae n'étaient qu'une façade ; son sourire, un mensonge. La glace et le feu devaient fuser de ses yeux. Son jeu devait rester discret. Ariel devait lutter constamment pour ne pas révéler ses propres émotions. Si elle avait dû se battre contre quelqu'un avec des mots, elle les aurait criés, elle aurait hurlé avec violence. Mais Rae se contentait de les prononcer d'une voix traînante, presque paresseuse. Et Ariel en souffrait.

Voilà ce à quoi la vie de Booth avait ressemblé, songea-t-elle. Ou tout du moins en était-elle le reflet. Mais c'était bien sa douleur, ses erreurs, sa souffrance qu'il racontait. Et Ariel était piégée à l'intérieur. Si elle-même en souffrait, comment se sentait-il en la regardant ?

Rae lança à Phil un regard lourd d'ennui tandis qu'il l'agrippait par les bras.

— Je ne le ferai pas, tempêta-t-il, les yeux étincelants de colère tandis que ceux de Rae restaient aussi froids et impassibles que l'eau d'un lac.

— Tu ne feras pas quoi ? demanda-t-elle d'un air dédaigneux.

— Tu ne « choueras » pas ce rôle, répondit Jack, les yeux fermés.

Ariel sentait toute la tension de la scène lorsque le réalisateur cria « Coupez ! », mais ce n'était pas vraiment un soulagement. Elle voulait surtout en finir.

— Jouer ce rôle, rectifia Jack en détachant chaque mot.

— Pourtant, il va falloir que tu comprennes que je peux et que je vais « chouer » ce rôle si je le décide.

Jack décocha un large sourire à Ariel.

— Bonne élocution.

Elle tapota gentiment sa joue.

— Oui, mais la tienne va s'améliorer, Jack. Entraîne-toi.

— En place ! cria le réalisateur.

Pour la troisième fois de la matinée, Ariel passa les portes-fenêtres d'un pas furieux en faisant voler ses jupes derrière elle.

Les acteurs recommencèrent la scène, s'immergeant dans leurs personnages en faisant abstraction des nombreuses coupures dues aux changements d'angle de la caméra.

A la fin de la scène, Rae devait éclater de rire, prendre le verre de scotch de Phil des mains, en boire une gorgée avant de lui lancer le contenu au visage.

Prise dans le personnage, Ariel prit le verre, avala une gorgée du thé tiède qui imitait l'alcool puis, avec un sourire glacial, vida son contenu dans une élégante composition florale. Jack, à qui le changement de scénario n'avait pas échappé, lui arracha le verre des mains et le lança à travers la pièce.

— Coupez !

Reprenant ses esprits, Ariel regarda fixement le réalisateur.

— Oh ! mon Dieu, Chuck, je ne sais pas ce qui m'a prise. Je suis désolée.

Une main sur le front, elle contempla le bouquet pour faire l'inventaire des dégâts.

— Non, tout va bien !

En riant, le réalisateur la serra sans ménagement dans ses bras.

— C'était parfait ! s'exclama-t-il. Mieux que parfait ! J'aurais dû y penser moi-même.

Puis il rit de nouveau et la serra si fort qu'elle entendit ses os craquer.

— Elle aurait fait ça, exactement ça.

Un bras autour des épaules d'Ariel, Chuck se tourna vers Booth.

— Qu'en penses-tu, Booth ?

— Oui.

Il n'esquissa pas un geste, se contentant de hocher la tête.

— Garde la scène comme elle est.

Puis il fixa son regard froid sur Ariel. Il aurait dû l'écrire ainsi, songea-t-il. Lancer le contenu du verre au visage de Phil était un comportement trop trivial pour Rae. Beaucoup trop humain.

— On dirait que tu la connais mieux que moi maintenant, lâcha-t-il.

Ariel poussa un soupir et serra la main de Chuck avant de s'avancer vers Booth.

— Serait-ce un compliment ?

— Une simple remarque. Les techniciens se préparent pour les gros plans, murmura-t-il avant de reporter son attention sur elle. Je ne te donne pas carte blanche, Ariel, mais je suis prêt à te donner un peu de latitude quant à l'interprétation de ton personnage. Et Chuck semble être de mon avis. Tu comprends Rae.

Elle hésitait entre l'amusement et la contrariété. Comme toujours lorsqu'elle avait le choix, elle opta pour la première solution.

— Booth, si je devais interpréter un champignon, il me faudrait comprendre ce champignon. C'est mon travail.

Il lui sourit, reconnaissant qu'elle lui simplifie autant la tâche.

— Je t'en crois capable.

— Tu ne m'as jamais vue dans cette publicité où je joue une prune juteuse et mûre ?

— Je devais être en voyage à l'étranger.

— C'est un classique. Encore plus que ma scène sous la douche pour les shampoings Fresh Wave. Bien sûr, dans les deux cas, la sensualité était ce qui sous-tendait ces deux spots.

— J'ai envie de rentrer avec toi ce soir, déclara Booth d'une voix tranquille. J'ai envie de rester avec toi toute la nuit.

— Oh !

Pourrait-elle s'habituer un jour à sa façon si simple de dire des choses incroyables ?

— Et lorsque nous serons seuls, murmura-t-il en regardant fixement une petite veine battre au creux de son cou, j'enlèverai tes vêtements un à un afin de caresser chaque centimètre de ta peau. Ensuite, je veux pouvoir contempler ton visage lorsque nous ferons l'amour.

— Ariel ! Prête pour ces gros plans ?

— Comment ?

Un peu étourdie, elle marmonna quelques mots sans quitter Booth des yeux. Elle pouvait presque sentir ses larges mains sur elle, sentir son haleine virile se mêler à la sienne.

— Pour l'instant, ils peuvent avoir ton visage, dit-il d'une voix rauque, encore plus excité par la réaction d'Ariel qu'il l'aurait imaginé. Mais ce soir, il est à moi.

— Ariel !

Brutalement ramenée à la réalité, elle tourna les talons pour revenir vers le plateau. Elle lui lança par-dessus l'épaule un regard mi-amusé, mi-perplexe.

— Tu es un homme imprévisible, Booth.

— Est-ce un compliment ?

— Le plus beau des compliments, répondit-elle en souriant.

La matinée se poursuivit ainsi, heure après heure, réplique après réplique, scène après scène. Bien que le film soit tourné par séquences, Ariel commençait à le voir prendre forme. Comme il était destiné à la télévision, le rythme était soutenu, mais elle y était habituée. Et comme il était dirigé par DeWitt et Marshell, les exigences étaient fortes. Mais les siennes aussi.

La chaleur des éclairages était étouffante. Il fallait changer d'humeur, de costumes, se laisser poudrer et polir. Encore et encore. Puis il fallait rester assise et attendre pendant les changements de décors ou les pannes. La vocation se nichait là, quelque part entre la tension et l'ennui.

Ariel le comprenait très bien, et elle désirait tout cela. Même après la dixième prise où Rae pédalait sur un vélo d'appartement tout en s'entretenant avec son agent à propos d'un nouveau scénario, elle prenait toujours autant de plaisir à jouer.

Les muscles douloureux, elle descendit enfin de la bicyclette et essuya son visage trempé de sueur.

— Pauvre petite, sourit Stella tandis qu'un machiniste tendait à Ariel une serviette-éponge. Rappelle-toi que l'on ne nous a jamais fait travailler aussi dur sur le tournage de *Nos vies, nos amours*.

— Rae devait être une accro du fitness, marmonna Ariel en étirant son dos. On dit qu'il faut être conscient de son corps. Je le suis maintenant.

Elle se pencha en gémissant vers sa jambe pour soulager une crampe.

— Consciente de tous les muscles de mon corps qui n'a pas fait d'efforts depuis cinq ans, grogna-t-elle.

— C'est dans la boîte, déclara Chuck en lui tapotant amicalement la hanche lorsqu'elle passa devant lui. Tu peux aller prendre un bain chaud.

Ariel réprima une réponse cinglante. Elle se contenta de saisir les deux extrémités de sa serviette et de lui tirer la langue.

— Tu n'as jamais eu aucun respect pour les réalisateurs, affirma Stella. Allez, viens, ma fille, je vais te tenir compagnie en échange. Ensuite, j'ai un rendez-vous galant.

— Vraiment ?

— Oui, avec mon dentiste. J'y suis d'abord allée pour une simple visite de contrôle, et nous avons fini par parler de l'hygiène buccale autour d'un plat de *linguine*.

— Seigneur, répondit Ariel en poussant la porte de sa loge. Il n'a pas perdu de temps.

— Non, *je* n'ai pas perdu de temps.

Stella eut un rire qui témoignait à la fois de son plaisir et de son stress.

— Oh ! Ariel ! lança-t-elle. Il est tellement gentil, et si sérieux avec son travail. Et…

Son amie s'interrompit, le temps de s'avachir sur le canapé encombré d'Ariel.

— Je me souviens d'une conversation que nous avons eue il y a quelques semaines à propos de l'amour, ajouta-t-elle. Nous avons parlé d'émotions, quelque chose comme ça.

Elle leva la main comme pour balayer la phrase exacte et n'en garder que l'essentiel.

— Aujourd'hui, j'ai l'impression qu'avant de m'être allongée dans ce fauteuil et de plonger dans ses yeux bleus si clairs, je n'ai pas vraiment vécu.

— C'est formidable.

Ariel oublia quelques instants ses muscles endoloris et la coulée de sueur dans son dos.

— C'est vraiment formidable, Stella.

Son amie fouilla son sac pour prendre un autre bonbon au citron. Ses réserves ayant disparu et connaissant Ariel, elle se dirigea vers la coiffeuse, ouvrit un tiroir et succomba devant les chocolats enrobés de sucre.

— J'ai entendu dire que les gens amoureux avaient le pouvoir de repérer les autres personnes amoureuses.

Elle lança un regard de biais vers Ariel, qui était occupée à retirer son justaucorps.

— Pour appuyer ma théorie, j'ai l'impression que tu es tombée amoureuse de Booth DeWitt.

— Bien deviné pour un premier essai, répondit Ariel en enfilant un pantalon de survêtement et un T-shirt.

Stella croqua dans un bonbon, l'air soucieux.

— Tu as toujours aimé les rôles difficiles.

— Oui, il semble qu'ils m'attirent.

— Qu'est-ce qu'il ressent pour toi ?

— Je n'en sais rien.

Ariel retira avec soulagement les dernières traces de maquillage. D'un geste théâtral, elle lança une autre partie de Rae dans la poubelle.

— Je ne pense pas qu'il ait des sentiments pour moi, conclut-elle.

— Ariel...

Stella brûlait de lui donner des conseils, mais son affection et sa loyauté pour son amie la freinaient.

— Tu sais ce que tu fais ?

— Non, répondit aussitôt Ariel. Pourquoi le vouloir ?

Stella éclata de rire en se dirigeant vers la porte.

— Tu as raison, ma question était stupide. Au fait... je voulais te dire à quel point je t'ai trouvée brillante aujourd'hui. J'ai travaillé avec toi semaine après semaine pendant cinq ans, et aujourd'hui, tu m'as bluffée. Lorsque ce film va sortir, ta carrière va littéralement décoller.

Etonnée, ravie et, peut-être pour la première fois, un peu inquiète, Ariel s'assit sur le bord de la coiffeuse.

— Merci.

— De rien.

Puis, se glissant dans le personnage de Vikki, Stella envoya à Ariel un baiser du bout des doigts.

— Au plaisir de te revoir dans quelques semaines, grande sœur.

Une fois la porte fermée, Ariel resta immobile quelques instants. Etait-elle vraiment prête à voir sa carrière décoller si vite ? Elle se souvenait qu'après sa seconde audition, P. B. Marshell lui avait tenu des propos similaires. Mais Ariel avait davantage pensé au film dans son ensemble qu'à sa propre carrière. Elle connaissait Stella, et ce compliment ne s'adressait qu'à elle. Pour la première fois, elle sembla prendre conscience des répercussions possibles de ce rôle. Celui-ci pouvait faire d'elle une star.

Elle réfléchit à cette idée.

L'argent. Elle n'en avait pas besoin. L'éducation qu'elle avait reçue lui avait appris à le voir comme un moyen et non comme une fin. Ces trois dernières années, sa situation financière avait été plus que satisfaisante et lui permettait de combler ses besoins comme ses envies.

La célébrité. Elle ne pouvait pas dire qu'elle la laissait indifférente. Elle éprouvait toujours le même plaisir à signer des autographes et à parler à ses admirateurs. Pourvu que cela ne change pas ! Mais la célébrité était une question de paliers, et plus on montait haut, plus le prix à payer était élevé. Plus un acteur avait d'admirateurs, moins il avait de vie privée. Il fallait qu'elle y réfléchisse avec soin.

La liberté artistique… C'était le seul véritable avantage. Pouvoir choisir ses rôles et non être choisie. La gloire et un compte en banque bien garni n'étaient rien comparés à cette liberté. Si Rae pouvait la lui donner…

Mais rêver à l'avenir ne pouvait rien changer, songea-t-elle en soupirant. Pour l'instant, elle devait mener sa carrière et sa vie au jour le jour. Ariel était une femme optimiste et préférait être déçue plutôt que partir perdante. Le sourire aux lèvres, elle ouvrit la porte et faillit entrer en collision avec Booth.

— Tu sembles très heureuse, fit-il remarquer en lui prenant le bras pour l'empêcher de tomber.

— Je le *suis*, répondit-elle en l'embrassant fermement sur la bouche. La journée a été bonne.

Son baiser, pourtant désinvolte, le traversa de part en part.

— Tu devrais être épuisée.

— Non, je le serais si j'avais couru le marathon de New York. Que dirais-tu d'un hamburger géant et d'une énorme portion de frites ?

Booth rêvait plutôt d'un restaurant français et d'une lumière tamisée. Mais après un regard sur le survêtement d'Ariel et son visage rougi par l'effort, il se ravisa.

— C'est parfait, mais c'est toi qui m'invites cette fois.

Elle passa un bras sous le sien.

— D'accord. Tu aimes les milk-shakes à la banane ?

L'expression perplexe de Booth traduisait clairement sa réponse.

— Je crois que je n'en ai jamais bu.

— Je suis sûre que tu vas adorer, promit-elle.

Ce n'était pas aussi mauvais qu'il l'avait imaginé et le hamburger était copieux. Rassasiés, ils revinrent à l'appartement d'Ariel à la nuit tombée. Dès qu'elle ouvrit la porte, les chatons l'encerclèrent.

— Seigneur, on dirait qu'ils n'ont pas été nourris depuis une semaine.

Ariel se pencha vers eux et les prit dans ses bras pour les embrasser.

— Je vous ai vraiment manqué, bande de voyous, ou bien venez-vous juste réclamer votre dîner ?

Avant de comprendre ce qui lui arrivait, Ariel avait déjà mis les deux chatons dans les bras de Booth.

— Tu peux t'en occuper ? demanda-t-elle l'air de rien. Je dois nourrir Butch aussi.

Puis elle se dirigea d'un pas léger vers la cuisine avec Butch, le chat à trois pattes, sur les talons. Booth, encombré de deux chats qui miaulaient tout leur soûl, n'eut pas d'autre choix que de la suivre. L'un d'eux, Keats ou Shelley, en profita pour grimper sur son épaule.

— Je suis étonné que tu n'aies pas une portée de chiots.

Elle rit en voyant le chaton jouer avec les cheveux de Booth.

— Ce serait fait si le propriétaire n'était pas aussi strict. Mais je suis en passe de le convaincre. En attendant…

Elle disposa au sol trois généreux bols de croquettes.

— … c'est l'heure de dîner.

Elle saisit en gloussant le chaton perché sur l'épaule de Booth. Le deuxième avait déjà sauté au sol. En quelques secondes, les trois chats s'étaient jetés sur leur gamelle.

— Tu vois ? dit-elle en retirant quelques poils de la chemise de Booth. Pour très peu de temps et de frais, ils font de merveilleux compagnons pour tous ceux qui travaillent chez eux.

Booth prit son visage en coupe et sourit malgré lui.

— Non.

— Non quoi ?

— Non, je ne veux pas de chat.

— Mais je n'avais pas l'intention de te donner mes chats. En plus, tu es plutôt du genre à avoir un chien.

— Vraiment ?

Il l'enlaça.

— Oui. Un joli petit cocker qui dormirait près de ta cheminée.

— Je n'ai pas de cheminée.

— Tu devrais. Mais avant que tu y remédies, le chiot pourrait se rouler sur un tapis près de la fenêtre.

Il saisit sa lèvre inférieure entre ses dents et l'aspira doucement.

— Non.

— Personne ne devrait vivre seul, Booth. C'est déprimant.

Les battements du cœur d'Ariel s'étaient accélérés et son souffle s'était fait plus court.

— J'ai l'habitude d'être seul. J'aime cette façon de vivre.

Elle aimait le contact rugueux de ses joues contre sa peau.

— Tu as dû avoir un animal de compagnie quand tu étais enfant, murmura-t-elle.

Il se souvenait du labrador crème à la langue tombante qu'il adorait quand il était enfant. Il n'y avait plus pensé depuis des années. Il sentit son cœur fondre. Non, elle n'allait pas l'entraîner sur cette voie.

— Quand j'étais enfant, j'avais le temps et le cœur de m'occuper d'un animal de compagnie.

Lentement, il glissa les mains sous son pull et lui caressa le dos.

— Aujourd'hui, je préfère consacrer mon temps libre à d'autres choses.

Mais elle venait de poser les bases, songea-t-elle en souriant. Avancer à pas de loup avant de battre en retraite était le secret du succès de sa campagne.

— Je dois prendre une douche, dit-elle en se dégageant. Je suis encore toute collante de la dernière scène.

— J'ai adoré te regarder aujourd'hui. Les muscles de tes cuisses sont fascinants, Ariel.

Elle lui lança un regard amusé.

— Les muscles de mes cuisses me font surtout très mal. Et pour tout te dire, si je devais pédaler des kilomètres comme je l'ai fait aujourd'hui, ce ne serait pas sur un vélo d'appartement.

— Non, dit-il en rassemblant ses cheveux en arrière pour l'attirer de nouveau vers lui. Tu ne pourrais pas te satisfaire de pédaler sur place.

Il effleura doucement ses lèvres et se dégagea lorsqu'elle voulut approfondir le baiser.

— Je vais te frotter le dos, déclara-t-il.

Elle sentit de longs frissons parcourir tout son corps, comme s'il était déjà passé à l'action.

— Mmm, quelle bonne idée ! Je suppose qu'il faut que je te prévienne, lâcha-t-elle en sortant de la cuisine. Je prends des douches chaudes, très chaudes.

Lorsqu'ils entrèrent dans la salle de bains, il glissa les mains sous son pull et caressa son corps mince et souple.

— Tu crois que je vais pouvoir le supporter ? demanda-t-il.

— Je pense que tu es assez dur, riposta-t-elle d'un air espiègle en commençant à défaire les boutons de sa chemise. Pour un scénariste, bien sûr.

D'un seul geste, il lui ôta son pull et lui mordilla l'épaule.

— Je dirai que tu es plutôt douce, dit-il en caressant ses côtes jusqu'à la taille, pour une actrice.

— Bien vu, murmura Ariel d'une voix haletante, tandis qu'il desserrait les liens de son pantalon.

— J'ai envie de te toucher, dit-il sans cesser de la caresser, même si tu n'as qu'un petit corps, avec des membres longs, et pas de hanches. Ta peau est très douce, susurra-t-il tandis que ses mains s'égaraient au bas de son dos, puis plus loin.

Lorsqu'ils furent tous les deux nus, elle tremblait de la tête aux pieds. Mais pas à cause du froid. A tâtons, elle ouvrit les robinets. L'eau coula à grands flots, éclaboussant les carreaux et montant en gros nuages de vapeur vers le plafond. Ariel ferma les yeux pour s'imprégner de la chaleur et de la sensualité de l'instant.

Booth était fasciné par la capacité d'Ariel à goûter de nouvelles expériences. Avec elle, rien n'était jamais ordinaire, songea-t-il en venant la rejoindre dans la cabine. Elle ne savait pas ce qu'était l'ennui. Tout ce qu'elle faisait ou disait était unique, et par là même, excitant.

Tandis que l'eau déferlait sur eux, il l'enlaça par-derrière, son dos collé à sa poitrine. Il avait de l'affection pour elle, comprit-il, comme rarement il en avait éprouvé dans sa vie.

Elle leva le visage vers le jet et, incapable de résister, s'abandonna à toutes les sensations qui l'assaillaient. Elle se contentait de la présence de Booth, tout près d'elle, du réconfort de ses bras. Et d'aimer. Peut-être que d'autres avaient besoin de plus — de sécurité, de mots, de promesses. Peut-être qu'un jour, elle aussi y aspirerait. Mais pour l'heure, elle se sentait comblée. Se tournant vers Booth, elle souda ses lèvres aux siennes.

La passion s'empara d'elle rapidement cette fois, comme si elle avait attendu ce moment pendant des heures ou des jours. Peut-être même des années. Elle arriva si vite que ce simple baiser la laissa haletante. Elle se hissa sur la pointe des pieds pour se mettre à son niveau. Elle glissa des doigts avides dans ses cheveux et s'agrippa à lui comme si sa vie en dépendait. Il l'enlaça étroitement et sa bouche chercha aussi la sienne.

Vibrante de plaisir, elle s'offrit à lui.

Booth n'avait jamais connu de femme plus généreuse qu'elle. Comment pouvait-elle être aussi confiante, aussi à l'aise ? songea-t-il en se délectant de toutes les saveurs de sa bouche. Sans hésitation, elle lui donnait son corps. Mais son esprit aussi était en harmonie avec le sien. Instinctivement, il savait qu'elle pensait plus à ses besoins à lui, à son plaisir qu'au sien. Et ce faisant, elle éveillait en lui une tendresse depuis longtemps endormie.

— Ariel…, murmura-t-il en couvrant son visage de baisers. Avec toi, j'ai envie de choses oubliées. J'ai presque envie d'y croire de nouveau.

— Ne réfléchis pas, dit-elle en lui répondant par des baisers à la fois apaisants et aguicheurs. Cette fois, ne réfléchis pas du tout.

Mais il le fallait pourtant, songea-t-il. Car sinon, il l'aurait prise trop rapidement, trop brutalement. Cette fois, il allait lui rendre une partie de ce qu'elle était prête à lui donner. Prenant un peu de savon au creux de sa main, il entreprit de lui savonner le dos. Il crut l'entendre ronronner de plaisir et sourit.

Bercée par le bruit de l'eau et entourée de vapeur, Ariel sentait tous ses sens s'aiguiser. Les mains savonneuses de Booth glissaient voluptueusement sur son corps humide et sa peau sensible. Sous ses lèvres, la peau de Booth était souple et chaude. A travers ses paupières mi-closes, elle pouvait voir la mousse onctueuse l'envelopper avant de disparaître sous la puissance du jet.

La main de Booth glissa entre leurs deux corps et trouva son sexe. Le plaisir fut si intense qu'elle cria de surprise avant d'onduler langoureusement. Puis il partit explorer d'autres lieux tandis que ses lèvres humides et brûlantes s'égaraient sur ses épaules et son cou. L'odeur citronnée du savon lui fit tourner la tête.

— Elles te font toujours mal ? demanda Booth en massant l'arrière de ses cuisses.

— Comment ?

Flottant dans un nuage, elle s'appuya contre lui, les mains solidement accrochées à ses épaules.

— Non, je n'ai plus mal.

Booth glissa une langue humide au creux de son oreille et la sentit frémir.

— Tes cheveux brillent comme de l'or lorsqu'ils sont mouillés.

Elle sentit l'odeur du shampoing et les doigts de Booth masser son cuir chevelu avec dextérité. Rien n'aurait pu l'exciter plus.

Lentement, langoureusement, il lui lava les cheveux tandis que les vaporeuses bulles de shampoing glissaient le long de ses bras. Booth reconnaissait cette odeur fraîche et tentante qui l'enveloppait chaque fois qu'il était près d'elle. Il se délectait de l'intimité que ces effluves leur apportaient. Puis il s'avança pour que le jet les atteigne tous les deux et efface de leurs corps toute trace de mousse et de savon.

Et pendant qu'ils étaient debout, chauds, humides et enlacés, il se glissa en elle. Tout lui paraissait si naturel, comme s'ils étaient amants depuis des années. Mais il était excité comme s'il ne l'avait jamais touchée.

Elle planta ses ongles dans ses épaules, l'entendit gémir tandis qu'elle s'abandonnait en lui demandant plus. Jamais il n'avait pris une femme avec autant de tendresse. Soudain, il sentit monter en lui un incroyable élan de liberté.

9

Depuis deux semaines, la vie d'Ariel ressemblait à des montagnes russes. Le temps qu'elle passait avec Booth était fait de hauts, de bas, de courbes et de surprises, avec parfois des accélérations. Heureusement, elle avait toujours aimé les manèges et préférait de loin les plus rapides et les plus vertigineux.

Elle ne s'était pas trompée en affirmant à Booth qu'il était imprévisible. Il n'était pas non plus facile à vivre, mais elle le prenait comme il était.

Parfois, il se montrait incroyablement tendre à son égard, manifestant alors un romantisme et une affection qu'elle n'attendait pas de sa part. Il lui avait envoyé un bouquet de fleurs champêtres le matin au studio. Il avait organisé un pique-nique dans son appartement un jour de pluie et lui avait servi du champagne dans des gobelets pendant que le tonnerre grondait.

Puis, à d'autres moments, il se repliait sur lui-même et devenait inaccessible. Dans ces cas-là, elle savait d'instinct qu'il ne fallait pas insister.

Il pouvait se montrer extrêmement colérique et impatient. Peut-être était-ce le contraste entre ces traits de caractère et l'humour et la gentillesse dont il faisait preuve parfois qui avaient eu raison du cœur d'Ariel. Elle aimait tout dans cet homme, et c'était à lui qu'elle voulait appartenir. Cet homme sombre, colérique, tendre malgré lui, était celui qu'elle attendait depuis toujours.

A mesure que le tournage avançait, et malgré les moments où Booth s'isolait, ils devenaient plus proches. Leur relation grandissait, mais sans la simplicité qu'elle recherchait. Pour elle, l'amour était un sentiment très simple.

Le jour où il l'accepterait — et elle ne doutait pas un seul instant que cela arrive —, ce sentiment n'en serait que plus fort. Elle attendait un amour absolu : elle voulait qu'il se donne à elle, corps et âme.

Son seul regret était de ne pas pouvoir lui parler de Scott. Plus la date du procès avançait, plus elle en ressentait la nécessité. Pourtant, comme elle avait besoin de son réconfort, de retrouver grâce à lui son assurance ! Mais bien que tentée, jamais elle n'envisagea de lui en parler. La façon dont elle s'était engagée à défendre et à protéger son neveu ne regardait qu'elle.

L'avenir lui apparaissait de manière morcelée. Booth, Scott, sa carrière. Il lui fallait toute sa foi pour croire qu'à la fin, elle réussirait à réunir les trois.

Après une longue et intense matinée, elle accueillit une panne de matériel et la longue pause qui s'ensuivit comme une récompense. Pour la première fois depuis des semaines, elle allait pouvoir regarder *Nos vies, nos amours* et renouer avec la vie d'Amanda et les habitants de Trader's Bend.

— Tu ne vas pas regarder la télévision pendant une heure ! protesta Booth en l'accompagnant dans le couloir.

— Mais si. C'est comme si je retournais chez moi.

Elle secoua le sac de bretzels dans ses mains.

— En plus, j'ai des provisions, ajouta-t-elle.

— Dès que la table de mixage sera réparée, tu auras un long après-midi de travail devant toi.

Tout en avançant, il lui massait l'épaule. Même si elle ne le montrait pas souvent, elle paraissait stressée et parfois même un peu perdue.

— Tu ferais mieux de t'allonger et de faire une petite sieste.

— Je ne fais jamais la sieste.

En poussant la porte de sa loge, elle renversa une pile de magazines. Sans un regard pour les journaux éparpillés, elle se dirigea vers le petit poste de télévision installé dans le coin de la pièce.

— Il me semble t'avoir trouvée un jour, les pieds sur la table et les yeux fermés, répliqua Booth.

— C'est différent.

Elle actionna la télécommande jusqu'à tomber sur la chaîne qui l'intéressait.

— Je n'ai fait que recharger les batteries ce jour-là. Je ne suis pas prête pour ça, Booth.

Les yeux agrandis par l'excitation, elle tournoya sur elle-même.

— Les choses se passent vraiment bien, tu ne trouves pas ? ajouta-t-elle. Je le sens. Même après toutes ces semaines, la tension reste palpable. C'est certainement un signe que le film va être spécial.

— J'avais quelques réticences à l'idée de faire un film pour la télévision.

Il prit quelques tracts sur le canapé et les posa sur la table.

— Je n'en ai plus, reprit-il en lui tendant la main. Et oui, le film va être très spécial. Tout comme toi.

Comme toujours, cette déclaration aussi subtile qu'inattendue la toucha droit au cœur. Elle prit alors la main de l'homme qu'elle aimait et la porta à ses lèvres.

— Je vais savourer le moment où tu remporteras cet Emmy Award.

— Et le tien ?

— Peut-être, dit-elle en riant. Peut-être.

Elle tourna la tête en entendant la musique du générique de la série.

— Ça commence. Nous voilà de retour à Trader's Bend.

Elle se laissa tomber sur le canapé en entraînant Booth avec elle. Après avoir ouvert le sachet de bretzels, elle s'absorba complètement dans le feuilleton.

Elle ne le visionnait pas comme une actrice ou un critique, mais comme une simple spectatrice. Elle se détendit et se laissa prendre au jeu de l'intrigue et de ses rebondissements. En se voyant à l'écran, elle ne cherchait pas les défauts ou la qualité de son interprétation. A l'écran, ce n'était pas Ariel qu'elle voyait, mais Amanda.

— Ce n'est pas à toi de me dire ce que je veux, dit Amanda à Griff d'une voix basse et vibrante. Tu n'as pas le droit de me donner des conseils, et encore moins d'entrer chez moi sans y avoir été invité.

— Ecoute, répliqua Griff en lui prenant le bras avant qu'elle tourne les talons. Tu fonces droit dans le mur. C'est évident.

— Je ne fais que mon travail, opposa-t-elle d'un ton glacial. Pourquoi ne pas aller faire le tien et me laisser seule ?

— C'est la dernière chose que j'aie envie de faire.

Un gros plan sur le visage de Griff montra son combat intérieur pour se contrôler. Lorsqu'il reprit la parole, sa voix était plus calme, mais empreinte de sa fougue habituelle.

— Bon sang, Mandy, tu connais cette affaire sur l'Eventreur presque aussi bien que la police. Tu sais bien que tu ne dois pas rester seule chez toi. Si tu ne me laisses pas te venir en aide, pars au moins chez tes parents quelque temps.

— Chez mes parents ?

Amanda passa une main nerveuse dans ses cheveux.

— Tu me demandes d'aller chez mes parents, sachant que Vikki s'y trouve ? Tu me crois capable de le supporter ?

— D'accord, d'accord.

Frustré, Griff tenta de l'attirer vers lui, mais elle se dégagea violemment.

— Mandy, s'il te plaît, je m'inquiète pour toi.

— Il ne faut pas. Et si tu désires réellement faire quelque chose pour moi, va-t'en. Je dois dresser le profil psychologique du tueur avant de voir le lieutenant Reiffler demain matin.

Griff enfonça les poings dans les poches.

— Ecoute, je vais rester dormir sur le canapé. Je jure de ne pas te toucher. Mais je ne peux pas te laisser seule ici.

— Je ne veux pas de toi ! cria-t-elle en perdant son sang-froid. Je ne veux plus te voir, tu comprends ? J'ai besoin d'être seule.

Il la contempla longuement tandis qu'elle refoulait ses larmes, le dos voûté.

— Je t'aime, Mandy, déclara-t-il d'une voix à peine audible.

Mais son regard trahissait ses sentiments.

La caméra fit alors un gros plan sur elle et sur le lourd sanglot qui roulait sur sa joue.

— Non, murmura-t-elle en lui tournant le dos.

Griff l'enlaça par-derrière.

— Si, tu le sais. Il n'y a jamais eu d'autres femmes que toi. Lorsque tu m'as quitté, j'ai failli en mourir. Mandy, j'ai besoin de toi dans ma vie. J'ai besoin des projets que nous avions faits ensemble. Nous avons une seconde chance. Il nous suffit de la saisir.

Le regard perdu dans le vide, Amanda posa une main sur son ventre où l'enfant de Cameron grandissait en silence, un enfant que Griff n'accepterait jamais, mais qu'elle devait garder.

— Non, il n'y a pas de seconde chance, Griff. S'il te plaît, va-t'en.

— Mais nous sommes faits l'un pour l'autre, murmura-t-il en enfouissant son visage dans ses cheveux. Mandy, nous avons toujours été faits l'un pour l'autre.

Pour son salut, et pour le sien, il fallait qu'il parte. Un éclair de douleur traversa son regard, puis elle reprit le contrôle de ses émotions.

— Tu as tort, répondit-elle platement. C'était hier. Aujourd'hui, je ne veux plus que tu me touches.

— Je ne peux plus me traîner à tes pieds, répondit-il en se détachant d'elle.

Puis il se dirigea vers la porte.

— Je ne le ferai plus jamais, ajouta-t-il.

Lorsque la porte claqua derrière lui, Amanda s'effondra sur le canapé, le corps recroquevillé, avant d'enfouir son visage dans un oreiller et de fondre en larmes. La caméra se déplaça lentement vers la fenêtre où l'ombre d'une silhouette se dessinait derrière les rideaux fermés.

— Eh bien, chuchota Booth au moment de la publicité, on dirait que cette femme a des problèmes.

— Oui, et bien d'autres l'attendent, répondit Ariel en s'étirant. C'est le principe des séries : dès qu'un problème est réglé, trois autres viennent le remplacer.

— Va-t-elle donner une chance à Griff et revenir avec lui ? demanda-t-il.

Elle sourit. Booth avait vraiment envie de connaître la suite, songea-t-elle, ravie.

— Regarde le feuilleton demain.

Il lui lança un regard inquisiteur.

— Mais tu connais la suite.

— Je serai muette comme une carpe, affirma-t-elle d'un air hautain.

— Vraiment ?

Il la prit par le menton pour l'obliger à le regarder.

— Voyons cela.

Il pressa fermement ses lèvres contre les siennes, mais celles d'Ariel restèrent scellées. Se laissant prendre au jeu, il déploya ses doigts sur son visage qu'il caressa doucement. Le plus délicatement du monde, il dessina le contour de sa bouche. Lorsqu'il mordilla la commissure de ses lèvres, il la sentit fondre et l'entendit soupirer. Sans effort, il y glissa la langue pour mieux la titiller.

— Tu triches, dit-elle.

— Oui.

Comme il se sentait bien avec elle ! Il avait presque cessé de se demander combien de temps leur relation allait durer. La fin, qui lui semblait inévitable, devenait chaque jour un peu plus floue.

— Je n'ai jamais respecté les règles.

— Vraiment ?

Sa soudaine agression le prit au dépourvu. Sans comprendre ce qui se passait, il se retrouva sur le dos, le corps d'Ariel contre le sien.

— Dans ce cas précis, tous les coups sont permis, expliqua-t-elle.

Son baiser fougueux le laissa sans voix. Le temps qu'il reprenne ses esprits, elle avait déjà déboutonné sa chemise et caressait voluptueusement son torse.

— Ariel…

Mi-amusé, mi-outré, il saisit son poignet mais la main libre d'Ariel s'était égarée vers le bas de son ventre. Ce qui lui restait d'amusement, de protestation et de raison, s'évanouit aussitôt.

— Je ne suis jamais rassasié de toi, dit-il d'une voix rauque.

Saisissant à pleines mains ses cheveux, il défit l'élégant chignon que la coiffeuse avait mis des heures à confectionner.

— Je m'y efforce.

Elle l'embrassa à pleine bouche et lui retira sa chemise. Puis elle l'entraîna à travers des collines et des vallées avec une telle rapidité et une telle ardeur qu'il ne put que la suivre. Aussi loin que remontaient ses souvenirs, il avait toujours contrôlé chaque aspect de sa vie. Il ne faisait confiance à personne d'autre que lui pour se laisser guider. Mais à présent, il parvenait à peine à la suivre. L'énergie et la fougue d'Ariel, qu'il avait si longtemps admirées, avaient eu raison de sa volonté. Pourquoi parvenait-il soudain à briser si facilement les règles qu'il s'était fixées ? Puis, comme elle lui avait déjà demandé, il cessa de réfléchir.

Les sentiments : voilà ce qu'elle avait attendu si impatiemment, si désespérément. Les émotions avaient fini par le rattraper. Elle s'en imprégna tandis qu'ils irradiaient de lui et sentit alors le lien qui les unissait. Submergée de bonheur, elle faillit fondre en larmes.

Il l'aimait, songea-t-elle. Peut-être ne le savait-il pas encore, peut-être ne le découvrirait-il pas avant plusieurs jours ou plusieurs semaines. Mais c'était là. Son envie de pleurer se transforma en envie de rire. Ce fut avec cette joie et cet entrain qu'elle l'accueillit en elle.

Un peu plus tard, hors d'haleine, Booth était allongé sur le dos, immobile, tandis qu'Ariel était blottie comme un chat sur sa poitrine.

— Tout ça pour m'empêcher de connaître la suite du script ? plaisanta-t-il.

Elle gloussa en enfouissant le nez dans son cou.

— Je ne reculerai devant rien pour protéger la série. Aucun sacrifice n'est trop grand.

— Sachant cela, je pense que je vais te demander de me dévoiler l'identité de l'Eventreur, dès ce soir.

Il l'aida à se redresser avant de l'examiner. Son chemisier de soie était déboutonné et avait glissé sur son épaule. Son pantalon gisait en boule au sol. Ses cheveux étaient emmêlés de manière provocante.

— L'habilleuse et le maquilleur vont te maudire, déclara-t-il.

— Ça en valait la peine.

Rabattant les pans de son chemisier, elle entreprit de se rhabiller.

— Je leur dirai que j'ai fait une sieste.

Il rit doucement et tira sur une mèche de ses cheveux.

— Ce que tu as fait ne laisse aucun doute. Tes yeux ne mentent jamais.

— Vraiment ?

Elle enfila avec précaution son pantalon. D'un air absent, elle tenta d'en effacer les plis puis se tourna vers Booth.

— Pourtant, pendant toutes ces semaines, poursuivit-elle, tu n'as rien remarqué.

Elle continua à fixer son visage soucieux.

— Tu es un homme perspicace, affirma-t-elle, et je n'ai jamais été très douée pour cacher mes sentiments. Je ne fonctionne pas comme cela.

Il la regardait sans comprendre.

— Je t'aime, dit-elle simplement en souriant.

Le visage et le corps de Booth demeurèrent impassibles. Il ne répondit rien.

— Ne me regarde pas comme si je venais de te menacer avec une arme ! s'écria-t-elle.

Elle s'avança vers lui et lui caressa la joue.

— Se laisser aimer est une chose facile, donner de l'amour est un peu plus difficile, pour certains. S'il te plaît, contente-toi de prendre ce qui t'est donné. Gratuitement.

Il était désorienté : il n'avait jamais rien ressenti de tel auparavant. Et cette nouveauté l'inquiétait.

— Il n'est pas raisonnable de donner à tout-va, Ariel, surtout à quelqu'un qui n'est pas prêt à recevoir.

— Et garder pour soi ce que l'on a besoin de donner est encore plus stupide. Booth, ne peux-tu pas me faire confiance, juste maintenant, assez pour accepter mes sentiments ?

— Je l'ignore, murmura-t-il.

Il se leva, bouleversé par les émotions et les désirs contradictoires qui le déchiraient de l'intérieur. Il voulait s'éloigner d'elle aussi vite que possible. En même temps, il rêvait de la prendre dans ses bras et de ne jamais la laisser partir. Il ressentait la douleur de la panique et la douceur du plaisir.

— Que tu en sois capable ou non, mes sentiments sont là, poursuivit-elle. Je n'ai jamais su contrôler mes émotions, Booth. Je suis navrée.

Avant qu'il puisse répondre, quelqu'un frappa vigoureusement à la porte.

— Ariel, tu es attendue sur le plateau dans quinze minutes.

— Merci.

Il devait réfléchir, songea Booth. Etre logique… Etre prudent…

— Je t'envoie le coiffeur, déclara la personne derrière la porte.

— D'accord.

Elle lança à Booth un sourire timide.

Dès qu'il fut parti, elle contempla son reflet dans le miroir. Tout autour, les lumières brillaient d'un éclat terne et lugubre.

— Qui t'avait dit que ce serait facile ? demanda-t-elle à voix haute.

Un quart d'heure plus tard, Ariel était de retour sur le plateau. Elle paraissait presque aussi calme et détendue que lorsqu'elle l'avait quitté une heure plus tôt. Malgré la réaction de Booth, à laquelle elle s'était à moitié préparée, elle se sentait plus légère et plus à l'aise depuis qu'elle lui avait avoué ses sentiments. Elle n'avait fait que dire à voix haute ce qu'elle ressentait, partagé avec lui ce qui ne pouvait pas être changé. En général, elle pensait que la dissimulation était une perte de temps. Elle traversa le studio d'un pas léger et souple.

Avant même de voir les gens agglutinés et d'entendre leurs voix excitées, elle sentit la tension qui régnait sur le plateau. Aussitôt, elle songea à Booth. Mais ce n'était pas lui qu'elle aperçut en traversant le faux mur du salon sur le plateau.

C'était Elizabeth Hunter.

Elle n'était qu'élégance et froideur, et sa féminité délicate rehaussait son incroyable beauté. Un sourire moqueur étirait ses lèvres tandis qu'elle allumait une cigarette très fine. Sans effort, elle prenait la pose, comme si les caméras étaient braquées sur elle. Ses cheveux brillaient doucement, d'une blondeur pâle et froide. Son teint était si parfait que son visage paraissait sculpté dans le marbre.

A l'écran, elle était charismatique, désirable et inaccessible. Dans la vraie vie, elle semblait l'être tout autant. Tous les hommes devaient rêver de faire fondre la glace pour découvrir dessous la fougue et la passion. Mais si cette femme était réellement comme Rae, songea Ariel, ils seraient inévitablement déçus. Dévorée de curiosité, elle s'approcha du groupe.

— Comment pourrais-je rester à l'écart, Pat ? demanda Liz en levant avec grâce une main vers la joue de Marshell.

Une rangée éblouissante de diamants et de saphirs étincelait à son annulaire.

— Après tout, continua-t-elle, ne suis-je pas directement concernée par ce film ?

Elle eut une moue provocatrice, si caractéristique de son personnage.

— Ne me dis pas que tu vas me renvoyer.

— Non, bien sûr, Liz.

Marshell affichait un air gêné et résigné.

— Personne ne savait que tu étais à New York.

— Je viens tout juste de terminer le film de Simmeon en Grèce.

Elle leva de nouveau la fine cigarette et laissa tomber d'un air détaché les cendres au sol.

— J'ai pris le premier vol.

Puis elle regarda par-dessus l'épaule de Marshell. Son regard n'était ni hostile ni sombre. C'était celui d'un prédateur. Ariel aperçut alors Booth.

Il se tenait légèrement à l'écart du groupe qui s'était formé autour de Liz, comme s'il se mettait de nouveau à distance sans s'exclure complètement. Il croisa le regard de son ex-femme sans ciller. Cette fois, Ariel était bien incapable de deviner ses pensées.

— Je n'ai pas été autorisée à lire le scénario, poursuivit-elle sans quitter Booth des yeux. Mais j'ai eu vent de quelques bribes. Je suis impressionnée, à vrai dire. Et un peu vexée que tu ne m'aies pas proposé le rôle.

Le regard de Marshell se durcit, mais il resta diplomate.

— Tu n'étais pas disponible, Liz.

— Et tu ne convenais pas pour le rôle, ajouta Booth froidement.

— Ah, Booth, tu as toujours le bon mot.

Liz souffla un nuage de fumée dans sa direction et sourit.

Ariel connaissait bien cette expression. Elle l'avait vue dans d'innombrables films où apparaissait l'actrice. Elle-même s'en servait pour jouer Rae. C'était le sourire d'une sorcière s'apprêtant à découper une chauve-souris. Spontanément, Ariel se dirigea vers Booth pour le défendre. Le regard de Liz se posa sur elle et ne la quitta plus.

Cet examen n'était pas des plus agréables. Il n'était pas vraiment hostile, mais froid. Ariel étudia Liz à son tour. L'actrice lui laissa une étrange sensation de vide. Et elle eut pitié d'elle.

— Il est facile de comprendre que c'est Rae, déclara Liz en levant sa cigarette pour signifier qu'elle n'en voulait plus.

Une petite femme au visage ridé la lui enleva aussitôt des mains.

— Non.

Inconsciemment, Ariel lui renvoya le même sourire glacial.

— Je suis Ariel Kirkwood. Rae n'est qu'un personnage.

— Bien entendu, répondit Liz d'un air hautain qu'Ariel avait vu dans des dizaines de scènes. Mais pour ma part, j'essaie toujours de m'imprégner du personnage que je joue.

— Et vous vous en sortez à merveille, reconnut Ariel avec sincérité. Quant à moi, je me limite à incarner mon personnage uniquement sous les projecteurs, mademoiselle Hunter.

Seule une lueur fugace dans son regard témoigna de sa contrariété.

— Vous ai-je déjà vue ailleurs, ma chère ?

Son ton condescendant était on ne peut plus perceptible. De nouveau, Ariel sentit envers l'actrice un élan de compassion.

— C'est possible.

Booth n'aimait pas les voir ensemble. Non, vraiment pas. Il avait éprouvé un certain plaisir à ne rien ressentir en voyant de nouveau Liz. Rien. Ni colère, ni frustration. Ni même du dégoût. Cette absence de réaction avait été aussi apaisante qu'un baume. Jusqu'à ce qu'Ariel arrive sur le plateau.

Face à face, on aurait dit deux sœurs. Leur ressemblance était accentuée par la coiffure, le maquillage et les vêtements d'Ariel, qui imitaient le style de Liz. Booth y voyait énormément de similitudes. Mais en y regardant de plus près, énormément de contrastes également. Et il ignorait ce qui l'ennuyait le plus.

Qu'importe la façon dont elle était habillée : Ariel dégageait une chaleur naturelle, ainsi qu'une véritable douceur. Même à plusieurs mètres d'elle, il pouvait ressentir ses émotions. Mais n'était-ce pas de la pitié qu'il apercevait dans son regard ? A l'égard de Liz ? Songeur, il alluma une cigarette. Dire qu'il s'était extirpé des griffes de l'une pour tomber sous le charme de l'autre ! Soudain, il sentit le sol se dérober sous ses pieds. Ce sentiment n'était-il pas très proche de l'amour ?

— Commençons, ordonna-t-il d'un ton sec.

Liz lui décocha de nouveau un regard en coin.

— Ne vous dérangez pas pour moi, déclara-t-elle. Je saurai me montrer discrète.

Puis elle alla s'asseoir en bordure du plateau sur une chaise, les jambes croisées. Un homme à la carrure imposante, la petite femme et un très jeune homme se postèrent debout derrière elle.

Ariel sentit monter en elle une bouffée d'adrénaline. La scène qu'ils s'apprêtaient à tourner était celle sur laquelle elle avait auditionné. Ariel avait le sentiment que cette scène, plus qu'une autre, concentrait toute la personnalité de Rae, ses intentions, son essence. Elle n'était pas certaine que Liz Hunter apprécierait, mais… Ariel pourrait juger du succès de sa performance à la réaction de la visiteuse.

Liz regarda la scène avec une moue d'ennui. Le dialogue ne reprenait pas mot pour mot ce qui s'était passé entre Booth et elle des années plus tôt, mais elle en connaissait la teneur. Qu'il aille au diable, songea-t-elle, furieuse. Mais son visage demeura impassible. Elle le maudissait autant pour sa mémoire que pour son talent. Booth tenait là sa vengeance.

Même si elle espérait que le film fasse un bide, elle était trop intelligente pour le croire. Il valait mieux ne pas trop y compter. D'ailleurs, elle était bien assez maligne, assez expérimentée, pour faire en sorte que le film travaille pour elle et non contre elle. Si elle s'y prenait bien, le travail de Booth pouvait lui apporter des heures et des heures de publicité. Ce qui rééquilibrait les choses… jusqu'à un certain point.

Liz n'était pas femme sujette à beaucoup d'émotions, mais la plus aiguisée d'entre elles était la jalousie. Et c'était cette jalousie qui la rongeait tandis qu'elle restait assise en silence à regarder le jeu de cette Ariel Kirkwood. Elle tapota nerveusement l'accoudoir de sa chaise du bout de son ongle impeccablement verni. Elle était suffisamment orgueilleuse pour se considérer plus belle, mais la différence d'âge était visible. Le temps qui passait était un sujet qui la hantait.

Tout comme le talent. Elle grinça des dents pour s'empêcher de hurler. Ses performances, les honneurs et les récompenses qu'elle avait reçus ne lui suffisaient pas. Surtout lorsqu'elle était confrontée à une femme belle, tout aussi talentueuse qu'elle, et plus jeune. Qu'ils soient maudits tous les deux ! pesta-t-elle pour elle-même en tapant plus fort du doigt. Le jeune homme posa alors sur son épaule une main qui se voulait apaisante, mais elle se dégagea brusquement.

Liz sentit la jalousie se muer en fureur. Ce rôle aurait dû être à elle ! Si elle avait dû jouer Rae, elle aurait donné d'autres dimensions au personnage. Elle avait bien plus de talent que cette Ariel Kirkwood ! Elle était plus belle, plus célèbre et plus sexy. Elle sentit un battement sourd marteler ses tempes lorsque Ariel commença à introduire habilement une sensualité froide dans la scène.

Liz croisa alors le regard de Booth et faillit s'étouffer de rage. Il se moquait d'elle. Il riait, même si les plis de sa bouche étaient lisses et son expression calme. Il allait le payer, jura-t-elle en baissant lentement les yeux. Pour ça, et pour tout le reste. Elle allait veiller à ce que lui et son actrice sans talent paient tous les deux.

Booth connaissait suffisamment son ex-femme pour lire dans ses pensées. Il aurait dû se sentir heureux, ce qui serait probablement arrivé il y a seulement quelques semaines. Maintenant, il ne ressentait pour elle qu'un léger dégoût.

Il reporta ensuite son attention sur Ariel. De toutes les scènes du scénario, celle-ci était sans doute la plus difficile. Il s'était lui-même trop bien cristallisé dans le personnage de Phil à travers ces quelques répliques. Et sous ses yeux, sa Rae n'était que trop réelle. *Ariel* la rendait trop réelle, rectifia-t-il en rêvant d'une cigarette. Dans cette courte scène de sept minutes, qu'il faudrait beaucoup plus de temps pour tourner, il était impossible de distinguer Ariel de Rae et Rae… de Liz.

Ariel lui avait avoué qu'elle l'aimait. Avec un sentiment d'inconfort proche de la panique, il la contempla. Comment était-ce possible ? Une fois dans sa vie, il avait cru les mots d'amour murmurés par une femme. Mais Ariel… Il n'avait jamais connu personne comme elle.

L'aimait-il ? Une fois déjà, il avait cru être amoureux. Mais quel qu'ait été ce sentiment, ce n'était pas de l'amour. Il avait été fasciné par la grande beauté de Liz, son grand talent, et le sexe froid, très froid, qu'elle lui avait offert. Non, il ne connaissait pas l'amour, pas au sens où Ariel l'entendait. Non seulement il ne le comprenait pas, mais il ne voulait pas, songea-t-il. Il n'aspirait qu'à préserver sa tranquillité et sa paix.

Pourtant, en observant la scène qui se tournait sous ses yeux, il n'éprouvait ni l'une ni l'autre.

— Coupez ! Coupez et enregistrez !

Chuck massa d'une main lasse sa nuque pour apaiser ses tensions.

— Beau travail, ajouta-t-il.

Poussant un long soupir, il se dirigea vers Ariel et Jack.

— Beau travail, vous deux. Nous avons terminé pour aujourd'hui.

Soulagée, Ariel se détendit progressivement. Puis elle entendit le bruit d'un applaudissement étouffé et tourna la tête.

Liz se leva avec grâce de sa chaise.

— Fabuleux ! s'exclama-t-elle avant de lui décocher un sourire aussi éblouissant que calculé.

Elle regarda Ariel.

— Vous avez du potentiel, ma chère, déclara-t-elle. Je suis certaine que ce rôle va vous ouvrir plusieurs portes.

Ariel identifia l'attaque et l'encaissa vaillamment.

— Merci, Liz, répondit-elle en défaisant délibérément son chignon pour libérer ses cheveux et se débarrasser très vite de Rae. C'est un rôle difficile.

— Vous avez donné le meilleur de vous-même.

Tout sourire, Liz toucha légèrement l'épaule d'Ariel.

Elle avait dû jouer parfaitement son rôle, songea Ariel, ravie.

Liz rêvait de lui arracher ses superbes cheveux. Elle préféra se tourner vers Marshell.

— Pat, j'ai très envie d'aller dîner. Nous avons beaucoup de choses à nous dire.

Elle glissa son bras sous le sien et tapota sa main.

— C'est moi qui invite, mon cher.

Jurant intérieurement, Marshell acquiesça. La meilleure façon de la faire sortir en évitant une scène était de partir avec elle.

— Avec plaisir, Liz. Chuck, je veux une revue de presse complète demain matin à la première heure.

— Au fait, se ravisa Liz en passant à côté de Booth. Je ne crois pas que ce petit film puisse vraiment nuire à ta carrière, mon chéri.

Elle passa un doigt le long des boutons de sa chemise avec un rire glacial.

— Et puis, l'un dans l'autre, je me sens plutôt flattée. Sans rancune, Booth.

Booth contempla son superbe sourire insensible.

— Sans rancune, Liz. Vraiment.

Les doigts de l'actrice se raidirent brièvement sur le bras de Marshell.

— Oh ! Pat, je dois te parler de ce merveilleux jeune acteur que j'ai rencontré à Athènes…

— Sauve-toi par les coulisses, murmura Jack à Ariel. Si j'étais toi, j'éviterais de lui tourner le dos.

— Elle m'a l'air triste, répondit Ariel pensivement.

Jack eut un grognement cynique.

— C'est une tarentule.

Puis il posa une main sur l'épaule d'Ariel.

— Laisse-moi te dire quelque chose. Cela fait des années que je fréquente ce milieu. J'ai travaillé avec de nombreuses actrices, mais tu es époustouflante. Et cela ne peut que la faire grincer les dents.

— Et c'est triste, répéta Ariel.

— Mieux vaut mettre un mouchoir sur ta compassion, prévint-il. Tu risques de te brûler.

Après une tape amicale sur son épaule, il quitta le plateau.

Ariel se laissa tomber avec bonheur sur une chaise. Les lumières étaient éteintes, et il faisait plus frais. La plupart des machinistes étaient partis, à l'exception de trois hommes qui, dans un coin, parlaient de poker. Penchant la tête en arrière, elle vit Booth approcher.

— C'était éprouvant, lâcha-t-elle. Comment te sens-tu ?

— Bien. Et toi ?

— Un peu vidée. Il ne me reste que quelques scènes à tourner, mais aucune de cette envergure. La semaine prochaine, je redeviens Amanda.

— Et qu'en penses-tu ?

— L'équipe de la série est comme ma famille. Ils me manquent.

— N'oublie pas que les petits finissent par quitter leur nid.

— Je sais. Je le ferai quand l'heure sera venue.

— Nous savons toi et moi que tu ne signeras pas de nouveau contrat avec la série.

Booth sortit une cigarette et l'alluma machinalement, avalant la fumée sans la goûter.

— Que tu sois prête à l'accepter ou non, ajouta-t-il.

Consciente de la tension qui l'habitait, elle se raidit à son tour.

— Tu mélanges de nouveau tout, dit-elle d'une voix calme. Combien de temps va-t-il te falloir pour me voir telle que je suis, sans ombres ?

— Je sais qui tu es, affirma-t-il. Mais j'ignore encore quoi faire.

Elle se leva. Peut-être à cause du stress de la scène, ou de la tristesse qu'elle avait éprouvé en voyant Liz Hunter souffrir à sa manière, elle s'exprima sur un ton cassant qu'il ne lui connaissait pas.

— Je vais te dire ce que tu ne veux pas. Tu ne veux pas que je t'aime. Tu ne veux pas endosser la responsabilité de mes sentiments pour toi.

Booth était capable de gérer les conflits sans efforts.

— Peut-être. Mais tu savais à quoi t'en tenir dès le départ.

— Toi aussi.

Avec un petit rire, elle lui tourna le dos.

— C'est toi qui me conseilles de changer, alors que tu es incapable de le faire de ton côté. Laisse-moi te dire quelque chose, Booth.

Elle pivota brusquement pour lui faire face, vibrante comme à son habitude.

— Mes sentiments m'appartiennent. Tu n'as pas le droit de me les dicter. La seule personne à qui tu puisses imposer ton point de vue, c'est toi.

— Il n'est pas question d'imposer quoi que ce soit.

Il ne voulait plus de sa cigarette, finalement. Il l'écrasa à moitié dans un cendrier et la laissa se consumer.

— Simplement, je ne peux pas te donner ce que tu désires.

— Je ne t'ai rien demandé.

— Tu n'as pas besoin de le faire.

A présent, Booth était en colère, très en colère, sans vraiment savoir à quel moment il avait franchi la limite.

— Dès le début, gronda-t-il, tu m'as attiré à toi, et tu as éveillé des sentiments que je m'étais juré de ne plus jamais ressentir. Je me suis fait une promesse, et je veux bien être maudit si je tombe de nouveau dans le panneau. Je ne veux rien changer à ma vie. Je ne veux pas…

— Prendre le risque d'un nouvel échec, conclut Ariel.

Les yeux de Booth étincelaient dangereusement, mais sa voix était calme, très calme.

— Regarde bien où tu mets les pieds, Ariel. Les os fragiles cassent facilement.

— Et ils se ressoudent.

Soudain, elle se sentit trop lasse pour discuter, trop lasse pour réfléchir.

— Il va falloir que tu trouves tes réponses tout seul, Booth. Comme je l'ai fait de mon côté. Je ne suis pas navrée de t'aimer, ni même de te l'avoir dit. Je suis juste désolée que tu ne saches pas accepter un cadeau.

Les mains enfoncées dans les poches, il la regarda s'éloigner. Le plateau était plongé dans l'obscurité. Non, il ne pouvait pas accepter ce présent. Mais pourquoi avait-il l'impression étrange d'avoir refusé quelque chose qu'il avait passé sa vie à chercher ?

10

La mer était un peu agitée. De petits moutons d'écume parsemaient les flots, paraissant bondir au-dessus des vagues avant d'être avalés pour apparaître de nouveau. Plus haut, le ciel était d'un bleu profond, mais des nuages sombres venus de l'est s'amoncelaient dangereusement. Le vent qui soufflait de l'océan était annonciateur de pluie. Booth estimait qu'il avait deux heures devant lui avant d'être rattrapé par la tempête, une heure avant d'être forcé de rejoindre la côte pour l'éviter. Une fois à terre, il savait qu'il trouverait une chaleur étouffante et moite. Sur l'eau, la brise qui fouettait son visage et gonflait ses voiles avait un parfum d'été, de sel et de tempête. La joie intense qu'il ressentait chaque fois qu'il prenait la mer libérait son esprit et faisait naître des frissons sur sa peau. La main sur le gréement, il se laissa porter par le vent.

Booth était vêtu d'un simple bermuda et de mocassins bateau. Il ne s'était pas rasé depuis deux jours. Ses yeux s'étaient habitués aux reflets du soleil sur les flots, et ses mains au cordage rugueux.

Mais cette fois, sa joie n'avait pas eu la force attendue. Depuis des jours, il naviguait aussi longtemps que le soleil brillait dans le ciel et que le temps le permettait. La nuit, il travaillait jusqu'à épuisement.

Etait-il en train de fuir ? Etait-ce vraiment ce qu'il était venu chercher ? Peut-être, songea-t-il en filant sur les vagues. Il avala une gorgée de bière et laissa son goût amer remplir sa bouche. Peut-être fuyait-il, mais sa présence n'était plus requise sur le plateau. Finalement, il s'était rendu à l'évidence qu'il n'arrivait plus à travailler en ville. Il avait besoin de prendre un peu de distance par rapport au film, à la pression et à sa quête de perfection.

Mais tout n'était que mensonge.

Rien de tout cela ne l'avait chassé de Manhattan. Il avait surtout besoin de s'éloigner d'Ariel, et de l'effet qu'elle avait sur lui. Et, par-dessus tout, de ses sentiments pour elle. Pourtant, la distance n'avait pas effacé l'actrice de ses pensées. Il lui en fallait peu pour penser à elle, et beaucoup pour ne pas le faire. Mais Ariel avait beau hanter ses pensées, il était certain d'avoir fait le bon choix. Penser à elle le dévorait de l'intérieur, mais la voir, la toucher, l'aurait rendu fou.

Non, il ne voulait pas l'aimer, songea-t-il avec rage. Il ne pouvait pas gérer toutes les émotions qu'elle était capable de susciter. Booth avala une autre gorgée de bière avant de contempler les flots d'un air renfrogné. Il n'était pas capable d'aimer Ariel en retour. Toutes ses émotions étaient tournées directement et exclusivement vers son travail. Il se l'était promis. A l'intérieur de son être, là où se nichaient les plus beaux sentiments d'une personne pour une autre, Booth se sentait totalement vide.

Pourtant, son corps, son esprit, son âme, souffraient de ne pas être avec elle.

Qu'elle aille au diable ! jura-t-il en tirant sur le gréement. Il lui en voulait de le bousculer, de le malmener, et de ne rien attendre de lui. Si seulement elle l'avait supplié, si elle avait exigé quelque chose de lui, il aurait pu refuser.

Il était si simple de dire non. Mais elle s'était contentée de donner, jusqu'à ce qu'il soit si plein d'elle qu'il se perde lui-même.

Il avait du travail, se rappela Booth en commençant à tirer de bord pour rejoindre la côte. Le bateau bondit en avant, poussé par le vent. Ajustant les voiles, il se concentra sur ses gestes. Il devait se servir de ses muscles, et non de son cerveau. Il devait s'empêcher de penser jusqu'à ce qu'il soit en mesure d'écrire de nouveau.

Il prévoyait de se réfugier dans le travail le reste de l'après-midi. Il passerait la soirée à écrire, jusque tard dans la nuit, jusqu'à ce que son esprit soit complètement vide et inapte à réfléchir à qui ou à quoi que ce soit. Il était prêt à rester physiquement loin d'Ariel jusqu'à ce qu'il cesse de penser à elle. Puis il reviendrait à New York et reprendrait le cours normal de sa vie. Sa vie avant elle.

Le tonnerre gronda, menaçant, lorsqu'il amarra le bateau.

Ariel regardait les éclairs déchirer le ciel. La nuit ressemblait à un miroir sombre qui se brisait brusquement avant de se recomposer. Mais la pluie n'était pas encore arrivée. La tempête de chaleur qui menaçait depuis le début de la soirée avançait vers Manhattan. Ariel l'attendait avec impatience. Vêtue d'une longue chemise, elle se tenait debout près de la fenêtre et la regardait venir.

Un peu plus tôt, ses voisins s'étaient assis sur le perron, s'éventant, transpirant et se plaignant de la chaleur. Pas elle. Avant la fin de la nuit, la pluie balaierait toute trace de moiteur. Mais pour l'heure, et malgré le tissu de la chemise qui lui collait au dos, elle appréciait cette langueur estivale et la violence du ciel.

La tempête arrivait par l'est. Peut-être Booth voyait-il déjà la pluie qu'elle attendait. Etait-il en train de travailler, indifférent aux grondements du tonnerre ? Ou était-il comme elle, debout, occupé à contempler les fureurs du ciel ? Quand allait-il revenir ? *Lui* revenir ?

Car il allait le faire, songea-t-elle, très sûre d'elle. Elle espérait simplement qu'il reviendrait avec les idées plus claires. Le sourire aux lèvres, elle sentit les premières bourrasques souffler par la fenêtre et caresser sa peau. La réaction de Booth l'avait blessée, puis l'avait mise en colère. Mais c'était du passé. Peut-être avait-elle oublié à ce moment-là que pour Booth, contrairement à elle, l'amour n'était pas un présent infini. Ce sentiment était pour lui synonyme de limites, de risques et de souffrances.

Pourquoi était-elle surprise de découvrir qu'elle était capable de souffrir aussi violemment qu'elle pouvait être heureuse ? songea-t-elle en prenant appui sur le rebord de la fenêtre. Elle avait envie de Booth physiquement et émotionnellement, mais il était à des kilomètres : il avait pris ses distances avec elle et avec ses sentiments.

Elle n'avait pas été surprise de constater son absence les derniers jours du tournage. Les scènes les plus importantes étaient déjà dans la boîte. Elle n'avait pas été non plus étonnée d'entendre Marshell lui annoncer vaguement que Booth s'était retiré dans sa résidence de Long Island pour écrire et naviguer. L'homme qu'elle aimait lui manquait, elle se sentait vide, mais elle était trop indépendante pour se lamenter de ne pas le voir pendant quelques jours. Il avait besoin de solitude. Une part d'elle le comprenait, assez pour l'empêcher de souffrir.

N'avait-elle pas passé presque toute la nuit à peindre après la visite de Liz Hunter sur le plateau ?

Elle jeta un regard vers la toile chaotique, maculée de taches bleues et écarlates. Elle ne garderait pas le tableau dans son salon très longtemps, décida-t-elle. Il était trop chargé de colère, trop dérangeant. Dès qu'elle aurait mis de l'ordre dans ses sentiments, elle l'enfermerait dans un placard.

Tout le monde avait sa façon de gérer ses émotions les plus sombres. Booth se repliait sur lui-même tandis qu'elle s'en libérait avec violence. Mais tout finirait par se résoudre. Il suffisait d'attendre un peu.

C'était ce qu'elle se disait aussi lorsqu'elle pensait à Scott. Le procès était prévu pour la fin de la semaine. Là encore, une solution serait trouvée, mais elle refusait d'en envisager plus d'une. Scott *devait* venir vivre avec elle. Les doutes qui l'avaient assaillie autrefois sur la légitimité de sa demande, du besoin de Scott d'être avec elle, s'étaient envolés. Plus le temps passait, plus le petit garçon devenait taciturne au contact des Anderson. Les visites d'Ariel se terminaient par d'interminables câlins tandis qu'il la suppliait de rester avec elle.

Scott ne subissait pas d'abus et ne souffrait pas de négligence. C'était une simple question d'amour, d'amour inconditionnel qu'elle éprouvait naturellement pour lui, contrairement aux grands-parents de l'enfant. Quelles que soient les épreuves qu'ils aient à traverser, elles appartiendraient bientôt au passé. Il y avait des moments de la vie qui exigeaient de se concentrer sur l'avenir et non sur le présent. C'était dans cet état d'esprit qu'elle vivait les interminables journées qui séparaient le tournage du procès. Sans Booth.

Elle ferma les yeux tandis que la pluie commençait à crever les nuages. Vivement que la nuit soit passée !

La pluie commençait à tomber lorsque Booth s'éloigna de son ordinateur. Il avait abattu plus de travail que ce qu'il espérait, mais son inspiration s'était tarie. Il savait qu'il valait mieux ne pas insister. Il laisserait passer une heure, peut-être même un jour ou deux. Mais elle reviendrait, et avec elle, le fil de son histoire.

Même s'il ne parvenait plus à écrire, il était moins de minuit et il ne trouvait pas le sommeil. L'orage avait lavé le ciel, et il aurait préféré être de nouveau sur son bateau à naviguer au clair de lune. En massant sa nuque raide, il se rappela qu'il n'avait pas dîné. Un bon repas et au lit !

Le silence l'enveloppa lorsqu'il traversa la maison en direction de la cuisine. Etrange, songea-t-il. Il n'avait jamais remarqué à quel point il pouvait être dense, à quel point une maison pouvait être vide lorsqu'elle n'était habitée que par une seule personne. Bizarre aussi que quelques mois plus tôt seulement, il ait pu apprécier cette atmosphère, et même y aspirer. Mais là encore, c'était avant Ariel. Sa vie semblait se diviser en deux. Avant elle, et après elle. Ce qu'il avait beaucoup de mal à admettre.

Sans trop d'enthousiasme, il sortit du réfrigérateur un plateau de charcuterie. Machinalement, il se fit un sandwich, trouva une pêche mûre et se versa un verre de lait. Ce repas solitaire lui parut si peu attrayant qu'il envisagea de tout jeter à la poubelle.

Il se ravisa et emporta le plateau dans sa chambre. Il avait surtout besoin de bruit, songea-t-il. De quelque chose qui occupe son esprit sans trop solliciter son cerveau. Il alluma la télévision, puis zappa machinalement.

En temps normal, il aurait ignoré le talk-show tardif au profit d'un vieux film. En entendant le rire de Liz Hunter, il se figea. Il hésita quelques secondes, mais sa curiosité était piquée au vif. Peut-être allait-il trouver l'émission divertissante, après tout ? Il prit le plateau, le posa sur la table de nuit et s'allongea.

Il avait lui-même été invité plusieurs fois à participer à cette émission. Même si la formule ou la couverture médiatique laissait à désirer, il comprenait très bien les nécessités de toucher le public. C'était une émission très regardée, habilement ficelée, et le présentateur connaissait son métier. Avec ses airs d'adolescent charmeur, il était à la fois capable de tirer aux célébrités des aveux inattendus et de retenir l'attention des téléspectateurs.

— Bien sûr, c'était terriblement excitant de tourner en Grèce, déclara Liz en se penchant un peu plus près du présentateur, tandis que ses yeux bleu glacier brillaient froidement sous les éclairages. Et travailler avec Ross Simmeon était une formidable expérience.

— N'ai-je pas entendu dire que Simmeon et vous étiez en froid ? demanda Robert MacAllister avec un large sourire qui semblait inviter son interlocuteur à se détendre et à passer aux aveux.

Le présentateur savait y faire.

— En froid ? s'étonna Liz en battant innocemment des cils.

Elle était beaucoup trop expérimentée pour tomber dans le piège. Elle croisa très haut les jambes et sa robe scintilla sur tout son corps.

— Eh bien, non. Je ne sais pas d'où vous tenez cette information.

— Cela doit avoir un rapport avec ces trois jours où vous avez refusé de vous présenter sur le tournage.

Avec un petit haussement d'épaules désapprobateur, MacAllister s'adossa à sa chaise.

— Un léger désaccord sur le nombre de répliques que contenait une scène capitale du film, ajouta-t-il.

— C'est insensé.

Maudit Simmeon et tous ceux qui parlaient trop ! pesta-t-elle.

— J'ai attrapé une insolation, expliqua-t-elle en lui renvoyant un sourire éblouissant. Mon médecin m'a prescrit un traitement et m'a recommandé de prendre quelques jours de repos. Evidemment, il y a eu quelques moments tendus, comme dans tous les films importants, mais je serais prête à retravailler dès demain avec Ross…

Ou même avec le diable, semblait insinuer le ton de sa voix.

— A condition que le bon script se présente, conclut-elle.

— Et qu'allez-vous faire à présent, Liz ? Vous venez de remporter toute une série de trophées. Cela doit être difficile de faire les bons choix.

— Il est toujours difficile d'apporter la bonne touche de magie à ce que l'on fait, répliqua-t-elle avec un mouvement gracieux de la main.

La bague à son doigt capta aussitôt la lumière et scintilla de mille feux.

— Le bon scénario, le bon réalisateur, le bon partenaire, ajouta-t-elle. J'ai eu tellement de chance, surtout depuis *Rendez-vous de minuit*.

Booth posa son sandwich à moitié entamé et faillit éclater de rire. Il avait écrit ce scénario pour elle et avait fait d'elle une star. Il l'avait propulsée tout en haut du box-office. La chance n'avait absolument rien à voir là-dedans.

— Vous avez remporté un Oscar avec ce rôle, indiqua Bob. Le scénario était évidemment brillant.

Il lui décocha un sourire en coin.

— Vous êtes d'accord avec moi sur ce point, insista-t-il.

C'était l'ouverture qu'elle attendait et vers laquelle elle avait poussé le présentateur.

— Naturellement. Booth DeWitt est probablement, non, certainement *le* plus grand scénariste de son temps. Indépendamment de nos problèmes personnels, nous nous sommes toujours respectés professionnellement.

— Je connais bien vos problèmes personnels, répondit Bob d'un air triste. Mais que pensez-vous de son dernier travail ?

— Oh !

Liz sourit, puis porta une main à sa gorge avant de la poser sur ses genoux.

— Je suppose que son contenu n'est un secret pour personne, n'est-ce pas ?

Là encore, le présentateur rit doucement, avec plus de retenue.

— Je suis certaine que le script de Booth est merveilleux, assura-t-elle prudemment. Ils le sont tous. Celui-ci est, comment dire, partial, mais c'est tout à fait naturel. D'après ce que je sais, il est courant pour un écrivain de révéler certains éléments de sa vie personnelle… à sa manière. D'ailleurs, je suis allée sur le plateau la semaine dernière. Pat Marshell est le producteur et Chuck Tyler le réalisateur.

— Mais…, lâcha Bob en voyant qu'elle hésitait à poursuivre.

— Comme je l'ai dit, il est toujours difficile d'apporter la bonne dose de magie.

Elle sema les premières graines de fiel en souriant.

— Et Booth n'a jamais travaillé pour le petit écran auparavant. La transition serait difficile pour n'importe qui.

— Jack Rohrer est à l'affiche.

Bob lui donna aimablement matière à poursuivre sur sa lancée.

— Oui, le casting est excellent. Jack est absolument merveilleux dans *Double jeu*. Il a vraiment pu se donner à fond avec ce scénario.

— Mais avec celui-ci…

— Eh bien, je suis une grande admiratrice de Jack Rohrer, répondit Liz, comme si elle évitait de répondre à la question. Je pense qu'il est capable de tirer du bon de n'importe quel rôle.

— Et que pensez-vous de la vedette du film ? s'enquit Bob en croisant les mains.

Liz semblait prête à mordre, ce qui était parfait pour l'Audimat.

— L'actrice est une fille charmante. Je ne me souviens plus très bien de son nom, mais j'ai cru comprendre qu'elle jouait dans une série télévisée. Booth aime parfois se livrer à certaines expériences, plutôt que faire appel à des acteurs connus.

— Comme il l'a fait avec vous.

Liz plissa légèrement les yeux. Elle n'appréciait ni le ton, ni le sens que le présentateur donnait à leur conversation.

— On peut dire ça, reconnut-elle.

Sa voix haut perchée indiquait le contraire.

— Mais vraiment, lança-t-elle, avec le potentiel du projet, il aurait dû choisir les acteurs les plus talentueux. Naturellement, c'est un avis personnel. J'ai toujours pensé que les acteurs devaient se donner du mal — et Dieu sait que j'en ai bavé — et ne pas être engagé à cause de… comment dire, un simple caprice personnel ?

— Vous pensez que Booth DeWitt s'est entiché d'Ariel Kirkwood ? C'est bien son nom, n'est-ce pas ?

— Oui, je crois bien que c'est ça. Quant à votre autre question, je pourrais difficilement vous répondre.

Elle lui lança de nouveau un sourire charmeur.

— Surtout à l'antenne, Bob.

— Sa ressemblance physique avec vous est étonnante.

— Vraiment ? répondit Liz, soudain glaciale. Je préfère penser que je suis unique, même si, bien sûr, je suis flattée que l'on cherche à m'imiter. Naturellement, je souhaite bonne chance à cette fille.

— C'est très aimable de votre part, Liz, d'autant qu'il semblerait que l'intrigue soit moins clémente que vous à l'égard du personnage censé vous représenter.

— Ceux qui me connaissent ne prêteront aucune attention à une vision déformée des choses, Bob. Somme toute, je suis impatiente de voir le produit fini.

Elle avait lâché cette réponse d'un air ennuyé, presque comme si elle réprimait un bâillement.

— Dans l'éventualité que le film soit diffusé un jour, bien sûr, lâcha-t-elle.

— Pourquoi dites-vous cela ? Y aurait-il des problèmes ?

— Rien dont je puisse parler en tout cas, répondit-elle à contrecœur. Mais vous savez autant que moi qu'il peut se passer beaucoup de choses entre le tournage d'un film et sa projection.

— Vous n'allez pas intenter un procès, n'est-ce pas, Liz ?

Le rire de l'actrice sonna faux.

— Ce serait donner à ce film beaucoup trop d'importance.

Bob grimaça face à la caméra.

— Eh bien, sur ces mots, nous allons faire une petite pause. Ensuite, James R. Lemont viendra nous rejoindre pour nous parler de son nouveau livre, *Hollywood Secrets*. Vous connaissez bien le sujet, n'est-ce pas, Liz !

Bob lui fit un clin d'œil, puis l'écran afficha la première page de publicité.

Adossé contre les coussins de son lit, Booth avait définitivement délaissé son repas. Il alluma une cigarette et souffla la fumée vers le plafond. Il était en colère, comme en témoignait cette boule qui le rongeait de l'intérieur. Les attaques de Liz contre le film n'étaient pas même subtiles, songea-t-il. Peut-être était-elle parvenue à duper un certain nombre de téléspectateurs, mais pas les plus avertis. Son ex-femme avait fait de son mieux pour envoyer des flèches empoisonnées, avant de se ridiculiser elle-même.

Malgré tout, il était en colère, et ce sentiment était dû aux attaques contre Ariel. Délibérées, calculées et, malheureusement pour Liz, trop flagrantes. D'ordinaire, elle avançait à pas feutrés, et elle était intelligente. Mais la jalousie était la seule chose capable de lui faire perdre prise.

Car il était évident qu'elle était jalouse d'Ariel, songea-t-il. Elle l'aurait été de n'importe quelle actrice jeune, belle et talentueuse. Ajouté au fiel qu'elle allait devoir avaler à cause du film, et Liz pouvait devenir aussi enragée que l'éventail limité de ses émotions le lui permettait. Ses remarques désobligeantes étaient sa façon à elle de prendre sa revanche.

Il se leva et éteignit brutalement la télévision avant de faire les cent pas dans la chambre. Liz allait parler du film, et d'Ariel, dans toutes les interviews, dans toutes les soirées où elle serait invitée, dans le but de nuire aux deux. Bien entendu, les dommages ne pouvaient pas être très sérieux, mais cette idée ne fit rien pour apaiser sa mauvaise humeur. Personne n'avait le droit de tirer à vue sur Ariel, et le fait de savoir que Liz le faisait à travers lui, à cause de lui, ne faisait qu'empirer les choses.

S'il le voulait, il pouvait participer à la promotion du film et contrer les attaques de Liz. Mais cela ne ferait qu'ajouter de l'huile sur le feu. La meilleure façon de calmer la tempête que Liz essayait de déclencher était de garder le silence. Frustré, il marcha vers la fenêtre. La mer grondait au loin. Ariel avait-elle vu l'émission ? se demanda-t-il. Et si tel était le cas, comment avait-elle réagi ?

Allongée dans son hamac au milieu des coussins, un bol de pop-corn frais sur le ventre, Ariel écoutait Liz Hunter parler. Tout en mangeant, elle sourit lorsque Robert MacAllister rappela à Liz que le nom de la jeune actrice dont ils parlaient était Ariel Kirkwood.

Pauvre Liz, elle ne faisait que s'enliser, songea-t-elle. Le fait d'avoir été dans la peau de Rae pendant plusieurs semaines lui permettait de remarquer divers petits détails. Comment Liz tapotait l'accoudoir de sa chaise, comment elle serrait les lèvres, l'éclair qui avait traversé son regard, signe de colère mais aussi de désespoir. Plus elle parlait et plus on voyait qu'elle était déstabilisée.

Elle aurait mieux fait de se taire... S'abstenir de tout commentaire, hausser indifféremment les épaules, voilà qui aurait été mieux. Elle avait mal calculé son coup, soupira-t-elle.

Car Ariel Kirkwood ne pouvait pas faire de l'ombre à Liz Hunter, songe-t-elle, le regard tourné vers le plafond. Personne ne pouvait retirer son talent à une célébrité comme elle. Dommage qu'elle ne l'ait pas compris. C'était Booth qu'elle cherchait à blesser, c'était évident. Elle voulait le faire payer d'avoir utilisé Rae pour faire tomber les masques. Liz n'avait-elle pas vu aussi à quel point son ex-mari s'était montré honnête avec le personnage qui le représentait ?

De nouveau, elle se tourna vers le visage de Liz qui mangeait tout l'écran. Elle aperçut une légère ligne de mécontentement entre ses deux sourcils. Etait-elle la seule à l'avoir remarquée en raison de sa proximité avec elle ? Car elle connaissait bien Liz, elle la connaissait sur le bout des doigts. A cette idée, un frisson désagréable courut dans son dos.

Elle s'allongea de nouveau, éteignit le son du téléviseur et se laissa bercer par la pluie. Au léger crépitement sur le rebord de la fenêtre, elle en déduisit que l'orage était presque passé. Booth avait certainement dû voir l'émission. Et si jamais ce n'était pas le cas, il en connaîtrait le contenu très bientôt. Il devait être en colère. Elle imaginait très bien son regard dur et le pli sévère de sa bouche. Ariel était elle-même en proie à une mauvaise humeur qui menaçait de prendre le pas sur ses autres sentiments.

Mais la colère était inutile, avait-elle envie de dire à Booth. Il devait savoir qu'il avait ouvert une brèche lorsqu'il avait écrit ce scénario. Et elle-même l'avait élargie un peu plus en acceptant le rôle. Elle espérait simplement qu'une fois calmé, il comprendrait que Liz Hunter avait fait plus de bien que de tort au film.

Lorsque le téléphone sonna, elle se pencha pour décrocher. Grâce à des années d'expérience, elle parvint à garder son équilibre et à ne pas tomber du hamac. Se balançant dangereusement, elle saisit le téléphone et l'amena à elle.

— Allo ?

— Quelle sorcière !

Ariel se laissa tomber sur les coussins en riant.

— Salut, Stella !

— Tu as regardé l'émission de MacAllister ?

— Oui.

— Ecoute, Ariel, cette femme ne fait que se ridiculiser. Toute personne sensée ne peut que le voir.

— Dans ce cas, pourquoi es-tu en colère ?

Elle entendit Stella prendre une profonde inspiration.

— Je l'ai écoutée parler et te souhaiter bonne chance.

Stella marmonna quelque chose dans sa barbe, puis commença à parler si vite que les mots se bousculèrent les uns derrière les autres.

— Quelle hypocrite ! s'indigna son amie. Je pense qu'elle préférerait plutôt te voir face contre terre et te planter un couteau dans le cœur.

— Une lime à ongles, plutôt.

— Comment peux-tu trouver la force de plaisanter ?

Parce que dans le cas contraire, elle se mettrait à hurler.

— Comment peux-tu prendre ses propos au sérieux ?

— Ecoute, Ariel…

Stella semblait avoir du mal à se contrôler.

— Je connais ce genre de femmes, lança-t-elle. Je joue ce rôle depuis cinq ans. Elle ne reculera devant rien pour arriver à ses fins. Dire que tu fais confiance à tout le monde !

— A certaines personnes plus que d'autres.

L'inquiétude et la loyauté de son amie l'amusaient.

— Stella, je ne suis pas complètement stupide.

— Loin de moi cette idée ! Mais tu es naïve. Tu crois vraiment que l'enfant qui t'arrête dans la rue pour te demander de faire un don collecte réellement de l'argent pour un orphelinat.

— Mais c'est peut-être le cas, marmonna Ariel. Et je ne vois pas ce que cela a à voir avec…

— Cela a à voir avec tout ! s'écria Stella d'une voix qui ressemblait à un rugissement. Je me fais du souci pour toi. Je m'inquiète chaque fois que je t'imagine marchant tranquillement le soir sans penser à tous les fous qui arpentent les rues.

— Allons, Stella, si j'y pensais trop, je ne sortirais plus de chez moi.

— Eh bien, pense à ça : Liz Hunter est une femme vindicative, qui a le bras long. Elle peut causer ta perte. Surveille tes arrières, Ariel.

Qui le savait mieux qu'elle ? songea-t-elle. Elle incarnait son personnage depuis des semaines.

— Si je te le promets, tu arrêteras de l'inquiéter ?

— Non, soupira son amie, légèrement apaisée. Mais tu peux toujours le faire.

— Je te le promets. Tu te sens mieux maintenant ?

— Je ne comprends pas comment tu fais pour ne pas te mettre en colère.

— Pourquoi le ferais-je ? Tu t'en charges si bien pour moi.

Stella poussa un long soupir.

— Bonne nuit, Ariel.

— Bonne nuit, Stella, et merci.

Après avoir raccroché, elle se balança doucement dans le hamac. En contemplant le plafond, elle mesura sa chance. L'amitié était une chose précieuse. Avoir quelqu'un prêt à prendre votre défense, à sortir les griffes pour vous, était réconfortant. Elle était entourée de vrais amis, et elle avait un travail qui la rémunérait très bien pour quelque chose qu'elle aurait été prête à faire gratuitement. Elle avait l'amour inconditionnel d'un petit garçon et dont elle aurait la garde dans quelques semaines si tout se passait comme elle l'espérait. Elle avait tant de choses.

Allongée de tout son long à compter tous les bonheurs dont elle jouissait, elle pensa à Booth. Et elle eut mal pour lui.

Deux jours plus tard, Ariel reçut une visite surprise. Depuis qu'elle avait renoué avec le rôle d'Amanda, c'était son premier jour de vacances. Et elle le passait à faire quelque chose qu'elle commençait rarement et finissait encore moins : du ménage.

Vêtue d'un vieux short effrangé et d'un débardeur, elle s'assit sur le rebord de la fenêtre et se pencha pour nettoyer l'extérieur des vitres. Le volume de la radio était si fort que les vibratos des violons de *Schéhérazade* faisaient trembler les vitres. De temps en temps, un voisin lui criait de baisser le son. Ariel s'arrêtait alors de travailler, ce qui ne lui demandait aucun effort, et lui répondit en criant à son tour.

L'important était de rester occupée. Si elle s'accordait un moment de répit, du temps pour réfléchir, elle allait devenir folle. Le procès était prévu pour le lendemain. Et cela faisait deux semaines complètes qu'elle n'avait plus vu Booth. Elle frotta la vitre jusqu'à ce qu'elle brille.

Une étrange sensation dans son dos, comme si l'on venait d'effleurer sa nuque, l'obligea à tourner la tête. En contrebas, debout sur le trottoir, se tenait Booth. Une vague de soulagement déferla en elle. Même si elle l'avait voulu, elle n'aurait pu retenir le sourire qui illumina son visage.

— Salut !

Levant la tête vers elle, Booth sentit un désir si grand qu'il vacilla.

— Qu'est-ce que tu fabriques ?

— Je lave les vitres.

— Tu pourrais te casser le cou.

— Non, je suis bien accrochée.

Elle sentit alors un des chatons se frotter contre ses jambes. Elle sursauta, se cambra et prit appui sur ses genoux pour ne pas tomber.

— Tu montes ? demanda-t-elle.

— Oui.

Dans les escaliers, Booth se rappela la promesse qu'il s'était faite. Il ne fallait pas qu'il la touche, pas une seule fois. Il lui dirait ce qu'il était venu lui dire, il ferait ce qu'il était venu faire, puis il partirait. Il ne voulait surtout pas coucher avec elle et réamorcer de nouveau le cycle sans fin des attentes, des désirs et des rêves. Il venait de passer deux semaines à se désintoxiquer d'elle.

En atteignant le palier, il y croyait presque. Puis elle ouvrit la porte.

Elle tenait un chiffon mouillé dans une main. Son visage était nu, sans maquillage, et si ses joues étaient roses, c'était uniquement dû au plaisir de le voir et aux efforts qu'elle venait de fournir. Ses cheveux étaient retenus par un ruban. L'odeur de l'ammoniaque lui piqua le nez.

Il brûlait de la toucher, juste une fois. Alors il serra les poings et les fourra dans ses poches.

— Je suis heureux de te voir.

Ariel s'appuya contre la porte et l'examina attentivement. Les gens ne changeaient pas en deux semaines, songea-t-elle en comparant les traits de son visage avec ceux qu'elle avait à la mémoire. Il était égal à lui-même, juste un peu plus bronzé par le soleil. L'amour déferla en elle comme une avalanche.

— Tu as navigué.

— Oui, un peu.

— Ça t'a fait du bien, ça se voit.

Elle recula d'un pas, sachant à sa posture tendue qu'il refuserait de saisir sa main si jamais elle la lui tendait.

— Entre, ajouta-t-elle.

L'appartement était chaotique. Lorsque Ariel faisait du ménage, c'était du sol au plafond, et rien ne lui échappait. Les tiroirs étaient vidés, les tables débarrassées. Les meubles et les fenêtres brillaient. Il n'y avait pas un seul endroit où poser le pied, encore moins où s'asseoir.

— Désolée, dit-elle en suivant son regard. Je suis un peu en retard dans mon ménage.

Chaque seconde passée debout à côté de lui, et à des kilomètres de lui, faisait monter la pression.

— Tu veux boire quelque chose ?

— Non, merci. Tu es occupée, je vais faire vite.

Il voulait en finir rapidement parce qu'il souffrait physiquement de ne pas pouvoir toucher ce qu'il désirait encore… et de toujours désirer ce qu'il était convaincu ne pas pouvoir avoir.

— Je suppose que tu as regardé l'émission de MacAllister l'autre soir.

— C'est de l'histoire ancienne, répondit-elle.

Elle s'assit dans le hamac, les jambes dans le vide et les doigts croisés.

Les mains toujours dans les poches, Booth se balança d'une jambe sur l'autre.

— Et tu en penses quoi ?

Elle haussa les épaules.

— Elle a un peu massacré le film, mais…

— Elle t'a un peu massacrée, *toi*, rectifia-t-il, les yeux plissés.

Voyant qu'il était en colère, elle décida de prendre les choses avec légèreté.

— Je ne saigne pas.

Il l'étudia quelques instants, l'air soucieux. Ariel semblait moins inquiète que lui, et il était de son devoir de lui faire comprendre la gravité de la situation.

— Elle ne s'est pas arrêtée là, Ariel.

Il s'approcha d'elle pour mieux la dévisager.

— Elle a eu un petit entretien avec le producteur de ta série, puis avec les responsables de la chaîne.

— Avec *mon* producteur ? Mais pourquoi ? demanda-t-elle, perplexe.

— Elle veut qu'ils te renvoient. Ou plutôt, qu'ils mettent fin à ton contrat.

Stupéfaite, elle ne répondit rien, mais il la vit blêmir. Le chiffon qu'elle tenait dans les mains glissa sans bruit au sol.

— Elle est d'accord pour participer en tant qu'invitée à la série, à condition que tu n'en fasses plus partie. Comme ton producteur l'a poliment éconduite, elle est allée frapper plus haut.

Ariel réprima un frisson d'horreur. Non, pas maintenant, pas pendant le procès, songea-t-elle en boucle. Elle avait besoin de la stabilité de ce contrat pour Scott.

— Et ?

Il ne s'était pas attendu à voir ses lèvres pâles et ses yeux écarquillés. Une femme avec son caractère aurait dû être en colère, enragée. Elle aurait dû exploser. Il aurait même pu comprendre s'il l'avait vue éclater de rire, secouer la tête ou hausser les épaules. Elle avait suffisamment d'assurance pour cela. Du moins le pensait-il. Mais ce qu'il lut dans son regard n'était que de la peur.

— Ariel, quelle importance crois-tu avoir pour la série ?

Elle déglutit péniblement avant de répondre.

— Amanda est un personnage très apprécié. Je reçois des kilos de lettres, dont la plupart sont adressées à Amanda et non à moi. Dans mon dernier contrat, j'ai obtenu une augmentation sans même avoir à négocier.

Elle se tordit nerveusement les mains. Tout était si logique. Elle avait envie de crier.

— Tout le monde peut être remplacé, lâcha-t-elle. Dans une série, c'est la règle numéro un. Vont-ils me laisser partir ?

— Non.

L'air soucieux, il s'avança vers elle.

— Je suis surpris que tu le penses, ajouta-t-il. Tu es primordiale pour l'audience. Et avec la sortie du film cet automne, la série ne peut qu'en tirer profit. D'un point de vue pratique, ta présence jour après jour est beaucoup plus profitable pour la chaîne qu'une apparition éphémère de Liz.

En l'entendant pousser un long soupir, il réprima son envie de la prendre dans ses bras.

— La série signifie-t-elle donc tellement pour toi ? demanda-t-il.

— Oui, elle signifie beaucoup.

— Pourquoi ?

— C'est ma série, répondit-elle simplement. Mon personnage.

La panique céda la place à la colère.

— Si jamais je pars, expliqua-t-elle, ce sera parce que je l'ai décidé, ou parce que le rôle ne me convient plus.

Laissant libre cours à sa rage, elle saisit un petit vase jaune sur la table à côté d'elle et le lança avec violence à travers la pièce avec les fleurs qu'il contenait. Le verre se brisa en mille morceaux, et les fleurs s'éparpillèrent au sol.

— J'ai donné cinq années de ma vie à cette série, tempêta-t-elle.

A mesure que sa respiration se calmait, elle contempla les éclats de verre et les boutons de fleurs cassés.

— Elle est importante pour moi, déclara-t-elle en se tournant de nouveau vers Booth. En ce moment, pour de nombreuses raisons, elle est vitale.

Elle serra très fort le bord du hamac et s'obligea à se détendre.

— Comment l'as-tu appris ? demanda-t-elle.

— C'est Pat qui me l'a dit. Il y a un certain consensus en ce qui te concerne. Nous avons cru bon que tu sois au courant de ce qui se tramait.

— Merci.

Toute sa colère s'était évanouie. Elle se sentait plus soulagée, plus légère.

— Je suis navrée que Liz se sente sous pression au point de vouloir me faire perdre mon travail. Mais j'imagine qu'elle va faire machine arrière à présent.

— Tu es trop intelligente pour le croire.

— Elle ne peut rien me faire, vraiment. Et chaque fois qu'elle essaie, elle ne fait qu'empirer les choses pour elle.

Lentement, délibérément, elle décroisa les doigts.

— Chaque interview qu'elle donne n'est que de la publicité gratuite pour le film.

— Si elle peut t'atteindre d'une façon ou d'une autre, elle le fera. J'aurais dû y réfléchir avant de te choisir pour jouer Rae.

Elle posa les mains sur les bras de Booth en souriant.

— Tu es inquiet pour moi ? J'aimerais que ce soit le cas, ne serait-ce qu'un peu.

Il aurait dû battre en retraite immédiatement. Mais il avait désespérément besoin de ce contact. De ses mains sur ses bras. S'il était prudent, très prudent, il pourrait s'en contenter.

— Quels que soient les ennuis qu'elle puisse t'attirer, je me sens responsable.

— C'est la chose la plus ridicule, arrogante et égocentrique que j'aie jamais entendue. Et cela te ressemble tellement. Tout ce qui est toi m'a manqué, Booth.

Elle l'attira à elle et, inévitablement, il désira se perdre en elle. Au moment où elle leva la main vers son visage, il pencha ses lèvres vers les siennes. Le premier baiser suffit à lui faire oublier tout ce qu'il s'était promis durant son absence.

Elle gémit au contact de ses lèvres. Elle avait l'impression d'avoir attendu des années ce frisson familier. Avide de son contact, elle attira Booth à elle, et le hamac se balança sous le poids de leurs deux corps enfin réunis.

Leurs gestes n'étaient plus du tout tendres, mais impatients. Sans un mot, ils s'exhortaient de se dépêcher, de se toucher : ils avaient laissé passer beaucoup trop de temps. Leurs vêtements tombèrent un à un. Peau contre peau, ils se jetèrent avec fougue l'un sur l'autre.

Le hamac se balançait, semblable au mouvement des vagues qui amenaient avec elles un vent de liberté. Booth se sentait libre de pouvoir être de nouveau près d'elle. Et cette sensation frisait la folie. Il ne pouvait plus s'arrêter de la caresser. Il ne pouvait empêcher sa bouche de dévorer chaque parcelle de sa peau. Il avait faim d'elle. Ses vœux d'abstinence étaient depuis longtemps oubliés. La peau d'Ariel était chaude et douce sous ses doigts. Sa bouche était brûlante, semblable à de la soie.

Dès l'instant où il avait commencé à l'embrasser, Ariel avait cessé de réfléchir. Elle n'avait pas besoin de son intellect, mais de ses sens. La peau de Booth avait le goût du sel. Dans la moiteur de cet après-midi d'été, son odeur virile l'attirait comme un aimant. Son désir avait une fougue qu'elle n'avait jamais sentie chez lui auparavant. Elle frissonna de se sentir désirée avec une telle passion.

Une passion qui était aussi le reflet de la sienne. Les mailles du hamac s'enfoncèrent dans son dos lorsque Booth pressa son corps contre le sien. Pendant un court instant, elle sentit chaque fil, puis cette sensation fit place à une autre.

Booth plongea les doigts dans les cheveux d'Ariel et maintint sa tête en arrière pour mieux explorer sa bouche. Sa respiration était haletante, et il ne la quittait pas des yeux. Pas un seul instant.

Les yeux d'Ariel restèrent grands ouverts, rivés aux siens lorsqu'il la pénétra. Il voulait la regarder, il avait besoin de savoir que son désir à elle était aussi intense que le sien. Et ce fut ce qu'il vit dans le tremblement de ses lèvres. Il l'entendit murmurer son prénom entre deux soupirs. Puis il vit ses yeux se voiler de plaisir. Voilà ce qu'il pouvait lui donner, songea-t-il en enfouissant son visage dans ses cheveux. Il voulait tout lui donner.

— Ariel…

Dans un recoin de son esprit, il comprit qu'ils avaient tous les deux atteint le point de non-retour. Il prit son visage en coupe et écrasa ses lèvres afin de savourer son cri au paroxysme du plaisir.

Le balancement du hamac s'apaisa doucement pour finir dans un doux bercement. Ils étaient dans les bras l'un de l'autre, la tête d'Ariel posée au creux de son épaule. Une longue mèche de cheveux barrait son torse humide.

— J'ai pensé à toi, murmura Booth, les yeux fermés.

Il sentait les battements de son cœur ralentir progressivement, mais il la serrait toujours aussi fort.

— Je n'ai jamais cessé de penser à toi, ajouta-t-il.

Elle ouvrit les yeux et lui sourit. Elle n'attendait rien de plus de sa part.

— Dors avec moi quelques instants.

Elle déposa un baiser sur son épaule avant de reprendre sa position.

Depuis des jours et des nuits, elle ne pensait qu'aux lendemains. Le moment était venu de ne penser qu'à l'instant présent. Longtemps après que Booth se fut endormi, elle resta éveillée, bercée par le lent mouvement du hamac.

11

Ariel était assise sur un petit banc de bois à l'extérieur de la salle d'audience. Le couloir grouillait de monde qui entrait et sortait, mais personne ne prêtait attention à une femme seule vêtue d'un tailleur couleur crème, le regard dans le vide.

La première journée d'audience était terminée, et elle ressentait un curieux mélange de soulagement et de tension. La machine était lancée, elle ne pouvait plus revenir en arrière. Un peu plus loin, une porte s'ouvrit, et une foule de personnes en sortit. Ariel ne s'était jamais senti aussi seule de sa vie. Bigby l'avait pourtant prévenue.

Pendant l'audience, il n'y avait pas eu de surprises. Malgré le jargon juridique, la première journée avait essentiellement servi à poser les bases. Mais pour Ariel, ces questions préliminaires étaient terriblement limpides. Les rouages avaient commencé de tourner. Peut-être que maintenant, le rythme allait s'accélérer.

Pourvu que tout se termine rapidement ! songea-t-elle en fermant brièvement les yeux. Elle était tendue en pensant au lendemain. Mais son soulagement lui venait de son absolue certitude qu'elle faisait ce qui était juste.

Bigby sortit de la salle d'audience, sa serviette dans une main. Il lui tendit l'autre.

— Laissez-moi vous offrir un verre, dit-il.

Ariel lui sourit et mêla ses doigts aux siens en se levant.

— D'accord. Je veux bien du café.

— Vous vous en êtes bien sortie aujourd'hui.

— Je n'ai pas fait grand-chose.

Il ouvrit la bouche, puis se ravisa. Peut-être n'était-il pas nécessaire de lui dire combien elle avait fait en étant simplement elle-même. La fraîcheur, l'inquiétude de son regard, le ton de sa voix avaient formé un contraste saisissant avec la posture raide et les visages fermés des

Anderson. Un juge aux affaires familiales digne de ce nom était influencé par bien d'autres choses que les faits et les chiffres.

— Continuez comme cela, conseilla-t-il en serrant doucement sa main tandis qu'ils remontaient le couloir.

Aucun des deux ne remarqua l'homme au costume sombre avec des lunettes en écaille qui les suivait.

— Dites-moi un peu comment vous allez, en dehors du procès, demanda-t-il.

Discrètement, Bigby la guidait vers les portes comme il guidait ses pensées.

— Ce n'est pas tous les jours que je représente une future star, commenta-t-il joyeusement.

Ariel éclata de rire. La vague de chaleur qui montait des trottoirs la frappa de plein fouet. En ce milieu d'été, New York était une ville chaude, humide et moite.

— C'est ce que je suis ?

— Vous faites la une de *Tube*, et on a parlé de vous dans l'émission de MacAllister.

Elle lui lança un regard interrogateur, auquel il répondit par un sourire.

— Je suis impressionné, ajouta-t-il.

— Vous lisez *Tube*, Charlie ?

Elle comprit qu'il faisait son possible pour l'apaiser, et à ce jeu, il était très fort. Elle glissa un bras amical sous le sien.

— Je dois reconnaître que la publicité ne peut pas faire de mal à la série, au film, ou même à moi, conclut-elle.

— Dans cet ordre ?

Ariel haussa les épaules.

— Cela dépend de mon humeur.

Non, elle n'était pas dépourvue d'ambition. L'article dans *Tube* l'avait même ravie.

— J'ai fait un bout de chemin depuis les publicités pour les shampoings, et je ne regrette pas les heures passées debout couverte de mousse.

Ils entrèrent dans une cafétéria où la température chuta brutalement de quatre degrés. Ariel soupira de soulagement en frissonnant.

— Donc, professionnellement, tout va bien, lâcha Charlie.

— Je n'ai pas à me plaindre.

Ariel se glissa sur la banquette et retira ses chaussures.

— Il y a un casting pour *Chapitre deux* la semaine prochaine. Cela fait trop longtemps que je ne suis pas montée sur les planches.

Pendant que Bigby prenait le menu, l'homme au costume sombre prit place sur la banquette juste derrière Ariel.

— Vous ne vous arrêtez jamais, n'est-ce pas ?

— Je ne peux pas m'en empêcher. J'ai un bon pressentiment concernant la garde de Scott, peut-être parce que j'ai le vent en poupe sur le plan professionnel. Tout va bien se passer, Charlie. Bientôt, Scott sera avec moi, et le film de Booth va être un véritable succès.

L'avocat la fixa par-dessus ses lunettes en souriant.

— Vous croyez en la puissance de la pensée positive.

— Pourquoi pas, si ça marche !

Les coudes sur la table, elle appuya le menton sur ses mains.

— Toute ma vie, j'ai cherché à atteindre des buts sans vraiment comprendre que je ne les fixais que pour moi. Aujourd'hui, ils sont presque à ma portée.

Bigby leva les yeux vers la serveuse avant de les reporter sur Ariel.

— Vous voulez un morceau de tarte avec votre café ?

— Vous me forcez la main. De la tarte aux myrtilles alors.

— Deux parts, demanda Bigby à la serveuse. En parlant de Booth DeWitt…

— Etions-nous en train de le faire ?

Il croisa le regard amusé d'Ariel.

— Il me semble que vous l'avez fait il y a quelques semaines. Vous avez dit que c'était un homme qui fuyait les relations et les actrices.

— Vous avez très bonne mémoire, et un sacré esprit de déduction.

— Il est assez facile d'assembler les morceaux, surtout après la performance de Liz Hunter l'autre soir à la télévision.

— La performance ? répéta Ariel en souriant à moitié.

— Un acteur peut généralement percer à jour ses congénères. Et un avocat tient beaucoup d'un acteur.

Il fit une pause et croisa les mains sur la table en Formica.

— Liz Hunter a mis DeWitt sur la sellette il y a quelques années.

— Ils se sont fait beaucoup de mal. Vous savez, les gens sont parfois attirés par les pires personnes pour eux.

— Vous parlez en connaissance de cause ?

Le regard d'Ariel resta très calme.

— Booth est la bonne personne pour moi. Sous de nombreux aspects, il me rend la vie difficile, mais c'est l'homme qui me convient.

— Qu'est-ce qui vous rend si sûre de vous ?

— Je suis amoureuse de lui.

Lorsque la serveuse apporta la tarte, Ariel ignora le café et se concentra sur la pâtisserie.

— Je vous adore, Charlie, dit-elle après la première bouchée.

Il leva des sourcils incrédules en contemplant la fine part de tarte devant laquelle elle s'extasiait.

— Il ne vous en faut pas beaucoup.

— Vous êtes cynique. Mangez.

Bibgy saisit une fourchette qu'il essuya d'un air absent à l'aide d'une serviette en papier.

— Au risque de mettre les pieds dans le plat, DeWitt n'est pas le genre d'homme avec lequel je vous imagine.

— Vraiment ?

— Il est si sérieux, si austère, comme le prouvent ses scénarios. Et vous êtes…

— Excentrique ? suggéra-t-elle en s'apprêtant à savourer la prochaine bouchée de gâteau.

— Non.

Bigby prit une capsule de lait dans un bol au milieu de la table.

— Vous êtes tout sauf excentrique. Mais vous êtes pleine de vie et de joie. Je ne veux pas dire que vous n'affrontez pas les difficultés lorsqu'elles se présentent, mais vous ne semblez pas chercher les problèmes. Contrairement à DeWitt.

— Peut-être les attend-il pour ne pas se laisser surprendre. Certaines personnes réagissent ainsi pour se protéger. Je pense que Booth et moi avons beaucoup à apprendre l'un de l'autre.

— Et qu'en pense Booth ? Mais ma question est peut-être déplacée.

— Non, elle ne l'est pas, Charlie, répondit-elle d'une voix absente en se rappelant l'air sombre de Booth lorsqu'il était arrivé chez elle, et l'intensité avec laquelle il lui avait fait l'amour.

Très lentement, Booth s'était détendu. Puis il s'était endormi dans ses bras, étroitement serré contre elle, comme s'il avait besoin de s'accrocher à elle. A elle ou au sentiment de paix qu'elle dégageait ? Quelle importance…

— C'est dur, pour lui, murmura-t-elle. Il voulait rester seul, il voulait mener sa vie d'une certaine façon. Je suis venue bouleverser tout ça. Il a besoin de plus de temps, d'espace.

— Et vous, de quoi avez-vous besoin ?

Elle leva les yeux vers l'avocat et comprit que sa réponse ne lui avait pas plu. Il s'inquiétait pour elle, comprit-elle, touchée. Elle posa sa main sur la sienne.

— Je l'aime, Charlie. Cela me suffit pour l'instant. Je ne sais pas si ça sera toujours le cas, mais on ne peut pas contrôler ses émotions. Ou plutôt, *je* n'y arrive pas, précisa-t-elle.

— Cela veut-il dire que lui en est capable ?

— Jusqu'à un certain point. Je ne veux pas le changer, même de cette façon. J'ai besoin de l'équilibre qu'il m'apporte, et j'ai besoin de l'aider à se débarrasser des ombres qu'il traîne derrière lui. D'une certaine façon, c'est la même chose avec Scott. J'ai besoin de la stabilité qu'il apporte à ma vie, à la façon dont Scott et les enfants en général peuvent nous recentrer. En fait, j'ai désespérément besoin que l'on ait besoin de moi.

— Booth est-il au courant pour Scott et pour le procès ?

— Non.

Elle versa du sucre dans son café, mais ne le but pas.

— Je ne pense pas qu'il soit juste de lui faire part d'un problème qui existait déjà lorsque nous nous sommes rencontrés. J'ai le sentiment qu'il faut que je le gère seule. Lorsque tout sera réglé, j'en parlerai à Booth à ma manière.

— Il se peut qu'il n'apprécie pas, souligna Bigby. Lors de notre entrevue avec les Anderson, Ford a soulevé un point intéressant : certains hommes ne peuvent pas ou ne veulent pas s'occuper des enfants d'un autre homme.

— Je ne le crois pas de la part de Booth. Mais si c'était le cas, je devrais le gérer aussi.

— Et si vous deviez faire un choix ?

Au début, elle ne répondit rien, luttant contre la douleur que cette éventualité avait suscitée.

— Si vous devez choisir entre deux personnes qui vous aiment, répondit-elle calmement, vous choisissez celle qui a le plus besoin de vous. Scott n'est qu'un enfant, Charlie.

L'avocat tapota sa main.

— Je voulais juste vous l'entendre dire. Mais une fois encore, au risque de ne pas vous paraître très professionnel, je ne connais pas un homme au monde capable de vous tourner le dos, à vous ou à Scott.

— C'est pour ça que je vous adore.

Elle marqua une pause.

— Charlie, pensez-vous vraiment que ce serait déraisonnable de commander une autre part de tarte ?

— Oui.

— Parfait.

Elle fit signe à la serveuse.

— Il faut bien que je sois décadente, une fois dans ma vie.

La vie d'Amanda était comme une Cocotte-Minute. En parcourant une dernière fois son texte, Ariel était reconnaissante de toutes les tensions que vivait son personnage. Elles l'aidaient à mieux affronter la réalité. Toute la matinée, elle était restée au tribunal, et le lendemain, elle était attendue à la barre. C'était un rôle pour lequel elle ne pouvait pas répéter. Mais la bonne impression avec laquelle elle avait quitté le palais le premier jour ne s'était pas estompée, pas plus que son optimisme. C'était plutôt cette pauvre Amanda qui continuait à avoir des problèmes qui ne seraient jamais complètement résolus. Ainsi allait la vie dans les séries télévisées.

Le reste de l'équipe était sur le point de revenir de leur pause-déjeuner. Ariel était seule dans le studio d'enregistrement, avachie sur un lit froissé. Au cours de cette scène, Amanda allait être réveillée par un bruit de verre brisé. Seule et sans défense, elle allait affronter l'Eventreur de Trader's Bend. Elle ne pouvait faire appel ni à son intelligence ni à ses compétences professionnelles pour se protéger d'un tueur psychopathe.

Déjà vêtue de son costume de scène, une chemise de nuit unie couleur pervenche, elle continua de réciter son texte à voix basse tout en remuant paresseusement les jambes. Elle se sentait un peu coupable d'avoir englouti une deuxième part de tarte.

— Voici donc le rythme effréné des séries quotidiennes.

Absorbée par la scène captivante entre Amanda et le psychopathe, elle laissa tomber le scénario en poussant un cri. Les pages tombèrent sur son ventre tandis qu'elle portait une main angoissée à sa gorge.

— Booth ! J'espère que tu as pris des cours de secourisme parce que mon cœur est prêt à lâcher.

— Je le ferai repartir.

Plaçant une main de chaque côté de sa tête, il se pencha pour l'embrasser, doucement, lentement, consciencieusement. Surprise par le contact de ses lèvres autant que par sa soudaine apparition, elle resta immobile, absorbée par son baiser. Il y avait quelque chose de différent en lui, mais avec sa tête qui tournait et son cœur qui battait à tout rompre, elle était incapable de réfléchir.

Lui savait. En se redressant sur le lit et en prolongeant son baiser, il comprit ce qui était différent. Il l'aimait. Le matin, il s'était réveillé seul dans son lit et l'avait cherchée. Il avait lu un article dans le journal et avait aussitôt imaginé comment elle en aurait ri. Il avait vu une jeune fille avec un ballon rire en traînant sa mère vers le parc et il avait pensé à Ariel.

Il avait vu que le ciel était d'un bleu intense, que la ville était frénétique et pleine de surprises, que la vie était joyeuse. Quel idiot d'avoir résisté à Ariel et à tout ce qu'elle lui offrait !

Elle était sa seconde chance… Non, rectifia-t-il : elle était sa première chance de vrai bonheur. Il n'était plus prêt à laisser ses mauvais souvenirs lui interdire ce bonheur et le couper d'elle.

— Comment vont les battements de ton cœur ? murmura-t-il.

Elle poussa un long soupir et ouvrit doucement les yeux.

— Tu peux décommander l'ambulance.

Il détailla son costume si sage et si séduisant.

— Tu faisais la sieste ?

— J'étais en train de travailler, corrigea-t-elle d'un air hautain. Le reste de l'équipe est parti déjeuner. Je ne reprends pas avant 13 heures.

Elle repoussa une mèche sombre de cheveux qui tombait en désordre sur le front de Booth, débarrassé de toutes ses tensions, remarqua-t-elle aussitôt en souriant.

— Que fais-tu ici ? Généralement, tu te débats pour écrire des phrases brillantes à cette heure de la journée.

— Je voulais te voir.

— C'est gentil.

Elle s'assit et noua ses mains autour de son cou.

— Très gentil, ajouta-t-elle.

Il en faudrait si peu, songea-t-il en la serrant contre lui. Quelle allait être sa réaction lorsqu'il lui dirait qu'il avait cessé de résister, que rien ne pouvait le rendre plus heureux que de l'accueillir dans sa vie ? Ce soir, songea-t-il en enfouissant le nez dans son cou. Ce soir, lorsqu'ils seraient seuls, lorsqu'il n'y aurait personne pour les déranger, il le lui dirait. Et il ferait sa demande.

— Tu peux rester un peu ?

Elle se sentait merveilleusement bien sans trop savoir pourquoi, mais elle s'en moquait.

— Je vais rester jusqu'à ce que tu aies terminé, puis je t'enlèverai pour te ramener à la maison avec moi.

Elle gloussa de plaisir, et le scénario fit un bruit de papier froissé sous son corps.

— Ton texte, la prévint-il.

— Je le connais. Il s'agit d'une scène dramatique et cruciale pleine de danger.

— Et de sexe ? demanda-t-il en lorgnant le lit.

— Non !

Elle le bouscula et s'assit sur ses genoux.

— Amanda tourne et retourne dans son lit. Elle fait un mauvais rêve. Là, l'image à l'écran disparaît en fondu, puis on la voit. Elle marche dans le brouillard, seule et perdue. Elle entend des bruits de pas derrière elle. Gros plan sur son visage. Elle a peur. Et puis…

Elle releva d'une main ses cheveux, tandis que sa voix prit un ton dramatique.

— Devant elle, elle aperçoit une silhouette dans le brouillard.

Elle agita la main comme pour dissiper un rideau de fumée.

— Doit-elle courir vers elle ou s'enfuir ? poursuivit-elle. Le bruit de pas derrière elle s'accélère, elle est à bout de souffle. Un rayon de lune, pâle, angoissant, perce les nuages. Elle aperçoit Griff devant elle, qui lui tend la main, qui l'appelle d'une voix lointaine et désincarnée. Il l'aime, elle désire aller vers lui. Mais les bruits de pas se rapprochent. Et lorsqu'elle se met à courir, la lame aiguisée et cruelle d'un couteau luit dans la nuit.

Elle le saisit par les épaules et fit semblant de s'évanouir dans ses bras. Il lui sourit, puis tira doucement sur ses cheveux. Elle ouvrit les yeux.

— Et ensuite ?

— L'homme en veut plus.

Elle se rassit et posa le scénario à côté d'elle.

— Incapable de crier, elle entend une vitre se briser. Amanda se réveille en sursaut dans son lit, le visage luisant de sueur, le souffle court.

Tandis qu'elle mimait la scène, il se demanda si elle était consciente de l'intelligence de son jeu.

— Avait-elle rêvé ou avait-elle bien entendu un bruit ? poursuivit-elle. Apeurée, mais impatiente d'en avoir le cœur net, elle se lève.

Ariel sortit du lit, son regard anxieux tourné vers la porte comme l'aurait fait Amanda. Machinalement, elle repoussa ses cheveux en arrière et tendit la main vers l'interrupteur de la lampe de chevet.

— Peut-être était-ce le vent. Peut-être était-ce un rêve, mais Amanda sait qu'elle ne pourra pas se rendormir tant qu'elle n'aura pas vérifié par elle-même. Une musique grave accompagne la scène, tandis qu'elle ouvre la porte de la chambre à coucher. Pub.

— Ariel ! s'écria Booth, exaspéré, en lui prenant la main pour la ramener vers le lit.

Docilement, elle se planta devant lui.

— Maintenant, tu vas découvrir comme entretenir ton parquet ciré.

Il la pinça très fort.

— C'est l'Eventreur, affirma-t-il.

— Peut-être, répondit-elle en battant innocemment des cils. Ou peut-être pas.

— C'est l'Eventreur, insista-t-il, très sûr de lui. Et notre intrépide Amanda décide de descendre. Comment fait-elle pour ne pas devenir la cinquième victime ?

— La sixième, corrigea Ariel. Moi, je le sais, mais c'est à toi de le découvrir.

D'un mouvement brusque, il l'enlaça et la fit tomber à genoux en riant.

— Tu peux me faire tout ce que tu veux, me torturer, je ne dirai rien ! s'écria-t-elle.

Puis elle le regarda droit dans les yeux en souriant. Elle était si belle, si pleine de vie qu'il en eut le souffle coupé.

— Je t'aime, Ariel.

Il sentit son corps devenir mou. Son beau sourire s'évanouit. Elle ouvrit de grands yeux et se figea, comme si quelqu'un quelque part avait coupé les vannes pour empêcher son sang de circuler dans ses veines.

— Drôle de façon de me forcer à te dévoiler l'intrigue, dit-elle après quelques instants de silence.

Elle aurait aimé se lever, mais elle n'avait pas la force de résister à la douce pression de la main de Booth sur son épaule.

— Je t'aime, Ariel, répéta-t-il en oubliant ses belles intentions de lui dire ces mots avec délicatesse et en privé. Je pense que je t'ai toujours aimée, comme je t'aimerai toujours.

Il prit son visage dans ses mains et soutint son regard empli de larmes.

— Tu es tout ce que j'ai toujours désiré, et tout ce que je craignais d'espérer. Reste avec moi.

Il effleura ses lèvres et la sentit trembler.

— Epouse-moi, ajouta-t-il.

Elle agrippa sa chemise, puis enfouit son visage au creux de son épaule et inspira profondément.

— J'espère que tu es sûr de toi, murmura-t-elle. J'espère que tu es absolument sûr de ton choix parce qu'avec moi, tu n'auras pas un moment de répit. Je ne te laisserai jamais partir. Avant de me refaire ta demande, souviens-toi de cela. Je ne crois pas aux querelles ou aux conflits insolubles. Avec moi, c'est pour toujours, Booth.

Il l'obligea à le regarder. Et dans ses yeux, elle vit brûler le feu de la passion. Et de l'amour.

— Tu as raison, répondit-il en étouffant son rire sous ses lèvres. Je veux t'épouser rapidement.

Il ponctua ses propos par un autre baiser.

— Et dans l'intimité. Dans combien de temps prévoient-ils de tuer Amanda afin que nous puissions jouir d'une lune de miel digne de ce nom ?

Personne ne l'avait jamais prise de court. Mais Booth lui parlait de mariage et de lune de miel !

— Voyons voir. Une fois que Griff sauve Amanda des griffes de l'Eventreur, elle perd le bébé et tombe dans le coma. Les scènes tournées à l'hôpital pourraient être…

— Ah, ah !

Avec un sourire à demi satisfait, il déposa un baiser sur le bout de son nez.

— Ainsi, reprit-il, Griff la sauve de l'Eventreur, ce qui le raye de la liste des suspects.

— Tu es un monstre ! s'écria Amanda, furieuse.

— Estime-toi heureuse que je ne sois pas un espion envoyé par une autre chaîne. Tu as été si facile à convaincre.

— Je vais te montrer si je suis facile à convaincre !

Sur ces mots, elle se jeta sur lui. Déstabilisé, il tomba à la renverse sur le lit. Ainsi, il l'aimait. Cette pensée la bouleversa tellement qu'elle s'effondra sur lui en riant. Avant qu'il puisse réagir, ils entendirent des bruits de pas dans l'escalier.

— Ariel ! Ariel, tu ferais mieux de jeter un coup d'œil à ceci…

Stella s'arrêta net en apercevant Ariel et Booth enlacés sur le lit et hilares. Elle cacha le journal dans son dos en étouffant un juron.

— Désolée, dit-elle avec un sourire contrit.

Elle dut faire appel à toutes ses ressources pour ne rien laisser paraître de son immense malaise et de son inquiétude.

— J'aurais pu frapper si vous aviez fermé la porte.

Elle désigna de sa main libre le faux mur.

— On va refaire la scène, d'accord ? ajouta-t-elle.

Dès qu'elle aurait mis le feu à ce journal, songea-t-elle en reculant d'un air morose.

— Ne pars pas !

Sans lâcher la main de Booth, Ariel se leva d'un bond.

— Je vais te faire un grand honneur, déclara-t-elle en serrant les doigts de Booth. Ma sœur, aussi méchante soit-elle, doit être la première à savoir.

— Absolument, répondit Stella.

— Stella…, lâcha Ariel en avisant la lueur d'inquiétude dans le regard de son amie. Que se passe-t-il ?

— Rien. Je viens de me souvenir qu'il fallait que je parle à Neal de quelque chose, c'est tout. Il faut que je le trouve avant que…

Mais Ariel s'approchait déjà d'elle.

— Pourquoi voulais-tu me voir, Stella ?

— Pour rien du tout.

Elle lui lança un avertissement du regard.

— Ça peut attendre, ajouta-t-elle.

L'air sévère, Ariel tendit la main, paume vers le haut. Stella serra très fort le journal dans ses doigts.

— Ariel, ce n'est pas le bon moment. Je pense qu'il vaudrait mieux que tu…

— Je pense qu'il vaut mieux que je le voie *maintenant*.

— Comme tu voudras.

Stella jeta un coup d'œil par-dessus l'épaule d'Ariel en direction de Booth. Puis elle lui tendit le journal.

Un numéro de *Celibrity Explorer*, constata Ariel, contrariée. Les tabloïds grattaient toujours les fonds de tiroir. Un sourire amusé aux lèvres, elle contempla les gros titres aguicheurs.

— Vraiment, Stella, si c'est tout ce que tu trouves à lire à l'heure du déjeuner, je suis déçue.

D'une main désinvolte, elle ouvrit en grand le journal. Conscient de la tension qui l'habitait, Booth la vit se raidir.

LE COMBAT DÉSESPÉRÉ D'UNE REINE DE LA TÉLÉVISION POUR RÉCUPÉRER SON ENFANT.

Sous le titre en caractères gras s'étalait une image floue d'Ariel assise sur l'herbe dans Central Park avec le visage de Scott dans ses mains. Elle se souvenait vaguement de cet instant qui remontait à leur dernier dimanche passé ensemble. Horrifiée, nauséeuse, elle n'entendit pas Booth se lever et venir vers elle.

Elle ressentit une douleur vive dans l'estomac, comme si l'on venait de lui décocher un coup de poing violent. Même la piètre qualité de l'image ne parvenait pas à masquer la ressemblance frappante entre Ariel et l'enfant qui lui souriait. Le lien de parenté ne faisait aucun doute. En apercevant le gros titre, Booth eut des envies de meurtre.

— Qu'est-ce que ça veut dire ? gronda-t-il.

Bouleversée, Ariel leva les yeux vers lui. Il ne fallait pas que Scott voie cela, se répétait-elle. Il ne fallait pas que cette histoire lui porte atteinte. Mais comment était-ce arrivé ? D'où venait la fuite ? Les Anderson ? Elle rejeta aussitôt cette idée. Ils désiraient encore moins de publicité qu'elle.

Cette photo, qui l'avait prise ? Quelqu'un l'avait suivie, conclut-elle. On l'avait suivie et on avait trouvé Scott, découvert le procès. Puis on avait étalé sa vie dans cet article racoleur. Mais qui ?...

Liz Hunter. Ariel serra les doigts autour du journal. Bien sûr, c'était elle. Elle, mieux que personne, savait de quoi elle était capable. Liz n'avait pas pu l'atteindre sur le plan professionnel : elle avait donc changé de stratégie.

— Ariel, je t'ai demandé ce que tout cela voulait dire.

Ariel se tourna brusquement vers Booth. Il allait falloir qu'elle digère toute cette horreur avant de pouvoir lui expliquer. Le visage de Booth était empreint de colère et de méfiance.

— J'aimerais te parler en privé, dit-elle d'une voix relativement calme. Dans ma loge.

Tandis qu'Ariel se tournait pour partir, Stella posa une main impuissante sur son épaule.

— Ariel, je suis désolée.

— Non, ça va aller. Nous parlerons plus tard.

Tout en longeant les couloirs du studio, Ariel s'efforça de raisonner logiquement. Mais la seule pensée qui lui venait à l'esprit était cet horrible titre et cette photo un peu floue. En pénétrant dans sa loge, elle se dirigea directement vers la cafetière.

— Je ne m'attendais pas à une telle publicité… J'ai été tellement prudente.

— Oui, on peut le dire.

Booth enfonça les mains dans les poches.

Au ton de sa voix, elle pinça les lèvres, saisie d'un désagréable frisson.

— Je sais que tu te poses des questions. Je…

— En effet, répondit-il en saisissant violemment le journal sur la coiffeuse. Es-tu en procès pour la garde d'un enfant ?

— Oui.

Il sentit une douleur sourde l'envahir.

— Dire que je te faisais confiance.

— Non, Booth.

Elle se tourna vers lui puis s'interrompit, tiraillée entre des émotions contradictoires, bouleversée par les questions qui se bousculaient dans sa tête. L'heure de faire un choix était-elle venue ? Et allait-elle devoir le faire, alors que tout ce dont elle avait besoin était presque à portée de main ?

— S'il te plaît, laisse-moi t'expliquer. Laisse-moi réfléchir à la façon dont je peux le faire.

— Tu es en procès pour la garde d'un enfant, répéta-t-il.

Il se souvint alors de la tension qu'il avait décelée en elle de temps en temps. Il brûlait de mettre le journal en charpie.

— Tu as un enfant, et tu ne m'as rien dit. Comment veux-tu que je te fasse confiance ?

Confuse, elle passa la main dans ses cheveux.

— Booth, l'affaire était déjà très engagée bien avant notre rencontre. Je ne pouvais pas te mêler à cela.

— Je vois, déclara-t-il d'un ton amer. Comme l'affaire était engagée, elle ne me regardait pas. Il semblerait que ta vision de la confiance soit à deux vitesses, Ariel. Une pour toi et une pour les autres.

— Ce n'est pas vrai, s'insurgea-t-elle, déstabilisée. Je n'ai jamais voulu que les choses se passent ainsi.

Sa voix puis ses mains se mirent à trembler.

— J'avais peur, Booth. Je ne voulais pas que cela se sache. La chose la plus importante pour moi était que personne ne touche à Scott.

Booth attendit, essayant de garder son calme tandis qu'elle essuyait la première larme.

— C'est son prénom ?

— Oui. Il n'a que quatre ans.

Booth se détourna pour ne pas se laisser détruire par son chagrin.

— Et son père ?

— Il s'appelait Jeremy. Il est mort.

Booth ne lui demanda pas si elle l'aimait. C'était inutile. Elle avait aimé un autre homme, songea-t-il. Et elle avait donné naissance à un enfant. Pouvait-il l'accepter ? Les mains à plat sur la coiffeuse, il laissa libre cours à ses émotions. Oui, il le pouvait. Cela ne changeait rien à elle, ni à lui. Et pourtant… pourtant, elle ne lui avait rien dit. C'était ça qui faisait toute la différence.

— Qui s'occupe de l'enfant en ce moment ? demanda-t-il sèchement.

— Ses grands-parents. Scott… n'est pas heureux avec eux. Il a besoin de moi, Booth, comme j'ai besoin de lui. J'ai besoin de vous deux. S'il te plaît…

Sa voix n'était plus qu'un murmure.

— Ne me demande pas de choisir. Je t'aime. Je t'aime énormément, mais lui n'est qu'un petit garçon.

— Choisir ?

Booth sortit son briquet puis le lança sur la coiffeuse avant de tirer la première bouffée de sa cigarette.

— Bon sang, Ariel, tu me crois insensible à ce point ?

Elle attendit que les battements de son cœur s'apaisent avant de répondre.

— Tu es prêt à nous accepter tous les deux ?

Il souffla un nuage de fumée. Sa colère affleurait dangereusement.

— Tu as tenu l'enfant loin de moi. C'est ça le problème. Mais je peux difficilement me détourner d'un enfant qui fait partie de toi.

Elle tendit la main vers lui.

— Booth…

— Pourquoi ne m'as-tu rien dit ? répéta-t-il. Pourquoi ?

— Essaie de me comprendre. Je voulais seulement le protéger. Il a déjà traversé beaucoup d'épreuves, et je craignais qu'en parlant à quelqu'un du procès, il y ait des fuites, comme aujourd'hui.

Elle désigna le journal d'un air impuissant.

— Il n'y a rien que tu ne saches pas sur ma vie, Ariel, répondit Booth. Mais tu t'es bien gardée de me faire part de quelque chose d'aussi vital pour toi. Pendant tout ce temps, presque depuis la première minute, tu m'as demandé de te faire confiance. Et maintenant que je suis décidé à le faire, je découvre que tu n'as pas confiance en moi.

— J'ai fait de Scott ma priorité. Il avait besoin que quelqu'un le fasse.

— Je peux le comprendre, mais je ne m'explique pas comment tu as pu l'abandonner.

— L'abandonner ? demanda Ariel stupéfaite en regardant Booth fixement à travers ses larmes. Je ne comprends pas.

— Moi qui croyais te connaître ! explosa-t-il. Je le croyais, comme je croyais que j'étais tombé amoureux de toi alors que je m'étais juré de ne plus jamais me laisser guider par mes émotions. Comment as-tu pu abandonner ton enfant ? Comment peux-tu avoir un enfant et ne rien me dire ?

— Abandonner mon enfant ? répéta-t-elle, hébétée. Non, il ne s'agit pas du tout de cela.

— Bon sang, Ariel, tu as laissé d'autres personnes élever ton enfant. Et maintenant que tu as décidé de le récupérer, que tu vis quelque chose d'aussi sérieux qu'une demande de garde, tu le fais dans ton coin. Comment peux-tu m'aimer, comment peux-tu me demander de te faire confiance et ne rien me dire ?

— J'avais peur de me confier. Tu ne comprends pas à quel point Scott pourrait être affecté s'il savait…

— Ou comment *toi*, tu pourrais être affectée, l'interrompit-il en désignant le journal.

Elle retint son souffle, pouvant à peine contrôler une bouffée de rage. Mais peut-être méritait-elle ses accusations.

— Je m'inquiète surtout pour Scott, répondit-elle d'une voix monocorde. Une demande de garde peut difficilement porter atteinte à ma réputation. Pas plus qu'un enfant illégitime. Sauf que Scott n'est pas mon fils. C'est celui de mon frère, Jeremy.

Il se tourna vers elle, stupéfait. Il ne comprenait plus rien. Derrière sa confusion apparaissaient des larmes qui n'avaient rien à faire dans les yeux d'Ariel. Ils étaient faits pour la joie, non pour le chagrin.

— Cet enfant est ton neveu ?

— Mon frère et sa femme sont morts l'hiver dernier.

Elle ne pouvait pas aller vers Booth, pas maintenant : il ne paraissait pas prêt. Mais elle non plus.

— Ses grands-parents, les Anderson, ont été désignés comme tuteurs. Mais l'enfant n'est pas heureux avec eux.

Ainsi, ce n'était pas son enfant, songea-t-il de nouveau, mais celui de son frère. Il analysa sa réaction et s'aperçut que cette nouvelle n'enlevait rien à sa tristesse ou à sa colère. Peu lui importait que l'enfant soit ou non le fils d'Ariel : elle lui avait caché cette partie essentielle de sa vie.

— Je pense que tu devrais commencer par le début, dit-il en détachant chaque mot.

Elle ouvrit la bouche mais, avant qu'elle puisse commencer à parler, quelqu'un frappa à la porte.

— Téléphone pour vous, Ariel, dans le bureau de Neal. C'est urgent.

Ravalant sa frustration, elle quitta précipitamment la pièce. Elle avait tant à expliquer. A Booth comme à elle-même. Elle se massa les tempes en prenant le téléphone.

— Allô.

— Mademoiselle Kirkwood ?

— Oui, c'est moi.

Elle fronça les sourcils en reconnaissant la voix de M. Anderson.

— Scott a disparu.

12

Ariel resta muette de stupeur. Quelques secondes passèrent, mais des pensées par milliers traversèrent son esprit, se bousculant et se mêlant entre elles. Dans ses veines, son sang se figea. Sa main serrait si fort le combiné qu'elle en était douloureuse.

— Mademoiselle Kirwood, je viens de vous dire que Scott avait disparu.

— Disparu ? répéta-t-elle dans un souffle.

Ce mot charriait trop d'images, toutes plus terrifiantes les unes que les autres. Pour ne pas céder à la panique, elle enfonça profondément ses ongles dans la paume de sa main. Elle devait être en mesure de parler et d'écouter avec attention. Mais sa voix trembla lorsqu'elle ajouta :

— Depuis combien de temps ?

— Depuis 11 heures ce matin. Ma femme croyait qu'il était parti jouer avec le fils de la voisine. Lorsqu'elle l'a appelé pour venir déjeuner, elle a découvert qu'il n'y avait pas mis les pieds de la matinée.

11 heures… Ariel regarda sa montre avec terreur. Il était presque 14 heures. Scott avait disparu depuis trois heures déjà. Où pouvait bien aller un petit garçon pendant tout ce temps ? N'importe où. A son échelle, ce temps écoulé était une éternité.

— Vous avez appelé la police ?

— Evidemment.

La voix d'Anderson était sèche mais tendue par la peur.

— On a cherché dans tout le voisinage, interrogé les gens. Nous avons fait tout ce qui était en notre pouvoir.

Qu'entendait-il par là ? Elle répéta cette phrase dans sa tête, sans en prendre la mesure.

— Oui, bien sûr.

Sa propre voix lui sembla lointaine.

— Je viens tout de suite, ajouta-t-elle.

— Non. La police vous recommande de rentrer chez vous et d'y rester au cas où Scott chercherait à vous contacter.

Ainsi, ils lui demandaient de rentrer chez elle sans rien faire alors que Scott avait disparu !

— Je dois venir. Je peux être chez vous dans trente minutes.

Son murmure s'était mué en plainte désespérée.

— Je pourrais vous aider à le chercher. Je pourrais…

— Mademoiselle Kirkwood, la coupa Anderson en inspirant profondément. Scott est un enfant intelligent. Il sait où vous vivez, il connaît votre numéro de téléphone. Dans un moment comme celui-ci, il vaut mieux se rendre à l'évidence : c'est avec vous qu'il veut être. S'il a la possibilité d'entrer en contact avec quelqu'un, ce sera avec vous. S'il vous plaît, rentrez chez vous. Si jamais on le retrouve, je vous appellerai immédiatement.

S'il a la possibilité d'entrer en contact avec quelqu'un, ce sera vous, se répéta-t-elle mentalement plusieurs fois.

— Très bien. Je vais rentrer chez moi et j'attendrai.

Elle regarda le téléphone d'un air hébété et raccrocha comme dans un état second. Heureusement, elle arrivait encore à marcher. Elle se dirigea vers la porte et prit appui contre le mur.

Il fallait qu'elle tienne bon. Scott allait avoir besoin d'elle lorsqu'on le retrouverait. Il aurait une multitude d'histoires et d'aventures à lui raconter, surtout s'il avait la chance de monter dans une voiture de police. Il voudrait tout lui dire dans les moindres détails. Le téléphone allait certainement sonner dès qu'elle passerait le pas de sa porte. L'enfant avait dû s'égarer en sortant de la maison, et la police allait le retrouver à quelques rues de chez lui, voilà tout. Ariel devait se dépêcher de rentrer chez elle pour ne pas rater l'appel de la police. Mais elle avait les jambes en coton et pouvait à peine avancer.

Booth contemplait la photo d'Ariel et de Scott en broyant du noir lorsqu'il entendit la porte s'ouvrir. Il se tourna, le journal toujours dans la main. Mais les questions qui se bousculaient dans sa tête s'évanouirent dès l'instant où il vit Ariel. Sa peau était blanche comme un linge. Jamais il n'avait croisé un regard aussi vide de toute sa vie.

— Ariel…

Il la rejoignit en deux enjambées avant même d'avoir fini de prononcer son prénom.

— Que se passe-t-il ?

— Booth.

Elle posa une main sur son torse chaud et fort. En sentant les battements de son cœur contre sa paume, elle comprit qu'elle vivait un cauchemar.

— Scott a disparu. Personne ne sait où il est. Il a disparu.

Il la saisit fermement par les épaules.

— Depuis combien de temps ?

— Trois heures.

La première vague de peur vint balayer le choc de la nouvelle.

— Mon Dieu, personne ne l'a vu depuis trois heures. Personne ne sait où il est !

Lorsque le corps d'Ariel se mit à trembler, Booth resserra son étreinte.

— La police est prévenue ?

— Oui, oui, elle le cherche.

Elle agrippa très fort sa chemise.

— Ils ne veulent pas que j'aille chez les Anderson. Ils veulent que je rentre chez moi et que j'attende au cas où… Booth.

— Je t'accompagne.

Il repoussa les cheveux qui tombaient devant son visage. Ses caresses, le ton de sa voix étaient censés l'apaiser.

— Nous allons aller chez toi et attendre qu'ils appellent. Ils vont le retrouver, Ariel. Tous les jours, des enfants s'égarent.

— Oui.

Elle se raccrocha à cette idée, ainsi qu'à la main de Booth. Il disait vrai. N'avait-elle pas dû tenir Scott sous étroite surveillance pour ne pas qu'il se perde lorsqu'elle l'emmenait au parc ou au zoo ?

— Scott est souvent dans la lune. Il a dû s'éloigner un peu trop. La police va bientôt m'appeler. Je dois rentrer au plus vite.

— Je t'accompagne, déclara Booth en prenant fermement sa main, tandis qu'elle scrutait la pièce d'un air désorienté. Tu vas te changer. Pendant ce temps, je vais prévenir l'équipe que tu ne peux pas tourner cet après-midi.

— Me changer ?

Perplexe, elle contempla sa tenue et s'aperçut qu'elle portait toujours la chemise de nuit d'Amanda.

— D'accord, je me dépêche. On peut m'appeler d'une minute à l'autre.

Elle essaya de se dépêcher, mais ses mains tremblaient trop. Elle devait enfiler son jean, mais elle était trop confuse pour coordonner ses mouvements. Puis ses doigts tremblèrent sur les boutons. Ses tempes battaient si fort qu'elle était incapable de réfléchir. La sensation de nausée qui l'avait envahie l'aidait au moins à se concentrer sur quelque chose de concret tandis qu'elle bataillait pour lacer ses chaussures.

Bientôt, Booth fut de retour. Lorsqu'elle se tourna vers lui, il sentit sa panique.

— Prête ?

— Oui.

Elle avança péniblement vers lui. Des images de Scott, perdu, effrayé, dansèrent devant ses yeux. Mais il y avait pire, bien pire : elle imaginait Scott montant dans la voiture d'un inconnu, un inconnu dont le visage n'était qu'une ombre. En sautant dans un taxi, elle eut envie de crier.

Booth prit sa main glacée dans la sienne.

— Ariel, tu n'es pas du genre à imaginer le pire. Réfléchis.

Il posa sa main libre sur sa jambe et tenta de la réchauffer.

— Il existe un millier de raisons valables pour expliquer sa disparition. Il a peut-être trouvé un chien, ou courut après un ballon. Peut-être a-t-il découvert des cailloux fascinants qu'il est parti cacher dans un endroit secret pour les observer.

— Oui.

Elle essaya d'imaginer toutes ces possibilités. Elles ressemblaient beaucoup à Scott. Mais l'image de la voiture de l'inconnu continuait de la hanter. Scott n'avait pas peur des gens, chose qu'elle avait toujours admirée chez lui. Aujourd'hui, cette idée l'emplissait de terreur. Elle enfouit son visage contre l'épaule de Booth en essayant de se convaincre que le téléphone sonnerait dès qu'elle ouvrirait la porte de chez elle.

Lorsque le taxi s'arrêta, elle tira brusquement sur la poignée, bataillant pour ouvrir la portière. Elle monta ensuite deux à deux les marches du perron avant même que Booth ait eu le temps de payer le chauffeur.

Le silence de son appartement l'accueillit comme une accusation. Elle regarda fixement le téléphone dans l'espoir qu'il sonne. Puis elle jeta un coup d'œil à sa montre et s'aperçut qu'il s'était passé moins d'une demi-heure depuis l'appel des Anderson. C'était trop court pour qu'il y ait du nouveau, songea-t-elle en faisant les cent pas. Ou trop long pour un petit garçon seul.

Elle devait faire quelque chose ! Réfléchissant à toute vitesse, elle chercha quelque chose à quoi se raccrocher. Elle avait toujours su trouver une solution, dans n'importe quelle situation. Mais il n'y avait ni réponses à donner, ni décisions à prendre. Il n'y avait que l'attente. Lorsqu'elle entendit la porte se fermer, elle pivota brusquement. Elle leva les mains puis les laissa tomber d'un air impuissant.

— Seigneur, Booth, je me sens tellement impuissante ! Il doit bien y avoir quelque chose à faire, n'importe quoi.

Sans un mot, il s'avança vers elle, la prit dans ses bras et la laissa s'accrocher à lui. Dire qu'il avait fallu qu'elle vive quelque chose d'aussi effrayant pour qu'il comprenne qu'elle avait besoin de lui autant que lui d'elle. Tous ses doutes, toute sa colère, s'étaient évanouis. Aimer était beaucoup plus simple que ce qu'il croyait.

— Assieds-toi, Ariel.

Il l'entraîna vers un fauteuil.

— Je vais te servir un verre.

— Non, je…

— Assieds-toi, répéta-t-il d'une voix ferme. Je vais faire du café et te chercher un sédatif.

— Je n'ai pas besoin de sédatif, protesta-t-elle.

Il hocha la tête. Tant qu'elle serait en colère, elle ne pouvait pas s'effondrer.

— Dans ce cas, je vais faire du café.

Dès qu'il entra dans la cuisine, elle se leva de nouveau. Impossible de rester assise, et encore moins calme. Elle n'aurait jamais dû accepter de rentrer chez elle pour attendre. Elle aurait dû insister pour aller chercher Scott elle-même. Rester ici était inutile. Mais si jamais il appelait et qu'elle n'était pas là pour répondre… Oh ! Seigneur ! Elle pressa les deux mains sur son visage et lutta pour ne pas s'effondrer. Quelle heure était-il ?

En regardant sa montre, elle sentit monter un sanglot.

— Ariel.

Booth arriva avec deux tasses de café, chaud et fort. Il la vit trembler. Des larmes inondèrent ses joues.

— Booth, où peut-il bien être ? Il n'est qu'un tout petit garçon. Il ne craint pas les étrangers. C'est ma faute parce que…

— Arrête.

Il s'était exprimé d'une voix douce, mais son intervention coupa court à sa culpabilité. Il lui tendit une tasse et attendit qu'elle la saisisse à deux mains avant de lâcher l'anse. Le café menaça de déborder. Elle s'assit de nouveau.

— Parle-moi de lui, proposa Booth.

Elle contempla le café quelques instants, comme si elle n'avait aucune idée de ce qu'elle buvait ni de comment la tasse était arrivée là.

— Il a quatre ans, presque cinq. Pour son anniversaire, il veut un petit chariot jaune. Il a une imagination débordante.

Elle souleva la tasse, prit une gorgée et se brûla la langue, ce qui l'apaisa un peu.

— Scott aime se raconter des histoires. Tu peux lui donner une boîte en carton, il va imaginer un vaisseau spatial, un sous-marin, une tombe égyptienne. Mais il les voit vraiment, tu comprends ?

— Oui.

Booth vint la rejoindre sur le canapé. Il posa une main sur la sienne.

— Lorsque Jeremy et Barbara sont morts, il était complètement perdu. Ils formaient une famille formidable. Ils étaient si heureux.

Elle regardait fixement les gants de boxe suspendus derrière la porte. Les gants de Jérémy. Ils seraient à Scott un jour. Elle sentit son estomac se nouer et poursuivit.

— Il tient beaucoup de son père. Il a le même charme, la même curiosité. Les Anderson, qui sont les parents de Barbara, n'ont jamais accepté Jeremy. Ils ne voulaient pas qu'il épouse leur fille, et la voyait rarement après son mariage. Et puis... il y a eu cet accident, et ils ont été nommés tuteurs de Scott. Je voulais m'en occuper, mais il semblait naturel qu'il aille vivre chez ses grands-parents. Ils avaient une maison, un jardin. Ils formaient un couple. Mais...

Elle lança un regard désespéré vers le téléphone.

— Mais ?

— Les Anderson ne peuvent pas comprendre un enfant comme Scott, capable de se prendre pour un archéologue et d'aller creuser un trou dans le jardin.

— N'importe qui pourrait être contrarié à cette idée, lâcha Booth en souriant timidement.

— Mais il ne le ferait pas s'il avait un bac à sable ou si quelqu'un lui disait qu'il se trouvait dans un désert. Il est constamment puni à cause de son imagination au lieu d'avoir quelqu'un pour la canaliser.

— Tu as donc décidé de te battre pour lui.

— Oui, répondit-elle en humectant ses lèvres sèches.

Avait-elle attendu trop longtemps ?

— Mais ce n'est pas tout, sinon, je n'aurais pas lancé une procédure. Les Anderson ne l'aiment pas, ils se sentent juste responsables de lui. Je ne peux pas supporter l'idée que Scott puisse grandir sans l'amour qu'il est en droit de recevoir.

Où était-il, Seigneur ? Où était-il ?

— Cela n'arrivera pas.

Booth l'attira à lui et embrassa les larmes au coin de ses yeux.

— Lorsque tu auras obtenu sa garde, nous veillerons à ce que cela n'arrive pas.

Elle s'écarta doucement sans rompre le contact pour autant.

— Nous ?

— Scott ne fait-il pas partie de ta vie ? demanda-t-il d'un air étonné.

— Si, mais…

— Alors il fait aussi partie de la mienne.

Ses lèvres tremblèrent. Elle ouvrit la bouche, hésitante.

— Sans autres questions ?

— J'ai perdu beaucoup de temps à me poser des questions. J'ai compris que parfois, elles étaient inutiles.

Il pressa les doigts de la jeune femme contre ses lèvres.

— Je t'aime, ajouta-t-il.

— J'ai si peur, Booth, dit-elle en posant la tête contre son torse.

Puis vint un flot de larmes, semblable à un barrage qui cède. Booth la laissa pleurer, laissa passer les violents sanglots chargés de chagrin et de peur. Il la laissa s'accrocher à lui et puiser toute la force dont elle avait besoin. L'écrivain en lui savait reconnaître les moments où les belles phrases étaient vaines. Il demeura silencieux.

Les pleurs pouvaient aider Ariel, songea-t-il en lui caressant les cheveux. Ils permettaient d'apaiser sa peur sans y mettre de mots. Pendant qu'elle sanglotait, il pria du fond du cœur que le téléphone sonne. Mais rien ne vint.

Tant d'émotions l'avaient épuisée. Désorientée, étourdie, Ariel reposait dans les bras de Booth, consciente uniquement de cette boule d'angoisse qui lui vrillait les entrailles, signe que quelque chose de vital était en péril.

— Quelle heure ? murmura-t-elle en regardant par-dessus l'épaule de Booth l'appareil à travers ses paupières gonflées par les larmes.

— Il est presque 4 heures, répondit-il à contrecœur.

Il détestait le sursaut convulsif de son corps pressé contre le sien.

Il pouvait lui dire un millier de choses pour la réconforter. Mais toutes étaient inutiles.

— Je vais refaire du café, déclara-t-il.

Ariel réagit mollement en entendant frapper à la porte. Elle n'était pas d'humeur à recevoir de la visite. Elle préféra ignorer les coups répétés. Seule la sonnerie du téléphone était importante à ses yeux.

— Je vais m'occuper du café, déclara-t-elle.

Elle s'obligea à se lever.

— Je ne veux voir personne, ajouta-t-elle.

— Je m'en occupe.

Booth s'avança vers la porte, déjà prêt à s'interposer devant l'importun et à lui faire bouclier avec son corps. Il tomba nez à nez avec une jeune femme coiffée d'un bandana et vêtue d'une salopette maculée de peinture. Il aperçut alors le petit garçon.

— Excusez-moi. Cet enfant errait à quelques rues d'ici. Il m'a donné cette adresse. Je me demandais si…

— Qui êtes-vous ? demanda Scott à Booth. C'est la maison d'Ariel ici.

— Je m'appelle Booth. Ariel t'attend depuis un moment, Scott.

L'enfant lui sourit, révélant de petites dents blanches. Des dents de bébé, songea Booth. Il n'était rien de plus qu'un grand bébé.

— J'aurais dû arriver plus tôt, mais je me suis un peu perdu. J'ai vu Bobbi en train de peindre sa véranda. Elle m'a dit qu'elle pouvait m'accompagner.

Booth posa la main sur la tête de Scott. Ses cheveux étaient doux comme ceux d'Ariel.

— Nous vous sommes très reconnaissants, mademoiselle… ?

— Freeman, Bobbi Freeman.

Elle se tourna vers Scott en souriant.

— Pas de problème. Il s'est peut-être perdu un peu, mais je suis certaine qu'il sait ce qu'il veut. Il semblerait qu'il réclame une certaine Ariel et un sandwich au beurre de cacahuète. Bon, il faut que je retourne à ma peinture. Au revoir, Scott.

— Au revoir, Bobbi, répondit l'enfant en bâillant. Ariel est ici ?

— Je vais la chercher, répondit Booth.

Il laissa Scott grimper dans le hamac puis se dirigea vers la cuisine. Il croisa Ariel sur le pas de la porte et lui retira les deux tasses des mains.

— Quelqu'un demande à te voir, annonça-t-il.

— S'il te plaît, Booth. Pas maintenant, répondit-elle en fermant les yeux.

— Je ne pense pas qu'il se contente de cette réponse.

Quelque chose dans le ton de sa voix la contraint à rouvrir les yeux. Elle sentit son cœur s'emballer, puis elle se rua dans le salon. Un petit garçon blond se balançait joyeusement dans le hamac avec deux chatons sur les genoux.

— Scott ! s'écria-t-elle.

Ariel traversa la pièce en deux enjambées et le serra très fort dans ses bras. Elle éprouva la chaleur réconfortante de son petit corps et poussa un cri de joie. Les cheveux ébouriffés de Scott frottèrent sa joue. Elle pouvait sentir les derniers effluves de savon qui se mêlaient à la sueur de la journée et à l'odeur des bonbons qu'il cachait toujours au fond de ses poches. Riant et pleurant à la fois, elle se laissa tomber au sol avec son précieux fardeau.

— Scott, oh, Scott, tu n'es pas blessé ?

Une bouffée de peur s'empara de nouveau d'elle. Elle s'écarta pour examiner son visage, ses mains et ses bras.

— Tu n'as mal nulle part ? demanda-t-elle.

— Non.

Un peu vexé par la question, Scott se tortilla nerveusement.

— Je n'ai pas encore vu Butch. Où est-il ?

— Comment es-tu arrivé ici ? s'enquit Ariel en le reprenant dans ses bras.

Elle embrassa ses petites joues rondes, son petit nez droit et sa petite bouche.

— Où étais-tu, Scott ?

— Dans le métro, répondit-il avec un large sourire. J'ai pris le métro tout seul. Je voulais te faire une surprise.

Stupéfaite, elle le contempla longuement.

— Tu es venu de chez tes grands-parents tout seul ?

— J'ai économisé de l'argent.

Il fouilla ses poches et exhiba fièrement ce qu'il lui restait de monnaie : quelques pennies, deux pièces de vingt-cinq cents et quelques bonbons.

— J'ai marché jusqu'au métro, mais c'est beaucoup plus long qu'en taxi. C'est moins loin en voiture, conclut-il avec sa logique de petit garçon. J'ai acheté tout seul mon ticket, comme tu m'as montré. J'ai faim, Ariel.

— Une minute.

Horrifiée à l'idée qu'il ait pu voyager seul, sans défense dans le métro, elle saisit ses deux bras.

— Si je comprends bien, tu as marché jusqu'à une bouche de métro, puis tu es venu jusqu'ici.

— Je ne me suis perdu qu'une seule fois, lorsque j'ai demandé de l'aide à Bobbi. Mais je n'ai pas eu peur du tout.

Les lèvres de Scott tremblèrent, puis ses traits se tordirent, et il enfouit son visage contre elle.

— Je n'avais pas peur, répéta-t-il.

Tout ce qui aurait pu arriver à l'enfant lui traversa l'esprit. Ariel serra le petit corps plus fort en remerciant le ciel.

— Bien sûr, tu n'avais pas peur, murmura-t-elle en refoulant ses émotions. Tu es si courageux, si intelligent. Tu as trouvé ton chemin. Mais tu sais, dit-elle en lui faisant face, tu n'avais pas le droit de venir jusqu'ici tout seul.

— Mais j'avais envie de te voir.

— Je sais. Moi aussi, j'ai tout le temps envie de te voir.

Elle l'embrassa de nouveau, pour le plaisir de sentir la chaleur de sa joue.

— Mais tu es parti sans le dire à tes grands-parents, expliqua-t-elle, et ils sont très inquiets. Moi aussi, je me suis fait du souci, ajouta-t-elle en repoussant les cheveux de Scott. Il faut me promettre de ne plus jamais recommencer.

— Je ne recommencerai plus, répondit-il en frottant ses yeux avec ses petits poings. Cela a pris beaucoup de temps et j'ai faim, et je me suis perdu, et j'ai mal aux jambes. Mais je n'ai pas eu peur.

— Tout va bien, maintenant.

Elle se redressa en le soulevant dans ses bras.

— Je vais te préparer à manger, ajouta-t-elle, puis tu pourras te reposer dans le hamac. D'accord ?

Scott renifla contre son cou.

— Je peux avoir du beurre de cacahuète ?

— Bien sûr.

Booth contempla leurs deux visages tournés vers lui. Scott aurait pu être le fils d'Ariel, songea-t-il avec étonnement. Surpris, il ressentit le besoin de prendre lui-même l'enfant dans ses bras.

— J'ai vu un sandwich au beurre de cacahuète dans la cuisine. Je me suis dit que ça devait être le tien.

— Génial ! s'écria Scott en sautant des bras d'Ariel et en sautillant.

— Je pourrais l'étriper ! Oh ! Booth, murmura-t-elle en le sentant l'enlacer. N'est-ce pas merveilleux ?

A la nuit tombée, Scott s'était endormi en serrant contre lui un chien en peluche usé qui appartenait autrefois à son père. Le chat à trois pattes montait la garde sur l'oreiller à côté de lui. Ariel était assise sur le canapé à côté de Booth en face du grand-père de Scott. Le café posé sur la table basse était froid. Comme à son habitude, M. Anderson se tenait droit comme un piquet ; ses vêtements étaient impeccables. Mais son regard était empreint d'une inquiétude qu'Ariel ne lui avait jamais vue avant ce jour.

— Pendant cette escapade, il aurait pu arriver n'importe quoi à Scott, lâcha l'homme.

— Je sais, répliqua Ariel en glissant sa main dans celle de Booth, reconnaissante de son soutien. Je lui ai fait promettre de ne plus jamais recommencer. Votre femme et vous deviez être morts d'inquiétude. Je suis navrée, monsieur Anderson. Je me sens en partie coupable parce qu'il m'est arrivé de laisser Scott acheter les tickets de métro.

L'homme secoua la tête et garda le silence quelques instants.

— C'est un garçon intrépide, assez intelligent pour savoir quel métro prendre et à quelle station descendre.

Il reporta son attention sur Ariel.

— Il brûlait d'envie d'être avec vous.

En temps normal, ces propos lui auraient fait chaud au cœur. Mais aujourd'hui, ils ne firent que la bouleverser un peu plus.

— Oui. Les enfants ne mesurent pas toujours les conséquences de leurs actes, monsieur Anderson. Scott ne pensait qu'à venir ici, sans jamais imaginer ces heures de panique ni les dangers qu'il aurait pu rencontrer. En arrivant ici, il était épuisé et apeuré. J'espère que vous ne le punirez pas trop sévèrement.

Anderson inspira profondément, les mains à plat sur ses cuisses.

— J'ai compris quelque chose aujourd'hui, mademoiselle Kirkwood. Je n'aime pas cet enfant.

— Oh ! non, monsieur Anderson…

— S'il vous plaît, laissez-moi terminer. Je ne l'aime pas et cette idée ne me fait pas plaisir.

Il s'exprimait d'une voix hachée, détachée. Il parlait comme un vieillard, songea Ariel. Non en raison de son âge, mais de son attitude.

— De plus, j'ai compris que sa présence dans notre maison était un stress permanent pour ma femme. Il nous rappelle quelque chose que nous avons perdu. Je n'ai pas l'intention de justifier mes sentiments, ajouta-t-il sèchement. Cet enfant est mon petit-fils : je suis donc responsable de lui. Toutefois, je suis un vieil homme et je ne vais pas changer. Je ne veux pas de cet enfant, alors que vous, oui.

Hébétée, Ariel le regarda se lever.

— J'informerai mon avocat de mes intentions, conclut-il.

— Monsieur Anderson ! s'écria Ariel en se redressant à son tour. Vous savez que je veux Scott, mais…

— Je ne veux pas de lui, mademoiselle Kirkwood.

Les épaules en arrière, Anderson la regarda droit dans les yeux.

— C'est aussi simple que cela.

Et aussi triste aussi.

— Je suis désolée.

Que pouvait-elle dire d'autre ?

Anderson hocha simplement la tête avant de partir.

— Comment peut-on éprouver de tels sentiments à l'égard d'un enfant ? demanda Ariel après quelques instants de silence.

— A l'égard d'un enfant ou à vis-à-vis d'eux-mêmes ? répliqua Booth.

Ariel se tourna vers lui, un peu perplexe.

— Oui, tu as sans doute raison.

— Je suis expert en la matière. Mais contrairement à eux…

Il l'attira de nouveau à lui et l'enlaça tendrement, la tête d'Ariel posée sur son épaule.

— … quelqu'un s'est introduit dans ma vie et m'a aidé à le comprendre.

— Est-ce le rôle que j'ai joué ? demanda-t-elle en riant.

Elle pouvait enfin tourner la page de cette journée et passer à autre chose. Scott dormait paisiblement dans son lit en compagnie des chatons. Il pouvait rester là maintenant. Il n'y aurait plus d'adieux déchirants.

— Ainsi, je me suis introduite dans ta vie ?

— Tu peux te montrer très tenace, répondit-il en tirant ses cheveux en arrière pour mieux capturer ses lèvres. Grâce au ciel.

— Je dois te prévenir : lorsque je m'introduis quelque part, je n'en sors plus.

Il la prit sur ses genoux pour mieux planter son regard dans le sien.

— Laisse-moi le découvrir par moi-même.

— Ça ne va pas être facile pour toi, tu sais…

— Quoi donc ?

— Vivre avec moi, si tu décides de m'épouser.

— Si ? demanda-t-il, étonné.

Incapable de lui résister, elle lui caressa le visage.

— Je te laisse une dernière chance de t'en sortir.

L'air sérieux, elle posa les deux mains sur les joues de Booth.

— Le plus souvent, je cède à mes impulsions, qu'il s'agisse de manger, de dépenser de l'argent ou de dormir. Je préfère vivre dans le chaos plutôt que dans l'ordre. Je ne fais rien dans les règles. Et à travers moi, tu risques d'une façon ou d'une autre de t'impliquer dans une multitude de causes.

— Ce dernier point reste encore à voir.

— Je ne t'ai pas encore effrayé ?

— Non, répondit-il en l'embrassant tendrement.

Dans la pièce, les ombres s'allongeaient sans qu'ils s'en aperçoivent.

— Et je ne le serai pas. Moi aussi, je peux me montrer tenace.

— Rappelle-toi que tu vas devoir supporter un enfant de quatre ans. Très vivant.

— Tu sous-estimes ma résistance.

— Ne crois pas ça, répondit-elle avec un rire de gorge. Je vais te rendre fou avec ma désorganisation.

— Tant que tu n'entres pas dans mon bureau, riposta-t-il, tu peux tout transformer en terrain vague.

Folle de joie, elle enroula les mains autour de son cou. Il pensait tout ce qu'il disait, songea-t-elle. Et aujourd'hui, elle avait Booth *et* Scott. Avec eux, sa vie prenait un nouveau sens. Et elle était impatiente de découvrir ce qu'il allait advenir.

— Je vais gâter Scott, murmura-t-elle au creux de son cou. Ainsi que tous nos enfants.

Il s'écarta doucement, un sourire amusé aux lèvres.

— Qu'entends-tu par « tous » ?

— Choisis un chiffre.

Son rire emplit alors la pièce, telle une brise libre et fraîche.

LE SECRET DE BAYOU

1

La Nouvelle-Orléans, 1984

Branle-bas général. Les téléphones sonnaient sans discontinuer. Assis ou debout, les gens criaient, marmonnaient ou juraient. De tous côtés, les claviers des machines à écrire cliquetaient à des rythmes variés. Il flottait dans l'air une odeur de café réchauffé, de pain frais, de fumée de cigarettes et de sueur. Un asile d'aliénés ? Parmi les personnes présentes, beaucoup auraient volontiers utilisé ce terme pour décrire la salle de rédaction du *New Orleans Herald*, surtout au moment du bouclage.

Pour la majorité des journalistes, ce remue-ménage était aussi naturel que le fait de respirer. Chacun était trop absorbé par ses propres urgences pour prêter attention à celles des autres. Non que le travail d'équipe fût dédaigné. Tous, passionnés ou obsédés par leur métier, étaient solidaires des autres membres du journal. Toutefois, chacun se concentrait sur son propre article et ses propres sources, sur lesquelles il gardait jalousement le secret.

La pression, la confusion et l'ambition d'être publié à la une sont de puissants stimulants pour un journaliste digne de ce nom.

Matthew Bates s'était fait les dents dans la presse écrite. Il y avait occupé tous les postes, depuis ses débuts comme vendeur de journaux dans le Lower East Side à Manhattan, jusqu'à sa consécration comme rédacteur d'articles de fond. Il avait servi le café, arpenté les couloirs comme garçon de courses, rédigé des notices nécrologiques, assuré la couverture d'obscures floralies.

La capacité à flairer un bon sujet et à en tirer toute la substance,

Matt ne l'avait pas acquise à l'école de journalisme : il était né avec. Ses années d'études et d'expérience lui avaient permis de parfaire son style et sa technique, mais son talent était aussi inné que la couleur de ses yeux.

A trente ans, il était un cynique indulgent qui prenait avec philosophie les caprices de la vie. Il aimait ses semblables sans nourrir d'illusions à leur sujet. Les hommes étaient fondamentalement ridicules. Il le savait et il en avait pris son parti. Sinon, comment aurait-il pu travailler dans une pièce pleine d'agités, dont le métier était de mettre à nu et d'exploiter le genre humain ?

Son article terminé, il héla un garçon de courses, puis se carra dans son siège. C'était sa première pause depuis trois heures. Un an plus tôt, il avait quitté New York pour ce poste au *New Orleans Herald*, estimant qu'un changement lui serait salutaire. En fait, à l'époque il ne tenait pas en place, songea-t-il en s'étirant. Il vivait dans l'attente…

Il avait rapidement découvert que La Nouvelle-Orléans était une ville aussi dure et exigeante que New York, même si elle avait des abords plus chic. Ici, il suivait les enquêtes policières et cela lui plaisait. Il plongeait dans un univers impitoyable, où le meurtre et la détresse étaient des éléments indissociables. L'homicide qu'il venait de couvrir était aussi absurde que cruel. Mais c'était la vie. Et c'était de l'information. A présent, il fallait chasser de son esprit la mort de cette jeune fille de dix-huit ans, et passer à autre chose. L'objectivité devait rester la priorité, à moins de vouloir changer de métier.

Matt réprima un soupir. Certes. Toutefois, certaines images étaient difficiles à oublier…

Il savait qu'il n'avait pas un physique de vieux routier du journalisme au cœur endurci. Quand il avait vingt ans, le fait de ressembler à un surfeur plutôt qu'à un reporter l'exaspérait. A présent, cela l'amusait.

Avec son corps mince et musclé, il se sentait plus à l'aise dans un jean que dans un costume trois-pièces. Ses cheveux blond foncé bouclaient sur ses oreilles et sur sa nuque, renforçant son allure de jeune homme nonchalant plutôt fait pour se prélasser sur une plage que pour battre le pavé. Si bien que les gens avaient tendance à lui parler librement, sans soupçonner quel homme se cachait derrière cette façade. Et même si certains finissaient parfois par se douter qu'il était moins inoffensif qu'il ne le paraissait, il était trop tard : il avait obtenu les informations souhaitées.

Il pouvait se montrer aimable, et même charmant. Mais il arrivait que ses yeux bleus pétillants lancent des étincelles, ou pis encore, deviennent glacials. Sa désinvolture apparente cachait une détermination sans faille et un caractère bien trempé.

Un petit sourire aux lèvres, il jeta un coup d'œil à la jeune femme assise en face de lui. Laurel Armand avait un visage aussi romantique que son nom. Il flottait autour d'elle une aura de délicatesse due à ses traits fins et à sa peau ivoire, qui était une véritable invitation aux caresses. Ses cheveux noirs et vaporeux, rejetés en arrière, tombaient en cascade sur ses épaules. Des cheveux dans lesquels on avait envie de plonger les doigts, d'enfouir le visage… Quant à ses yeux, transparents et lumineux, ils avaient la couleur des émeraudes.

C'était le visage d'une belle jeune fille de bonne famille du XIXe siècle, vivant dans l'indolence et l'oisiveté. Sa voix aussi était très féminine, songea Matt. Elle faisait chanter les voyelles et adoucissait les consonnes. Mélodieuse, jamais nasillarde, elle coulait paisiblement dans un flux harmonieux.

Mais la voix était aussi trompeuse que le visage. Laurel Armand était une journaliste ambitieuse, dotée d'une grande vivacité d'esprit, d'un entêtement sans bornes et d'une nature enflammée. Le sourire de Matt s'élargit. Un de ses passe-temps favoris était justement d'allumer une étincelle pour déclencher un incendie.

Le front plissé, Laurel mit la touche finale à son article. Satisfaite, elle enleva d'un geste vif la feuille de sa machine à écrire, héla un garçon de courses, puis regarda son vis-à-vis. Machinalement, elle se redressa sur son siège. Il allait la taquiner et — comme une idiote ! — elle allait mordre à l'hameçon…

— Tu as un problème, Matthew? demanda-t-elle avec agacement.

— Non, aucun, Laurellie.

A la grande satisfaction de Matt, les yeux de Laurel étincelèrent. Elle détestait qu'on l'appelle par son prénom complet.

— Tu n'as pas un meurtre ou une attaque à main armée qui t'attend quelque part ?

Le sourire de Matt s'élargit.

— Pas pour l'instant. Et toi ? Tu n'as plus de cause à défendre pour aujourd'hui ?

Laurel serra les poings sous son bureau, ravalant un flot d'insultes. Pas question de réagir au quart de tour comme d'habitude. Matt ne manquait jamais une occasion de plaisanter sur la compassion présente dans ses articles, mais pour une fois, elle ne lui ferait pas le plaisir de se justifier.

— Tout le monde ne peut pas être aussi doué que toi pour le cynisme, répliqua-t-elle d'un ton suave démenti par son regard furieux.

— En effet. A ton avis, lequel de nos deux articles aura droit à la une ? Tu veux faire un pari ?

Elle haussa les sourcils.

— Je m'en voudrais de te prendre ton argent, Matthew.

— Pour ma part, je ne vois aucun inconvénient à te prendre le tien.

Avec un large sourire, il se leva et fit le tour du bureau.

— Cinq dollars, murmura-t-il à l'oreille de Laurel. Même si c'est ton père qui possède le journal, nos rédacteurs en chef savent faire la différence entre un reportage et une croisade.

Matt sentit la jeune femme se hérisser. Comme il était tentant de s'emparer de ces superbes lèvres boudeuses pour voir quel goût avait sa colère… Mais ce n'était pas la bonne tactique, songea-t-il en réprimant cette impulsion.

— Tope là, Matthew Bates, mais disons dix dollars.

Laurel se leva. Etre obligée de pencher la tête en arrière pour le regarder était exaspérant ! Et pourquoi avait-il des yeux aussi fantastiques et un regard aussi troublant ? C'était encore plus exaspérant ! Mieux valait continuer à l'imaginer petit, bedonnant et chauve…

— A moins que ce soit au-dessus de tes moyens, ajouta-t-elle.

— Tes désirs sont des ordres. Et pour te prouver que les Yankees sont galants, je t'inviterai à déjeuner avec l'argent que j'aurai gagné.

Un sourire éclatant aux lèvres, Laurel s'approcha de lui à le frôler. Pris au dépourvu, Matt sentit un éclair de désir le transpercer.

— Tu peux toujours courir, lança-t-elle avant de s'écarter brusquement.

Matt la suivit des yeux, tandis qu'elle quittait la salle de rédaction comme un ouragan. Enfonçant les mains dans ses poches, il laissa échapper un petit rire. Dans la confusion ambiante, personne ne remarqua rien.

Dans les embouteillages du centre-ville, Laurel ne décolérait pas. Matthew Bates était l'homme le plus horripilant de sa connaissance !

Elle passa à l'orange en maudissant le destin. Si son frère Curt ne s'était pas lié d'amitié avec lui à l'université, Matthew n'aurait jamais accepté ce poste au *Herald.* Et il serait resté un New-Yorkais insupportable, au lieu de passer son temps à l'agacer, jour après jour.

Malgré tout, il fallait reconnaître que c'était le meilleur journaliste de l'équipe. C'était rageant, mais indéniable. Il était perfectionniste, intelligent et doué d'un flair infaillible. Malheureusement, ça ne le rendait pas plus facile à supporter… Laurel pila et donna un coup de volant pour éviter une Buick qui lui coupait la route. Seigneur ! Elle était trop énervée pour jouer à la guerre avec les autres automobilistes.

L'article que Matt avait écrit sur l'homicide était à la fois fouillé et concis. Bref, excellent. Et il méritait la une. Oh, comme elle aurait aimé lui enfoncer ses dix dollars dans la gorge ! Il aurait sans doute eu plus de mal à prendre son petit air supérieur…

Laurel le côtoyait depuis douze mois et son comportement vis-à-vis d'elle restait totalement différent de celui des autres hommes. Il n'avait aucun égard particulier pour elle et jamais elle n'avait surpris la plus petite lueur d'admiration dans son regard. Ce qui était très vexant. Même si elle détestait qu'on lui témoigne de l'empressement…

Pas une seule fois, il ne l'avait invitée à sortir. Elle n'en avait aucune envie, bien sûr, se dit-elle avec la plus grande fermeté. Mais ce serait un tel plaisir de refuser son invitation… Bien qu'il se soit installé dans le même immeuble qu'elle, au même étage, il n'était jamais venu frapper chez elle sous un prétexte ou un autre. Depuis un an, elle en rêvait — uniquement pour avoir l'immense satisfaction de lui claquer la porte au nez.

Laurel serra les dents. En revanche, il semblait prendre un malin plaisir à la mettre hors d'elle. En faisant des remarques sur ses petits amis, par exemple — d'autant plus exaspérantes qu'elles étaient invariablement justes. Ces derniers temps, sa cible favorite était Jerry Cartier, un conseiller ultraconservateur et quelque peu guindé. Si elle fréquentait ce dernier, c'était par compassion et parce qu'il lui donnait de temps à autre des informations. Mais Matt la mettait régulièrement dans une situation impossible en l'obligeant à prendre sa défense avec des arguments auxquels elle ne croyait même pas.

La vie aurait été tellement plus simple si Matthew Bates était resté à Manhattan ! Et s'il n'avait pas été aussi incroyablement séduisant…

Tout en sortant enfin des embouteillages, Laurel s'efforça de chasser Matt et son stupide pari de son esprit.

Le soleil déclinait depuis un moment, mais le ciel restait très lumineux. La chaleur et la lumière, qui filtraient à travers les cyprès, ruisselaient sur la route. Dans l'ombre des arbres s'agitaient avec des sons mélodieux les insectes et les oiseaux, créatures des marais. Les marais qui renfermaient depuis toujours des secrets, des ombres, des dangers… Le charme de la région leur devait beaucoup. Il y avait quelque chose d'excitant dans la certitude qu'une autre forme de vie — primitive, sauvage — prospérait si près de la civilisation.

En tournant dans l'allée qui conduisait à la maison de ses aïeux, Laurel fut envahie par un sentiment familier de sérénité mêlée de fierté. Des cèdres montaient la garde de chaque côté de l'allée, s'inclinant pour former une galerie d'ombre et de fraîcheur. Les rayons du soleil se faufilaient à travers les feuilles pour éclabousser le sol de flaques de lumière. De la mousse espagnole s'effilochait autour des branches, accentuant la grâce intemporelle du lieu, si caractéristique du Sud. Remonter l'allée de *Promesse d'amour* revenait à remonter le temps.

Laurel s'arrêta pour contempler la maison. Combinant style colonial et architecture grecque, celle-ci comportait deux étages de brique blanchie à la chaux, qui s'élevaient au milieu d'une profusion d'azalées, de camélias et de magnolias. Les couleurs vives et délicates, les parfums exotiques et subtils évoquaient l'indolence et la prospérité d'avant la guerre de Sécession.

La vitre baissée, Laurel huma avec délice la richesse des senteurs et la douceur de l'air.

Vingt-huit colonnes doriques conféraient à la demeure ancestrale une majesté qui n'avait cependant rien de prétentieux. Du lierre recouvrait les colonnes d'angle, et tout autour du bâtiment courait une terrasse sur laquelle ouvrait chaque pièce et dont la balustrade en fer forgé avait la finesse d'une dentelle noire. A la fois élégante et accueillante, la maison donnait une impression de pérennité. Laurel la voyait comme une femme de caractère traversant les années avec grâce et distinction. Elle n'aurait pas éprouvé pour elle des sentiments plus profonds si elle avait été de chair et de sang.

Elle monta les marches du porche et entra sans frapper. C'était là qu'elle avait passé son enfance et son adolescence. Dans le vaste hall qui partageait le bâtiment en deux, flottait une merveilleuse odeur de cire d'abeille et de citron, qui se mêlait au parfum des fleurs de camélia disposées dans une coupe. Un siècle plus tôt, le visiteur était accueilli par les mêmes senteurs. Laurel fit une pause devant une psyché pour écarter quelques mèches folles de son visage avant de pénétrer dans le salon.

— Bonjour, papa.

Elle se hissa sur la pointe des pieds pour embrasser une joue rendue rugueuse par une barbe d'un jour. Grand et mince, William Armand avait d'épais cheveux noirs à peine grisonnants. Il dirigeait son journal avec énergie et brio, mais, dans le privé, il adoptait un rythme plus nonchalant. Il sentait le bon whisky et le tabac. Suivant une vieille habitude, il ébouriffa les cheveux que Laurel venait de recoiffer.

— Bonjour, princesse. Très bon, ton article sur le maire.

Perplexe, William Armand vit s'allumer une étincelle menaçante dans le regard de sa fille. Mais, devant le large sourire qu'elle lui adressa aussitôt, il crut avoir rêvé.

— Merci, papa, dit Laurel avant de se tourner vers la femme assise dans un fauteuil de velours bleu roi.

Des cheveux d'un blanc éclatant, mais aussi épais que ceux de Laurel, encadraient un visage sillonné de rides, dont les joues étaient généreusement fardées. Olivia Armand posa sur Laurel ses yeux verts, aussi lumineux que les émeraudes qui ornaient ses oreilles.

— Grand-mère, quand te décideras-tu à vieillir ? demanda Laurel en se penchant pour l'embrasser.

— Jamais, si ça ne tient qu'à moi.

La voix de la vieille dame était à la fois râpeuse à cause de l'âge et étonnamment sensuelle.

— Tu es comme moi, ajouta-t-elle en prenant la main de Laurel. C'est notre sang créole.

Après avoir pressé la main de sa petite-fille entre ses doigts secs et vigoureux, la vieille femme se cala dans son siège.

— William, sers un verre à la petite et fais le plein du mien par la même occasion. Comment vont tes amours, ces jours-ci, Laurellie ?

Laurel se laissa tomber sur un coussin aux pieds de sa grand-mère.

— Pas aussi variées que les tiennes, répondit-elle en souriant.

Son père lui tendit un verre avec un clin d'œil.

— Quelle misère ! se lamenta Olivia en buvant une rasade de bourbon. Je vais te dire ce qui cloche dans le monde d'aujourd'hui. Trop de travail et pas assez d'amour. Ton problème, Laurellie…

Elle pointa le doigt sur sa petite-fille.

— … c'est que tu perds ton temps avec cet invertébré de Cartier. Il n'a pas le sang assez chaud pour réchauffer le lit d'une femme.

— Dieu merci ! s'exclama Laurel en levant un regard reconnaissant vers le plafond. Je n'ai aucune envie de le voir dans le mien.

— Il est grand temps que tu y mettes quelqu'un, décréta Olivia.

Laurel réprima un soupir, tandis que son père manquait d'avaler de travers.

— Tout le monde n'est pas aussi… obsédé que toi, grand-mère.

Olivia s'esclaffa en donnant un coup sur l'accoudoir de son fauteuil.

— Dis plutôt que tout le monde n'a pas le courage de le reconnaître.

Amusée par le franc-parler de sa grand-mère, Laurel pouffa.

— Curt ne devrait pas tarder, non ? demanda-t-elle.

— Il sera là d'un instant à l'autre, confirma William en s'asseyant dans un fauteuil. Il a appelé juste avant ton arrivée. Il amène quelqu'un.

— Une femme, j'espère, intervint Olivia avant de terminer son bourbon. Ce garçon passe trop de temps le nez dans ses bouquins de droit. Entre vous deux, je n'ai pas beaucoup d'espoir d'être arrière-grand-mère un jour, ajouta-t-elle à l'adresse de Laurel. Vous êtes beaucoup trop absorbés par vos carrières pour trouver l'âme sœur.

— Je ne suis pas encore prête pour le mariage, grand-mère.

— Qui a parlé de mariage ?

Olivia se tourna vers son fils en soupirant.

— Les enfants d'aujourd'hui ne connaissent rien à la vie !

Laurel riait de bon cœur quand elle entendit la porte d'entrée s'ouvrir.

— C'est sûrement Curt. Je crois que je ferais mieux de le prévenir de ton humeur, dit-elle à sa grand-mère avant de se lever.

— Quelle jolie fille, murmura Olivia, après le départ de Laurel.

— C'est ton portrait craché, commenta William en allumant un cigare.

Olivia gloussa.

— Oui, quelle jolie fille…, répéta-t-elle.

Dès qu'elle fut dans le hall, le sourire de Laurel s'évanouit. La mâchoire crispée, elle regarda tour à tour son frère et l'homme qui l'accompagnait.

— Oh, c'est toi…

Matt prit la main de la jeune femme et la porta à ses lèvres avant qu'elle ait le temps de la lui reprendre.

— Ah, l'hospitalité légendaire du Sud ! dit-il d'un ton ironique.

« Mon Dieu, qu'elle est belle, songea-t-il en la dévorant des yeux.

Ce feu… Cette passion enfouie sous ses dehors de jeune fille sage… Laurel, un jour, cette passion, nous la libérerons… »

Oui, il en faisait le serment.

S'efforçant d'ignorer la troublante chaleur qui demeurait sur sa main après le baiser de Matt, Laurel se tourna vers son frère. Curt avait la minceur et les traits aristocratiques de leur père, ainsi qu'un regard rêveur qui n'appartenait qu'à lui.

Avec une pointe de jalousie, Matt constata que l'agacement laissait place à la tendresse sur le visage de Laurel.

— Comment vas-tu ? demanda-t-elle à son frère en l'embrassant.

Celui-ci lui adressa un sourire absent comme s'il venait tout juste de se rappeler où il se trouvait.

— Je vais bien. Et je suis débordé.

— Evite cette dernière précision, si tu ne veux pas t'attirer les foudres de grand-mère, dit Laurel en pouffant. Elle est remontée contre nous et nos carrières trop prenantes.

Curt eut un regard tellement navré que Laurel éclata de rire et l'embrassa de nouveau. Pauvre Curt ! Il était si timide et si réservé… Puis elle se tourna vers Matt et l'affronta du regard. Il l'observait avec une décontraction insolente qui semblait masquer autre chose. Quelque chose d'indéfinissable… Un long frisson courut dans son dos, mais elle ne cilla pas. Qui était vraiment Matt ? se demanda-t-elle pour la énième fois depuis qu'elle le connaissait. Pourquoi, au bout d'un an, n'avait-elle toujours pas la réponse à cette question ? Il semblait tellement étrange qu'un homme aussi énergique et aussi cynique puisse entretenir des relations d'amitié avec son rêveur de frère… Pourquoi était-elle incapable de le cerner ? Etait-ce parce qu'il restait pour elle un mystère qu'elle avait parfois tant de mal à le chasser de son esprit ? Malgré elle, son regard fut irrésistiblement attiré par la bouche de Matt. Un sourire imperceptible étira aussitôt celle-ci. Mortifiée, Laurel serra les dents.

— Si nous y allions ? suggéra Curt, inconscient des courants sous-jacents qui circulaient entre sa sœur et son ami.

Un sourire de petit garçon éclaira son regard doux.

— La présence de Matt devrait distraire grand-mère de ses préoccupations. Distraire les femmes est une des activités pour lesquelles il est le plus doué.

En entendant ces mots, Laurel émit un grognement dédaigneux manquant totalement de distinction. Mais, au moment où Curt pénétrait dans le salon, Matt lui prit la main. Elle tenta de la lui arracher d'un mouvement impatient.

— Si tu ne me lâches pas, je vais…

— … te ridiculiser, coupa-t-il en l'entraînant dans le salon.

Matt aimait beaucoup cette pièce — couleurs fanées et bois ancien ciré. Quand il s'y trouvait, il oubliait presque les années passées dans un minuscule appartement équipé d'un seul radiateur émettant plus de bruit que de chaleur. Cette partie de sa vie était terminée, il avait fait le nécessaire pour s'en sortir. Malgré tout, en dépit de sa réussite, des souvenirs le poursuivaient. Des chaussures trop petites, un estomac jamais tout à fait plein — des ambitions qui paraissaient démesurées par rapport aux perspectives d'avenir. Non, il ne pourrait jamais considérer le succès comme acquis. Il s'était battu avec trop d'acharnement pour cela.

— Alors comme ça, tu as amené le Yankee ? dit Olivia en jetant à Matt un regard pétillant de malice.

Curt salua son père, embrassa consciencieusement sa grand-mère sur la joue, puis s'éloigna prudemment pour s'occuper des boissons.

— Bonjour, mademoiselle Olivia, déclara Matt en portant à ses lèvres la main que lui tendait la vieille dame. Plus belle que jamais.

— Voyou, rétorqua celle-ci d'un ton faussement réprobateur qui ne parvenait pas à masquer son plaisir. Cela fait un mois que vous n'êtes pas venu me voir… Risqué, vu mon âge.

Matt lui baisa de nouveau la main.

— Si je garde mes distances, c'est uniquement parce que vous ne voulez pas m'épouser.

Réprimant un sourire, Laurel choisit un siège à l'autre bout de la pièce. Pourquoi fallait-il que Matthew Bates soit aussi ensorceleur ?

Olivia eut un petit rire ravi.

— Crapule ! Il y a trente ans, je vous aurais fait des avances, bien que vous soyez un Yankee.

Matt prit le verre que lui tendait Curt avec un regard reconnaissant, puis il répliqua :

— J'y aurais répondu avec joie, mademoiselle Olivia.

Il se percha sur le bras du fauteuil de la vieille dame. Comme un neveu préféré, songea Laurel avec une pointe de ressentiment.

— Hélas, il est trop tard, dit Olivia avec un petit soupir.

Jetant un coup d'œil à Laurel, elle ajouta :

— Pourquoi ne t'es-tu pas encore liée avec ce fripon, Laurellie ? Voilà un homme capable de faire vibrer une femme !

A son grand dam, Laurel sentit ses joues s'enflammer, tandis que Matt lui adressait un sourire de félin. Crispée sur son siège, elle garda le silence, maudissant sa carnation délicate.

— Ça c'est une ruse de femme, commenta sa grand-mère en donnant une petite tape sur la cuisse de Matt. Et c'est bon pour le teint. Figurez-vous qu'après un mari et trois amants, j'étais encore capable de rougir délibérément.

Enchantée par le regard meurtrier que sa petite-fille lui lançait, Olivia leva les yeux vers Matt.

— Elle est mignonne, n'est-ce pas ?

— Ravissante, acquiesça Matt, qui s'amusait presque autant qu'elle.

— Elle promet d'avoir des enfants magnifiques.

— Prends un autre verre, maman, suggéra William en voyant les yeux de sa fille étinceler dangereusement.

— Excellente idée.

Olivia tendit son verre à son fils.

— Vous n'avez pas vu le parc, Matthew, enchaîna-t-elle. C'est la période de l'année où il est le plus beau. Laurellie, emmène ce Yankee dehors et montre-lui à quoi ressemble un jardin digne de ce nom.

Laurel foudroya sa grand-mère du regard.

— Je suis sûre que Matthew…

— … en a très envie, la coupa-t-il en se levant.

Elle le foudroya du regard à son tour.

— Je ne…

— … veux pas être impolie, la coupa-t-il de nouveau en lui tendant la main pour l'aider à se lever.

« Oh, si, justement ! » songea Laurel en franchissant la porte-fenêtre. Elle mourait d'envie de se montrer particulièrement grossière avec lui. Mais pas devant sa famille, et il le savait.

— Tu aimes ça, n'est-ce pas ? déclara-t-elle d'une voix sifflante quand ils furent hors de portée de voix.

— Qu'est-ce que j'aime ?

— Me mettre hors de moi.

— Il est impossible de ne pas aimer une chose pour laquelle on est aussi doué.

A son grand dam, Laurel ne put s'empêcher de pouffer.

— Très bien, voici le jardin, dit-elle avec un geste du bras. Mais tu n'as pas plus envie de le voir que moi de te le montrer.

— Faux, dit-il en lui prenant la main.

— Lâche-moi !

Irritée, Laurel tenta de dégager sa main. En vain.

— Qu'est-ce que c'est que cette nouvelle habitude ? lança-t-elle avec humeur.

— Je viens de découvrir que j'aimais beaucoup ça aussi.

Il l'entraîna dans l'une des étroites allées qui sinuaient au milieu des massifs de fleurs.

— Et de toute façon, si tu ne fais pas semblant de me faire les honneurs du jardin, Olivia trouvera autre chose.

Il avait raison, reconnut intérieurement Laurel. Elle était obligée de supporter Matt… Mais, après tout, le soleil éclaboussait l'horizon d'un rouge flamboyant et des parfums exquis embaumaient l'air. Il y avait trop longtemps qu'elle n'avait pas pris le temps de flâner dans le jardin au crépuscule.

Ils passèrent sous une treille voûtée, ruisselante de glycine. Les oiseaux de jour commençaient à s'assoupir et ceux de la nuit n'étaient pas encore réveillés.

— C'est le moment de la journée où j'apprécie le plus le jardin, déclara spontanément Laurel. On peut presque voir des femmes en crinoline s'y promener dans des bruissements d'étoffe. Ainsi que des musiciens dans le kiosque à musique et des guirlandes de lanternes multicolores dans les arbres.

Il se doutait bien que Laurel avait tendance à être sentimentale et un peu rêveuse comme son frère, songea Matt. Cependant, jusque-là, elle s'était bien gardée de lui dévoiler cet aspect de sa personnalité. Et si elle venait de se trahir, ce n'était pas intentionnel, c'était l'effet des émotions que le jardin faisait naître en elle. Quels étaient ses autres points faibles ? se demanda-t-il en effleurant ses doigts.

— De tout temps, le jardin a exhalé les mêmes parfums que ce soir, murmura-t-il.

La peau délicate de Laurel était encore plus splendide dans la lumière orangée du couchant, se dit-il avant d'ajouter :

— Suaves et subtils.

— Quand j'étais petite, il m'arrivait de sortir dans le jardin en m'inventant des rendez-vous.

Elle eut un petit sourire nostalgique.

— Parfois, il était brun et élégant. Parfois, blond et athlétique. Mais toujours dangereux et peu recommandable. Le genre d'homme dont un père ne voudrait surtout pas pour sa fille.

Laissant échapper un petit rire, elle effleura du bout des doigts un camélia blanc, cireux.

— C'est curieux que j'aie eu ce genre de fantasmes alors que mon père savait pertinemment que j'étais beaucoup trop ambitieuse et pragmatique pour m'enticher d'un…

Laurel se tourna vers Matt et sa voix s'estompa. Comme il était proche… Si proche que c'était son parfum qui la troublait et non plus celui des fleurs. C'était son souffle qui caressait sa peau à la place de l'air chaud du soir. Dans la lumière vaporeuse et magique, aux reflets dorés teintés de rose, il ressemblait beaucoup trop à un de ces hommes dont elle aurait pu rêver…

Matt effleura du bout des doigts la veine qui battait au poignet de Laurel. Son pouls était irrégulier, mais cette fois, ce n'était pas parce qu'elle était en colère, il en avait la certitude.

— T'enticher d'un quoi ?

— D'un voyou, répondit Laurel au bout d'un moment.

Ils parlaient à voix basse, comme s'ils se confiaient des secrets. Le soleil descendait peu à peu et les ombres s'allongeaient.

Matt avait un visage énergique, songea Laurel. Le visage d'un homme toujours prêt à affronter les problèmes sans se dérober. Il arborait souvent un air circonspect qui ne laissait rien deviner de ses pensées. Peut-être était-ce pour cela qu'il parvenait à soutirer des informations aux gens avec une telle facilité. Elle laissa ses yeux s'attarder sur ses lèvres. Comment avait-elle fait pour ne pas remarquer plus tôt à quel point sa bouche était sensuelle ? A moins qu'elle n'ait préféré ne rien voir ? Cette bouche pouvait sans doute être douce, mais aussi et surtout avide, exigeante. Si elle se penchait légèrement…

Laurel tressaillit. Son pouls s'accéléra sous les doigts de Matt et elle dégagea sa main d'un mouvement vif. Mon Dieu, que lui arrivait-il ? Elle avait été sur le point de se ridiculiser ! S'il savait quelles pensées lui avaient traversé l'esprit, il en ferait des gorges chaudes pendant des mois…

— Nous ferions mieux de rentrer, déclara-t-elle d'un ton qu'elle espérait posé. Il est presque l'heure de dîner.

Matt réprima l'envie de la retenir pour prendre le baiser qu'elle avait failli lui donner. Mais s'il flanchait, il réduirait à néant l'infime progrès qu'il venait d'accomplir. Il la désirait depuis longtemps — trop longtemps. Et s'il avait choisi d'attendre, c'était parce qu'il avait tout de suite compris que, pour la conquérir, il lui faudrait emprunter des chemins détournés. Ce qui n'était pas pour lui déplaire, à vrai dire.

Il fallait donc à tout prix rester patient. Certes. Mais Laurel méritait tout de même d'être punie pour la frustration qu'elle venait de lui faire endurer.

— Déjà ? lança-t-il avec une moue ironique. Si Olivia t'avait envoyée dans le jardin avec Cartier, je suis sûr que tu n'aurais pas écourté la promenade.

— Elle ne m'aurait jamais envoyée ici avec Jerry, rétorqua Laurel sans réfléchir, avant de se maudire intérieurement.

— Ah…

Le sourire narquois de Matt la hérissa.

— Ne commence pas avec Jerry !

Il prit un air innocent.

— Que veux-tu dire ?

— C'est un homme charmant, déclara-t-elle d'un ton crispé. Il est extrêmement courtois et… et gentil.

Matt éclata d'un rire sonore.

— Dieu me préserve d'être qualifié un jour de gentil !

Elle darda sur lui un regard noir.

— Ça ne risque pas de t'arriver. Toi, tu es insupportable.

— Je préfère nettement.

Incapable de se retenir, il se rapprocha d'elle et emprisonna sa chevelure dans une de ses mains.

— Je n'ai aucune envie d'être charmant, ni courtois, ni gentil.

Déglutissant péniblement, Laurel s'efforça d'ignorer les frissons qui la parcouraient. Il avait à peine effleuré sa nuque. Etait-il possible que cela lui fasse un tel effet ?

— Tu n'as rien à craindre, rétorqua-t-elle d'une voix mal assurée. Tu es odieux, grossier et…

— Dangereux ? suggéra-t-il en se penchant vers elle jusqu'à ce que leurs bouches ne soient plus qu'à quelques millimètres l'une de l'autre.

— Ne me fais pas dire des choses que je ne pense pas, Matthew Bates.

Pourquoi avait-elle l'impression d'être à bout de souffle après une course éperdue ? se demanda-t-elle en tentant de maîtriser les battements de son cœur. Reculant d'un pas, elle se heurta au mur de la treille. Elle voulut le contourner en faisant un pas de côté, mais Matt fut plus rapide qu'elle et lui barra le passage.

— Tu bats en retraite, Laurellie ?

Non, ce n'était pas seulement de la colère, songea Matt en observant la veine qui battait frénétiquement à la base du cou de la jeune femme. Pas cette fois.

A son grand dam, Laurel sentit une chaleur délicieuse l'envahir. Ses épaules se redressèrent. Son menton se releva.

— Je n'ai aucune raison de battre en retraite devant toi. Cependant, il m'est déjà assez pénible de devoir te supporter tous les jours au *Herald*. Je ne vois pas pourquoi je devrais en plus gâcher mes moments de loisir en ta compagnie. Je rentre parce que j'ai faim, conclut-elle en criant presque.

Ecartant Matt d'un geste brusque, elle repartit vers la maison d'un pas vif.

Immobile, il la suivit des yeux. Ces cheveux soyeux qui se balançaient, cette démarche souple, cette colère bouillonnante… C'était vraiment une femme extraordinaire. L'amour avec elle serait une expérience inoubliable. Qu'il avait l'intention de vivre très bientôt.

2

Sa colère de la veille n'étant toujours pas retombée, Laurel décida de se rendre au journal à pied. Une demi-heure de marche dans l'air doux du matin l'aiderait à se calmer. Elle en profiterait pour faire du lèche-vitrines et pour prêter l'oreille aux conversations des gens dans la rue.

La ville, comme la maison de ses ancêtres, était pour Laurel un objet d'amour sans limites. Il ne lui semblait pas contradictoire d'être à la fois sensible à la beauté intemporelle de *Promesse d'amour* et à l'agitation trépidante du centre-ville. Depuis toujours, elle évoluait entre les deux mondes, parfaitement à l'aise dans l'un comme dans l'autre. Elle était ambitieuse — et romantique. D'une nature à la fois pragmatique et rêveuse, elle ne s'était jamais sentie déchirée entre les deux univers. Toutefois, ce matin, elle préférait le bruit et la bousculade de la rue au souvenir du jardin au crépuscule…

Que mijotait Matt ? se demanda-t-elle une énième fois en enfonçant les mains dans ses poches. Elle le connaissait assez bien pour savoir qu'il agissait rarement sans raison. Et c'était la première fois qu'il avait une attitude ambiguë avec elle. Elle adressa une grimace à son reflet, dans la vitrine d'un magasin. A vrai dire, Matt ne l'avait pratiquement jamais touchée depuis qu'ils se connaissaient. Mais hier soir… hier soir, ses doigts avaient effleuré son poignet, puis sa nuque, comme par accident. Mais c'était intentionnel, elle en était certaine. Sa propre réaction, en revanche, avait été tout à fait involontaire. Et d'une intensité extraordinaire…

Mais ce qu'elle avait ressenti, ce n'était pas de l'excitation, se dit-elle aussitôt. Seulement de la surprise. D'ailleurs, ce matin, ce trouble lui paraissait irréel. Au crépuscule, l'atmosphère du jardin était particulièrement romantique, et elle y avait toujours été très sensible. C'était pour cela qu'elle s'était surprise à faire des confidences à Matt. Et que, l'espace d'un instant, elle avait eu très envie qu'il la prenne dans ses bras…

Fleurs et coucher de soleil. Le genre de décor dans lequel une femme trouverait séduisant le diable en personne. Heureusement, elle avait recouvré son sang-froid avant de se ridiculiser !

Et puis il y avait eu sa grand-mère… Laurel réprima un soupir en attendant au bord du trottoir que le feu passe au rouge. D'ordinaire, les commentaires provocateurs d'Olivia ne l'embarrassaient pas le moins du monde. Mais hier, celle-ci était allée beaucoup trop loin quand elle avait insinué que Matthew Bates était exactement l'homme qu'il fallait à sa petite-fille.

Celui-ci avait bu du petit-lait, se rappela-t-elle avec exaspération. Il était aussi impossible qu'Olivia — sans avoir son charme, toutefois. Laurel embrassa du regard la ville autour d'elle. Gaz d'échappement, foule, chaleur. Elle l'aimait pour ce qu'elle était : ancrée dans la réalité. Et elle n'allait pas laisser un incident absurde ayant eu pour cadre un monde imaginaire gâcher sa journée. Déterminée à oublier ce moment d'égarement et l'homme qui l'avait provoqué, elle s'apprêta à traverser.

— Bonjour, Laurellie.

Elle faillit trébucher sous le coup de la surprise en sentant une main lui saisir le bras. Bon sang, n'y avait-il donc aucun endroit à La Nouvelle-Orléans où elle pouvait lui échapper ? Relevant le menton, elle toisa Matt d'un air dédaigneux.

— Panne de voiture ? demanda-t-elle.

L'arrogance lui allait bien, se dit Matt. Aussi bien que la colère…

— Non, c'est juste le temps idéal pour marcher, répliqua-t-il d'un ton léger en l'entraînant sur la chaussée.

Pas question de lui avouer qu'il l'avait vue partir à pied et qu'il avait décidé de la suivre…

Laurel s'empressa de dégager son bras dès qu'ils eurent traversé. Pourquoi n'avait-elle pas pris sa voiture comme d'habitude ? se demanda-t-elle avec agacement. A moins de faire un scandale en pleine rue, elle était maintenant obligée de continuer le chemin avec lui. Et à en juger par son air réjoui, il lisait dans ses pensées, se dit-elle en lui jetant un coup d'œil. Réprimant l'envie de lui donner un grand coup sur la tête avec son sac, elle lui adressa un sourire froid.

— Tu as eu l'air de bien t'amuser, hier soir.

— J'aime beaucoup ta grand-mère. Elle est belle, déclara-t-il avec une telle simplicité que Laurel plissa le front, déconcertée.

En souriant, il lui effleura le nez du bout du doigt.

— C'est interdit ?

Haussant les épaules, elle se remit en marche. Il y avait un tel monde sur le trottoir qu'elle avait toutes les peines du monde à éviter que leurs bras ne se frôlent. Comment réussir à le détester quand il faisait preuve d'une sincérité aussi désarmante ?

— Tu l'encourages, dit-elle en s'efforçant de prendre un ton réprobateur.

— Elle n'en a aucun besoin. Mais il est vrai que ça m'amuse d'abonder dans son sens.

Laurel ne put s'empêcher de sourire.

— Tu ne sembles pas lui en vouloir d'essayer de…

— Nous pousser dans le même lit ? suggéra-t-il au grand dam de Laurel, qui détestait cette habitude qu'il avait prise de terminer ses phrases à sa place. Je pense que malgré sa grande… ouverture d'esprit, Olivia a quelque chose de plus durable en tête. Pour m'appâter, elle m'a fait miroiter la maison.

Suffoquée, Laurel resta sans voix. Mais devant le sourire malicieux de Matt, elle retrouva vite son sens de l'humour.

— Tu ferais mieux de t'assurer qu'elle te lègue également de l'argent. La maison coûte une fortune à entretenir.

— J'avoue que c'est tentant.

Matt enroula une mèche des cheveux de la jeune femme autour de ses doigts.

— La… maison n'est pas le genre de présent qu'il est facile de refuser.

A travers ses cils, elle lui lança un regard mutin. C'était la première fois qu'elle le regardait ainsi, se dit-il, profondément troublé. L'étincelle malicieuse qui dansait dans ses yeux était mêlée de sensualité.

— Matthew, tu vas m'obliger à prendre Jerry plus au sérieux.

« Si tu fais ça, je le tuerai », songea-t-il, l'estomac noué par le désir.

— Si tu fais ça, Olivia te déshéritera, déclara-t-il à voix haute.

Laurel pouffa et lui prit spontanément le bras.

— Ah, quel dilemme ! Mon héritage ou mes affinités… Dommage pour nous que tu ne sois pas mon genre.

Ils arrivèrent devant l'immeuble du *Herald* et Matt posa la main sur la porte vitrée avant que Laurel ait le temps de l'ouvrir.

— Dans ce cas, tu vas m'obliger à te faire changer d'avis, déclara-t-il posément.

Laurel arqua les sourcils, perplexe. Toute trace de malice avait disparu du regard de Matt et il semblait soudain très sérieux. Pourquoi n'avait-elle jamais remarqué ses brusques changements d'humeur ? Certes, elle avait jusqu'à présent pris soin de lui prêter aussi peu d'attention que possible. Dès l'instant où il avait pénétré dans la salle de rédaction, le premier jour, elle avait décidé que ce serait plus prudent. Toutefois, il n'était pas question de le laisser avoir le dernier mot.

Elle poussa la porte avec une moue dédaigneuse.

— Aucune chance, lança-t-elle.

Matt s'écarta pour la laisser passer et la suivit du regard tandis qu'elle traversait le hall bondé. Même s'il n'avait pas été attiré par elle depuis le début, cette réflexion l'aurait incité à se battre pour la conquérir… Il avait toujours aimé les paris risqués. Or, Laurel venait de lui lancer un défi.

Un sourire gourmand aux lèvres, il se dirigea vers les ascenseurs.

Laurel passa la matinée à l'extérieur afin d'interviewer le directeur d'un bureau d'études pour l'aménagement de la voie publique. Ecrire un article sur la réfection des routes et les panneaux de déviation n'était pas particulièrement exaltant, mais c'était son rôle de journaliste. Son travail consistait à recueillir les faits, même les plus rébarbatifs, puis à en rendre compte dans des articles. Avec un peu de chance, celui-ci paraîtrait en page deux. Et avec encore plus de chance, l'après-midi lui apporterait un sujet plus intéressant…

Les couloirs, rarement déserts, étaient assez calmes en fin de matinée. Certains journalistes revenaient comme elle de mission, et d'autres étaient sur le départ, mais la plupart se trouvaient déjà sur le terrain ou à leur bureau. Adressant un signe de la main à un collègue qui passait d'un pas vif en grignotant une barre de céréales en guise de déjeuner, elle commença à structurer mentalement le premier paragraphe de son article. Absorbée dans ses pensées, elle heurta quelqu'un, et le contenu d'un sac de femme se répandit sur le sol.

— Oh !

Sans prendre la peine de regarder qui elle venait de bousculer, Laurel s'accroupit pour ramasser les objets éparpillés.

— Excusez-moi, je ne regardais pas où j'allais.

— Ce n'est rien.

Laurel vit une main délicate ramasser une enveloppe en papier kraft. Les doigts fins tremblaient de manière impressionnante. Inquiète, Laurel leva les yeux sur une jeune femme blonde au visage agréable et aux yeux rougis, dont les lèvres tremblaient autant que les mains.

— Vous ai-je fait mal ?

Instinctivement, Laurel serra les mains de la jeune femme dans les siennes. Un animal errant, un oiseau blessé, un inconnu en difficulté… Elle était incapable de résister à l'élan qui la poussait vers les êtres désarmés.

La jeune femme ouvrit la bouche, puis la referma en secouant vivement la tête. Laurel sentit ses mains trembler de plus belle. Quand les premières larmes roulèrent sur les joues pâles de l'inconnue, elle oublia instantanément les notes griffonnées dans son calepin et l'article à rédiger. Aidant la jeune femme à se relever, elle l'entraîna à travers le labyrinthe de couloirs jusqu'au bureau vitré du rédacteur en chef.

— Asseyez-vous, dit-elle en indiquant un fauteuil de cuir râpé. Je vais vous chercher de l'eau.

Sans attendre de réponse, elle ressortit de la pièce. A son retour, la jeune femme s'était reprise, mais son regard était toujours celui d'un animal blessé.

— Buvez ça, dit-elle en lui tendant un gobelet.

Elle s'assit sur un accoudoir du fauteuil et attendit.

Les bruits de la salle de rédaction leur parvenaient assourdis. De toute façon, c'était un moment de la journée relativement calme : il restait encore plusieurs heures avant l'affolement du bouclage. La jeune femme semblait en proie à un profond désarroi… De toute évidence, elle faisait des efforts désespérés pour ne pas éclater en sanglots. Malgré les dizaines de questions qui tourbillonnaient dans son esprit, Laurel garda le silence pour lui laisser un peu de répit.

— Je suis désolée, finit par dire l'inconnue en écrasant le gobelet vide entre ses doigts. Je n'ai pas l'habitude de m'effondrer ainsi.

— Ce n'est rien, assura Laurel d'un ton compatissant. Je m'appelle Laurel Armand.

— Susan Fisher.

Celle-ci fixait à présent ses genoux d'un air absent.

— Puis-je vous aider ? demanda Laurel.

Cette question faillit déclencher un nouvel accès de larmes chez

Susan. Pourquoi des paroles aussi banales lui donnaient-elles le sentiment de se trouver dans une situation désespérée ? se demanda-t-elle.

— Je ne sais pas pourquoi je suis venue ici, commença-t-elle d'une voix hésitante. Je ne savais plus où aller. La police…

La curiosité de la journaliste s'éveilla aussitôt en Laurel, une curiosité mêlée de compassion. Mais les deux sentiments lui étaient trop naturels pour qu'elle y prête attention. Elle posa la main sur l'épaule de la jeune femme.

— Je travaille ici. Vous pouvez me parler en toute confiance. Peut-être pourriez-vous commencer par le commencement ?

Susan lui jeta un regard indécis. Elle ne savait plus à qui faire confiance, ni même si elle voulait croire que ce mot signifiait encore quelque chose. Son interlocutrice semblait si calme, si sûre d'elle… Sa vie n'avait sûrement jamais été plongée dans le chaos. Pourquoi écouterait-elle ce que tout le monde refusait d'entendre ?

Les yeux bleus de Susan étaient clairs, transparents et ils exprimaient une sensibilité à fleur de peau. Pourquoi la faisaient-ils penser à Matt, qui était le détachement personnifié ? se demanda Laurel avec surprise. Elle posa une main sur celle de Susan.

— Si c'est en mon pouvoir, je vous aiderai.

— Ma sœur…

Susan prit une profonde inspiration avant de poursuivre.

— Ma sœur Anne a rencontré Louis Trulane il y a un an.

Louis Trulane ? Les doigts de Laurel se crispèrent sur la main de Susan. Souvenirs doux-amers, nostalgie de l'enfance… Quels liens cette jeune femme bouleversée pouvait-elle avoir avec Louis ?

— Poursuivez, dit Laurel en s'efforçant de rester impassible.

— Ils se sont mariés moins d'un mois après leur rencontre. Anne était tellement amoureuse… Nous avions… Nous partagions un appartement à l'époque. Elle ne parlait que de Louis et de son prochain emménagement dans la demeure ancestrale des Trulane… Le *Domaine du chêne*. Vous la connaissez ?

Assaillie par une foule d'images, Laurel hocha la tête.

— Oui.

— Anne m'a envoyé des photos. J'avais du mal à l'imaginer en maîtresse de maison d'un endroit aussi prestigieux. Ses lettres ne parlaient que de la propriété. Et de Louis, bien entendu.

Susan eut un sourire attendri.

— Elle était si heureuse… Ils envisageaient déjà de fonder une famille. J'avais fini par m'organiser pour prendre des congés. Je m'apprêtais à leur rendre visite quand j'ai reçu la lettre de Louis.

Laurel pressa la main de la jeune femme.

— Elle était morte…

Il y avait une note d'incrédulité dans la voix éteinte de Susan.

— Anne était morte, reprit-elle. Louis m'écrivait que… qu'elle était allée se promener dans le marécage après la tombée de la nuit. Une morsure de vipère cuivrée, disait-il. S'il l'avait retrouvée plus tôt… mais le lendemain matin, il était trop tard.

Susan pinça les lèvres, s'exhortant à ne pas pleurer. Le temps des larmes était terminé.

— Elle n'avait que vingt et un ans et elle était si belle…

— Ç'a dû être très pénible pour vous de l'apprendre de cette manière. C'est un terrible accident.

— Un meurtre, rectifia Susan d'une voix soudain très calme. C'est un meurtre.

Laurel la regarda longuement. L'impulsion qui l'avait d'abord poussée à réconforter la jeune femme laissait peu à peu place à la perplexité.

— Anne Trulane est morte des suites d'une morsure de serpent et d'hypothermie. Pour quelles raisons pensez-vous qu'il s'agit d'un meurtre ?

Susan se leva et se dirigea vers la fenêtre. Laurel Armand ne lui avait pas tapoté la main avec un air de commisération, elle avait l'air de vouloir l'écouter… Peut-être tout espoir n'était-il pas perdu ?

— Je vais vous répéter ce que j'ai dit à Louis et à la police.

Elle prit une profonde inspiration.

— Anne et moi étions très proches. C'était quelqu'un d'extrêmement sensible. Elle avait la douceur d'une enfant sans pour autant être puérile. Il faut que vous compreniez que je connaissais Anne aussi bien que je me connais moi-même.

Songeant aux liens qui l'unissaient à Curt, Laurel hocha la tête.

— Je comprends.

— Depuis toute petite, Anne avait peur du noir. C'était une véritable phobie. La nuit, elle allumait toujours la lumière avant d'entrer dans une pièce. Ce n'était pas une simple habitude, mais un geste de défense contre une de ces terreurs enfantines dont certaines personnes ne se débarrassent jamais. Vous voyez ce que je veux dire ?

Songeant à sa propre phobie, qui la poursuivait depuis l'enfance, Laurel hocha de nouveau la tête.

— Oui, très bien.

Susan s'écarta de la fenêtre.

— Anne aimait beaucoup la maison, mais la proximité du marécage la perturbait. Elle m'avait écrit que c'était pour elle comme un placard sombre dans lequel elle était incapable d'entrer. Elle l'évitait même en plein jour. Elle aimait Louis, lui faire plaisir était ce qu'elle désirait le plus au monde. Pourtant, même pour lui, elle ne pouvait pas se résoudre à approcher du marécage.

Susan se tourna vers Laurel avec un regard suppliant.

— Il faut absolument que vous compreniez qu'elle adorait Louis, mais que ça ne l'empêchait pas d'être incapable de surmonter cette peur panique. C'était plus fort qu'elle. Elle pensait que le marécage était hanté… Elle en était même arrivée à se persuader qu'elle y voyait parfois des lumières. Jamais elle ne s'y serait aventurée seule, surtout la nuit.

Laurel resta un instant silencieuse, tandis que les pensées tourbillonnaient dans son esprit.

— C'est pourtant là qu'on l'a trouvée…, dit-elle d'un ton pensif.

— Parce que quelqu'un l'y a entraînée.

Laurel étudia attentivement Susan. Elle n'avait plus le même air désemparé qu'au début de leur entretien. Bien sûr, ses yeux étaient toujours rouges et ses paupières gonflées, mais il y avait dans son regard une résolution impressionnante. Cette fille était convaincue d'avoir raison. Peut-être était-ce le chagrin qui l'égarait… Laurel repensa néanmoins à l'histoire qu'elle venait d'entendre, en la rapprochant de ce qu'elle savait de la mort d'Anne Trulane.

Les enquêteurs n'avaient pas réussi à déterminer pour quelles raisons la jeune épouse de Louis s'était rendue seule dans le marécage en pleine nuit. Bien qu'ayant grandi au milieu des marais et des bayous, elle-même aurait hésité à s'aventurer dans un endroit aussi traître après le coucher du soleil, reconnut intérieurement Laurel. Les dangers y étaient multiples. Insectes, serpents, sables mouvants…

Après la tragédie, Louis Trulane avait fui la presse. Aucune interview, aucune déclaration. Dès que l'enquête avait été terminée, il s'était cloîtré au *Domaine du chêne*.

Tout en observant Susan, Laurel pensait à Louis et se sentait partagée entre des sentiments contradictoires. Mais son instinct de journaliste était plus fort que tout le reste. Les pourquoi de la vie exigeaient toujours une réponse…

— Pourquoi êtes-vous venue au *Herald*, Susan ?

— Hier soir, dès mon arrivée, j'ai rendu visite à Louis. Il n'a pas voulu m'écouter. Ce matin, je suis allée au commissariat.

Susan leva les mains dans un geste de découragement.

— Affaire classée. Sans réfléchir, je suis venue ici. Peut-être aurais-je mieux fait d'engager un détective privé, mais…

Elle secoua la tête.

— Même si c'était la solution, je n'ai pas assez d'argent. Je sais que les Trulane sont une famille puissante et respectée, mais il doit bien y avoir un moyen de faire éclater la vérité. Ma sœur a été assassinée.

La voix de Susan trembla légèrement, et la couleur qui avait momentanément coloré ses joues s'estompa de nouveau.

« Elle n'est pas aussi forte qu'elle le voudrait », songea Laurel en se levant.

— Accepteriez-vous de me faire confiance, si je vous proposais de m'occuper de cette affaire ?

Susan passa nerveusement la main dans ses cheveux. Pas question de s'effondrer au moment où quelqu'un lui offrait enfin l'aide dont elle avait tant besoin.

— Il faut bien que je fasse confiance à quelqu'un.

— Très bien.

S'il y avait matière à article — et son flair lui disait que c'était le cas —, il n'était pas question de se laisser influencer par son propre passé, décida Laurel.

— J'ai d'abord quelques détails à régler, poursuivit-elle. Il y a une machine à café dans le hall. Allez vous servir et attendez-moi à proximité. Quand j'aurai terminé, nous irons déjeuner et nous discuterons plus longuement.

— Merci, dit Susan en prenant son sac.

— Il est trop tôt pour me remercier. Pour l'instant, je n'ai encore rien fait.

Susan s'immobilisa sur le seuil.

— Si, vous m'avez écoutée.

Pensivement, Laurel regarda la jeune femme se frayer un chemin à travers les bureaux dans la salle de rédaction. Anne Trulane… Louis… Elle laissa échapper un soupir. Mon Dieu, dans quel guêpier était-elle sur le point de se fourrer ?

Avant qu'elle ait le temps de trouver une réponse, le rédacteur en chef pénétra dans le bureau, manifestement contrarié.

— Bon sang, Laurel, nous sommes dans un journal, pas à « S.O.S. Cœurs brisés » ! Quand une de tes amies se dispute avec son jules, trouve un autre bureau pour éponger ses larmes. Allez, dehors.

Et il se laissa tomber derrière sa table de travail, encombrée de dossiers.

— De plus, je te rappelle que tu as un article à écrire, ajouta-t-il d'un ton rogue.

Laurel se percha sur un coin du bureau. Don Ballinger était son parrain et l'avait souvent fait sauter sur ses genoux quand elle était enfant. Malgré son affection pour elle, le journal passait avant tout. Et elle n'en attendait pas moins de lui.

— C'était la sœur d'Anne Trulane, précisa-t-elle sans se laisser intimider par son regard noir.

— Trulane ?

Don Ballinger fronça les sourcils.

— Que voulait-elle ?

Laurel ramassa le morceau de pyrite que Don utilisait comme presse-papiers et se mit à jouer machinalement avec.

— Prouver que sa sœur a été assassinée.

Laissant échapper un grognement dédaigneux, Don prit une cigarette dans un tiroir, la caressa avec délicatesse, mais ne l'alluma pas. Il n'en avait pas allumé une seule depuis seize jours, dix heures… vingt-deux minutes.

— Morsure de serpent et hypothermie après une nuit dehors, ça n'a rien d'un meurtre. Et ton article sur le bureau d'études ?

— Susan Fisher m'a dit qu'Anne avait la phobie de l'obscurité, insista Laurel. Et que, dans ses lettres, elle parlait du marécage : elle n'y avait jamais mis les pieds et n'en avait aucune intention.

— De toute évidence, elle a changé d'avis.

— Ou quelqu'un l'y a entraînée…

— Laurel !

— Don, laisse-moi fouiner un peu, s'il te plaît.

Tout en parlant, Laurel regardait le presse-papiers scintillant. La pyrite de cuivre ressemblait à s'y méprendre à de l'or. Les apparences étaient parfois trompeuses. Souvent, même…

— Ça ne coûte rien, plaida-t-elle. Au pire, je pourrai écrire un portrait psychologique.

Don fit glisser sa cigarette entre ses doigts avec un regard de convoitise.

— Ça ne va pas plaire à Trulane.

— Je peux me charger de Louis, déclara-t-elle avec plus d'assurance qu'elle n'en avait réellement. Il y a quelque chose qui cloche dans cette histoire, Don. On n'a jamais pu expliquer pourquoi Anne Trulane était allée seule dans le marécage. En chemise de nuit.

Don et elle connaissaient les rumeurs qui avaient circulé. Anne avait un amant… Louis l'avait enfermée dans la maison… Elle avait réussi à s'échapper et elle s'était perdue…

Don mit la cigarette dans sa bouche et mordit le filtre. Tout ce qui concernait les Trulane intéressait les lecteurs, il le savait.

— D'accord, dit-il. Après tout, cette histoire fait encore partie de l'actualité.

Mais, avant que Laurel eût le temps de se réjouir d'avoir gagné le premier round, il ajouta :

— Bates a couvert l'affaire. Fais équipe avec lui.

— Faire équipe avec Bates ? s'exclama Laurel, outrée. Je n'ai pas besoin de lui ! C'est *mon* article.

— Mais c'est *son* domaine. Et tant qu'il n'y a aucun fait tangible, il n'y a pas d'article.

— Bon sang, Don, Matthew Bates est insupportable ! Je ne suis pas une petite débutante qui a besoin d'un mentor, et…

— Il a les contacts, les sources, ainsi qu'une parfaite connaissance du contexte.

Don se leva.

— Au *Herald,* on ne se tire pas dans les pattes, Laurel. Bates et toi, vous faites équipe, un point c'est tout.

Don passa la tête par l'encadrement de la porte.

— Bates !

— C'est moi qui connais les Trulane, marmonna Laurel. Bates ne servira à rien d'autre qu'à me gêner.

— Tu as toujours eu tendance à bouder pour un rien, commenta Don en se rasseyant à son bureau.

— Je ne boude pas ! protesta la jeune femme, au comble de l'exaspération.

Au même instant, Matt entra dans la pièce d'un pas nonchalant.

— Un problème ? demanda-t-il en arquant les sourcils.

Réprimant l'envie de déverser sa rage sur lui, Laurel se laissa tomber dans un fauteuil. Avec Matthew Bates dans les parages, il y avait *toujours* un problème…

— Ne fais pas cette tête, dit Matt quelques instants plus tard. Cette enquête promet d'être très instructive pour toi.

— Tu n'as rien à m'apprendre, rétorqua sèchement Laurel en se dirigeant vers l'ascenseur à grands pas.

— Ça reste à prouver.

Matt réprima un sourire. Quand elle faisait la moue, elle était à croquer…

— Je te rappelle que ce n'est pas avec une débutante que tu vas travailler, mais avec une coéquipière.

Les poings crispés, Laurel enfonça les mains dans ses poches.

— Si Don a insisté pour que nous fassions équipe, c'est uniquement parce que tu as couvert l'enquête de police. Tu pourrais nous simplifier la vie à tous les deux en te contentant de me remettre tes notes.

— Je ne confie jamais mes notes à personne.

— Et moi, je n'ai aucune envie de t'avoir sur le dos pendant mes recherches. C'est *mon* article.

— Tu as vraiment du mal à avaler la pilule, n'est-ce pas ?

Il eut un sourire narquois.

— Ton papa ne t'a jamais dit qu'apprendre à partager formait le caractère ?

Furieuse, Laurel pénétra dans la cabine qui venait d'arriver et appuya sur le bouton du rez-de-chaussée.

— Va au diable !

Elle ne s'attendait sans doute pas qu'il fasse cela, songea Matt en appuyant sur un autre bouton. Eh bien, ce serait sa première leçon… Avant qu'elle ne puisse comprendre ses intentions, la cabine s'immobilisa entre deux étages.

Laurel resta bouche bée quand Matt la plaqua contre la paroi de la cabine.

— Prends garde à ne pas aller trop loin, dit-il à voix basse. Sinon, gare au retour de bâton.

Laurel avait la gorge tellement sèche qu'elle en était douloureuse. Jamais elle n'avait vu à Matt un regard aussi étincelant. C'était impressionnant. Et fascinant… Curieusement, elle avait réussi à se convaincre qu'il n'avait aucun caractère, mais à présent qu'elle avait la preuve du contraire, elle n'était pas surprise. Non, pas de doute. Ce n'était pas la surprise qui faisait courir des frissons sur sa peau…

Elle ne criait pas, mais elle devait avoir peur, se dit Matt. S'il avait une once de bon sens, il la laisserait tranquille, maintenant qu'il avait mis les choses au point. Mais un an, c'était très long…

— Je crois que je vais me défouler maintenant, avant que nous ne commencions notre collaboration.

Il se pencha et la jeune femme ouvrit de grands yeux ébahis.

— Surprise, Laurellie ? demanda-t-il en souriant à quelques millimètres de ses lèvres.

Pourquoi restait-elle inerte ? se demanda Laurel. Son corps refusait d'obéir aux ordres de son cerveau. Pourtant, elle aurait juré que celui-ci intimait à ses bras de repousser Matt. Elle déglutit péniblement. Il avait vraiment des yeux superbes. Incroyablement superbes. Son souffle chaud caressait sa peau, s'insinuait dans sa bouche… Pourtant, elle ne se souvenait pas d'avoir entrouvert les lèvres. Il ne sentait rien d'autre que le savon. Un parfum discret, simple. Délicieux.

S'efforçant de se ressaisir, Laurel se redressa contre la paroi.

— Ne t'avise pas de…

Les mots se perdirent dans un gémissement de plaisir. Ce n'était pas un baiser… Personne n'aurait pu considérer ça comme un baiser. Juste une caresse presque imperceptible. Comme un prélude — ou une menace. Quelqu'un aurait-il coupé les câbles de l'ascenseur ? se demanda confusément Laurel.

Elle était tétanisée. Le corps de Matt — ferme, énergique — se plaqua contre le sien. Aussitôt, son esprit se vida. Malgré la décharge électrique qui la secoua, elle resta clouée sur place. Elle sentait toujours sur sa bouche le souffle chaud de Matt, mais comme dans un rêve. Puis ce fut sa langue, qui dessina lentement le contour de ses lèvres avant de s'insinuer entre elles pour effleurer le bout de sa propre langue. Malgré elle, Laurel laissa échapper un soupir de volupté.

Ce signal presque inaudible de capitulation faillit faire perdre son sang-froid à Matt. Si seulement elle s'était débattue et l'avait repoussé en l'abreuvant d'injures ! Cela aurait été tellement plus facile pour lui… Il était suffisamment irrité contre elle pour en rester là. Mais il ne s'attendait pas du tout qu'elle se soumette aussi facilement. Pas elle. En lui, la colère laissa soudain place à un sentiment de puissance grisant, puis à un désir irrépressible. Peut-être ne s'abandonnerait-elle plus jamais ainsi, se dit-il en mordillant doucement sa lèvre inférieure.

Bon sang, comme il avait envie de faire glisser ce petit corsage impeccable sur ses épaules et de promener ses mains avec lenteur, une infinie lenteur, sur chaque parcelle de son corps… Cette peau veloutée, pâle comme un magnolia, douce comme l'eau de pluie, le rendait fou depuis des mois. C'était le moment ou jamais de s'en délecter, songea-t-il tout en continuant de mordiller la lèvre de Laurel. Il serait si facile de la prendre là, sur le plancher de l'ascenseur, avant qu'ils recouvrent l'un et l'autre leur sang-froid. Ce serait fou, merveilleusement fou ! Elle était toujours figée contre lui, mais la passion qui couvait en elle ne demandait qu'à se déchaîner. C'était évident. Toutefois, il avait prévu une autre stratégie pour séduire Laurel Armand…

En prenant soin de ne pas poser les mains sur elle, il s'écarta en feignant la désinvolture. Pendant cette parenthèse électrisée, elle n'avait pas détaché une seule seconde son regard du sien…

Esquissant un sourire, Matt appuya sur le bouton du rez-de-chaussée. L'ascenseur se remit en route avec une légère secousse.

— Dommage que nous manquions de temps, dit-il en prenant un air dégagé.

Il promena autour de lui un regard ironique avant d'ajouter :

— Et d'espace.

Peu à peu, la brume qui obscurcissait l'esprit de Laurel se dissipa. Elle retrouvait sa lucidité. Les joues écarlates et les yeux étincelants de colère, elle se mit à l'insulter copieusement.

Il fallait reconnaître qu'elle y mettait tout son cœur, songea Matt, admiratif.

— Sais-tu que tu ne prononces plus du tout les « r » quand tu es en colère ? demanda-t-il d'un ton affable. Allons, faisons une trêve, Laurel.

Il leva la main, alors qu'elle reprenait son souffle pour l'agonir de nouveau d'injures.

— Sois au moins professionnelle, jusqu'à la fin de cette mission. Nous pourrons reprendre les hostilités en privé quand nous aurons terminé notre enquête.

Ravalant une réplique cinglante, Laurel serra les dents, tandis que l'ascenseur arrivait à destination. S'ils montraient qu'ils étaient à couteaux tirés, cela risquait d'effrayer Susan Fisher…

— Une trêve *armée*, concéda-t-elle en sortant de la cabine. Recommence ce que tu viens de faire et tu y laisseras des dents.

Matt passa ostensiblement la langue sur ses incisives.

— Ça me paraît raisonnable.

A contrecœur, Laurel serra la main qu'il lui tendait.

— Il semble bien que je vais t'inviter à déjeuner, finalement, ironisa-t-il.

— Tu parles, cela va passer en note de frais !

Avec un large sourire, il lui prit le bras et l'entraîna à travers le hall.

— Cesse de ronchonner, Laurellie. C'est notre premier rendez-vous.

Elle releva le menton avec un grognement de dédain, mais ne retira pas son bras.

3

Ayant eu maintes fois l'occasion de constater que les gens se confiaient plus volontiers dans le brouhaha, Matt avait choisi un restaurant animé du quartier français. Quand Laurel l'avait présenté à Susan Fisher, il avait senti que si celle-ci avait toute confiance en sa coéquipière, elle réservait son jugement à son égard. Il avait donc décidé de laisser Laurel parler dans un premier temps.

Arborant un air bienveillant, il étudiait avec soin chaque parole et chaque geste de Susan. De toute évidence, la mort de sa sœur avait anéanti la jeune femme, mais elle faisait des efforts louables pour tenter de reprendre le dessus. A en juger par le tremblement de ses mains, il lui faudrait du temps pour atteindre cet objectif. Son courage était d'autant plus admirable, pensa-t-il. Elle était manifestement déterminée à aller jusqu'au bout de la tâche qu'elle s'était fixée : faire la lumière sur les circonstances du décès de sa sœur.

Matt jeta un coup d'œil à Laurel et réprima un sourire. Elle était du genre à recueillir tous les chiens errants. Mais s'il se permettait de le lui faire remarquer, il se ferait proprement remettre à sa place, il le savait. Elle ne voulait pas être considérée comme une âme sensible. Surtout par lui. Pour elle, ils étaient collègues, ou plus exactement concurrents. Il avait toujours apprécié cette relation d'égal à égale. Mais après l'intermède de l'ascenseur, il y avait peu de chances qu'elle oublie qu'il était aussi et surtout un homme. De toute façon, il avait bien l'intention de le lui rappeler à la première occasion…

Tout en resservant du café à Susan, il fit un signe discret à Laurel. Le moment était arrivé pour lui de prendre le relais. Elle eut un léger haussement d'épaules. Parfait. De toute évidence, elle avait décidé de respecter la trêve.

— Susan, votre sœur est morte il y a un mois, déclara-t-il d'une voix douce en scrutant le visage de son interlocutrice. Pourquoi avez-vous attendu aussi longtemps avant d'exprimer vos doutes ?

La jeune femme baissa les yeux sur son assiette, qu'elle avait à peine touchée. Par-dessus sa tête, Laurel adressa à Matt un regard agacé. Il pouvait presque entendre sa question : « Qu'est-ce qui te prend ? » Mais elle connaissait son métier et ils formaient déjà une équipe sans avoir eu besoin de préciser leurs rôles respectifs : il interrogeait, elle rassurait.

Laurel posa la main sur le bras de la jeune femme.

— Susan, nous cherchons seulement à vous aider.

— Je sais.

Elle posa sa fourchette et leva la tête. Son regard glissa sur Matt avant de s'arrêter sur Laurel.

— Ce n'est pas facile à reconnaître, mais j'ai très mal réagi à la mort d'Anne. Pour être tout à fait franche, j'ai complètement perdu pied. J'ai cessé de répondre au téléphone. Je me suis terrée chez moi. J'ai perdu mon emploi.

Susan pinça les lèvres. Lorsqu'elle reprit la parole, Matt et Laurel durent tendre l'oreille pour l'entendre dans le vacarme ambiant.

— Le pire, c'est que je ne suis même pas allée à l'enterrement. Je suppose que je refusais d'affronter la réalité. J'étais sa seule famille et je n'étais pas là…

— Ce n'est pas grave. Non, vraiment, insista Laurel alors que Susan ouvrait la bouche pour protester. Vous l'aimiez. Et en définitive, la seule chose qui compte, c'est ça.

Laurel jeta un coup d'œil furtif à Matt, dont le regard était fixé sur elle. L'espace d'un instant, elle oublia Susan, la mort d'Anne Trulane, le bruit qui régnait dans la salle de restaurant et les odeurs appétissantes qui flottaient dans l'air. C'était étrange. Elle s'attendait à voir briller dans ses yeux une lueur ironique. Mais, curieusement, elle n'y lisait que de la bienveillance, ainsi qu'une question à laquelle elle ne savait pas comment répondre. Sans un mot, Matt prit sa main et la porta à ses lèvres avant de la relâcher.

« Oh, non ! » songea Laurel, prise de panique. Pas lui ! Ce n'était pas seulement impossible, c'était ridicule ! Hébétée, elle prit sa tasse de café. Mais, aussitôt, elle la reposa. Allons bon, ses mains tremblaient… Le regard énigmatique de Matt avait eu sur elle un effet bien plus redoutable que l'ébauche de baiser qu'il lui avait donnée dans l'ascenseur. Comme lui parvenant de très loin, la voix de Susan se fit soudain entendre, et Laurel s'efforça de se concentrer sur les paroles de la jeune femme.

— C'est la semaine dernière que le déclic s'est produit. L'effet du choc devait commencer à s'estomper et je me suis souvenue des lettres. Ça ne collait pas.

Susan fixa Matt comme pour exiger qu'il la croie.

— Chaque fois qu'elle mentionnait le marécage dans ses lettres, c'était pour dire qu'il lui inspirait une profonde répugnance. Par ailleurs, l'obscurité la terrifiait depuis l'enfance. Il est donc impossible qu'elle se soit rendue seule en pleine nuit dans un lieu qui lui faisait doublement peur. Quelqu'un l'y a emmenée, monsieur Bates. Quelqu'un l'a poussée à y aller.

— Pourquoi quelqu'un aurait-il voulu tuer votre sœur ? demanda Matt.

— Je ne sais pas.

Susan crispa les doigts sur le bord de la table, retenant visiblement ses larmes à grand-peine.

— Je n'en ai pas la moindre idée.

— J'ai couvert l'enquête de police pour le journal.

Matt alluma une cigarette. Il n'avait pas envie de se montrer trop brutal avec Susan, mais si elle devait se rétracter, il valait mieux qu'elle le fasse maintenant, avant qu'ils ne commencent à enquêter.

— Votre sœur était ici depuis moins d'un an et ne connaissait pratiquement personne. Son mari et elle sortaient très peu. D'après les domestiques, elle était très amoureuse de lui et ils ne se querellaient jamais. On peut donc exclure les mobiles courants : jalousie, cupidité. En voyez-vous d'autres ?

Susan tourna vers Laurel un regard découragé.

— Je n'aurais pas dû venir.

— Procédons par étapes, suggéra Laurel d'un ton apaisant. Avez-vous apporté les lettres de votre sœur ?

— Oui. Elles sont à l'hôtel.

Matt écrasa sa cigarette.

— Allons y jeter un coup d'œil.

Alors qu'ils traversaient la salle de restaurant et que Susan était hors de portée de voix, Laurel murmura à l'oreille de Matt :

— Elle n'est peut-être plus sous le choc, mais elle reste fragile. Cependant, j'ai l'impression que ses soupçons sont fondés.

— Tu te fies trop à tes impressions, Laurel.

— Que veux-tu dire ?

— Il faut s'en tenir aux faits. Si tu joues au bon Samaritain, tu vas embrouiller les choses.

— J'aurais dû m'en douter, marmonna-t-elle entre ses dents. Dire que tout à l'heure, j'ai cru apercevoir l'espace d'un instant une petite lueur de sensibilité dans tes yeux.

Il eut un large sourire.

— Je regorge de sensibilité. Nous pourrons en reparler plus tard, devant un verre.

— Jamais !

Laurel rejoignit Susan d'un pas vif, puis ignora ostensiblement Matt pendant le trajet en taxi jusqu'à l'hôtel.

Ce dernier était aussi sinistre que le quartier dans lequel il était situé. La condensation gouttait des balcons rouillés et la peinture de la façade s'écaillait, recouverte d'une épaisse couche de crasse mêlée d'humidité, qui fondait les couleurs du bâtiment en une seule. Gris sale.

Les ruelles étroites à la chaussée défoncée étaient sombres et froides. C'était le genre de quartier dans lequel on évitait de s'aventurer la nuit, songea Laurel. Ou qu'on traversait le plus vite possible en jetant des coups d'œil furtifs par-dessus son épaule. D'une fenêtre ouverte de l'autre côté de la rue parvenaient les cris d'une dispute, qui couvraient en partie la musique d'un disque de jazz qui craquait. Un chat squelettique installé sous la véranda émit un crachement hostile quand Susan ouvrit la porte.

Voyant Laurel contourner l'animal avec circonspection, la jeune femme eut une moue contrite.

— Cet endroit a une atmosphère… très particulière.

Promenant son regard sur le hall sombre, Matt lui adressa un sourire complice.

— Vous auriez dû voir l'appartement dans lequel j'habitais à New York quand j'étais jeune.

Le visage de Susan se rasséréna.

— Il a l'avantage de ne pas être cher, fit-elle valoir en se dirigeant vers l'escalier.

Laurel les suivit en fixant le dos de Matt avec perplexité. Une fois de plus, il venait de prouver qu'il n'était pas totalement insensible. Etonnant. Quant à cette allusion désinvolte à sa jeunesse, il fallait bien reconnaître qu'elle piquait sa curiosité. Qui était-il à l'époque ?

Comment vivait-il ? A vrai dire, elle avait toujours soigneusement évité de se poser ce genre de questions.

L'endroit était si désert, si calme, que le bruit de leurs pas résonnait sur les marches dépourvues de tapis. Peinture écaillée et graffitis. Laurel étudia le profil de Susan, tandis que celle-ci déverrouillait sa porte. Elle allait la sortir de cet hôtel sordide, se promit-elle. Dès cet après-midi. Surprenant le regard narquois de Matt, elle le foudroya du regard.

— Tu cours après une autre médaille, Laurellie ? murmura-t-il.

— La ferme, Matthew Bates.

Elle pénétra dans la chambre exiguë et sombre de Susan. Meublée d'un lit étroit et d'une commode au bois éraflé, celle-ci n'avait aucun charme.

— C'est bizarre, je suis certaine d'avoir laissé les stores levés, déclara Susan avant de traverser la pièce et de tirer sur le cordon.

Les stores grisâtres remontèrent avec un bruit sec et le soleil se déversa dans la chambre. Puis elle appuya sur un commutateur, et le ventilateur du plafond se mit en marche dans un grincement, brassant l'air chaud.

— Je vous apporte les lettres, dit-elle.

Laurel s'assit au bord du lit.

— De quel quartier de New York es-tu ? demanda-t-elle à Matt.

— Son nom ne te dirait rien.

Il s'assit à côté d'elle avec une moue de dérision.

— T'es-tu déjà aventurée dans le Nord, Laurellie ?

— Je suis allée plusieurs fois à New York, répliqua-t-elle sèchement.

Le sourire moqueur de Matt accrut son exaspération.

— Deux fois, rectifia-t-elle à contrecœur.

— Laisse-moi deviner. L'Empire State Building, Ellis Island, le siège des Nations unies, le thé au Plaza et un show à Broadway.

— Tu adores prendre cet air supérieur avec moi, n'est-ce pas ?

Du bout des doigts, il effleura la joue de Laurel.

— Oui.

— Savais-tu qu'avec le temps, tu devenais de plus en plus insupportable ?

— Fais attention. Je suis très sensible aux compliments.

Matt prit la main de Laurel et pressa ses lèvres au creux de sa paume. A sa grande joie, la confusion remplaça l'agacement dans les yeux émeraude de la jeune femme.

Derrière eux, Susan ouvrait et refermait frénétiquement les tiroirs de la commode, sans qu'ils y prêtent attention. Enfin, elle jeta des vêtements par terre et fixa le tiroir vide.

— Elles ne sont plus là ! s'écria-t-elle. Elles ont disparu ! Toutes !

S'efforçant de reprendre ses esprits, Laurel se tourna vers elle.

— Que se passe-t-il ?

— Les lettres… Toutes les lettres d'Anne ont disparu !

Se levant d'un bond, Laurel se mit à fouiller dans les vêtements éparpillés sur le sol.

— Vous les avez peut-être rangées ailleurs.

— Non ! Il n'y a aucun autre endroit où j'aurais pu les ranger ! cria Susan, manifestement au bord de la crise de nerfs. Je les ai toutes mises dans ce tiroir. Il y en avait douze.

— Etes-vous bien certaine de les avoir apportées ? demanda Matt avec une moue dubitative.

Prenant une profonde inspiration, Susan se tourna vers lui.

— Absolument certaine. Quand j'ai défait ma valise, je les ai mises dans ce tiroir. Elles y étaient quand je me suis habillée ce matin.

Les mains de la jeune femme tremblaient, mais elle le regardait droit dans les yeux sans ciller, nota Matt.

— Très bien. Je vais voir le réceptionniste.

Après son départ, Susan baissa les yeux sur le corsage roulé en boule qu'elle tenait à la main.

— Quelqu'un est venu dans cette chambre, dit-elle d'une voix tremblante. Je le sais.

Laurel jeta un coup d'œil au store que Susan venait de relever.

— Vous manque-t-il autre chose ?

— Non.

Avec un soupir, Susan laissa tomber le corsage par terre.

— Il n'y a rien à voler ici. Je suppose qu'ils s'en sont vite aperçus. Mais pourquoi ont-ils emporté les lettres d'Anne ? Ça n'a aucun sens…

— Matthew et moi, nous allons nous efforcer d'éclaircir ce point.

A peine eut-elle prononcé ces mots que Laurel se réprimanda intérieurement. Pourquoi faire comme si Matt et elle formaient une équipe soudée ? Elle se pencha pour ramasser les vêtements de Susan.

— Savez-vous taper à la machine ?

Susan la fixa d'un air hébété.

— Oui… Je travaille… Je travaillais comme assistante dans un cabinet médical.

— Parfait. Où se trouve votre valise ? demanda Laurel en pliant les vêtements sur le lit.

— Dans le placard, mais...

— J'ai un logement à vous proposer, ainsi qu'un emploi... si l'on peut dire. Oh, c'est ravissant ! s'exclama-t-elle en secouant le corsage que Susan avait chiffonné.

— Un emploi ? Je ne comprends pas.

— Ma grand-mère vit en dehors de la ville. Depuis que mon frère et moi avons quitté la maison, elle se sent un peu seule.

Ce mensonge avait échappé à Laurel avant qu'elle ait eu le temps de le préméditer.

— Mais... je ne peux pas accepter..., protesta Susan.

— Si vous y tenez vraiment, vous pourrez payer un loyer. Vous savez, grand-mère menace depuis longtemps d'écrire ses mémoires et je commence à être à court d'excuses pour refuser de les taper. Vous verrez, vous ne vous ennuierez pas. Elle a quatre-vingt-deux ans et n'a renoncé aux hommes qu'à... Elle n'y a jamais renoncé, à vrai dire ! Si je n'étais pas accaparée par mon travail, je m'en chargerais volontiers, mais je n'ai vraiment pas le temps. Vous me rendriez un immense service.

— Pourquoi faites-vous cela pour moi ? demanda Susan. Vous ne me connaissez pas.

— Parce que vous avez des problèmes et que je suis en mesure de vous aider.

— C'est aussi simple que ça ?

— Pourquoi devrait-ce être compliqué de venir en aide aux autres ? Allez, faites votre valise pendant que je vais voir où en est Matt, ajouta Laurel pour couper court à la discussion.

Une fois dans le couloir, elle vit Matt revenir.

— Alors ? demanda-t-elle en refermant la porte de la chambre derrière elle.

— Le réceptionniste n'a vu personne.

Matt s'appuya contre le mur et alluma une cigarette.

— Mais il est vrai qu'il préfère jouer au solitaire dans l'arrière-salle plutôt que surveiller la réception.

Il souffla la fumée vers le plafond.

— J'ai parlé à la femme de chambre. Elle n'a pas baissé le store.

— Donc quelqu'un est entré dans la chambre.

— Peut-être.

Laurel ignora ce commentaire dubitatif.

— Susan pense que c'est un simple cambriolage. Dans l'état où elle se trouve, c'est aussi bien.

— Tu la maternes.

Elle le fusilla du regard.

— Pas du tout. Il sera beaucoup plus facile de démêler cette affaire si elle ne se met pas en tête que quelqu'un tente délibérément de l'en empêcher.

— Pour l'instant, elle n'a aucune raison de le penser. Que fait-elle ?

— Sa valise.

Matt approuva d'un hochement de tête. Rester dans cet hôtel ne lui semblait en effet guère prudent.

— Où va-t-elle ?

Laurel releva le menton.

— Chez ma grand-mère.

Sans parvenir à réprimer tout à fait un sourire moqueur, Matt fixa le bout de sa cigarette.

— Je vois.

— Tu ne vois rien du tout. Et ne me dis pas que j'en fais trop, sinon…

— D'accord.

Il écrasa son mégot sur le sol poussiéreux.

— Je ne dirai pas non plus que tu es vraiment quelqu'un de bien. Je vais chercher un taxi.

Il s'éloigna, laissant Laurel bouche bée.

Juste au moment où elle pensait avoir compris comment il fonctionnait, il la prenait à contre-pied, se dit-elle avec perplexité, tandis que l'écho des pas de Matt résonnait dans l'escalier. Si elle ne faisait pas attention — très attention —, elle allait finir par éprouver de la sympathie pour lui… Troublée par cette pensée, Laurel rentra dans la chambre pour aider Susan à terminer sa valise.

Moins de dix minutes plus tard, elle se trouvait à l'arrière d'un taxi en compagnie de Matt et se retournait régulièrement pour surveiller derrière eux le taxi qui devait conduire Susan chez sa grand-mère.

— Cesse de t'inquiéter pour elle, ordonna Matt. Olivia va la distraire de ses problèmes.

— Je n'en doute pas. Mais je commence sérieusement à croire qu'Anne Trulane n'est pas allée seule dans le marécage.

— Tenons-nous-en aux faits. D'abord, le mobile.

D'un air distrait, Matt prit une mèche des cheveux de Laurel et l'enroula autour de son doigt. Cette habitude qu'il avait prise récemment lui plaisait assez…

— Je n'en vois aucun, poursuivit-il. On n'attire pas une femme dans un marécage en pleine nuit sans raison.

— Il y en a forcément une.

— Pas de sévices sexuels, murmura Matt comme s'il se parlait à lui-même. Pas de fortune personnelle. Et de toute façon, elle n'aurait pu avoir pour héritiers que Susan ou son mari. Ce dernier a une sœur, mais je ne vois pas en quoi elle pourrait bénéficier de la mort de sa belle-sœur.

— Louis et Marion Trulane sont bien les dernières personnes que je soupçonnerais de meurtre ! Par ailleurs, il existe d'autres mobiles que le sexe ou l'argent.

Sans cesser de jouer avec les cheveux de Laurel, Matt arqua les sourcils.

— Exact, mais ce sont les plus courants. La plupart des gens aiment les deux.

— Tout le monde n'est pas aussi primaire que toi, Matthew. Mais si on s'en tient à ton raisonnement, il y a également la jalousie. Louis est riche et séduisant. Quelqu'un a peut-être eu envie de prendre la place d'Anne.

Quelque chose d'étrange dans la voix de Laurel éveilla soudain la curiosité de Matt. Et lui déplut.

— Tu le connais bien ?

— Louis ?

Un sourire se dessina sur les lèvres de Laurel. Le genre de sourire attendri auquel il n'avait jamais eu droit, songea Matt avec dépit.

— Aussi bien que n'importe qui, je suppose, répondit-elle. Du moins autrefois. C'est lui qui m'a appris à monter à cheval quand j'étais enfant. Il me laissait le suivre partout quand j'avais dix ans et lui… vingt et un ou vingt-deux. Il était très beau… et très patient avec la petite fille que j'étais, follement amoureuse de lui.

Constatant que ses doigts se crispaient dangereusement sur les cheveux de Laurel, Matt les lâcha.

— Tu t'en es remise, je suppose, commenta-t-il d'un ton sarcastique.

L'air perplexe, Laurel se tourna vers lui.

— N'as-tu jamais été amoureux ?

Envahi par un trouble profond, Matt l'étudia avec circonspection.

Son regard était d'une douceur infinie. Tout comme ses lèvres et sa peau. S'ils avaient été seuls, au lieu de répondre à sa question, il aurait peut-être choisi de céder au désir impérieux de capturer sa bouche.

— Non, finit-il par répondre d'un ton neutre.

— Même quand on n'est plus amoureux, on conserve une grande tendresse pour la personne qui a inspiré ce sentiment très doux.

Avec un petit soupir, Laurel se laissa aller contre le dossier de la banquette. Il y avait bien longtemps qu'elle ne s'était pas autorisée à se remémorer des souvenirs à la fois si exquis et si douloureux. A l'époque, elle n'était qu'une enfant et croyait aux contes de fées.

— Louis comptait beaucoup pour moi. Je rêvais d'un beau chevalier et je pense qu'il était assez compréhensif pour ne pas se moquer de moi. Et quand il s'est marié…

Elle eut un geste d'impuissance.

— Ça m'a brisé le cœur. As-tu entendu parler de sa première femme ?

Matt regardait les mains de Laurel sur ses genoux. Fines, gracieuses. Un vernis corail très pâle recouvrait ses ongles et une émeraude sertie dans une monture ancienne finement ciselée ornait son doigt. Un bijou qu'elle avait hérité de ses ancêtres, sans aucun doute. Laurel avait des biens de famille et une ascendance prestigieuse… et aussi des souvenirs de leçons d'équitation en compagnie d'un jeune homme qui avait la prestance d'un chevalier.

— Vaguement, répondit-il d'un ton crispé alors que le taxi s'arrêtait le long du trottoir. Tu m'en parleras plus tard.

Laurel descendit de voiture, puis lissa soigneusement sa jupe.

— Ça ressemble dangereusement à un ordre, Matthew. Puisque Don n'a pas précisé les règles du jeu, peut-être devrions-nous le faire nous-mêmes.

— D'accord.

Pourquoi en voulait-il soudain à la Terre entière ? se demanda Matt avec perplexité.

— Les enquêtes de ce genre, c'est mon rayon, déclara-t-il d'un ton rogue.

Serrant les dents, Laurel s'efforça de réprimer un mouvement d'humeur.

— Mais c'est mon article.

— Si tu veux avoir quelque chose à écrire, il faudra t'en remettre à moi dans certains domaines. Depuis quand n'as-tu pas affronté la machine administrative ? demanda-t-il en indiquant le commissariat derrière eux.

— Qu'est-ce que tu crois ? J'ai déjà eu affaire à l'administration, figure-toi.

— Pas celle-ci, dit-il en la prenant par le bras.

— Une minute.

Elle dégagea son bras et se planta face à lui.

— Il faut que tu comprennes une chose. Je suis obligée de faire équipe avec toi pour cet article, mais ce qui est prévu, c'est justement que je travaille *avec* toi et non *pour* toi. Nous sommes coéquipiers. Même si j'ai du mal à m'y faire.

Il eut un sourire amusé.

— Ça sonne bien, approuva-t-il en lui prenant la main. Coéquipiers. Ça pourrait devenir une habitude.

— Aucun danger. Et veux-tu bien arrêter de me toucher sans arrêt, s'il te plaît ?

— Non, répliqua-t-il d'un ton affable en l'entraînant dans l'escalier qui conduisait à l'entrée du commissariat.

A l'intérieur, c'était un tumulte de voix qui semblaient rebondir sur les murs. Des voix hargneuses, des voix insolentes, des voix furieuses. Une odeur de renfermé, d'humidité et d'humanité crasseuse prenait à la gorge. Sueur, café, cigarettes, alcool. Les membres de gangs rivaux étaient adossés à un mur et s'épiaient les uns les autres avec animosité. Recroquevillée sur une chaise, une femme au visage tuméfié parlait à mi-voix à un policier visiblement stressé, qui tapait sa déposition avec deux doigts en hochant la tête. Une jeune fille en short moulant faisait des bulles avec son chewing-gum d'un air las.

Matt était habitué à ce genre de spectacle — et il avait déjà vu pire… Après avoir jeté un rapide coup d'œil autour de lui, il se fraya un chemin parmi les bureaux, dans l'indifférence générale. Policiers, victimes, présumés coupables, personne ne lui prêta attention et il ne prêta attention à personne.

Une petite brune très mince vêtue d'un uniforme défraîchi cala le combiné de son téléphone sur son épaule et leva la main pour le saluer.

Il se percha sur le coin de son bureau. Laurel resta debout à côté de lui, observant deux vieillards qu'on séparait pour les empêcher d'en venir aux mains.

— Eh bien, Matt, qu'est-ce qui t'amène au paradis ?

La brune avait raccroché et adressait à Matt un sourire étincelant.

— Comment vas-tu, brigadier ? s'enquit-il en lui rendant son sourire.

La jeune femme se renversa contre son dossier et le regarda d'un air entendu.

— Je n'ai pas changé de numéro de téléphone. Ni ici… ni chez moi.

— Nous sommes tous les deux très occupés, n'est-ce pas ? Tu es allée au *Nugget* récemment ?

Elle prit un stylo et se tapota les lèvres avec.

— Pas depuis le mois dernier. Tu veux m'inviter à boire un verre ?

— Tu lis dans mes pensées. Mais j'ai d'abord un petit service à te demander.

Avec un rire désabusé, le brigadier laissa tomber son stylo sur un bloc couvert de noms et de numéros de téléphone griffonnés à la hâte.

— Bien sûr… Que veux-tu, Matt ?

— Jeter un rapide coup d'œil sur un dossier. Une affaire classée. Je vais peut-être écrire une suite à un ancien article.

Elle plissa les paupières.

— Quel dossier ?

— Anne Trulane.

— Affaire délicate.

La femme jeta un coup d'œil à Laurel.

— Laurel Armand… Brigadier Carolyn Baker, déclara Matt. Laurel et moi, nous travaillons ensemble. C'est une vieille amie des Trulane. Nous envisageons d'écrire un article un peu plus fouillé sur cette disparition. L'affaire est classée, et de toute façon, j'en avais assuré la couverture du début à la fin.

— Donc tu as déjà eu connaissance du rapport.

— Justement, il n'y a pas de mal à ce que j'y jette un nouveau coup d'œil.

Il eut un sourire enjôleur.

— Tu sais que je joue franc-jeu, Carolyn. Pas question de publier des informations confidentielles ni de faire la moindre allusion risquant de nuire à une enquête.

— C'est vrai, tu as toujours été honnête.

Le regard que Carolyn promenait sur Matt semblait renvoyer à des souvenirs plus personnels que professionnels, songea Laurel.

— Après tout, les informations concernant l'affaire ont déjà été rendues publiques, ajouta la jeune femme en haussant les épaules.

Puis elle se leva et disparut dans une autre pièce. A proximité, les deux vieillards continuaient de s'insulter.

— Tu travailles toujours de cette façon, Matt ?

Il se tourna vers Laurel avec un sourire innocent.

— De quelle façon ?

Comme elle restait silencieuse, son sourire s'élargit.

— Jalouse ? Pourtant, tu tiens mon cœur entre tes mains.

— Je préférerais l'avoir sous les pieds.

— Cruelle…

Matt se leva du bureau en voyant Carolyn revenir.

— Vous pouvez consulter le dossier, dit-elle. Allez dans la première cellule. Elle est vide.

La jeune femme promena son regard autour d'elle avant d'ajouter d'un ton pince-sans-rire :

— Pour l'instant.

Elle présenta un registre à Matt.

— Signe.

— Je te revaudrai ça, brigadier.

— J'espère bien !

En riant, Matt se dirigea vers la cellule. Une femme intéressante, ce brigadier Baker. C'était curieux, ce n'était pourtant jamais elle qui hantait ses pensées… Ni elle ni aucune des autres femmes… intéressantes de sa connaissance. Non, la femme qui hantait ses pensées, c'était toujours la même…

Il referma la porte de la cellule, étouffant le vacarme qui régnait dans la salle.

— Charmant décor, marmonna Laurel en inspectant les murs gris et le linoléum miteux.

— Si tu préfères les bureaux bien propres et les cols blancs, il faut te cantonner à l'hôtel de ville.

Ils s'assirent sur un banc. Matt ouvrit le dossier et le feuilleta.

Il semblait parfaitement à l'aise dans cet environnement, songea Laurel avec un respect mêlé d'envie. Sous ses dehors désinvoltes, il y avait chez lui une certaine violence qu'elle avait seulement entr'aperçue, et de façon très brève. Dans l'ascenseur. Oui, dans l'ascenseur, il lui avait montré la facette dure et sauvage de sa personnalité. Ainsi qu'autre chose… Mais elle n'avait aucune envie de penser à ça pour l'instant.

En tout cas, il était plus complexe qu'elle n'avait voulu le croire.

Jusqu'ici, elle avait préféré le considérer comme un homme superficiel parce que c'était moins déstabilisant. Mais à le voir là, parfaitement serein dans cette pièce sinistre, on ne pouvait s'empêcher de se demander quelles expériences pénibles il avait pu vivre. Il côtoyait quotidiennement le crime et la misère, et pourtant, il ne semblait pas en souffrir. Comment fonctionnait Matthew Bates ? Et pourquoi était-elle tout à coup déterminée à trouver la réponse à cette question ?

— Pas grand-chose là-dedans, marmonna-t-il. Rapport d'autopsie... Pas de sévices sexuels. Contusions, lacérations attribuées à la marche de la victime à travers le marécage. Morsure de vipère cuivrée au mollet gauche. Cause de la mort : morsure de serpent et complications dues au froid. Heure de la mort : entre minuit et 4 heures.

Il tendit le rapport d'autopsie à Laurel avant de poursuivre avec le rapport d'enquête.

— Trulane travaillait tard dans son bureau. Selon ses dires, il croyait sa femme à l'étage, dans leur chambre. Quand il est monté vers 2 heures, il a trouvé le lit vide. Il l'a alors cherchée dans les autres pièces, puis il a réveillé sa sœur et les domestiques pour fouiller toute la maison et le jardin.

Matt prit distraitement son paquet de cigarettes, s'aperçut qu'il était vide et jura à voix basse.

— Aucun des vêtements d'Anne Trulane ne manquait dans sa penderie et toutes les voitures étaient là. Il a téléphoné au commissariat à 2 h 57.

Matt jeta un coup d'œil à Laurel.

— Presque une heure.

Elle sentit ses paumes devenir moites.

— C'est une grande maison, fit-elle valoir. C'est normal qu'il n'ait pas appelé la police avant d'être sûr d'avoir besoin d'elle.

Matt hocha légèrement la tête avant de poursuivre.

— La police est arrivée à 3 h 15. La maison a été de nouveau fouillée entièrement, les domestiques interrogés... Finalement, le corps d'Anne Trulane a été découvert vers 6 heures, dans la section sud-est du marécage.

Il y était... Matt se remémora alors la lumière blafarde, les miasmes fétides, l'atmosphère déplaisante des marais avant même la découverte du cadavre...

— Personne n'a pu expliquer pourquoi elle était venue jusque-là. Selon Marion Trulane, la belle-sœur, Anne avait le marécage en horreur. Ce qui concorde avec les déclarations de Susan… Trulane a maintenu qu'il avait travaillé tard, en refusant de donner plus de précisions.

— T'est-il déjà arrivé de trouver ta femme morte dans un marécage alors que tu la croyais endormie dans son lit ? demanda Laurel en prenant le rapport des mains de Matt. Il devait être bouleversé.

Ignorant son ton cinglant, Matt poursuivit.

— Les enquêteurs ont conclu à l'accident. Anne s'est rendue dans le marécage — peut-être pour affronter sa peur —, elle s'est perdue, a été mordue par un serpent et a erré un moment avant de perdre connaissance.

Il jeta un coup d'œil à Laurel. Elle lisait le rapport, les sourcils froncés.

— Es-tu restée en assez bons termes avec les Trulane pour qu'ils nous ouvrent leur porte et répondent à nos questions ?

— Mmm ? Oh, oui ! je pense qu'ils accepteront de me parler. Et à toi aussi, si tu déploies un peu de ton charme.

Il eut un sourire narquois.

— Je ne pensais pas que tu avais remarqué.

— J'ai remarqué que tu pouvais en user avec succès quand tu le voulais. C'est un peu hypocrite à mon goût, mais il faut reconnaître que c'est très efficace.

— Je t'en prie, Laurellie ! Les compliments m'ont toujours terriblement embarrassé…

Laurel fit mine de l'ignorer et posa la feuille qu'elle venait de lire sur la table.

— Louis n'a pas eu une vie facile, expliqua-t-elle. Il s'est renfermé sur lui-même depuis l'échec de son premier mariage, mais je pense qu'il acceptera de me parler.

Matt écrasa dans sa main son paquet de cigarettes vide.

— Sa première femme s'est enfuie avec son frère ?

— Cela a été un choc terrible pour lui.

Tandis que Matt regardait le plafond, perdu dans ses pensées, Laurel prit la feuille suivante dans le dossier.

Un grand froid l'envahit soudain et son estomac se noua. Clouée sur place, elle était incapable de détourner la tête. Le cliché en noir et blanc était particulièrement atroce. Oh, Seigneur ! Elle avait déjà vu des morts, mais jamais dans cet état. Jamais…

Consternée, elle fut prise de nausée. Ce n'était pas réel… C'était une affreuse mise en scène. Une sinistre farce née d'un esprit malade…

— Depuis combien de temps… ?

Matt s'interrompit brusquement en voyant le visage livide de Laurel et son regard horrifié. En jurant, il lui arracha la photo des mains, puis il lui fit baisser la tête entre les genoux.

— Inspire profondément, conseilla-t-il en lui tenant la nuque.

Bon sang ! Quel idiot ! En entendant la respiration haletante de Laurel, il se maudit encore plus. Comment avait-il pu être aussi stupide ?

— Doucement, murmura-t-il en lui massant la nuque.

— Ça va, affirma-t-elle d'une voix qui manquait de conviction.

Elle attendit encore un moment avant de se redresser. Matt passa un bras autour de ses épaules et elle se laissa aller contre lui.

— Je suis désolée. C'est stupide.

— Pas du tout. C'est ma faute, je n'aurais pas dû te laisser regarder ça.

Avec délicatesse, il écarta les cheveux de son visage.

— Je suppose que tu as l'habitude.

— Mon Dieu, j'espère bien que je ne m'y habituerai jamais !

Il la serra contre lui, si bien qu'elle se retrouva avec le visage enfoui dans son cou.

Comme elle se sentait en sécurité… Elle avait de moins en moins froid… Peu à peu, Laurel se détendit. Tandis qu'il lui caressait doucement les cheveux, elle se délectait de son odeur masculine, elle sentait battre son cœur. Lorsqu'il lui effleura l'oreille du bout des lèvres, elle ne protesta pas. C'était du réconfort qu'il lui offrait et elle le prenait comme tel. Ce n'était rien de plus, se dit-elle en se cramponnant à lui comme si sa vie en dépendait.

— Matthew…

— Mmm ?

— Ne sois pas trop gentil avec moi.

Les yeux fermés, le visage enfoui dans son cou, elle devina son sourire.

— Pourquoi ?

— Je te le demande, c'est tout.

Se sentant mieux, elle se redressa. Il était beaucoup trop tentant de rester blottie contre lui…

Il lui prit le menton.

— Tu es belle, murmura-t-il. Te l'ai-je déjà dit ?

Prudemment, Laurel s'écarta encore. « Prends-le à la légère, se dit-elle. Et repenses-y plus tard, à tête reposée. »

— Non.

Elle se leva avec un sourire qu'elle espérait désinvolte.

— Très belle, répéta-t-il. Même si ton menton est un petit peu trop pointu.

— C'est faux.

Machinalement, elle releva le menton.

— Surtout vu sous cet angle…

— J'ai des traits extrêmement harmonieux, déclara-t-elle fermement en prenant son sac.

Allons bon, ses mains tremblaient encore, constata-t-elle avec dépit. Il fallait absolument qu'elle sorte de cette cellule infâme ! Elle avait besoin d'air.

Matt lui tourna le dos pour remettre discrètement la photo dans le dossier et ferma ce dernier avant de se retourner vers Laurel.

— Sauf le menton, insista-t-il en la prenant par les épaules pour l'entraîner vers la sortie.

Laurel s'immobilisa, la main sur la poignée de la porte, et se laissa de nouveau aller contre Matt quelques secondes. Juste quelques secondes…

— Personne ne mérite de mourir de cette manière, murmura-t-elle.

Il la serra contre lui. Juste quelques secondes…

— Non, personne.

4

Il régnait dans le bar une pénombre et un calme agréables. Il était trop tôt pour la cohue du soir et trop tard pour les habitués de l'après-midi. Matt guida Laurel à l'intérieur, l'esprit toujours occupé par le dossier Anne Trulane. Non, personne ne méritait de mourir de cette manière. Mais la vie comme la mort ne respectaient pas toujours les règles du jeu. Il y avait bien longtemps qu'il avait appris à l'accepter.

Depuis qu'ils avaient quitté le commissariat, Matt était resté aussi silencieux que Laurel. Il réfléchissait, analysait. Rassemblait ses souvenirs…

Son téléphone avait sonné au petit matin. C'était son informateur au commissariat qui le prévenait de la disparition d'Anne Trulane. Il était arrivé au *Domaine du chêne* quelques instants après les policiers. La propriété était noyée dans une brume plus fine et plus désagréable que la pluie, et elle semblait écrasée par un silence épais. Il avait tout de suite senti que Louis Trulane n'avait fait appel à la police qu'à contrecœur. Ses réponses étaient sèches, son expression distante. Non, il n'avait pas l'air d'un mari inquiet, mais plutôt d'un homme dont la nuit était perturbée.

Sa sœur et les domestiques s'étaient rassemblés à quelques pas derrière lui, comme dans un mouvement de défense, avant que les équipes de recherche ne se déploient dans le marécage. C'était un enchevêtrement de marais et de bayous plein d'ombres et de petits bruits mystérieux. Dès qu'il y avait pénétré, il avait ressenti une répulsion instinctive, se souvenait Matt. Il aurait nettement préféré fouiller les ruelles les plus mal famées de la ville plutôt que ce labyrinthe sombre et humide.

Alors que l'aube commençait à poindre, ils l'avaient trouvée. Trop tard. Recroquevillée sur le sol près d'une nappe d'eau stagnante.

Brume, lumière blafarde, odeurs âcres. Matt avait entendu un oiseau, une alouette peut-être, qui chantait au loin. Et aussi des corbeaux.

Pâle, froid et silencieux, Louis Trulane était resté sans réaction. S'il avait éprouvé de la colère, du chagrin ou du désespoir, il les avait réprimés avec un sang-froid admirable. Sa sœur s'était évanouie, les domestiques s'étaient mis à pleurer, mais lui, il était resté…

— Je vais appeler Louis.

— Pardon ?

Arraché à ses souvenirs, Matt regarda Laurel, assise en face de lui.

— Je vais appeler Louis pour lui demander s'il veut bien nous recevoir.

Il déchira l'enveloppe d'un paquet de cigarettes neuf.

— D'accord.

Il la suivit des yeux alors qu'elle se frayait un chemin à travers les tables, vers le téléphone public situé dans un coin de la salle. Ce n'était pas facile pour elle, songea-t-il en frottant une allumette avec plus de vigueur que nécessaire. Elle était trop concernée, trop sensible. Quels que soient les sentiments qu'elle avait éprouvés pour Louis Trulane, ceux-ci étaient encore trop vivaces pour qu'elle puisse faire preuve d'objectivité à son sujet.

« Tu peux parler, se dit-il en soufflant la fumée de sa cigarette. Tu le détestes à cause de la façon dont Laurel prononce son nom. » Il poussa un soupir. Il était temps qu'ils se reprennent l'un et l'autre. La priorité, c'était l'article, et il était indispensable qu'ils s'en souviennent. Si les liens de Laurel avec les Trulane leur ouvraient la porte du *Domaine du chêne*, tant mieux. Il était dans la profession depuis trop longtemps pour avoir encore des illusions. Des gens comme les Trulane avaient le pouvoir de mettre des bâtons dans les roues aux journalistes. Au point que les approcher pouvait s'apparenter à traverser un champ de mines…

Cela ne l'empêcherait nullement d'obtenir les informations souhaitées, bien sûr. Cela demanderait juste plus de temps et d'investigations sur le terrain. D'une manière ou d'une autre, il parviendrait à ouvrir une brèche dans le mur de vénération qui entourait les Trulane.

Il vit Laurel revenir, les joues pâles et un reste de tristesse dans les yeux. Elle s'en remettrait, se dit-il fermement, tandis qu'en lui quelque chose semblait se déchirer. Elle serait bien obligée.

Il attendit qu'elle se glisse en face de lui dans le box.

— Alors ? demanda-t-il.

— Il nous attend demain à 10 heures.

Matt écrasa sa cigarette en s'exhortant à ne pas toucher Laurel.

— Ça ne semble pas t'enthousiasmer.

— J'ai fait pression sur lui au nom de notre vieille amitié.

Elle lui lança un regard à la fois las et plein de défi.

— Ça m'a énormément coûté.

— Tu dois accomplir ton devoir de journaliste, fit-il valoir sans pouvoir s'empêcher de lui prendre la main.

— Je sais. Je ne l'oublie pas.

Instinctivement, Laurel crispa les doigts autour des siens.

— Mais je ne suis pas obligée de le faire avec plaisir.

Il était trop tard pour reculer, se dit-elle. Elle en était incapable. Pas après avoir vu cette photo. Pas après avoir imaginé ce qu'aurait ressenti Susan Fisher si elle l'avait vue.

Laurel se tourna vers la serveuse, qui venait prendre la commande. Il fallait absolument qu'elle estompe le souvenir de cette image. C'était peut-être lâche, mais il le fallait.

— Un Martini, demanda-t-elle, prise d'une impulsion. Un Martini dry avec juste un soupçon de vermouth.

— Deux, s'il vous plaît. Ça n'aide que temporairement, Laurellie, ajouta Matt avec une moue de dérision.

— Pour l'instant, j'en ai besoin.

Posant les coudes sur la table, elle se pencha en avant.

— Matthew, je vais engloutir de grandes quantités d'alcool. Délibérément et sans chercher d'excuses. Toutefois, je te promets de bien me tenir. Naturellement, demain je regretterai d'avoir bu, mais je pense que ça me servira de leçon.

Il hocha la tête en souriant.

— Puisque je t'accompagne, je vais essayer de me montrer à la hauteur. Mais je dois te faire un aveu.

Il se pencha vers elle.

— Je me suis souvent imaginé que je te faisais boire dans l'intention de te séduire.

Elle rit pour la première fois depuis des heures.

— Il n'y a pas suffisamment de gin dans ce bar pour ça, Matthew.

— Nous en reparlerons dans quelques heures.

Se carrant dans son siège, il alluma une nouvelle cigarette.

— Si tu me parlais des Trulane ?

— Que veux-tu savoir ?

— Tout.

Avec un petit soupir, elle prit le verre que la serveuse venait de poser devant elle et but une gorgée.

— Mmm, c'est un vrai délice !

Matt trinqua avec elle.

— Alors, Laurellie, les Trulane ?

— D'accord… et ne m'appelle pas comme ça, s'il te plaît. Pour commencer, un peu d'histoire. Le *Domaine du chêne* a été construit au début du XIXe siècle, au milieu d'une immense plantation. Aujourd'hui, les Trulane sont toujours les plus gros propriétaires terriens de cette région de Louisiane. En plus des terres, sur lesquelles ils cultivaient du coton et élevaient du bétail, ils possédaient des chantiers de construction navale. C'est grâce aux profits générés par cette dernière activité que la plantation est restée viable après la guerre. Aussi loin que remontent les souvenirs des gens du coin, les Trulane ont joué un rôle majeur dans le développement de La Nouvelle-Orléans, d'un point de vue social, financier et politique. Je suis certaine que grand-mère possède tout un répertoire d'anecdotes les concernant.

— Je n'en doute pas. Mais accélérons un peu le passage du temps. Venons-en au XXe siècle.

— Je tenais juste à te donner le contexte. Paul Trulane…

Laurel but une gorgée de Martini.

— Je t'écoute.

— Paul Trulane a hérité du *Domaine du chêne* immédiatement après son mariage. Il avait trois enfants. Marion, Louis et Charles.

Matt vit une lueur amusée s'allumer dans les yeux de la jeune femme.

— C'était un homme corpulent, avec une voix de stentor et une forte personnalité. Grand-mère l'aimait beaucoup. En fait, je me suis souvent demandé…

Elle haussa les épaules avec un petit sourire.

— Son épouse était très belle. C'était une femme très calme, très sereine. Marion lui ressemble beaucoup. Tante Ellen — je l'appelais comme ça — est morte quelques mois après ma mère. J'avais environ six ans… J'ai toujours eu tendance à les confondre dans mes souvenirs.

Elle termina son verre, sans remarquer que Matt commandait une autre tournée d'un signe de la main.

— En tout cas, après la mort de sa femme, Paul a rapidement décliné et Louis a pris la direction des affaires. Il était beaucoup trop jeune pour assumer de telles responsabilités, mais il n'avait pas le choix. Il devait avoir dix-huit ou dix-neuf ans à l'époque, et j'étais déjà en adoration devant lui. A mes yeux, c'était à la fois le prince charmant et Robin des Bois. Il était si gentil avec moi, toujours en train de rire et de plaisanter… C'est ce souvenir que j'aime garder de lui, murmura-t-elle, les yeux baissés sur son deuxième verre.

— Les choses changent.

Comment se battre contre un souvenir d'enfance ? se demanda Matt avec une soudaine frustration.

— Tu n'es plus une enfant.

Elle leva les yeux et soutint son regard.

— Non, mais je continue à voir Louis avec des yeux d'enfant.

— Parle-moi de Marion, demanda Matt en s'exhortant au calme.

— Elle a deux ans de plus que Louis et, comme je viens de le dire, elle ressemble beaucoup à sa mère. Quand j'étais petite, je la considérais comme ma bonne fée. Elle était toujours si belle, si raffinée…

Le souvenir d'une femme élégante et distinguée traversa l'esprit de Matt.

— Oui, j'ai remarqué.

— Elle est trop vieille pour toi, dit Laurel sans réfléchir.

Il éclata de rire.

— Du calme, Matthew Bates. Laisse-moi finir.

— Je te présente mes plus humbles excuses.

— Marion m'invitait souvent à prendre le thé, reprit Laurel en vidant machinalement son verre. Elle me recevait dans le petit salon, où nous mangions des gâteaux. Elle savait que j'adorais Louis et me disait toujours de me dépêcher de grandir pour qu'il puisse m'épouser. Elle aussi, je l'adorais.

— Elle ne s'est jamais mariée ?

— Non. Grand-mère disait qu'elle était trop difficile, mais je pense qu'elle a vécu une histoire d'amour qui s'est mal terminée. Un jour où nous prenions le thé, par un après-midi gris et lugubre, elle m'a dit qu'un seul grand amour suffisait dans la vie d'une femme. Bien sûr, à l'époque j'ai cru qu'elle faisait allusion à Louis et à moi, mais par la suite, en repensant à l'air qu'elle avait ce jour-là…

Laurel soupira.

— Les femmes comme Marion sont très vulnérables.

Matt contempla sa peau délicate, ses lèvres douces, ses yeux clairs.

— Vraiment ?

— Charles était différent.

S'efforçant de chasser sa nostalgie, Laurel se laissa aller contre le dossier de son siège, son verre à la main.

— Il avait un peu le même caractère que Curt et je crois que je le considérais comme un second frère. Il était rêveur et distrait. C'était un artiste. Quand il n'était pas occupé à faire des croquis, il étudiait ou bien il flânait du côté de Jackson Square. Certains de ses tableaux étaient exposés à l'hôtel de ville… avant qu'il parte.

— Avec la première Mme Trulane.

— Oui, il y a dix ans. Ç'a provoqué un scandale épouvantable. Du genre qui engendre beaucoup de souffrance et des gros titres dans les journaux.

Laurel secoua la tête en soupirant. L'effet anesthésiant des Martini commençait à se faire sentir.

— Grand-mère pourrait t'en parler beaucoup mieux que moi, mais si je me souviens bien, c'est au retour d'un voyage d'affaires que Louis a découvert qu'Elise et Charles étaient partis. D'après la rumeur qui a circulé entre leurs domestiques et les nôtres, ils avaient laissé une lettre. En revanche, la plupart de leurs vêtements et tout le matériel de peinture de Charles avaient disparu.

Les yeux dans le vague, Laurel fixait un point derrière Matt, sans remarquer que le bar se remplissait de monde et qu'il devenait plus bruyant. Dans le fond de la salle, un pianiste jouait un air de jazz.

— C'est à partir de ce moment que Louis a changé. Il n'a plus fréquenté personne. Les rares fois où je l'ai vu, toute sa gaieté avait disparu. A ma connaissance, il n'a plus jamais eu de nouvelles de Charles ni d'Elise. Il y a environ quatre ans, il a fini par engager une procédure de divorce. Marion m'a dit qu'il s'y était décidé pour des raisons strictement juridiques et qu'il était amer. Très amer. Elle s'inquiétait à son sujet. Son second mariage a surpris tout le monde.

Distraitement, Laurel suivit du regard la fumée de la cigarette de Matt, qui montait vers le plafond en volutes malmenées par le mouvement lent des ventilateurs. Il n'avait pas parlé depuis un moment, mais elle était consciente que c'était la qualité de son écoute qui lui permettait de parler avec une telle facilité.

— Je lui ai téléphoné à l'époque. D'abord, parce que j'espérais sincèrement qu'il était de nouveau heureux, et ensuite parce que son remariage était un excellent sujet d'article. Il semblait redevenu lui-même. Vieilli, sans aucun doute, mais il avait retrouvé son entrain. Il n'a pas voulu m'accorder d'interview. Il m'a dit…

Elle plissa le front, cherchant ses mots.

— Il m'a dit qu'il avait épousé une enfant et qu'il avait besoin de la garder seulement pour lui pendant un certain temps.

Bon sang, avait-elle la moindre idée de ce qu'il ressentait quand elle avait ce regard mélancolique ? se demanda Matt. Il avait envie de l'emmener très loin, n'importe où, là où plus rien ne pourrait la faire souffrir. Mais s'il cédait à cette impulsion, elle penserait qu'il était devenu fou… Il écrasa sa cigarette avec un soin délibéré.

— Que sais-tu de la première Mme Trulane ?

— Rien, à vrai dire.

Laurel eut un sourire ironique.

— Si ce n'est qu'elle m'inspirait une jalousie féroce, bien sûr. C'était une femme très belle, qui possédait ce genre de charme indéfinissable que personne ne peut imiter. Je me souviens du mariage — camélias roses et blancs, énorme gâteau à la crème et robes somptueuses. Soie et dentelle. Celle d'Elise était dotée d'une traîne de plusieurs kilomètres au moins. Elle ressemblait à une poupée de porcelaine — dorée, blanche, minuscule. Oh, mon Dieu ! Elle ressemblait à…

Laurel écarquilla les yeux.

— La seconde Mme Trulane, devina Matt.

Il fit signe à la serveuse.

— Intéressant…

— Ça ne veut rien dire, s'empressa d'objecter Laurel. Sinon que Louis est attiré par un certain genre de femme. La ressemblance entre ses deux épouses ne constitue pas un mobile de meurtre.

— Parmi les éléments dont nous disposons pour l'instant, c'est ce qui s'en rapproche le plus. Mais il est encore loin d'être certain qu'Anne Trulane ait été assassinée.

Matt étudia attentivement Laurel.

— Tu es prompte à prendre sa défense, Laurellie. Tu vas avoir du mal à garder l'esprit clair si tu continues à considérer Louis Trulane comme le prince charmant.

— C'est ridicule.

— Vraiment ?

— Ecoute, j'ai toujours l'esprit clair, et quels que soient mes sentiments pour Louis, ils n'affecteront pas mon travail.

Elle regarda son verre vide.

— Je n'ai plus rien à boire.

— J'ai vu.

Matt ne put s'empêcher de sourire. L'indignation allait particulièrement bien à Laurel. Elle avait assez pensé aux Trulane pour la journée, décida-t-il. Et lui aussi. Discrètement, la serveuse remplaça leurs verres vides par des pleins.

— On verra ça demain, déclara-t-il. Si tu me donnais plutôt des nouvelles de notre conseiller municipal préféré ? J'ai commencé un album sur lui.

— Et si tu laissais Jerry tranquille ? rétorqua-t-elle en buvant une gorgée de Martini.

— Tout le monde a le droit d'avoir un hobby.

— Ne prends pas cet air supérieur, marmonna-t-elle, le nez dans son verre. Jerry est très… très…

— Pontifiant ?

A la grande joie de Matt, Laurel pouffa.

— Va au diable, Matthew ! Si je n'avais pas le cerveau engourdi, j'aurais trouvé le mot approprié.

Soufflant sur la mèche de cheveux qui lui tombait sur les yeux, elle posa son verre et croisa les mains.

— Je trouve horripilant que tu te moques sans arrêt de Jerry.

— Parce que j'ai raison de le faire ?

— Oui. Je déteste que tu aies raison.

Avec un sourire ravi, Matt posa des billets sur la table et se leva.

— Je vais te raccompagner chez toi à pied. Espérons que l'air frais ne t'éclaircira pas les idées. Tu pourrais être plus réceptive à quelques-uns de mes instincts les plus bas.

— Il me faudrait plus de trois Martini pour en arriver là !

Elle se leva et expira longuement en sentant le sol vaciller sous ses pieds.

— Quatre, rectifia-t-il en lui prenant le bras. Mais à quoi bon compter ?

— Si je me tiens à ton bras, c'est uniquement parce que je ne peux pas faire autrement, précisa-t-elle alors qu'ils quittaient le bar. Dans quelques mètres, je retrouverai mon équilibre habituel.

— Tu n'auras qu'à me prévenir quand tu voudras continuer en solo.

— Combien de verres as-tu bus ?

— Autant que toi.

Laurel leva la tête pour le regarder. Elle avait le tournis et ce n'était pas désagréable…

— Oui, mais tu es plus grand et plus fort, déclara-t-elle d'un ton docte. J'ai une charpente très délicate.

— J'ai remarqué.

Elle arqua les sourcils, alors qu'ils passaient devant un trompettiste de rue. Le morceau de jazz était triste et langoureux comme une caresse.

— Vraiment ? dit-elle en haussant les sourcils.

— Disons que je l'ai étudiée… d'un point de vue journalistique.

— Qu'est-ce que ça veut dire ?

Il s'immobilisa et lui effleura les lèvres du bout des doigts.

— Ne cherche pas à savoir. Ce serait trop risqué.

— Tu as une drôle de façon d'embrasser, marmonna-t-elle en posant la tête sur son épaule. Je ne sais pas si elle me plaît.

Matt resta stoïque.

— Nous en discuterons une autre fois.

— J'imaginais que tu avais une technique différente, poursuivit-elle. Plus… agressive.

— Tu as consacré du temps à imaginer ma manière d'embrasser ?

— J'y ai pensé… d'un point de vue journalistique.

— Je crois qu'il serait plus prudent de reporter cette discussion jusqu'à ce que tu sois de nouveau capable de marcher droit.

Il tourna dans la cour de leur immeuble.

— Tu sais, Matthew…

Laurel s'agrippa à la rampe pour monter l'escalier. Pourquoi les marches étaient-elles beaucoup moins stables que quand elle les avait descendues ce matin même ?

— Tu n'es pas si désagréable après trois Martini.

— Quatre.

— Evite de pinailler maintenant que j'ai décidé de te supporter, dit-elle en fouillant dans son sac. Tiens-moi ça.

Matt eut bientôt dans les mains un portefeuille, un poudrier, un calepin, des boucles d'oreilles cassées et divers tickets.

— C'est tout ? demanda-t-il d'un ton pince-sans-rire.

— Non, les voici… Elles se mettent toujours au fond.

Sans cérémonie, il laissa retomber les objets dans le sac de Laurel et lui prit les clés des mains.

— Vas-tu consentir à me laisser entrer ?

Etait-elle en état de se préparer du café, de prendre deux comprimés d'aspirine et de s'allonger dans la pénombre ? se demanda Matt tandis que Laurel se laissait aller contre la porte. Rien n'était moins sûr.

— Nous sommes voisins depuis presque un an et je n'ai encore jamais été invité, ajouta-t-il.

— Quel manque de savoir-vivre…

Avec un sourire embrumé, Laurel lui fit signe d'entrer.

Le décor était à l'image de la jeune femme qui vivait là. Raffiné, élégant, subtil. Le parfum d'un pot-pourri embaumait l'air, enrichi d'une pointe de lavande. Crème et rose pour les couleurs. Dentelle sur les rideaux, velours sur le canapé. Au mur, au-dessus d'une table roulante, était accrochée une caricature datant de la fin du XIXe siècle.

— Cette pièce te ressemble, commenta Matt.

— Vraiment ?

Laurel promena son regard autour d'elle, soudain très fière d'elle-même sans trop savoir pourquoi.

— C'est d-drôle, bredouilla-t-elle. Même si j'avais vu ton appartement, je serais incapable de dire s'il te ressemble.

Passant une main dans ses cheveux, elle s'efforça d'accommoder son regard sur Matt.

— Et je n'arrive pas du tout à l'imaginer, poursuivit-elle en vacillant légèrement. Journaux anciens encadrés ou toiles de Picasso ? Curieusement, tu es un homme fascinant.

Elle lui souriait, à quelques mètres à peine. Etait-elle délibérément provocante ou bien était-ce l'effet des Martini ? se demanda Matt. Peu importait. Quelles que soient les raisons de son attitude, elle le mettait au supplice. Il avait très peu de principes, mais l'un d'eux lui interdisait formellement de faire des avances à une femme qui risquait de ne se souvenir de rien le lendemain matin.

— Café, dit-il sobrement.

— Oh, tu en veux ?

— C'est toi qui en as besoin, marmonna-t-il entre ses dents. Noir.

— D'accord.

Dans la cuisine, Laurel fixa la cafetière automatique en fronçant les sourcils. Curieux. Elle aurait pourtant juré qu'elle savait comment s'en servir…

Matt réprima un sourire.

— Je vais m'en occuper. Tu peux sortir des tasses ?

— Bien sûr.

Laurel fouilla dans un placard et parvint, en les entrechoquant dangereusement, à sortir des tasses de porcelaine ornées de violettes, ainsi que les soucoupes correspondantes, et à poser le tout sur le comptoir.

— Je n'ai pas de beignets.

— Le café suffira.

— Mais si tu en voulais, je suis sûre que je pourrais en faire.

— Ce sera pour une autre fois.

— Tu es un chic type, Matthew.

Avec un petit rire, elle se laissa aller contre lui et noua les bras autour de son cou.

— Tu as des yeux fabuleux, dit-elle en soupirant. Je parie que tout le monde te le dit.

— Sans arrêt.

Il posa les mains sur les hanches de Laurel, avec l'intention de la repousser. Mais sans qu'il sache comment, elle se retrouva plaquée contre lui. Le désir lui cingla les reins comme un coup de fouet.

— Laurel…

— Peut-être devrais-tu m'embrasser de nouveau. Ça m'aiderait sans doute à comprendre pourquoi je ne sais jamais si j'en ai envie ou pas.

— Demain, si tu t'en souviens, tu vas te haïr, murmura-t-il en se penchant vers elle.

— Mmm, je sais.

Elle ferma les yeux tandis que les lèvres de Matt effleuraient les siennes.

— Ce n'est pas un baiser, ça, protesta-t-elle.

Parcourue de frissons, elle laissa échapper un long soupir.

— Mais c'est fabuleux.

Elle enfonça les doigts dans les cheveux de Matt.

— Encore…

Au diable les principes ! S'il devait payer pour ça, eh bien, il paierait, songea Matt. Bon sang, ça en valait la peine ! Serrant Laurel contre lui, il s'empara de sa bouche avec fougue.

Incendie instantané. L'incendie éclata dans le corps de Laurel et se propagea aussitôt en Matt — ou inversement. Quelle importance ?

Laissant échapper un gémissement, Laurel se plaqua contre Matt, tandis qu'une certitude s'imposait à son esprit. C'était dans l'ordre des choses. C'était inévitable. Mêlant sa langue à la sienne, elle se laissa emporter par la passion.

Vibrant de tout son être, prise de vertige, elle ne s'appartenait plus.

Peu importait que ce soit Matt qui déclenche toutes les étincelles, toutes les sensations inconnues qui la consumaient. Personne avant lui n'avait provoqué en elle un tel séisme. Personne n'en serait jamais capable. Parmi toutes les pensées confuses qui tournoyaient dans son esprit, une simple exigence dominait. Encore…

Il était en train de perdre le contrôle, songea Matt. Peut-être l'avait-il perdu dès l'instant où il avait vu le visage de Laurel pour la première fois. Mais il s'en moquait éperdument. Elle pouvait lui prendre tout ce qu'elle voulait, du moment qu'elle s'offrait ainsi à lui. Brûlante, enflammée, vorace.

Le baiser de Laurel n'était pas délicat comme les traits de son visage, mais sauvage et impertinent. Sa bouche avide était d'une sensualité incandescente. Les seins écrasés contre son torse, elle enfonçait les doigts dans ses cheveux. Matt pressa les lèvres sur son cou et savoura avec volupté le goût de sa peau.

Le pouls de Laurel battait frénétiquement sous ses lèvres, puissant, affolé. Il mordilla sa peau veloutée, lui arrachant un râle de plaisir et de désir mêlés. Quand il se mit à la couvrir de caresses, elle prononça son prénom dans un soupir. Toute nonchalance avait abandonné Matt. Il n'avait plus rien de l'homme désinvolte qui côtoyait Laurel dans la salle de rédaction depuis un an. Il donnait libre cours à la passion qu'il avait si soigneusement contenue jusque-là. A la fièvre qui le dévorait.

Son désir pour elle était intense. Trop intense pour ne pas lui faire perdre la tête. Peut-être était-elle tout ce dont il rêvait depuis toujours. La douceur. Le feu. Quand son corps était plaqué contre le sien, il n'y avait plus de passé, plus d'avenir, seulement l'instant présent. Et celui-ci suffisait à remplir une vie entière.

Comment son esprit pouvait-il être aussi brumeux et son corps aussi vivant ? se demanda confusément Laurel en sentant son sang bouillonner dans ses veines. Etait-ce cela qu'elle attendait depuis toujours ? Cette fabuleuse sensation de liberté ? Ça dépassait tout ce dont elle avait rêvé, tout ce qu'elle avait pu imaginer. Et ça suffisait à la combler… Avec un grognement gourmand, elle approfondit son baiser.

Soudain, elle entendit Matt grogner contre sa bouche, elle sentit ses doigts se crisper sur ses hanches. Il la repoussa avec fermeté. Elle l'agrippa par les épaules, autant pour le garder contre elle que pour se maintenir en équilibre.

— Matthew…

— La porte.

Sa voix était fébrile, constata Matt en continuant de repousser Laurel. Jamais il n'avait été aussi près de perdre son sang-froid. Et sa raison…

— Quelqu'un sonne à la porte, Laurel. Tu ferais mieux d'aller ouvrir.

— La porte ? Quelle porte ?

Elle le regardait, hébétée.

Il ne put s'empêcher de rire.

— La porte d'entrée.

— Oh…

Elle promena un regard étonné autour d'elle, comme si elle voyait sa cuisine pour la première fois.

— Il faut que j'aille répondre ?

Devant son visage en feu et son air égaré, Matt faillit l'attirer de nouveau contre lui. Mais il résista à la tentation et la lâcha avec précaution.

— Oui, va ouvrir.

Laurel s'éloigna d'un pas chancelant.

C'était insensé ! Il avait bien failli la prendre sauvagement sur le sol de la cuisine, songea Matt avec effarement.

Il se tourna vers la cafetière qui fumait. Devait-il être reconnaissant à la personne qui avait sonné à la porte ? Ou bien la tuer ?

Etourdie, Laurel avait l'impression d'avoir longuement nagé en eaux profondes et d'être remontée trop rapidement à la surface. Ivre ? Elle se massa la tempe en saisissant la poignée de la porte. Ce que les Martini avaient commencé, Matt l'avait achevé. Elle secoua la tête avec vigueur. En vain. Renonçant à s'éclaircir les idées, elle ouvrit la porte.

— Laurel ! Tu as mis si longtemps à répondre que j'ai failli m'en aller.

Jerry Cartier, en costume trois-pièces, la dévisageait d'un air vaguement contrarié.

Elle sentit aussitôt le feu s'apaiser en elle, mais son esprit restait embrumé par l'alcool.

— Oh ! bonjour, Jerry.

Elle recula machinalement et il en profita pour entrer.

— Que faisais-tu ?

— Ce que je faisais ?

La mémoire revint brusquement à Laurel. Elle laissa échapper un profond soupir.

— Du café. J'étais en train de préparer du café.

Elle referma la porte et s'y adossa, les jambes tremblantes.

Jerry se retourna vers elle.

— Tu bois trop de café. Ce n'est pas bon pour tes nerfs.

Laurel pensa à Matt. Il lui avait fait découvrir un tas de terminaisons nerveuses dont elle ignorait tout jusqu'à ce soir…

— Tu as probablement raison, murmura-t-elle.

Tout à coup, elle se redressa. Si Jerry savait tout ce qu'elle avait bu… La dernière chose dont elle avait envie, c'était un sermon interminable sur les méfaits de l'alcool !

— Assieds-toi, dit-elle en indiquant le fauteuil le plus proche.

Réprimant une grimace, elle gémit intérieurement. Si seulement elle pouvait s'allonger… dans l'obscurité et le silence ! En attendant, si elle avait de la chance — beaucoup de chance —, elle parviendrait peut-être à traverser le salon et à atteindre le canapé sans tituber. Elle fit un pas hésitant.

— Tu n'es pas prête, apparemment.

Elle s'immobilisa. Jerry avait raison. Elle n'était pas du tout prête pour la traversée du salon sur ses deux jambes. Mais ramper n'était pas une bonne idée. Rester debout non plus, d'ailleurs…

— Prête ?

— Pour aller dîner, précisa Jerry en fronçant les sourcils.

— Bonjour, Jerry.

Chargé d'un plateau sur lequel étaient posées trois tasses et une cafetière fumante, Matt pénétra dans le salon d'un pas nonchalant.

Dans son fauteuil, Jerry croisa les jambes.

— Bonsoir, Matthew…

Après avoir posé le plateau sur la table, Matt se dirigea vers Laurel.

— Alors, combien d'immeubles avez-vous déclarés inhabitables, dernièrement ? demanda-t-il à Jerry d'un ton affable.

Discrètement, il prit Laurel par le bras et la guida jusqu'au canapé. Elle se laissa tomber sur ce dernier avec un regard reconnaissant.

— Ça ne fait pas partie de mes fonctions, répondit Jerry en croisant les mains. Mais le maire m'a justement parlé d'un immeuble à l'autre bout de la ville. Toute la tuyauterie à refaire, paraît-il.

— Vraiment ?

— Du café ? intervint Laurel.

Martini ou pas, elle ne pouvait pas laisser Matt se moquer ouvertement de Jerry sans réagir. Et de toute façon, si elle ne buvait pas du café de toute urgence, elle allait s'endormir.

— Seulement une demi-tasse, répondit Jerry. Es-tu certaine de vouloir en prendre ?

Laurel saisit l'anse de la cafetière avec précaution. Pourvu qu'elle parvienne à servir sans tout renverser…

— Ça fait des heures que je n'en ai pas bu.

— Alors, comment s'est passée votre journée, Jerry ? s'enquit Matt en refermant la main sur celle de Laurel, autour de l'anse.

En entendant son petit soupir de soulagement, il réprima un sourire.

— Du travail. Beaucoup de travail, répliqua Jerry en soupirant. Et l'impression qu'on n'aura jamais le temps de tout faire.

Matt effleura du regard la bouche de Laurel.

— A qui le dites-vous…

Jerry voulut prendre la tasse que lui tendait Laurel, mais elle visa mal et il dut se pencher vivement sur le côté. Il lui jeta un regard aigu.

— Laurel… est-ce que tu as… bu ?

— Bu ?

Laurel écrasa le pied de Matt, qui se mordait les lèvres pour ne pas exploser de rire.

— Voyons, Jerry, je viens juste de me servir…

Portant sa tasse à ses lèvres, elle en but la moitié avant de demander :

— Quelle est la raison de ta visite ?

— Ma visite ?

Il secoua la tête d'un air effaré, tandis qu'elle se laissait aller contre le dossier du canapé, les doigts crispés sur sa tasse.

— Laurel, nous sommes censés dîner dehors !

— Oh…

Elle se mordit la lèvre. C'était sûrement vrai. Jerry ne pouvait pas se tromper. Il tenait son agenda avec la plus grande minutie.

— Laurel et moi préparons un article et nous sommes un peu débordés, intervint Matt, plus pour s'amuser aux dépens de Jerry que pour voler au secours de Laurel. Nous étions justement en train de… travailler quand vous avez sonné.

Il ne cilla pas quand Laurel lui enfonça de nouveau son talon dans le pied.

— Pour les journalistes, la vie professionnelle a tendance à déborder sur la vie privée, ajouta-t-il avec le plus grand sérieux.

— Oui, mais…

Matt interrompit Jerry avec un large sourire.

— Les délais à respecter, vous savez sûrement ce que c'est. Laurel et moi, nous n'aurons probablement pas le temps de manger autre chose qu'un sandwich. Et nous risquons d'être obligés de travailler à ce rythme pendant… des semaines. Tu appelleras Jerry quand les choses se seront calmées, n'est-ce pas, Laurel ?

— Pardon ? Oh, oui ! bien sûr…

Laurel termina sa tasse. Si seulement Jerry pouvait s'en aller ! Elle avait trop envie d'en boire une autre…

— Je suis sincèrement désolée, Jerry.

— Je comprends parfaitement. Le travail passe avant le plaisir.

Matt faillit s'étrangler avec son café. Jerry posa sa tasse, ajusta le nœud de sa cravate et se leva.

— Appelle-moi au bureau quand tu seras plus disponible, Laurel. Et tâche de réduire ta consommation de café.

— Mmm…

Occupée à se mordre la joue pour réprimer un fou rire nerveux, Laurel fut incapable de répondre autre chose.

Enfin, la porte se referma silencieusement derrière Jerry.

— Oh, Seigneur !

Sans trop savoir si elle avait envie de rire ou de hurler, Laurel se cacha le visage dans les mains.

— Tu exagères, tu m'as laissé te sortir du pétrin tout seul, Laurellie, murmura Matt en resservant du café.

Elle suffoqua d'indignation. Il était très tentant de lui jeter le contenu de sa tasse au visage… Malheureusement, c'était hors de question. Elle avait trop besoin de café.

— Avec tout ce qui s'est passé aujourd'hui — je parle de l'article —, précisa-t-elle devant le sourire suffisant de Matt, j'ai oublié ce dîner. Et je ne t'ai jamais demandé de me sortir du pétrin.

— Quelle ingratitude !

Matt tira doucement sur une mèche des longs cheveux de Laurel, jusqu'à ce que celle-ci consente à le regarder.

— Non seulement je t'aide à dissimuler à ton petit ami que tu es en état d'ébriété, mais je te laisse me briser trois orteils sans protester.

— Ce n'est pas mon petit ami.

Laurel vida sa tasse d'un trait et la reposa sur la table d'un geste brusque.

— Tu le berces de fausses espérances, commenta Matt.

— Ce n'est pas vrai.

Elle voulut se lever, mais renonça aussitôt. Impossible. Elle n'avait pas assez d'énergie.

— Les choses sont très claires entre nous, déclara-t-elle. Nous sommes amis. C'est un homme charmant. Il est juste un peu…

— N'emploie pas de nouveau le mot « gentil » ! Le pauvre vieux ne mérite pas ça. Remarque, je n'ai pas l'impression qu'il risque d'avoir le cœur brisé.

— Jerry ne me voit pas de cette façon, déclara Laurel, la moue boudeuse et le regard éteint.

Matt se pencha sur elle.

— Dans ce cas, je retire ce que j'ai dit tout à l'heure et je ne le qualifierai plus de pontifiant.

Laurel s'appuya sur Matt. Pas question de laisser la pièce se remettre à tournoyer…

— Je vais au lit.

— J'aime les femmes qui prennent l'initiative, rétorqua-t-il avec un sourire narquois.

— Seule, précisa-t-elle en réprimant un fou rire.

— Quel gâchis !

Il porta la main de Laurel à ses lèvres, puis il effleura son poignet, là où son pouls battait avec frénésie.

— Matthew, arrête, s'il te plaît.

Il la regarda. Ce serait facile. Si facile… Il suffirait de l'attirer contre lui et de l'embrasser. Ils en étaient conscients tous les deux. Elle en avait envie, il en avait envie, et pourtant ni l'un ni l'autre ne savaient très bien comment ils en étaient arrivés là.

— Dans plusieurs années, je me haïrai pour avoir choisi de jouer les héros, murmura-t-il en se levant. A ta place, je prendrais de l'aspirine maintenant, Laurellie. Tu ne pourras pas éviter la gueule de bois, mais mieux vaut essayer de limiter les dégâts.

Tout en se traitant de parfait imbécile, Matt gagna la sortie et referma la porte derrière lui avec détermination.

5

— Je te hais, Matthew Bates.

Le visage défait, le teint blafard, Laurel se regardait avec dépit dans le miroir de la salle de bains. Des coups de marteau résonnaient sourdement à l'intérieur de son crâne. Pourquoi fallait-il qu'il ait raison une fois de plus ?

Elle prit un tube d'aspirine dans l'armoire à pharmacie et referma la porte d'un geste brusque. Le bruit lui arracha un gémissement. Elle se prit la tête à deux mains. C'était un réflexe stupide, songea-t-elle aussitôt. Sa tête ne risquait pas de tomber. Dommage. Ce serait une telle délivrance…

Elle avala deux comprimés d'aspirine et frissonna. Après tout, elle n'avait que ce qu'elle méritait. Quand on buvait quatre Martini à la suite, on n'avait pas le droit de se plaindre de la gueule de bois. Mais ce serait tout de même moins pénible si Matt n'avait pas raison…

Et ce n'était pas le souvenir de ce qui s'était passé au retour du bar qui allait l'aider à se remettre. Dire qu'elle s'était pratiquement jetée à son cou… Quelle idiote ! Non seulement il n'allait pas manquer de le lui rappeler, mais il allait en faire des gorges chaudes pendant des mois. Peut-être le méritait-elle également, mais… mais pourquoi fallait-il qu'elle se souvienne à quel point c'était fantastique ? Exceptionnel ! Et pourquoi fallait-il qu'elle meure d'envie que ça se reproduise ?

Non, ça ne se reproduirait pas. Laurel passa les deux mains dans ses cheveux. Si seulement les coups de marteau pouvaient cesser… Non, elle ne tomberait pas amoureuse de Matthew Bates. Non, elle ne se ridiculiserait pas à ce point. Elle était peut-être condamnée à faire équipe avec lui pour le travail, mais, en privé, ce serait désormais « bas les pattes ». Mieux valait mettre sur le compte de l'alcool les sensations inouïes que lui avait procurées son baiser. Même si ce n'était pas vrai.

Avec un soupir, Laurel se dirigea vers la douche. Elle allait prendre la mesure qui s'imposait. Se mettre la tête sous l'eau froide. Mais alors qu'elle tendait la main vers le robinet, les coups de marteau redoublèrent. Dans son crâne mais aussi contre la porte d'entrée. Celui ou celle qui tambourinait ainsi méritait une mort lente dans les pires souffrances, décida-t-elle en allant ouvrir.

— Bonjour, Laurellie.

Matt s'appuya contre le chambranle et lui adressa un sourire éclatant. Son regard glissa sur son peignoir, qui était aussi court que peu épais.

— J'aime bien ton déshabillé.

Il portait comme à son habitude une tenue décontractée, mais, de toute évidence, il était frais et dispos. Comment était-ce possible, alors qu'elle-même avait l'impression d'avoir avalé des tonnes de sable après une marche interminable dans le désert ?

— Je me suis réveillée en retard, marmonna-t-elle.

Puis elle croisa les bras, attendant ses quolibets.

— Tu as déjà pris ton café ? demanda-t-il en entrant.

Elle le regarda avec circonspection refermer la porte. Sans doute attendait-il le moment propice pour se payer sa tête.

— Non, répondit-elle sobrement.

— Je vais le préparer.

D'un pas nonchalant, il se dirigea vers la cuisine.

Elle le suivit des yeux, ébahie. Pas de commentaire ironique ? Pas de sourire narquois ? Elle regagna la salle de bains en traînant les pieds.

Elle s'était préparée à riposter, songea Matt en remplissant la cafetière. Alors qu'elle n'avait qu'une seule envie, ramper jusqu'à son lit et tout oublier. Une sacrée femme… Comme sa grand-mère.

Il se remémora la soirée de la veille. Parce qu'il avait jugé plus prudent de ne pas rester chez lui, à quelques mètres seulement de Laurel, il avait pris sa voiture. Un peu de travail sur le terrain pour se changer les idées. Olivia serait une mine d'informations, avait-il pensé. Et elle aurait sur les Trulane un point de vue sans aucun doute plus objectif que celui de Laurel…

***

Olivia l'accueillit sur la terrasse avec un regard à la fois perplexe et ravi.

— Voilà que, tout à coup, la soirée ouvre des perspectives, plaisanta-t-elle.

— Mademoiselle Olivia.

Matt prit la main noueuse ornée de bagues qu'elle lui tendait et la porta à ses lèvres. Elle sentait le jasmin fraîchement cueilli.

— Je suis fou de vous.

— Comme tous les hommes que j'ai connus, dit-elle avec un petit rire de gorge. Servez-nous à boire et asseyez-vous, Matthew. Avez-vous enfin réussi à amadouer ma petite-fille ?

Matt songea à la femme fougueuse qu'il serrait encore contre lui une heure plus tôt.

— Je progresse, murmura-t-il.

— Vous n'êtes pas très rapide, mon garçon.

— J'ai toujours pensé qu'un homme avait plus de chances de parvenir à ses fins s'il prenait le temps d'élaborer soigneusement sa stratégie.

Il lui tendit un verre avant de s'asseoir à côté d'elle.

— Vous ne vous joignez pas à moi ? demanda-t-elle.

— Il est trop difficile de garder les idées claires en votre compagnie.

Elle éclata de rire. Se carrant dans son fauteuil, Matt alluma une cigarette.

— Où est Susan ?

— A l'étage, horriblement choquée par la lecture de mon journal.

— Que pensez-vous d'elle ?

Olivia but une gorgée. Le clair de lune faisait scintiller les diamants qui ornaient ses doigts. Des insectes bourdonnaient autour de la lanterne suspendue au-dessus de l'entrée, et semblaient déterminés à se cogner contre la vitre. Du jardin parvenaient des effluves subtils.

— Une fille intelligente. Bien élevée, un peu éprouvée, mais plutôt solide.

— Elle prétend que sa sœur a été assassinée.

Olivia arqua les sourcils. Elle semblait plus songeuse que surprise, songea Matt.

— Alors c'est ça… Intéressant.

Elle but une nouvelle gorgée, puis pianota du bout des doigts sur son verre.

— La pauvre fille a été mordue par un serpent dans le marécage derrière le *Domaine du chêne*. Dites-moi pourquoi Susan pense que c'est un meurtre.

Dans le style concis et nerveux de ses articles, Matt raconta à Olivia les événements de la journée.

Une chauve-souris descendit en piqué au milieu des arbres, puis disparut. L'air vibrait du chant des criquets, ponctué de temps à autre par le coassement d'une grenouille. Les feuilles des palmiers bruissaient sous la brise légère, qui répandait le parfum entêtant des magnolias. On était bien loin de New York, songea-t-il.

— C'est une méthode un peu hasardeuse pour des gens aussi méticuleux que les Trulane, commenta Olivia. Mais dites-moi, Matthew, le crime et le mystère activent la circulation sanguine, certes, mais je suppose que ce n'est pas pour me prémunir contre l'artériosclérose que vous êtes venu me raconter tout ça.

Matt éclata de rire. Cette femme avait vraiment un humour irrésistible… Il s'inclina en arrière, attentif aux bruits de la nuit.

— Je connais l'histoire des Trulane dans ses grandes lignes, et Laurel m'a donné des précisions supplémentaires… enjolivées par des souvenirs émus.

— Une pointe de jalousie est un excellent stimulant, commenta Olivia. Ça vous incitera peut-être à passer à l'action.

— J'aimerais avoir votre point de vue sur cette famille.

— D'accord. Allons dans le jardin. Je m'engourdis quand je reste assise trop longtemps.

Matt prit la main que la vieille dame lui tendait et l'aida à se lever. Elle était beaucoup plus menue qu'elle n'en donnait l'impression et cela ne manquait jamais de le surprendre. Sa démarche était d'une souplesse étonnante. Si ses articulations la faisaient souffrir, elle le cachait habilement. Quand il avait dit être fou d'elle, il n'avait pas menti. Lors de leur première rencontre, il était tombé amoureux d'elle au bout de cinq minutes. Et il n'avait eu aucun mal à comprendre pourquoi elle avait été la jeune fille, puis la femme, puis la veuve la plus courtisée de la région.

— La vie de Marion s'est achevée en France, commença Olivia. Des bruits ont couru à propos d'une histoire d'amour malheureuse, mais elle n'en a jamais parlé. C'est une femme discrète mais elle a l'esprit très vif. Depuis toujours. Par ailleurs, elle a beau s'occuper d'œuvres de bienfaisance et se donner de grands airs, elle est terriblement snob. Je l'aime bien, mais elle n'est pas à la hauteur de sa mère, comme certains aimeraient le croire.

Matt tapota en riant la main appuyée à son bras.

— Je savais que je pouvais compter sur votre franchise, mademoiselle Olivia.

— Je ne supporte pas l'hypocrisie. Charles en revanche était comme sa mère. Un garçon séduisant, la tête dans les nuages. Mais il avait du talent. Il n'aimait pas parler de sa peinture, mais il était vraiment doué. L'une de ses aquarelles est accrochée dans mon salon.

Preuve qu'il était talentueux, songea Matt. Olivia pourrait sans doute acheter une toile à un voisin par compassion, mais elle n'exposerait jamais chez elle une œuvre qui ne le méritait pas.

— Il m'a beaucoup déçue quand il s'est enfui avec la femme de son frère.

Apercevant la lueur ironique dans les yeux de Matt, elle ajouta :

— J'ai des principes, Yankee. Si la femme et le frère de Louis s'aimaient, ils auraient dû l'avouer franchement au lieu de s'enfuir de nuit comme des voleurs. Le choc aurait été moins rude pour Louis.

— Parlez-moi de lui.

— Le premier amour de Laurel.

Olivia gloussa devant la moue de Matt.

— Du calme, Matthew. Chaque femme a droit à un conte de fées. Quand il était jeune, il était extrêmement séduisant et débordant d'énergie. C'était un homme dévoué à sa famille et aux affaires familiales, mais il ne se prenait pas au sérieux. J'aurais trouvé ça exaspérant. Je pense qu'il aimait sincèrement sa première épouse et que sa trahison l'a détruit. Et cela a été encore pire quand la rumeur a commencé à courir qu'elle était enceinte de Charles.

— Avez-vous rencontré Anne Trulane ?

— Non. Louis était très possessif avec elle et j'estime que c'était compréhensible.

Olivia cueillit une azalée en soupirant.

— Ils avaient prévu de donner une réception en septembre. Marion m'avait dit que ce serait une grande soirée très mondaine, destinée à présenter Anne à la haute société de La Nouvelle-Orléans. Selon elle, la pauvre enfant était à la fois excitée et terrorisée par cette perspective. Je reconnais que j'étais impatiente de la voir de près. On disait qu'elle ressemblait à Elise.

— On ?

— Les domestiques. Heureusement qu'ils sont là !

Olivia jeta un coup d'œil à la maison, se remémorant une époque où elle était capable de marcher et même de courir dans le jardin pendant des heures.

— Si je veux savoir ce qui se passe au *Domaine du chêne*, je le demande à ma cuisinière, qui me répète ce que lui a raconté leur cuisinière.

Elle eut un petit soupir d'aise.

— J'adore l'espionnage.

— Vous vous souvenez bien d'Elise Trulane ?

— Ma mémoire est deux fois plus vieille que vous, jeune homme.

Olivia éclata de rire, un rire sans amertume ni regrets.

— Et même plus que ça !

Malgré les sillons qu'y avait creusés le temps, son visage éclairé par la lune était splendide, songea Matt. La main qu'il tenait sous la sienne était desséchée par l'âge. Et forte.

— Mademoiselle Olivia, où puis-je trouver une femme comme vous ?

— Vous en avez une sous le nez tous les jours, stupide Yankee !

Ils regagnèrent la véranda et la vieille dame se rassit dans son fauteuil.

— Ah, Susan… Venez.

Elle fit signe à la jeune femme, qui hésitait dans l'embrasure de la porte.

— La pauvre enfant, elle rougit sans arrêt, murmura-t-elle à l'adresse de Matt. Comment avez-vous trouvé mon journal ? demanda-t-elle en se tournant vers Susan.

— Très… haut en couleur. Vous avez eu une vie…

Susan hésita un instant avant de poursuivre.

— … bien remplie, madame Armand.

Olivia s'esclaffa.

— N'ayez pas peur des mots, mon enfant ! J'ai beaucoup péché et j'ai adoré ça.

— Un verre, Susan ? demanda Matt en conduisant la jeune fille jusqu'à un siège.

— Non, merci. Laurel n'est pas avec vous ?

— Je préfère ne pas l'amener quand je viens faire la cour à Olivia.

Matt constata avec plaisir que Susan était encore capable de sourire.

— Puisque je suis ici, je voudrais vous demander si vous vous rappelez les noms qu'Anne aurait pu mentionner dans ses lettres, ou bien les faits inhabituels ou incongrus qu'elle aurait pu vous raconter.

— Elle parlait surtout de Louis et de la maison… et de Marion, bien sûr, pour qui elle s'était prise d'amitié. Des domestiques également… en particulier une certaine Binney, la gouvernante, une femme cajun.

Susan fouilla dans sa mémoire.

— J'avais l'impression qu'elle n'assumait pas encore vraiment son rôle de maîtresse de maison. Avoir des domestiques la déstabilisait un peu.

— Quelqu'un en dehors de la famille ?

— Elle ne connaissait personne d'autre. Oh, si… il y avait un des comptables de Louis. Elle l'a mentionné une ou deux fois. Je crois qu'il rendait de temps en temps visite à Louis pour étudier des dossiers avec lui. Il la rendait nerveuse. Anne était très timide avec les hommes, précisa Susan avec un petit sourire triste. A part ça, elle ne parlait que de Louis. Il lui apprenait à monter à cheval…

— Nathan Brewster, murmura Olivia. J'ai entendu parler de lui. Un garçon intelligent. De votre âge, Matthew. Réputé pour son tempérament coléreux. Il a failli tuer un homme il y a quelques années, un homme qui se serait montré trop familier avec sa sœur.

— Y a-t-il des choses que vous ne savez pas, Olivia ? demanda Matt en secouant la tête.

— Non, rien du tout.

Avec un large sourire, Olivia lui tendit son verre vide pour qu'il le remplisse.

— Susan, avez-vous une photo d'Anne ?

— Oui, vous la voulez ?

— J'aimerais la voir.

Alors que Susan partait chercher la photo, Matt servit Olivia.

— Vous savez, je suppose, que le marécage du *Domaine du chêne* est prétendument hanté ?

— Ne prenez pas ce ton caustique, Matthew. Nous, les créoles, nous sommes plus réceptifs aux phénomènes surnaturels que vous autres, les Yankees. La plupart des marécages sont hantés, déclara Olivia le plus sérieusement du monde en faisant tournoyer le bourbon dans son verre. Les fantômes du *Domaine du chêne* datent d'avant la guerre.

Matthew se rassit. Il n'y avait qu'une seule guerre à laquelle Olivia pouvait faire référence. La guerre de Sécession. Laurel aussi l'avait évoquée.

— Racontez-moi ça.

— L'une des épouses Trulane avait l'habitude d'y retrouver son amant. Un endroit particulièrement inconfortable pour pratiquer l'adultère, entre nous.

Matt éclata de rire.

— Son mari les a surpris et les a tués, poursuivit Olivia. Le pistolet dont il s'est servi se trouve encore aujourd'hui au domaine, dans une vitrine de la bibliothèque. Le mari s'est débarrassé des corps en les jetant dans les sables mouvants. Depuis, on aperçoit de temps en temps des lumières dans le marécage ou bien on entend une femme pleurer. Très romantique.

— Et terrifiant pour quelqu'un comme Anne Trulane, ajouta Matt pensivement.

— Ce n'est qu'une photo d'identité, dit Susan en revenant. Mais elle a été prise il y a moins d'un an.

— Merci.

Matt étudia la photo. Jeune, mignonne, effacée. Ce furent les mots qui lui vinrent à l'esprit. Et vivante. L'image de son corps, tel qu'il était le matin où ils l'avaient retrouvée, lui revint à l'esprit. Réprimant un juron, il tendit la photo à Olivia.

— Ça alors, murmura la vieille dame en tapotant la photo contre sa paume. On dirait la jumelle d'Elise Trulane.

Le bruit que faisait Laurel en fouillant dans les placards de sa chambre ramena Matt au présent. Une autre rencontre était prévue aujourd'hui, avec Louis Trulane. Il prit la cafetière pleine et l'emporta sur le balcon, où il attendit Laurel.

Elle aimait les bégonias roses, constata-t-il. Cueillant une des fleurs qui dépassait de la balustrade, il huma longuement son parfum. Bégonias roses. Rideaux de dentelle. Quelle place pouvait-il y avoir dans ce décor raffiné pour un homme qui avait grandi avec des chaussures trouées ? C'était curieux… Il n'avait jamais autant pensé à son enfance que depuis qu'il faisait équipe avec elle.

Quand Laurel rejoignit Matt, celui-ci contemplait le jardin en contrebas. Mais il ne voyait ni les fougères ni les fleurs, comprit-elle. Elle n'avait surpris cette expression sur son visage qu'une ou deux fois au journal, en levant les yeux sur lui par hasard alors qu'il était à sa machine à écrire, plongé dans la rédaction d'un article. Absorbé dans ses pensées.

— Matthew ?

Elle s'apprêtait à lui demander à quoi il pensait, mais quand il se tourna vers elle, une lueur dans ses yeux l'en dissuada. Puis, tout à coup, il redevint tel que lui-même.

— Le café est prêt, dit simplement Matt.

« Pourvu que la vague de chaleur se poursuive encore longtemps », songea-t-il en admirant la jupe et le corsage de coton que Laurel avait revêtus.

— Pas de « je t'avais prévenue » ? demanda-t-elle en s'asseyant sur une des chaises en fer forgé.

— Je suis mal placé pour te critiquer, répondit-il en s'appuyant à la balustrade. J'ai eu ma part de lendemains difficiles. Tu te sens mieux ?

— Un peu. Je vais téléphoner à la maison avant que nous partions. Je veux m'assurer que Susan s'adapte bien.

Que pouvait porter une femme comme Laurel sous une tenue d'été ? se demanda Matt. De la soie, peut-être. Très fine.

— Susan va bien. Je l'ai vue hier soir, ainsi que ta grand-mère.

Laurel se figea alors qu'elle portait sa tasse à ses lèvres.

— Tu es allé à *Promesse d'amour* hier soir ?

— Je ne peux pas me passer d'Olivia.

— Bon sang, Matthew, c'est mon article !

— *Notre* article.

— Peu importe. De toute façon, tu n'avais rien à faire là-bas sans moi.

Il se servit une tasse de café.

— Je te rappelle que tu n'étais pas en état d'aller où que ce soit, hier soir. Et si tu avais été plus en forme, ce n'est pas chez ta grand-mère que nous aurions fini la soirée.

Elle se leva brusquement.

— Hier, j'avais l'esprit brouillé par l'alcool. Mais ne t'imagine surtout pas que j'éprouve la moindre attirance pour toi, Matthew Bates.

Il se contenta de sourire.

— N'importe quel homme pourrait paraître séduisant après quatre Martini, poursuivit-elle. Même toi.

Il reposa sa tasse.

— Tu as les idées claires, ce matin, Laurellie ?

— Parfaitement et…

Elle s'étrangla, alors qu'il l'attirait contre lui.

— Oui, je dirais que tu as les idées claires.

Il se pencha vers elle.

— Tu es une femme qui sait exactement ce qu'elle veut et ce qu'elle ne veut pas.

« Bien sûr », songea Laurel en se laissant aller contre lui.

— Je ne veux pas… Oh…

Elle fut parcourue d'un long frisson quand il lui mordilla le lobe de l'oreille.

— Qu'est-ce que tu ne veux pas ?

— Que tu me… me brouilles les idées.

Elle sentit ses cils effleurer sa joue, tandis que sa bouche se rapprochait lentement de la sienne.

— Je te brouille les idées ?

— Oui.

Il approcha ses lèvres à quelques millimètres des siennes. Laurel s'écarta vivement, le cœur battant à tout rompre.

— Tu fais ça pour distraire mon attention de l'affaire.

— Tu sais aussi bien que moi que ça n'a rien à voir avec l'affaire, dit-il en capturant d'une main ses longs cheveux.

— Eh bien, c'est sur elle que nous devons nous concentrer. Je ne veux pas que tu enquêtes sans moi. C'est moi qui ai rencontré Susan et…

— Bon sang, quand il y aura un article, si toutefois il y en a un, nous le signerons tous les deux !

La colère était moins déstabilisante que le désir… Soulagée que la discussion tourne à la dispute, Laurel répondit sur le même ton.

— Ça n'a rien à voir avec la signature de l'article ! Ça ne me plaît pas que tu interroges grand-mère et Susan quand je ne suis pas là. Si tu m'avais mise au courant de tes intentions, j'aurais bu plus de café, j'aurais pris une douche et je me serais ressaisie.

— Peut-être.

Matt enfonça les mains dans les poches de son pantalon.

— Mais, pour être tout à fait honnête, j'avais envie de discuter avec quelqu'un qui soit capable de faire preuve d'objectivité à propos des Trulane.

Serrant les dents, Laurel réprima une réplique cinglante.

Malheureusement, il avait une fois de plus raison. Et elle le détestait d'autant plus…

— Allons-y, marmonna-t-elle en pivotant sur elle-même.

— Laurel.

Il la saisit par le bras.

— Ça n'a rien à voir avec l'article, expliqua-t-il d'une voix douce. Je ne veux pas que tu souffres.

Elle le regarda, ébranlée. Danger… Elle allait finir par être réellement en danger.

— Je t'ai déjà demandé de ne pas être gentil avec moi.

— Je serai odieux plus tard, pour compenser. Ce que tu ressens pour Louis…

— … n'a rien à voir avec tout ça.

De quoi parlaient-ils l'un et l'autre ? se demanda-t-elle, de plus en plus troublée. De l'article ou d'autre chose ?

— Laisse-moi régler ça toute seule. J'en suis capable.

Matt faillit insister, mais il se ravisa. Plus tard… Plus tard, il la mettrait au pied du mur. Quand le moment serait venu.

— D'accord, dit-il simplement. Allons-y.

La brise était apaisante. Elle soufflait doucement par la vitre alors qu'ils sortaient de la ville. La tête renversée en arrière et les yeux fermés, Laurel écoutait Matt lui raconter sa visite à sa grand-mère.

— Dois-je déduire de cette pointe de dédain dans ta voix que tu ne crois pas aux fantômes ?

— Parce que toi, tu y crois ? demanda-t-il en lui jetant un coup d'œil narquois.

Voyant qu'elle restait silencieuse, il ralentit pour la regarder plus attentivement.

— Laurel ?

Elle haussa les épaules en lissant sa jupe avec plus de soin que nécessaire.

— Disons que j'ai du sang créole, Matthew.

Il fut incapable de réprimer un sourire moqueur.

— Tu crois vraiment aux fantômes, Laurel ?

— A l'atmosphère…, corrigea Laurel, obligée d'avouer quelque chose qu'elle aurait préféré garder pour elle. Je suis allée dans ce marécage. Il y a des fleurs là où on s'attend le moins à en trouver, des petites parcelles de prairie, des hérons bleus, de l'eau stagnante.

Elle se tourna vers Matt et ses cheveux volèrent hors de la vitre, attirés par la brise.

— Il y a aussi des sables mouvants, d'horribles petits insectes et des serpents. Et puis des ombres. Je n'ai jamais aimé cet endroit. Il est sinistre. Il y a des endroits que le soleil n'atteint jamais.

— Laurel.

Matt arrêta la voiture à l'entrée du *Domaine du chêne*.

— Tu te laisses de nouveau influencer par tes souvenirs d'enfance. C'est un endroit comme un autre.

— Je peux seulement te dire ce que je ressens.

Elle plongea son regard dans le sien.

— Et ce que ressentait Anne Trulane, apparemment.

— D'accord.

Passant la première, il franchit les hautes colonnes de brique de l'entrée du domaine.

— Mais, pour l'instant, concentrons-nous sur les êtres humains.

L'allée était bordée d'immenses chênes très anciens, recouverts par une épaisse couche de mousse espagnole. Le parc n'avait pas changé. Et la maison non plus, constata Laurel dès que celle-ci apparut.

Sa façade de brique était déjà marquée par le temps bien avant sa naissance. Ses lignes étaient plus géométriques que celles de *Promesse d'amour*. Moins fluides mais pas moins belles. Ses balcons noirs se découpaient nettement sur le vieux rose de la brique. La délicatesse des balustrades n'atténuait nullement l'arrogance du bâtiment. Si Laurel considérait la maison de ses ancêtres comme une femme, elle voyait le *Domaine du chêne* comme un homme, fier et sans âge.

— Il y a si longtemps, murmura-t-elle, envahie par une foule de souvenirs et d'émotions.

Princes charmants et thés, robes vaporeuses et gâteaux roses. La dernière fois qu'elle avait vu cette maison et qu'elle y avait rêvé, elle était encore une enfant.

Elle tourna la tête en soupirant et rencontra le regard de Matt. Aujourd'hui, elle éprouvait de nouvelles émotions… Pas aussi douces, pas aussi tendres. C'était la réalité, avec ses souffrances et ses joies. C'était réel. Trop réel… Submergée par une vague de panique, elle ouvrit maladroitement la portière et descendit de voiture.

Que lui arrivait-il ? se demanda-t-elle en inspirant profondément.

Elle en était arrivée au point où elle ne pouvait même plus regarder Matt sans avoir envie de s'enfuir à toutes jambes — ou de se jeter à son cou. Le désir physique ne lui posait pas de problème. Pendant un an, elle avait réussi à le surmonter. Mais autre chose était en train de s'y mêler. Quelque chose qui promettait d'être plus difficile à affronter. Et pourtant, il le faudrait bien. Tout comme il faudrait affronter les sentiments qu'elle éprouvait pour les Trulane.

Après avoir pris une nouvelle inspiration, elle se dirigea vers la véranda, suivie de Matt.

— Laisse-moi faire, lui dit-elle. Je connais Louis et Marion.

— Tu les *connaissais*, rectifia Matt.

La façon dont elle avait regardé la maison ne lui avait pas échappé. Ni le regard qu'elle avait ensuite posé sur lui.

— Les gens ont l'habitude déplaisante de changer. Je ne peux rien te promettre, Laurel.

— Tu es dur.

— Oui.

Il leva le heurtoir et le laissa retomber sur une porte en acajou du Honduras.

Une femme un peu dégingandée vint leur ouvrir la porte. Elle jeta un bref coup d'œil à Matt, puis ses yeux noisette se posèrent sur Laurel.

— Mademoiselle Armand, murmura-t-elle en tendant des mains très fines.

— Binney. C'est un plaisir de te revoir.

Josephine Binneford, gouvernante, avait traversé sans beaucoup changer les dix années pendant lesquelles Laurel ne l'avait pas vue. Ses cheveux étaient plus gris, mais toujours noués sur la nuque dans le même chignon strict. Les rides sur son visage étaient peut-être plus nombreuses, mais Laurel ne les vit pas.

— Mademoiselle Armand, répéta-t-elle. Vous êtes devenue une jeune femme magnifique. Plus de genoux éraflés ?

— Non, plus depuis longtemps.

Avec un sourire, Laurel embrassa la gouvernante sur la joue. Celle-ci sentait l'amidon et le lilas.

— Tu n'as pas changé, Binney.

— Oh ! vous êtes encore trop jeune pour savoir à quel point le temps passe vite.

La gouvernante s'effaça pour les laisser passer, puis elle referma la porte sur le soleil et la chaleur.

— Je vais prévenir Mlle Marion que vous êtes là.

D'une démarche raidie par l'arthrite, elle les conduisit dans le salon.

— *Revenez bientôt*, murmura-t-elle en français à Laurel. *Cette maison a besoin de jeunesse.*

Puis elle se dirigea vers l'escalier.

— Qu'a-t-elle dit ? demanda Matt, tandis que Laurel la suivait du regard.

— Elle m'a juste demandé de revenir bientôt.

Laurel croisa les bras, comme si elle avait soudain froid.

— Et que la maison avait besoin de jeunesse, ajouta-t-elle en avançant dans le salon.

Si les gens changeaient, la maison ne bougeait pas, songea-t-elle. Le salon aurait pu être transporté un siècle en arrière. Et au cours du siècle à venir, il resterait tel quel.

Le soleil entrait à flots par les hautes fenêtres encadrées de bleu roi. Il allumait des reflets sur les tables en acajou, mettant en valeur les différentes nuances de rouge. Il faisait étinceler un vase de cristal taillé, qu'une jeune mariée Trulane depuis longtemps décédée avait reçu en cadeau de mariage. Il caressait comme un amant une femme de porcelaine qui avait été figée pour l'éternité dans le tourbillon d'une valse solitaire.

Matt observait Laurel. Une foule d'émotions se peignaient sur son visage, constata-t-il avec exaspération. Comment l'amener à s'intéresser à lui quand sa vie était peuplée par les fantômes du passé ?

— Les souvenirs sont des biens précieux, déclara-t-il d'un ton qu'il espérait léger. A condition de ne pas oublier le présent.

Il voulait la mettre en colère. Sa colère était ce qu'il y avait de plus facile à affronter pour lui. Mais, à sa grande surprise, Laurel se tourna vers lui avec un regard très doux, qui illuminait son visage délicat.

— Toi aussi, Matthew, tu dois posséder ces biens précieux.

Un toit qui fuyait, un plancher glacial et une assiette dans laquelle il n'y avait jamais assez à manger, songea-t-il. La nuit, une femme en train de tousser, toujours en train de tousser, fatiguant des poumons déjà épuisés. Et puis la promesse qu'il s'était faite. Quitter cet endroit en emmenant la femme avec lui. Cette promesse, il n'avait pas réussi à la tenir entièrement.

— Oui, j'en ai, répondit-il d'un air sombre. Mais je préfère le présent.

Il n'y avait pas seulement de l'amertume dans sa voix, songea Laurel avec une soudaine compassion. On y percevait une pointe de vulnérabilité. Spontanément, elle lui tendit la main.

— Matthew...

Pas question, songea aussitôt Matt. Pas question de susciter sa pitié. Ce n'était pas ainsi qu'il comptait la séduire. Il lui prit la main, puis la porta à ses lèvres.

— La vie est un cycle absurde, Laurellie. J'ai toujours pensé qu'il valait mieux occuper son temps à fabriquer les souvenirs plutôt qu'à les revivre.

Elle laissa retomber sa main.

— Tu ne veux pas te confier à moi, n'est-ce pas ?

— Concentrons-nous sur aujourd'hui, esquiva-t-il en passant ses doigts dans les belles boucles brunes.

Blessée sans trop savoir pourquoi, Laurel se détourna de lui.

— Aujourd'hui n'existe pas sans hier.

— Bon sang...

Une voix féminine interrompit Matt.

— Laurel, excuse-moi de t'avoir fait attendre.

Marion Trulane pénétra dans la pièce de la démarche souple et gracieuse d'une femme ayant suivi des cours de maintien. Elle portait une des vaporeuses robes pastel qu'elle affectionnait. Laurel lui prit les mains. Celles-ci étaient douces et menues. Quelle beauté insolente... Marion approchait de la quarantaine, mais son teint était d'une pureté remarquable et son ossature d'une élégance rare. Son parfum avait la même douceur que ses mains, ses cheveux, ses yeux.

— Marion, tu es magnifique, dit-elle.

— Merci.

Marion pressa brièvement les mains de Laurel.

— Je ne t'ai pas vue depuis ce gala de bienfaisance, il y a deux mois. C'était curieux de t'y voir avec ton calepin et ton stylo. Es-tu contente de ton travail ?

— Oui, c'est ce que je voulais faire depuis toujours. Je te présente un de mes collègues, Matthew Bates.

— Ravie de vous rencontrer, monsieur Bates.

Marion serra la main de Matt tout en scrutant son visage.

— Nous sommes-nous déjà rencontrés ?

— Sans avoir été présentés, mademoiselle Trulane. J'étais ici le mois dernier, quand votre belle-sœur a été retrouvée.

— Je vois.

Les yeux de Marion s'étaient assombris.

— Je crains d'avoir un souvenir assez confus de cette journée. Asseyez-vous, je vous en prie. Binney prépare des rafraîchissements. Louis nous rejoindra dans un instant.

Elle s'assit dans un fauteuil Hepplewhite à dossier droit, aux couleurs légèrement passées.

— Il est retenu au téléphone. A vrai dire, je suis heureuse de disposer de quelques minutes avec vous avant son arrivée, dit-elle en croisant les mains sur ses genoux. Tu n'as pas vu Louis depuis longtemps, Laurel.

— Dix ans.

— Oui, dix ans.

Marion regarda par la fenêtre un instant, puis elle soupira.

— On perd la notion du temps, ici. J'ai été forcée d'arrêter de t'inviter après que Charles et Elise… sont partis. Louis était trop mal. Ce n'était pas l'atmosphère idéale pour une jeune fille sensible.

Dix ans, songea Laurel. Et elle en souffrait encore… Et lui, dans quel état était-il ?

— Je comprends. Je ne suis plus une petite fille.

— Non, en effet.

Marion détacha ses yeux de la pelouse impeccablement tondue et des chênes majestueux.

— Laurel, tu ne l'as vu qu'au tout début de sa transformation. Au fil des mois, au fil des années, il s'est aigri. Il est devenu sujet aux sautes d'humeur, aux absences. Parfois, il ne se souvenait plus…

Elle s'interrompit, décroisant les doigts.

— Il n'oubliait pas, rectifia-t-elle avec un sourire triste. Il choisissait de ne pas se souvenir. Lui et Charles étaient… enfin, c'est comme ça…

— Marion, je sais combien ç'a dû être difficile pour lui. Je l'ai toujours su. En fait, si j'ai arrêté de venir ici, ce n'est pas parce que tu ne m'invitais plus, mais parce que je savais que Louis n'avait pas envie de me voir.

— Tu as toujours été très perspicace.

Marion soupira.

— Quand il a ramené Anne ici, personne n'a été plus surpris ni plus heureux que moi. Elle avait fait disparaître toute son amertume.

— Je l'ai senti, en effet.

Laurel sourit devant le regard interrogateur de Marion.

— Je lui ai téléphoné quelques semaines après son mariage.

Hochant la tête, Marion croisa de nouveau les doigts. Ses ongles étaient ovales, dépourvus de vernis et coupés très court.

— Peut-être était-il trop protecteur, trop possessif, mais Anne était si jeune et il avait tellement souffert… Je te dis ça parce que je veux que tu…

Elle jeta un coup d'œil à Matt.

— … que tous les deux vous compreniez dans quel état se trouve Louis aujourd'hui. Il y a eu tellement de souffrance dans sa vie… S'il paraît froid et distant, c'est uniquement à cause de sa peine.

Binney entra en poussant un chariot.

— Ah ! voilà le thé glacé. Aimes-tu toujours autant le sucre, Laurel ?

— Oui, répondit celle-ci en souriant. Oh, comme c'est gentil à toi, Binney ! s'exclama-t-elle en apercevant les minuscules gâteaux roses sur la table.

— J'ai seulement dit à la cuisinière que Mlle Laurel venait prendre le thé, expliqua Binney avec un clin d'œil complice. N'en mangez pas plus de trois, sinon je vais avoir droit aux reproches de votre grand-mère.

La gouvernante quitta la pièce et Laurel mordit dans un gâteau en riant. Le goût de la pâtisserie fit surgir un nouveau flot de souvenirs dans son esprit. Des glaçons tintèrent dans les verres, tandis que Marion servait le thé.

— Binney n'a pas changé. La maison non plus, déclara Laurel en souriant. Je suis si heureuse d'être ici…

— Les maisons ne changent pas, dit Marion en lui tendant du thé glacé dans un verre Waterford. Ce sont seulement ses habitants qui changent.

Laurel n'entendit pas Louis arriver, mais elle sentit sa présence. Avec précaution, elle reposa son verre. Quand elle se tourna vers la porte, elle rencontra son regard.

6

Dix ans, était-ce vraiment si long ? se demanda-t-elle, effarée. Elle se croyait préparée. Du moins elle espérait l'être… Louis avait les tempes grisonnantes. Ça, elle l'aurait accepté. Son visage était marqué de rides, plus profondes autour de la bouche et des yeux. Elle l'aurait accepté également. Mais son regard avait perdu toute la chaleur, toute la gaieté qu'elle aimait tant.

Il était mince. Trop mince. Cela le vieillissait. Il semblait beaucoup plus âgé que ses trente-six ans. Elle se leva et s'avança vers lui, le cœur serré.

— Louis…

Il prit sa main et une ombre de sourire étira ses lèvres.

— Tu es devenue une adulte, Laurel. Pourquoi m'attendais-je à voir une enfant ?

Il lui effleura le menton du bout du doigt, tandis qu'elle refoulait des larmes de pitié.

— Tu promettais d'être une beauté.

Elle sourit. Si seulement son regard pouvait s'éclairer un peu…

— Tu m'as manqué, dit-elle d'une voix douce.

Mais le regard de Louis ne s'éclaira pas. Il laissa retomber sa main. Il était tendu, songea-t-elle avant de se rendre compte qu'elle l'était tout autant.

— Louis, je te présente mon confrère, Matthew Bates.

Louis jeta un coup d'œil à Matt et son regard se durcit.

— Je crois que nous nous sommes déjà rencontrés.

— Du thé, Louis ? demanda Marion en tendant la main vers la théière.

— Non.

Le ton de Louis était cassant, mais Marion resta impassible, excepté un imperceptible pincement des lèvres. Aucun des deux hommes ne remarqua ce dernier, car leur attention était fixée sur Laurel.

— Nous ne sommes pas ici pour boire du thé et manger des gâteaux, n'est-ce pas, Laurel ? murmura Louis avant de traverser la pièce pour s'immobiliser devant la cheminée éteinte.

Au-dessus de celle-ci était accroché un portrait de sa mère. Laurel se souvenait parfaitement de ce tableau. Il se trouvait là depuis des années, à l'exception d'une brève période pendant laquelle il avait été remplacé par le portrait d'Elise Trulane.

— Si nous en venions au fait ? suggéra Louis. J'ai accepté de vous recevoir, M. Bates et toi, pour mettre fin à la rumeur qu'a lancée Susan.

Il regarda longuement Laurel.

— Pose tes questions. Autrefois, j'avais toujours des réponses à te donner.

— Louis…

Elle eut envie de le rejoindre pour tenter de l'apaiser, mais une lueur dans les yeux de Matt l'arrêta.

— Je suis désolée de t'importuner ainsi. Vraiment désolée.

— C'est inutile.

Louis prit un fin cigare et l'observa un moment avant de l'allumer.

— Rien n'est immuable. Fais ce que tu es venue faire.

Elle sentit son estomac se nouer. Il y avait toujours en lui cette force, dont elle était déjà consciente quand elle était enfant. Cette force l'avait poussé à prendre les rênes d'une entreprise au capital de plusieurs millions de dollars avant même d'avoir fini ses études. Elle lui avait permis d'envoûter une petite fille qui, une fois devenue femme, se sentait marquée à jamais par son souvenir. Mais à cette force s'était ajoutée une telle froideur, à présent… Immobile au milieu du salon, Laurel sentait le fossé entre le passé et le présent se creuser un peu plus à chaque seconde.

— Susan est certaine qu'Anne ne serait jamais allée dans le marécage toute seule, déclara-t-elle.

Elle se maudit aussitôt. Elle n'aurait pu commencer de manière plus maladroite ! Elle continua pourtant.

— Elle prétend qu'Anne avait la phobie de l'obscurité et que, dans ses lettres, elle disait être terrifiée par le marécage.

— Et elle s'imagine que quelqu'un a obligé Anne à s'y rendre, termina Louis d'un ton froid. Je sais déjà tout cela.

Laurel inspira profondément. Elle était journaliste et elle avait une enquête à mener : elle ne devait pas l'oublier.

— Anne avait peur du marécage, Louis ?

Il tira sur son cigare et la regarda à travers le nuage de fumée.

— Oui. Mais elle y est allée quand même, puisqu'elle y est morte.

— Pour quelle raison a-t-elle pu s'y rendre ?

— Peut-être pour me faire plaisir.

Il secoua négligemment la cendre de son cigare dans l'âtre immaculé.

— Elle commençait à trouver ridicule cette phobie qu'elle traînait depuis l'enfance. Quand j'étais avec elle, elle n'avait pas besoin de lumière, la nuit, murmura-t-il.

Soudain, il releva la tête avec l'air arrogant dont Laurel avait gardé le souvenir.

— La rumeur concernant les fantômes du marécage nourrissait son imagination. Ça m'agaçait.

Il tira de nouveau sur son cigare. Plus fort.

— Elle avait… besoin de mon approbation.

— Tu penses qu'elle aurait pu se lever au milieu de la nuit et aller dans le marécage pour te faire plaisir ? demanda Laurel en se rapprochant de lui.

— Cela paraît plus plausible que l'intervention d'un mystérieux inconnu qui aurait pénétré dans la maison par effraction et l'aurait emmenée de force, sans que personne n'entende rien.

Louis darda sur Laurel un regard glacial.

— Tu as lu le rapport de police, j'imagine.

Au souvenir des photos, elle sentit sa gorge s'assécher.

— Oui.

— Dans ce cas, il est inutile que je revienne là-dessus.

— Votre épouse avait-elle des insomnies ? demanda Matt.

Avec intérêt, il nota que la mâchoire de Louis se crispait imperceptiblement.

— De temps en temps. En particulier quand je travaillais.

Louis regarda par la fenêtre, par-dessus l'épaule de Matt.

— Elle croyait avoir aperçu des lumières dans le marécage.

— Quelqu'un d'autre les avait-il vues ?

Louis eut une moue de dérision.

— Des dizaines de gens ont prétendu en avoir vu, répondit-il. Quand ils étaient en compagnie d'une bouteille de bourbon, la plupart du temps.

— Monsieur Bates, Anne était à la fois effrayée et fascinée par le marécage, intervint Marion. Il arrive souvent que les gens éprouvent de la fascination pour ce qui les terrorise. Elle était obsédée par la légende. Malheureusement, aucun de nous ne la prenait au sérieux et nous sommes à blâmer pour cela. Elle était si jeune… Peut-être que si nous avions insisté pour qu'elle se promène dans le marécage en plein jour, elle n'aurait pas éprouvé l'envie irrésistible d'y aller la nuit.

— Tu penses qu'elle était capable de s'y rendre seule, la nuit ? demanda Laurel.

— C'est la seule explication. Nous l'aimions tous.

Les yeux embués de larmes, Marion jeta un coup d'œil à Louis.

— Elle était charmante et très douce, mais elle avait les nerfs à vif. Je croyais que c'était la perspective de la réception qui la perturbait.

— Quelle importance, à présent ? demanda Louis en jetant son cigare dans la cheminée. Anne est partie et ni Susan ni ses lettres n'y peuvent rien changer.

— Les lettres ont été volées dans la chambre de Susan, déclara Laurel d'un ton posé.

Louis haussa les épaules, manifestement exaspéré.

— C'est ridicule. Qui volerait des lettres ? Elle a dû les égarer.

— Vous avez été mariés pendant presque un an, intervint Matt. Pourtant, aucun de vos proches voisins n'a jamais rencontré votre épouse. Pourquoi ?

— Ça ne regarde que moi.

Laurel fit un pas vers Louis.

— S'il te plaît… Si nous pouvions juste com-prendre…

— Comprendre ?

Devant son regard glacial, elle se figea.

— Comment le pourrais-tu ? C'était encore une enfant, à peine plus âgée que tu l'étais la dernière fois que je t'ai vue. Cependant, elle n'avait pas ton assurance. Je la gardais pour moi seul, parce que j'en avais envie. Et parce qu'il le fallait. Il y avait une différence d'une génération entre nous.

— Tu ne lui faisais pas confiance, murmura Laurel.

— Seuls les imbéciles accordent leur confiance.

— La ressemblance entre Anne et votre première épouse n'est-elle pas étrange ? demanda Matt.

Seul le petit hoquet étouffé de Marion troubla le silence qui suivit cette question. Louis crispa les poings mais son visage resta impassible. Sans un mot, sans un regard pour personne, il quitta la pièce d'un pas vif.

— Louis n'est pas vraiment lui-même, déclara Marion en tripotant nerveusement les verres. Il ne supporte pas qu'on compare Anne et Elise.

— C'est pourtant inévitable, fit valoir Matt. La ressemblance physique est trop frappante.

— Pas seulement physique… Votre remarque était tout à fait naturelle, monsieur Bates, s'empressa d'ajouter Marion. Mais Louis refuse de parler d'Elise et de Charles.

— Connais-tu Nathan Brewster ? demanda soudain Laurel.

Marion cilla imperceptiblement.

— Oui, bien sûr, c'est un des comptables de Louis.

— C'est l'un des rares noms cités par Anne dans ses lettres.

— Oh, c'est normal, je suppose. Il est venu ici quelquefois pour travailler avec Louis. Et comme Anne ne voyait pas beaucoup de monde…

Marion se leva avec un sourire contrit.

— Je suis désolée de ne pas vous être plus utile, mais peut-être pouvez-vous dissiper les doutes de Susan, à présent.

Elle tendit les mains à Laurel.

— Reviens bientôt, s'il te plaît. Juste pour bavarder comme autrefois.

— C'est promis. Dis à Louis…

Laurel pressa les mains de Marion dans les siennes en soupirant.

— Dis-lui que je suis désolée.

Ils quittèrent la maison et reprirent la route en silence.

Envahi par une frustration et une colère croissantes, Matt se jura pourtant de ne rien dire. Quels que soient les sentiments de Laurel, ils ne regardaient qu'elle. Si elle se laissait influencer par ses émotions, il n'y pouvait rien…

Mais ce fut plus fort que lui. Poussant un juron, il donna un coup de volant pour s'arrêter sur le bord de la route.

— Bon sang, Laurel, arrête !

Les mains croisées sur les genoux, la jeune femme resta immobile, les yeux fixés sur le pare-brise.

— Arrêter quoi ? demanda-t-elle enfin.

— De te noyer dans les regrets.

Elle tourna les yeux vers lui. Ils étaient secs, mais son regard n'en était pas moins éloquent.

— Oh, Matthew… Il paraissait si perdu…

— Laurel !

— Je sais… Il a changé. Je m'y attendais. Mais je n'étais pas prête à affronter la réalité.

Elle prit une profonde inspiration.

— Je n'étais pas prête à le voir à ce point malheureux.

Injuriant mentalement Louis Trulane et tout ce qu'il représentait, Matt attira Laurel contre lui. Elle ne protesta pas. Le soleil inondait l'intérieur de la voiture et les oiseaux gazouillaient joyeusement dans les arbres.

Acceptant le réconfort que Matt lui offrait, Laurel ferma les yeux, tandis qu'il lui caressait les cheveux.

— Je suis en deuil, murmura-t-elle. Je ne sais pas si tu peux comprendre ce que Louis représentait pour moi quand j'étais enfant, puis adolescente. Le découvrir dans cet état aujourd'hui…

Elle soupira et regarda sans les voir les ombres que dessinaient les arbres sur la route écrasée de soleil.

— Tu le considères comme une victime, Laurel. Nous sommes tous victimes de ce que la vie nous réserve. Ce qui compte, c'est la manière dont nous affrontons les épreuves.

— Quand on perd quelqu'un qu'on a aimé, c'est comme si on mourait un petit peu.

— Nous sommes tous confrontés au malheur un jour ou l'autre, dit-il en respirant le parfum de ses cheveux.

Il avait raison, songea Laurel. Bien sûr, il avait raison. Mais ça ne l'empêchait pas d'éprouver du chagrin pour Louis. Elle resta silencieuse, la tête sur son épaule, tandis qu'il passait la main dans ses cheveux. Son corps était si rassurant… Les battements de son cœur si réguliers… Elle pouvait se perdre ici. Dans cette voiture, sous les rayons du soleil, au son du chant des oiseaux.

— Je t'ai déjà demandé de ne pas être gentil avec moi, murmura-t-elle.

Devant son regard pénétrant, elle sentit ses joues s'enflammer. Il lisait trop bien en elle… Il posa une main sur sa joue. Elle entrouvrit les lèvres.

— Tais-toi, murmura-t-il avant de s'emparer de sa bouche.

Avec moins de douceur que la fois précédente. Pourquoi y avait-il de la colère dans son baiser ? se demanda-t-elle avec perplexité. Cependant, cette colère était mêlée d'un désir intense, brûlant.

Impossible d'y résister… Alanguie dans ses bras, elle sentait chacun de ses os, chacun de ses muscles se liquéfier et tout son être s'abandonner à la force impérieuse qui les poussait l'un vers l'autre. C'était un besoin irrépressible et mutuel, comprit-elle. Un besoin qui avait toujours existé. Plus elle l'avait combattu, plus elle s'était efforcée de l'ignorer, plus il s'était renforcé, menaçant de prendre le pas sur tous les autres. La faim, la soif, le besoin de respirer semblaient dérisoires en comparaison. Malgré tout…

— Matthew…

Elle laissa retomber sa tête sur son épaule en tentant de maîtriser les battements de son cœur.

— Ce n'est pas… Je ne suis pas prête…

Vibrant d'impatience et de désir, il voulut s'emparer de nouveau de sa bouche.

— Ça viendra.

— Je ne sais pas.

Elle posa les mains sur son torse pour le repousser. Si seulement il pouvait comprendre… Si seulement elle comprenait elle-même…

— Je t'ai dit que tu semais la confusion dans mon esprit. C'est vrai. C'est la première fois que je désire un homme et je ne m'attendais pas du tout à ce que ça tombe sur toi.

Il la serra contre lui.

— Tu finiras par t'y habituer.

Prenant soudain conscience de ce qu'elle venait de lui avouer, Matt se figea.

— C'est la première fois que… ? s'exclama-t-il avec stupéfaction. Tu n'as jamais… été avec un homme ?

Elle releva le menton.

— Je n'ai pas l'habitude de me forcer à faire des choses dont je n'ai pas envie, figure-toi.

Vierge ? Mon Dieu, comment avait-il fait pour ne pas s'en rendre compte ? se demanda Matt avec effarement. Pour ne pas le sentir ? Il desserra peu à peu son étreinte et finit par la lâcher.

— Ça change tout, n'est-ce pas ? murmura-t-il en prenant une cigarette. Ça change tout… Je vais être ton amant, Laurellie. Prends le temps d'y réfléchir.

— Quelle arrogance ! s'exclama-t-elle, suffoquée d'indignation.

— Nous en reparlerons.

Matt souffla un nuage de fumée. Laurel semblait aller mieux, songea-t-il. Pour sa part, il avait les nerfs à vif. Pour elle, comme pour lui, mieux valait prendre le temps de réfléchir.

— J'ai quelques idées à propos d'Anne Trulane.

Il remit le contact, tandis que Laurel s'efforçait de réprimer son irritation. La priorité, c'était l'article, se répétait-elle. Ils régleraient ce… problème personnel plus tard.

— Je t'écoute, dit-elle d'un ton neutre.

Matt s'efforçait de conduire en douceur et d'ignorer le désir qui le taraudait.

— Louis a épousé Anne Fisher parce qu'elle ressemblait à sa première femme.

— Oh, vraiment, Matthew…

— Laisse-moi terminer. Qu'il l'ait aimée ou non n'a aucune importance. Après l'avoir épousée, il l'a ramenée au domaine et l'y a cloîtrée, l'isolant du monde extérieur. Des hommes. Il n'avait pas confiance en elle.

— Il avait été victime d'une trahison particulièrement cruelle.

— Tout juste.

Matt jeta sa cigarette par la vitre.

— Il était hanté par l'idée qu'elle puisse rencontrer un homme plus jeune que lui. Il était possessif, jaloux. Et si Anne s'était rebellée ? Et si elle lui avait donné une raison de douter de sa fidélité ?

— Tu suggères que Louis l'a tuée, parce qu'il pensait qu'elle avait trahi sa confiance ?

Effrayée par le froid soudain qui l'envahissait, Laurel s'emporta.

— C'est ridicule ! Il est incapable de tuer qui que ce soit.

— Comment peux-tu savoir de quoi il est capable ? L'homme que tu as vu aujourd'hui est un inconnu pour toi.

Il avait raison, reconnut-elle intérieurement. Et cette vérité était terriblement douloureuse.

— Ta théorie n'est pas convaincante, protesta-t-elle néanmoins. Anne est morte entre minuit et 4 heures. Or, Louis a réveillé les domestiques entre 2 et 3 heures.

— Il a très bien pu l'emmener dans le marécage avant 2 heures. Peut-être n'avait-il pas l'intention de la tuer. Il voulait peut-être simplement lui faire peur, la laisser dans le marécage.

— Dans ce cas, pourquoi organiser des recherches ?

Matt jeta un bref coup d'œil à Laurel.

— Il avait peut-être oublié ce qu'il avait fait.

Laurel ouvrit la bouche, puis la referma. Louis avait des absences, selon Marion. Il était distrait, furieux, amer. Seigneur ! Elle n'aimait pas du tout la tournure que prenait cette enquête…

Laurel resta silencieuse pendant que Matt manœuvrait dans les embouteillages du centre-ville. Aucun homme ne pouvait oublier qu'il avait abandonné sa femme en pleine nuit dans un marécage. Aucun homme… sain d'esprit.

Matt se gara le long du trottoir.

— Où allons-nous ? demanda-t-elle.

— Rendre visite à Nathan Brewster.

Laurel leva les yeux vers l'immeuble abritant le siège social de la société des Trulane. C'était l'un des plus anciens et des plus prestigieux de la ville. Peut-être y découvriraient-ils des éléments permettant d'écarter les soupçons qui pesaient sur Louis, se dit-elle avec espoir.

— Marion n'avait pas envie de parler de Nathan Brewster.

— J'ai remarqué, répliqua Matt en descendant de voiture. Essayons de découvrir pourquoi.

— Je sais à quoi tu penses, murmura Laurel alors qu'ils se dirigeaient vers l'entrée de l'immeuble.

— Allons bon ! Ça pourrait être très embarrassant, plaisanta-t-il.

Elle pénétra dans l'immeuble en levant les yeux au ciel.

— Tu penses qu'Anne était attirée par Nathan Brewster et qu'elle a agi en conséquence. Que Louis l'a découvert et qu'il a préféré l'entraîner dans le marécage et l'y abandonner plutôt que d'essayer de trouver une solution ou de divorcer.

Matt cherchait l'étage de la comptabilité sur le panneau affiché dans le hall.

— Ça m'a traversé l'esprit, acquiesça-t-il.

— Tu as des préjugés contre Louis.

— Oui, en effet, maugréa-t-il en lui prenant la main pour l'entraîner vers l'ascenseur. Allons parler à cet homme et voyons quelle est sa réaction. Peut-être détourne-t-il des fonds ou bien a-t-il tout simplement une aventure avec Marion.

— Tes hypothèses sont de plus en plus ridicules !

Laurel pénétra dans l'ascenseur et croisa les bras.

— Tu fais la tête.

— Pas du tout !

Poussant un soupir exaspéré, elle fusilla Matt du regard.

— Je ne suis pas d'accord avec ta théorie, c'est tout.

— Donne-moi la tienne.

Elle regarda les lumières des étages s'allumer les unes après les autres.

— Quand nous aurons parlé à Brewster.

La porte s'ouvrit sur un hall au sol recouvert d'une épaisse moquette. Ignorant délibérément Matt, Laurel se dirigea vers l'hôtesse d'accueil.

— Laurel Armand, Matthew Bates, du *Herald*, annonça-t-elle d'un ton ferme. Nous aimerions voir Nathan Brewster.

La jeune femme ouvrit un registre.

— Vous avez rendez-vous ?

— Non. Dites à M. Brewster que nous souhaitons lui parler d'Anne Trulane.

— Si vous voulez bien vous asseoir, je vais voir si M. Brewster est disponible.

— Bien joué, Laurellie, commenta Matt. As-tu déjà pensé à intégrer l'armée ?

— Cette manière de procéder m'ouvre beaucoup de portes.

Elle s'assit sous un palmier en pot et croisa les jambes. Matt réprima un sourire. La jeune femme triste et vulnérable qui avait posé la tête sur son épaule, quelques instants plus tôt, s'était évanouie.

— Tu as de la classe, dit-il.

Il baissa les yeux.

— Et des jambes superbes.

Elle lui jeta un regard en coin.

— C'est vrai.

— M. Brewster vous attend.

L'hôtesse les précéda dans un couloir sur lequel donnaient plusieurs portes. Elle en ouvrit une, puis regagna silencieusement la réception.

Nathan Brewster respirait la sensualité, songea Laurel dès qu'elle le vit. Une sensualité lubrique, bestiale. Il n'était pas très grand, mais il émanait de toute sa personne une virilité flagrante, qui ne pouvait échapper à aucune femme. Il avait un physique agréable, mais ce n'était pas le plus important. C'était sa virilité presque sauvage qui devait attirer ou repousser au premier regard.

— Mademoiselle Armand… Monsieur Bates, dit-il en indiquant deux petits fauteuils de cuir avant de s'asseoir derrière son bureau. Vous voulez me parler d'Anne Trulane ?

— C'est exact, déclara Laurel en s'asseyant à côté de Matt.

Quelle avait pu être la réaction d'une femme comme Anne Trulane vis-à-vis de cet homme ? se demanda-t-elle.

— Elle est morte, déclara Brewster. En quoi cela intéresse-t-il la presse ?

— Vous avez rencontré Anne au *Domaine du chêne*, déclara Laurel. Ce qui est le cas de très peu de gens.

— Mes visites là-bas étaient professionnelles.

Il prit un crayon et commença à jouer avec.

— Pouvez-vous nous dire l'impression qu'elle vous a faite ?

— Elle était jeune, timide. C'était à M. Trulane que j'avais affaire. Je lui ai à peine parlé.

— C'est curieux, intervint Matt en regardant le crayon passer et repasser entre les doigts de Brewster. Vous faites partie des très rares personnes qu'Anne mentionnait dans ses lettres.

Le crayon se brisa avec un bruit sec.

— Je ne vois pas à quoi vous faites allusion.

— Anne parlait de vous dans ses lettres à sa sœur, déclara Matt d'un ton posé, sans quitter Brewster des yeux. Celle-ci ne croit pas que la mort d'Anne soit accidentelle.

Brewster déglutit péniblement. Le mouvement de sa pomme d'Adam n'échappa pas à Matt.

— Elle est morte des suites d'une morsure de serpent, déclara le comptable.

— Dans le marécage, compléta Laurel, fascinée par la violence manifeste des émotions qui secouaient cet homme. Saviez-vous qu'elle avait peur du marécage, monsieur Brewster ?

Matt se raidit devant le regard meurtrier que le comptable darda sur Laurel.

— Comment l'aurais-je su ? demanda Brewster.

— A votre avis, pourquoi s'est-elle rendue seule dans un endroit qui la terrifiait ?

— Peut-être ne supportait-elle plus d'être enfermée ! s'écria Brewster. Peut-être avait-elle besoin de sortir à tout prix !

— Enfermée ? répéta Laurel, en s'efforçant d'ignorer la boule qui lui nouait l'estomac. Etes-vous en train de dire que Louis la retenait prisonnière ?

— Quel autre terme voulez-vous employer ?

Les doigts de Brewster se serraient et se desserraient convulsivement sur les deux morceaux de crayon.

— Jour après jour, mois après mois, ne jamais voir personne d'autre que les domestiques et un homme qui surveillait le moindre de ses mouvements... Elle ne faisait jamais rien sans lui en demander l'autorisation. Elle ne franchissait jamais les grilles de la propriété sans lui.

— Etait-elle malheureuse ? demanda Laurel. Vous a-t-elle dit qu'elle était malheureuse ?

— Cela paraît évident. Trulane la traitait plus comme sa fille que comme son épouse. Elle avait besoin de quelqu'un qui la traite comme une femme.

— Vous ? demanda Matt d'une voix douce.

La respiration de Brewster était de plus en plus hachée. Son agressivité ne demandait qu'à se déchaîner, comprit Matt. Cet homme était obligé de faire un énorme effort pour la contrôler. Et il ne devait pas souvent y parvenir...

— Je la désirais, admit Brewster d'une voix rauque. Dès l'instant où je l'ai vue, sur la pelouse, en plein soleil. C'était une femme faite pour la lumière. Je la désirais, je l'aimais, d'une manière que Trulane était incapable de comprendre.

— Vous aimait-elle ?

Brewster devint écarlate.

— Elle l'aurait quitté. Elle ne serait pas restée dans ce... mausolée toute sa vie.

— Et elle vous aurait rejoint ? murmura Laurel.

— Tôt ou tard, oui. Je lui avais dit qu'elle n'était pas obligée de rester prisonnière, que je l'aiderais à s'échapper. Je lui avais dit qu'il vaudrait mieux pour elle être morte que...

— ... que vivre avec Louis, termina Laurel.

Brewster resta silencieux.

— Ça devait être très frustrant d'aimer la femme de votre employeur. Vous n'aviez que très rarement l'occasion de la voir ou de lui faire part de vos sentiments.

— Anne connaissait mes sentiments, rétorqua Brewster d'un ton mordant. Mais quelle importance, aujourd'hui ? Elle est morte. Cet endroit l'a tuée. *Il* l'a tuée.

Il darda sur ses deux visiteurs un regard étincelant.

— Ecrivez ça dans votre journal.

— Vous pensez que Louis Trulane a tué sa femme ? demanda

Matt en regardant Brewster jeter à terre les deux morceaux de crayon d'un geste rageur.

— Il aurait aussi bien pu braquer un pistolet sur sa tempe. Elle s'est enfuie, murmura le comptable en regardant ses mains vides. Elle a fini par s'enfuir mais elle n'est pas venue me rejoindre.

Il crispa les poings.

— Maintenant, laissez-moi tranquille.

Laurel ne commença à se détendre qu'une fois sur le trottoir, au soleil.

— Voilà un homme particulièrement irascible, murmura-t-elle.

— Et qui ne fait rien pour le cacher.

En frissonnant, elle s'appuya contre la voiture de Matt.

— Je comprends pourquoi il rendait Anne nerveuse.

Matt alluma une cigarette.

— Donne-moi ton impression en tant que femme.

— Passion, virilité. Suffisamment primitif pour fasciner.

Elle secoua la tête.

— Certaines femmes doivent le trouver irrésistible parce qu'un peu effrayant. Mais à mon avis, pour une femme comme Anne Trulane, c'était un homme à éviter à tout prix.

Laissant échapper un petit rire, elle ramena une mèche de cheveux derrière l'oreille.

— Sans être psychiatre, je crois pouvoir affirmer que Brewster n'était pas du tout le genre d'homme d'Anne Trulane. Mais à mon tour d'élaborer un scénario.

— Je t'écoute.

— Brewster est amoureux d'elle — ou croit être amoureux d'elle. Aucune importance. Pour un homme comme lui, ça revient au même. Il déclare sa flamme à Anne et lui demande de quitter Louis pour lui. Comment réagit-elle ? Elle est effrayée, consternée. Un peu flattée, peut-être.

— Flattée ? demanda Matt en arquant les sourcils.

— C'était une femme. Jeune, naïve.

Laurel leva les yeux vers les fenêtres de l'immeuble.

— Oui, je pense qu'elle a pu ressentir tout ça à la fois. Elle est perturbée. Brewster est pressant, enflammé. Elle aime son mari, mais elle ne sait pas comment affronter cette situation. Elle n'ose même pas en parler à sa sœur dans ses lettres.

Matt hocha la tête.

— Continue.

— Supposons que Brewster ait exigé qu'elle lui accorde un rendez-vous. Peut-être même a-t-il menacé de parler à Louis. Elle ne veut surtout pas. L'approbation et la confiance de son mari sont trop importantes pour elle. Elle connaît sûrement l'histoire de sa première épouse. Alors…

Laurel plissa les yeux.

— Elle accepte de le rencontrer, dehors, la nuit, pendant que Louis travaille. Ils se disputent parce qu'elle refuse de quitter son mari. C'est un homme brutal, dit-elle en se remémorant les doigts puissants de Brewster sur le crayon. Il s'est mis dans la tête qu'elle l'aime mais qu'elle a peur de partir. Il l'entraîne loin de la maison, loin de la lumière. Elle est terrifiée. Elle a peur de lui, de l'obscurité. Elle s'enfuit, mais il fait noir et, sans s'en rendre compte, elle se retrouve dans le marécage. Elle est partie. Brewster ne la retrouve pas. Ou n'essaie même pas de la retrouver. Et ensuite…

— Intéressant, commenta Matt en jetant sa cigarette. Et aussi plausible que n'importe quelle autre hypothèse. Si seulement nous avions ces fichues lettres… Elles devaient contenir un indice, sinon elles n'auraient pas disparu.

— Sans doute.

— Je veux aller jeter un coup d'œil dans le marécage.

Laurel réprima un frisson.

— Ce soir ?

— Mmm.

Cela devait arriver à un moment ou à un autre, songea Laurel avec résignation.

— Allons chercher de la lotion contre les moustiques, dit-elle avec ironie.

— Nous ne sommes pas obligés d'y aller tous les deux. Tu peux rester chez toi et m'attendre en laissant une lumière allumée à ta fenêtre, plaisanta-t-il.

Laurel releva le menton d'un air hautain.

— C'est mon article. J'y vais. Tu peux m'accompagner si ça te chante.

— Notre article, rectifia-t-il une fois de plus. De toute façon, il n'y aura sans doute rien là-bas qu'une bande d'insectes répugnants et de la boue.

Et des serpents… Laurel déglutit péniblement.

— Nous verrons bien, dit-elle d'un ton qu'elle espérait désinvolte. En tout cas, nous aurions bien besoin de trouver des indices.

Ils se regardèrent, la mine perplexe. Impasse… pour l'instant.

— Allons déjeuner, suggéra Laurel en ouvrant la portière. Et retournons au journal avant d'être licenciés.

7

Laurel passa plus d'une heure avec Matt aux archives du journal à consulter des fichiers jusqu'à en avoir des douleurs dans la nuque. L'atmosphère poussiéreuse des archives et l'odeur de vieux journaux lui manqueraient peut-être, mais il fallait reconnaître que ce système présentait des inconvénients.

Certains journalistes rechigneraient sans doute à s'initier à l'informatique, mais pas elle, se promit-elle en se massant la nuque.

— Brewster a eu droit à la page deux du journal, murmura-t-elle en parcourant un article. Il y a deux ans.

Elle leva les yeux vers Matt.

— Grand-mère avait raison. Personne n'a une meilleure mémoire.

— Elle m'a parlé d'une sœur…

— C'est ça. La sœur de Brewster fréquentait un homme qui aimait un peu trop le bourbon, apparemment. Ce type l'avait vue dans un bar en compagnie d'un autre homme, lui avait fait une scène et avait voulu la faire sortir de force. Brewster était là. Il a fallu une dizaine d'hommes pour l'arrêter. Et le temps qu'ils y parviennent, il avait cassé le nez et trois côtes au gars en question, ainsi que deux tables et un miroir, se blessant lui-même à la main.

Matt haussa les sourcils.

— Des charges ont été retenues contre lui ?

— Coups et blessures, en tête de liste. Il s'en est sorti avec une amende parce que son… adversaire n'a pas voulu porter plainte.

Laurel griffonna quelques notes sur un bout de papier.

— Apparemment, quand Brewster perd son sang-froid, il le perd pour de bon. Je vais voir si je peux retrouver la sœur. Il lui a peut-être parlé d'Anne.

— Mmm.

Matt griffonnait, lui aussi, dans son calepin.

— Qu'as-tu trouvé ? demanda Laurel.

— Ce ne sont que des spéculations, murmura-t-il en se levant. J'ai quelques coups de téléphone à donner.

— Matthew, n'est-ce pas toi qui m'as vanté les vertus du travail en équipe ? demanda-t-elle en le suivant.

Il appela l'ascenseur et lui adressa un sourire charmeur.

— Je te mettrai au courant quand j'aurai passé ces coups de téléphone.

— Tu édictes tes propres règles du jeu en cours de partie ? maugréa-t-elle en entrant dans la cabine.

Matt la contempla, envahi par le souvenir de sa passion, de sa vulnérabilité. De son innocence.

— C'est peut-être préférable.

Electrisée par son regard, Laurel détourna les yeux.

— Tenons-nous-en à l'article.

— Pas de problème.

Au moment où les portes de la cabine se rouvraient, il lui prit le bras et l'entraîna dans la salle de rédaction, où ils se séparèrent.

Les journalistes doivent s'habituer à ce qu'on leur réponde grossièrement, qu'on refuse de leur répondre, ou qu'on esquive habilement leurs questions. Laurel eut droit à toute la palette de réactions quand elle passa ses coups de fil pour essayer de localiser Kate Brewster. Lorsqu'elle y parvint enfin, elle essuya une nouvelle rebuffade.

La sœur de Brewster refusa catégoriquement de discuter de la bagarre dans le bar. Quant à son frère, elle n'avait pas grand-chose à en dire. Quand Laurel mentionna le nom d'Anne Trulane, elle perçut une hésitation à l'autre bout du fil. Etait-ce de la peur dans la voix de son interlocutrice ? se demanda-t-elle quand celle-ci affirma ne connaître personne de ce nom.

Mais Laurel connut une autre frustration appartenant au quotidien des journalistes. Le bruit soudain de la tonalité : sa correspondante lui avait raccroché au nez.

Elle leva les yeux et vit Matt coincer son téléphone sur son épaule pour prendre des notes. Il y en avait au moins un des deux qui progressait, songea-t-elle avec dépit en se levant pour aller s'asseoir sur le coin de son bureau. Elle tenta en vain de lire ce qu'il avait écrit. Son écriture très particulière était illisible à l'envers. Elle prit négligemment le gobelet dans lequel le café de Matt refroidissait et but une gorgée. En l'entendant prononcer le nom d'Elise Trulane, elle tendit l'oreille.

Que manigançait-il ? se demanda-t-elle, tandis qu'il continuait d'écrire en l'ignorant. Il prenait des renseignements sur Elise… De toute évidence, la ressemblance entre les deux femmes l'obsédait. Mais quel rapport pouvait-il y avoir entre une première épouse qui s'était enfuie et une seconde qui était morte ? Assaillie par une idée terrifiante, Laurel fixa Matt. La vengeance ? Mais ce serait de la folie. Louis n'était pas… Louis ne pouvait pas… Au regard que lui lança Matt, elle comprit qu'il lisait dans ses pensées. Délibérément, elle lui tourna le dos. Face à elle se trouvait le bureau de Don Ballinger. Les informations qu'ils avaient transmises au rédacteur en chef étaient succinctes mais avaient suffi à leur obtenir son feu vert.

Matt raccrocha et tapota le bord de son bureau avec son crayon.

— Où en es-tu ? demanda-t-il.

— Nulle part, si ce n'est que la sœur de Brewster est devenue nerveuse dès que j'ai prononcé le nom d'Anne Trulane. Et qu'elle a préféré ne pas se mouiller au sujet de son frère. Et toi, où en es-tu ?

Matt jouait avec son crayon. Mais pas avec la même fébrilité que Brewster. Ses mains étaient fines. Ni élégantes comme celles de Louis, ni brutales comme celles de Brewster. Elles étaient habiles et solides. Comme il l'était lui-même. Troublée, Laurel leva les yeux vers le visage de Matt. Il lui arrivait de plus en plus souvent d'être distraite de son travail, parce qu'elle pensait à lui…

— Matthew, où en es-tu ? répéta-t-elle alors qu'il regardait dans le vague.

— Il semble que la ressemblance physique n'était pas le seul point commun entre les deux Mme Trulane.

Il laissa tomber le crayon sur son bureau et prit une cigarette.

— Toutes les deux n'avaient qu'un seul parent. Dans le cas d'Elise, c'est une tante. Je viens de lui parler.

— Pourquoi ?

— Simple curiosité.

Il alluma sa cigarette, tandis que, derrière eux, un journaliste raccrochait son téléphone d'un coup sec en jurant.

— Elle décrit sa nièce comme une jeune fille timide et calme, poursuivit Matt. Apparemment Elise aimait beaucoup le *Domaine du chêne* et, contrairement à Anne, elle assumait pleinement son rôle de maîtresse de maison. Elle aimait jardiner, recevoir, et envisageait de changer la décoration de la maison. Sa tante a été très étonnée d'apprendre qu'elle s'était enfuie avec son beau-frère... et elle n'a jamais eu de nouvelles d'elle depuis. Elle pensait qu'Elise était très amoureuse de son mari.

— Comme tout le monde. Ce sont des choses qui arrivent, Matthew. Sans que personne ne se doute de rien. Je ne vois pas pourquoi Elise aurait raconté à sa tante ou à quelqu'un d'autre qu'elle avait une aventure avec son beau-frère.

— Tu as sans doute raison. Cependant, il y a un détail que je trouve intéressant. Elise a hérité de cinquante mille dollars à son vingt et unième anniversaire. C'est-à-dire un mois après avoir quitté le domaine. L'argent n'a jamais été réclamé.

Une foule de pensées se bousculèrent aussitôt dans l'esprit de Laurel.

— Peut-être que... qu'elle a eu peur que Louis puisse retrouver sa trace si elle réclamait son héritage.

— Cinquante mille dollars, ça rend très courageux.

— Je ne vois pas ce qu'Elise a à voir avec Anne.

Matt plongea son regard dans le sien.

— Si, tu le vois parfaitement.

Le visage de Laurel était de nouveau pâle et crispé, constata-t-il. Comme lors de leur visite au domaine. Réprimant un juron, il se leva.

— C'est une information qu'il faut garder à l'esprit, dit-il d'un ton vif. Pour l'instant, nous ferions mieux de nous concentrer sur notre petite promenade de ce soir. Rentrons nous reposer un peu avant de nous mettre en route.

— D'accord.

Laurel réprima un soupir de lassitude. Elle n'avait aucune envie de discuter. Et même si c'était lâche, elle n'avait aucune envie non plus de réfléchir à ce que Matt venait de lui apprendre. La journée avait été assez éprouvante. Elle avait besoin d'un peu de temps pour parvenir à maîtriser ses émotions.

Pendant le trajet, Matt s'en tint délibérément à des propos anodins. Il était très doué pour masquer ses pensées et ses sentiments sous une attitude désinvolte. C'était une de ses armes les plus efficaces sur le plan professionnel, mais également personnel. S'il était furieux que Laurel prenne systématiquement la défense de Louis Trulane, il n'en laisserait rien paraître. S'il était miné par l'envie impérieuse, presque violente, de l'emmener dans un endroit isolé pour lui faire oublier jusqu'à l'existence de cet homme, il ne le montrerait pas. Sa voix était calme, sa conduite souple. Mais, en réalité, il était tendu à l'extrême.

— Une bonne sieste, ça va être le paradis, dit Laurel quand ils descendirent de voiture au pied de leur immeuble. Les deux dernières journées ont été longues.

« L'année a été longue », rectifia intérieurement Matt, rongé par le désir.

— La nuit va être longue également, dit-il d'un ton léger.

Laurel lui sourit pour la première fois depuis qu'ils avaient quitté le *Herald*.

— A quelle heure partons-nous en expédition ?

— Minuit est l'heure tout indiquée, je suppose.

Il effleura ses cheveux avant de monter l'escalier.

— L'ail n'a aucun pouvoir contre les fantômes, n'est-ce pas ? demanda Laurel d'un air songeur. Les balles de revolver non plus et les morceaux de bois encore moins. Qu'est-ce qui est efficace ?

— Le bon sens.

Elle poussa un profond soupir.

— Aucun romantisme…

Il s'immobilisa sur le palier et lui sourit.

— Tu veux parier ?

En riant, elle se pencha pour ramasser un paquet qui avait été déposé devant sa porte.

— Je ne me souviens pas d'avoir commandé quelque chose.

— De la part de Jerry, sans doute.

Laurel voulut prendre un air outré, mais elle n'y parvint pas.

— A minuit, Matthew.

Après avoir fouillé un instant dans son sac, elle trouva ses clés et déverrouilla la porte. Après un dernier regard malicieux, elle lui ferma la porte au nez.

Le sourire de Matt s'effaça. Cette femme le rendait fou, songea-t-il en se dirigeant vers son appartement. Il fallait qu'elle soit aveugle pour ne pas s'en apercevoir. Peut-être s'était-il montré trop prudent…

Une fois chez lui, il gagna la cuisine en enlevant sa chemise qu'il jeta par terre. Pour dire la vérité, il lui avait fallu des semaines pour reconnaître qu'il avait eu le coup de foudre dès l'instant où elle avait posé sur lui ses grands yeux émeraude.

Ce jour-là, il n'avait pas voulu le croire. De même que des années auparavant, il avait refusé d'admettre qu'il était tombé amoureux de l'adolescente dont Curt avait posé la photo sur leur bureau, dans leur chambre à l'université.

— Ma sœur, avait commenté Curt d'un air distrait. Elle est stagiaire au journal de mon père pendant l'été.

Matt n'avait pas vraiment entendu ce que lui avait dit Curt, parce que le souffle lui avait soudain manqué. Lui, un étudiant de troisième année, plus expérimenté que bien des hommes mûrs, il restait cloué sur place, pris de vertige, à cause d'une fille qui ne devait pas avoir plus de quinze ans… Impossible, s'était-il dit avant de continuer à défaire sa valise.

Matt prit du jus d'orange dans le réfrigérateur et but à la bouteille. Il s'était remis de ce premier… — mais quel nom donner à ce choc intense ? — assez rapidement. Du moins était-ce ce qu'il avait voulu croire. Mais quand, des années après, William Armand lui avait écrit pour lui offrir un poste au *Herald*, il n'avait pas hésité un seul instant. Et il ne s'était pas demandé pourquoi.

La situation aurait été plus simple si, derrière ce visage fabuleux, il avait découvert un esprit borné, se dit-il en jetant la bouteille vide à la poubelle. Ou bien une personnalité trop fade, ou un caractère trop doux. La situation aurait été plus simple si, pendant l'année passée en face d'elle au journal, il n'avait pas eu l'occasion de constater qu'elle correspondait à l'idée qu'il se faisait de la femme idéale.

Il avait bien l'intention de la conquérir. Mais puisqu'elle était encore vierge, il allait lui faire la cour dans les règles. Dîners aux chandelles et attentions délicates. De nouveau submergé par le désir, Matt laissa échapper un juron. Pourvu qu'il parvienne à dominer ses instincts…

Il avait bien l'intention de la conquérir, même si leur différence de milieu constituait un obstacle non négligeable. Il avait déjà réussi à franchir plusieurs portes. A présent, il devait faire en sorte que sa chance ne l'abandonne pas.

Oui, il allait la conquérir.

Enfonçant les mains dans ses poches, il se dirigea vers la salle de bains. Ce fut à ce moment-là qu'il l'entendit hurler.

Plus tard, il ne se rappellerait pas être sorti en courant de son appartement pour se précipiter chez elle. Il se rappellerait l'avoir entendue crier encore et encore, mais pas avoir tambouriné à sa porte avant de finir par l'enfoncer. En revanche, l'image de Laurel, figée au milieu de son salon, le visage blême, les mains à la gorge et les yeux écarquillés d'effroi, ne s'effacerait jamais de sa mémoire…

— Laurel !

Il la prit dans ses bras. Elle était raide comme une statue.

— Qu'y a-t-il ? Que se passe-t-il ?

Il sentait les battements affolés de son cœur. Etait-il vraiment possible qu'un cœur puisse battre aussi vite ? Sa peau était à la fois glacée et inondée de sueur, mais elle ne tremblait pas. Pas encore.

— Le paquet, murmura-t-elle d'une voix étranglée. Dans le paquet…

Sans la lâcher, il se tourna et regarda dans le paquet posé sur la table. Un juron lui échappa.

— Ce n'est rien, Laurel. Il est mort. Il ne peut pas te faire de mal.

Tremblant de rage, il souleva le serpent.

— Il ne peut plus te faire aucun mal, répéta-t-il, horrifié par la chose immonde qu'il tenait à la main.

Des gouttes de sueur perlaient au front de Laurel.

— Matthew… s'il te plaît, supplia-t-elle d'une voix éteinte.

Sans un mot, il laissa retomber le serpent dans la boîte, referma celle-ci et sortit de l'appartement. Quand il revint — vingt, trente secondes plus tard —, il trouva Laurel appuyée sur la table, la tête baissée, en train de sangloter. Toujours sans un mot, il la souleva de terre et la porta jusqu'au canapé où il s'assit, la berçant dans ses bras comme un bébé. Ce fut à ce moment-là seulement qu'elle se mit à trembler.

Cinq minutes… dix minutes, et il restait silencieux, se contentant de la serrer contre lui, tandis qu'elle pleurait sur son épaule, secouée de tremblements. Elle semblait si fragile… Bien sûr, il avait déjà eu l'occasion d'entrevoir sa vulnérabilité, mais il n'aurait jamais pu l'imaginer ainsi — aussi désarmée, perdue. Il serra les dents. Le jour où il mettrait la main sur celui ou celle qui avait déposé ce paquet devant sa porte, il lui ferait regretter amèrement son geste.

En sûreté. Elle était en sûreté à présent, se répétait Laurel. Même si la peur menaçait de la submerger de nouveau — cette peur abominable, paralysante, indicible. Le cœur de Matt battait sous sa paume, et la chaleur de son corps la réchauffait peu à peu. Il la serrait dans ses bras et tout allait rentrer dans l'ordre…

— Je suis désolée, dit-elle d'une voix tremblante.

— Tu n'as aucune raison de l'être.

Il lui embrassa les cheveux, puis les caressa.

— C'est comme ça depuis toujours. J'ai été mordue par un serpent quand j'étais petite. Je ne m'en souviens pas. Je ne me souviens pas non plus d'avoir été malade, mais je ne peux pas… je ne peux pas supporter…

— Ce n'est rien. Il n'est plus là. N'y pense plus.

Elle ne tremblait presque plus, mais Matt sentait encore de temps en temps un spasme la secouer. Sa respiration était hachée, son visage trempé de larmes. Oh, comme il avait envie de lui faire tout oublier… Et comme il avait envie de mettre la main sur l'ordure qui lui avait infligé ça…

— Je vais te servir un cognac.

— Non, dit-elle aussitôt en crispant les poings contre son torse.

Elle se détestait d'être aussi faible, songea Laurel avec dépit. Mais elle avait trop besoin de la force de Matt.

— Serre-moi seulement dans tes bras, le supplia-t-elle.

— Aussi longtemps que tu veux.

Elle poussa un petit soupir et ses doigts se décrispèrent peu à peu. Le silence se prolongea. Elle avait dû s'endormir, songea Matt. Sa respiration s'était apaisée, son cœur battait plus lentement et son corps avait retrouvé un peu de sa chaleur. Si elle le lui demandait, il pourrait rester ainsi sans bouger pendant des jours…

— Matthew…, murmura-t-elle en levant la tête vers lui.

Ses yeux étaient encore rougis et son visage n'avait pas repris ses couleurs. Submergé par une vague d'émotion, il dut se retenir pour ne pas la serrer contre lui à l'étouffer.

— Ne t'en va pas, s'il te plaît.

— Non, murmura-t-il en lui caressant la joue.

Sa peau était encore mouillée de larmes.

— Je reste là.

Elle lui prit la main et la pressa contre ses lèvres. Matt fut envahi par un sentiment intense et doux à la fois, qu'il n'identifia pas comme de la tendresse.

Mais Laurel la vit s'allumer dans ses yeux.

C'était ce qu'elle attendait, comprit-elle. C'était ce dont elle avait besoin, ce qu'elle désirait, même si jusqu'alors elle avait refusé de l'admettre. S'il le lui demandait maintenant… mais il n'en ferait rien, bien sûr. C'était évident. Il fallait que ça vienne d'elle.

— Fais-moi l'amour, murmura-t-elle.

— Laurel…

Bouleversé, Matt se tut. Comment pourrait-il lui faire l'amour, alors qu'elle était aussi vulnérable ? En d'autres circonstances, oh oui ! en d'autres circonstances, il aurait tout donné pour l'entendre prononcer ces mots…

— Tu devrais te reposer, éluda-t-il.

Il paraissait hésitant. Curieux… Elle le croyait au contraire si sûr de lui, songea Laurel. Peut-être éprouvait-il pour elle des sentiments aussi troublants que ceux qu'elle éprouvait pour lui…

— Matthew, je te le demande en toute lucidité.

Sa voix n'était pas très forte, mais elle était ferme, constata-t-elle avec plaisir.

— Je te désire. Je te désire depuis longtemps.

Elle fit glisser sa main sur son torse, puis dans son cou, et lui caressa la joue.

— Aime-moi… maintenant.

Elle pressa ses lèvres contre les siennes, comme si c'était la chose la plus naturelle au monde.

Peut-être aurait-il trouvé la force de résister à son propre désir. Peut-être… Mais comment résister à celui de Laurel ? Laissant échapper un gémissement, Matt captura sa bouche pour un baiser plein de ferveur. Elle était si souple, elle semblait si malléable… Ne risquait-elle pas de se dissoudre dans ses bras, comme un mirage qu'il aurait poursuivi désespérément pendant des jours et des nuits, pour finalement le voir s'évanouir sous ses yeux ? Il approfondit son baiser avec une ardeur mêlée de crainte, mais à son grand soulagement, Laurel resta dans ses bras, bien réelle et toute chaude contre lui.

Enivré par la douceur sublime de ses lèvres, il dut faire un effort surhumain pour réprimer l'envie irrésistible de les dévorer. La saveur exquise de sa bouche, le contact de sa main sur sa joue, son parfum délicat se fondirent en un mélange enivrant qui faillit lui faire perdre tout contrôle de lui-même. Non, pas question. Il ne pouvait pas se le permettre. Pas la première fois.

S'exhortant à conserver son sang-froid, il enfouit son visage dans le cou de Laurel. Mais ses lèvres semblaient mues par une force propre. Il avait trop envie de l'embrasser… Ses mains ne tenaient pas en place. Il avait trop envie de la caresser…

— Laurel… J'ai tellement envie de toi…

Il lui arracha son corsage, tout en s'exhortant à la patience. Elle l'embrassa dans le cou.

— Pas ici, murmura-t-il.

Il se leva et la porta jusqu'à la chambre, la tête appuyée contre son épaule. Les rais obliques de lumière qui filtraient à travers les stores de bois faisaient briller les yeux de Matt d'un éclat intense, constata Laurel quand il la déposa sur le lit.

— Je ne vais pas te faire mal, murmura-t-il.

Elle lui tendit les bras en souriant.

— Je sais.

Il s'allongea près d'elle. Les paupières mi-closes, elle voyait la lumière jouer sur sa peau, tandis qu'il la couvrait de baisers. C'était si facile… Elle aurait dû se douter qu'avec lui ce serait aussi facile. Promenant les mains sur son dos nu, elle sentait sous ses doigts les muscles saillants, la peau veloutée, la force. Il l'avait attirée dès le premier instant, et elle s'était efforcée de l'ignorer. Mais aujourd'hui, elle pouvait se délecter à sa guise de ce corps superbe.

Il la caressait du bout des lèvres. Jamais elle n'aurait imaginé une sensation aussi merveilleuse, songea-t-elle, parcourue de longs frissons. Des frissons délicieux.

La bouche de Matt se promena sur son cou, puis ses épaules, tandis que ses mains s'attardaient dans ses cheveux. Une légère morsure, un petit coup de langue, et elle eut l'impression de flotter.

De la rue parvenait un air de blues joué à la trompette. Dans l'esprit de Laurel, la musique se mêlait aux murmures de Matt. Il enfouit le visage dans son cou. Renversant la tête en arrière, elle sentit le parfum vanillé de la bougie allumée sur sa table de chevet. Elle laissa échapper un long soupir, sans se douter que ce dernier exacerbait encore le désir de Matt.

Il s'empara de sa bouche dans un baiser où se mêlaient tendresse et passion. Consciente de son impatience, elle lui répondit avec une ardeur égale à la sienne.

Lorsqu'il posa la main sur son sein à travers la soie de son caraco, les soupirs de Laurel devinrent gémissements. Transpercée par mille flèches de plaisir, elle cambra les reins. Vibrant de tout son corps, elle était assaillie par une foule de sensations nouvelles qui lui donnaient le vertige.

Soucieux de faire monter lentement le désir en elle, sans précipiter le mouvement, Matt couvrait son corps de caresses d'une douceur infinie.

Lentement, millimètre par millimètre, il fit glisser son caraco de soie jusqu'à sa taille, découvrant sa peau satinée. Il dégusta celle-ci, la parsemant de baisers gourmands, attentif aux soupirs et aux gémissements indiquant que Laurel perdait peu à peu le contrôle d'elle-même. Quand il cueillit entre ses lèvres la pointe d'un sein, elle poussa un petit cri étranglé. Dieu, quel délice…

Il mordilla doucement le bourgeon hérissé, le retenant prisonnier entre ses dents tout en le léchant du bout de la langue, jusqu'à ce qu'elle ne s'appartienne plus, engloutie dans la passion, dans les profondeurs obscures du plaisir, au-delà de toute conscience.

Pour Laurel, tout n'était plus que sensation pure — la pensée, la raison n'existaient plus, tandis que les flammes de la volupté la dévoraient tout entière. Son corps, offert et suppliant, ondulait en mouvements instinctifs. Matt continuait de la couvrir de baisers tout en finissant de la déshabiller.

Vibrante de désir, Laurel était enivrée par l'odeur qui se dégageait de leurs deux corps mêlés. Une odeur intime. Sublime.

Il lui semblait que son corps était en feu, qu'elle n'avait plus aucun pouvoir sur lui. Elle ne s'appartenait plus. Tout ce que Matt voulait d'elle, il pouvait le prendre. Il pouvait disposer d'elle. Les choix qu'elle avait faits — d'abord de lui résister, puis de se donner à lui — n'avaient plus aucun sens. Il n'était plus question de choix dans ce monde de chaleur et de lumière. Son corps se consumait de désir. Son esprit était tout entier accaparé par le même désir. Elle était à lui.

Matt le savait. Mais il s'efforçait de ne pas oublier qu'elle était encore vierge. Pourtant, la passion qu'elle lui inspirait menaçait dangereusement de lui faire perdre son sang-froid. Elle était aussi désinhibée qu'un jeune animal, ses mains le caressaient sans la moindre hésitation, ses lèvres couraient sur sa peau… Le souffle court, le sang bouillonnant dans ses veines, Matt résistait contre le tourbillon irrésistible qui menaçait de l'emporter. Faisant appel à toute sa volonté, il s'efforçait de conserver le même rythme.

Quand il glissa un doigt dans la fleur de sa féminité, Laurel se cambra sous lui, emportée par la première vague du plaisir suprême. Au-delà de son propre désir, qu'il avait de plus en plus de mal à contenir, Matt sentit la stupeur éblouie avec laquelle Laurel bascula dans le gouffre. Personne ne lui avait jamais offert cette jouissance. Personne.

Il enfouit son visage dans son cou en étouffant un gémissement. Si moite, si chaude… Elle était prête à le recevoir. Il changea de position.

— Laurel…

Encore secouée de spasmes, elle ouvrit les yeux et les plongea dans les siens. Matt était tendu comme un arc, comprit-elle confusément. Malgré la brume de volupté qui engourdissait son esprit, elle fut assaillie par une certitude : Matt ne se préoccupait que de son plaisir à elle. Submergée par un désir intense, qui se mêlait au plaisir fabuleux qu'elle venait de découvrir, elle attira Matt vers elle, exigeant silencieusement un baiser.

Au moment où leurs bouches s'unirent, elle lui offrit sa virginité. Matt plongea en elle avec aisance et douceur, comme s'il se laissait glisser depuis la rive dans l'eau tiède d'une rivière.

Elle dormait. Matt était allongé à côté de Laurel et regardait les rais de lumière qui filtraient à travers les lamelles du store virer du blanc au rose, puis au gris, avant que le clair de lune ne vienne se glisser dans la chambre.

Son corps était au repos, mais son esprit était agité par une foule de pensées.

Par moments, au cours des derniers mois, il avait presque réussi à se convaincre que, une fois qu'il serait parvenu à ses fins, le désir lancinant que lui inspirait Laurel s'éteindrait. Mais, à présent qu'il était dans son lit et qu'elle dormait la tête sur son épaule, le corps caressé par les rayons de lune, il savait que ce désir persisterait, aussi fondamental et indispensable que le besoin de respirer.

Physiquement, elle était sienne. Pas de doute là-dessus. Il avait le pouvoir de déchaîner sa passion et de la combler. Ce n'était pas suffisant. Saurait-il gagner son cœur comme il avait su conquérir son corps ? Aurait-il la patience nécessaire ?

Matt la contempla avec émotion. Sa peau était comme de la porcelaine, sur laquelle ses cils noirs tranchaient de manière saisissante. Quelle délicatesse… Il traça du bout du doigt le contour de sa pommette. Oui, elle était d'une délicatesse extrême. Ce qui parfois lui donnait le sentiment d'être un petit garçon maladroit devant un jouet trop fragile. Mais Laurel avait également de la verve, de l'énergie et de l'ambition. Et ces traits de caractère, qu'il possédait lui aussi, les rapprochaient l'un de l'autre.

Des coéquipiers… Dans les yeux de Matt s'alluma une lueur amusée. Oui, ils étaient bel et bien des coéquipiers. Se penchant sur elle, il captura sa bouche.

Etourdie, le corps parcouru de frissons, Laurel se réveilla et fut aussitôt submergée par une vague de passion. Son corps s'enflammait sous les caresses frénétiques de Matt. C'était de nouveau lui qui donnait le rythme, mais celui-ci n'avait plus rien de nonchalant. Gémissant contre sa bouche, elle fut emportée dans un tourbillon de volupté, catapultée toujours plus haut, s'envolant de cime en cime, jusqu'à ce que Matt la rejoigne pour fusionner avec elle dans un bonheur partagé.

Rompue, épuisée, elle reprit peu à peu son souffle. Le visage enfoui dans ses cheveux, Matt était allongé sur elle. Plus que tout, cette étreinte rapide, impétueuse, lui prouvait à quel point il s'était montré attentif et délicat la première fois.

Elle l'aimait, comprit Laurel en le serrant dans ses bras. Voilà une information qui n'aurait pas manqué de faire tomber Matt à la renverse… Un sourire malicieux aux lèvres, elle enfonça les doigts dans les cheveux qui bouclaient sur la nuque de Matt. « Matthew Bates, je vais jouer serré… et je vais gagner. »

Elle laissa échapper un soupir d'aise. Se sentait-on toujours aussi délicieusement indolent après l'amour ?

— Ton intention était-elle de me suggérer qu'il est temps de se lever ? demanda-t-elle dans un murmure.

Relevant la tête, il lui sourit.

— Je ne pense pas.

— Ce qui vient de se passer n'était pas prévu.

— Si.

Il déposa un baiser sur son front.

— Nous sommes juste un peu en avance sur le programme.

Elle arqua les sourcils d'un air faussement hautain, qui contrastait avec l'éclat de son visage repu de plaisir.

— Le programme de qui ?

— Le nôtre, répondit-il avec désinvolture. Le nôtre, Laurel.

Elle noua les mains sur sa nuque.

— Tu es beau, Matthew Bates.

Une lueur amusée s'alluma dans les yeux de Matt.

— Vraiment ?

— Oui. Je crois que je commence à m'habituer à cette allure de surfeur et à cet accent yankee. A moins que…

Les yeux pétillants de malice, elle se mordit la lèvre.

— A moins que ce soit tout simplement ton corps qui me plaise. Tu fais du sport ?

Il se hissa sur les coudes.

— De temps en temps.

Elle pinça un de ses biceps.

— Haltères ?

— Non.

— Tant mieux. Je n'ai jamais aimé les muscles trop voyants.

Elle lui caressa le bras jusqu'au poignet, puis remonta vers l'épaule.

— Tu sembles en parfaite condition pour la suite du programme.

Il se pencha pour lui mordiller la lèvre.

— C'est-à-dire ?

— Une petite randonnée dans le marécage.

Matt effleura nonchalamment les lèvres de Laurel, tout en réfléchissant. Il pouvait la distraire, attendre qu'elle se rendorme, puis partir sans elle.

— Je me disais que nous pourrions… remettre ça à plus tard, commença-t-il.

— Vraiment ? Jusqu'à ce que tu trouves un moyen de t'esquiver et d'y aller sans moi, par exemple ?

Matt réprima un soupir. Il aurait dû s'en douter… Le corps de Laurel était alangui, mais son esprit restait beaucoup trop vif.

— Laurel…

Il posa une main sur son sein.

— Oh, non ! s'exclama-t-elle en s'écartant vivement de lui. Pas question d'essayer de me distraire. Nous travaillons en équipe.

— Ecoute !

Il la prit fermement par les épaules.

— Il est inutile que tu viennes. Nous n'avons pas besoin d'être deux pour fouiller le coin. Ce sera même plus facile si un seul d'entre nous y va.

— Dans ce cas, tu restes ici.

Elle déposa un baiser sur ses lèvres et se leva.

— Bon sang, Laurel, réfléchis !

— A quoi ? rétorqua-t-elle en fouillant dans les tiroirs de la commode.

— Ce n'est pas devant ma porte que quelqu'un a déposé un paquet.

Elle se mordit la lèvre avant de se tourner vers lui, un T-shirt et une culotte à la main.

— Non, en effet, répliqua-t-elle calmement. C'est devant la mienne, et pour une raison évidente. Nos recherches inquiètent quelqu'un, Matthew. Et ce quelqu'un va avoir affaire à moi.

Il la regarda. Sa peau nue brillait à la lumière de la lune. Elle était menue, mais elle se tenait bien droite, le menton relevé, et elle semblait parfaitement capable de se venger.

— D'accord, brave petit soldat, dit-il en s'asseyant au bord du lit. Quand nous aurons découvert le coupable, tu pourras te défouler sur lui. Mais d'ici là, souviens-toi que le marécage est infesté de serpents… qui ne sont ni morts ni enfermés dans des boîtes.

En voyant les doigts de Laurel se crisper sur le T-shirt, Matt se maudit. Pourquoi avait-il éprouvé le besoin de l'effrayer ?

— Je fermerai les yeux.

La mâchoire serrée, elle enfila sa culotte et ajouta :

— Tu ferais mieux de t'habiller.

— Ce que tu peux être entêtée ! lança-t-il avec humeur.

— Oui, en effet.

Elle enfila son T-shirt et le foudroya du regard.

— Entêtée mais pas stupide. Celui qui a déposé ce paquet devant ma porte voulait m'inciter à renoncer. A priori, ça ne peut être que Brewster ou… les Trulane, dit-elle à contrecœur. Et si on veut que je renonce, c'est qu'il y a une bonne raison. Et cette raison pourrait bien se trouver dans le marécage.

— Je ne te contredirai pas sur ce point. Mais ça n'implique pas que tu sois obligée d'y aller.

— Si je me laissais intimider par ce genre de menace, je n'aurais plus qu'à rendre ma carte de presse. Personne ne me poussera à cette extrémité.

Elle le défia du regard.

— Personne.

Matt ravala son irritation. Elle avait raison. Comment prétendre le contraire ? Il enfila son jean en silence.

— Il faut que j'aille chercher un T-shirt et une lampe, dit-il. Sois prête dans dix minutes.

— D'accord, répondit-elle en feignant de fouiller dans un tiroir.

Une fois seule, Laurel enfouit son visage dans ses mains et donna libre cours à sa peur. Une nausée l'emporta dans un tourbillon, avant de refluer peu à peu. Cramponnée à la commode, elle se concentra sur sa respiration. Elle devait absolument aller dans le marécage — surtout après avoir reçu ce paquet. Reculer maintenant, ce serait perdre la partie.

Elle enfila un vieux jean. Ses mains ne tremblaient presque plus, constata-t-elle avec satisfaction. Anne Trulane avait peur du marécage, et elle comprenait ce genre de peur. Une peur irraisonnée qu'on ne pouvait pas plus expliquer que surmonter. Anne n'avait pas pu s'aventurer volontairement dans cet endroit obscur et menaçant. Pas plus qu'elle-même ne pourrait se rendre volontairement dans un élevage de serpents. Elle le pressentait depuis le début, bien sûr. Mais à présent qu'elle venait d'être confrontée à sa propre phobie, elle en avait la certitude. Et bon sang, elle allait le prouver.

Laurel alluma la lumière et se mit à chercher ses bottes dans le fouillis de son placard. Si Matt réagissait de manière excessive, c'était uniquement parce qu'il était inquiet pour elle. Elle pouvait le comprendre, mais pas l'accepter.

Son amour pour lui aurait pu l'inciter à lui céder sur ce point. Mais, dans ce cas, combien d'autres concessions risquait-elle de faire par la suite ?

Quelle que soit la nature de ses sentiments pour elle, elle lui avait plu telle qu'elle était, songea-t-elle en mettant la main sur une botte. Il fallait absolument qu'elle reste elle-même. C'était la meilleure attitude à adopter.

Se maudissant pour son manque d'ordre, elle continua de fouiller le placard à la recherche de l'autre botte.

A son retour, Matt la trouva assise par terre au milieu de la chambre, en train de se battre avec les lacets de ses bottes. Il avait réussi à se calmer en se disant que Laurel serait plus en sécurité avec lui que seule chez elle. Et en se promettant qu'il ne la lâcherait pas des yeux pendant tout le temps qu'ils seraient dans le marécage.

— Tu as un problème ? demanda-t-il d'un ton léger.

— Je ne comprends pas ce qui s'est passé, marmonna-t-elle en tirant sur un lacet. C'est comme si un génie caché au fond de mon placard prenait un malin plaisir à semer la pagaille dans mes affaires. Qui d'autre aurait pu faire des nœuds aussi serrés avec mes lacets ?

Matt promena un regard désabusé sur le sol jonché d'objets divers.

— Moi qui te croyais extrêmement méticuleuse et organisée… Je perds toutes mes illusions.

— Je le suis… mais seulement au travail. Aïe !

Laurel regarda son ongle cassé avec une moue de dépit avant de recommencer à se battre avec ses lacets.

— Voilà. A présent, il ne me manque plus qu'une lampe, dit-elle quand elle eut enfin réussi à mettre ses bottes.

Bondissant, elle se précipita dans la cuisine.

— Tu sais, Laurellie, ton pantalon est tellement usé qu'il est presque transparent, commenta Matt en la suivant.

— Ce n'est pas grave. Il fera sombre.

Il lui donna une petite tape sur les fesses.

— Pas si sombre que ça.

Elle prit une lampe dans le tiroir de la cuisine et vérifia qu'elle fonctionnait.

— Dans ce cas, tu devras marcher devant moi en essayant de ne pas penser à mon anatomie, rétorqua-t-elle avec un large sourire.

— Je préférerais marcher derrière.

— Il n'en est pas question.

Tout à coup, Laurel se figea.

— Qu'est-ce que… ? commença-t-elle en fixant la porte d'entrée avec stupéfaction.

— Tu étais trop occupée à crier pour m'ouvrir la porte, expliqua Matt d'un air désinvolte en la poussant dehors. J'ai appelé le gardien pour qu'il s'occupe de la faire réparer.

— Tu as défoncé ma porte ?

Elle le regarda d'un air ébahi.

Il l'entraîna dans l'escalier en riant.

— Eh oui… On ne fait plus des portes aussi solides qu'autrefois…

Il avait défoncé sa porte pour voler à son secours ! A cette pensée, Laurel fut envahie par une émotion délicieuse. En bas des marches, elle le prit par la taille.

— Tu sais, Matthew, j'ai toujours eu un faible pour les preux chevaliers sur des destriers blancs.

Matt lui prit le visage à deux mains et l'embrassa.

— Même ceux qui sont désargentés ?

— Surtout ceux-là.

8

Matt se gara derrière le mur du *Domaine du chêne*. Dès qu'il coupa le moteur, ils eurent l'impression qu'un silence de mort s'abattait sur eux. Ils avaient soigneusement évité d'en parler, mais s'introduire sans autorisation chez Louis donnait mauvaise conscience à Laurel. Il le savait, songea Matt en descendant de voiture. Et il savait également que ce sujet resterait tabou. Il glissa sa lampe dans la poche arrière de son jean.

— Je vais te faire la courte échelle, déclara-t-il.

Hochant la tête, Laurel prit appui sur les mains de Matt et se hissa avec agilité sur le mur. Puis elle se cala sur le ventre et lui tendit la main pour l'aider à monter à son tour. Ils se laissèrent ensuite glisser de l'autre côté.

— J'ai l'impression que ce n'est pas la première fois que tu pratiques ce genre de sport, murmura-t-elle en s'essuyant les mains sur son jean.

— Disons que j'ai été obligé d'escalader quelques murs au cours de ma carrière.

— Et ce n'est pas une métaphore.

— Ne m'oblige pas à faire remarquer que tu as toi-même grimpé comme une pro.

Laurel promena son regard autour d'elle, s'attardant sur la maison, dont l'ombre se dressait un peu plus loin.

— Je suppose que tu as pensé aux conséquences légales, si nous nous faisons prendre.

C'était le seul commentaire qu'elle se permettrait, songea Matt.

— Ne nous faisons pas prendre, répliqua-t-il sobrement en lui prenant la main.

Silencieux comme des ombres, ils traversèrent la pelouse nord. Les lampes étaient inutiles dans cette partie de la propriété. La lumière du clair de lune était faible, mais suffisante. Il n'y avait pas un souffle d'air, mais de nombreux bruits troublaient le silence. Le bruissement des feuilles, dû aux oiseaux de nuit, était ponctué de temps à autre par le hululement d'une chouette. Mais ce qui dominait, c'était le chant incessant des grillons.

Par intermittence, les petites lumières dorées des lucioles perçaient l'obscurité. Il flottait dans l'air une forte odeur de fleurs d'été et d'herbe verte.

Laurel apercevait déjà les contours lugubres du marécage. Son aversion était telle qu'elle dut faire appel à toute sa volonté pour continuer d'avancer. Ses doigts se resserrèrent autour de ceux de Matt. Sa paume était fraîche et sèche contre la sienne, constata-t-elle.

Ne ressentait-il rien ? Elle réprima un frisson. N'était-il pas sensible à l'atmosphère oppressante des marais ? Ceux-ci renfermaient des secrets qu'il valait mieux, peut-être, ne pas tenter de déterrer. Des secrets qui prenaient racine dans les herbes détrempées… Quand ils franchirent la limite du marécage, un nouveau frisson la parcourut.

— C'est un endroit comme un autre, murmura Matt d'une voix douce.

— Il est maléfique, répliqua-t-elle.

Refoulant sa peur avec détermination, Laurel desserra l'étreinte de ses doigts, mais sans toutefois lâcher la main de Matt.

— Il est difficile d'imaginer qu'une des épouses Trulane, même poussée par l'amour ou le désir, ait pu choisir cet endroit pour tromper son mari, déclara-t-elle d'un ton qui se voulait enjoué.

Avec un petit rire, Matt sortit sa lampe.

— Peut-être qu'elle avait un faible pour l'humidité et les moustiques. Voyons…

Il n'alluma pas sa lampe, mais regarda derrière lui la silhouette de la maison qui se profilait au milieu des arbres.

— Ça me paraît l'endroit le plus logique pour accéder au marécage quand on arrive directement de la maison, déclara-t-il.

Laurel suivit son regard.

— D'accord avec toi.

— Par conséquent, il y a de grandes chances pour qu'Anne soit passée par là.

— Oui.

— Voyons si nous trouvons quelque chose. Ne t'éloigne pas de moi.

— Conseil inutile, Matthew, répondit Laurel en prenant sa lampe dans sa poche. Si tu sens quelqu'un te grimper sur le dos, ce sera moi.

Moins de trois mètres plus loin, le feuillage des arbres s'épaissit, voilant le clair de lune. L'ombre de la maison se perdit derrière un écran d'autres ombres enchevêtrées. Déjà les joncs sauvages surgissaient de terre, formant un mur végétal. Les faisceaux jumeaux des lampes de Matt et de Laurel ouvraient un chemin dans l'obscurité.

Baignant dans une humidité poisseuse, c'était un monde d'ombres et de murmures qui donnaient la chair de poule. Une odeur d'herbes pourrissantes prenait à la gorge. Pas étonnant qu'Anne ait été terrorisée par cet endroit sinistre, se dit Matt, qui commençait à mieux comprendre la jeune femme. Pour sa part, il n'aimerait pas s'y perdre seul, dans l'obscurité. Mais pourquoi avait-elle continué à avancer au lieu de faire demi-tour ? Peur panique ? Il eut une moue dégoûtée devant l'étroite voie envahie par la végétation.

Non, elle aurait dû prendre ses jambes à son cou.

— Ça n'a aucun sens, marmonna-t-il.

Laurel braqua le faisceau de sa lampe sur le côté, en direction d'un bruit étouffé. Elle resserra les doigts autour du poignet de Matt, dont le pouls lent et régulier l'apaisa un peu.

— Qu'est-ce qui n'a aucun sens ?

— Pourquoi n'a-t-elle pas fait demi-tour ?

Avec circonspection, Laurel éclaira de nouveau le chemin. Elle avait probablement entendu un opossum. Il n'y avait pas que les serpents qui faisaient du bruit… Des ours bruns avaient souvent été aperçus dans la forêt au nord du marécage, se rappela-t-elle en déglutissant péniblement.

— Quelle que soit la théorie que nous adoptions, Matthew, Anne était effrayée. Elle a paniqué, et elle a perdu la tête.

— Tu as peur ? demanda-t-il en regardant les doigts de Laurel, crispés sur son poignet.

— Non.

Avec un sourire contrit, Laurel desserra son étreinte.

— Je n'ai pas peur, je suis terrorisée.

— Pourrais-tu sortir d'ici ?

— Eh bien, je…

Elle lui broya de nouveau le poignet. Ce n'était pas le moment de jouer les héroïnes…

— Tu ne me laisses pas ici, Matthew Bates.

— Que ferais-tu, si je te laissais là ?

— Je te tuerais dès que je te retrouverais.

Avec un sourire ravi, il la prit par le bras et ils se remirent en route.

— Comment ? demanda-t-il.

— Je t'empoisonnerais, j'imagine. C'est le moyen le plus lent et le plus douloureux.

— Mais avant ça, comment sortirais-tu du marécage ?

— Je...

Déglutissant péniblement, Laurel se retourna. Ils étaient cernés par les ombres, les bruissements, l'odeur fétide de terre mouillée et d'herbe pourrie. Un peu plus loin vers l'est et le sud-ouest, il y avait également des sables mouvants, se rappela-t-elle.

— Je partirais en courant par là, je tournerais à droite à la hauteur de cette souche et je continuerais tout droit.

— Et tu serais dehors en cinq minutes, approuva-t-il.

Il se tourna vers elle. Ses yeux étincelaient à la lumière du clair de lune.

— Pourquoi Anne a-t-elle continué à s'enfoncer dans le marécage ?

En essayant de se mettre à la place d'Anne, Laurel craignait de perdre le peu de courage qu'elle avait et de prendre ses jambes à son cou... Passant une main dans ses cheveux, elle s'efforça de réfléchir calmement.

— Elle avait été mordue... Peut-être délirait-elle.

— Je me demande à quelle vitesse le poison agit.

Il faudrait vérifier, se dit Matt avant de poursuivre.

— Il me semble qu'elle aurait dû avoir le temps de regagner la propriété ou au moins de s'en rapprocher.

— Ils l'ont trouvée près du bayou, n'est-ce pas ?

— Oui. Au centre du marécage. Pendant les recherches, nous sommes tombés à plusieurs reprises sur ses traces. Elle semblait avoir tourné en rond.

Peur panique, songea-t-il de nouveau. Pourtant, elle n'était pas restée pétrifiée comme Laurel devant le paquet. Elle avait couru, manifestement à l'aveuglette, s'enfonçant de plus en plus profondément dans ce marécage qui la terrorisait plus que tout au monde... ou bien fuyant devant un danger qui la terrorisait encore plus.

Un bruit tout près d'eux fit tressaillir Laurel. Matt pointa sa lampe sur les buissons et mit en fuite un raton laveur.

— Je déteste me ridiculiser, marmonna-t-elle. Continuons.

Vexée, Laurel passa devant Matt. Ils continuèrent leur marche en silence. Elle éclairait le chemin, tandis que Matt braquait sa lampe à droite et à gauche, sans qu'ils sachent ni l'un ni l'autre ce qu'ils espéraient trouver. Mais leur expérience de journaliste leur avait appris qu'il était souvent payant de suivre son intuition.

— Ne ris pas, déclara Laurel en s'arrêtant brusquement.

— D'accord.

Se mordillant la lèvre, elle hésita.

— Je suis sérieuse, Matthew. Ne ris pas.

— Croix de bois, croix de fer…

— J'ai l'impression que… que quelqu'un nous regarde.

— Un autre raton laveur ?

— Matthew…

— Détends-toi, dit-il en s'efforçant de prendre un ton d'autant plus désinvolte qu'il avait le même sentiment très désagréable.

Il massa la nuque de Laurel pour l'apaiser. Des histoires de fantômes… Il n'allait tout de même pas se mettre à prendre des légendes au sérieux ! S'il avait cru à ce genre de phénomènes, il aurait pensé qu'il y avait dans les ombres des marais quelque chose de maléfique qui battait en retraite devant la lumière du soleil. Mais il ne croyait pas à ces sornettes. La source du mal, c'était toujours l'homme.

— Trop de gens sont morts ici, dit Laurel en frissonnant.

Il lui massa de nouveau la nuque.

— Tu veux que nous fassions demi-tour ? demanda-t-il d'une voix douce.

« Oh, mon Dieu, oui ! » songea-t-elle. Mais elle redressa les épaules.

— Non, continuons. Le bayou n'est pas loin. On sent son odeur.

Quand ils atteignirent la rive, l'odeur de végétation saturée d'humidité se fit plus forte. Mais aucun bruit ne provenait du bayou, qui s'écoulait lentement. Les cyprès dressaient leurs silhouettes décharnées. Quelques rayons de lune parvenaient à s'insinuer à travers le feuillage des arbres et se reflétaient dans l'eau, la faisant paraître encore plus sombre. A leur approche, une grenouille sauta dans le bayou avec un petit floc.

Il y avait des alligators tapis dans l'eau, songea Laurel en fronçant le nez. Des alligators énormes.

— C'était là.

Matt dirigea le faisceau de sa lampe vers le sol.

— Laurel, s'il le fallait, serais-tu capable de retrouver ton chemin pour sortir du marécage en partant d'ici ?

Elle regarda par terre le cercle lumineux et se remémora soudain les photos du dossier. Se mordant la lèvre, elle s'efforça de chasser ces images de son esprit.

— Oui. Le chemin que nous avons pris est le plus facile, je suppose. Mais quelle que soit la direction que l'on prenne, on finit par sortir d'ici.

— En effet.

Matt continuait de scruter le sol.

— C'est curieux qu'elle ait choisi le cœur du marécage pour renoncer.

Il réprima un juron de frustration. Rien… Absolument rien… Mais que diable s'attendait-il à trouver ?

— Si seulement je pouvais mettre la main sur ces lettres !

— Si elles contenaient des informations compromettantes, la personne qui les a prises les a sûrement détruites.

— Je me demande si Susan…

Matt s'interrompit brusquement. Quelque chose scintillait dans le faisceau de sa lampe. Il se baissa et ramassa un petit morceau de métal.

— Qu'est-ce que c'est ? demanda Laurel.

— On dirait un fragment de bijou. En très mauvais état.

Il se releva et examina sa trouvaille.

— Appartenait-il à Anne ?

Laurel le lui prit des mains et essuya la boue séchée qui le recouvrait.

— Je ne sais pas. Au bout d'un mois ici…

Braquant sa lampe sur l'objet, elle fut assaillie par un souvenir confus.

— On dirait la face d'un médaillon… sans doute précieux. Regarde la finesse du motif gravé.

Le souvenir se précisa brusquement pour lui échapper aussitôt.

Elle secoua la tête avec agacement.

— Ça me rappelle quelque chose… Peut-être appartenait-il à tante Ellen. Louis a pu le donner à Anne après leur mariage.

— Nous devrions pouvoir le vérifier. A supposer que ça nous avance à quelque chose…

Il reprit le bout de métal et le mit dans sa poche, avant de braquer sa lampe vers la droite, le long de la rive.

— Reste ici une minute, je vais aller jeter un coup d'œil par là-bas.

— Qu'est-ce que tu cherches ?

— Si je le savais…

— Je viens avec toi.

— Laurel, c'est un vrai bourbier. Tu as eu de la chance d'éviter les serpents jusqu'à maintenant. Inutile de prendre des risques inutiles.

Elle se mordit la lèvre. Il avait raison. Des vipères venimeuses nageaient dans le bayou…

— Tu as deux minutes, Matthew. Si tu restes plus longtemps, je te rejoins.

— Deux minutes.

Il déposa un baiser sur sa tempe.

— Reste ici.

— Je ne risque pas de bouger…

Elle suivit des yeux la lumière de la lampe qui s'éloignait. Il ne savait pas ce qu'il cherchait, mais elle comprenait son besoin d'agir. Jusqu'à présent, leur butin était bien maigre. De nouvelles questions et un fragment de bijou…

Elle plissa le front. Pas de doute, ce dernier lui évoquait quelque chose. Un souvenir d'enfance ? Avait-elle vu ce médaillon quand il était encore entier et étincelant… sur une robe blanche ? Elle pressa les doigts sur ses tempes en fouillant dans sa mémoire. Une des robes de dentelle que tante Ellen portait lors des réceptions ? Non, décidément, elle ne voyait pas… Frustrée, elle renonça.

« Plus qu'une minute, Matthew », dit-elle silencieusement. Pourquoi les petits bruits de la nuit lui paraissaient-ils amplifiés à présent qu'il ne se trouvait plus auprès d'elle ? Une goutte de sueur coula dans son dos, la faisant frissonner.

« C'est juste cet endroit qui me porte sur les nerfs, se dit-elle en refusant de céder à l'envie de regarder derrière elle. Dans une heure, nous serons de retour chez moi et je rirai de bon cœur en me rappelant que je frissonnais dans la chaleur étouffante en imaginant des lutins dans mon dos. Dans une heure… »

Un bruit plus net que les autres, derrière elle, la fit tressaillir. « Maudits ratons laveurs ! » songea-t-elle, irritée contre elle-même. Elle ouvrait la bouche pour appeler Matt quand un bras se referma autour de son cou.

Tétanisée par la frayeur, elle ne sentit pas tout de suite la douleur ni le manque d'air. Dans un réflexe d'autodéfense, elle balança son coude en arrière, mais il ne rencontra que le vide. Au même instant, elle fut projetée en avant avec force. Sa lampe lui échappa des mains et elle tomba au milieu des joncs, se cognant violemment la tête sur le tronc d'un cyprès.

Au bord du bayou, Matt vit l'arc de lumière dessiné par la lampe de Laurel volant dans les airs, puis ce fut le noir complet. Il s'élança aussitôt en criant son nom, maudissant la boue qui le ralentissait. Lorsqu'il la vit étendue par terre, il fut assailli par l'image du cadavre d'Anne Trulane et il crut que son cœur allait s'arrêter de battre. S'agenouillant près d'elle, il la saisit par les épaules et l'attira contre lui d'un geste brusque. En l'entendant gémir, il recommença à respirer.

— Qu'est-ce qui t'arrive ? hurla-t-il, rendu agressif par la terreur qu'il venait d'éprouver.

— Ma tête… J'ai heurté…, répondit-elle d'une voix tremblante.

Elle secoua la tête pour tenter de s'éclaircir les idées. Grave erreur, constata-t-elle aussitôt, alors que le sol tanguait sous elle.

— Quelqu'un m'a poussée… quelqu'un qui est arrivé par-derrière.

Elle agrippa le T-shirt de Matt, qui se relevait.

— Oh, non ! tu ne me laisses plus toute seule ici !

Ecumant de rage, furieux de se sentir aussi impuissant, Matt s'agenouilla de nouveau à côté d'elle.

— D'accord, reste assise un moment.

Il passa la main dans ses cheveux.

— Tu es blessée ?

Laurel pouvait voir la colère, l'inquiétude et la frustration dans son regard.

— Non, pas vraiment.

Elle sourit. A part des élancements dans la tête, elle ne sentait rien.

— Juste une bosse. Je n'ai pas perdu connaissance. J'ai vu des étoiles, c'est tout… mais pas autant que la première fois où tu m'as embrassée.

Cette remarque réconfortait Matt, comprit-elle en le sentant se détendre légèrement. Cependant, il scrutait toujours son visage d'un air anxieux.

— Je n'aurais jamais dû te laisser seule.

— Matthew, si tu commences à jouer le macho et à culpabiliser, je vais m'énerver.

Elle l'embrassa.

— Voyons si j'arrive à me lever.

En la tenant fermement, Matt la hissa lentement sur ses pieds.

Pas de vertige, constata-t-elle. Et les élancements laissaient place à une douleur très supportable.

— Ça va, je t'assure, dit-elle en voyant qu'il continuait de l'observer avec inquiétude. J'ai déjà reçu des coups plus douloureux.

« Tu n'en recevras plus tant que je serai près de toi », lui promit silencieusement Matt.

Il s'efforça de sourire.

— Je ne ferai aucun commentaire sur les gens qui ont la tête dure, dit-il sur le ton de la plaisanterie. Mais dis-moi ce que tu as vu… à part des étoiles ?

— Rien.

Elle soupira.

— J'étais tellement décidée à ne pas me comporter comme une idiote, que je n'ai pas voulu me retourner quand j'ai entendu un bruit derrière moi. Et tout à coup, j'ai senti un bras m'étrangler. Je n'ai même pas eu le temps de mettre en pratique ce que j'ai appris dans mes cours d'autodéfense. J'ai été violemment poussée contre cet arbre. Et quand les étoiles ont cessé de tourbillonner, tu étais là.

Refoulant sa soif de vengeance, Matt caressa la tête de Laurel avec douceur.

— Tu vas avoir une bosse, commenta-t-il en s'efforçant de prendre un ton léger. Mais pas d'égratignure.

— Voilà une bonne nouvelle.

Soudain, il l'embrassa longuement, avec ferveur. Ses mains ne tremblaient plus, mais il bouillait toujours de rage.

— Tu es sûre que tu peux marcher ? demanda-t-il quand il finit par s'arracher à ses lèvres.

— Pour sortir d'ici ? Absolument ! Au fait, j'ai perdu ma lampe.

— Tu n'as plus qu'à en racheter une, dit-il en ramassant la sienne. Elle est tombée dans le bayou.

— Oh ! super. Elle était neuve… En tout cas, nous avons la confirmation que quelqu'un essaie de m'intimider, ajouta-t-elle alors qu'ils prenaient le chemin du retour.

— Oui. Quelqu'un qui n'a rien d'un fantôme. Car les fantômes ne poussent pas les gens contre les arbres, n'est-ce pas, Laurel ?

— Non.

Laurel savait ce que Matt pensait. Ils n'étaient pas loin de la maison, et ses habitants connaissaient bien le marécage.

Ils continuèrent d'avancer silencieusement, encore plus prudents qu'à l'aller, tendant l'oreille à chaque bruit et s'efforçant d'identifier chaque ombre. Matt ne lâchait pas la main de Laurel. Lorsqu'ils aperçurent de nouveau la maison, celle-ci était plongée dans l'obscurité.

Le dégoût que lui avait inspiré le marécage poursuivit Matt même après qu'ils eurent franchi le mur de la propriété. Bon sang, comme il avait envie d'une douche ! Une très longue douche…

Laurel resta silencieuse jusqu'à ce que le *Domaine du chêne* soit loin derrière eux.

— Il va falloir de nouveau parler à Louis et à Marion, dit-elle alors.

— Je sais, acquiesça Matt en appuyant sur l'allume-cigare.

S'il se remplissait les poumons de fumée, il se débarrasserait peut-être de l'odeur nauséabonde qui semblait s'accrocher à lui…

— Nous leur rendrons visite demain.

Renversant la tête en arrière, Laurel ferma les yeux. On était déjà demain…

— Je ne sais pas si tu es comme moi, mais je meurs de faim.

Matt lui jeta un coup d'œil. Elle était encore un peu pâle, mais c'était peut-être un effet du clair de lune. Sa voix était ferme et sa respiration régulière. Il n'avait pas vraiment senti de la peur chez elle, même quand elle était à terre, étourdie. De la frustration, oui, et aussi de l'irritation, parce qu'elle s'en voulait de s'être laissé surprendre. Mais pas de la peur.

Avec les ombres des arbres qui dansaient sur son visage, elle ressemblait à Olivia. Unique, indomptable, fascinante. Il prit sa main et la porta à ses lèvres.

— Nous allons acheter une pizza et la manger chez moi.

Laurel approuva avec enthousiasme.

— Oui, une pizza royale !

Il était plus de 2 heures quand Laurel repoussa son assiette sur la table, incapable d'avaler une bouchée de plus. N'ayant aucune idée préconçue, elle n'avait pas été surprise par l'appartement de Matt. Le décor invitait à la nonchalance — gros coussins bien rembourrés, épais tapis, couleurs apaisantes, le tout dénotant un goût très sûr et un penchant très net pour le confort.

Au mur, il n'y avait ni journaux encadrés ni reproductions de Picasso, mais deux huiles d'un artiste qu'elle ne connaissait pas et qui avaient toutes les deux New York pour sujet. Une vue d'ensemble soulignant la splendeur de la ville, et une scène de rue dans un quartier aux immeubles décrépis et aux trottoirs défoncés. Le contraste entre les deux œuvres, excellentes l'une et l'autre, était étonnant. Sans doute Matt avait-il connu les deux aspects de la ville, songea Laurel.

— Non, merci, je n'en peux plus, dit-elle quand il voulut lui servir une autre part de pizza.

— Tu n'avais pas dit que tu serais capable de la manger entière tellement tu étais affamée ? plaisanta-t-il avant de mordre dans la part qu'il venait de lui proposer.

Laurel se leva et se promena dans la pièce, son verre de vin à la main, en goûtant le moelleux du tapis sous ses pieds nus.

— Ton appartement me plaît. Tu aimes visiblement le confort.

— Comme la plupart des gens, fit-il valoir en la suivant des yeux, tandis qu'elle se dirigeait vers la chaîne hi-fi.

— Mmm. Mais tout le monde n'en fait pas un art de vivre.

Laurel écarta un disque pour étudier les toiles de plus près.

— Ces tableaux sont impressionnants. Je ne connais pas ce peintre, mais je suis sûre que j'aurai l'occasion de voir bientôt d'autres œuvres de lui.

— Il serait ravi de t'entendre.

Matt prit son verre sans cesser d'observer Laurel. Le vin était doux et moelleux.

— Nous avons grandi dans le même quartier.

— Vraiment ? New York te manque ? demanda-t-elle avec curiosité.

Matt jeta un coup d'œil au tableau, puis reporta son attention sur son verre.

— Non.

— Pourtant, tu l'emportes partout avec toi, apparemment.

— Nous trimballons tous nos bagages partout où nous allons, murmura-t-il en se levant pour mettre le reste de pizza au réfrigérateur.

Laurel le suivit des yeux avec perplexité. Pourquoi cette réflexion ? Elle contempla de nouveau les tableaux. Le même quartier… Rues sales et immeubles dégradés.

Lorsque Matt revint de la cuisine, elle n'avait pas bougé.

— Tu as grandi là.

Il n'eut pas besoin de regarder de quel tableau elle parlait.

— Oui, répondit-il en enlevant son T-shirt. J'ai besoin de prendre une douche.

Elle le suivit et le saisit par le bras à l'entrée de la salle de bains. Ignorant son mouvement d'impatience, elle demanda :

— C'était dur, n'est-ce pas ?

— J'ai survécu, dit-il d'un air indifférent. Tout le monde n'a pas cette chance.

Il réprima un soupir. La compassion de Laurel était perceptible dans ses yeux, le contact de sa main, sa voix.

— Raconte-moi.

— Laisse tomber.

Aussi surprise que blessée par le ton cinglant de Matt, Laurel recula d'un pas. Puis elle redressa les épaules et déclara :

— D'accord, je suis désolée. Merci pour la pizza. A demain matin.

Il la retint par le bras.

— Laurel, tu sais bien que tu ne peux pas retourner chez toi tant que la porte n'est pas réparée.

— Tout le monde n'a pas besoin de serrures et de verrous, Matthew, rétorqua-t-elle en le regardant droit dans les yeux.

— Bon sang…

Il s'exhorta au calme. Il était crispé, encore remué par ce qui était arrivé à Laurel dans le marécage et par ce qui s'était passé entre eux dans son lit. En vérité, il était en proie à une foule d'émotions qu'il avait du mal à maîtriser…

— Ecoute, j'ai grandi dans un quartier difficile de l'East Side. Ça n'a rien à voir avec toi. Rien du tout.

Laurel ne cilla pas.

— Bien. Disons que c'était de la simple curiosité professionnelle et restons-en là.

— Bon sang, Laurel !

Matt la saisit par les épaules, alors qu'elle pivotait sur elle-même.

— Tu ne dormiras pas chez toi toute seule cette nuit.

— Ne me dis pas ce que je dois faire.

— Si. Et pour une fois, tu vas m'écouter.

— Lâche-moi.

Malgré sa colère, Matt sentit la souffrance derrière le ton glacial de Laurel. En soupirant, il appuya son front contre le sien.

— Excuse-moi.

— Tu ne me dois pas d'excuses.

— Si. Je t'ai blessée et ce n'était pas mon intention.

— Non, ce n'est pas grave, insista Laurel, dont la colère s'évanouit instantanément. J'ai été indiscrète.

— Non, je...

Matt hésita. Il n'était pas prêt à évoquer le passé. Pas avec Laurel.

— Je n'ai pas envie de me quereller avec toi, Laurel. Ecoute, il est tard, la journée a été très longue. Je ne peux pas me pencher sur mon passé cette nuit.

Elle le prit dans ses bras.

— Plus de questions ce soir.

— Laurel...

Il s'empara de la bouche qui s'offrait à lui. Peu à peu, il sentit sa tension se dissiper.

— Reste ici, murmura-t-il. Reste avec moi.

Avec un petit soupir d'aise, elle posa la tête sur son épaule.

— La douche est-elle incluse dans le prix de la chambre ?

Elle entendit son rire étouffé, tandis qu'il enfouissait le visage dans son cou.

— Bien sûr. Mais nous allons être obligés de la prendre ensemble. Tu as entendu parler de la pénurie d'eau ?

— Non, pas du tout.

— Vraiment ?

Il l'entraîna dans la salle de bains.

— Elle atteint un seuil critique. Je vais t'expliquer, dit-il en lui enlevant son T-shirt.

Elle pouffa joyeusement.

Quand Laurel sortit de la douche, sa peau était rouge et lui cuisait. S'enveloppant dans une serviette, elle déclara :

— Je suis très impressionnée par ton engagement pour la défense de l'environnement.

— C'est toute ma vie.

Il lui arracha sa serviette.

— Il faut également économiser sur les lessives. Tu sais combien de litres d'eau consomme une machine à laver ?

Il promena son regard sur elle.

— Et maintenant, tu ferais mieux d'aller te coucher, sinon tu vas attraper froid.

Elle quitta la pièce d'une démarche altière, le laissant admirer sa nudité.

— Je suppose que ta conscience t'interdit d'allumer la lumière, dit-elle une fois dans la chambre, où il l'avait suivie.

— Devoir civique, dit-il en la saisissant par la taille et en l'entraînant dans sa chute sur le lit.

Feignant l'indignation, elle s'écria :

— Matthew !

Il la réduisit au silence en s'emparant de ses lèvres. Il avait bien l'intention de poursuivre la torture sensuelle à laquelle il l'avait soumise sous la douche… Mais ses jambes étaient mêlées aux siennes, son corps offert au sien, et sa bouche…

— Oh, mon Dieu ! Laurel, j'ai tellement envie de toi !

Il l'embrassa avec une fougue décuplée par les émotions de la nuit.

Il oublia d'être patient et elle oublia d'avoir besoin de sa patience. Il oublia d'être doux et elle oublia d'avoir besoin de sa douceur. Il plongea sa langue au plus profond de sa bouche, comme s'il craignait de ne pouvoir en savourer pleinement le goût, la saveur. Mais Laurel n'avait pas l'intention de le priver de quoi que ce soit. Submergée par un désir qui s'accroissait de seconde en seconde, elle répondit à son baiser avec une ardeur et une avidité égales aux siennes. Cette fois, il n'était pas question de se laisser aller passivement dans ses bras, mais de prendre autant qu'elle donnerait.

Elle ne savait pas que la passion pouvait balayer toute trace de civilisation chez l'homme, mais elle le découvrit. Savourant les délices de l'abandon, elle touchait et goûtait tout ce dont elle avait envie avec des mains et des lèvres fébriles, aussi impatientes que celles de Matt. Il sentait bon le savon qu'elle avait fait mousser sur lui quelques instants plus tôt. Ce parfum entêtant la grisait et exacerbait son désir, qui la poussait toujours plus loin dans sa quête.

Ils étaient deux ombres dans le lit, enchevêtrées, agrippées l'une à l'autre, emportées dans un tourbillon de sensualité brûlante. Peut-être étaient-ce les dangers sournois qui les avaient menacés au cours des heures précédentes qui les incitaient tous les deux à se repaître de tout ce que pouvaient s'offrir mutuellement un homme et une femme. Peau humide de sueur, pouls frénétique, gémissements haletants. Seul comptait l'instant, le présent enivrant. Hier et demain n'existaient plus.

Conscient de sa brutalité, Matt était incapable de se contrôler.

Le feu qui semblait jaillir du corps de Laurel attisait celui qui le consumait. Elle était aussi délicate, souple et veloutée que lorsqu'il s'était uni à elle quelques heures plus tôt — mon Dieu, était-ce seulement quelques heures plus tôt ? Mais elle ne restait plus passive. Animée par une ardeur égale à la sienne, elle était en proie à la même fièvre. Elle voulait tout. Tout ce qu'il lui avait déjà donné et tout ce qui lui restait encore à découvrir. Elle voulait tout apprendre, tout connaître de l'amour et de ses mystères.

Il couvrit son ventre de baisers affamés, lui arrachant des soupirs éblouis. S'offrant à sa bouche, elle le guida vers le cœur brûlant de sa féminité, l'invitant à assouvir son désir.

Sous les caresses expertes de sa langue, Laurel se cambra, foudroyée par un plaisir inédit. L'emportant vers des sommets inexplorés, il lui fit franchir un premier pic et continua sur sa lancée, implacable, tandis que, secouée de spasmes, elle enfonçait les ongles dans ses épaules.

Vague après vague, elle était submergée par un plaisir dévastateur, mais Matt l'entraînait toujours plus loin. Il était impossible que ce plaisir vertigineux se prolonge encore, songea-t-elle confusément juste avant d'être propulsée encore plus haut. Puis plus haut encore. Et encore… Au lieu d'être saturée, elle vibrait d'énergie. Le cœur de Matt battait au même rythme que le sien. A peine assouvi, son désir était de nouveau attisé.

— Matthew, supplia-t-elle dans un gémissement étranglé. J'ai envie de toi.

Quand la bouche de Matthew quitta la fleur de sa féminité pour remonter le long de son corps en effleurant sa peau, elle sentit les frissons qui le parcouraient et les martèlements de son cœur. Leurs souffles haletants ne faisaient plus qu'un. Elle vit ses yeux étinceler dans la lumière pâle du clair de lune, puis elle se délecta du mélange exquis de sel et de savon qui parfumait sa peau.

— J'ai envie de toi…, murmurèrent-ils en chœur.

Elle cambra les reins pour l'accueillir en elle.

9

Le ciel était bas. D'épais nuages couleur d'étain retenaient prisonnières la chaleur et l'humidité, incitant à espérer la pluie plutôt qu'à la redouter. Les feuilles des arbres pendaient mollement, immobiles.

Laurel renversa la tête en arrière et tenta de trouver un peu de réconfort dans l'air poisseux que la vitesse faisait souffler par la vitre de la voiture. Les arbres qui bordaient la route projetaient sur celle-ci une ombre qui atténuait à peine la chaleur accablante. Elle réprima un soupir. Ce serait si agréable d'être installée sous un arbre dans l'herbe humide, au bord d'une rivière…

Pour la troisième fois en deux jours, elle était en route pour le *Domaine du chêne*. Chaque fois, elle appréhendait un peu plus les réponses qu'elle risquait d'y trouver.

Leur visite provoquerait sans nul doute la colère de Louis. L'homme qu'elle avait vu la veille serait furieux d'être dérangé de nouveau… à supposer qu'il consente à leur parler. Quant à Marion… Laurel fut assaillie de remords. Marion serait profondément blessée. Blessée que Laurel s'obstine à poursuivre des recherches qu'elle trouvait déplaisantes et pénibles pour son frère et pour elle.

Il fallait éviter d'y penser, songea Laurel en regardant par la vitre. Elle n'avait pas le choix. Certaines questions devaient être posées. Ils étaient allés trop loin pour faire machine arrière. Après tout, ce serait sans doute plus facile pour Louis et Marion d'être interrogés par elle. Mais non, se dit-elle aussitôt, la mort dans l'âme. Ça ne serait pas plus facile. Pour personne.

Matt était silencieux et elle savait pourquoi. Il voulait lui laisser le temps de se préparer à cette entrevue avant leur arrivée au domaine. Attention touchante. Elle réprima un sourire. Etonnant… Une semaine plus tôt, elle aurait juré que Matthew Bates était incapable de se montrer attentionné. Elle avait beaucoup appris à son sujet au cours des derniers jours. Pas tout, cependant, songea-t-elle en se souvenant des deux tableaux. Mais tout de même un grand nombre de choses importantes. La plus importante étant qu'elle l'aimait.

Ils n'avaient pas encore parlé sérieusement de ce qui s'était passé entre eux. Curieusement, elle sentait qu'ils étaient tous deux réticents à sonder l'autre sur ses sentiments. « Ne t'emballe pas. Il ne faut rien précipiter. » C'étaient les mots qui lui revenaient sans cesse à l'esprit. Etait-ce également ce que se disait Matt ?

Tout était arrivé si vite. Un an ? Est-ce si rapide ? se demanda-t-elle en esquissant un sourire. C'était en tout cas l'impression qu'elle avait. Ils avaient refoulé l'un et l'autre ce qui avait germé entre eux au fil des mois, si bien que la soudaine flambée de passion avait été totalement inattendue. Et d'autant plus excitante. Mais que représentait-elle vraiment pour lui ? Si seulement elle avait le courage de le lui demander…

Elle étudia son profil. Energique, séduisant, avec un sourire désinvolte et des yeux malicieux. Toutefois, sa personnalité était beaucoup plus complexe que ne le laissaient supposer les apparences. L'observation de son écriture lui avait appris qu'il était perspicace et ironique. Elle avait également découvert que sa désinvolture était une façade. Ce n'était pas sa vraie nature. Matthew Bates était un homme nerveux et impatient qui ne suivait que ses propres règles. Non seulement elle l'aimait, mais elle appréciait son caractère ! songea Laurel, amusée.

Coéquipiers… Son sourire s'élargit. « Tu ferais mieux de t'y habituer, Matthew Bates, parce que nous allons faire équipe pendant très très longtemps. »

— Ce que tu vois te plaît ? demanda-t-il d'un ton pince-sans-rire.

Inclinant la tête, elle continua de l'étudier. « Ne t'emballe pas », se répéta-t-elle une fois de plus.

— A vrai dire, oui, répondit-elle. Et je n'en reviens toujours pas.

Il rit et lui caressa doucement les cheveux sans quitter la route des yeux.

— J'adore tes compliments, Laurellie. On ne sait jamais comment on doit les prendre.

— Ça t'oblige à rester sur le qui-vive.

— Tu m'as quand même dit une fois que j'avais des yeux fantastiques.

Elle arqua les sourcils.

— Vraiment ?

— Il est vrai que c'était après quatre Martini.

Elle éclata de rire alors qu'ils franchissaient l'entrée du domaine.

— L'alcool fait dire n'importe quoi. De quelle couleur sont-ils, au fait ?

Plissant les paupières, il se tourna vers elle.

— Bleus. Cheveux blonds, yeux bleus… C'est assez banal, mais l'ensemble n'est pas trop catastrophique.

— Merci. En revanche, ton menton…

— Mon menton n'est pas pointu, protesta-t-elle en relevant machinalement ce dernier.

— Si, mais console-toi. Ça ne se voit pas tant que ça…

Matt se gara devant la maison et descendit de voiture en faisant tinter les clés dans sa main. Il avait rendu le sourire à Laurel, mais ce n'était que temporaire, songea-t-il en l'observant, tandis qu'elle contemplait la maison. Le conflit entre ses sentiments et sa conscience professionnelle se reflétait sur son visage.

— Matthew, Marion acceptera de nous recevoir parce que son éducation l'y oblige, mais… je doute que Louis accepte de nous parler, dit-elle après une hésitation, tandis qu'ils montaient les marches du porche.

— Nous devrons le convaincre, répliqua-t-il en laissant le heurtoir retomber lourdement sur la porte.

— Je ne veux pas trop insister pour l'instant. Si…

— Alors quand ? coupa-t-il d'un ton vif en dardant sur elle un regard étincelant.

Laurel ouvrit la bouche, mais l'air furieux de Matt l'incita à garder le silence.

— D'accord, murmura-t-elle enfin. D'accord.

Pris de remords, Matt voulut se rattraper.

— Laurel…

Mais la porte s'ouvrit, l'empêchant de poursuivre. Binney les regardait tous les deux avec surprise. Puis une lueur fugitive s'alluma dans ses yeux.

— Mademoiselle Laurel, nous ne pensions pas vous revoir si vite.

— Bonjour, Binney. J'espère que ça ne tombe pas trop mal, mais nous aimerions parler à Louis et à Marion.

Binney jeta un coup d'œil à Matt, puis reporta son attention sur Laurel.

— M. Louis ne va pas bien. Le moment est mal choisi.

— Il est malade ?

— Non.

Binney hésita.

— Non, mais il… il n'est pas de très bonne humeur, dit-elle en croisant ses longs doigts noueux devant elle.

— Je suis désolée, dit Laurel avec un sourire, tout en se haïssant. Nous ne le dérangerons pas longtemps. C'est important, Binney.

Sans attendre d'y être invitée, elle pénétra dans le hall.

— Très bien.

Le regard accusateur que lui lança la gouvernante avant de refermer la porte accrut le sentiment de culpabilité de Laurel.

— Venez dans le salon. Je vais prévenir Mlle Marion que vous êtes là.

— Merci, Binney.

Sur le seuil du salon, Laurel prit la main de la gouvernante.

— Arrive-t-il souvent à Louis de… ne pas être de très bonne humeur ?

— De temps en temps.

— Cela lui arrivait-il déjà quand Anne était… quand il était marié à Anne ?

Pinçant les lèvres, Binney jeta un regard furtif vers l'étage. Puis elle déclara à voix basse, précipitamment et en français :

— Vous l'avez connu, mademoiselle Laurel, mais il y a eu tellement de changements, il est arrivé tellement de malheurs… Rien n'est plus comme à l'époque où vous veniez pour prendre le thé et apprendre à monter à cheval.

— Je comprends, Binney. J'aimerais l'aider.

La gouvernante jeta un nouveau coup d'œil vers l'étage.

— Après le départ de M. Charles, M. Louis a commencé à avoir des… sautes d'humeur. Il lui arrivait d'errer dans la maison sans adresser la parole à personne, ou bien de s'enfermer dans son bureau pendant des heures. Nous étions inquiets pour lui, mais…

Elle eut un haussement d'épaules éloquent.

— Quand il s'est mis à voyager pour ses affaires, ç'a commencé à aller mieux. La vie n'était pas facile pour lui, mais il était… calme. Puis un jour, il a ramené la jeune fille. Sa femme.

— Et il a de nouveau changé ?

— Oui, en mieux.

La gouvernante hésita. Elle avait manifestement des scrupules et c'était bien compréhensible, songea Laurel.

— Nous avons été surpris, reprit Binney. Elle ressemblait tellement à sa première femme.

Binney parlait à voix si basse que Laurel devait tendre l'oreille pour saisir ses paroles.

— C'était bizarre de la voir. Même sa voix… Mais M. Louis était heureux avec elle, il avait rajeuni. Il lui arrivait encore de temps en temps de broyer du noir et de s'enfermer, mais rarement.

S'efforçant d'ignorer le nœud dans son estomac, Laurel demanda :

— Binney, Anne avait-elle peur quand Louis… broyait du noir ?

La gouvernante pinça de nouveau les lèvres.

— Elle était peut-être un peu perplexe.

— Etait-elle heureuse ici ?

Une ombre passa dans les yeux noisette.

— Elle disait que la maison semblait sortir d'un conte de fées.

— Et le marécage ?

— Elle en avait peur. Elle n'aurait pas dû y aller. Ce qu'il y a là-bas, il vaut mieux ne pas s'en approcher, déclara Binney en baissant encore la voix.

— Qu'y a-t-il là-bas ?

— Des esprits, répondit la gouvernante avec un tel naturel que Laurel frissonna.

Il était inutile de discuter les vieilles croyances, les vieilles légendes, décida-t-elle.

— Anne voyait-elle souvent Nathan Brewster ?

— C'était une épouse fidèle.

Le ton de la gouvernante avait imperceptiblement changé, comme si elle était soudain moins déterminée à prendre aveuglément la défense des habitants du domaine, comprit Laurel. Autant aller droit au but.

— Louis savait-il que Brewster était amoureux d'Anne ?

— Ce n'est pas à moi de le dire, répliqua Binney d'un ton réprobateur.

« Ni à vous de poser la question », entendit Laurel comme si la gouvernante l'avait dit à voix haute.

— Je vais prévenir Mlle Marion que vous êtes là.

Pivotant sur elle-même, Binney s'éloigna.

— Bon sang, j'ai perdu sa confiance, pesta Laurel.

— Assieds-toi, dit Matt en lui avançant un fauteuil. Et explique-moi de quoi vous avez parlé.

— Elle m'a dit que Louis avait de fréquentes sautes d'humeur après le départ de Charles et d'Elise. Ce qui est compréhensible, ajouta-t-elle un peu trop machinalement au goût de Matt. Tout le monde était inquiet pour lui. Mais son état s'est un peu amélioré quand il s'est mis à voyager pour ses affaires. Le jour où il a ramené Anne, la ressemblance entre ses deux épouses a suscité des commentaires, bien sûr. Mais apparemment Binney appréciait la jeune femme. D'après elle, Louis allait beaucoup mieux depuis son second mariage. Quant à Anne, elle semblait heureuse.

Laurel se laissa aller contre le dossier avec un soupir, tout en pianotant nerveusement des deux mains sur les accoudoirs.

— Elle partage le sentiment des gens de la région à propos du marécage.

— Encore cette histoire de fantômes ?

— Ne sois pas aussi terre à terre ! C'est une question de… d'atmosphère.

Mieux valait ne pas insister, décida Matt.

— Il me semble avoir entendu le nom de Brewster.

— Elle s'est contentée de m'assurer qu'Anne était une épouse fidèle. J'ai essayé de lui en faire dire plus, mais c'est à ce moment-là que j'ai perdu sa confiance.

— Oublie tes sentiments une minute et utilise ton cerveau, conseilla Matt d'un ton sec.

Après tout, pourquoi ne pas la brusquer un peu ? Il préférait la voir en colère plutôt que triste, songea-t-il avant de poursuivre.

— Si la gouvernante était au courant pour Brewster — et le fait qu'elle se soit fermée comme une huître prouve qu'elle l'était — qui d'autre savait ?

— On ne peut rien cacher aux domestiques, Matthew. Ils étaient tous au courant.

— Pourtant, aucun d'eux n'a parlé de lui quand ils ont été questionnés par la police.

Laurel croisa les mains devant elle pour s'empêcher de pianoter.

— En parler aurait terni la réputation d'Anne et par ricochet celle de Louis. Par ailleurs, n'oublie pas que les enquêteurs ont conclu à une mort accidentelle. Ce genre de détail ne devait pas paraître pertinent, à l'époque.

— Et aujourd'hui ?

— Les domestiques sont loyaux envers Louis, répondit-elle avec lassitude. Ils ne vont pas colporter des potins sur lui auprès d'étrangers.

— J'ai des contacts en ville. Je pourrais demander à quelqu'un de venir fouiner ici discrètement.

— Pas encore. Attendons encore quelques jours.

Laurel prit la main de Matt, qui se tenait debout à côté d'elle.

— Je ne veux pas faire appel à la police tant que ce n'est pas strictement nécessaire. De toute façon, nous n'avons pas assez d'éléments pour faire rouvrir l'enquête. Tu le sais bien.

— Peut-être… Peut-être pas.

Matt réprima un soupir.

— Quelques jours, Laurel. Pas plus…

Une fois féminine l'interrompit.

— Laurel… Monsieur Bates.

Marion entrait dans le salon, les mains tendues vers Laurel.

— Asseyez-vous, je vous en prie, monsieur Bates. Je suis désolée de vous avoir fait patienter, mais nous ne vous attendions pas.

La réprobation contenue dans ces propos était à peine voilée, songea Laurel. Et compréhensible…

— Excuse-nous, Marion. J'espère que nous ne te dérangeons pas trop.

— A vrai dire, je suis un peu pressée, mais…

Elle serra les mains de Laurel avant de s'asseoir en face d'elle dans une causeuse de brocart.

— Voulez-vous du café ? Une boisson fraîche, peut-être ? Il fait un temps si triste…

— Non, merci, Marion. Nous ne te retiendrons pas longtemps.

Des banalités, songea Laurel, écœurée. Comme il était facile d'enfouir l'horreur sous des banalités…

— Nous avons encore besoin de vous parler, à toi et à Louis, dit-elle. C'est très important.

— Oh… Louis est sorti.

— Doit-il revenir ? demanda Matt, qui était resté debout malgré l'invitation à s'asseoir.

— Je ne sais pas. Enfin, je ne sais pas quand. Je suis désolée.

L'expression de Marion s'altéra légèrement.

— A vrai dire, Laurel, je ne suis pas sûre qu'il accepte de te voir.

Laurel ne cilla pas. C'était dur à entendre, mais elle s'y attendait.

— Marion… Matthew et moi sommes allés voir Nathan Brewster hier.

En moins d'une seconde, plusieurs émotions se succédèrent sur le visage de Marion. Détresse, nervosité, contrariété, doute. Mais elle reprit très vite son sang-froid.

— Vraiment ? Pourquoi ?

— Il était amoureux d'Anne, répondit Laurel. Et apparemment, il ne s'en cachait pas.

Le regard de Marion se durcit.

— Anne était une jeune femme charmante. N'importe quel homme aurait pu être attiré par elle.

— Je n'ai pas dit qu'il était attiré par elle, corrigea Laurel. J'ai dit qu'il était amoureux d'elle. Il voulait qu'elle quitte Louis.

La fine chaîne que Marion portait au cou étincela brièvement quand elle déglutit péniblement.

— Ce que pouvait vouloir M. Brewster n'avait aucune importance. Anne aimait Louis.

— Tu étais au courant.

Laurel observa les yeux de Marion, gris pâle comme ceux de son frère. Après un moment de silence, celle-ci laissa échapper un soupir.

— Oui. J'étais au courant. Il était impossible de ne pas s'en apercevoir, vu la façon dont il regardait Anne. Elle en était très perturbée.

Marion eut un geste d'impuissance.

— Elle s'est confiée à moi parce qu'elle ne savait pas quoi faire. Elle n'aurait jamais quitté Louis, murmura-t-elle en pétrissant nerveusement le tissu de sa jupe.

Son visage, en revanche, restait impassible. C'était comme si ses mains étaient mues par une volonté propre.

— Elle aimait Louis.

— Il était au courant ?

— Il n'y avait rien à savoir, rétorqua sèchement Marion.

Elle se ressaisit aussitôt et poursuivit d'un ton plus calme.

— Si Anne s'est confiée à moi, c'est uniquement parce que cet homme la perturbait. Elle a d'ailleurs dit à sa sœur qu'il la rendait nerveuse. Anne aimait Louis, répéta Marion avec force. Et puis quelle importance, aujourd'hui ?

Les traits soudain crispés, elle les regarda tour à tour, tout en continuant de pétrir nerveusement sa jupe.

— La pauvre enfant est morte et les médisances de ce genre ne peuvent qu'aggraver la souffrance de Louis. Laurel, ne peux-tu pas cesser tout ça ? Tu dois bien te douter de l'effet qu'a sur Louis cette pression permanente.

— Si c'était aussi simple..., intervint Matt avant que Laurel ait le temps de répondre. A votre avis, pourquoi quelqu'un a-t-il pris la peine d'envoyer un avertissement à Laurel ?

— Un avertissement ?

Marion secoua la tête, tandis que ses doigts s'immobilisaient enfin.

— Quel avertissement ?

— Quelqu'un a déposé un paquet devant ma porte, expliqua Laurel. Il y avait une vipère cuivrée morte à l'intérieur.

— Oh, mon Dieu !

Marion prit les mains de Laurel, qui put constater qu'elle tremblait.

— Qui a bien pu commettre un acte aussi odieux ? Et pourquoi ? Quand est-ce arrivé ?

— Hier en fin d'après-midi. Quelques heures après notre départ du domaine.

— Oh, mon Dieu, tu as dû... Anne a été mordue par une vipère cuivrée..., murmura Marion, comme si ce détail venait de lui revenir à l'esprit. Tu crois... ? Laurel, tu ne crois tout de même pas que Louis te ferait une chose pareille ! Tu ne peux pas croire ça !

— Je ne peux... je ne *veux* pas croire ça de Louis, corrigea Laurel. Mais nous avons pensé qu'il valait mieux vous mettre au courant tous les deux.

Prenant une profonde inspiration, Marion lâcha les mains de Laurel.

— Tu as dû avoir une peur épouvantable. Moi-même, je suis si... Et Louis...

Elle secoua la tête.

— Bien sûr, je le lui dirai, tu peux compter sur moi, mais...

— Mademoiselle Marion ?

— Oui, Binney ?

— Excusez-moi, mais Mme Hollister est au téléphone. Elle veut vous parler de la collecte de dons en faveur de l'hôpital. Elle dit que c'est urgent.

— Oui, très bien. Dis-lui que j'arrive dans un instant.

Marion se retourna vers Laurel en triturant nerveusement le col de sa robe.

— Je suis navrée de ce qui t'est arrivé, Laurel. Si vous voulez bien attendre ici, je vais répondre à ce coup de téléphone et je reviens. Cependant, je ne vois pas ce que je pourrais vous dire de plus.

— Pas de problème, Marion, vas-y. Nous allons partir.

Marion hocha la tête et quitta la pièce.

— Eh bien, quand tu t'y mets, tu ne lâches plus prise, commenta Matt quand ils furent seuls.

— Oui, n'est-ce pas ?

Sans le regarder, Laurel prit son sac et se leva.

— C'est ma conscience professionnelle, je suppose.

Matt la prit par les épaules et l'obligea à le regarder.

— Laurel, cesse de te morfondre.

— J'aimerais en être capable, murmura-t-elle en regardant par la fenêtre. Je n'ai pas aimé la mine défaite de Marion quand j'ai mentionné Brewster.

— Elle en sait plus qu'elle n'a bien voulu le dire.

Matt caressa les cheveux de Laurel, réprimant l'envie de l'attirer contre lui.

— Louis est dehors, dit-elle d'un ton très calme. Je veux lui parler seule à seul.

Matt s'écarta vivement d'elle. Comment une requête aussi banale pouvait-elle le faire souffrir à ce point ? se demanda-t-il avec effarement.

— D'accord.

Il enfonça les mains dans ses poches et la suivit des yeux tout en traitant mentalement Louis Trulane de tous les noms.

La chaleur qui régnait dehors semblait encore plus écrasante après la fraîcheur du salon. Le temps était à la pluie mais celle-ci ne tomberait pas. Les rares oiseaux qui prenaient la peine de chanter le faisaient sans enthousiasme. En passant à côté des rosiers, Laurel fut assaillie par le parfum entêtant des fleurs. La chemise de Louis était tachée de sueur, constata-t-elle en approchant de lui.

— Louis.

Il tourna vivement la tête et se figea. Son regard n'était plus aussi éteint que lors de leur précédente visite. De toute évidence, il était furieux.

— Que fais-tu ici ?

— Il faut que je te parle.

— Il n'y a rien à dire.

— Louis…

Elle lui saisit le bras alors qu'il se remettait en marche. Mais, devant son regard noir, elle le lâcha aussitôt.

— Laisse-nous quelques souvenirs agréables, Laurel. Et ne viens plus me voir.

— Je garderai toujours les souvenirs, Louis. Mais j'ai aussi mon travail à accomplir.

Elle scruta son visage. Que faire pour éviter qu'ils ne se brouillent définitivement ?

— Je ne crois pas qu'Anne soit allée dans le marécage de son plein gré.

— Je me moque éperdument de ce que tu crois. Elle est morte.

Il regarda derrière elle, vers le nord, où la pelouse laissait place au marécage.

— Anne est morte, répéta-t-il en fermant les yeux. Un point, c'est tout.

— Vraiment ? rétorqua-t-elle en s'exhortant à ne pas se laisser attendrir. S'il existe la moindre possibilité que quelqu'un l'ait attirée dans le marécage par la ruse ou par la menace, n'as-tu pas envie de le savoir ?

Il brisa une fine branche de myrte qu'il tenait à la main. L'image de Brewster et de son crayon s'imposa à l'esprit de Laurel.

— Ce que tu dis est absurde. Personne n'a rien fait de tel. Personne n'avait de raison d'agir ainsi.

— Tu en es certain ?

De nouveau retentit le claquement sec du bois entre les doigts de Louis.

— Quelqu'un n'apprécie pas que nous enquêtions, ajouta-t-elle.

— C'est mon cas, figure-toi ! explosa Louis en jetant la branche cassée et les fleurs. Est-ce que ça implique que j'ai assassiné ma femme ? Pour l'amour de Dieu, Laurel, pourquoi éprouves-tu le besoin de te mêler de ça ? C'est fini. Rien ne pourra jamais me la ramener.

— Le fait que j'enquête te contrarie-t-il au point que tu puisses déposer un serpent mort devant ma porte ?

— Pardon ?

— Quelqu'un m'a envoyé une vipère cuivrée morte, bien enveloppée dans un paquet.

— Une vipère cuivrée, comme…

La voix de Louis s'éteignit.

— Une plaisanterie de mauvais goût, reprit-il en rejetant ses cheveux en arrière dans un geste qui fit naître des souvenirs dans l'esprit de Laurel. Je crains de ne pas être d'humeur à faire des plaisanteries depuis quelque temps. Même si je vois mal…

Il s'interrompit de nouveau et la fixa d'un air étrange.

— Je me souviens. Pauvre petite Laurel, tu as toujours eu une peur maladive des serpents. J'ai failli étrangler un de mes cousins le jour où il en a brandi un sous ton nez au cours d'une réception de Marion. Quel âge avais-tu ? Neuf ans ? Dix ans ? Tu te souviens ?

— Je me souviens.

Le visage de Louis se radoucit légèrement.

— As-tu réussi à te débarrasser de cette phobie ?

Laurel déglutit péniblement.

— Non.

— Je suis désolé.

Il lui effleura la joue, et le cœur de Laurel se serra. Ce geste amical était encore plus douloureux que ses paroles de colère.

— Tu n'as jamais aimé le marécage à cause des serpents, murmura-t-il.

— Je n'ai jamais aimé le marécage, Louis.

— Anne le détestait.

Il regarda de nouveau vers le nord.

— Je la taquinais gentiment pour tenter de dédramatiser le problème… comme je le faisais avec toi. Oh, mon Dieu, elle était adorable…

— Tu ne me l'as jamais présentée. Pourquoi ne la présentais-tu jamais à personne ?

— Elle ressemblait à Elise.

Il n'était pas conscient que sa main était toujours sur sa joue, comprit Laurel.

— La première fois que je l'ai vue, ça m'a stupéfié. Mais elle n'était pas comme Elise.

Les yeux de Louis, du même gris que le ciel, se durcirent.

— En la voyant, les gens auraient pensé qu'elle était comme elle. J'étais incapable de supporter… les comparaisons, les murmures.

— L'as-tu épousée parce qu'elle te rappelait Elise ?

La colère sembla de nouveau submerger Louis. Une colère si soudaine et si violente que Laurel eut un mouvement de recul. Mais les doigts de Louis se crispèrent sur sa joue.

— Je l'ai épousée parce que je l'aimais… j'avais besoin d'elle. Je l'ai épousée parce qu'elle était jeune et docile et que je savais qu'elle serait dépendante de moi. Ce n'était pas une femme qui aurait pu s'intéresser aux autres hommes. Pendant l'année que nous avons passée ensemble, je suis resté avec elle en permanence pour éviter qu'elle ne sombre dans l'ennui et l'insatisfaction comme Elise disait l'avoir fait dans cette maudite lettre.

— Louis, j'imagine ce que tu ressens…

— Crois-tu vraiment ? coupa-t-il d'une voix à peine audible. Comprends-tu ce qu'est la perte, Laurel ? La trahison ? Non, dit-il sans lui laisser le temps de répondre. Pour comprendre ce genre de choses, il faut les avoir vécues.

— S'il y avait eu quelqu'un d'autre…

La bouche soudain sèche, Laurel s'humecta les lèvres avant de poursuivre.

— S'il y avait eu un autre homme, qu'aurais-tu fait ?

Il darda sur elle un regard glacial.

— Je l'aurais tué. Un seul Judas, c'est suffisant pour n'importe qui.

Louis pivota sur lui-même et s'éloigna à grands pas. Laurel frissonna malgré la chaleur poisseuse.

Il en avait vu assez ! Matt se précipita dehors et, réprimant l'envie de courir après Louis pour déverser sa hargne sur lui, il rejoignit Laurel. Elle suivait Louis des yeux, constata-t-il avec exaspération.

— Allons-nous-en, dit-il sobrement.

Elle hocha la tête. Il y avait de l'électricité dans l'air — au propre comme au figuré. L'orage menaçait dans le ciel, mais aussi en elle, en Louis et en Matt. Il suffirait d'un rien pour le faire éclater. Ils traversèrent la pelouse impeccablement tondue et rejoignirent la voiture de Matt en silence.

— Alors ? demanda ce dernier quand ils eurent quitté le domaine.

— Binney avait raison à propos de l'humeur de Louis, répondit Laurel au bout d'un moment. Il est sur les nerfs, furieux, mais sans rien sur quoi se défouler. Il persiste à considérer la mort d'Anne comme un accident. Quand il regardait en direction du marécage, il avait une expression…

Laurel jeta un coup d'œil à Matt. Sa mine sombre n'était pas si différente de celle de Louis.

— Matthew, je suis persuadée qu'il l'aimait. Il a peut-être été attiré par elle parce qu'elle ressemblait à Elise, et il l'a peut-être même épousée pour se donner inconsciemment une seconde chance, mais il l'aimait sincèrement.

— Penses-tu que dans son esprit la différence entre les deux femmes était toujours bien claire ?

— Je ne suis pas psychiatre.

Se maudissant aussitôt pour son ton cinglant, Laurel serra les dents. Si Matt et elle recommençaient à se quereller, leur enquête n'aboutirait jamais.

— Je peux seulement te faire part de mes observations, reprit-elle d'une voix plus calme. A mon avis, Louis aimait Anne, et sa mort lui cause un immense chagrin. Peut-être entre-t-il une part de culpabilité dans ce chagrin… Parce qu'il la taquinait au sujet de sa peur du marécage, précisa-t-elle devant le regard interrogateur de Matt. Il s'en veut sans aucun doute de ne pas avoir pris cette peur suffisamment au sérieux.

— Tu lui as parlé du paquet ?

— Oui.

Pourquoi ne pleuvait-il pas ? se demanda Laurel en pinçant le tissu de son corsage pour le décoller de son dos. Tout semblerait peut-être un peu moins sale après la pluie…

— Au début, il n'a pas compris. Et ensuite, il m'a paru plus dégoûté qu'autre chose. Et puis… il s'est rappelé que j'avais toujours été terrifiée par les serpents. Pendant quelques instants il est redevenu comme avant. Gentil, chaleureux…

Elle tourna la tête vers la vitre, tandis que Matt jurait intérieurement, en proie à une jalousie féroce.

— Je lui ai demandé pourquoi il n'avait jamais présenté Anne à personne. Il m'a répondu qu'il ne voulait pas entendre les inévitables comparaisons avec Elise. Il ne la quittait jamais parce qu'il ne voulait pas qu'elle s'ennuie et…

— Qu'elle aille voir ailleurs, termina Matt.

— N'as-tu donc aucune compassion pour lui ? Ne peux-tu comprendre tout ce qu'il a enduré ? s'exclama-t-elle avec véhémence.

— De la compassion, tu en as suffisamment pour deux.

— Va au diable ! Tu es si suffisant ! Tu juges les gens si vite… Tu ne crois pas que tu as de la chance de n'avoir jamais perdu quelqu'un que tu aimais ?

Matt jeta sa cigarette par la vitre.

— C'est de Trulane qu'il s'agit, pas de moi. Si tu as l'intention de repartir en croisade, fais-le pendant tes loisirs. Pas pendant le travail. Nous sommes coéquipiers et, pour ma part, je m'occupe uniquement des faits.

Laurel eut toutes les peines du monde à surmonter son indignation.

— Tu veux des faits ? demanda-t-elle d'une voix glaciale. En voici un. Louis m'a dit que si Anne avait eu un amant il aurait tué celui-ci. Il l'a dit avec un sang-froid que tu aurais certainement trouvé admirable. Pourtant, Nathan Brewster travaille toujours pour lui.

— Et voici un autre fait, riposta Matt en se garant sur le parking du *Herald* et en la saisissant par le bras. Tu es tellement folle de Trulane que tu le vois comme le héros d'un roman des sœurs Brontë. Tu refuses d'envisager qu'il puisse être différent de l'image que tu as de lui. C'est un homme amer et sans pitié, capable d'utiliser la violence sans le moindre scrupule. Sa première épouse a choisi son frère cadet. T'es-tu jamais demandé pourquoi ?

Elle dégagea son bras d'un geste vif.

— Tu ne connais rien à l'amour et à la loyauté.

— Et toi ? Tu y connais quelque chose ? Si tu étais adulte, tu te rendrais compte que tu n'aimes pas Trulane mais que tu es obsédée par lui.

Elle devint livide.

— Je l'aime vraiment, dit-elle d'une voix vibrante d'émotion. Mais ça, tu es incapable de le comprendre. Tu voudrais que les choses soient noires ou blanches. Très bien. Reste comme ça et fiche-moi la paix.

Elle descendit vivement de voiture, mais Matt la rattrapa. Il la saisit par les épaules.

— Ne me fuis pas ! cria-t-il avec une rage mêlée de panique. J'en ai par-dessus la tête de Louis Trulane ! Je n'ai aucune envie de l'avoir sur le dos chaque fois que je te touche.

Laurel darda sur lui un regard méprisant.

— Tu es stupide. Puisque tu aimes tant les faits, tu ferais bien de les reconsidérer avec attention. Maintenant, laisse-moi tranquille.

La voix de Laurel se brisa.

— Laisse-moi tranquille pendant quelque temps, insista-t-elle.

Cette fois, Matt ne tenta pas de la retenir. Il attendit qu'elle ait disparu dans l'immeuble, puis il s'appuya contre le capot de sa voiture. Sous la chaleur écrasante, il sortit une cigarette et tenta de recouvrer son sang-froid.

Pourquoi l'avait-il agressée ? Il passa nerveusement la main dans ses cheveux. Agresser quelqu'un verbalement, c'était aussi minable que l'agresser physiquement. Etait-ce la chaleur ? Il se contorsionna pour décoller de ses épaules sa chemise humide de sueur. Elle était si accablante qu'elle aurait rendu nerveux n'importe qui.

Il secoua la tête avec dérision. Qui espérait-il convaincre avec un argument d'une telle mauvaise foi ? Lui-même ? Il expira longuement la fumée et la regarda stagner dans l'air lourd et immobile. Le fond du problème, c'était que, après la nuit qu'ils avaient passée ensemble, il n'avait pas supporté de voir Louis lui caresser la joue.

Stupide. Laurel avait trouvé le mot juste. Il s'était laissé submerger par la jalousie et il avait déversé sa rancune sur elle. Il avait été incapable de se maîtriser. Non, en réalité, il n'avait même pas essayé de se maîtriser. La colère était tellement plus confortable que la peur… La peur qu'il avait éprouvée pour Laurel quand il avait regardé dans le paquet qu'elle avait reçu. La peur qu'il avait éprouvée à cause d'elle quand il avait compris qu'il l'aimait éperdument. Il ne voulait pas la perdre. Il n'y survivrait pas.

S'il s'était montré agressif, c'était peut-être dans l'espoir qu'elle renonce et qu'elle le laisse poursuivre l'enquête seul. S'il avait pu la dissuader de l'accompagner dans le marécage, elle n'aurait pas été blessée.

Peut-être s'était-il servi de Louis comme prétexte pour provoquer une querelle, parce qu'il avait peur d'avouer à Laurel ce qu'il ressentait pour elle. Malgré tout, le contrôle de la situation lui avait échappé dès l'instant où il avait commencé à travailler avec Laurel sur cette affaire.

Comment était-il censé lui avouer qu'il l'aimait — qu'il l'aimait peut-être depuis l'instant où il avait vu cette photo appuyée contre les livres de Curt, à l'université ? Elle le croirait fou, s'il lui disait cela.

Matt écrasa sa cigarette par terre. Peut-être l'était-il.

Mais il n'en restait pas moins journaliste. Et les journalistes allaient toujours jusqu'au bout des choses, en procédant par étapes. D'abord, il fallait accorder à Laurel le temps qu'elle réclamait. Il lui devait bien ça et il en profiterait pour approfondir les recherches de son côté. Ensuite, il faudrait trouver un moyen de lui présenter des excuses sans mentionner le nom de Trulane.

Matt se dirigea vers l'immeuble du journal.

Et, enfin, il faudrait lui faire entrer dans la tête qu'il l'aimait.

Que ça lui plaise ou non.

10

C'était une chance qu'on l'ait envoyée en reportage dès son arrivée dans la salle de rédaction, songea Laurel dans la voiture qui la conduisait au centre-ville, où trois voitures s'étaient carambolées à un carrefour. Elle avait eu le temps de prendre un calepin neuf, de trouver un photographe et de ressortir, avant que Matt ne fasse son apparition.

Elle n'avait aucune envie de le voir. Pas avant que sa colère et sa souffrance ne se soient un peu atténuées. La chaleur, le bruit et la confusion qui devaient régner sur le lieu de l'accident la distrairaient de ses problèmes personnels. Du moins temporairement.

Matt était vraiment excessif! se dit-elle en serrant les dents, tandis que le photographe passait à l'orange dans le flot de la circulation. Excessif et intransigeant. Comment pouvait-on manquer à ce point de compassion ? Il s'était pourtant montré plein de sollicitude quand elle avait été agressée, dans le marécage. Comment pouvait-il rester insensible devant la souffrance de Louis Trulane ? Après tout ce que ce dernier avait enduré, il n'était tout de même pas difficile de comprendre que sa douleur était bien réelle. Comment pouvait-elle aimer quelqu'un qui… ? Elle se mordit la lèvre. Oui, elle l'aimait. Peu importait comment ou pourquoi. Elle aimait Matt. Tout simplement.

Mais c'était justement parce qu'elle l'aimait que son attitude l'avait blessée à ce point. L'accuser d'être obsédée par Louis… Comment avait-il osé ? N'importe quel homme sensé serait capable de comprendre que Louis Trulane avait été le prince charmant de son enfance. Elle l'avait aimé avec un cœur d'enfant et à la manière d'une enfant. Au fil du temps, cet amour avait évolué, non pas parce que Louis avait changé mais parce qu'elle-même avait changé.

Certes, elle aimait toujours Louis et elle manquait peut-être d'objectivité à son égard. Elle lui garderait toujours une immense tendresse en souvenir du passé et il n'y avait rien de plus naturel. Or, Matt lui demandait de tourner le dos à ce passé. Comment aurait-elle pu accepter ? Dire qu'il avait été jusqu'à suggérer qu'elle pensait à Louis quand elle était avec lui. Comment pouvait-il imaginer un seul instant… ?

Une idée s'imposa soudain à l'esprit de Laurel. Une idée fascinante. Matt serait-il tout simplement jaloux ?

— Oh ! s'exclama-t-elle en se laissant aller contre le dossier de son siège.

Le photographe lui jeta un regard en coin, mais ne fit aucun commentaire.

Jaloux ! Laurel eut un sourire ravi. Voilà une hypothèse intéressante… Même si la conduite de Matt restait irrationnelle et stupide. Car s'il était jaloux, cela ne signifiait-il pas que ses sentiments pour elle étaient plus profonds qu'elle n'osait l'espérer ? Peut-être. A moins qu'il ait tout simplement un caractère insupportable, comme elle le pensait à l'origine. Dans l'euphorie de l'amour, elle avait fini par l'oublier, mais cette seconde hypothèse n'était pas exclue non plus. En tout cas, cela méritait réflexion.

La voiture fut bientôt immobilisée dans un embouteillage inextricable, au milieu d'un concert de Klaxon assourdissant.

— Je vais descendre là et continuer à pied, dit-elle au photographe. Gare-toi dès que tu peux.

Matt se trouvait dans le quartier français. L'ambiance y était plus calme que dans la rue où se trouvait Laurel au même instant, mais la chaleur y était aussi intense. L'air était saturé de l'odeur du fleuve et du parfum des fleurs, un mélange qui, dans son esprit, était intimement lié à La Nouvelle-Orléans. Mais il n'y prêtait guère attention : au cours de la dernière heure, il avait été très occupé.

Une visite au commissariat et quelques questions posées d'un air dégagé lui avaient permis d'apprendre qu'aucune recherche officielle n'avait été entreprise après le départ d'Elise et de Charles Trulane. Aucun des deux n'avait été répertorié dans le fichier des personnes disparues. La lettre écrite par Elise, la disparition des vêtements et du matériel de peinture avaient suffi à satisfaire tout le monde. Sauf Matt.

Quand il avait voulu approfondir le sujet, il s'était heurté à un mur d'indifférence. A quoi bon chercher à savoir comment ils avaient quitté la ville et si des témoins les avaient vus ? Ils étaient bel et bien partis, et dix ans c'était très long. Des centaines d'autres affaires requéraient l'attention de la police de La Nouvelle-Orléans, et celle-ci avait d'autres chats à fouetter. S'il y tenait, les gars du labo se pencheraient sur son petit bout de métal, mais pourquoi s'intéressait-il à cette histoire, au juste ?

Matt avait éludé la question et il avait quitté le commissariat. Peut-être obtiendrait-il plus de renseignements auprès de Curt, avait-il songé.

A un coin de rue, il pénétra dans un petit bar. Dans la pénombre, un trio jouait une version discordante de *The Entertainer.* Il repéra Curt immédiatement, assis dans un coin de la salle, à une table couverte de papiers. Un verre de bière encore plein était posé devant lui. Le souvenir de son ami à l'époque de leurs études s'imposa alors à l'esprit de Matt. Pour la première fois depuis des heures, il sourit.

— Comment ça va, monsieur l'avocat ?

— Pardon ?

Curt leva un regard distrait.

— Oh, salut.

Il rassembla les feuilles étalées sur la table et les glissa dans un dossier.

— La même chose, demanda Matt à la serveuse en indiquant le verre de bière.

— Que se passe-t-il, Matt ?

— J'ai besoin de te consulter.

— Oh-oh…

Curt se frotta le menton. Cette habitude était sans doute le seul point commun qu'il avait avec sa sœur, songea Matt avant de préciser :

— J'ai juste besoin d'une information, je te rassure. Pas des services d'un avocat.

— Oh, très bien.

Quand la serveuse revint avec la bière de Matt, Curt se souvint de la sienne.

— Si je décidais d'investir en Bourse, me conseillerais-tu la compagnie de navigation Trulane comme un bon investissement ?

Curt jeta à Matt un regard soudain aigu.

— Je dirais que c'est une question à poser à ton courtier plutôt qu'à ton avocat. D'autant plus que d'habitude, c'est toi qui me donnes des conseils dans ce domaine. Tu te souviens ?

— C'est une question purement théorique. Si je voulais investir dans une entreprise basée à La Nouvelle-Orléans, la compagnie Trulane représenterait-elle un bon choix ?

— C'est l'une des entreprises les plus florissantes de la région.

— D'accord.

Il fallait s'en douter, c'était une impasse, songea Matt avec philosophie.

— A ton avis, pourquoi Elise Trulane n'a-t-elle pas réclamé son héritage ? demanda-t-il.

Curt posa son verre.

— Comment le sais-tu ?

— Je ne peux pas révéler mes sources. Cinquante mille dollars... Une coquette somme. Les intérêts sur dix ans doivent également représenter une petite fortune. Même pour un homme comme Trulane.

— Il n'a aucun droit sur cet argent. Elise Trulane est l'unique légataire.

Devant la question muette de Matt, Curt haussa les épaules.

— C'est mon cabinet qui s'en occupe.

— C'est curieux de laisser dormir tout cet argent, non ? Ton cabinet n'a pas essayé de retrouver la trace d'Elise Trulane ?

— Tu sais bien que le secret professionnel m'interdit d'entrer dans les détails.

— D'accord. Adoptons un point de vue plus général. Quand quelqu'un qui a hérité d'une grosse somme d'argent ne se manifeste pas, que fait l'exécuteur testamentaire ?

— Il entreprend des recherches. En publiant une annonce dans les journaux, par exemple. Et en engageant un détective privé, le cas échéant.

— Supposons que la bénéficiaire ait un mari qu'elle veut éviter à tout prix.

— L'enquête et toute correspondance s'y rapportant seraient confidentielles.

— Mmm.

Matt fit tourner son verre dans ses mains. Dans le fond du bar, le pianiste se déchaînait.

— Elise Trulane avait-elle un testament ?

— Matt...

— Officieusement, Curt, s'il te plaît. C'est peut-être d'une importance capitale.

Curt connaissait Matt depuis trop longtemps pour ne pas savoir que s'il lui demandait un service de ce genre, c'était avec une bonne raison.

— Non, répondit-il franchement. Louis et elle avaient rédigé chacun un testament, mais elle s'est enfuie avant la signature.

— Je vois. Quels bénéficiaires ?

— C'étaient des testaments classiques pour un couple sans enfants. Marion et Charles ont des biens propres.

— Substantiels ?

— Le moins qu'on puisse dire, c'est que Marion est une femme très riche.

Anticipant la question de Matt, Curt ajouta :

— Les investissements et l'épargne de Charles dorment comme ceux d'Elise.

— Intéressant…

Curt darda sur lui un regard pénétrant. Ses yeux n'étaient pas émeraude comme ceux de sa sœur, mais d'un vert plus pâle.

— Vas-tu m'expliquer pourquoi toutes ces questions ?

— J'essaie juste de ne négliger aucun détail.

— C'est lié à l'affaire sur laquelle vous travaillez, Laurel et toi… pour Susan ?

— Oui. Tu as rencontré Susan ?

— Oui, à la maison.

Les joues de Curt se colorèrent légèrement. Pensif, Matt le revit, des années auparavant, quand il était tombé éperdument amoureux d'une étudiante en médecine.

— Elle m'a parlé d'Anne et des lettres, dit Curt. Allez-vous pouvoir l'aider ?

Ce n'était plus un jeune étudiant émotif, songea Matt. Mais un excellent juriste doué d'une grande force de caractère malgré sa tendance à la rêverie.

— Nous faisons tout ce que nous pouvons. Puisque tu la connais et qu'elle s'est confiée à toi, tu peux peut-être la rassurer tout en l'incitant à se tenir à l'écart de tout ça jusqu'à ce que nos recherches aboutissent.

— C'est ce que j'avais prévu. De ton côté, tu veilles sur Laurel ?

Matt eut une moue de dérision en se remémorant en quels termes Laurel et lui s'étaient séparés quelques heures plus tôt.

— Personne ne prend soin de Laurel, marmonna-t-il.

— Non, tu as raison.

Curt glissa son dossier dans son attaché-case.

— J'ai un rendez-vous, mais quand nous aurons le temps de discuter plus longuement, j'aimerais bien avoir des détails sur cette affaire.

— Entendu. Et merci.

Resté seul, Matt but sa bière en ruminant. Trop de détails inexpliqués... Trop de pièces du puzzle qui ne s'emboîtaient pas. Un homme et une femme éperdument amoureux pouvaient éventuellement couper les ponts avec leurs amis et leur famille pendant les premiers temps de la passion, mais pas renoncer à des sommes d'argent aussi considérables. Pas pendant dix ans.

Soit l'amour les avait rendus idiots, soit ils étaient morts. La seconde hypothèse semblait la plus plausible, décida-t-il en allumant une cigarette. Mais à supposer qu'ils aient eu un accident après leur départ du *Domaine du chêne*, n'auraient-ils pas été identifiés ? Différentes théories se succédèrent dans l'esprit de Matt. Oui, la mort d'Anne Trulane avait forcément un rapport avec la disparition d'Elise et de Charles... Et s'il ne se trompait pas, il n'y avait pas eu *un* meurtre, mais *trois*.

Il suivit des yeux la mince volute de fumée bleue qui s'élevait vers le plafond et marmonna un juron. Il était trop tard dans l'après-midi pour vérifier où se trouvait Louis, le jour de la disparition d'Elise et de Charles. Et demain, c'était dimanche, il ne pourrait sans doute pas mettre la main sur les informations dont il avait besoin avant la fin du week-end. Lundi, songea-t-il en écrasant sa cigarette. Lundi, même si Laurel n'en avait pas envie, ils poursuivraient leurs investigations, jusqu'à ce qu'ils découvrent le fin mot de l'affaire.

Il se leva, jeta des billets sur la table et sortit. A propos de Laurel, peut-être était-il temps qu'ils aient une discussion.

Laurel était absorbée dans son article quand Matt regagna la salle de rédaction. Il se dirigea vers elle, mais, jetant un coup d'œil à la pendule, il se ravisa et s'assit à son bureau en silence. Pas question de la déranger dans son travail au moment du bouclage. Elle était de bonne humeur, à en juger par l'expression de son visage. Jubilation intense…

Laurel tapait à toute vitesse en réprimant un fou rire. Trois voitures qui se rentrent dedans à un carrefour, de la tôle froissée, rien qu'elle aurait trouvé drôle d'ordinaire. Mais il n'y avait pas eu de blessés. Et la femme du maire se trouvait dans le deuxième véhicule.

Mieux qu'une attraction… Perdant son calme et sa dignité, la femme du maire avait voulu frapper l'infortuné conducteur qui avait défoncé l'arrière de sa voiture.

Peut-être était-ce la chaleur écrasante, peut-être était-ce la pression qu'elle subissait depuis quelques jours, mais cette scène burlesque avait eu sur elle un effet libérateur. Comment rester morose en voyant cette femme d'ordinaire guindée et d'une élégance irréprochable, les vêtements tout froissés et les cheveux en bataille, agripper par le revers de sa veste un homme bâti comme un champion de boxe et le menacer de lui casser la figure, selon ses propres termes ? Cela juste avant que le radiateur de sa voiture n'explose, crachant un véritable geyser…

Ah, cela mettrait du baume au cœur à beaucoup de gens d'apprendre que des notables perdaient, eux aussi, leur sang-froid, se dit-elle en terminant son article. Cela méritait bien la première page.

— Copie ! cria-t-elle à l'adresse du garçon de courses en jetant un coup d'œil à l'horloge.

Juste dans les délais. Elle se retourna avec un sourire satisfait et rencontra le regard de Matt. Aussitôt, elle fut assaillie par une foule de sentiments contradictoires. Mais un seul dominait tous les autres. Son amour pour lui.

— Je ne t'ai pas vu arriver, dit-elle en mettant de l'ordre sur son bureau.

— C'était il y a quelques minutes. Tu étais en plein travail.

Autour d'eux, c'était l'effervescence, un brouhaha ponctué de cris, de bruits de pas précipités et de cliquetis de machines à écrire.

— Tu as fini ? demanda Matt.

— Dès que mon article sera approuvé.

— Il faut que je te parle. Pouvons-nous dîner ensemble ?

Laurel se sentit prise au dépourvu par le ton circonspect, presque cérémonieux, de Matt.

— D'accord. Matthew…

Son téléphone se mit à sonner. Tout en réfléchissant à ce qu'elle voulait dire à Matt, elle décrocha.

— Salle de rédaction, Laurel Armand.

Inquiet, Matt vit la jeune femme changer soudain de couleur. Quand elle leva les yeux vers lui pour lui faire signe d'écouter la conversation, il avait déjà décroché son téléphone.

— Je suis désolée, dit-elle dans le combiné. Il y a beaucoup de bruit ici. Pourriez-vous parler plus fort ?

— Vous avez déjà reçu deux avertissements.

C'était à peine un murmure, mais il semblait bien y avoir de la peur dans cette voix, se dit Laurel. Une voix de femme ? D'homme ? Impossible à dire.

— Cessez de vous intéresser à la mort d'Anne Trulane.

— Est-ce vous qui m'avez envoyé le serpent ?

Laurel vit Matt basculer son poste sur une autre ligne et composer un numéro.

— Le prochain sera vivant, répondit la voix.

Envahie par un grand froid, Laurel parvint néanmoins à garder un ton posé.

— La nuit dernière, vous étiez dans le marécage, n'est-ce pas ?

— Vous n'avez rien à y faire. Si vous y retournez, vous n'en ressortirez pas.

A l'autre bout de la salle, quelqu'un réclama en criant un café sans sucre. Etait-elle en train de rêver ? se demanda confusément Laurel avant de répliquer :

— Que craignez-vous que j'y découvre ?

— Anne aurait dû l'éviter, elle aussi. Souvenez-vous-en.

Il y eut un déclic, puis le bruit monotone de la tonalité. Quelques secondes plus tard, Matt raccrocha en jurant.

— Pas assez de temps pour localiser l'appel. Tes impressions sur la voix ? Elle t'a semblé familière ?

— Non.

Il se leva et prit le calepin de Laurel, sur lequel elle avait machinalement pris la conversation en sténo.

— En plein dans le mille, marmonna-t-il. Il y a quelqu'un que nos recherches rendent de plus en plus nerveux.

Quelqu'un qui avait peut-être déjà assassiné trois personnes, se dit-il en songeant à sa théorie.

— Tu penses de nouveau à faire appel à la police, devina Laurel.

— En effet.

Laurel se leva en passant une main dans ses cheveux.

— Ecoute, Matthew, je ne suis pas contre, mais je voudrais juste un peu de temps pour y réfléchir. Ecoute-moi, s'empressa-t-elle de poursuivre alors qu'il ouvrait la bouche. Celui qui vient d'appeler veut que nous abandonnions nos recherches. C'est ce que nous allons faire de toute façon pendant le week-end. Je veux prendre le temps de relire mes notes, les comparer aux tiennes, et essayer d'en tirer des conclusions. Si nous décidons d'aller voir la police lundi, il vaudrait mieux avoir des arguments convaincants.

Matt s'efforça de masquer sa réprobation. Laurel avait raison, mais ce plan ne lui disait rien qui vaille. Comment l'écarter de l'enquête pour la mettre à l'abri du danger ? Plusieurs idées lui vinrent à l'esprit. Il avait le week-end pour choisir la meilleure, décida-t-il.

— D'accord. Mets Don au courant. Je vais rassembler mes notes.

Au lieu du dîner fin aux chandelles que Matt avait prévu, ils mangèrent des hamburgers et des frites dans la cuisine de Laurel, au milieu des notes éparpillées sur la table. Les gribouillis de Matt ressemblaient à des hiéroglyphes, alors que les notes de Laurel étaient rédigées d'une écriture très nette, parfaitement lisible. Par un accord tacite, ils n'avaient pas pris le temps de revenir sur leur querelle de l'après-midi. Pour l'instant, ils étaient deux journalistes en plein travail.

— A ce stade de l'enquête, on peut affirmer qu'il y a de fortes présomptions pour que la mort d'Anne Trulane ne soit pas un simple accident, déclara Laurel, en tentant de rédiger une synthèse cohérente de leurs notes.

— On dirait le début d'une plaidoirie de Curt, plaisanta Matt.

— Ne prends pas ton air supérieur, Matthew Bates. Et passe-moi cette bouteille de soda.

Elle but directement au goulot et plissa le front.

— A l'appui de cette hypothèse, nous disposons du témoignage de Susan, qui affirme qu'Anne avait la phobie de l'obscurité, et qu'elle redoutait le marécage au point de refuser de s'en approcher. Témoignage corroboré depuis par ceux de Louis, de Marion et de Binney. Par ailleurs, le vol des lettres d'Anne dans la chambre de Susan, et les intimidations dont j'ai été l'objet — paquet, agression et coup de téléphone anonyme — renforcent ces présomptions.

Occupée à écrire, Laurel ne remarqua pas que Matt écrasait sa cigarette avec une telle nervosité qu'il en arrachait le filtre.

— Première entrevue avec Louis et Marion… Pas grand-chose à en retenir, à part les émotions manifestes des personnes concernées, mais tu préfères ne pas en tenir compte.

— Les émotions peuvent être révélatrices, mais seulement quand on les considère avec objectivité, commenta Matt d'un ton neutre.

Laurel ravala une réplique cinglante. Ce n'était pas le moment de se quereller.

— D'accord… Brewster, poursuivit-elle. Nous savons qu'il était amoureux d'Anne — ou qu'il se croyait amoureux, ce qui revient au même — et qu'il voulait qu'elle quitte Louis. C'est un fait avéré, puisque c'est lui-même qui nous l'a avoué.

Elle souligna deux fois le nom de Brewster avant de poursuivre.

— Marion nous a confirmé les sentiments de Brewster pour Anne et nous a précisé comment celle-ci avait réagi. Ma seconde entrevue avec Louis m'a conduite à penser qu'il n'était pas au courant des sentiments de Brewster ou bien qu'il n'y attachait pas suffisamment d'importance pour s'en inquiéter, étant donné que Brewster fait toujours partie de ses employés.

Laurel se massa la nuque, premier signe de fatigue.

— En résumé, nous sommes d'accord sur un point. Il paraît très improbable qu'Anne se soit rendue dans le marécage sans y avoir été incitée. Pour ce qui est du coupable, selon moi, le plus vraisemblable est Brewster.

Matt feuilleta son calepin.

— J'ai discuté avec Curt, aujourd'hui.

— Ah ?

Laurel le regarda avec perplexité. Quel rapport avec leur enquête ?

— J'avais des renseignements à lui demander pour étayer une théorie que j'ai élaborée.

— Quels renseignements Curt peut-il avoir sur cette affaire ?

— C'est un juriste.

Matt alluma une nouvelle cigarette.

— A vrai dire, cette conversation a été encore plus fructueuse que je ne l'espérais. C'est le cabinet dans lequel travaille Curt qui gère l'héritage d'Elise Trulane.

— Quel rapport avec la mort d'Anne ?

— Je commence à penser qu'il y a justement un rapport très étroit entre les deux affaires. Ecoute ça.

Il feuilleta son calepin.

— Les cinquante mille dollars dont a hérité Elise Trulane, ainsi que les intérêts sur dix ans, n'ont jamais été touchés. Or, d'après Curt, le cabinet a obligatoirement effectué des recherches pour retrouver sa trace. De toute évidence sans succès. Par ailleurs, l'argent de Charles Trulane dort également. Jamais touché.

Matt feuilleta de nouveau son calepin, puis leva les yeux vers Laurel.

— De plus, ni Elise ni Charles Trulane n'ont été enregistrés dans le fichier des personnes disparues.

— Où veux-tu en venir ?

Matt posa son calepin.

— Tu vois parfaitement où je veux en venir, Laurel.

Eprouvant soudain le besoin de bouger, elle se leva.

— Tu penses qu'ils sont morts. Peut-être est-ce le cas. Ils ont pu avoir un accident, et…

Elle se figea.

— Tu penses qu'ils sont morts avant d'avoir quitté le *Domaine du chêne* ?

— C'est une possibilité, non ?

— Je ne sais pas.

Se massant les tempes, elle s'efforça de garder la tête froide.

— Ils ont pu changer de nom et partir en Europe ou en Asie, ou Dieu sait où…

— En effet. Mais ce n'est pas une certitude, n'est-ce pas ?

— Non…

Laurel prit une profonde inspiration.

— Si nous poursuivons le raisonnement, si nous admettons que leur disparition est liée à la mort d'Anne, ça innocente Brewster. Mais pourquoi ? s'exclama-t-elle. Qui aurait eu un mobile, à part Louis ? De toute façon, il était en voyage.

— En a-t-on la preuve ?

Matt se leva. Dès qu'on évoquait Louis Trulane, il fallait prendre des gants…

— Il possède un avion privé, n'est-ce pas ? poursuivit-il. Il pilote lui-même — ou, en tout cas, il pilotait. Tu comprends ce que ça implique.

Oui, elle comprenait… Retour à l'improviste, il surprend les deux amants, un moment de folie. Dans un avion privé, rien de plus simple que de transporter des corps. Très pâle, Laurel regarda Matt. Il s'attendait qu'elle proteste ou qu'elle fasse machine arrière, comprit-elle. Mais il n'était plus question de faire ni l'un ni l'autre.

— Il ne va pas être facile… peut-être même impossible de vérifier les vols de nuit effectués il y a dix ans, déclara-t-elle d'un ton très professionnel.

— Je m'y attellerai dès lundi.

Elle hocha la tête.

— De mon côté, continua-t-elle, je vais demander à Curt de me donner le nom de la société qui a effectué les recherches pour retrouver Elise.

— Non.

— Non ?

Elle le fixa avec stupéfaction.

— Il faut explorer toutes les pistes, voyons !

— Je veux que tu abandonnes. Je veux que tu arrêtes de poser des questions.

— Qu'est-ce qui te prend ? On ne résout pas une affaire sans poser de questions.

— Ecoute, nous partagerons tous les honneurs que nous vaudra cet article, quels qu'ils soient. Mais à partir de maintenant, je continue seul.

— Tu as perdu l'esprit.

Ce fut peut-être le ton très calme de Laurel qui déclencha l'orage. Matt oublia instantanément tous les arguments imparables qu'il avait longuement élaborés.

— C'est moi qui ai perdu l'esprit ? s'écria-t-il, hors de lui. C'est un comble !

Il se mit à arpenter la pièce à grands pas, mettant délibérément de la distance entre Laurel et lui pour éviter de la saisir par les épaules et de la secouer comme un prunier.

— Ce n'est pas un jeu, bon sang ! On ne joue pas à qui aura droit à la une !

— Je n'ai jamais considéré ma profession comme un jeu.

— Je ne veux pas t'avoir dans les jambes.

Elle plissa les paupières.

— Ne t'inquiète pas. J'éviterai de me trouver sur ton chemin. Et toi, évite de te trouver sur le mien.

— C'est trop dangereux ! Essaie de réfléchir un peu. C'est toi qui as été menacée. A trois reprises. Celui qui est derrière la mort d'Anne n'hésitera pas à tuer de nouveau.

Elle releva le menton. Dieu, qu'elle était belle quand elle prenait cet air hautain ! songea Matt en crispant la mâchoire. Belle et horripilante…

— Dans ce cas, il va falloir que je me montre très prudente, n'est-ce pas ? dit-elle d'un ton ironique.

— Ne sois pas stupide ! Ce n'est pas à moi qu'on a téléphoné pour me demander de laisser tomber. Ce n'est pas moi qu'on a menacé.

La panique était nettement perceptible dans la voix de Matt, mais Laurel était trop submergée par l'indignation pour s'en apercevoir.

— Tu veux savoir pourquoi ? cria-t-elle à son tour. Parce que je suis une femme et donc soi-disant plus facile à intimider. La preuve, tu penses qu'en criant assez fort et en faisant pression sur moi, tu vas m'obliger à céder.

— Ne te fais pas plus idiote que tu ne l'es.

— Mais ce qu'ils ont oublié, poursuivit-elle avec la même véhémence, ce que *tu* as oublié, c'est que je suis journaliste. Et pour résoudre une affaire, pour découvrir la vérité, une journaliste est prête à tout. Tous les journalistes sont confrontés au danger, un jour ou l'autre. Ce sont les risques du métier.

— Je ne suis pas amoureux de tous les journalistes, bon sang ! Je suis amoureux de toi !

Matt se précipita vers la table pour prendre son paquet de cigarettes.

Laurel le regarda écarter les feuilles avec nervosité à la recherche d'allumettes. Elle était aussi essoufflée que si elle venait de monter plusieurs étages en courant. Et à présent qu'elle était arrivée en haut de l'escalier, elle ne savait plus du tout pourquoi elle s'était dépêchée à ce point. Ce fut seulement quand il cessa de jurer et de marmonner pour se tourner vers elle, qu'elle sentit une chaleur et un plaisir intenses l'envahir.

Matt reposa sa cigarette sans l'allumer et regarda Laurel. Que venait-il de dire ? Oh, mon Dieu, venait-il vraiment de tout gâcher en abattant ses cartes sans avoir assuré ses arrières ? Que faire, à présent ? Mieux valait laisser à Laurel une chance de se dérober si elle le souhaitait.

— Est-ce que… je viens vraiment de dire ce que je pense avoir dit ?

Laurel croisa les bras.

— Oui, j'ai un témoin.

— Un témoin ? Il n'y a personne ici.

— Je soudoierai quelqu'un.

Il enfonça les mains dans ses poches. Bon sang, comme il avait envie de la serrer contre lui !

— Tu es certaine que c'est ce que tu veux ?

Elle fit un pas vers lui.

— Je me demande comment j'ai pu penser que tu étais perspicace et observateur. Figure-toi que c'est une règle universelle, Matthew. Quand une femme est amoureuse d'un homme, elle préfère que ce soit réciproque.

Matt sentit son cœur s'affoler dans sa poitrine, des battements à la fois légers et frénétiques. Quelle sensation extraordinaire ! C'était la première fois de sa vie qu'il l'éprouvait.

— Dis-le-moi, murmura-t-il. Ne m'oblige pas à te supplier.

— Matthew…

Ne lisait-il donc pas ses sentiments sur son visage ? se demanda Laurel, déconcertée. Pourtant, ils devaient être évidents. Elle tendit la main vers lui.

— Tu es le seul homme avec qui j'ai fait l'amour parce que tu es le seul homme dont j'aie jamais été amoureuse. Ces deux vérités sont immuables, Matt.

— Laurel…

Matt ne put en dire plus. La bouche de Laurel s'offrait à la sienne. Sans réserves. Il la captura avec fougue, ivre de bonheur. Si longtemps… Il y avait si longtemps qu'il attendait ce moment, ces paroles.

— Encore, murmura-t-il. Dis-le-moi encore.

— Je t'aime. Je n'ai jamais aimé que toi.

Elle noua les bras sur sa nuque.

— Dire qu'il y a encore quelques minutes, je pensais que si je te faisais cet aveu, tu me croirais folle…

Prise de vertige, elle s'accrocha à lui.

— Quand ? Quand as-tu su ? demanda-t-elle dans un souffle.

— Tu ne me croirais pas.

Sans laisser à Laurel le temps de réagir, Matt s'empara de nouveau de sa bouche.

Son baiser prit rapidement une ferveur inédite. Jamais il n'aurait pu imaginer qu'un tel bonheur était possible. Son amour était partagé !

Emporté dans un tourbillon enchanté, il oublia tout ce qui n'était pas Laurel.

Elle avait l'impression de pouvoir se perdre dans un baiser de lui… Se perdre corps et âme dans cet océan de félicité. Savoir qu'il la désirait était excitant. Savoir qu'il l'aimait était exaltant. Tant de choses, elle avait tant de choses à lui dire… Mais une fois qu'ils auraient assouvi la passion qui les dévorait… Vibrante de désir, Laurel entraîna Matt par terre avec elle.

Vite, vite… Sans avoir besoin de parler, chacun savait ce que l'autre voulait. Se débarrasser de tout ce qui faisait obstacle au contact de leurs deux épidermes. Les vêtements volèrent à travers la pièce. Oh, le plaisir inouï de sentir contre la sienne cette peau brûlante… Enivrée par le parfum subtil du corps de Matt, qui se mêlait à celui du savon, Laurel s'en délecta, pressant ses lèvres contre son cou, là où battait son pouls, rapide et léger.

Il murmura son prénom, et ce son délicieux se propagea dans tout son corps en une onde voluptueuse. Le plaisir qui l'envahissait était d'une nature toute nouvelle, surnaturelle. La bouche de Matt quitta son oreille et descendit le long de son cou, lui arrachant un soupir.

Une longue caresse, sensuelle et nonchalante. Ils avaient tout leur temps, à présent. Pourquoi se presser ? La passion se teintait d'émerveillement. « Mon amour est partagé. » Chacun se délectait de cette certitude, qui suffisait à son ravissement. Laurel sentait le bonheur circuler sans relâche de l'un à l'autre, tandis que leurs deux cœurs battaient au même rythme. Un bonheur parfait, absolu. Le désir, allié à ce sentiment de plénitude, gagnait en intensité. Le temps était aboli. Ils avaient l'éternité devant eux pour effectuer le voyage enchanteur qui leur ferait découvrir des contrées paradisiaques.

Les lèvres de Matthew effleurèrent l'épaule de Laurel avant de descendre lentement le long de son bras, puis de s'attarder sur la veine qui battait au creux de son coude. Envahie par une foule de sensations exquises, elle enfonça les doigts dans ses cheveux, jouant avec ses boucles épaisses, lui caressant la nuque. Il leva la tête vers elle et ils se regardèrent un long moment en silence. Puis, dans un sourire, leurs lèvres s'unirent.

Peu à peu, sans qu'ils en prennent vraiment conscience, la fièvre monta. Les soupirs étouffés devinrent des gémissements.

Les lèvres refermées sur la pointe d'un sein, Matt entendit le cœur de Laurel s'affoler. Il avait la sensation de baigner dans une brume vaporeuse, enivré par le parfum, le goût, le velouté de la peau de la femme qu'il aimait.

Ses mains poursuivirent leur descente.

Entre les cuisses de Laurel, il trouva la douceur incomparable de sa fleur humide et palpitante. Bientôt sa bouche prit le relais de ses doigts.

Parcourue de longs frissons, Laurel sentit la première vague monter lentement en elle avant de déferler, apaisant momentanément ses sens exacerbés tout en lui apportant la promesse d'un raz-de-marée plus dévastateur encore. Etourdie, elle s'allongea sur Matt pour lui rendre le plaisir si précieux qu'il venait de lui prodiguer.

Comme sa peau était chaude… Comme son corps était ferme… Elle promena les mains sur ses hanches, effleura son ventre. Savoura sa virilité frémissante.

Comme en état d'apesanteur, elle flottait dans l'air, l'esprit délicieusement confus. Elle sentit les mains de Matt se refermer sur ses hanches, elle l'entendit prononcer son prénom d'une voix rauque. Puis il ne fit plus qu'un avec elle et une déflagration d'une violence inouïe la propulsa dans une autre dimension.

Matt contemplait Laurel. Il luttait pour retarder le moment où la lame de fond qui s'annonçait s'abattrait sur lui pour le précipiter dans le gouffre sans fond du plaisir. Il voulait graver dans son esprit cette image d'elle, en pleine lumière, la tête renversée en arrière, les cheveux ruisselant dans son dos, transfigurée. Elle n'était plus que jouissance… Il la contempla encore un instant avant de la rejoindre, emporté dans le même tourbillon.

11

Il faisait nuit. Matt n'avait aucune idée de l'heure et s'en moquait. Laurel et lui étaient blottis l'un contre l'autre dans le lit de Laurel, bien au chaud. Comme des enfants désordonnés, ils avaient laissé leurs vêtements éparpillés sur le sol du salon. C'était si plaisant d'imaginer qu'ils pouvaient rester au lit pendant tout le week-end — à somnoler, à faire l'amour, à se repaître l'un de l'autre.

Il savait tout de Laurel. Ce qui lui plaisait, ce qui la contrariait, ce qui la faisait rire. D'où elle venait, quelle enfant elle était. Il connaissait de multiples fragments de sa vie, qu'il avait glanés auprès d'Olivia, de son père ou de Curt. Elle s'était foulé la cheville à neuf ans. Elle avait collaboré au journal de son collège. Elle avait dormi jusqu'à l'âge de sept ans avec un chien en peluche qui n'avait qu'une oreille.

Matt réprima un sourire. Il trouvait ça attendrissant, mais apprécierait-elle qu'il soit au courant ? Sans doute pas.

Il y avait tant de choses qu'il ne lui avait pas dites… L'air blessé de Laurel quand il avait esquivé ses questions s'imposa à l'esprit de Matt. Oui, il y avait tant de choses qu'il ne lui avait pas dites. Mais elle l'aimait malgré tout…

Il la sentit bouger contre lui. Les yeux ouverts, elle poussa un soupir de bien-être.

— A quoi penses-tu ? demanda-t-elle.

Au bout d'un moment, il répondit :

— J'ai grandi dans ce tableau.

Elle lui prit la main en silence.

— Dans le quartier, les gens d'un certain âge évitaient de se promener la nuit et les autres ne sortaient qu'en groupe. Trop de ruelles sombres et de lampadaires brisés. Les flics patrouillaient par deux, en voiture. Je n'ai pas souvenir d'une seule nuit où je n'ai pas entendu les sirènes.

Laurel était si chaude et douce contre lui… La chambre était si confortable. Pourquoi faire revivre le passé ? Parce qu'on ne s'en débarrassait jamais complètement, se dit-il. Et parce qu'il avait besoin d'en parler à Laurel.

— Je travaillais pour un vendeur de journaux. Un été, nous avons été braqués six fois. Il en avait tellement assez que, la dernière fois, il a résisté. Je suis sorti de l'hôpital au bout de deux jours, mais lui y est resté deux semaines. Il avait soixante-quatre ans.

— Oh, Matthew…

Laurel pressa son visage contre son épaule.

— Tu n'es pas obligé d'en parler.

— Je veux que tu saches d'où je viens.

Il resta silencieux un moment avant de reprendre.

— Dans l'immeuble où j'habitais, les couloirs étaient imprégnés d'une odeur de renfermé et de sueur qui ne disparaissait jamais. En hiver, il faisait froid. Les fenêtres laissaient passer des courants d'air et le plancher était glacial. En été, c'était une véritable fournaise. On sentait l'odeur des poubelles qui montait de la ruelle, trois étages plus bas. La nuit, on entendait les bruits de la rue — dealers, prostituées, gamins, clients des uns et des autres. J'évitais les dealers parce que je n'avais pas envie de me détruire et j'allais voir les prostituées quand j'arrivais à rassembler suffisamment d'argent.

Il fit une pause. Ces aveux rebutaient-ils Laurel ? Allait-elle avoir un mouvement de recul ? A son grand soulagement, la main de la jeune femme ne quitta pas la sienne.

Le cœur serré, Laurel pensait à l'appartement de Matt. Le confort dont il avait tant manqué, il l'avait élevé au rang d'art, songea-t-elle. Comme il avait dû souffrir… Et, pourtant, il avait exposé les tableaux de New York dans son salon. Il était donc conscient de ce qu'il devait à son passé et il ne le rejetait pas.

— Je vivais avec ma tante, reprit-il. Elle m'a recueilli quand ma mère est morte et que mon père est parti. Rien ne l'y obligeait.

Il entrelaça ses doigts avec ceux de Laurel.

— C'est la personne la plus généreuse que j'aie jamais connue.

— Elle t'aimait, murmura Laurel, reconnaissante à cette femme d'avoir pris soin du petit garçon qui était devenu l'homme de sa vie.

— Oui. L'argent manquait toujours. Pourtant, elle travaillait dur et je l'aidais. Dès que j'ai été assez grand, j'ai apporté ma contribution aux dépenses. Mais le loyer ne cessait d'augmenter malgré l'état lamentable de cet immeuble répugnant et...

Il s'interrompit et haussa les épaules.

— La vie, reprit-il sobrement après un silence. Je me suis juré de nous sortir de là. Je me suis promis que d'une façon ou d'une autre je parviendrais à nous sortir de là. J'avais un but très précis et je voulais à tout prix l'atteindre, même s'il me paraissait inaccessible. Journaliste dans un grand quotidien new-yorkais avec un salaire qui me permettrait d'installer ma tante dans une coquette petite maison à Brooklyn Heights ou New Rochelle. J'ai commencé par travailler comme garçon de courses dans un journal pendant la journée, tout en étudiant la nuit. Bien sûr, j'aurais pu choisir une autre voie, moins honnête, et gagner plus rapidement l'argent dont nous avions besoin, mais ma tante en aurait été morte de chagrin. J'ai obtenu une bourse et je suis parti à l'université. Quand je revenais en été, il faisait une chaleur tellement insupportable dans l'appartement que je ne parvenais plus à m'imaginer le froid glacial qu'il y faisait au mois de janvier. Au milieu de ma dernière année d'études, j'avais économisé presque assez d'argent pour permettre à ma tante de déménager. Pas dans une maison de Brooklyn Heights, mais dans un appartement décent. C'était prévu pour l'été. Elle est morte au mois de mars.

Laurel embrassa tendrement son épaule.

— Elle aurait été fière de toi.

— Si je m'y étais pris autrement, elle serait peut-être encore en vie.

Laurel se redressa sur un coude.

— Ou bien tu l'aurais tuée de chagrin.

Les yeux de Matt étincelèrent dans la pénombre de la chambre.

— C'est ce que je pense aussi, mais parfois je me dis que j'aurais pu lui offrir ne serait-ce que six mois de confort.

Il enroula une mèche des cheveux de Laurel autour de son doigt.

— Malgré la pauvreté, elle était très joyeuse. Elle trouvait toujours des raisons de rire. Je lui en serai éternellement reconnaissant.

— Moi aussi.

Laurel embrassa de nouveau l'épaule de Matt.

— Je t'aime, Matt.

— Je me suis souvent demandé comment j'allais m'y prendre pour te séduire. Nous avons vécu des enfances si différentes. Je dois t'avouer qu'il y a même des moments où je me suis demandé si ce n'était pas uniquement à cause de ça que tu m'attirais.

Au grand soulagement de Matt, Laurel eut un sourire attendri.

— Idiot…

— Tu es si belle… Je n'oublierai jamais la première fois où je t'ai vue, sur cette photo que Curt avait posée sur le bureau de notre chambre, à l'université.

Laurel réprima de justesse une exclamation de surprise. Pas question qu'il puisse s'imaginer qu'elle ne le croyait pas. Elle avait une confiance aveugle en lui et elle voulait le lui prouver.

— Je t'imaginais à une de ces garden-parties très chic, vêtue d'une robe de soie et coiffée d'une capeline, poursuivit-il à mi-voix. J'étais béat d'admiration. Mais je ne pouvais pas m'empêcher de te voir au bras d'un homme du même milieu que toi.

— Matt, j'ai horreur de me répéter, plaisanta-t-elle.

Mais il ne sourit pas.

— Tu penses à Louis, n'est-ce pas ? insista-t-elle.

— Non.

Il la serra contre lui.

— Pas ce soir.

— Ecoute-moi.

Elle plongea son regard dans le sien.

— Ce que je ressens pour lui n'a absolument rien à voir avec l'amour que j'éprouve pour toi. J'aime Louis depuis que je suis toute petite et mes sentiments pour lui n'ont pas changé depuis cette époque. Lui et Marion appartiennent à mon passé, ils sont intimement liés à mes souvenirs d'enfance. Quand j'allais chez eux, j'avais l'impression de vivre dans un conte de fées. Toutes les petites filles ont le droit d'en vivre un.

Matt se souvint d'une conversation avec Olivia. Elle lui avait dit la même chose. Il sentit les muscles de ses épaules se décrisper légèrement.

— Je crois que je comprends ça, Laurel. C'est ce que tu ressens pour lui aujourd'hui qui me préoccupe.

— Aujourd'hui, je suis triste pour lui, et pour Marion aussi. Aujourd'hui, je suis déchirée parce que, au lieu de soulager leur douleur, je risque de l'aggraver en faisant mon travail de journaliste. Si j'étais amoureuse de Louis, ne crois-tu pas qu'au cours des dix dernières années, j'aurais tenté de renouer avec lui ?

Sans lui laisser le temps de répondre, elle ajouta avec feu :

— Dire que j'ai attendu toutes ces années pour tomber amoureuse, et qu'il a fallu que je tombe sur un idiot!

— C'est une question de chance, je suppose.

— En tout cas, il faut que tu saches une chose, Matthew Bates. C'est la dernière fois que je m'explique sur mes relations avec Louis. A toi de voir si ça te convient ou non.

Il poussa un profond soupir, feignant d'hésiter. Dans la pénombre, les yeux de Laurel étincelaient. Elle avait peut-être eu une enfance plus douce que la sienne, mais il n'y avait pas de couple mieux assorti que le leur. Il en était absolument certain.

— Veux-tu m'épouser, Laurel? demanda-t-il.

Il perçut l'arrêt de sa respiration, il vit ses prunelles s'élargir. Le silence se prolongea un instant.

— Il t'en a fallu du temps, répliqua-t-elle simplement.

Puis elle se jeta dans ses bras.

Quand Laurel se réveilla, le soleil inondait son visage et Matt lui mordillait l'oreille. Elle n'eut pas besoin d'ouvrir les yeux pour savoir que c'était une journée magnifique. Pendant la nuit, la pluie avait enfin allégé l'atmosphère. Les paupières closes, elle s'étira en soupirant. Les lèvres de Matt effleurèrent son menton.

— J'aime ta façon de te réveiller, murmura-t-il en faisant glisser une main sur sa hanche.

— Mmm… quelle heure est-il?

— C'est le matin.

Les lèvres de Matt trouvèrent enfin les siennes.

Alanguie, elle noua les bras sur sa nuque.

— T'ai-je déjà dit à quel point j'aime que tu m'embrasses comme ça?

— Non.

Il l'embrassa de nouveau avant d'ajouter :

— Je t'écoute…

— Mmm… Si je te le dis… je n'aurai plus aucune chance d'avoir le dernier mot quand nous nous querellerons.

Avec un petit rire ravi, il déposa un baiser au creux de son épaule.

— Je suis fou de toi, Laurellie. Quand nous marions-nous?

— Bientôt, répondit-elle avec fermeté. Même si grand-mère risque de…

Elle tressaillit.

— Oh, mon Dieu, le brunch !

— J'avais d'autres projets, murmura Matt en recommençant à lui mordiller l'oreille.

— Oh, non, tu ne comprends pas ! Quelle heure est-il ?

S'écartant de lui, Laurel prit le réveil sur la table de chevet.

— Oh, mon Dieu ! Il faut nous dépêcher, sinon nous allons nous attirer de graves ennuis !

Matt la saisit par la taille alors qu'elle s'apprêtait à bondir du lit.

— Si nous restons ici, nous…

— Matthew !

Elle voulut esquiver son baiser, mais celui-ci atterrit à la base de son cou, la faisant frissonner.

— Le brunch du dimanche à *Promesse d'amour* est sacré, expliqua-t-elle en s'efforçant de surmonter son trouble.

— Sais-tu faire la cuisine ?

— Quoi ? Oh, oui… enfin, du moment qu'on a un estomac très tolérant, on peut considérer que oui… Matthew ! Non…

Elle lui saisit la main et l'écarta de son ventre d'un geste brusque.

— Dans ce cas, pourquoi ne prendrions-nous pas un brunch en tête à tête, vers l'heure du dîner ?

— Matthew…

Prenant une profonde inspiration, Laurel l'agrippa fermement par les épaules.

— Puisque tu vas bientôt faire partie de la famille, tu as intérêt à t'habituer dès maintenant à respecter certaines traditions incontournables. Le brunch du dimanche est un rituel avec lequel on ne plaisante pas.

— Je suis un iconoclaste.

Laurel réprima un sourire.

— Tais-toi. Grand-mère me pardonnerait si je décidais de devenir strip-teaseuse. Et elle me pardonnera d'épouser un Yankee. Mais jamais au grand jamais elle ne me pardonnerait de rater le brunch du dimanche. Arriver en retard suffit à s'attirer ses foudres. Or, nous en prenons dangereusement le chemin.

Poussant un soupir exagérément profond, Matt lâcha Laurel.

— Si c'est pour Mlle Olivia…

— Je vais prendre une douche, lança-t-elle en se précipitant vers la salle de bains. Si nous nous dépêchons, nous arriverons avant l'heure limite.

— Je vais la prendre avec toi pour gagner du temps, annonça-t-il en la suivant.

— Matthew !

En riant, Laurel posa les mains sur son torse pour le repousser.

— Si nous prenons notre douche ensemble, nous arriverons en retard à coup sûr.

Il l'attira contre lui.

— Je prends le risque.

— Matthew…

Il lui mordilla la lèvre inférieure.

— Tu oublies que je sais exactement quoi faire pour avoir le dernier mot.

— Oh, mon Dieu…

En soupirant, elle s'alanguit contre lui.

Ils étaient en retard.

— Nous sommes bons pour l'excommunication, marmonna Laurel, tandis que Matt s'engageait dans l'allée bordée de cèdres.

Il lui adressa un sourire irrésistible.

— Ça valait le coup.

— Evite la mine satisfaite du chat qui vient de manger le canari, s'il te plaît. Essaie plutôt d'adopter un profil bas.

— Nous pourrions prétexter un pneu crevé.

— Pour avoir droit au pardon, il faudrait au moins un accident. Or, ta voiture n'a même pas une éraflure.

Elle lui jeta un regard plein d'espoir.

— Pas question d'abîmer ma carrosserie, dit-il aussitôt d'un ton catégorique. Même pour toi.

— Oh, le côté matérialiste des Yankees ! marmonna-t-elle alors que la maison se profilait au bout de l'allée. Bon, il n'y a qu'une solution. Ça ne marchera probablement pas, mais on va essayer. Retarde ta montre.

— Pardon ?

— Retarde ta montre d'un quart d'heure, intima Laurel en reculant les aiguilles de la sienne. Dépêche-toi !

— De quoi as-tu peur ? demanda-t-il en se garant à côté de la voiture de Curt. Qu'Olivia te conduise au bûcher ?

— Tu ne crois pas si bien dire. Oh-oh, la voilà. Ecoute, je sais que c'est te demander un exploit, mais essaie de prendre un air innocent.

— Je vais peut-être me contenter de te déposer et retourner t'attendre en ville.

— Si tu fais ça, je te casse le bras, promit-elle en descendant de voiture. Grand-mère !

Un sourire éclatant aux lèvres, Laurel s'avança vers Olivia, les bras tendus. Elle embrassa les deux joues ridées en feignant de ne pas remarquer la froideur des yeux émeraude.

— Tu es splendide ! ajouta-t-elle avec chaleur.

— Et toi, tu es en retard.

— Pas du tout. J'ai même quelques minutes d'avance. J'ai amené Matthew avec moi.

Avec un peu de chance — non, beaucoup de chance —, la présence de Matt suffirait à distraire l'attention d'Olivia, songea Laurel.

— Mademoiselle Olivia.

Matt prit la main que lui tendait avec morgue la vieille dame et la porta à ses lèvres.

— J'espère que je ne vous dérange pas.

— Vous êtes en retard, répéta Olivia en les observant tour à tour.

— Comment est-ce possible ? s'exclama Laurel en regardant sa montre. Il est tout juste 11 heures !

Olivia releva le menton avec l'air de défi dont avait hérité sa petite-fille.

— Cette ruse est encore plus vieille que moi. Pourquoi êtes-vous en retard ?

Laurel s'humecta les lèvres. Pourquoi n'avait-elle pas pris le temps d'élaborer un mensonge convaincant ?

— Eh bien, vois-tu, grand-mère…

A son grand soulagement, Matt lui coupa la parole.

— C'est ma faute, mademoiselle Olivia.

— En quoi le retard de ma petite-fille a-t-il quelque chose à voir avec vous ?

— Je lui ai fait perdre du temps sous la douche, répondit-il d'un ton désinvolte.

— Matthew !

Le regard horrifié de Laurel contenait la promesse d'une vengeance terrible. Et son cri résonna dans le silence qui suivit.

— Je vois.

Olivia hocha la tête.

— C'est une excuse valable.

Laurel en resta bouche bée.

— Ferme la bouche, conseilla distraitement sa grand-mère tout en observant Matt. Vous avez pris tout votre temps, mais vous avez réussi. Vous allez bientôt l'épouser.

Ce n'était pas une question.

Matt se contenta de sourire, tandis que Laurel s'étranglait.

— Très bientôt, confirma-t-il.

— Bienvenue dans notre famille, Yankee.

Olivia lui offrit sa joue en souriant.

Avec un clin d'œil à l'adresse de sa petite-fille, elle tendit la main à Matt pour qu'il l'escorte cérémonieusement jusqu'à la terrasse, de l'autre côté de la maison.

Personne ne lui arrivait à la cheville, songea Laurel, submergée par une bouffée d'amour et de fierté. Absolument personne.

Olivia présida le repas avec son panache coutumier. Son fils était assis en face d'elle à l'autre extrémité de la table, tandis que la jeune génération avait pris place entre eux. Comme toujours, elle avait tenu à perpétuer la tradition dominicale avec le plus grand raffinement. Lin blanc, argenterie et cristal étincelants, fleurs fraîchement coupées, disposées dans des coupes qui dataient d'avant la guerre.

Le repas se déroula dans une atmosphère détendue. Susan était métamorphosée. Il était difficile de reconnaître la jeune femme désespérée qui s'était effondrée dans le bureau de Don quelques jours plus tôt. Ses mains ne tremblaient plus et s'il restait des traces de tristesse dans ses yeux, celles-ci s'estompaient de jour en jour. Devant le regard confiant que la jeune femme lui adressa, Laurel sentit le fardeau de ses responsabilités s'alourdir.

Pas maintenant, se dit-elle en buvant une gorgée de champagne, brut et délicieusement frais. Les tâches pénibles attendraient demain. Aujourd'hui, elle avait besoin de s'imprégner de l'atmosphère magique et intemporelle du brunch dominical à *Promesse d'amour*. Comment ne pas savourer le plaisir d'être réunis autour d'une table somptueusement dressée, sur laquelle des couverts en argent datant de plus d'un siècle étincelaient au soleil ? Le chant des oiseaux et une brise délicieuse qui ne durerait peut-être pas ajoutaient au charme de l'instant. Celui-ci était trop précieux pour le gâcher avec des pensées moroses. Et puis, surtout, elle était amoureuse.

Elle jeta à Matt un regard éperdu dans lequel elle lui renouvelait ses serments d'amour.

— Un jour, ce sera ton rôle d'organiser le brunch dominical, Laurellie, déclara Olivia en coupant délicatement la crêpe qui se trouvait dans son assiette. Les traditions comme celle-ci sont importantes... Pour les enfants plus encore que pour leurs parents. Toi et Matthew, vous êtes les bienvenus si vous souhaitez vous installer dans l'aile ouest quand vous serez mariés. De façon permanente ou seulement de temps en temps, au gré de vos envies. La maison est suffisamment grande pour que nous ne nous gênions pas les uns les autres.

— Reprends du café, maman, intervint William avec un regard réprobateur qui en disait long sur ce qu'il pensait des tendances de sa mère à vouloir tout organiser. Il faut que je vous parle à tous les deux, ajouta-t-il en se tournant vers Matt et Laurel.

Son regard effleura à peine Susan, mais ce fut suffisant. Il voulait leur parler d'Anne Trulane, comprit Laurel.

— Lundi matin, dans mon bureau, précisa William.

— Pas question de faire la moindre allusion au travail aujourd'hui, déclara Olivia. Parlons plutôt du mariage. Le jardin est idéal en cette saison. La terrasse est à votre disposition.

— Pourquoi pas le week-end prochain ? suggéra Matt en prenant sa tasse de café.

— Soyez prudent, Matt, conseilla William. Au moindre contretemps, Olivia est capable d'ordonner à Curt de vous poursuivre pour rupture de promesse de mariage.

— Tu as raison !

Olivia partit d'un grand éclat de rire et posa la main sur celle de Laurel.

— Mais, à mon avis, il n'y a aucun risque. Nous le tenons, à présent, Laurellie. William ! s'exclama-t-elle, alors que son fils tentait de masquer son fou rire sous une fausse quinte de toux, qu'attends-tu pour soumettre ce garçon à l'interrogatoire de rigueur ? Un père n'est jamais trop prudent avec l'homme qui a des vues sur sa fille... surtout si c'est un Yankee.

— Pour dire la vérité, intervint Laurel avant que son père ait le temps de répliquer, si Matthew veut m'épouser, c'est pour la maison et pour pouvoir plus facilement faire la cour à grand-mère.

Son père ouvrit de grands yeux.

— Tu plaisantes ?

— Pas du tout, répliqua Laurel avec le plus grand sérieux, tout en trempant une fraise dans de la crème. Matthew est fou de grand-mère.

— Laurel…

Un sourire aux lèvres, William se tut, ne sachant plus du tout quoi dire.

— Elle ne plaisante pas, murmura Curt en observant sa sœur.

Il se tourna vers Matt.

— Depuis tout ce temps ? demanda-t-il d'une voix douce, en se rappelant la fascination de son ancien camarade de chambre pour une certaine photo, et toutes les questions qu'il lui avait posées.

— Oui, répondit Matt en souriant à Laurel. Depuis tout ce temps.

— Le secret a été bien gardé, déclara William. Dire qu'un vieux limier comme moi n'y a vu que du feu…

Laurel posa la main sur le bras de son père.

— Tu nous en veux ?

— Rien ne pouvait me faire plus plaisir, répondit-il en pressant sa main.

Il regarda Matt.

— Rien. Mais pour tout vous dire, je pensais que vous ne vous entendiez pas du tout. Laurel, il y avait un adjectif qui revenait tout le temps dans ta bouche au sujet de Matt, si je me souviens bien.

— Insupportable, acquiesça-t-elle. Il est toujours valable.

— C'est ce qui donne du piment à la relation, commenta Olivia en reculant sa chaise.

C'était le signal que la cérémonie du brunch était terminée.

— Susan, soyez gentille de monter dans ma chambre, s'il vous plaît, dit la vieille dame. Et rapportez-moi un petit médaillon qui se trouve dans ma boîte à bijoux. En or, incrusté de perles.

Dès que la jeune femme eut quitté la pièce, Olivia se tourna vers son petit-fils.

— Mon cher, tu ne vas pas laisser ce Yankee te battre, j'espère ?

Curt se leva et concentra son attention sur un fil accroché à sa veste. Il prit tout son temps pour s'en débarrasser. Ensuite seulement, il se tourna vers sa grand-mère.

— Tu disais ?

— Matt a ramé pendant un an pour parvenir à ses fins avec ta sœur. Je pense que six mois devraient te suffire pour séduire notre locataire.

— Maman…

William se plaça derrière Olivia et lui posa une main sur l'épaule.

— Contente-toi d'une victoire pour aujourd'hui, dit-il en souriant.

— Pas question. Quand j'en aurai terminé avec Curtis, je m'occuperai de toi.

Avec une moue résignée, William se tourna vers son fils.

— Chacun pour soi… Au fait, Matt, j'ai quelque chose à vous dire.

— Poltron, murmura Olivia, tandis que son fils entraînait Matt à l'écart.

Susan revint quelques instants plus tard.

— C'est celui-ci, mademoiselle Olivia ? demanda-t-elle en tendant un bijou à la vieille dame.

— Oui, merci, répondit Olivia en souriant. Curtis, si tu emmenais Susan faire un tour dans le jardin ? Vous aimez vous promener dans le jardin, n'est-ce pas, Susan ?

La jeune femme baissa les yeux sur ses mains, puis jeta un coup d'œil furtif à Curt.

— Oui, en effet.

— Tu vois, Curt, elle aime se promener dans le jardin. Allez, sauvez-vous. A présent…

Olivia se tourna vers Laurel. Celle-ci la serra longuement dans ses bras.

— Grand-mère, je t'adore.

Olivia savoura la chaleur et le parfum de la jeunesse avant de repousser Laurel pour l'étudier avec attention.

— Tu es heureuse, apparemment.

— Oui.

Laurel rejeta la tête en arrière en riant.

— Si tu m'avais demandé il y a un mois — mon Dieu, et même il y a une semaine ! — ce que je pensais de l'idée de célébrer mon mariage avec Matthew Bates sur la terrasse, j'aurais répondu…

Elle pouffa.

— Il vaut mieux que je ne dise pas ce que j'aurais répondu.

— Tu as été attirée par lui dès le premier jour, mais tu t'en es bien cachée, n'est-ce pas ?

— Je suis assez fière de moi.

Olivia s'esclaffa.

— C'est normal, tu es comme moi, ma petite fille !

— Tu ne pouvais me faire de plus beau compliment.

Olivia posa le médaillon sur ses genoux et prit les mains de Laurel.

— Quand on aime, quand on aime vraiment, c'est avec tout notre cœur. Alors on ne le donne pas si facilement. Ton grand-père…

L'espace d'un instant, Olivia eut l'impression de rajeunir de plusieurs dizaines d'années et ses yeux s'embuèrent.

— Mon Dieu, comme j'ai aimé cet homme ! Quinze ans avec lui, c'était beaucoup trop court. Quand il est mort, je l'ai pleuré longtemps, mais ensuite, la vie… il faut la prendre comme elle vient. Les autres, après lui…

Elle secoua la tête avec un sourire rêveur.

— C'était pour le plaisir. J'ai éprouvé des sentiments pour tous les hommes que j'ai connus, mais il n'y en a qu'un seul à qui j'ai donné mon cœur. Tu dois comprendre ça, murmura-t-elle. Et ton Yankee aussi.

— Oui.

Laurel refoula les larmes qui perlaient à ses paupières.

— Je t'aime, grand-mère.

— Vous allez vous en faire voir de toutes les couleurs, dit Olivia en pressant les mains de Laurel. Et je ne peux rien te souhaiter de mieux.

Olivia prit le médaillon sur ses genoux, et le garda un moment au creux de sa main.

— C'est pour toi. Ton grand-père me l'a donné quand nous nous sommes fiancés. Je le portais le jour où je l'ai épousé. Ça me ferait un immense plaisir si tu le portais le jour où tu épouseras Matthew.

— Oh ! grand-mère, il est splendide.

Laurel prit le bijou en or. Il était incrusté de minuscules perles blanches aux reflets bleus.

— Je ne t'ai jamais vue avec.

— Je l'ai enlevé quand ton grand-père est mort. Il est temps qu'il soit porté de nouveau. Et par une jeune mariée.

— Merci.

Laurel embrassa sa grand-mère, puis admira le médaillon de plus près. Il était magnifique… et il serait parfait sur une robe blanche vaporeuse et romantique. Peut-être avec de la dentelle et…

Assaillie par un souvenir, elle pressa une main sur sa tempe.

— Laurellie ?

— Ne t'inquiète pas, tout va bien.

Elle tapota distraitement la main de sa grand-mère.

— Tout va bien. Je viens seulement de me rappeler quelque chose. Du moins, je crois. Il faut que je téléphone.

Laurel se précipita dans la maison, en serrant le médaillon dans sa paume. De mémoire, elle composa le numéro du *Domaine du chêne*. Les yeux sur le médaillon, elle entendit à peine la voix qui répondit.

— Bonjour, Binney. C'est Laurel Armand.

Il y eut un silence. Elle s'empressa de le combler.

— S'il te plaît, Binney, je sais que tu m'en veux de t'avoir questionnée hier. Je te comprends. Je suis vraiment désolée si j'ai été trop insistante.

— Ce n'est pas mon rôle de vous en vouloir, mademoiselle Laurel, répondit la gouvernante. Ce n'est pas non plus mon rôle de répondre aux questions.

— S'il te plaît, juste une encore. C'est peut-être très important. C'est au sujet d'un médaillon.

Laurel insista, malgré le silence hostile.

— Le médaillon que Louis avait offert à Elise. Elle le portait le jour de son mariage et par la suite elle ne l'a plus jamais quitté, il me semble. Je ne me souviens pas de l'avoir vue sans ce bijou. Le médaillon en or orné d'une eau-forte. Tu t'en souviens, Binney ? Tu dois t'en souvenir. Elle avait mis la photo de Louis dedans.

— Je m'en souviens.

Le cœur de Laurel s'affola dans sa poitrine. Ce n'était pas de la peur… ni de l'excitation. Mais du désenchantement.

— Elle le portait en permanence, n'est-ce pas ? Il était petit et très élégant. Elle pouvait le porter tous les jours et le garder sur ses robes de soirée.

— Oui, elle le portait tout le temps.

Laurel déglutit péniblement.

— Binney, Elise avait-elle peur du marécage ? demanda-t-elle en s'efforçant de maîtriser le tremblement de sa voix.

Elle connaissait la réponse. Cependant, mieux valait vérifier. Il n'était pas prudent de se fier aux souvenirs d'enfance. Le moment était venu de s'en tenir aux faits, même s'ils étaient douloureux.

— Il y a si longtemps…

— S'il te plaît, Binney. Tu la connaissais, tu étais là.

— Elle n'aimait pas le marécage. Elle connaissait la légende.

— Mais il… il lui arrivait d'y aller, n'est-ce pas ? murmura Laurel.

— Oui, mais seulement avec M. Louis.

— Oui, oui, je sais.

Laurel poussa un profond soupir.

— Seulement avec Louis. Merci, Binney.

Laurel raccrocha et regarda le médaillon au creux de sa main. Puis elle le glissa dans sa poche et partit à la recherche de Matt.

Celui-ci la vit traverser la pelouse. S'excusant auprès de William, il la rejoignit aussitôt. Malgré la distance, il avait reconnu la lueur dans ses yeux.

— Qu'y a-t-il, Laurel ?

Elle noua les bras derrière le dos de Matt et appuya la joue contre son torse. Pendant un moment, elle savoura sa force, la promesse du bonheur.

— Matthew, où est le fragment de médaillon que tu as trouvé dans le marécage ?

— Je l'ai porté au laboratoire de la police pour qu'ils effectuent des tests.

Il l'écarta de lui pour scruter son visage.

— Pourquoi ?

Elle soupira.

— Les tests vont prouver qu'il est resté dehors, dans la boue et la poussière… pendant dix ans.

— Dix ans… ? Il appartenait à Elise…

— Je me suis enfin rappelé où je l'avais vu. Je viens d'appeler au domaine pour vérifier auprès de Binney que je ne me trompais pas. Elise portait ce médaillon tous les jours…

Parce qu'elle était pâle, parce qu'il l'aimait, Matt évita de crier victoire.

— Pour l'instant, ça ne prouve rien. Elle a pu le perdre là-bas n'importe quand.

— Non, ça ne prouve rien. Mais je ne pense pas qu'Elise l'ait perdu lors d'une promenade. Non seulement elle y tenait trop, mais elle n'allait jamais dans le marécage. Il ne l'effrayait pas autant qu'Anne, mais elle connaissait la légende et elle préférait ne pas prendre de risques. Les rares fois où elle y est allée, c'était avec Louis. Binney vient de me le confirmer.

Matt vit la peine dans les yeux de Laurel. Cette fois, il ne ressentit pas la moindre frustration ni la moindre jalousie. Il lui prit le visage à deux mains.

— Je suis désolé, Laurel.

Elle lui saisit les poignets et les serra.

— Oh ! mon Dieu, Matthew, moi aussi…

— Je pense que nous devrions mettre ton père au courant immédiatement. Mais il serait peut-être préférable de ne rien dire à Susan pour l'instant.

— Tu as raison.

Au même instant, le rire de Susan retentit quelque part dans le jardin.

— Laissons-la en dehors de tout ça. Mon père peut sans doute user de son influence pour faire rouvrir l'enquête sur la mort d'Anne et en faire ouvrir une sur la disparition d'Elise et de Charles.

— Oui, cette fois nous avons suffisamment d'éléments pour faire bouger les choses, approuva Matt.

— Oh ! mon Dieu, Matthew, tu te rends compte ! Si ce que nous pensons est vrai… Louis doit être terriblement malade. Pour Charles et Elise, c'est sans doute une crise passagère déclenchée par la jalousie. Ç'a dû le ronger pendant toutes ces années. Et quand il a rencontré Anne…

Elle s'enfouit le visage dans ses mains. Allait-elle être capable de faire abstraction de ses sentiments ?

— Il a besoin d'aide, Matthew. Peux-tu imaginer quel cauchemar il vit depuis toutes ces années ?

— Il aura de l'aide. Mais, Laurel…

Matt la prit par les épaules et attendit qu'elle le regarde.

— Avant tout, il faut trouver des preuves. Je pense que si nous nous concentrons sur les premiers meur… sur Charles et sur Elise, se reprit-il prudemment, cela nous conduira à Anne. Mais ça ne va pas être facile pour toi.

— Non. Mais c'est nécessaire.

En voyant une lueur s'allumer dans les yeux de Matt, Laurel devina l'idée qui venait de germer dans son esprit.

— A quoi penses-tu, Matt ? demanda-t-elle pourtant.

— Il faut faire bouger les choses. Louis doit être sur le fil du rasoir, prêt à craquer. Il t'a déjà menacée trois fois. A ton avis, quelle serait sa réaction s'il voyait ce fragment de médaillon ?

— Je pense…

Laurel caressa machinalement le bijou qui se trouvait dans sa poche.

— … que ça le briserait.
— C'est aussi mon avis.
Il passa un bras autour de ses épaules.
— Demain, nous retournerons au *Domaine du chêne*.

12

La table était encore encombrée de feuilles et d'emballages de plats à emporter. Le sol était jonché de vêtements. Laurel referma la porte derrière eux et fit tinter ses clés.

— Quelle pagaille ! Tu devrais avoir honte, Matthew.

— Moi ? C'est ton appartement ! D'ailleurs…

Il écarta une chemise du bout du pied.

— … c'est toi qui m'as renversé par terre, submergée de désir pour mon corps sublime.

Elle émit un grognement dédaigneux.

— Et c'est toi qui m'as obligé à partir en courant ce matin comme si l'immeuble était en feu, poursuivit-il, imperturbable.

Aucun des deux n'était dupe. Ils s'efforçaient l'un et l'autre de ne pas penser à ce qui les attendait le lendemain : la confrontation avec Louis Trulane.

— Et tu m'es si reconnaissant d'être une femme capable de faire preuve d'initiative que tu vas m'aider à ranger, déclara-t-elle d'un ton suave.

— J'ai une meilleure idée.

Il la prit dans ses bras.

— Semons un peu plus la pagaille.

— Matthew !

La bouche de Matt captura celle de Laurel, tandis que ses doigts cherchaient la fermeture Eclair au dos de sa robe.

— Arrête !

Mi-amusée, mi-sérieuse, elle se débattit.

— Tu es fou ! Ne penses-tu donc jamais à rien d'autre ?

— Il m'arrive de penser à manger, avoua-t-il avant de lui mordiller le cou.

— Matthew, c'est ridicule…

Mais Laurel était déjà envahie par une chaleur intense.

— Il y a seulement quelques heures que… oh…

— Je ne suis pas encore rassasié, murmura-t-il avant de dévorer sa bouche.

Seigneur ! Il était fou et il la rendait folle ! La robe baissée jusqu'à la taille, Laurel tenta de se dégager.

— Arrête. Nous avons des décisions à prendre, et…

— Mmm, une femme qui résiste… J'adore…

Il la plaqua contre lui.

— Ça excite mes cellules sensuelles.

— Tes quoi ? s'exclama-t-elle en pouffant.

— Regarde.

Avant qu'elle eût le temps de deviner ses intentions, il la souleva dans ses bras et la mit sur son épaule.

— Matthew ! As-tu perdu l'esprit ?

— Oui.

Sur le chemin de la chambre, il finit de lui ôter sa robe, puis il en fit autant avec ses chaussures.

— C'est la faute de mes cellules sensuelles.

— Je vais te dire ce que je pense de tes cellules sensuelles…

L'entraînant dans sa chute sur le lit, Matt réduisit Laurel au silence par un baiser.

Puis il l'emporta dans un tourbillon de sensualité brûlante, faisant jaillir en elle des sensations divines, surnaturelles. Des gerbes de flammes multicolores explosaient dans sa tête, tandis que son corps vibrait d'un plaisir fluide, lancinant, incandescent.

Plus de pensées. Plus de mots. Elle n'était que sensation pure. Ses vêtements s'étaient désintégrés et son corps était ouvert aux caresses, aux baisers, aux folies. A toutes les folies dans lesquelles Matt semblait déterminé à l'entraîner.

Au plus profond d'elle, des volcans se réveillaient, des torrents grondaient. Elle était libre. Si merveilleusement libre… Plaisir. Tout n'était que plaisir. Elle flottait dans un océan de volupté. Les mains de Matt sur son corps, ses lèvres sur ses lèvres, sa langue au plus profond de sa bouche, le velours de sa peau sous ses doigts…

Fièvre. Fièvre ardente, grisante. Liberté. Envol ébloui. Ivresse de l'amour. Promesse d'une vie éclaboussée de bonheur.

Matt l'entraînait dans une course éperdue. Abandonnée dans

ses bras, le souffle court et le cœur battant à tout rompre, elle avait l'impression d'être en apesanteur.

Puis il plongea en elle, et ce fut comme si le monde chavirait.

Un long moment plus tard, lorsqu'elle eut recouvré son souffle et sa lucidité, Laurel posa une main sur le torse de Matt, allongé sur le dos à côté d'elle. Etait-il aussi épuisé qu'elle ? Peut-être. Elle posa la tête au creux de son épaule.

— Tu t'es plus soucié de mon plaisir que du tien.

Il eut un petit rire.

— Je suis le bon Samaritain. Toujours prêt à se dévouer pour son prochain.

— Matthew…

Laurel croisa les bras sur le torse de Matt et y appuya le menton.

— Tu as compris que j'étais tendue et que j'avais envie de me mettre la tête dans le sable. Tu as compris que je n'avais aucune envie de penser à ce qui nous attend demain, alors qu'il faudrait au contraire que je m'y prépare. C'était de la lâcheté.

— Mais non.

Il écarta une mèche de cheveux de son visage.

— C'est une réaction humaine. Tu avais besoin de faire le vide pendant un moment, de tout oublier. Moi aussi. C'était plus efficace qu'un cachet d'aspirine, ajouta-t-il avec un sourire malicieux.

— C'est vrai. J'espère que tu seras disponible chaque fois que j'aurai la migraine.

Elle déposa un baiser sur son torse.

— Je suis assez forte pour affronter la situation. Je t'assure.

« Peut-être, songea Matt. Peut-être pas. »

— D'accord. Je vais aller au labo reprendre le médaillon, que les tests aient déjà été effectués ou non. Je préfère le récupérer.

Laurel hocha la tête.

— Et demain matin, nous irons le montrer à Louis.

« J'irai seul », rectifia-t-il en silence. Mais il se contenta de hocher la tête. C'était un point qu'il réglerait le moment venu…

— Si ça ne suffit pas à le faire passer aux aveux, il faudra continuer à enquêter, mais nous ferons appel à la police.

— D'accord.

Matt se redressa. Où avait-il jeté ses vêtements ?

— Tu veux venir avec moi au labo ?

— Non.

Elle inspira profondément. Qu'avait dit sa grand-mère ? La vie… il fallait la prendre comme elle venait.

— J'ai une surprise pour toi, Matthew Bates. Et crois-moi, c'est un privilège immense dont tu es le premier à bénéficier.

Matt, qui était en train d'enfiler son pantalon, eut un sourire amusé.

— Je vais te préparer à dîner.

— Laurel, je suis… bouleversé.

— Tu risques de l'être bien plus encore quand tu auras mangé, murmura-t-elle.

— Nous pouvons dîner dehors, tu sais ?

— Allons, un peu de courage ! plaisanta-t-elle tout en se demandant ce qu'il y avait dans le congélateur. Il faudrait que tu rapportes du vin.

Elle s'agenouilla sur le lit et lui boutonna sa chemise.

— Et du bicarbonate, ajouta-t-elle en riant.

— Du bicarbonate… Ce n'est pas très engageant.

— Non, mais c'est plus prudent.

— A tout de suite. Je n'en ai pas pour longtemps.

— Prends mes clés au cas où je serais trop occupée dans la cuisine. Et…

Elle noua les bras sur sa nuque.

— … contrôle tes cellules sensuelles jusqu'à ton retour.

Il l'embrassa, puis lui donna une petite tape sur les fesses.

— Je serai là dans une heure au plus tard, promit-il avant de quitter la pièce.

Une heure, songea-t-elle en s'étirant. Cela devrait lui laisser le temps de s'essayer à jouer à la femme d'intérieur…

Elle commença par ranger le désordre. Matt s'était débrouillé très habilement pour échapper à cette corvée… Toutefois, manger le dîner qu'elle allait préparer serait une punition bien assez cruelle, songea-t-elle en réprimant un sourire. Elle gagna la cuisine et ouvrit le réfrigérateur.

Du jus de fruits, du lait, deux livres de beurre. Deux livres… Par quel miracle ? En tout cas, il y avait de quoi préparer une salade. C'était un début. Et elle allait tenter un ragoût. Il devait bien y avoir un livre de cuisine quelque part…

Un quart d'heure plus tard, elle faisait de son mieux pour suivre à la lettre la recette de la timbale de thon aux macaronis, garantie inratable par son livre de cuisine. Promenant son regard sur le chaos qui régnait dans la cuisine, elle soupira. L'auteur du livre était bien optimiste… Elle s'apprêtait à entamer vaillamment l'étape suivante quand le téléphone sonna.

Matt, songea-t-elle en s'essuyant les mains pour répondre. Il voulait sans doute lui proposer de prendre des plats chez un traiteur chinois. S'il s'imaginait échapper aussi facilement à sa punition, il se trompait… Un sourire malicieux aux lèvres, elle décrocha.

— Allô !

— Oh, Laurel ! Dieu merci, tu es là !

Les doigts de Laurel se crispèrent sur le combiné.

— Marion ? Que se passe-t-il ?

— Laurel, je ne savais pas quoi faire… Qui appeler… C'est Louis…

— Que se passe-t-il ? Il s'est blessé ? demanda Laurel, la gorge nouée.

— Non… enfin, je n'en sais rien… Oh, Laurel…

La voix de Marion se brisa.

— Marion, essaie de te calmer et dis-moi ce qui s'est passé.

— Je ne l'ai jamais vu dans un tel état. Il n'a pas prononcé un mot de toute la journée, et… Oh, Seigneur ! Laurel, c'est tellement éprouvant ! Et c'est encore pire depuis qu'Anne… Laurel, j'ai besoin d'aide, supplia Marion d'une voix tremblante.

— Je vais t'aider, répliqua Laurel aussi calmement qu'elle le put. Que s'est-il passé ?

— A l'instant… il y a quelques minutes…

Laurel entendit Marion prendre une profonde inspiration.

— Il est entré dans une rage folle. Il… il tenait des propos incohérents. Il parlait d'Elise et d'Anne. Je ne sais pas… C'est comme s'il les confondait.

Laurel pinça les lèvres. Il fallait absolument qu'elle garde son sang-froid.

— Que fait-il à présent ?

— Il s'est enfermé dans sa chambre. Il est déchaîné. Je l'entends cogner dans les meubles… Laurel, il ne veut pas m'ouvrir !

— Appelle un médecin.

— Oh, mon Dieu, Laurel ! tu crois que je n'ai pas déjà essayé ? Il refuse catégoriquement d'en voir un et il n'a jamais été aussi… aussi violent qu'aujourd'hui. S'il te plaît, viens. Tu as toujours été notre amie. Louis était si proche de toi avant… avant tout ça. Tu parviendras peut-être à le calmer et ensuite, si j'arrive à trouver un moyen de lui faire accepter que… qu'on l'aide… Laurel, je t'en supplie, je ne veux pas que des étrangers le voient dans cet état. Je ne vois personne d'autre que toi en qui je peux avoir toute confiance.

— D'accord, Marion.

Des images insoutenables se bousculaient dans l'esprit de Laurel.

— J'arrive tout de suite.

— Laurel… en tant qu'amie, s'il te plaît. Pas en tant que journaliste.

— Bien sûr, Marion.

Matt introduisit la clé de Laurel dans la serrure.

— Comme tu ne m'avais pas dit ce qu'il y aurait au menu, j'ai pris du rouge et du blanc ! lança-t-il joyeusement.

Il jeta un coup d'œil dans le salon. Laurel avait déjà rangé. Nul doute qu'il allait en entendre parler ! songea-t-il en réprimant un sourire.

— C'est bizarre, je ne sens pas d'odeur de brûlé.

Il se rendit dans la cuisine. Le spectacle qui s'offrit à ses yeux l'impressionna. Apparemment, la recette dans laquelle elle s'était lancée n'était pas des plus simples. En tout cas, sa préparation requérait tout l'espace disponible sur le comptoir…

Il déposa le vin dans l'évier — seul endroit où il restait encore de la place — et secoua la tête. Etait-ce bien la même femme dont les notes étaient toujours parfaitement lisibles et structurées ? Dont le bureau était toujours impeccablement rangé ? Plongeant la main dans une casserole, il en retira un macaroni froid et spongieux.

— Dis-moi, Laurel, tu dois connaître ce petit restaurant de poissons, dans Canal Street. On y mange très bien. Si nous…

Il se figea sur le seuil de la chambre. Vide.

— Laurel ? appela-t-il en ouvrant la porte de la salle de bains.

Vide, elle aussi. Une vague de panique le submergea, qu'il s'efforça de réprimer. Laurel était juste sortie acheter quelque chose qui lui manquait pour sa recette. Elle avait dû lui laisser un mot.

Il regagna le salon et trouva le mot près du téléphone.

« Matthew, Marion a téléphoné, bouleversée. Louis perd la tête. Il s'est enfermé dans sa chambre. Il a besoin d'aide. Je ne pouvais pas refuser. Laurel. »

— Bon sang !

Etreint par une angoisse insupportable, Matt laissa tomber le bout de papier et se précipita dehors.

*
* *

Laurel tourna dans l'allée qui conduisait au Domaine du chêne. C'était la fin de l'après-midi et les ombres s'allongeaient. L'air était immobile. Le cri d'un oiseau troua le silence, puis le calme revint aussitôt. Alors qu'elle arrêtait la voiture au bout de l'allée, Marion sortit de la maison et courut vers elle.

Ses cheveux étaient défaits, son visage d'une pâleur extrême et son regard affolé. Jamais elle ne l'avait vue aussi peu maîtresse d'elle-même, songea Laurel, le cœur serré.

— Oh, mon Dieu, Laurel !

Marion se cramponna à son bras comme à une bouée.

— Je n'ai pas pu l'arrêter ! Je n'ai pas pu l'arrêter !

Laurel leva vivement les yeux vers la fenêtre de la chambre de Louis. Une image horrible s'imposa à son esprit. Il gisait par terre, mort. Suicidé.

— Que se passe-t-il, Marion ? Qu'a-t-il fait ?

— Le marécage. Il est allé dans le marécage.

Marion se cacha le visage dans les mains et éclata en sanglots.

— Je crois qu'il a perdu l'esprit. Il disait des choses… Il m'a bousculée.

Louis n'était pas mort… Laurel prit une profonde inspiration. Il fallait rester calme.

— Il a dit quelque chose ?

Marion écarta ses mains de son visage. Ce dernier était hagard.

— Oui. Il a dit… Il a dit qu'il allait chercher Elise.

— Elise ?

Laurel inspira de nouveau. Ne pas céder à la panique…

— Il faut faire quelque chose !

Marion l'agrippa par le bras.

— Laurel, il faut faire quelque chose ! Il faut aller le chercher. Le retrouver ! Il est en train de sombrer…

— Marion, comment le retrouver là-dedans ? Il faut appeler la police.

— Non ! Pas la police.

Marion lâcha Laurel et sembla se ressaisir.

— Je vais le retrouver. Je connais le marécage aussi bien que lui.

Tu n'es pas obligée de venir avec moi. Excuse-moi. Je n'aurais pas dû t'appeler.

Laurel se passa nerveusement les mains dans les cheveux, tandis que Marion s'éloignait en direction du marécage. Louis l'avait mise sur son premier poney, se souvint-elle. Il lui avait appris à jouer aux échecs, il l'avait toujours écoutée avec bienveillance. Quoi qu'il ait fait, comment pourrait-elle repartir sans tenter de l'aider ?

— Marion, attends ! Je viens avec toi.

Marion s'arrêta et lui tendit la main.

Les deux femmes gagnèrent le marécage à grands pas. Au moment d'y pénétrer, Laurel fut submergée par une vive répulsion. Une répulsion qu'elle s'efforça de surmonter. C'était un endroit comme un autre, avait dit Matt. Et Louis avait besoin d'elle.

Le jour déclinait et les ombres s'allongeaient de plus en plus. Il leur restait environ une heure, peut-être un peu plus, avant qu'il fasse trop sombre pour se repérer, se dit Laurel pour tenter de se rassurer. D'ici là, elles auraient retrouvé Louis.

Elle suivit Marion d'un pas déterminé.

— Je pense qu'il est peut-être allé près du bayou, dit celle-ci. Là où on a trouvé Anne.

Que savait exactement Marion ? se demanda Laurel. N'avait-elle que des soupçons ou bien des certitudes ? De toute façon, ce n'était pas le moment de lui poser la question.

— Ça va aller ? demanda-t-elle en regardant la jupe vaporeuse de Marion et ses élégants escarpins. Ce n'est pas facile de marcher dans les herbes.

— Ça ne fait rien, répliqua Marion d'un ton impatient. Louis est mon frère.

— Tout va bien se passer, affirma Laurel autant pour elle-même que pour Marion.

Pendant un moment, elles avancèrent côte à côte, puis le chemin se rétrécit et Laurel passa devant Marion. On entendait des petits bruits très divers… oiseaux, insectes. Quand elle vit un héron bleu s'envoler gracieusement, Laurel comprit qu'elles arrivaient à proximité du bayou.

— Il faudrait peut-être l'appeler pour lui signaler notre présence, suggéra-t-elle.

— Il ne t'entendra pas.

— Pas s'il est parti plus loin. Mais s'il est resté sur la rive, il…

Laurel se retourna et se figea.

Marion avait un pistolet à la main. Un rayon de soleil fit étinceler l'arme. L'espace d'un instant, Laurel ne discerna plus qu'un blanc aveuglant. Puis elle vit le visage de Marion. En dépit de ses yeux gonflés et de ses cheveux en bataille, celle-ci était manifestement très calme. Laurel entendit ses oreilles se mettre à bourdonner, sans comprendre que c'était l'effet de la terreur. La gorge nouée, elle gardait les yeux fixés sur le visage de Marion.

— Marion, dit-elle en s'efforçant de prendre un ton posé. Que fais-tu ?

— Ce que j'ai à faire.

Le pistolet était-il censé intimider Louis ? se demanda Laurel en tentant de faire le tri dans toutes les hypothèses les plus folles qui se bousculaient dans son esprit. S'il était pour Louis, pourquoi était-il pointé sur elle ? Pas question de le regarder — pas encore. Il fallait continuer de fixer les yeux gris pâle de Marion.

— Où est Louis ? Le sais-tu ?

— Bien sûr. Il travaille dans son bureau. Il n'en a pas bougé de tout l'après-midi.

— Tout l'après-midi…

Laurel sentit un grand froid l'envahir.

— Pourquoi m'as-tu appelée ?

— Je n'avais pas le choix.

Marion eut un sourire très doux.

— Quand tu as parlé du médaillon d'Elise ce matin, j'ai compris que les choses étaient allées trop loin. Que *tu* étais allée trop loin.

— Quand je t'ai parlé ? Mais c'est Binney que… C'était toi ?

— Je suis surprise que tu ne te souviennes pas que Binney passe tous ses dimanches chez sa sœur. Tu m'as vraiment simplifié la tâche, Laurel. Tu croyais parler à Binney, alors j'ai été Binney.

Le sourire de Marion s'estompa. Elle fronça délicatement les sourcils, comme quand elle était contrariée.

— Tu me déçois beaucoup. Je t'ai pourtant avertie que tu devais rester en dehors de tout ça. Peux-tu imaginer les problèmes que tu aurais causés si Binney t'avait répondu ce matin ? Comment as-tu osé questionner une domestique sur des affaires de famille ?

Marion secouait la tête, une lueur d'irritation dans les yeux.

— Tu as pourtant reçu une bonne éducation.

Une bonne éducation ? Laurel fut prise de vertige. Marion était-elle folle ? Oh, Seigneur ! Bien sûr, elle était folle…

— Marion, que vas-tu faire ?

— Tu dois être punie, répondit Marion d'une voix très calme. Comme les autres.

Dans un dérapage contrôlé, Matt arrêta sa voiture à côté de celle de Laurel. Il n'avait pas cessé de jurer depuis qu'il avait lu son mot. Jurer lui permettait de tenir l'angoisse à distance. « S'il lui a fait du mal…, songea-t-il en montant les marches du porche quatre à quatre. Mon Dieu, s'il lui a fait du mal… »

Il tambourina à la porte.

— Trulane !

Il tambourina de nouveau, la peur au ventre. Quand la porte s'ouvrit, il s'engouffra dans la maison et agrippa Louis par sa chemise.

— Où est Laurel ?

— Qu'est-ce qui vous prend ?

Louis se tenait raide, les yeux étincelants de fureur.

— Qu'avez-vous fait à Laurel ? hurla Matt.

— Rien du tout ! Pourquoi ? Je ne l'ai pas vue.

Il baissa les yeux sur les mains de Matt.

— Lâchez-moi, Bates.

Cet homme avait envie de se battre, comprit Matt. Il avait envie de se défouler dans un combat physique, poings contre poings. Ça se voyait dans ses yeux.

— Ne vous inquiétez pas, Trulane, nous nous battrons, promit-il d'un air sombre. Rien ne pourrait me faire plus plaisir… mais pas avant que vous m'ayez dit ce que vous avez fait de Laurel.

Louis sentait quelque chose bouillonner en lui. Une émotion qui, pour la première fois depuis des semaines, n'avait rien à voir avec le chagrin. C'était de la colère pure. D'une certaine façon, elle lui faisait du bien.

— Je vous ai dit que je ne l'avais pas vue. Elle n'est pas là.

— Inutile de mentir.

Matt pointa son doigt vers la porte d'entrée, restée ouverte.

— Sa voiture est là.

Louis jeta un coup d'œil dehors et plissa le front. Le doute s'insinua en lui, atténuant un peu sa colère.

— Elle a dû venir voir ma sœur.

— C'est elle qui lui a téléphoné.

Matt poussa Louis si brutalement contre le mur que ce dernier faillit perdre l'équilibre.

— Elle lui a demandé de venir parce que vous aviez perdu la tête et vous étiez enfermé dans votre bureau.

— Vous êtes fou !

Louis repoussa Matt et ils se toisèrent un moment en silence, chacun s'efforçant de réprimer une furieuse envie de sauter à la gorge de l'autre.

— Je ne vois pas pourquoi Marion appellerait Laurel si j'étais enfermé dans ma chambre, déclara sèchement Louis. De toute façon, j'ai travaillé tout l'après-midi.

Le souffle court, les poings crispés, Matt s'exhortait au calme. S'il frappait Trulane, même une fois, il ne pourrait peut-être plus jamais s'arrêter. Il sentait la fureur se déchaîner en lui, prête à le déborder. Non, pas avant d'avoir retrouvé Laurel, se dit-il. Mais ensuite…

— Laurel m'a laissé un mot pour me prévenir qu'elle venait ici. Elle a reçu un coup de téléphone de Marion lui réclamant de l'aide parce que vous aviez perdu la tête.

— Je ne comprends strictement rien à ce que vous racontez.

— La voiture de Laurel est garée devant la maison. Et vous, vous êtes là.

Louis darda sur Matt un regard glacial.

— Fouillez la maison, si vous ne me croyez pas.

— C'est exactement ce que je vais faire. Au fait, pendant que nous y sommes, si vous jetiez un coup d'œil là-dessus ? ajouta Matt en fouillant dans sa poche.

Il tendit la main et l'ouvrit sous les yeux de Louis. Au creux de sa paume se trouvait le fragment de médaillon. Louis lui saisit le poignet avec violence, lui enfonçant les doigts dans la chair.

— Elise… Où avez-vous trouvé ça ?

A présent dénué de toute colère, son visage exprimait seulement le tourment.

— Où avez-vous trouvé ça, bon sang ?

— Dans le marécage.

Matt referma la main sur le médaillon.

— Laurel l'a reconnu, elle aussi. Et ce matin, au téléphone, votre gouvernante lui a confirmé que ce bijou appartenait à Elise.

— Binney ?

Louis fixait la main fermée de Matt d'un air hagard.

— Non, c'est impossible. Binney n'est pas là aujourd'hui. Le marécage ? Dans le marécage ?

Louis releva la tête. Il était livide.

— Elise n'y allait jamais sans moi. Et elle portait ce médaillon en permanence. En permanence. Elle le portait le jour où je suis parti pour New York, avant qu'elle…

Il secoua la tête et le sang afflua de nouveau à ses joues.

Matt prit une profonde inspiration pour tenter de maîtriser la nouvelle angoisse qui l'envahissait.

— Laurel m'a dit qu'elle avait téléphoné ici, vers midi, et qu'elle avait parlé à votre gouvernante.

— Je vous dis que Binney n'est pas là ! Elle est absente pour la journée. Comme tous les dimanches. Tous les domestiques sont en congé le dimanche. Binney est chez sa sœur. Il n'y a que moi et Marion dans la maison.

— Marion ? murmura Matt.

Marion, qui avait téléphoné… Marion, qui, à cause de sa nervosité manifeste, avait orienté leurs soupçons vers Brewster. Marion, se rappela soudain Matt, qui leur avait affirmé que Brewster rendait Anne nerveuse. Comment aurait-elle pu le savoir, si… si elle n'avait pas vu les lettres ?

— Où est-elle ? demanda-t-il en s'avançant dans le hall, l'estomac noué. Où est votre sœur ?

— Attendez un peu !

Louis le retint par le bras.

— Qu'insinuez-vous ? Où avez-vous trouvé ce médaillon ?

— Dans le marécage ! hurla Matt, à bout de nerfs. Bon sang ! Vous ne comprenez pas que Marion a attiré Laurel dans un piège ?

Il prit une profonde inspiration.

— Dans le marécage, répéta-t-il d'un ton plus calme. Votre sœur a attiré Laurel dans le marécage. Comme les autres.

— Les autres ?

Louis se jeta sur Matt avant que celui-ci ait le temps de l'esquiver.

— Que voulez-vous dire ?

— Votre sœur est une meurtrière. Elle a déjà tué trois personnes. Et, aujourd'hui, elle a tendu un piège à Laurel.

— Vous êtes fou !

— Non, malheureusement.

Matt rouvrit la main. Au creux de sa paume, le médaillon semblait narguer les deux hommes.

— Nous sommes allés dans le marécage, l'autre nuit… Quelqu'un l'a attaquée. La même personne lui a envoyé un paquet contenant un serpent mort. La même personne lui a téléphoné ce soir… Laurel est venue ici pour vous.

Matt plongea son regard dans celui de Louis.

— Allez-vous m'aider ?

Le souffle court, Louis baissa les yeux sur le médaillon.

— Nous y allons. Attendez-moi un instant.

Il traversa le hall à grands pas et ouvrit une porte, en face du salon. Quelques secondes plus tard, il revint avec un petit revolver qu'il tendit à Matt. Il était de nouveau livide.

— Elle a pris le pistolet. Le pistolet ancien que nous conservions dans la vitrine.

« Ne panique pas. Surtout, n'essaie pas de t'enfuir, se répétait inlassablement Laurel sans quitter Marion des yeux. Elle paraît si calme à présent, comme si d'une seconde à l'autre, elle allait te proposer du thé et des gâteaux avec un sourire affable. Depuis combien de temps est-elle folle ? » Laurel déglutit péniblement, tout en prenant soin de rester parfaitement immobile. « Incite-la à parler. Elle en meurt d'envie. »

— Punie ? Tu as puni les autres, Marion ?

— Il le fallait.

— Pourquoi ?

— Tu as toujours été une enfant très intelligente, Laurel. Mais pas assez, cependant.

Elle sourit. Un sourire de connivence.

— Je n'ai eu aucun mal à diriger tes soupçons sur Brewster en ne disant que la stricte vérité. Anne n'aurait jamais quitté Louis. Elle l'adorait.

— Dans ce cas, de quoi l'as-tu punie, Marion ?

— Elle n'aurait pas dû revenir.

Marion laissa échapper un petit soupir tremblant.

— Elle n'aurait jamais dû revenir.

— Revenir ?

Laurel s'autorisa à jeter un coup d'œil furtif derrière Marion. Si elle parvenait à distraire son attention, à prendre ne serait-ce que quelques secondes d'avance, réussirait-elle à la semer dans les broussailles ?

— Je n'ai pas été dupe, dit Marion, de nouveau souriante, mais l'air absent. Oh ! elle a trompé tous les autres — surtout Louis — mais moi, j'ai tout de suite su. Bien sûr, je me suis bien gardée de le laisser paraître, je suis très douée pour ça. Elle avait peur du marécage. Je savais pourquoi, naturellement. Elle y était déjà morte, et elle devait y mourir de nouveau.

Laurel sentit sa gorge se nouer. Seigneur ! Marion avait vraiment perdu l'esprit ! « Continue à lui parler, surtout continue à lui parler », se dit-elle, tandis qu'une grive se mettait à chanter dans un cyprès, derrière elle.

— Pourquoi as-tu tué Elise ?

— Elle n'avait aucun droit ! hurla Marion.

Surprise, Laurel eut un mouvement de recul.

— Elle n'avait aucun droit sur la maison ! Le *Domaine du chêne* est à moi. Depuis toujours. Louis allait le lui léguer par testament. A elle ! Alors qu'elle n'avait pas la moindre goutte de sang Trulane dans les veines. Elle ne faisait pas partie de la famille. C'est moi l'aînée ! cria Marion, visiblement folle de rage. En toute justice, la maison me revient. Mon père n'aurait pas dû la laisser à Louis.

Marion fut parcourue d'un frisson. Mais la main qui tenait le pistolet restait ferme, constata Laurel, le cœur battant.

— Le *Domaine du chêne* m'appartient. Je l'aime. J'aime tout ça.

Elle promena autour d'elle un regard soudain attendri.

— C'est la seule chose que j'aie jamais aimée.

— Mais pourquoi Elise ?

La maison ! songea Laurel avec effarement. Pouvait-on vraiment tuer pour une maison, un bout de terrain ? Oui, bien sûr, se rappela-t-elle. C'était un mobile classique, depuis la nuit des temps.

— Pourquoi n'as-tu pas tué Louis, Marion ? Tu aurais hérité.

— Voyons, Laurel, Louis est mon frère, protesta Marion d'une voix douce.

— Mais... Charles... ?

— Je n'ai jamais eu l'intention de lui faire le moindre mal.

Les yeux de Marion se noyèrent de larmes.

— Je l'aimais. Mais il nous a vues et il est intervenu.

Une larme roula sur sa joue.

— Je n'avais pas le choix. Elise et moi, nous étions parties nous promener. Elle se sentait seule sans Louis. Lorsque nous nous sommes trouvées suffisamment loin de la maison, j'ai sorti le pistolet. Ce pistolet, dit-elle en levant le bras. Le reconnais-tu, Laurel ?

Laurel réprima un frisson. Oui, elle l'avait vu dans la vitrine de la bibliothèque. Le même pistolet qu'un autre Trulane, des années auparavant, avait utilisé pour tuer… pour punir.

— Oui.

— Je savais qu'il fallait que je m'en serve.

Marion caressa le canon du bout du doigt.

— C'était comme s'il m'avait attendue, comme si quelqu'un m'avait confirmé qu'il était juste que je m'en serve pour punir Elise. Tu comprends ?

— J'essaie.

— Pauvre Laurel, murmura Marion. Toujours si compréhensive, si attentionnée. Quand je t'ai téléphoné, j'étais sûre que tu viendrais.

Laurel avait toutes les peines du monde à tenir debout sur ses jambes tremblantes.

— Tu me parlais de Charles.

— Oui. Il nous a vues. Il m'a vue entraîner Elise dans le marécage sous la menace du revolver. Du moins, je crois… Je n'ai pas eu le temps de lui poser la question. Tout s'est passé si vite. Nous étions ici quand il est intervenu. Exactement au même endroit.

Marion jeta un regard autour d'elle comme si elle craignait de voir surgir de nouveau un témoin. Laurel en profita pour faire un pas prudent sur le côté.

— Non, Laurel, murmura Marion en crispant les doigts sur le pistolet.

Laurel s'immobilisa.

— Elise s'est affolée, poursuivit Marion. C'est à ce moment-là que son médaillon a dû se casser. J'aurais dû être plus attentive. J'ai été obligée de lui tirer dessus. Et ensuite, Charles s'est jeté sur moi. Mon propre frère s'en prenait à moi ! Le coup a semblé partir tout seul. Et Charles était mort.

Les yeux de Marion étaient secs, à présent.

— Je ne savais pas quoi faire, et puis, tout à coup, l'idée s'est imposée à moi. Ils étaient amants, comme les deux autres qui étaient morts dans le marécage des années plus tôt. Il fallait que j'écrive une lettre, dans laquelle Elise informerait Louis qu'elle le quittait pour

Charles. C'était mieux. Vraiment, c'était beaucoup mieux ainsi. J'ai dû les traîner jusqu'aux sables mouvants…

— Oh, mon Dieu…

Laurel ferma les yeux, mais Marion, perdue dans ses souvenirs, ne s'en rendit pas compte.

— J'ai mis une partie de leurs vêtements dans une valise. C'était un dimanche. Tous les domestiques étaient absents. Le matériel de peinture de Charles, également… J'ai failli l'oublier. Il ne serait jamais parti sans ça. J'ai tout jeté dans les sables mouvants. C'était si simple. Bien sûr, Louis a souffert. Il a beaucoup souffert.

Le regard de Marion s'assombrit furtivement.

— Je savais qu'il se sentait coupable, mais je pouvais difficilement lui expliquer que tout était pour le mieux. La maison était de nouveau à moi. Il était pris par son travail. Mais parfois…

Marion baissa la voix.

— Parfois, je les entendais s'agiter dans le marécage. La nuit.

Laurel déglutit péniblement, un goût métallique dans la bouche.

— Charles et Elise ?

— Je les entendais… Ça me réveillait et il fallait que je sorte, que je vienne jusqu'ici. Je ne les ai jamais aperçus…

Marion regarda de nouveau autour d'elle, comme si elle attendait quelqu'un.

— Mais je les entendais.

Cela l'avait rendue folle, songea Laurel. Comment était-il possible que personne ne s'en soit aperçu ? Que personne ne se soit douté de rien ? Elle revit Marion à un gala de bienfaisance, quelques mois plus tôt… élégante, raffinée, un petit bouquet de violettes à la boutonnière. Elle regarda le pistolet.

— Et un jour, elle est revenue, poursuivit Marion d'une voix monocorde. Elle a prétendu s'appeler Anne et Louis l'a crue. Mais moi, je savais. Elle me regardait avec son air doux, timide, et elle riait ! Je lui ai laissé croire que j'étais dupe.

— Et tu l'as ramenée ici.

— Il fallait prendre plus de précautions, cette fois. Louis ne la quittait pratiquement pas et elle ne s'approchait jamais du marécage. Ce soir-là, il travaillait tard. Je les ai entendus dans le bureau. Il lui a dit qu'il en avait sans doute encore pour quelques heures et qu'elle ferait mieux d'aller se coucher sans lui. J'ai su que le moment était venu. Je suis allée dans sa chambre, je l'ai étouffée avec un oreiller. Oh !

j'ai dû faire très attention. Je ne pouvais pas la tuer à ce moment-là. Cette fois, il fallait simuler un accident. Elle était toute menue et n'avait aucune force. Elle a perdu très rapidement connaissance. Ensuite, je l'ai portée jusqu'ici.

A ce souvenir, Marion eut un sourire.

— J'avais le pistolet, mais elle ne savait pas que je ne pouvais pas me permettre de m'en servir. Quand elle est revenue à elle, Elise a été terrifiée. Elle a compris qu'elle allait mourir une seconde fois. Elle m'a suppliée de la laisser partir, mais je l'ai obligée à se lever. J'avais l'intention de la noyer dans le bayou. Mais lorsqu'elle s'est mise à courir, je n'ai pas cherché à la rattraper. J'ai pensé que ce serait plus simple de la laisser s'épuiser en attendant à proximité. Puis je l'ai entendue crier. Le serpent. Elise avait marché sur un nid. Tu vois, c'était écrit. Ce n'était que justice. Il ne me restait plus qu'à attendre que le poison fasse son effet et à la laisser une nuit entière dans le froid et l'humidité. J'ai attendu qu'elle arrête de courir et qu'elle perde connaissance, à l'endroit même où elle était déjà morte dix ans plus tôt. Ensuite, je suis rentrée.

Marion sourit, mais son regard était vide.

— Cette fois, elle ne reviendra pas.

— Non. Elle ne reviendra pas.

— J'ai toujours été très attachée à toi, Laurel. Si seulement tu m'avais écoutée, nous n'en serions pas là.

Laurel s'humecta les lèvres. Pourvu que sa voix ne tremble pas…

— Si tu me tues, ils t'emmèneront loin du *Domaine du chêne.*

— Non !

Les doigts de Marion se crispèrent sur la crosse du pistolet, puis se détendirent.

— Non. Je ne te tirerai dessus que si tu m'y obliges. Et dans ce cas, il faudra que j'accuse Louis. Je n'aurai pas le choix. Ce sera ta faute.

Seigneur ! Elle avait de plus en plus de mal à respirer, constata Laurel. C'était si difficile, tout à coup, d'inspirer et d'expirer. Mais si elle se concentrait sur sa respiration, peut-être parviendrait-elle à s'empêcher de hurler jusqu'à ce que Marion soit obligée de la réduire au silence…

— Je n'entrerai pas dans le bayou ni dans les sables mouvants.

— Je sais. Tu n'es pas comme les autres. Tu n'es pas aussi facile à effrayer. Mais il y a quand même une chose…

Sans cesser de viser Laurel, Marion fit un pas de côté vers un bouquet de joncs.

— Tu es venue fouiner jusqu'ici. Tu n'as pas pu t'en empêcher. Et tu as eu un accident tragique. Comme Elise… Anne.

Marion prit un panier en osier caché au pied des joncs.

— Ceux-ci ne sont pas morts, déclara-t-elle d'une voix suave.

Laurel comprit aussitôt et se sentit submergée par une terreur insurmontable. Une épouvante sans nom. Avec un long bâton, Marion poussa le panier devant elle, puis souleva son couvercle. Pétrifiée, Laurel sentit un froid glacial l'envahir, tandis que le serpent se glissait hors du panier en ondulant. Bientôt suivi par un second.

— Je n'ai voulu prendre aucun risque, murmura Marion.

Elle posa le pistolet et prit le bâton à deux mains en souriant à Laurel.

— Tu les as toujours eus en horreur, n'est-ce pas ? Je me souviens parfaitement de la fois où tu t'es évanouie devant une petite couleuvre d'eau. Une créature inoffensive.

Elle titilla avec le bâton les vipères cuivrées, qui se tortillèrent en sifflant.

— Celles-ci ne sont pas inoffensives.

Mieux valait mourir d'un coup de pistolet, songea frénétiquement Laurel. Elle voulut courir, s'enfuir en hurlant. Mais ses pieds restaient ancrés dans le sol et sa gorge était incapable d'émettre le moindre son. Elle sentait la sueur dégouliner sur tout son corps.

— Ça ne changera rien de rester immobile, déclara Marion d'une voix suave. Ils sont furieux. Et je peux les irriter encore davantage.

Elle recommença à donner des petits coups aux serpents tout en les rapprochant de Laurel. L'un d'eux se jeta sur le bâton. Marion s'esclaffa.

Ce fut ce rire qu'entendit Matt. Un rire qui le glaça jusqu'aux os.

Lorsqu'il les vit, les serpents étaient à moins d'un mètre de Laurel. Ils sifflaient, se tortillaient frénétiquement, enragés par les coups de bâton de Marion.

Matt saisit son pistolet à deux mains, fit une rapide prière et tira.

— Non !

Le hurlement rageur de Marion vibra dans l'air, tandis qu'un des serpents se tordait, agité de secousses violentes, et s'immobilisait. Pivotant sur elle-même, Marion trébucha sans même sentir les crochets qui s'enfonçaient dans sa cheville, avant que Matt ne tire de nouveau. Puis, comme un animal traqué, elle partit en courant à travers les joncs.

— Laurel !

Matt courut vers la jeune femme et la serra contre lui à l'étouffer.

— Dieu merci, tu n'as rien !

Il captura sa bouche dans un baiser éperdu.

— C'est fini. Je t'emmène.

— Matthew...

Laurel s'efforçait de réprimer les sanglots qui soulevaient sa poitrine.

— Elle a perdu la raison. Elle les a tous tués... tous. Mon Dieu, Matthew ! Les serpents...

— Morts, dit-il en l'attirant contre lui. Ils sont morts. Tout va bien.

— Pour la maison, dit Laurel, le visage contre son torse. Elle les a tués pour la maison ! Louis...

Matt tourna la tête. A quelques mètres, Louis les regardait, livide. Seuls ses yeux semblaient vivants.

— Elle a été mordue, dit-il d'une voix si basse que Matt l'entendit à peine. Je vais la chercher.

— Louis...

Matt hésita. Que dire ? Il n'y avait rien, absolument rien à dire...

— Je suis désolé, murmura-t-il.

— Emmenez Laurel, dit Louis avant de s'enfoncer dans les joncs.

— Viens.

Matt pressa les lèvres sur la tempe de Laurel.

— Tu peux marcher ?

— Oui.

Elle sentait les larmes ruisseler sur ses joues, mais elle en éprouvait du soulagement.

— Oui, ça va.

— Lorsque je serai tout à fait convaincu, je t'étranglerai, marmonna-t-il en la serrant contre lui.

Lorsqu'ils furent sortis du marécage, il la fit s'allonger dans l'herbe. Elle posa la tête sur ses genoux.

— Je serai complètement remise dans une minute. Il faut appeler la police.

— Louis l'a fait avant de quitter la maison. Ils seront là d'un moment à l'autre. Tu peux me raconter ce qui s'est passé ?

Au début de son récit, elle garda la tête sur les genoux de Matt. Puis, peu à peu, la peur et l'émotion se dissipèrent et elle eut la force de se redresser. Quand elle entendit les sirènes des voitures de police, elle prit la main de Matt et la serra.

Une confusion indescriptible… la police dans le marécage, toutes les questions. Un article fantastique, songea Laurel, au bord de l'hystérie. S'efforçant de se calmer, elle enfouit son visage dans le cou de Matt. Encore quelques minutes, se dit-elle. Encore quelques minutes et elle serait d'aplomb.

Elle se laissa entraîner jusqu'à la maison, où elle but le cognac que Matt lui servit.

— Je vais mieux, dit-elle au bout d'un moment. S'il te plaît, arrête de me regarder comme si j'étais sur le point de me désintégrer.

Il la contempla un instant en silence, puis la prit dans ses bras et enfouit le visage dans ses cheveux.

— Je te préviens, Laurel, dit-il d'une voix tremblante. Ne me refais jamais ça. J'ai cru qu'il était trop tard. Cinq minutes de plus…

— Plus jamais, promit-elle en lui caressant la nuque. Plus jamais, Matthew. Oh ! comme je t'aime…

Lui prenant le visage à deux mains, elle l'obligea à relever la tête.

— Je t'aime tellement.

Elle répondit avec ardeur à son baiser possessif, tandis que les dernières bribes de peur s'évaporaient. Matt était là, il la serrait dans ses bras… Rien d'autre ne comptait.

Soudain, elle entendit la porte s'ouvrir.

— Voilà Louis.

Ce dernier pénétra lentement dans le hall. Echevelé, il avait les vêtements en désordre et maculés de boue. Son regard n'était plus froid ni distant, mais las et vulnérable, constata Laurel. Spontanément, elle se leva et le rejoignit.

— Oh ! Louis…

Il la prit dans ses bras et la serra contre lui, posant le menton sur le sommet de son crâne.

— Nous l'avons retrouvée. Elle est… Ils l'emmènent à l'hôpital, mais je ne sais pas si… Elle délire.

Il s'écarta légèrement.

— Elle t'a blessée ?

— Non, non, je vais bien.

Il regarda Matt.

— Je vous dois bien plus que des excuses.

— Pas du tout.

Avec un hochement de tête reconnaissant, Louis alla à son tour se servir un cognac.

— Vous sentez-vous le courage de me raconter toute l'histoire, maintenant ?

Louis garda le dos tourné pendant que Laurel lui répétait tout ce que lui avait dit Marion. A un moment, voyant ses épaules secouées de légers tremblements, elle s'interrompit. Il secoua la tête et d'un geste de la main lui fit signe de poursuivre.

— Il faut que je parle à Susan, dit-il quand Laurel eut terminé.

— Elle est chez ma grand-mère.

Louis se servit un autre cognac.

— Si elle accepte de me voir, j'irai là-bas demain.

— Elle acceptera, Louis. S'il te plaît, ne culpabilise pas. Tu n'es pour rien dans ce qui est arrivé.

Il se retourna lentement.

— Tu veux bien faire quelque chose pour moi ?

— Bien sûr. Tu sais bien que oui.

— Je sais, acquiesça-t-il avec un pâle sourire. Ecris ton article. Ecris un bon article. Tout. Je veux que toute la vérité soit révélée. Ensuite, peut-être, je parviendrai à la supporter.

— Matthew et moi allons écrire cet article.

Laurel rejoignit Louis et lui prit la main.

— Et tu trouveras la force de supporter la vérité. Je reviendrai pour t'y aider.

Elle posa une main sur sa joue. Avec une ombre de sourire, Louis l'embrassa sur le front.

— Vous êtes faits l'un pour l'autre, murmura-t-il à l'oreille de Laurel en jetant un coup d'œil à Matt. Tu es aussi entêtée que lui.

Il lui pressa les mains.

— Oui, reviens. Je vais avoir besoin de toi.

Lorsqu'ils quittèrent la maison, quelques minutes plus tard, Laurel inspira profondément, avec délectation. Juste le parfum de la nuit. Le parfum de la vie.

— C'est beau, n'est-ce pas ?

Elle pencha la tête en arrière pour regarder les étoiles.

— Il faut appeler mon père pour lui annoncer que nous lui préparons une exclusivité fantastique, ajouta-t-elle.

— La prochaine fois que tu décides de partir en reportage,

souviens-toi que nous sommes coéquipiers, déclara Matt d'un ton pince-sans-rire. Plus de rendez-vous en solo.

— Tope là. Prenons ta voiture, dit-elle, trop surexcitée pour conduire. Nous reviendrons chercher la mienne demain. Oh, mon Dieu, Matthew !

Elle se laissa tomber sur le siège passager et se renversa contre le dossier.

— Je ne veux plus jamais vivre une nuit comme celle-ci ! Même pour le Pulitzer.

— C'est ta punition pour avoir déguerpi avant d'avoir terminé le dîner.

Ses mains ne tremblaient plus, constata Matt avec satisfaction en mettant le contact.

— C'est un coup à se demander quel genre de femme on est sur le point d'épouser, dit-il d'un ton taquin.

— Une perle. Tu vas épouser une perle, Matthew Bates.

Elle se pencha vers lui et l'embrassa.

— Je ne t'ai pas remercié de m'avoir sauvé la vie.

— En effet.

Posant la main sur sa nuque, il prolongea leur baiser.

— Comment comptes-tu me témoigner ta reconnaissance ?

Elle eut un sourire malicieux.

— En te rendant la pareille. Nous dînons dehors.

Composé et édité par HarperCollins France.

Achevé d'imprimer en mai 2018.

BRODARD & TAUPIN

La Flèche
Dépôt légal : juin 2018.

Pour limiter l'empreinte environnementale de ses livres, HarperCollins France s'engage à n'utiliser que du papier fabriqué à partir de bois provenant de forêts gérées durablement et de manière responsable.

Imprimé en France